D1433565

De vergeten tuin

Kate Morton

De vergeten tuin

2008 – De Boekerij – Amsterdam

Oorspronkelijke titel: The Forgotten Garden (Allen & Unwin)
Vertaling: Bob Snoijink
Omslagontwerp: Wil Immink Design
Omslagfoto: The Garden Picture Library

[1] (Noot op pagina 105) Zie Thomas R. Collins: *Sketching the Past,* Hamilton Hudson 1959: pag. 136, en van Reginald Coyte, *Famous Illustrators,* Wycliffe Press, 1964, pag. 44; pag. 67.

ISBN 978-90-225-5071-7

*Voor Oliver en Louis
kostbaarder dan al het gesponnen goud
in Sprookjesland bij elkaar*

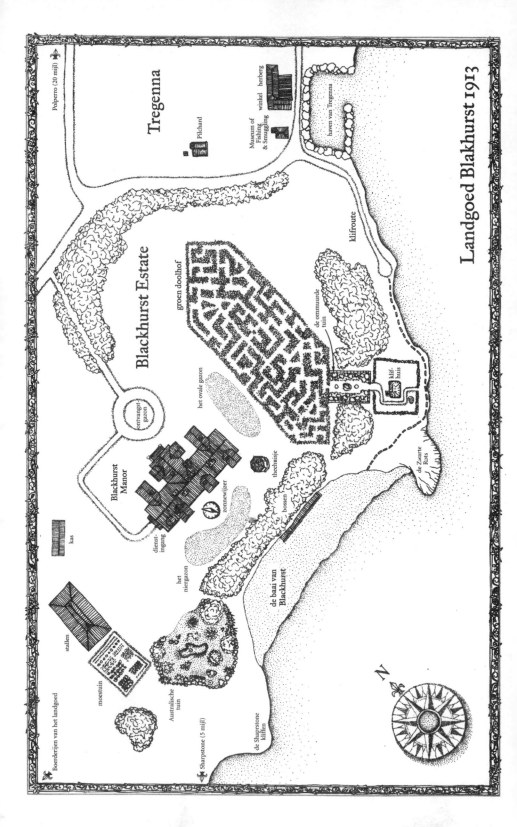

Landgoed Blakhurst 1913

Polperro (20 mijl)

Tregenna

Pilchard

Museum of
Fishing
& Smuggling

winkel herberg

haven van Tregenna

Blackhurst Estate

groen doolhof

klifroute

de ommuurde
tuin

het ovale gazon

klif-
huis

ontvangst-
gazon

theehuisje

de Zwarte
Rots

Blackhurst
Manor

zonnewijzer

dienst-
ingang

bossen

kas

het
niergazon

de baai van
Blackhurst

stallen

moestuin

Australische
tuin

Boerderijen van het landgoed

de Shaprstone
kliffen

Sharpstone (5 mijl)

N

'Maar waarom moet ik drie haren van de Elfenkoningin mee terugbrengen?'
vroeg de jonge prins aan het oude vrouwtje. 'Waarom geen ander aantal,
zoals twee of vier?'
Het oude vrouwtje boog zich naar voren zonder haar werk aan het spinnewiel
te onderbreken. 'Er is geen ander aantal, mijn kind. Drie is het getal van de tijd,
want hebben we het niet over verleden, heden en toekomst? Drie is het getal
van het gezin, want spreken wij niet van moeder, vader en kind? Drie is het ge-
tal van de fee, want zoeken we die niet tussen eik, esdoorn en doornstruiken?'
De jonge prins knikte, want het wijze oude vrouwtje sprak de waarheid.
'Daarom moet ik drie haren hebben om mijn tovervlecht te maken.'

Uit: 'De Elfenvlecht' van Eliza Makepeace

DEEL 1

1

Het was donker op de plek waar ze gehurkt zat, maar het kleine meisje deed wat er van haar werd verlangd. De mevrouw had gezegd dat ze moesten wachten omdat het nog niet veilig was, en ze moesten zich zo stilhouden als muizen in de provisiekamer. Het kleine meisje wist dat het een spel was. Zoiets als verstoppertje, kastiebal, of lummelen. Ze had zoiets al eerder gespeeld met Jonathan en Katherine en de anderen op het landgoed. De andere kinderen waren ouder dan zij, en eerst vonden ze haar te jong om mee te spelen. Maar ze had hen in het ongelijk gesteld, ze had haar angst voor donkere plekjes opzijgezet en zichzelf tot een uitstekende verstopper gepromoveerd. Zelfs Jon moest erkennen dat ze wist hoe ze zich onzichtbaar moest maken.

Het meisje achter de houten vaten had de oren gespitst. Ze riep een beeld op voor haar geestesoog zoals papa haar dat had geleerd. Mannen, dichtbij en ver weg, zeelui waarschijnlijk, schreeuwden naar elkaar. Ruwe, harde stemmen, vol van de zilte zee. Woorden die ze niet herkende maar toch vertrouwde. In de verte hoorde ze loeiende scheepshoorns, muziek van metalen fluitjes, het plonzen van roeiriemen, en hoog in de lucht het krijsen van de meeuwen met de vleugels zo wijd mogelijk uitgespreid om het toenemende zonlicht op te zuigen.

De mevrouw had gezegd dat ze terug zou komen en het kleine meisje hoopte dat dit gauw zou gebeuren. Ze wachtte al een hele poos, zo lang dat de zon langs de hemel was gedwaald en inmiddels haar knieën onder haar nieuwe jurk verwarmde. Ze luisterde of ze de rokken van de dame op het houten dek kon horen ruisen. De vastberaden tred van haar hakken, en altijd maar die haast, die de eigen moeder van het meisje vreemd was. Het kleine meisje vroeg zich op die vage, onbezorgde manier van verwende kinderen af waar haar mama bleef. Wanneer ze zou komen. En ze vroeg zich dingen af over die mevrouw. Ze wist wie ze was, ze had haar oma over haar horen praten. De mevrouw werd de Schrijfster genoemd, en ze woonde in een boerenhuisje aan de andere kant van het landgoed, voorbij de doolhof.

11

Het meisje hoorde dat eigenlijk niet te weten. Het was haar verboden in de buurt van de doolhof van braamstruiken te spelen. Mama en grootmoeder hadden gezegd dat het gevaarlijk was om in de buurt van het klif te spelen. Maar af en toe, wanneer er toch niemand keek, vond het meisje het leuk om verboden dingen te doen.

Stofjes, honderden stofjes dansten in de bundel zonlicht die tussen twee vaten door viel. Het meisje glimlachte en de mevrouw, het klif, de doolhof en mama verlieten haar gedachten. Ze stak een vinger uit om te proberen een stofje op te vangen. Ze moest lachen om de manier waarop de stofjes zo dichtbij kwamen voordat ze weer op de vlucht sloegen.

De geluiden in de buurt van haar bergplaats veranderden. Het meisje hoorde het gebonk van beweging en de stemmen klonken opgewonden. Ze boog zich in de sluier van licht en legde haar wang tegen het koele hout van een van de vaten. Met één oog keek ze naar het dek.

Benen en schoenen en zomen van petticoats. De uiteinden van papieren slingers die alle kanten op woeien. Sluwe meeuwen speurden het dek af naar stukjes brood.

De enorme boot gaf een ruk en gromde lang en laag. Diep vanuit zijn binnenste voer een trilling door het houten dek en door de vingertoppen van het meisje. Er was een ogenblik van spanning. Ze hield de adem in en zette haar handen plat naast zich. Daarna maakte de boot zich met een ruk los van de kade. De hoorn loeide, er klonk een golf van gejuich en mensen riepen 'Bon voyage'. Ze waren onderweg. Naar Amerika, naar een plek die New York heette en waar papa was geboren. Ze had hen er een poosje over horen smoezen, mama die tegen papa zei dat ze zo gauw mogelijk moesten gaan, dat ze het zich niet meer konden veroorloven om nog langer te wachten. Mama en papa waren natuurlijk vooruitgereisd, stelde ze vast. Dat deden ze wel vaker, dan gingen ze weg en lieten ze haar bij oma en opa thuis.

Het meisje lachte weer; de boot gleed door het water als een reuzenwalvis zoals Moby Dick, de walvis in het verhaal dat haar vader dikwijls voorlas. Mama vond het niet leuk als hij zulke verhalen voorlas. Ze vond ze te angstaanjagend en dacht dat ze haar op ideeën konden brengen die je er niet meer uit kreeg. Papa kuste mama altijd op haar voorhoofd als ze zulke dingen zei. Hij zei dat ze gelijk had en dat hij voortaan voorzichtiger zou zijn. Maar hij bleef het meisje verhalen over de grote walvis vertellen. En ook andere, de lievelingsverhalen van het meisje, uit het sprookjesboek, over blinde oude heksen, weesmeisjes en lange zeereizen. Hij zorgde er alleen voor dat mama het niet te weten kwam, dat het hun geheim bleef.

Het meisje begreep dat ze geheimen voor mama moesten hebben. Mama was niet lekker en was al ziekelijk geweest vóór de geboorte van het meisje. Oma waarschuwde haar altijd dat ze lief moest zijn, en drukte haar op het hart dat er iets vreselijks kon gebeuren als mama verdrietig zou worden, en dat het allemaal haar schuld zou zijn. Het meisje hield van haar moeder en wilde haar niet verdrietig maken; ze wilde niet dat er iets verschrikkelijks zou gebeuren, dus hield ze sommige dingen geheim. Zoals de sprookjes en spelen bij de doolhof en de keren dat papa haar had meegenomen wanneer hij bij de Schrijfster langsging in het huis aan de andere kant van het landgoed.

'Aha!' klonk een stem bij haar oor. 'Ik heb je gevonden!' De ton werd opzij geschoven en het meisje tuurde met samengeknepen ogen in de zon. Ze knipperde met haar ogen tot de eigenaar van de stem in haar licht ging staan. Het was een grote jongen van acht of negen jaar, dacht ze.

'Jij bent Sally niet,' zei hij.

Het meisje schudde haar hoofd.

'Wie ben jij?'

Ze aarzelde. Ze mocht aan niemand vertellen hoe ze heette. Het was een spelletje dat ze speelden, zij en die mevrouw.

'Nou?'

'Dat is geheim.'

Hij trok zijn neus op en zijn sproeten trokken samen. 'Waarom?'

Ze haalde haar schouders op. Ze mocht niets over de mevrouw zeggen. Dat zei papa altijd.

'Waar is Sally dan?' De jongen werd ongeduldig. Hij keek naar links en naar rechts. 'Ze rende deze kant op, ik weet het zeker.'

Aan de andere kant van het dek klonk een schaterlach en het geluid van rennende voeten. Het gezicht van de jongen klaarde op. 'Vlug!' zei hij weghollend. 'Ze gaat ervandoor!'

Het meisje boog zich voren zodat ze om de ton heen kon kijken. Ze zag hem door de menigte mensen zigzaggen, op jacht naar een voortsnellende, wapperende witte onderrok.

Het kleine meisje wilde heel graag meespelen.

Maar de mevrouw had gezegd dat ze moest wachten.

De jongen ging steeds verder weg. Hij dook om een dikke man met was in zijn snor. Die fronste zo heftig dat zijn hele gezicht samentrok als een familie geschrokken krabben.

Het meisje lachte.

Misschien hoorde dit allemaal bij hetzelfde spelletje. De mevrouw deed haar meer aan een kind denken dan de andere grote mensen die ze kende. Misschien speelde zij ook wel mee.

Het meisje glipte achter de ton vandaan. Haar linkervoet sliep. Ze wachtte even tot het prikkelende gevoel verdween en zag de jongen om de hoek verdwijnen.

Toen ging ze hem zonder aarzelen achterna. Haar voeten roffelden over het dek en haar hart bonkte in haar borstkas.

2

Brisbane, Australië, 1930

Uiteindelijk vierden ze Nells verjaardag toch in het zaaltje van de kunstacademie. Hamish had de nieuwe veteranenclub op Given Terrace voorgesteld, maar Nell vond net als haar moeder dat het zonde van het geld was, vooral omdat het toch al geen makkelijke tijden waren. Hamish zwichtte, maar stelde zich tevreden door erop te staan dat ze de speciale kant die ze, naar hij wist, nodig had voor haar jurk, uit Sydney zou laten komen. Lil had hem voor haar dood op dat idee gebracht. Ze had zich naar hem toe gebogen om zijn hand te pakken en hem een advertentie met een adres in Pitt Street in de krant laten zien. Ze zei hoe fijn de kant was, hoeveel die voor Nellie zou betekenen, dat het wel extravagant leek, maar dat er later een trouwjurk van gemaakt kon worden. Daarna had ze naar hem gelachen, en zij was weer zestien en hij dolverliefd.

Lil en Nell hadden inmiddels een paar weken aan de verjaardagsjurk gewerkt. 's Avonds na het eten, wanneer Nell terug was van haar werk in de kiosk, wanneer de jongste meisjes lusteloos op de veranda zaten te kibbelen en er zo veel muggen in de vochtige nachtlucht rondvlogen dat je bijna gek werd van hun gezoem, haalde ze haar naaimandje tevoorschijn en schoof ze een stoel bij haar moeders ziekbed. Hij hoorde hen soms lachen over een voorval in de kiosk, over een ruzie die Max Fitzsimmons met de een of andere klant had gemaakt, of over de zoveelste kwaal van mevrouw Blackwell. Hij hing rond bij de deur, stopte zijn pijp en spitste de oren toen Nell rood van plezier ging fluisteren toen ze iets vertelde wat Danny had gezegd. Een belofte over het huis dat hij ging kopen wanneer ze getrouwd waren, de auto waarop hij zijn oog had laten vallen, waarvan zijn vader dacht dat hij die voor een prikkie kon krijgen, de nieuwste mixer van het warenhuis McWhirters.

Hamish mocht Danny graag – hij kon zich voor Nell geen betere man wensen – wat maar goed was ook, omdat het stel onafscheidelijk was geweest sinds ze elkaar hadden leren kennen. De relatie duurde inmiddels al twee jaar. Als Hamish hen bij elkaar zag, moest hij denken aan de tijd dat hij

Lil had leren kennen. Ze waren zo blij als kinderen geweest en hielpen elkaar wanneer ze maar konden. Al die jaren was er amper een onvertogen woord gevallen. Ze hadden in het begin, voor de geboorte van de meisjes, wel moeilijke perioden gehad, maar op de een of andere manier waren ze er altijd uit gekomen.

De pijp was gestopt en omdat hij geen excuus meer had, liep Hamish weg. Hij zocht een plekje in een rustig hoekje van de veranda aan de voorkant, waar hij in vrede kon gaan zitten, althans zo vreedzaam mogelijk in een huis met lawaaiige dochters, van wie de een nog sneller opgewonden was dan de ander. Daar zat hij alleen met de vliegenmepper op de vensterbank voor het geval de muggen te opdringerig werden. En dan volgde hij zijn gedachten, die zich zoals gewoonlijk concentreerden op het geheim dat hij al jaren bewaarde. Het werd tijd, dat voelde hij wel. De spanning die hij lang op afstand had weten te houden, werd groter. Ze had toch het recht om de waarheid te weten? Ze was bijna eenentwintig, een volwassen vrouw op het punt om uit te vliegen, verloofd nog wel: nu werd het toch wel tijd? Hij wist wat Lil ervan zou vinden, daarom hield hij zijn mond. Het laatste wat hij wilde was dat Lil zich zorgen zou maken, dat ze haar laatste dagen zou proberen hem op andere gedachten te brengen, wat al zo dikwijls was gebeurd.

Wanneer Haim zich afvroeg hoe hij het ging doen, welke woorden hij voor zijn biecht zou gebruiken, wenste hij wel eens dat het een van de andere meisjes betrof. Dan vervloekte hij zichzelf omdat hij een voorkeur bleek te hebben, al hield hij dat angstvallig voor zich.

Maar Nellie was altijd al bijzonder geweest, zo anders dan de rest. Ze was levenslustig, ze had meer fantasie. Ze had meer van Lil weg, dacht hij vaak, maar dat sloeg natuurlijk nergens op.

Ze hadden slingers aan de dakbalken gebonden, witte die bij haar jurk pasten en rode die bij haar haar kleurden. Het oude houten gebouw was misschien niet zo gelikt als de modernere bakstenen gebouwen in de stad, maar het zag er verrassend goed uit. Achterin bij het podium hadden Nells jongere zusjes een tafel voor de verjaarscadeautjes gezet, en er lag al een flinke berg. Een paar dames van de Kerk hadden samen iets te eten gemaakt en Ethel Mortimer gaf de piano ervan langs met romantische dansdeuntjes uit de oorlog.

Jonge mannen en vrouwen dromden aanvankelijk nerveus langs de muur, maar toen de muziek uitbundiger werd en de brutaalste jongens warmliepen, gingen er paren de dansvloer op. De kleine zusjes keken verlangend toe tot ze mee moesten helpen de dienbladen met voedsel van de keuken naar de tafel te brengen.

Toen het tijd werd voor toespraken, gloeiden de wangen en waren de schoenen dof van het dansen. Marcie McDonald, de vrouw van de dominee, tikte tegen haar glas en iedereen wendde zich naar Hamish, die bij de cadeautafel stond en een stuk papier uit zijn borstzak openvouwde. Hij schraapte zijn keel en haalde een hand door zijn gekamde haren. Spreken in het openbaar was nooit zijn sterke kant geweest. Hij was erg op zichzelf, hield zijn opvattingen voor zich en liet de gesprekken graag aan de spraakzamere types over. Toch gebeurde het maar één keer dat een dochter volwassen werd en het was zijn plicht om dat aan de wereld te verkondigen. Plicht had hij altijd hoog in het vaandel gehad; hij volgde de regels. Althans grotendeels.

Er speelde een flauwe glimlach om zijn lippen en hij zwaaide naar een van zijn vrienden van de veteranenclub toen die iets naar hem joelde. Daarna nam hij het papier in één hand en haalde hij diep adem. Een voor een las hij de in zijn kleine zwarte handschrift genoteerde punten op zijn lijstje voor: hoe trots hij en zijn vrouw altijd op Nell waren geweest; hoe gezegend ze zich hadden gevoeld toen zij als een verhoord gebed bij hen kwam. Hoe dol ze op Danny waren en hoe verrukt Lil was geweest toen ze kort voor haar overlijden van de verloving hoorde. Toen Hamish het over de recente dood van zijn vrouw had, prikten zijn ogen en was hij een ogenblik stil. Hij knipperde een paar keer met zijn oogleden, deed zijn best om zijn aantekeningen te lezen en daarna keek hij op naar de gasten die voor hem stonden. Het werd tijd dat de familie er nog een man bij zou krijgen, zei hij met een melancholisch lachje. Dat zou de dingen meer in evenwicht brengen. Zijn publiek lachte mee en de meisjes draaiden theatraal met hun ogen; ze wisten dat er van hen werd gehouden. Hamish aarzelde even en liet zijn ogen over de gezichten van zijn vrienden en dochters dwalen, waar ze even op Nell bleven rusten. Die glimlachte omdat Danny haar iets in het oor fluisterde. Hamish haalde nog eens diep adem en toen zijn gezicht even leek te betrekken, vroegen de aanwezigen zich af of er soms een belangrijke mededeling aan kwam. Maar het ogenblik ging voorbij, zijn gezicht klaarde weer op en hij stopte het stuk papier weer in zijn borstzak. Hij wenste iedereen smakelijk eten.

De keukendames kwamen in actie en brachten broodjes en kopjes thee, maar Hamish bleef nog even staan. Hij liet de mensen passeren, accepteerde de schouderklopjes, uitroepen als 'Goed gedaan, jongen' en de kop thee die hem door een van de dames werd aangereikt. De toespraak was goed gegaan, maar evengoed kon Hamish zich niet ontspannen. Zijn hart was sneller gaan kloppen en hij transpireerde hoewel het niet warm was.

Hij wist natuurlijk wel waarom. Zijn plicht zat er nog niet op. Toen hij Nell in haar eentje door een zijdeur een portaaltje op zag schieten, zag hij zijn kans schoon. Hij schraapte zijn keel, liet zijn kop thee op de cadeautafel staan en verdween uit het geroezemoes in de warme zaal de koelte van de avond in.

Nell stond bij de zilvergroene stam van een solitaire eucalyptus. Hamish stelde zich voor dat de hele heuvelrug en de oevers van de greppels er ooit mee bedekt waren geweest. Op avonden met volle maan moest dat legertje spookachtige stammen een prachtgezicht zijn geweest.

Kijk eens aan. Hij probeerde de zaak te rekken. Nog steeds had hij moeite met zijn verantwoordelijkheid en was hij zwak.

Een tweetal zwarte vliegende honden zeilde geruisloos door de avondlucht toen hij het gammele houten trapje afdaalde en het grasveld dat al vochtig was van de dauw, overstak.

Ze had hem zeker horen aankomen. Misschien had ze het gevoeld, want ze draaide zich om en glimlachte toen hij naderbij kwam.

Ze zei dat ze aan mama moest denken toen hij bij haar stond, en dat ze zich afvroeg vanaf welke ster ze hen gadesloeg.

Hamish kon wel janken toen ze dat zei. Waarom moest ze Lil juist nu ter sprake brengen en hem erop attent maken dat ze toekeek, boos om wat hij op het punt stond te doen? En misschien had ze nog gelijk ook. Misschien hoefde het ook niet. Dan konden ze doorgaan zoals ze altijd hadden gedaan. Hij kon nog steeds Lils stem met al die oude argumenten horen.

Nee. Dit was zijn besluit en dat stond vast. Hij was tenslotte verantwoordelijk voor de hele situatie. Het mocht dan wel in alle onschuld zijn gebeurd, maar hij had de stap genomen die hen op dit pad had gebracht en het was zijn taak om klaarheid in de zaak te brengen. Hij wist dat geheimen altijd aan het licht kwamen, en het was het beste als ze de waarheid uit zijn mond hoorde.

Hij pakte Nells handen in de zijne en drukte er een kus op. Hij kneep even in die zachte gladde handen in zijn eeltige werkmansknuisten.

Zijn dochter. Zijn eerste.

Ze glimlachte stralend naar hem in haar fraaie, met kant afgezette jurk.

Hij glimlachte terug.

Daarna nam hij haar bij de hand en liet hij haar naast zich op een omge-vallen boomstam zitten. Hij boog zich opzij en fluisterde iets in haar oor. Hij bracht het geheim over dat hij en haar moeder zeventien jaar hadden bewaard. Hij wachtte op een flikkering van herkenning, op de subtiele ver-andering op haar gezicht, als wat hij haar net had verteld tot haar was door-drongen. Hij zag de bodem uit haar bestaan vallen en de persoon die ze tot dan toe was geweest in een oogwenk verdwijnen.

3

Brisbane, Australië, 2005

Cassandra had het ziekenhuis al dagenlang niet verlaten, hoewel de dokter haar weinig hoop had gegeven dat haar grootmoeder nog bij kennis zou komen. Volgens hem was dat niet waarschijnlijk op haar leeftijd, en met zo'n grote dosis morfine in haar lichaam.

Toch bleef Cassandra wachten. Als een geruststellende aanwezigheid zag ze Nell in een oceaan van herinneringen ondergaan en telkens weer naar boven komen om adem te halen in een eerdere periode van haar bestaan. Ze vond het een onverdraaglijke gedachte dat haar grootmoeder alle voorspellingen zou trotseren, dat ze op de een of andere manier de weg terug naar het heden zou vinden, dat ze weer omhoog zou rijzen uit de diepte, om er alleen maar achter te komen dat ze moederziel alleen op het randje van het leven dobberde.

De nachtzuster was weer gekomen, dus Cassandra wist dat de dag voorbij was. Ze kon niet gissen hoe laat het precies was. De tijd was hier moeilijk te bepalen, de lichten in de hal brandden altijd, je hoorde altijd wel ergens een tv, maar die zag je nooit, karretjes reden op alle uren af en aan door de gang. Het was ironisch dat een instituut dat het zo van routine moest hebben, zo resoluut buiten het gewone ritme van de tijd functioneerde.

De zuster verwisselde de lege infuuszak voor een volle, draaide aan de knop van het apparaat naast het bed en daarna trok ze het beddengoed glad en de dekens omhoog om Nell in te stoppen.

'Ze heeft niets te drinken gehad,' zei Cassandra; haar stem klonk haarzelf eigenaardig in de oren. 'Al de hele dag niet.'

De zuster keek haar aan, verrast dat ze was aangesproken. Ze keek over haar bril naar de stoel waarop Cassandra met een gekreukte blauwgroene ziekenhuisdeken op schoot zat. 'Je liet me schrikken,' zei ze. 'Ben je hier al de hele dag? Dat is waarschijnlijk maar het beste; het zal niet lang meer duren.'

Cassandra sloeg geen acht op de boodschap. 'Moeten we haar iets te drinken geven? Ze heeft vast dorst.'

De zuster sloeg het laken terug en stopte het nonchalant onder Nells dunne armen in. 'Maak je geen zorgen. Het infuus zorgt voor alles.' Ze bekeek iets op Nells status en zei zonder op te kijken: 'Als je wilt, kun je aan het eind van de gang theezetten.'

De zuster vertrok en Cassandra zag dat Nells ogen open waren en haar aanstaarden. 'Wie bent u?'

'Ik ben het, Cassandra.'

Verwarring. 'Ken ik u?'

De dokter had dit voorspeld, maar het deed toch zeer. 'Ja, Nell.'

Nell keek haar aan en knipperde onzeker met haar waterige grijze ogen. 'Ik weet niet meer...'

'Stil maar, het is al goed.'

'Wie ben ik?'

'Je heet Nell Andrews,' zei Cassandra vriendelijk, en ze pakte haar hand. 'Je bent vijfennegentig en woont in een oud huis in Paddington.'

Nells lippen trilden; ze concentreerde zich en probeerde de woorden tot zich te laten doordringen.

Cassandra pakte een papieren zakdoekje van het nachtkastje en veegde zacht een beetje speeksel van Nells kin. 'Je hebt een kraampje in het antiekcentrum in Latrobe Terrace,' vervolgde ze zacht. 'Jij en ik delen het, we verkopen oude dingen.'

'Ik ken je wel,' fluisterde Nell. 'Jij bent Lesleys dochter.'

Cassandra knipperde verrast met haar ogen. In al die jaren dat Cassandra was opgegroeid, hadden ze zelden over haar moeder gesproken, en ook niet tijdens de tien jaar dat ze inmiddels weer terug was en in het appartement onder dat van Nell woonde. Er was een onuitgesproken afspraak om het verleden, dat ze allebei liever wilden vergeten, te laten rusten.

Nell schrok. Met angstogen speurde ze Cassandra's gezicht af. 'Waar is die jongen? Toch niet hier, hoop ik. Is hij er? Ik wil niet dat hij aan mijn spullen zit en ze kapotmaakt.'

Cassandra werd duizelig.

'Mijn spullen zijn kostbaar. Je mag hem niet in de buurt laten.'

Er schoten Cassandra wat woorden te binnen en ze struikelde er bijna over. 'Nee... Nee, dat zal ik niet doen. Maak je geen zorgen, Nell, hij is er niet.'

Toen Cassandra's grootmoeder later weer in de duistere diepten van de slaap was weggezakt, verbaasde ze zich over het wrede vermogen van de geest om wrakstukken uit het verleden naar boven te halen. Waarom moest haar grootmoeders hoofd zo vlak voor haar dood weerklinken van de stemmen van mensen die al lang van de aardbodem waren verdwenen? Ging het altijd zo? Speurden zij die de overtocht hadden geboekt op het geruisloze schip van de dood altijd de kade af naar de gezichten van mensen die al lang waren overleden?

Daarna moest Cassandra hebben geslapen, want het volgende dat ze merkte, was dat de sfeer in het ziekenhuis weer was veranderd. Ze waren dieper in de tunnel van de nacht verdwenen. De lichten op de gang waren gedimd en ze werd aan alle kanten omgeven door de geluiden van de slaap. Ze zat ineengezakt in haar stoel met een stijve nek en een koude, aan de dunne deken ontsnapte enkel. Ze wist dat het laat was en ze was moe. Waardoor was ze wakker geworden?

Nell. Ze ademde hoorbaar. Ze was weer wakker. Cassandra ging vlug op de rand van het bed zitten. Nells ogen waren glazig in het halfdonker, ze waren bleek en gevlekt als water met druppels verf. Haar stem klonk als een dunne draad die bijna stuk was gerafeld. Eerst hoorde Cassandra niet wat ze zei, aanvankelijk dacht ze dat alleen haar lippen verloren woorden vormden, woorden die lang geleden waren gesproken. Toen besefte ze dat Nell iets zei.

'Die mevrouw,' zei ze. 'Die mevrouw zei dat ik moest wachten…'

Cassandra streelde Nells warme voorhoofd en veegde zachte haarlokken naar achteren die ooit de glans van gesponnen zilver hadden gehad. 'Die mevrouw' weer. 'Die vindt het niet erg,' zei ze. 'De mevrouw vindt het niet erg als je gaat.'

Nells lippen verstrakten, daarna trilden ze. 'Ik mag me niet bewegen. Ze zei dat ik moest wachten, hier op de boot.' Haar stem was amper meer dan gefluister. 'Die mevrouw… de Schrijfster… Tegen niemand zeggen.'

'Stil maar,' zei Cassandra. 'Ik zeg het tegen niemand, Nell. Ik zeg het niet tegen de mevrouw. Je mag gaan.'

'Ze had gezegd dat ze me zou komen halen, maar ik ben toch van mijn plaats gekomen. Ik ben niet blijven zitten waar ik moest zitten.'

Haar grootmoeders ademhaling was inmiddels zwoegend, ze viel ten prooi aan paniek.

'Maak je alsjeblieft geen zorgen, Nell. Alles is in orde, dat garandeer ik je.'

Nells hoofd zakte opzij. 'Ik mag niet weg… Dat mocht niet… De mevrouw…'

'Ik zal de zuster halen…'

'Nee!' Nell tastte zonder iets te zien om zich heen en probeerde Cassandra's hand te pakken. 'Niet weggaan!' Ze huilde stille tranen, die vochtig en glinsterend op haar bleke huid bleven liggen.

Cassandra beet op haar lip. 'Het is al goed, oma. Ik ga hulp halen. Ik kom zo terug, dat beloof ik je.'

4

Brisbane, Australië, 2005

Het huis leek te beseffen dat zijn meesteres weg was, en als het niet om haar rouwde, had het zich toch een obstinate stilte aangemeten. Nell was nooit het type voor feesten en groepen mensen geweest (en de muizen in de keuken waren luidruchtiger dan haar kleindochter), dus was het huis gewend geraakt aan een kalm bestaan zonder geredder, gedoe of lawaai. Daarom was het een ruwe schok toen er onverwacht mensen begonnen te komen, die door het huis en de tuin krioelden, thee slurpten en kruimels lieten vallen. Ineengedoken op de heuvelhelling achter het grote antiekcentrum op de top, onderging het huis deze laatste vernedering stoïcijns.

Natuurlijk hadden de tantes alles geregeld. Cassandra zou het net zo lief zonder al die poespas hebben gedaan en haar grootmoeder de laatste eer in alle stilte hebben bewezen, maar daarvan wilden de tantes niets weten. Natuurlijk moest Nell een wake krijgen. De familie zou haar de laatste eer willen bewijzen, net als Nells vrienden en vriendinnen. En bovendien was het niet meer dan fatsoenlijk.

Cassandra was niet bestand tegen zo veel oprechte vastberadenheid. Ooit zou ze hebben geprotesteerd, maar nu niet. Bovendien waren de tantes een onstuitbare macht en ze beschikten stuk voor stuk over een hoeveelheid energie die hun hoge leeftijd weersprak (zelfs de jongste, tante Hettie, was niet jonger dan vijfenzeventig). Dus had Cassandra haar bezwaren ingeslikt, bedwong ze zich om erop te wijzen dat Nell geen vrienden en vriendinnen had, en wijdde zich aan de taken die haar waren opgedragen: ze mocht theekopjes en schotels klaarzetten, taartvorkjes zoeken en Nells snuisterijen een beetje opruimen zodat de neven en nichten plek hadden om te zitten. Ze liet de tantes bedrijvig redderen, met al hun overdreven gewichtigheid.

Ze waren natuurlijk niet Cassandra's echte tantes. Het waren Nells jongere zussen, de tantes van Cassandra's moeder. Maar Lesley had nooit veel met ze opgehad, en prompt hadden de tantes Cassandra onder hun vleugels genomen.

Cassandra had eigenlijk verwacht dat haar moeder bij de begrafenis zou zijn, dat ze in het crematorium zou arriveren als de procedure al op gang was gekomen, dat ze er dertig jaar jonger zou uitzien dan ze in werkelijkheid was, als altijd tuk op bewonderende blikken. Mooi en jong en onmogelijk onschuldig.

Maar dat had ze niet gedaan. Cassandra nam aan dat ze wel een kaart zouden krijgen met een foto voorop die maar zijdelings bij de gebeurtenis paste. Met een groot, zwierig handschrift dat de aandacht trok, en daaronder overvloedige knuffels en kussen van het soort dat weinig kostte: een hele reeks balpenkruisjes.

Cassandra stak haar handen in de gootsteen en bewoog de inhoud nog wat heen en weer.

'Nou, ik vind dat het uitstekend is gegaan,' zei Phyllis, na Nell de oudste en verreweg de bazigste van het stel. 'Nell zou dit gewaardeerd hebben.'

Cassandra wierp een blik opzij.

'Nou ja,' zei Phyllis, en ze wachtte even met drogen, 'als ze tenminste een keer was gestopt er met alle geweld tegen te zijn.' Opeens werd ze moederlijk. 'En jij? Hoe gaat het eigenlijk met jou?'

'Goed.'

'Je ziet er mager uit. Eet je wel goed?'

'Drie keer per dag.'

'Je mag wel eens wat dikker worden. Morgenavond kom je bij mij eten; ik nodig de familie ook uit en dan maak ik rundvleespastei.'

Cassandra protesteerde niet.

Phyllis keek argwanend rond in de oude keuken en haar ogen bleven rusten op de scheefgezakte deksel van het fornuis. 'Vind je het hier niet eng in je eentje?'

'Nee, niet eng...'

'Maar eenzaam,' zei Phyllis en ze trok haar neus op in een overdreven vertoon van medeleven. 'Natuurlijk, dat spreekt vanzelf. Jij en Nell waren toch goede vriendinnen?' Ze wachtte het antwoord niet af, maar legde haar sproetenhand op Cassandra's onderarm en vervolgde haar opbeurende toespraakje. 'Maar het komt allemaal weer goed, en ik zal je zeggen waarom. Het is altijd triest om iemand te verliezen om wie je geeft, maar als het een oudje is, is het nooit zó erg. Zo gaat het nu eenmaal. Het is veel erger als het een jonge...' Ze slikte de rest van haar woorden in, spande haar schouders aan en werd rood.

'Ja, natuurlijk,' zei Cassandra vlug. Ze hield even op met afwassen en boog zich naar voren om door het raam naar de achtertuin te kijken. Er gleed zeepsop langs haar vingers, over de gouden trouwring die ze nog altijd droeg. 'Ik moet gauw eens naar buiten om te wieden. Als ik niet uitkijk, wordt het pad overwoekerd door Oost-Indische kers.'

Phyllis greep het nieuwe gespreksonderwerp dankbaar aan. 'Ik stuur Trevor wel om een handje te helpen.' Haar knokige vingers omklemden Cassandra's arm. 'Aanstaande zaterdag, schikt dat?'

Tante Dot schuifelde naar binnen met het zoveelste dienblad gebruikte theekopjes. Ze zette het rammelend op het aanrecht en drukte een mollige hand tegen haar voorhoofd.

'Eindelijk,' zei ze, turend naar Phyllis en Cassandra door een bril met borrelglaasjes. 'Dat waren de laatste.' Ze waggelde de eigenlijke keuken in en keek in een ronde plastic cakedoos. 'Daar krijgt een mens trek van.'

'O, Dot,' zei Phyllis, die de kans om haar ongemak in iets belerends om te zetten met beide handen aangreep, 'je hebt net gegeten.'

'Al een uur geleden.'

'Met die galblaas van jou? Ik zou denken dat je een beetje op je gewicht zou letten.'

'Dat doe ik ook,' zei Dot; ze rechtte haar rug en pakte haar omvangrijke middel met beide handen vast. 'Ik ben sinds Kerstmis al drie kilo afgevallen.' Ze deed de plastic deksel weer op de doos en keek Phyllis in de weifelende ogen. 'Echt waar.'

Cassandra onderdrukte een glimlach toen ze de afwas hervatte. Phyllis en Dot waren allebei even rond, net als de andere tantes. Dat hadden ze van hun moeder en die had het weer van de hare. Nell was de enige die aan de familievloek was ontkomen, die leek op hun slanke Ierse vader. Het was altijd een prachtig gezicht geweest als ze bij elkaar waren: de lange magere Nell met haar bolle zusjes.

Phyllis en Dot stonden nog steeds te kibbelen en Cassandra wist uit ervaring dat de ruzie zou escaleren tot een van hen (of beiden) de theedoek neersmeet en hoogst verontwaardigd naar huis zou stormen, als zij hen niet zou afleiden. Ze had het al eens eerder meegemaakt, maar ze was nooit echt gewend geraakt aan de manier waarop bepaalde woorden, bepaalde zinnen, of oogcontact dat een fractie van een seconde te lang duurde, het startsein kon betekenen voor het oplaaien van een geschil dat jaren daarvoor was begonnen. Als enig kind vond Cassandra de platgetreden paden van de interactie tussen de zusters even fascinerend als afschrikwekkend. Het was maar goed dat de andere tantes al door respectieve familieleden waren afgevoerd en niet in staat waren een steentje bij te dragen.

Cassandra schraapte haar keel. 'Luister, ik wilde jullie iets vragen…' Ze sprak een beetje met stemverheffing, en had de aandacht al bijna. 'Over Nell. Iets wat ze in het ziekenhuis heeft gezegd.'

Phyllis en Dot draaiden zich allebei om. Ze waren even rood. Het horen van de naam van hun zus leek hen te kalmeren. Ze werden weer herinnerd aan de reden van hun aanwezigheid en waarom ze kopjes stonden te drogen. 'Iets over Nell?' vroeg Phyllis.

Cassandra knikte. 'In het ziekenhuis had ze het tegen het eind over een vrouw. "De mevrouw" noemde ze haar, en "de Schrijfster". Ze leek te denken dat ze aan boord van een schip was.'

Phyllis' mond verstrakte. 'Haar geest was waarschijnlijk aan het dwalen. Ze ijlde maar wat. Waarschijnlijk een personage uit een tv-programma. Was er niet een soap waar ze dol op was en die zich op een boot afspeelde?'

'O, Phyl!' zei Dot hoofdschuddend.

'Ik weet zeker dat ik haar daarover heb horen praten.'

'Kom nou, Phyllie,' zei Dot. 'Nellie is er niet meer. Dit hoeft toch niet meer?'

Phyllis sloeg de armen over elkaar en pufte onzeker.

'We moeten het haar vertellen,' zei Dot vriendelijk. 'Nu kan dat geen kwaad meer.'

'Wat vertellen?' Cassandra keek van de een naar de ander. Haar vraag was bedoeld geweest om een conflict te voorkomen, deze merkwaardige geheimzinnigheid had ze niet verwacht. De tantes waren zo op elkaar gericht dat ze vergeten leken dat zij er ook nog was. 'Wat moet ze mij vertellen?'

Dot trok haar wenkbrauwen op naar Phyllis. 'Ze kan het beter van ons horen dan van iemand anders.'

Phyllis knikte bijna onmerkbaar, keek Dot aan en glimlachte grimmig. Hun gedeelde kennis maakte hen weer tot bondgenoten.

'Kom dan maar zitten,' zei Phyllis uiteindelijk. 'Dotty, lieve, wil jij vast water opzetten voor een lekkere pot thee?'

Cassandra volgde Phyllis naar de huiskamer en ging op Nells bank zitten. Phyllis liet haar brede achterwerk op het andere uiteinde zakken en friemelde aan een los draadje. 'Ik weet niet goed waar ik moet beginnen. Het is al zo lang geleden dat ik erover heb nagedacht.'

Cassandra was perplex. Waarover?

'Ik ga je ons grote familiegeheim vertellen. Elke familie heeft er een, daar kun je van op aan. Sommige zijn gewoon groter dan andere.'

Ze wierp fronsend een blik naar de keuken. 'Waar blijft Dot nou?'

'Waar gaat het over, Phyll?'

Ze zuchtte. 'Ik had mezelf beloofd het aan niemand anders te vertellen. De hele toestand heeft zo'n tweespalt gezaaid in onze familie, dat het makkelijker is om te doen alsof het niet is gebeurd. Ik zou verrekte graag hebben gewild dat papa het voor zich had gehouden. Maar hij dacht dat hij er goed aan deed, de arme ziel.'

'Wat heeft hij dan gedaan?'

Als Phyllis haar had gehoord, gaf ze daar geen blijk van. Dit was haar verhaal en ze ging het op haar manier en op haar tijdstip vertellen. 'We waren een gelukkig gezin. We hadden niet veel, maar we leefden vrij zorgeloos. Mama, papa en de meisjes. Zoals je weet, was Nellie de oudste. Daarna volgde er een gat van een jaar of tien door de Eerste Wereldoorlog, en daarna kwam de rest.' Ze glimlachte. 'Je zou het niet zeggen, maar Nellie was destijds het zonnetje van de familie. We liepen allemaal met haar weg, de jongsten beschouwden haar als een soort moeder, vooral toen mama ziek werd. Nell heeft heel goed voor mama gezorgd.'

Cassandra kon zich wel voorstellen dat Nell voor haar moeder zorgde, maar dat haar prikkelbare oma het zonnetje in huis was geweest? 'Wat is er gebeurd?'

'Heel lang heeft niemand het geweten. Zo wilde Nell het ook. Alles veranderde in huis en geen mens wist waarom. Onze grote zus veranderde in iemand anders, haar liefde voor ons leek wel opgedroogd. Niet van de ene dag op de andere, zo drastisch was het nu ook weer niet. Ze trok zich gewoon stukje bij beetje terug en maakte zich van ons los. Het was een groot mysterie en heel pijnlijk, en papa liet zich er niet over uit, hoe na we hem het vuur ook aan de schenen legden.

Mijn man zaliger heeft ons uiteindelijk op het juiste spoor gezet. Niet opzettelijk hoor, het was niet zo dat hij eropuit was om Nells geheim te ontdekken. Hij beschouwde zichzelf alleen een beetje als amateurgeschiedkundige. Toen Trevor was geboren, besloot hij een stamboom te maken. Dat was in hetzelfde jaar dat jouw moeder werd geboren, 1947.' Ze zweeg even en wierp een sluwe blik op Cassandra, alsof ze verwachtte dat die op de een of andere manier aanvoelde wat er ging komen, maar dat was niet zo.

'Op een dag kwam hij de keuken in. Ik herinner het me nog als de dag van gisteren. Hij zei dat hij bij de burgerlijke stand niets over de geboorte van Nell kon vinden. "Maar natuurlijk niet," zei ik. "Nellie is in Maryborough geboren voordat het gezin naar Brisbane verhuisde." Doug knikte en zei dat hij dat al had gedacht, maar toen hij de gemeente Mayborough aanschreef, kreeg hij te horen dat er geen gegevens waren.' Phyllis keek Cassandra veelbetekenend aan. 'Dat wil dus zeggen dat Nell niet bestond, althans niet officieel.'

Cassandra keek op toen Dot uit de keuken kwam en haar een kop thee overhandigde. 'Ik begrijp er niets van.'

'Natuurlijk niet, schatje,' zei Dot, die zich in de leunstoel naast Phyllis liet zakken. 'Wij begrepen er ook heel lang niets van.' Zuchtend schudde ze haar hoofd. 'Tot we June spraken. Dat was toch op Trevors bruiloft, Phylly?'

Phyllis knikte. 'In 1975. Ik was boos op Nell. Papa was nog maar net overleden, mijn oudste jongen, Nellies neef, ging trouwen en ze nam niet eens de moeite om te komen. In plaats daarvan ging ze op vakantie. Daarom ging ik met June praten. Ik mag wel zeggen dat ik ouderwets over Nellie heb zitten klagen tegen June.'

Cassandra was in de war. Ze had haar tantes uitgebreide netwerk van vrienden en familieleden nooit goed kunnen bijhouden. 'Wie is June?'

'Een nichtje van mama's kant,' zei Dot. 'Die heb je toch wel eens ontmoet? Ze was een paar jaar ouder dan Nell en in hun jonge jaren waren ze de dikste vriendinnen.'

'Ze moeten wel erg dik zijn geweest,' zei Phyllis verdrietig. 'June was de enige aan wie Nell het vertelde toen het gebeurde.'

'Toen er wat gebeurde?' vroeg Cassandra.

Dot boog zich naar voren. 'Papa had tegen Nell gezegd...'

'Papa had Nell iets verteld wat hij nooit had mogen zeggen,' zei Phyllis vlug. 'De arme drommel dacht dat hij er goed aan deed. Hij heeft er de rest van zijn leven spijt van gehad; hun relatie was voorgoed veranderd.'

'En hij had altijd een zwak voor Nell.'

'Hij hield van ons allemaal,' snauwde Phyllis.

'O, Phyll,' zei Dot, draaiend met haar ogen. 'Je kunt het nog steeds niet bekennen. Nell was zijn lieveling, zo eenvoudig was het. Dat was ook het ironische.'

Phyll reageerde niet, dus Dot, blij dat ze de teugels over kon nemen, vervolgde: 'Het gebeurde op de avond van haar eenentwintigste verjaardag,' zei ze. 'Na het feest...'

'Het was niet na het feest,' verbeterde Phyllis, 'maar tijdens.' Ze wendde zich tot Cassandra. 'Volgens mij dacht hij dat het een uitgelezen moment was om het haar te vertellen, ze begon tenslotte een nieuw leven en zo. Ze was verloofd, moet je weten. Niet met je grootvader, maar met iemand anders.'

'O ja?' zei Cassandra verrast. 'Daar heeft ze nooit iets over gezegd.'

Phyllis knikte wijsgerig. 'Het was de liefde van haar leven als je het mij vraagt. Jongen uit de buurt, heel anders dan Al.'

De naam van de laatste sprak ze met een zweempje weerzin uit. Het was een publiek geheim dat de tantes weinig met Nells Amerikaanse man opgehad hadden. Het was eerder een collectieve minachting van een burgerij voor de toevloed van Amerikaanse soldaten in het Brisbane van de Tweede Wereldoorlog, voor manschappen met meer geld, mooiere uniformen en een exotisch accent, die er bovendien nog vandoor gingen met een flink deel van de vrouwelijke bevolking, dan iets persoonlijks. Nell was in het geheel niet beledigd door de afkeuring van haar familie, integendeel. Ze omhulde zich in een korset van perverse tevredenheid. 'Wat is er dan gebeurd? Waarom is ze niet met hem getrouwd?'

'Een paar weken na het feest annuleerde ze de trouwerij,' zei Phyllis. 'Wat een toestand!' Ze schudde haar hoofd. 'We waren allemaal heel dol op Danny en zijn hart was ook gebroken, de arme jongen. Uiteindelijk is hij met iemand anders getrouwd, vlak voor de oorlog. Niet dat het hem veel geluk heeft gebracht, want hij is nooit meer teruggekeerd van de oorlog tegen de jappen.'

'Had haar vader tegen Nell gezegd dat ze niet met hem moest trouwen?' vroeg Cassandra. 'Had hij dat tegen haar gezegd op die bewuste avond? Om niet met Danny te trouwen?'

'Nee hoor,' zei Dot minachtend. 'Pa had Danny heel hoog, geen van onze echtgenoten kon aan hem tippen.'

'Waarom heeft ze hem dan de bons gegeven?'

'Dat wilde ze niet zeggen, zelfs niet tegen Danny. We werden bijna gek van dat mysterie,' zei Phyllis. 'We wisten alleen dat Nell niet meer met papa wilde praten, en ook niet meer met Danny.'

'Meer wisten we niet, totdat Phylly met June sprak,' zei Dot.

'Bijna vijfenveertig jaar later.'

'Wat zei June dan?' wilde Cassandra weten. 'Wat was er op dat feest gebeurd?'

Phyllis nam een slokje thee en trok haar wenkbrauwen op naar Cassandra. 'Papa zei tegen Nell dat ze niet van hem en mama was.'

'Was ze geadopteerd?'

De tantes wisselden een blik van verstandhouding. 'Dat niet precies,' zei Phyllis.

'Eigenlijk had hij haar gevonden,' zei Dot.

'Meegenomen.'

'Gehouden.'

Cassandra fronste. 'Waar gevonden?'

'Op de werf van Maryborough,' zei Dot. 'Waar vroeger de grote zeesche-pen uit Europa afmeerden. Nu niet meer natuurlijk, er zijn veel grotere ha-vens, en tegenwoordig komen de meeste mensen met het vliegtuig...'

'Papa had haar gevonden,' zei Phyllis. 'Toen ze nog maar een kleuter was. Het was vlak voor het begin van de Eerste Wereldoorlog. Drommen men-sen trokken uit Europa weg en wij waren maar al te blij om ze hier in Aus-tralië te verwelkomen. Om de dag arriveerde er wel een schip. In die tijd was papa havenmeester. Hij moest erop toezien dat de reizigers waren wie ze zeiden dat ze waren, en dat ze op hun officiële plaats van bestemming wa-ren gearriveerd. Er waren erbij die bijna geen woord Engels spraken.

Voor zover ik het begrijp, was er op een middag een soort opstootje. Er was een schip gearriveerd na een veelbewogen overtocht uit Engeland. Ty-fus, zonnesteek, ze hadden alles meegemaakt, en toen het schip aankwam, waren er mensen en bagage waar niemand raad mee wist. Het was een vre-selijke chaos. Papa slaagde er natuurlijk in om orde op zaken te stellen – daar was hij altijd al goed in geweest – maar voor de zekerheid werkte hij over en vertelde hij de nachtwaker alles wat er was voorgevallen en waarom er overgeschoten koffers in zijn kantoor stonden. Toen hij op hem wachtte, zag hij dat er nog iemand op de kade was. Een klein meisje van hooguit vier jaar zat op een kinderkoffertje.'

'Verder was er in geen mijlen een mens te bekennen,' zei Dot hoofd-schuddend. 'Ze was helemaal alleen.'

'Natuurlijk probeerde papa erachter te komen wie ze was, maar dat wilde ze niet zeggen. Ze zei dat ze het niet wist en het zich niet herinnerde. Er zat geen naamkaartje aan haar koffertje, en voor zover hij kon zien, zat er ook niets in waaruit hij wijs kon worden. Maar het werd laat en donker en slecht weer. Pa wist dat ze honger moest hebben, dus uiteindelijk besloot hij dat er niets anders op zat dan haar mee naar huis te nemen. Wat kon hij anders? Hij kon haar toch niet de hele nacht in die regenachtige haven laten zitten?'

Cassandra schudde haar hoofd en probeerde het beeld van het vermoei-de, eenzame, kleine meisje uit het verhaal van Phyll te rijmen met dat van de Nell die ze kende.

'Zoals June het vertelt, ging hij de volgende dag terug naar de haven in de verwachting paniekerige familieleden aan te treffen, en politie om een on-derzoek in te stellen...'

'Maar er was niets,' zei Dot. 'En dat bleef dag in dag uit zo. Er kwam niemand opdagen.'

'Het was alsof ze geen sporen had nagelaten. Ze probeerden er natuurlijk achter te komen wie ze was, maar omdat er dagelijks zo veel mensen arriveerden… Er was zo veel administratie. En er kon zo makkelijk iets door de mazen glippen.'

'Of iemand.'

Phyllis zuchtte. 'Dus hebben ze haar gehouden.'

'Wat konden ze anders?'

'En ze hebben haar laten denken dat ze er een van hen was.'

'Van ons.'

'Tot ze eenentwintig werd,' zei Phyllis, 'en papa besloot dat ze de waarheid moest weten. Dat ze een vondeling was met alleen een koffertje om haar te identificeren.'

Cassandra bleef zwijgend zitten terwijl ze de informatie tot zich door liet dringen. Ze sloeg haar vingers om haar warme theekopje. 'Wat moet ze zich alleen hebben gevoeld.'

'Dat kun je wel zeggen,' zei Dot. 'De hele reis in haar eentje. Maanden lang op dat grote schip, en dan in een verlaten haven aankomen.'

'Plus al die tijd daarna.'

'Hoe bedoel je?' vroeg Dot fronsend.

Cassandra klemde haar lippen opeen. Ja wát precies? Ze was overdonderd. Het besef van Nells eenzaamheid. Alsof ze een glimp van een belangrijk aspect van Nell had opgevangen dat ze nog niet kende. Of liever gezegd, opeens begreep ze een aspect van Nell dat ze maar al te goed kende. Haar isolement, haar onafhankelijkheid, haar stekeligheid. 'Ze moet zich heel alleen hebben gevoeld toen ze besefte dat ze niet was wie ze dacht dat ze was.'

'Ja,' zei Phyllis verrast. 'Ik moet bekennen dat ik dat eerst niet zag. Toen June het me vertelde, begreep ik niet waarom het zo veel zou veranderen. Ik begreep van geen kant waarom Nell er zo zwaar aan moest tillen. Mama en papa hielden veel van haar en wij, de jongsten, aanbaden onze grote zus; ze had zich geen betere familie kunnen wensen.' Met haar hoofd in de hand zakte ze tegen de armleuning van de bank en ze wreef vermoeid over haar linkerslaap. 'Maar naarmate de tijd verstreek, ben ik gaan beseffen… Dat kan toch? Ik ben gaan inzien dat de dingen die we voor vanzelfsprekend houden belangrijk zijn. Je weet wel, familie, bloedverwantschap, het verleden… Dat zijn de dingen die ons maken tot wie we zijn, en die heeft papa Nell afgenomen. Het was niet zijn bedoeling, maar dat heeft hij wel gedaan.'

32

'Maar het moet toch een opluchting voor Nell zijn geweest dat jullie het eindelijk wisten?' vroeg Cassandra. 'Dat moet het voor haar toch eenvoudiger hebben gemaakt?'

Phyllis en Dot keken elkaar aan.

'Jullie hebben het toch wel tegen haar gezegd?'

Phyllis fronste. 'Het heeft me een paar keer op de lippen gelegen, maar toen puntje bij paaltje kwam, kon ik er gewoon de woorden niet voor vinden, dat kon ik Nell niet aandoen. Ze had er al zo lang met geen woord over gerept, ze had haar hele bestaan om een geheim gebouwd, en ze had zo haar best gedaan om het voor zich te houden. Het leek wel... Ik weet het niet... bijna wreed om die muren af te breken. Alsof je voor de tweede keer het kleedje onder haar bestaan wegtrekt.' Ze schudde haar hoofd. 'Aan de andere kant is dat allemaal misschien maar flauwekul. Nell kon een furie zijn als ze dat wilde, misschien ontbrak het me gewoon aan lef.'

'Het heeft niets met lef of lafheid te maken,' zei Dot beslist. 'We waren het er allemaal over eens dat dit het beste was, Phylly. Zo wilde Nell het.'

'Misschien heb je gelijk,' zei Phyllis. 'Hoe dan ook, je vraagt het je wel eens af. Het is niet dat er geen gelegenheid voor was, bijvoorbeeld op de dag toen Doug met dat koffertje thuiskwam.'

'Vlak voor papa doodging,' legde Dot aan Cassandra uit, 'liet hij de man van Phyllis het koffertje naar Nell brengen. Maar hij sprak met geen woord over wat het was. Dat was echt pa. Wat geheimen aangaat, was hij net zo erg als Nell. Hij had het koffertje al die jaren verborgen gehouden, weet je. Met alles er nog in, precies zoals hij het had gevonden. Hij had het verstopt op een plek waarvan hij waarschijnlijk dacht dat alleen de ratten en kakkerlakken het ooit konden vinden.'

'Gek hè?' zei Phyllis. 'Zodra ik dat koffertje zag, moest ik aan het verhaal van June denken. Ik wist dat dit het koffertje moest zijn dat papa al die jaren geleden bij Nell op de kade had gevonden, maar al die tijd dat het achter in papa's voorraadkamer had gestaan, had ik er nooit aan gedacht. Ik bracht het niet in verband met Nell en haar oorsprong. Als ik er al bij heb stilgestaan, zal ik me hebben afgevraagd wat papa en mama in hemelsnaam met zo'n raar koffertje moesten. Heel klein, echt een kinderkoffertje. Wit leer, zilveren gespen, heel chic...'

En hoewel Phyllis doorging met de beschrijving van het koffertje, had ze de moeite niet hoeven nemen, want Cassandra wist precies hoe het eruitzag.

Sterker nog, ze wist ook wat erin zat.

5

Brisbane, Australië, 1976

Cassandra wist waar ze heen gingen zodra haar moeder het raampje omlaag draaide en tegen de pompbediende 'Gooi maar vol' zei. De man zei iets, en haar moeder stiet een meisjesachtig lachje uit. Hij knipoogde naar Cassandra voordat zijn blik daalde naar haar moeders lange, bruine benen in een afgeknipte spijkerbroek. Cassandra was eraan gewend dat mannen naar haar moeder staarden, maar vond het onbelangrijk. Ze keek liever naar buiten om aan oma Nell te denken. Want daar gingen ze naartoe. Het was de enige reden waarom haar moeder ooit voor meer dan vijf dollar benzine tankte: voor de reis van een uur over de Southeast Freeway naar Brisbane.

Cassandra had altijd ontzag voor Nell gevoeld. Ze had haar pas vijf keer ontmoet (voor zover ze zich kon herinneren), maar Nell was het soort persoon dat je niet gauw vergat. Om te beginnen was ze de oudste persoon die ze ooit had ontmoet. En ze glimlachte niet zoals andere mensen, wat haar nogal deftig en niet zo'n klein beetje angstaanjagend deed overkomen. Lesley sprak niet vaak over Nell, maar één keer, toen Cassandra in bed lag en haar moeder ruziemaakte met de vriend die ze voor Len had, had ze haar Nell een heks horen noemen. En hoewel Cassandra niet meer in toverij geloofde, kon ze dat beeld maar niet van zich afzetten.

Nell had wel iets van een heks. Dat lange, zilvergrijze haar, dat in een knotje op haar achterhoofd zat, de poezen die elke oppervlakte van haar huis en tuin in beslag leken te nemen, het smalle houten huis op de heuvel in Paddington met zijn bladderende, citroengele verf en overwoekerde tuin. De manier waarop ze je recht bleef aankijken, alsof ze elk moment een toverspreuk kon zeggen.

Ze snelden met de raampjes omlaag over Logan Road en Lesley zong mee met de radio, de nieuwste ABBA-hit die je constant op *Countdown* hoorde. Nadat ze de Brisbane River waren overgestoken, omzeilden ze het centrum van de stad en reden ze door naar Paddington met zijn paddenstoelen van golfplaat op afgevlakte stukken in de heuvels. Een zijstraat van Latrobe Terrace door, een steile helling af en halverwege een smalle weg stond Nells huis.

Lesley reed de stoep op, bracht de auto met een ruk tot stilstand en zette de motor af. Cassandra bleef even zitten en liet de warme zon door de raampjes op haar benen schijnen. De huid in haar knieholten plakte nat en warm aan de kunstleren bekleding. Toen haar moeder uitstapte, sprong ze uit de auto, ging ze naast haar op de stoep staan en keek onwillekeurig naar het hoge smalle huis.

Aan de ene kant liep een smal betonnen pad met barsten. Helemaal aan het eind was wel een voordeur, maar iemand had jaren geleden de trap ernaartoe laten dichtgroeien, zodat je er niets meer van zag, en volgens Lesley werd die nooit meer gebruikt. Zo vond Nell het prettig, voegde ze eraan toe. Het weerhield mensen ervan onverwacht langs te komen in de waan dat ze welkom waren. De dakgoten waren oud en scheef en in het midden zat een groot roestig gat dat bij een wolkbreuk bakken vol water moest doorlaten. Maar vandaag was er geen teken van regen, dacht Cassandra, toen een warme bries de windgong deed klingelen.

'Jezus, wat is Brisbane toch een stinkgat,' zei Lesley, terwijl ze hoofdschuddend over haar grote, bruine zonnebril tuurde. 'Wat een zegen dat ik hier ben weggegaan.'

Er klonk een geluid aan het eind van het pad. Een slanke, lichtbruine poes biologeerde de nieuwe gasten ongastvrij. Ze hoorden scharnieren van een hekje piepen en daarna voetstappen. Naast de kat verscheen een lange gestalte met zilvergrijs haar. Cassandra hield de adem in. Nell. Het was alsof ze een van de beelden uit haar fantasie onder ogen kwam.

Ze bleven allemaal even naar elkaar staan kijken. Niemand zei iets. Cassandra had het merkwaardige gevoel dat ze getuige was van een geheimzinnig volwassenenritueel, dat ze niet helemaal begreep. Ze vroeg zich af waarom ze bleven staan en wie de eerste stap zou zetten, toen Nell de stilte verbrak. 'Ik dacht dat je eerst zou bellen wanneer je wilde komen.'

'Ook leuk om jou weer te zien, mama.'

'Ik ben druk met het sorteren van kisten voor de veiling. Er staan overal spullen, we kunnen nergens zitten.'

'We redden ons wel.' Lesley knipte met haar vingers naar Cassandra. 'Je kleindochter heeft dorst, het is hier verrekte warm.'

Nell slaakte een lange zucht. 'Kom dan maar mee naar binnen.'

Lesley knipoogde naar Cassandra en trok één schouder op ten teken dat ze moest meekomen.

Cassandra keek de twee vrouwen even na toen ze het betonnen pad naar de achterkant van het huis op liepen. Er was iets vreemds aan het gedrag van haar moeder, iets zenuwachtigs dat Cassandra niet van haar gewend was en waarop ze de vinger niet kon leggen.

'Kom dan, Cassie,' riep Lesley van het eind van het pad. 'Sta daar niet zo te treuzelen. Zeg ik net tegen oma wat een lief meisje je bent en nu maak je me tot een leugenaar.'

Nell had niet overdreven over de bende. De vloer was overdekt met grote, kreukelige bergen van proppen krantenpapier. Op de tafel, een eiland te midden van een zee van kranten, stonden ontelbare stukjes porselein, glas en kristal. Snuisterijen. Bric-à-brac, dacht Cassandra, blij dat ze dat weerbarstige woord nog kende.

'Ik zal water opzetten,' zei Lesley en ze schoof naar de andere kant van de keuken.

Nell en Cassandra waren alleen, en de oude vrouw keek haar op die griezelige manier van haar aan.

'Je bent gegroeid,' zei ze uiteindelijk. 'Maar je bent nog steeds te mager.'

Cassandra knikte. Het was waar, want de kinderen op school zeiden dat ook altijd.

'Ik was net zo mager als jij,' zei Nell. 'Weet je hoe mijn vader me vroeger noemde?'

Cassandra haalde haar schouders op.

'Geluksbenen. Ik mocht van geluk spreken dat ze niet in tweeën knapten.' Nell pakte theekopjes van haken aan een ouderwetse kast. 'Wil je thee of koffie?'

Cassandra schudde gegeneerd haar hoofd. Ze was in mei wel tien geworden, maar ze was nog altijd een klein meisje dat niet gewend was aan grote mensen die haar vroegen of ze een grotemensendrankje wilde.

'Ik heb geen sap of frisdrank of zoiets in huis,' waarschuwde Nell.

Cassandra had haar tong weer terug. 'Ik vind melk lekker.'

Nell keek haar met knipperende ogen aan. 'Die staat in de koelkast. Hij is voor de poezen. De fles zal glad zijn, dus kijk uit dat je hem niet op de grond laat vallen.'

Toen de thee was ingeschonken, zei Cassandra's moeder dat ze naar buiten moest. Het was een te mooie, zonnige dag om in huis te zitten. Oma Nell voegde eraan toe dat ze onder het huis kon spelen, maar dat ze nergens aan mocht komen. En ze mocht zeker niet in het benedenappartement komen.

Het was zo'n hete, Australische periode waarin de dagen zonder tussenpozen aaneengeregen lijken. Ventilators deden weinig anders dan warme lucht laten ronddraaien, de cicaden snerpten oorverdovend, ademhalen kostte moeite en je kon niets anders doen dan op je rug liggen wachten tot januari en februari voorbij waren en de maartstormen begonnen, en daarna eindelijk de eerste hevige regenbuien van april.

Maar dat wist Cassandra niet. Ze was een kind en beschikte over de gehardheid van een kind tegen een moeilijk klimaat. Het zou nog minstens tien jaar duren voordat de onhoudbare, verstikkende warmte van de zomer in Brisbane haar zou opvallen.

Ze liet de hordeur achter zich dichtvallen en liep het pad naar de achtertuin af. Er waren bloemen van de Indische jasmijn gevallen en die lagen zwart en droog en gekrompen te stoven in de zon. Ze wreef ze onder het lopen met haar schoen uit. Ze vond het leuk om zwarte vegen op het lichte beton te maken.

Ze ging op de kleine ijzeren tuinstoel op een open plek aan het eind zitten en vroeg zich af hoe lang ze zichzelf in deze merkwaardige tuin van haar mysterieuze grootmoeder moest bezighouden. Ze staarde naar het huis. Wat hadden haar moeder en haar oma te bespreken, en waarom waren ze hier vandaag op bezoek gegaan? Hoe ze ook met de vragen in haar jonge hersens worstelde en ze van alle kanten bekeek, ze moest het antwoord schuldig blijven.

Na een poosje bleek de verleiding van de tuin te groot. Ze vergat haar vragen en begon zwangere knopjes van de vlijtig liesjes te verzamelen, vanuit de verte gadegeslagen door een zwarte kat die veinsde geen belangstelling te hebben. Toen ze een mooie verzameling had, klom Cassandra op de laagste tak van de mangoboom achter in een hoekje van de tuin, met de zaadbolletjes voorzichtig in haar hand, en toen liet ze die een voor een knappen. Ze genoot van de koude, glibberige zaadjes die over haar handen sproeiden, de verrassing van de poes toen er een zaaddoosje tussen haar voorpoten viel en haar sprong omdat ze dat voor een sprinkhaan versleet.

Toen ze allemaal gesprongen waren, veegde Cassandra haar handen aan haar short af en keek ze om zich heen. Aan de andere kant van het prikkeldraad van de omheining stond een enorm wit, rechthoekig gebouw. Cassandra wist dat dit het theater van Paddington was, al was het gesloten. Ergens in de buurt dreef oma haar winkel in tweedehands spullen. Daar was Cassandra een keer geweest tijdens net zo'n plotseling bezoekje van Lesley aan Brisbane. Die had haar bij Nell achtergelaten terwijl zijzelf iemand ging opzoeken.

Nell liet haar een zilveren theeservies poetsen. Daar had Cassandra van genoten: van de geur van de Silvo, en van het zien hoe het doekje zwart werd en het zilver van de theepotten ging glimmen. Nell legde haar zelfs een paar van de keurmerkjes uit: de leeuw voor zuiver zilver, de luipaardenkop voor Londen en een letter voor het jaar waarin het was gemaakt. Het leek wel een geheime code. Naderhand had Cassandra vergeefs haar hele huis doorzocht op zilver dat ze voor Lesley kon poetsen en ontcijferen. Nu wist ze opeens weer hoe leuk ze dat karweitje had gevonden, ze was het vergeten.

Toen de tijd verstreek, de zon naar zijn hoogste punt aan de hemel klom, de mangobladeren slap gingen hangen van de hitte en het lied van de *magpies* hun in de keel stokte, liep Cassandra weer terug over het tuinpad. Mama en Nell zaten nog binnen – ze zag hun donkere silhouet door de hordeur – dus liep ze door langs de zijkant van het huis. Daar was een enorme houten schuifdeur op een rail en toen ze aan de hendel trok om hem open te maken, keek ze in de koele, schemerige ruimte onder het huis.

De duisternis was zo'n contrast met het schelle licht van buiten, dat het was alsof ze over de drempel van een andere wereld stapte. Cassandra voelde een schok van opwinding toen ze naar binnen ging en langs de wanden van de ruimte liep. Het was een grote ruimte, maar Nell had haar best gedaan om hem te vullen. Langs drie wanden stonden van de vloer tot het plafond stapels dozen van verschillende vormen en afmetingen, en tegen de vierde stonden oude ramen en deuren, waarvan sommige met kapotte ruitjes. De enige plek waar niets stond was een deuropening halverwege de verste wand, die naar de kamer voerde die Nell haar 'appartement' noemde. Als Cassandra naar binnen gluurde, zag ze een ruimte ter grootte van een slaapkamer. Langs twee kanten liepen geïmproviseerde schappen die vol stonden met oude boeken en tegen de verste wand stond een uitklapbed met een rood-wit-blauwe lappendeken. Door een klein raampje viel het enige licht, maar er waren een paar houten spijlen voor getimmerd. Om dieven buiten te houden, dacht Cassandra, al kon ze zich niet voorstellen wat die in zo'n kamer te zoeken hadden.

Cassandra had sterk de neiging om op het bed te gaan liggen en de koele lappendeken tegen haar huid te voelen, maar Nell had er geen misverstand over laten bestaan – ze mocht wel beneden spelen maar niet in die kamer komen – en Cassandra was een gehoorzaam meisje. In plaats van naar binnen te gaan en op bed te ploffen, draaide ze zich weer om. Ze liep terug naar de plek waar een kind heel lang geleden een hinkelbaan op de betonnen vloer had getekend. Ze speurde de omtrek van de ruimte af op zoek naar een geschikte steen en gooide er een paar weg voordat ze een gelijkmatige zonder scherpe hoeken vond die hem van koers konden laten veranderen.

Cassandra liet de steen rollen (hij belandde perfect in het midden van het eerste vierkant (en ze begon te hinkelen. Ze was bij nummer zeven toen ze de stem van haar grootmoeder, zo scherp als gebroken glas, door de vloer van boven hoorde snerpen. 'Wat ben jij voor moeder?'

'Niet erger dan jij was.'

Cassandra bleef op één been midden in het vierkant staan luisteren. Er viel een stilte, althans voor zover Cassandra het kon horen. Waarschijnlijk praatten ze weer zachter, omdat de buren aan weerskanten maar een klein stukje verderop woonden. Len zei bij een ruzie met Cassandra's moeder altijd dat vreemden niets met hun zaken te maken hadden. Dat Cassandra elk woord hoorde, vonden ze kennelijk niet erg.

Cassandra wankelde, verloor haar evenwicht en liet haar zwevende voet weer zakken. Het was maar voor een fractie van een seconde, daarna tilde ze hem weer op. Zelfs Tracy Waters, die onder de meisjes van groep vijf de reputatie van strengste hinkelscheidsrechter had, zou het hebben toegelaten en haar de ronde hebben laten afmaken, maar Cassandra was haar zin in het spel verloren. Haar moeders stem had haar van haar stuk gebracht. Ze kreeg buikpijn.

Ze gooide de steen weg en liep van de hinkelbaan weg.

Het was te warm om weer naar buiten te gaan. Wat ze eigenlijk wilde was lezen. Ontsnappen naar het Toverbos, de Verwegboom beklimmen, met De Vijf naar de Smokkelaarsberg gaan. Ze zag het boek zo voor zich naast haar kussen op haar bed liggen, waar ze het die ochtend had gelaten. Dom van haar om het niet mee te nemen. Ze hoorde altijd de stem van Len als ze iets doms had gedaan.

Daarna moest ze aan Nells boekenplanken denken, aan de oude boeken langs de wanden van het appartement. Nell zou het toch niet erg vinden als ze er eentje uitkoos om te lezen? Ze zou heel voorzichtig zijn en de dingen precies zo achterlaten als ze ze had gevonden.

In het appartement hing een bedompte lucht van stof en ouderdom. Cassandra liet haar blik langs de ruggen van de boeken dwalen, rode, groene en gele, en ging net zo lang door tot een titel haar aandacht trok. Op de derde plank had een lapjeskat zich in een strook zonlicht voor de boeken uitgestrekt. Cassandra had hem nog niet gezien en vroeg zich af waar hij vandaan was gekomen en hoe hij het appartement was binnengekomen zonder dat zij er erg in had. De poes leek te voelen dat ze werd bestudeerd, drukte zich op met haar voorpoten en keek Cassandra superieur aan. Daarna sprong ze met een soepele beweging op de grond en verdween onder het bed.

Cassandra keek haar na en vroeg zich af hoe het zou zijn om je zo moeiteloos te kunnen bewegen en zo totaal te verdwijnen. Ze knipperde met haar ogen. Misschien niet zo totaal, eigenlijk. Op de plek waar de poes achter de lappendeken was verdwenen, was nu iets zichtbaar geworden. Het was klein en wit en rechthoekig.

Cassandra ging op haar hurken zitten, tilde de rand van de deken op en keek onder het bed. Het was een koffertje, een klein, oud koffertje. De deksel zat scheef en Cassandra kon er een stukje in kijken. Papieren, witte stof, een blauw lint.

Opeens wist ze heel zeker dat ze precies wilde weten wat erin zat. Met bonkend hart trok ze het koffertje tevoorschijn en zette ze de deksel open tegen de rand van het bed. Haar ogen gleden over de inhoud.

Een oude zilveren haarborstel die er kostbaar uitzag; bij de borstel zelf was een luipaardkopje voor Londen gegraveerd. Een leuk wit jurkje, een ouderwets soort dat Cassandra nog nooit had gezien, laat staan gedragen; de meisjes op school zouden haar uitlachen als ze zoiets droeg. Een bundeltje papieren, bijeengehouden door een lichtblauw lint. Cassandra trok de strik open en veegde de eindjes opzij om te zien wat eronder zat.

Een zwart-wittekening van de mooiste vrouw die Cassandra ooit had gezien, staand onder een pergola. Nee, geen pergola, het was een lommerrijke poort, de ingang van een tunnel van bomen. Het was een doolhof, dacht Cassandra opeens. Het vreemde woord schoot haar in zijn geheel te binnen.

Het beeld kwam haar merkwaardig vertrouwd voor en eerst begreep Cassandra niet waarom dat was. Toen besefte ze dat de vrouw eruitzag als een personage uit een kinderboek. Het was net een illustratie uit een ouderwets sprookjesboek: het dienstmeisje dat in een prinses verandert wanneer de knappe prins door haar haveloze kleding heen kijkt. Cassandra had een keer een boek met dat soort verhalen van een meisje op school geleend. In ruil daarvoor had ze Lisa Jefferson een maand lang elke dag het zakje chips uit haar broodtrommeltje moeten geven. 's Middags en voor het slapengaan had ze zich over het boek gebogen. Ze las de betoverende verhalen, staarde naar de illustraties: ontelbare kleine zwarte streepjes die bij elkaar de fraaiste plaatjes vormden.

Cassandra vroeg zich af hoe het zou zijn om zulke dingen te scheppen, om een potlood te pakken en te kunnen toveren. Toen Lisa's moeder een keer bij Len langskwam om het boek terug te eisen, had Cassandra geprobeerd zelf tekeningen te maken. Maar die waren niet zo goed; ze had ze in elk geval aan niemand laten zien.

Ze zette de tekening naast zich op de grond en richtte haar aandacht op de rest van de bundel. Er waren een paar enveloppen met brieven en een schrift met gelinieerde bladzijden die iemand met een zwierig handschrift had volgeschreven. Wat Cassandra betrof, had het evengoed in een vreemde taal kunnen zijn. Achterin zaten brochures en uit tijdschriften gescheurde bladzijden, samen met een foto van een man en een vrouw met een klein meisje met lange vlechten. Cassandra herkende er niemand van.

Onder het schrift vond ze het sprookjesboek. Het leek op dat van Lisa, alleen was het veel ouder. Het omslag was van groen karton met gouden letters: *Magische Vertellingen voor Jongens en Meisjes*, door Eliza Makepeace. Cassandra herhaalde de naam van de schrijfster en genoot van de geheimzinnige klanken op haar lippen. Ze sloeg het open en aan de binnenkant van het omslag stond nog een foto van dezelfde dame, hoewel ze er op deze anders uitzag. Minder levendig, ouderwetser. Cassandra bladerde door naar het eerste sprookje en geschrokken zilvervisjes schoten alle kanten op. De tijd had de bladzijden doen vergelen en aan de randen zagen ze er beduimeld en verfomfaaid uit. Het papier voelde poederig en toen ze over een ezelsoor wreef, leek het wel een beetje tot stof uiteen te vallen.

Cassandra kon er niets aan doen. Midden op het kampeerbed ging ze met opgetrokken knieën liggen lezen. Het was er de perfecte plek voor: koel, stil en geheim. Cassandra verstopte zich altijd wanneer ze ging lezen, al begreep ze zelf nooit precies waarom. Het was alsof ze schuldbewust het vermoeden dat ze lui was niet van zich kon afschudden, dat je zo totaal aan iets leuks overgeven natuurlijk verkeerd moest zijn.

Maar zich overgeven deed ze. Ze liet zich door het konijnenhol in een betoverend geheimzinnige vertelling vallen, over een prinses die bij een blinde oude vrouw in een huisje aan de rand van een donker bos woonde. Het was een dappere prinses, veel dapperder dan Cassandra ooit zou zijn, een prinses die vreemde landen en oceanen afreisde op zoek naar een kostbaar voorwerp.

Ze moest nog twee bladzijden toen voetstappen op de vloer boven haar aandacht trokken.

Ze kwamen eraan.

Ze ging vlug rechtop zitten, zwaaide haar benen over de rand van het bed en zette haar voeten op de grond. Ze wilde het verhaal dolgraag uitlezen om erachter te komen wat er met de prinses zou gebeuren, of ze de ogen van het oude vrouwtje kon terughalen en ze nog lang en gelukkig zouden leven. Maar er zat niets anders op dan de papieren te ordenen, alles weer in het koffertje te gooien en het onder het bed te schuiven. Ze had alle sporen van haar ongehoorzaamheid gewist.

Ze glipte het appartement uit, raapte een steen op en ging weer naar de hinkelbaan.

Tegen de tijd dat haar moeder en Nell bij de schuifdeur verschenen, leek het alsof Cassandra de hele middag niet anders had gedaan dan hinkelen, zonder ook maar één gedachte aan het appartement te besteden.

'Kom maar, meisje,' zei Lesley.

Cassandra sloeg het stof van haar short en liep naar haar moeder. Toen Lesley een arm om haar heen sloeg, vroeg ze zich af of ze was betrapt.

'Heb je je een beetje vermaakt?'

'Ja,' zei Cassandra behoedzaam.

Maar haar moeder was niet boos. Integendeel, ze had zelfs iets triomfantelijks. Ze keek naar Nell. 'Ik zei het toch? Die zorgt wel voor zichzelf.'

Nell gaf geen antwoord, en Cassandra's moeder vervolgde: 'Je blijft een poosje bij oma Nell, Cassie. Kun je op avontuur gaan.'

Dat was een verrassing. Haar moeder had zeker meer te doen in Brisbane. 'Blijf ik hier lunchen?'

Lesley stiet weer dat klaterende lachje uit. 'Hopelijk elke dag, tot ik je weer kom halen.'

Cassandra werd zich opeens bewust van de scherpe randen van de steen in haar hand en van de hoekjes die zich in haar vingertoppen boorden. Ze keek van haar moeder naar haar grootmoeder. Was het een spelletje? Maakte haar moeder een grapje? Ze wachtte om te zien of haar moeder in lachen zou uitbarsten.

Maar dat deed ze niet. Ze keek Cassandra alleen met grote blauwe ogen aan.

Cassandra stond met haar mond vol tanden. 'Ik heb geen pyjama bij me,' bracht ze ten slotte uit.

Op dat moment glimlachte haar moeder breed en opgelucht, en Cassandra besefte op de een of andere manier dat het moment waarop ze nog had kunnen weigeren, was gepasseerd. 'Maak je maar geen zorgen, suffie. Ik heb een tas voor je ingepakt en die ligt in de auto. Je dacht toch niet dat ik je hier zonder bagage zou afzetten?'

Tijdens deze hele uitwisseling had Nell stijfjes gezwegen en Lesley gadegeslagen met iets op haar gezicht wat Cassandra als afkeuring herkende. Waarschijnlijk wilde oma haar niet bij haar laten logeren. Kleine meisjes liepen maar in de weg, zei Len altijd.

Lesley repte zich naar de auto en boog zich door het open raampje van de achterbank naar binnen om een reistas tevoorschijn te halen. Cassandra vroeg zich af wanneer ze die had ingepakt en waarom ze dat zelf niet had mogen doen.

'Hier, meisje,' zei Lesley en ze wierp de tas naar Cassandra. 'Er zit ook een verrassing voor je in, een nieuwe jurk. Die heeft Len me helpen uitkiezen.'

Ze rechtte haar rug en zei tegen Nell: 'Een week of twee maar, dat beloof ik. Tot Len en ik weer in het reine zijn met elkaar.' Lesley woelde door Cassandra's haar. 'Oma Nell vindt het leuk dat je bij haar logeert. Dit wordt een echte zomervakantie in de grote stad. Iets om aan de andere kinderen te vertellen wanneer school weer begint.'

Cassandra's grootmoeder glimlachte, alleen was het geen blije glimlach. Cassandra dacht dat ze wist hoe zo'n glimlach voelde. Zo glimlachte ze dikwijls zelf wanneer haar moeder haar iets beloofde wat ze echt graag wilde, maar wat er waarschijnlijk nooit van zou komen.

Lesley gaf haar een kusje op de wang, kneep in haar hand en daarna was ze op de een of andere manier verdwenen voordat Cassandra haar een knuffel kon geven, kon zeggen om voorzichtig te rijden, of kon vragen wanneer ze precies zou terugkomen.

Toen zij en haar grootmoeder de oude stationcar van de stoeprand zagen rijden om zichzelf de heuvel aan het eind van de straat op te slepen en met een rookwolkje de hoek om te gaan, rook Cassandra nog steeds haar moeders parfum, dat koppig in de warme lucht bleef hangen.

Later maakte Nell het avondeten – dikke saucijzen, aardappelpuree en zompige doperwten uit blik – en ze aten in de smalle kamer bij de keuken. Nells huis had geen muskietengaas voor de ramen zoals Lens appartement in Burleigh Beach, in plaats daarvan hield Nell een vliegenmepper bij de hand op de vensterbank naast haar. Bedreigd door vliegen of muggen was ze pijlsnel. Die aanvallen waren zo vlug en ervaren dat de poes die op Nells schoot sliep amper bewoog.

Onder het eten maaide de logge ventilator op de koelkast de vochtige, warme lucht heen en weer; Cassandra beantwoordde de vragen die haar grootmoeder af en toe stelde zo beleefd mogelijk en uiteindelijk was de beproeving van het avondmaal achter de rug. Cassandra hielp met afdrogen en daarna bracht Nell haar naar de badkamer en liet ze een bad vollopen met lauw water.

'Er is maar één ding erger dan een koud bad in de winter,' zei Nell tussen neus en lippen door, 'en dat is een warm bad in de zomer.' Ze trok een bruine handdoek uit de kast en legde die op de stortbak van de wc. 'Je kunt de kraan dichtdoen wanneer het water zo hoog is.' Ze wees naar een barst in het groene porselein. Daarna richtte ze zich op en trok ze haar jurk recht. 'Denk je dat je het redt, zo?'

Cassandra knikte met een glimlach en zat nog steeds glimlachend te knikken toen haar grootmoeder de deur achter zich dichttrok. Ze hoopte dat ze het juiste antwoord had gegeven, grote mensen waren soms onberekenbaar. Ze vonden het vooral niet prettig als kinderen hun gevoelens niet onder stoelen of banken staken, althans hun negatieve. Len herinnerde Cassandra er vaak genoeg aan dat lieve kinderen hoorden te glimlachen en moesten leren hun lelijke gedachten voor zich te houden. Maar Nell was niet zo; Cassandra wist niet goed hoe ze het wist, maar bij Nell waren de regels anders. Hoe dan ook, het was maar het beste om het zekere voor het onzekere te nemen.

Daarom zei ze maar niets over de tandenborstel, althans het gebrek daaraan. Lesley vergat zulke dingen altijd in te pakken wanneer ze ergens gingen logeren, maar Cassandra besefte dat ze van een week of twee zonder tandenpoetsen niet dood zou gaan. Ze draaide haar haar in een knotje en bond het met een elastiekje op haar kruin. Thuis zette ze haar moeders douchemuts op, maar ze wist niet of Nell er een had en wilde er niet om vragen. Ze stapte in het bad en ging in het lauwe water zitten, trok haar knieën op en deed haar ogen dicht. Ze luisterde naar het water dat tegen de zijkant van de kuip klotste, het zoemen van het peertje en het gonzen van een mug ergens boven haar hoofd.

Zo bleef ze een tijdje zitten en uiteindelijk klom ze er met tegenzin uit toen ze besefte dat Nell misschien zou komen kijken als ze het nog langer uitstelde. Ze droogde zich af, hing de handdoek voorzichtig over de doucherail, trok hem recht en stapte in haar pyjama.

Ze trof Nell in de serre, waar ze een laken en dekens op de bank legde.

'Hij is eigenlijk niet om op te slapen,' zei Nell terwijl ze het kussen op zijn plek drukte. 'Het matras stelt weinig voor en de veren zijn een beetje hard, maar je bent niet zwaar. Het zal best comfortabel zijn.'

Cassandra knikte ernstig. 'Het is toch maar voor een week of twee, tot mama en Len hun dingen hebben geregeld.'

Nell glimlachte grimmig. Blijkbaar lachte ze niet vaak, want de spieren om haar mond leken stijf. Ze keek om zich heen en daarna weer naar Cassandra. 'Heb je nog iets nodig? Een glaasje water, of een lamp?'

Cassandra schudde haar hoofd. Vaag vroeg ze zich af of Nell een reserve-tandenborstel had, maar ze kreeg de woorden voor de vraag er niet uit.

'Nou, kruip er dan maar in,' zei Nell, terwijl ze een hoekje van de deken omhooghield.

Cassandra schoof gehoorzaam in bed en Nell trok de lakens omhoog. Die waren verrassend zacht, aangenaam versleten en hadden een onbekende maar prettige geur.

Nell aarzelde. 'Goed, welterusten dan maar.'

'Welterusten.'

Toen ging het licht uit en was Cassandra alleen.

In het donker werden onbekende geluiden versterkt. Verkeer op een heuvel in de verte, een tv bij een van de buren, Nells voetstappen op de houten vloer van een andere kamer en de windgong buiten. Eerst was het maar een zacht getinkel, maar terwijl ze wakker lag en zich afvroeg waar haar moeder was, waarom die haar had achtergelaten in dit vreemde huis met zijn vreemde geluiden, en ze met haar tong langs haar wollige tanden ging, nam de wind in kracht toe. De buizen van de windgong sloegen tegen elkaar en Cassandra besefte dat de lucht was verzadigd van de geur van eucalyptus en teer van de wegen. Er dreigde onweer.

Cassandra krulde zich op onder de dekens. Ze hield niet van onweer, het was zo onvoorspelbaar. Hopelijk waaide het over voordat het echt tekeer zou gaan. Ze sprak iets met zichzelf af; als ze tot tien kon tellen voordat de volgende auto over de heuvel in de buurt ronkte, zou alles goed komen. Dan zou het onweer gauw overwaaien en mama haar binnen een week komen halen.

Een. Twee. Drie… Ze speelde niet vals, ze haastte zich niet… Vier. Vijf… Nog niets, en halverwege… Zes. Zeven… Ze ademde wat sneller, nog steeds geen auto's, bijna veilig… Acht…

Ze schoot overeind. In haar reistas zaten zakken. Mama was de tandenborstel niet vergeten, die had ze voor de zekerheid natuurlijk daarin gestoken.

Cassandra glipte uit bed en een hevige rukwind deed de windgong tegen het raam slaan. Ze kroop over de vloer en voelde een onverwachte koele tocht langs haar blote voeten door een kier in de houten vloer.

De lucht boven het huis rommelde dreigend en werd in één klap spectaculair verlicht. Het voelde gevaarlijk, het deed Cassandra denken aan de onweersbui in het sprookje dat ze 's middags had gelezen, de boze onweersbui die de prinses was gevolgd op weg naar het huisje van het oude besje.

Cassandra knielde op de grond, doorzocht de ene zak na de andere en verwachtte elk moment met haar vingertoppen de bekende vorm van haar tandenborstel te voelen.

Dikke regendruppels vielen met veel kabaal op het golfplaten dak. Eerst zo nu en dan, maar daarna namen ze zo snel toe dat Cassandra geen tussenpozen meer hoorde.

Nu ze toch bezig was, kon het geen kwaad de andere zakken nog een keer te controleren. Een tandenborstel was maar klein; misschien zat hij zo diep dat haar vingers hem hadden gemist. Ze stak haar handen diep naar binnen en haalde voor de zekerheid alles uit de tas. Geen tandenborstel.

Toen er nog een donderklap aankwam, stopte Cassandra haar oren dicht. Ze richtte zich op en kruiste haar armen voor haar borst, zich vaag bewust van haar eigen magere lichaam en haar nietigheid toen ze zich terughaastte naar het bed en onder het laken kroop.

De regen gutste van het dak en stroomde in beekjes over de ramen en over de rand van de dakgoten, die zo plotseling waren overvallen.

Heel stil bleef Cassandra onder het laken liggen met haar armen om haar eigen lichaam geslagen. Ondanks de warme, vochtige lucht had ze kippenvel op haar bovenarmen. Ze besefte dat ze moest proberen te slapen, anders zou ze de volgende ochtend moe zijn en niemand hield van een chagrijnig meisje.

Maar wat ze ook deed, ze kon de slaap niet vatten. Ze telde schapen, zong in stilte liedjes over gele onderzeeërs en sinaasappels en citroenen en tuinen onder water en ze vertelde sprookjes aan zichzelf. Maar de nacht dreigde zich eindeloos uit te strekken.

Toen het bliksemde, de regen omlaag stortte en de donder de hemel openscheurde, moest Cassandra huilen. Tranen die al lang op de loer hadden gelegen, kregen eindelijk de vrije teugel onder een donker gordijn van regen.

Hoeveel tijd was er verstreken voordat ze het donkere silhouet in de deuropening zag staan? Eén minuut of tien?

Cassandra onderdrukte een snik en hield hem vast tot haar keel brandde.

Er klonk gefluister, het was de stem van Nell. 'Ik kom even kijken of het raam wel goed dichtzit.'

In het donker hield Cassandra haar adem in en ze droogde haar tranen met een hoekje van het laken.

Nell was inmiddels vlak bij haar. Cassandra voelde die merkwaardige elektriciteit wanneer een ander mens vlak bij je staat zonder je aan te raken.

'Wat scheelt eraan?'

Cassandra's keel was nog steeds verlamd en wilde geen woord doorlaten.

'Komt het van het onweer? Ben je bang?'

Cassandra schudde haar hoofd.

Nell ging stijfjes op de rand van het bed zitten en sloeg haar ochtendjas dichter om haar middel. Er flitste weer een bliksemschicht en Cassandra zag haar grootmoeders gezicht; ze herkende de ogen van haar moeder met die iets omlaag gekeerde ooghoeken.

Uiteindelijk klonk er een snik. 'Mijn tandenborstel,' zei ze door haar tranen heen. 'Ik heb mijn tandenborstel niet bij me.'

Nell keek haar een ogenblik verschrikt aan en daarna nam ze Cassandra in haar armen. Het meisje schrok aanvankelijk, verrast als ze was door het plotselinge, het onverwachte van het gebaar, maar daarna voelde ze hoe ze zich overgaf. Ze zakte naar voren met haar hoofd tegen Nells lichaam, dat naar lavendel rook, en huilde schokschouderend hete tranen in haar grootmoeders nachtjapon.

'Stil maar,' fluisterde Nell, en ze streelde Cassandra's haar. Wees maar niet bang. We kopen wel een nieuwe voor je.' Ze keek naar de regen die langs de ramen gutste en liet haar wang op Cassandra's hoofd rusten. 'Je bent een overlever, hoor je me? Het komt allemaal goed. Alles komt goed.'

En hoewel Cassandra niet kon geloven dat de dingen ooit weer goed konden komen, voelde ze zich wel een beetje getroost door Nells woorden. Iets in haar grootmoeders stem gaf haar het gevoel dat ze niet alleen was, dat Nell haar begreep, dat ze wist hoe angstaanjagend het was op een onbekende plek in je eentje een stormachtige nacht door te brengen.

6

Maryborough, Australië, 1913

Hoewel hij laat thuiskwam uit de haven, was de soep nog warm. Dat was Lil ten voeten uit, de schat was niet het type om haar man een koud geworden warme maaltijd voor te zetten. Hamish nam een laatste hap, leunde naar achteren en masseerde zijn nek. Buiten rolde het onweer een eind verderop langs de rivier naar de stad. Een onzichtbare tochtvlaag deed het lamplicht flakkeren en de donkere hoekjes van de keuken lichtten op. Hij liet zijn vermoeide ogen het licht over de tafel, langs de plinten en de voordeur volgen. De schaduwen dansten op de huid van het glimmende witte koffertje.

Verloren bagage had hij al zo vaak gehad. Maar een klein meisje? Hoe was het in godsnaam mogelijk dat iemands kind moederziel alleen op een kade was geëindigd? Het was nog een lief ding ook, voor zover hij het kon zien. Ze was leuk om te zien, ze had rood haar als gesponnen goud en van die donkerblauwe ogen. De manier waarop ze naar je keek, wilde zeggen dat ze naar je luisterde, dat ze alles begreep wat je zei, en ook alles wat je niet zei.

De deur van de aanbouw ging open en Lils zachte, vertrouwde gestalte kwam binnen. Ze trok de deur zacht achter zich dicht en liep de gang in. Ze veegde een hinderlijke lok achter haar oor, dezelfde weerbarstige lok die al van z'n plaats sprong zolang hij haar kende. 'Ze slaapt,' zei Lil, toen ze in de keuken was aangekomen. 'Ze is bang voor het onweer, maar daar kon ze niet al te lang tegen vechten. Het arme schaap was doodop.'

Haim bracht zijn kom naar het aanrecht en dompelde hem in lauw water. 'Geen wonder, ik ben zelf ook moe.'

'Dat zie ik. Laat de afwas maar aan mij over.'

'Lil, dit is niets, schat. Ga jij maar naar bed, ik kom zo.'

Maar Lil ging niet weg. Hij voelde haar achter zich en besefte, zoals een echtgenoot nu eenmaal leert, dat ze iets op haar hart had. Wat ze zei bleef zwaar in de lucht hangen en Hamish voelde zijn nekspieren aanspannen. Hij voelde het tij van vorige gesprekken wegebben, en even wachten om zich weer als een springvloed over hen uit te storten. Lil zei zacht: 'Je hoeft me niet met fluwelen handschoenen aan te pakken, Haim.'

Hij ademde uit. 'Dat weet ik.'

'Ik kom er wel overheen. Dat is al eerder gebeurd.'

'Natuurlijk.'

'Waar ik niet op zit te wachten is dat jij me als een zieke behandelt.'

'Dat is niet mijn bedoeling, Lil.' Hij draaide zich om en keek haar aan. Hij zag haar aan het uiteinde van de tafel met de handen op de rugleuning van een stoel staan. Hij wist dat die houding bedoeld was om hem van haar stabiliteit te overtuigen, om te zeggen 'er is niets veranderd', maar daarvoor kende Hamish haar te goed. Hij las haar lichaamstaal: de opgetrokken schouders, de stijve nek, dat strakke mondje. Hij wist dat ze pijn had. Hij wist ook dat hij daar verdomd weinig tegen kon doen. Zoals dokter Huntley zo graag zei: sommige dingen mogen gewoon niet zo zijn. Maar dat maakte het er niet makkelijker op, niet voor Lil en voor hem evenmin.

Ze kwam naast hem staan en gaf hem een speels duwtje met haar heup. Hij rook de zoete, treurige melkgeur van haar huid. 'Toe dan, ga je maar uitkleden,' zei ze. 'Ik kom zo bij je.' De ingestudeerde opgewektheid deed hem huiveren, maar hij gehoorzaamde.

Ze hield woord en kwam niet lang na hem. Hij zag hoe ze de dag van haar lichaam waste en haar nachtjapon over haar hoofd trok. Hoewel ze met haar rug naar hem toe stond, zag hij wel hoe voorzichtig ze de stof over haar borsten en nog steeds gezwollen buik liet zakken.

Ze keek op en zag hem kijken. Ze schoot in de verdediging en de kwetsbaarheid week van haar gezicht: 'Wat is er?'

'Niets.' Hij concentreerde zich op zijn handen, op het eelt en de verbrande plekken van de kabels door zijn jarenlange werk in de haven.

'Ik dacht alleen aan dat kleine meisje daar,' zei hij. 'Ik vraag me af wie ze is. Ze heeft zeker nog niet gezegd hoe ze heet?'

'Ze zegt dat ze dat niet weet. Hoe vaak ik het ook vraag, ze kijkt me alleen maar heel ernstig aan en zegt dat ze het zich niet herinnert.'

'Denk je niet dat ze je voor de gek houdt? Sommige verstekelingen zijn daar heel goed in.'

'Haim,' zei Lil berispend. 'Ze is geen verstekeling, ze is amper meer dan een baby.'

'Rustig maar, lieverd, ik vraag het alleen maar.' Hij schudde zijn hoofd. 'Het is alleen moeilijk te geloven dat ze haar naam zomaar is vergeten.'

'Ik heb er wel eens van gehoord, het heet amnesie. Ruth Halfpenny's vader heeft het sinds zijn val in die mijnschacht. Daar komt het van, van een val en zo.'

'Denk je dat ze is gevallen?'

'Ik heb geen blauwe plekken ontdekt, maar het kan toch?'

'Nou ja,' zei Haim, terwijl een bliksemschicht de kamer tot in de hoeken verlichtte. 'Ik zal er morgen eens naar kijken.' Hij verschoof en ging op zijn rug naar het plafond liggen kijken. 'Ze moet toch ergens thuishoren,' zei hij zacht.

'Ja.' Lil doofde de lamp zodat ze opeens in duisternis waren gehuld. 'Iemand moet haar toch vreselijk missen?' Ze draaide Hamish zoals elke avond haar rug toe om hem niets van haar verdriet te laten merken. Haar stem klonk gedempt door het laken: 'Maar ik zeg je dat ze haar niet verdienen. Het is verdomd nalatig. Wat voor iemand raakt er nu een kind kwijt?'

Lils verbittering beangstigde Haim. De Lil van wie hij hield, het leuke meisje met haar wilde krullen en gulle lach werd van binnenuit opgegeten terwijl hij hulpeloos aan de zijlijn stond.

Lil keek uit het raam waar twee kleine meisjes heen en weer holden onder de waslijn, lachend wanneer de koele, vochtige lakens langs hun gezicht streken. Ze zongen weer een liedje van Nell. Dat was een van de dingen die ze niet was vergeten, ze kende een heleboel liedjes.

Nell. Zo noemden ze haar inmiddels, naar Lils moeder Eleanor. Nou ja, ze moest toch een naam hebben? Dat grappige kleine ding kon zich haar naam nog altijd niet herinneren. Telkens wanneer Lil ernaar vroeg, werden die grote blauwe ogen nog groter en zei ze dat ze het zich niet kon herinneren.

Na een paar weken vroeg Lil er niet meer naar. Eerlijk gezegd hoorde ze het net zo lief niet. Ze wilden haar geen andere naam geven dan die ze haar al hadden gegeven: Nell. Die paste goed bij haar, dat kon niemand ontkennen. Bijna alsof ze voor die naam in de wieg was gelegd.

Ze hadden hun best gedaan erachter te komen wie ze was en waar ze thuishoorde. Meer konden ze niet van hen verlangen. En hoewel ze zichzelf in het begin had wijsgemaakt dat ze gewoon een poosje op Nell pasten, dat het meisje een veilig onderdak had tot ze haar kwamen halen, raakte Lil er met de dag meer van overtuigd dat die mensen niet bestonden.

Ze waren met z'n drieën tot een simpele routine vervallen. 's Morgens samen ontbijten, daarna ging Hamish naar zijn werk en zij en Nell begonnen aan het huishouden. Lil merkte dat ze zo'n tweede schaduw prettig vond, ze vond het leuk om dingen aan Nell te laten zien, uit te leggen hoe ze werkten en waarom. Nell vroeg graag en vaak waarom: waarom verstopte de zon zich 's nachts, waarom sprongen de vlammen niet omhoog in de schoorsteen, waarom ging de rivier nooit uit verveling de andere kant op stromen? En Lil vond het heerlijk daar antwoord op te geven en het op Nells gezichtje te zien dagen. Voor het eerst van haar leven voelde Lil zich nuttig, nodig, heel en een onverklaarbaar stuk jonger.

Met Hamish ging het ook weer beter. De muur van spanning die er de afgelopen jaren tussen hen had gestaan begon af te brokkelen. Ze waren opgehouden zo verrekte beleefd tegen elkaar te doen, struikelend over hun woorden als twee vreemden die gedwongen op elkaars lip zitten. Ze lachten af en toe zelfs weer, een gulle, ongedwongen lach, net als vroeger.

Wat Nell betrof, die voelde zich bij Lil en Hamish als een vis in het water. Het duurde niet lang voordat de andere kinderen in de buurt hadden ontdekt dat er een nieuweling in hun midden was, en Nell kikkerde geweldig op bij het vooruitzicht van andere kinderen om mee te spelen. De kleine Beth Reeves klom inmiddels elke dag wel een keer over de schutting. Lil vond het geluid van die rondhollende en spelende kinderen heerlijk. Ze had er al zo lang op gewacht, ze had zich zo verheugd op de tijd dat ze in haar eigen achtertuin schreeuwende en lachende kinderstemmen zou horen.

En Nell had een levendige fantasie. Lil hoorde haar vaak lange en ingewikkelde fantasiespelletjes uitleggen. In Nells verbeelding werd de vlakke, open achtertuin een oerbos met braamstruiken en doolhoven, zelfs met een huis op de rand van het klif.

Lil herkende de plaatsen die Nell beschreef uit het sprookjesboek dat ze in haar witte koffertje hadden gevonden. Lil en Hamish hadden er 's avonds om beurten een verhaaltje uit voorgelezen voor Nell. Lil had ze aanvankelijk te angstaanjagend gevonden, maar Hamish had haar van het tegendeel overtuigd. Nell zelf leek zich er niet in het minst aan te storen.

Vanaf haar plek voor het raam zag Lil dat ze dat speelden. Beth luisterde met grote ogen hoe Nell haar door een fantasiedoolhof voerde, heen en weer springend in haar witte jurkje met de zon die haar lange rode vlechten goud kleurde.

Nell zou Beth missen wanneer ze naar Brisbane verhuisden, maar ze zou vast weer nieuwe vriendinnetjes krijgen. Zo ging dat nu eenmaal met kinderen. En de verhuizing was belangrijk. Lil en Haim konden niet eeuwig volhouden dat Nell een nichtje uit het noorden was dat bij hen logeerde. Vroeg of laat zouden de buren zich afvragen waarom ze niet naar huis terugging. Hoe lang ze nog bij hen zou logeren. Nee, het was

Lil wel duidelijk. Zij drieën moesten opnieuw beginnen, ergens waar de mensen hen nog niet kenden. Een grote stad waar ze geen vragen zouden stellen.

7

Het was een ochtend in de vroege lente en inmiddels was Nell bijna een week dood. Er blies een frisse wind door de struiken en die rammelde zo aan de blaadjes dat hun lichte onderkanten blonken in de zon, als kinderen die opeens in de schijnwerper staan en heen en weer worden geslingerd tussen zenuwen en hoogmoed.

Cassandra's thee was al lang koud geworden. Na haar laatste slok had ze haar kop op de betonnen rand gezet en vergeten. Een colonne drukke mieren die zijn weg versperd zag, was gedwongen langs de wand van het kopje en door het oor te klimmen om zijn weg te kunnen vervolgen.

Maar Cassandra zag ze niet. Ze zat op een gammele stoel in de achtertuin bij het oude washok met haar blik op de achterkant van het huis. Die moest eens geverfd worden. Het was moeilijk te geloven dat er al vijf jaren waren voorbijgegaan. Deskundigen rieden aan dat die huizen van overnaadse planken om de zeven jaar geverfd werden, maar Nell had zich niet aan dat gebruik gehouden. In alle tijd die Cassandra bij haar grootmoeder had gewoond, had het huis nooit een heel nieuw verfjasje gekregen. Nell mocht graag zeggen dat ze geen zin had haar goede geld te gebruiken om haar buren een fris uitzicht te geven. Als de mensen haar huis niet mooi vonden, moesten ze maar de andere kant op kijken.

Maar de achterwand was iets anders. Zoals Nell zei, was het de enige kant waar ze zelf af en toe naar keken. Dus al waren de zijkanten en de voorkant afgebladderd, de achterkant was een lust voor het oog. Om de vijf jaar kwamen de verfstalen tevoorschijn en er werd veel tijd en aarzeling gestoken in de discussie over de verdiensten van een nieuwe kleur. In Cassandra's tijd was het turquoise, lila, vermiljoen en zeegroen geweest. Eén keer was er zelfs sprake geweest van een muurschildering, al was die illegaal aangebracht.

Cassandra was toen negentien en het leven was goed. Ze was halverwege haar tweede jaar aan de kunstacademie, haar slaapkamer was zo tot studio getransformeerd dat ze elke avond over haar tekentafel moest klimmen om bij haar bed te komen, en ze droomde ervan om naar Melbourne te verhuizen en kunstgeschiedenis te gaan studeren.

Nell vond dat plan maar niets. 'Kunstgeschiedenis kun je toch ook aan de Universiteit van Queensland studeren?' zei ze altijd als het onderwerp ter sprake kwam. 'Je hoeft toch niet helemaal naar het zuiden?'

'Ik kan niet eeuwig thuis blijven wonen, Nell.'

'Wie heeft het over eeuwig gehad? Wacht nog een poosje tot je hier je plek hebt gevonden. Melbourne is een dure stad om in te wonen en ik kan het me niet veroorloven je huur daar te betalen.'

'Ik verzamel niet voor niets de glazen in de Paddo Tav, weet je.'

'Dat mocht wat. Met wat ze je daar betalen kun je de verhuizing naar Melbourne nog wel tien jaar uitstellen.'

'Je hebt gelijk.'

Nell hield haar hoofd schuin en trok weifelend een wenkbrauw op. Ze vroeg zich af waar de plotselinge capitulatie heen ging. 'Ik heb altijd gelijk.'

'Ik kan zelf nooit genoeg geld sparen.' Cassandra beet op haar lip. 'Was er maar iemand die me een lening wilde geven, een liefhebbend persoon die me wil helpen mijn dromen te verwezenlijken...'

Nell pakte een doos met porselein die ze meenam naar het antiekcentrum. 'Ik blijf hier niet staan om me door jou in een hoek te laten verven, meisje.'

Cassandra voelde een hoopvolle barst in de eens zo botte weigering. 'Kunnen we er later nog eens over praten?'

Nell sloeg haar ogen ten hemel. 'Ik was er al bang voor. En daarna nog eens en nog eens en nog eens.' Ze slaakte een diepe zucht om aan te geven dat het onderwerp althans voorlopig was gesloten. 'Heb je alles wat je nodig hebt voor de muur aan de achterkant?'

'Ja.'

'Wil je niet vergeten de nieuwe kwast voor de planken te gebruiken? Ik wil niet vijf jaar naar verdwaalde haren zitten kijken.'

'Nee, Nell. En nog even voor de zekerheid: ik doop de kwast toch in de verf voordat ik de planken schilder, hè?'

'Brutaal nest.'

Toen Nell 's middags terugkwam van het antiekcentrum, liep ze om de achterste hoek van het huis en bleef met een ruk staan. Ze liet haar blik taxerend over de glanzende nieuwe jas van de achtergevel gaan.

Cassandra deed een stap naar achteren, klemde haar lippen op elkaar om niet te lachen en wachtte af.

Het vermiljoen was opvallend, maar Nell staarde naar de zwarte beeltenis in de verste hoek. De gelijkenis was griezelig: Nell met een kop dampende thee in haar lievelingsstoel.

'Blijkbaar heb ik je in de hoek geverfd, Nell. Het was niet de bedoeling, ik heb me gewoon laten meeslepen.'

Nell schudde een beetje met haar hoofd en haar gezicht was onpeilbaar.

'Hierna ga ik mezelf schilderen, ik zit vlak naast jou. Op die manier zul je je altijd herinneren dat wij een paar zijn, al zit ik in Melbourne.'

Toen trilden Nells lippen een beetje. Hoofdschuddend en zuchtend zette ze de doos die ze mee terug had genomen neer. 'Je bent een brutaal meisje, dat is zeker,' zei ze. En daarna had ze haars ondanks met een glimlach Cassandra's hoofd in haar handen genomen. 'Maar je bent míjn brutale meisje en ik zou het niet anders willen.'

Er klonk een geluid en het verleden was verjaagd naar de schaduwen, overstemd door een lichter en luidruchtiger heden. Cassandra knipperde met haar ogen en droogde haar tranen. Hoog in de lucht ronkte er een vliegtuig over als een witte stip in een helblauwe zee. Je kon je onmogelijk voorstellen dat daar mensen in zaten te lachen, te praten en te eten. Sommigen keken naar beneden, net zoals zij omhoogkeek.

Een ander geluid en nu dichterbij. Schuifelende voetstappen.

'Hallo, daar hebben we onze kleine Cassandra.' Er verscheen een bekende gestalte aan de zijkant van het huis. Hij bleef even staan om op adem te komen. Ooit was Ben een grote man geweest, maar de tijd had de neiging mensen in vormen te kneden die ze zelf amper herkenden en nu had Ben het postuur van een tuinkabouter. Hij had wit haar, een wilde baard en zijn oren waren onverklaarbaar rood.

Cassandra glimlachte; ze was oprecht blij hem te zien. Nell had weinig vrienden en ze had haar afkeer van de meeste andere mensen met hun neurotische dwang om bondgenoten te zoeken nooit onder stoelen of banken gestoken. Maar zij en Ben konden met elkaar lezen en schrijven. Hij was een collegahandelaar in het antiekcentrum, ooit een advocaat die na de dood van zijn vrouw van zijn liefhebberij zijn beroep had gemaakt toen de firma vriendelijk voorstelde dat het misschien tijd was om met pensioen te gaan, en hij door de aanschaf van tweedehands meubels uit zijn huis dreigde te barsten.

Toen Cassandra opgroeide, was hij een soort vaderfiguur geweest met wijze raad, die ze net zo op prijs stelde als in de wind sloeg, maar sinds ze bij Nell woonde, was hij ook een vriend geworden. Ze had er niet veel. De meeste vriendinnen waren jaren geleden al verdwenen en de beloften om contact te houden waren verbleekt. Het lag niet aan hen. De meeste mensen houden niet van tragedies, die willen er niet met hun neus bovenop staan. Maar Ben was anders; de meeste oudere mensen waren anders. Ze hadden lang genoeg geleefd om aan de wereld gewend te raken en wisten hoe snel en redeloos het leven kan zijn.

Ben trok een verbleekte boerenstoel naast de betonnen wastobbe weg en ging voorzichtig bij Cassandra zitten. Als jongeman had hij in de Tweede Wereldoorlog zijn knieën beschadigd en daar had hij veel last van, vooral wanneer het weer omsloeg.

Hij knipoogde over de rand van zijn ronde bril. 'Je hebt het goed bekeken. Schitterend plekje, lekker beschut.'

'Dit was Nells plekje.' Haar stem klonk eigenaardig in haar eigen oren en even vroeg ze zich af hoe lang het geleden was dat ze iets hardop tegen iemand anders had gezegd. Sinds het etentje bij Phyllis een week daarvoor, besefte ze.

'Dat wil ik best geloven. Die wist wel waar je lekker zat.'

Cassandra glimlachte. 'Wil je een kop thee?'

'Graag.'

Ze liep via de achterdeur de keuken in en zette de ketel op het fornuis. Het water was nog warm van een eerdere kookbeurt. Ze ging de provisiekamer in, speurde de schappen af naar de pot met theezakjes en schoof een paar blikjes met gebakken bonen en tomaten opzij.

'En, hoe is het met je?'

Kokosmelk, doperwten, maïs... geen spoor van de pot met thee.

'Cassandra?'

Daar was hij al. Op het aanrecht waar ze hem nog geen twintig minuten geleden had neergezet. Ze schudde haar hoofd, maakte het touwtje van een zakje los en hing het over de rand van de beker.

'Cass?'

Ben. Cassandra stak haar hoofd om de hoek van de deur. 'Sorry, ik had je niet...'

'Ik vroeg alleen maar hoe het met je is.'

Ze haalde haar schouders op. 'Best.' Ze ging weer op de betonnen trede naast zijn stoel zitten.

Ben drukte zijn bleke lippen op elkaar en glimlachte een beetje zodat zijn snor in zijn baard verward raakte. 'Nog iets van je moeder gehoord?'

'Ze heeft een kaart gestuurd.'

'Nou dan…'

'Ze schreef dat ze graag over wilde komen, maar dat zij en Len het druk hadden. Caleb en Marie…'

'Natuurlijk. Tieners houden je wel bezig.'

'Geen tieners meer. Marie is net eenentwintig geworden.'

Ben floot. 'De tijd vliegt.'

De ketel snerpte.

Cassandra ging weer naar binnen, dompelde het theezakje in het hete water en zag het bruinrood kleuren. Het was ironisch dat Lesley in de tweede ronde zo'n gewetensvolle moeder was geworden. Veel dingen in het leven kwamen neer op de juiste timing.

Ze deed er een wolkje melk bij en vroeg zich af of die nog goed was, wanneer ze die had gekocht. Voor het overlijden van Nell, toch? Op het etiket was 14 september gestempeld. Was die datum al gepasseerd? Ze wist het niet. Hij rook niet zuur. Ze nam de beker mee naar buiten en gaf hem aan Ben. Het spijt me… De melk…'

Hij nam een slok. 'De lekkerste thee die ik vandaag heb gedronken.'

Hij bekeek haar even toen ze ging zitten. Hij leek iets te willen zeggen, maar bedacht zich. Hij schraapte zijn keel. 'Cass, ik kom niet alleen voor de gezelligheid, maar ik heb ook iets zakelijks te zeggen.'

Dat een overlijden wordt gevolgd door officiële beslommeringen hoefde geen verbazing te wekken, en toch voelde ze zich duizelig en overvallen.

'Nell had mij een testament op laten maken. Je weet hoe ze was, ze hield er niet van haar persoonlijke zaken aan een vreemde te openbaren.'

Cassandra knikte. Typisch Nell.

Ben haalde een envelop uit de binnenzak van zijn blazer. De ouderdom had de randen afgevlakt en wit was geel geworden.

'Het is al vrij lang geleden opgesteld.' Hij tuurde naar de envelop. 'In 1981, om precies te zijn.' Hij wachtte even alsof hij verwachtte dat ze iets zou zeggen. Toen er niets kwam, vervolgde hij: 'Het is grotendeels vrij eenvoudig.' Hij haalde het document uit de envelop, maar keek er niet naar. Hij boog zich naar voren zodat zijn onderarmen op zijn knieën rustten en Nells testament in zijn rechterhand bungelde. 'Je grootmoeder heeft alles aan jou nagelaten, Cass.'

Daar keek Cassandra niet van op. Ze voelde zich misschien geroerd en gek genoeg opeens wat eenzaam, maar verrast was ze niet. Wie anders? Lesley in elk geval niet. Hoewel Cassandra haar moeder al heel lang niets meer kwalijk nam, had Nell het haar nooit vergeven. Toen die dacht dat Cassandra het niet hoorde, had ze een keer tegen tante Phylly gezegd dat een kind in de steek laten van zo'n egoïstische koudheid getuigde dat er geen sprake kon zijn van vergiffenis.

'Je krijgt het huis natuurlijk, en wat geld op haar spaarrekening. Al het antiek.' Hij aarzelde en keek even naar Cassandra alsof hij wilde peilen of ze klaar was voor wat er komen ging. 'En dan is er nog iets.' Hij wierp een blik op de documenten in zijn hand. 'Je grootmoeder had me vorig jaar, na haar diagnose, een ochtend op de thee gevraagd.'

Cassandra wist het nog. Toen ze het ontbijt klaarmaakte, zei Nell dat Ben zou komen en dat ze hem onder vier ogen wilde spreken. Ze had Cassandra gevraagd in het antiekcentrum een aantal boeken voor haar in de catalogus op te nemen. En al was het al een paar jaar geleden dat Nell een actieve rol in het kraampje had gespeeld, Cassandra had gehoorzaam het veld geruimd.

'Die ochtend heeft ze me iets gegeven,' zei hij. 'Een verzegelde envelop. Ze zei dat ik die bij haar testament moest voegen en pas mocht openmaken als... wanneer...' Hij klemde de lippen op elkaar. 'Nou ja, je weet wel.'

Cassandra knikte en huiverde een beetje toen een plotselinge bries over haar armen streek.

Ben zwaaide met zijn arm en de papieren fladderden in de wind, maar hij zei niets.

'Wat is dat?' vroeg Cassandra. Diep in haar maag voelde ze een vertrouwde knoop. 'Je mag het vertellen, Ben. Ik kan het wel aan.'

Verrast door haar toon keek Ben op en hij bracht haar in verwarring door te lachen. 'Je hoeft niet zo bezorgd te kijken, Cass, het is niets ergs. Integendeel zelfs.' Hij dacht even na. 'Het is eerder een mysterie dan een ramp.'

Cassandra liet haar adem ontsnappen; zijn gepraat over een mysterie maakte haar niet minder nerveus.

'Ik heb gedaan wat ze me heeft gevraagd en de envelop opgeborgen. Gisteren heb ik hem pas opengemaakt. Je had me zo omver kunnen duwen toen ik het las.' Glimlachend trok hij een borstelige wenkbrauw op. 'In die envelop zat de eigendomsakte van een ander huis.'

'Wiens huis?'

'Van Nell.'

'Nell heeft geen ander huis.'

'Blijkbaar wel. Althans ze had het. Nu is het van jou.'

Cassandra knipperde met haar ogen en probeerde een en ander tot zich te laten doordringen. 'Dat moet een vergissing zijn.'

'Nee, Cass, het is geen vergissing,' zei Ben langzaam en rustig. 'Alleen een verrassing.'

Cassandra hield niet van verrassingen, van het plotselinge en het willekeurige ervan. Ooit had ze wel geweten hoe ze zich aan het onverwachte moest overgeven, maar nu luidde het vermoeden op zich al een plotselinge angstgolf in, de aangeleerde reactie van het lichaam op verandering. Ze raapte een droog blaadje bij haar voet op en vouwde het nadenkend in tweeën en in vieren.

In al die tijd dat ze bij elkaar hadden gewoond, dat Cassandra was opgegroeid en ze weer terug was, had Nell nooit over een ander huis gerept. Waarom niet? Waarom moest het geheim worden gehouden? En wat wilde ze ermee? Was het een belegging? Cassandra had mensen in de restaurantjes in Latrobe Terrace over stijgende onroerendgoedprijzen en aandelenportefeuilles horen praten, maar Nell? Die had altijd de draak gestoken met de yuppen in het centrum die een klein fortuin neerlegden voor een arbeidershuisje in Paddington.

Bovendien was Nell al lang met pensioen. Als het bewuste huis een belegging was, waarom had ze het dan niet verkocht en het geld gebruikt om van te leven? De antiekhandel was wel bevredigend, maar rijk werd je er niet van, zeker niet tegenwoordig. Nell en Cassandra verdienden net genoeg om van te leven, maar meer ook niet. Er waren perioden geweest waarin een beleggingspand heel goed van pas zou zijn gekomen, maar Nell had er nooit met een woord over gesproken.

'Dat huis,' zei Cassandra uiteindelijk. Ze wreef haar vingers tegen elkaar om de stukjes blad te verwijderen. 'Waar staat dat? Is het dichtbij?'

Ben schudde zijn hoofd en glimlachte verwonderd. 'Hier wordt deze hele toestand pas echt geheimzinnig.' Hij slaakte een trage zucht. 'Dat andere huis staat in Engeland, Cass.'

'Engeland?'

'Het Verenigd Koninkrijk, Europa, de andere kant van de wereld.'

'Ik weet waar Engeland ligt.'

'In Cornwall om precies te zijn, in een dorp dat Tregenna heet. Ik kan alleen maar op de koopakte afgaan, maar het heet Cliff Cottage. Uit het adres maak ik op dat het oorspronkelijk deel uitmaakte van een groter landgoed. Daar kan ik wel achter komen als je wilt.'

'Maar waarom zou ze... Hoe kon ze...' Cassandra zuchtte. 'Wanneer heeft ze het gekocht?'

'Op het stempel staat 26 oktober 1975.'

Cassandra sloeg haar armen over elkaar. 'Ze is nooit naar Engeland geweest.'

Nu was het Bens beurt om verrast te kijken. 'Jawel, hoor. Halverwege de jaren zeventig heeft ze een reisje naar Engeland gemaakt. Heeft ze dat nooit gezegd?'

Cassandra schudde langzaam haar hoofd.

'Ik kan het me nog goed herinneren. Ik kende haar nog maar net, het was een maand of zes voordat jij op het toneel verscheen, toen ze dat winkeltje in Stafford Street nog had. In de loop der jaren had ik een paar stukken bij haar gekocht, en als we nog geen vrienden waren, waren we goede kennissen. Ze was ruim twee maanden weg. Dat weet ik nog, omdat ze voor haar vertrek een cederhouten schrijfbureau voor me had gereserveerd als verjaarscadeau voor mijn vrouw. Althans dat was de bedoeling, maar dat pakte uiteindelijk anders uit. Telkens wanneer ik het wilde ophalen, was de winkel gesloten.

Ik hoef je niet te vertellen dat ik kwaad was. Het was Janice' vijftigste verjaardag en dat bureau was perfect. Toen ik de borgsom betaalde, zei Nell niet dat ze van plan was op vakantie te gaan. Ze besteedde zelfs veel aandacht aan de reserveringsvoorwaarden. Ze maakte duidelijk dat ik een wekelijkse som verschuldigd was en dat ik het binnen een maand moest ophalen. Ze zei dat ze geen opslagruimte had en dat ze de ruimte nodig had voor nieuwe voorraad.'

Cassandra glimlachte. Dat leek haar echt iets voor Nell.

'Ze stond erop. Daarom was het zo merkwaardig dat ze er telkens niet was. Toen ik over mijn eerste ergernis heen was, ging ik me ernstig zorgen maken. Ik dacht er zelfs over de politie te waarschuwen.' Hij wuifde met zijn hand. 'Dat bleek niet nodig. Bij mijn vierde of vijfde bezoek liep ik tegen een dame aan die Nells post ophaalde. Ze vertelde dat Nell in Engeland was, maar werd heel boos toen ik vroeg waarom ze zo plotseling was vertrokken en wanneer ze terug zou komen. De buurvrouw zei dat ze alleen maar deed wat haar was gevraagd en dat ze niets anders wist. Dus bleef ik gewoon langsgaan. De verjaardag van mijn vrouw ging voorbij en toen was de winkel op een dag weer open en was Nell weer thuis.'

'En in de tijd dat ze weg was, had ze een huis gekocht.'

'Blijkbaar.'

Cassandra trok haar vest dichter om haar schouders. Het sloeg nergens op. Waarom zou Nell plotseling op vakantie gaan, een huis kopen en er vervolgens nooit meer heen gaan? 'Heeft ze er nooit iets over gezegd?'

Ben trok zijn wenkbrauwen op. 'We hebben het hier over Nell. Die was niet bepaald loslippig.'

'Maar jij en zij waren dikke vrienden. Ze moet het er toch een keer over hebben gehad?' Ben schudde zijn hoofd. Cassandra hield vol. 'Maar toen ze terugkwam? Toen je eindelijk dat bureau ging ophalen, heb je toen niet gevraagd waarom ze zo overhaast was vertrokken?'

'Tuurlijk heb ik dat, in de loop der jaren zelfs een paar keer. Ik wist dat het belangrijk moest zijn geweest. Toen ze terugkwam, was ze namelijk veranderd.'

'Hoezo?'

'Afweziger. Geheimzinnig. Ik weet zeker dat het echt zo was en niet alleen nu ik eraan terugdenk. Een paar maanden later kwam ik er bijna achter. Ik bracht haar een bezoek in haar winkel toen er een brief met het poststempel Bodmin werd bezorgd. Ik arriveerde gelijk met de postbode, dus nam ik de post mee naar binnen. Ze probeerde nonchalant te doen, maar ik kende haar inmiddels wel beter. Toen die brief kwam, was ze opgewonden. Ze verzon een smoes om me zo snel mogelijk alleen te kunnen laten.'

'Wat was het? Van wie was die brief?'

'Ik moet bekennen dat ik m'n nieuwsgierigheid niet kon bedwingen. Ik ging niet zo ver dat ik naar de brief zelf keek, maar later keerde ik de envelop om toen ik die een keer op haar bureau zag liggen, gewoon om te kijken wie de afzender was. Ik onthield het adres achterop en een oude collega van me in Engeland heeft het voor me opgezocht. Het adres was van een privédetective.'

'Een detective?'

Hij knikte.

'Bestaan die echt?'

'Ja hoor.'

'Maar wat moest Nell van een Engelse detective?'

Ben haalde zijn schouders op. 'Geen idee. Ik denk dat ze met een geheim zat dat ze tot op de bodem wilde laten uitzoeken. Ik maakte wel eens een toespeling om haar uit de tent te lokken, maar dat was allemaal vergeefs. Later heb ik het opgegeven. Ik vond dat iedereen recht had op geheimen, en dat Nell het me wel zou vertellen als ze dat wilde. Eerlijk gezegd voelde ik me nog steeds een beetje schuldig voor mijn gesnuffel.' Hij schudde zijn hoofd. 'Ik moet je bekennen dat ik het graag wil weten. Het heeft me heel lang beziggehouden, en dit…' Hij zwaaide met de akte. 'Is het toppunt. Nu nog heeft je grootmoeder een heel merkwaardig talent om me te verbijsteren.'

61

Cassandra knikte afwezig. Haar gedachten waren elders om verbanden te leggen. Dat kwam door Bens gepraat over mysteries, en zijn idee dat Nell geprobeerd moest hebben er een op te lossen. Alle geheimen die na de dood van haar grootmoeder aan het licht waren gekomen begonnen een patroon te vormen: Nells onbekende afkomst, haar aankomst als kind in een zeehaven, het koffertje, de mysterieuze reis naar Engeland, dit geheime huis…

'Ach nou ja.' Ben gooide de droesem van zijn thee in een van Nells rode geraniums. 'Ik moest maar eens gaan. Over een kwartier komt er iemand naar een mahoniehouten buffet kijken. Dat is een vreselijk lastige transactie geweest en ik zal blij zijn als die achter de rug is. Moet ik nog iets voor je doen als ik op de zaak ben?'

Cassandra schudde haar hoofd. 'Maandag kom ik zelf weer.'

'Er is geen haast bij, Cass. Ik heb je pas nog gezegd dat het geen moeite is jullie winkel in het oog te houden.'

'Bedankt voor alles, Ben,' zei ze.

Hij knikte weer, stond op, zette de stoel terug waar hij vandaan kwam en liet de akte onder zijn theekop liggen. Hij wilde net om de hoek van het huis verdwijnen, toen hij zich aarzelend omdraaide. 'Zorg goed voor jezelf, hè? Als die wind nog sterker wordt, word je nog weggeblazen.'

Er zaten zorgrimpels op zijn voorhoofd en Cassandra vond het lastig hem aan te kijken. Zijn ogen verrieden zijn gedachten en ze vond het vreselijk om te zien dat hij zich herinnerde hoe ze was geweest.

'Cass?'

'Ja, doe ik.' Ze zwaaide en hij vertrok. Ze hoorde het geluid van zijn auto wegsterven in de straat. Hoe goedbedoeld ook, zijn mededogen leek altijd iets bestraffends te hebben. Het was de teleurstelling, hoe vaag ook, dat ze haar oude zelf niet had kunnen – of willen – terugvinden. Het kwam niet bij hem op dat ze misschien had verkozen zo te blijven. Wat hij als iets teruggetrokkens en eenzaams beschouwde, zag Cassandra zelfbescherming; ze vond het veiliger naarmate je minder te verliezen had.

Ze schoof met de neus van haar sportschoen over het betonnen pad en kauwend op de nagel van haar duim zette ze die treurige oude gedachten van zich af. Daarna pakte ze de akte. Voor het eerst zag ze het briefje dat voorop geniet zat. Het waren Nells bejaarde hanenpoten, bijna niet te ontcijferen. Er stond: *Voor Cassandra, die zal begrijpen waarom.*

8

Brisbane, Australië, 1975

Nell nam de documenten nog eens vlug door (paspoort, tickets, traveller-cheques (ritste haar reisportefeuille dicht en sprak zichzelf vervolgens ern-stig toe. Echt, ze werd dwangmatig. Mensen reisden elke dag, althans dat liet men haar geloven. Ze gespten zich in stoelen in reusachtige vliegende blik-ken en lieten zich de lucht in schieten. Ze haalde diep adem. Alles zou goed komen. Ze was toch een overlever?

Ze maakte de ronde door het huis en ze controleerde de sloten op de ven-sters. Haar blik dwaalde door de keuken. Had ze het gas afgesloten? Stond de koelkast wel open? Brandde er nog ergens licht? Uiteindelijk droeg ze haar twee koffers door de achterdeur naar buiten en draaide ze hem achter zich op slot. Ze wist natuurlijk best waarom ze nerveus was, en het was niet alleen de angst dat ze iets was vergeten of dat het vliegtuig als een baksteen zou vallen. Ze was nerveus omdat ze naar huis ging. Na al die jaren, na een heel leven ging ze eindelijk naar huis.

Uiteindelijk was het heel plotseling gegaan. Haar vader Hamish was nog maar veertien dagen dood en nu al maakte ze een deur naar haar verleden open. Hij had vast geweten dat ze dat zou doen. Toen hij Phyllis het koffer-tje had gewezen met de vraag of ze het na zijn dood aan Nell wilde geven, moest hij het hebben geraden.

Toen Nell aan de kant van de weg op de taxi wachtte, wierp ze een blik op haar lichtgele huis. Vanuit deze hoek was het heel hoog, zo anders dan alle andere huizen die ze daarvoor had gezien, met zijn grappige achterwaartse trapje dat jaren daarvoor was afgesloten, met zijn markiezen met roze, blauwe en witte strepen, de twee dakkapellen. Te smal en te hoekig voor het predikaat 'elegant', en toch was ze er dol op. Ze hield van het onhandige mo-del, z'n opgelapte air, de onduidelijke herkomst. Het was het slachtoffer van de tijd en een opeenvolging van eigenaars die stuk voor stuk hun eigen stempel op de noeste voorgevel hadden willen drukken.

Ze had het na de dood van Al in 1961 gekocht toen zij en Lesley uit Ame-rika waren teruggekeerd. Het huis was verwaarloosd, maar dankzij zijn locatie in de heuvels van Paddington achter het voormalige Plaza-theater had Nell zich nog nooit zo thuis gevoeld. En het huis had haar loyaliteit beloond en haar zelfs een nieuwe bron van inkomsten bezorgd. In de donkere ruimte eronder was ze op een kamer vol kapot meubilair gestuit en had ze een tafel gezien die ze mooi vond, met gedraaide poten en een inklapbaar tafelblad. Hij verkeerde in een vrij slechte staat, maar Nell had er geen twee keer over nagedacht. Ze kocht schuurpapier en schellak en blies hem weer nieuw leven in.

Haim had haar geleerd meubels te restaureren. Toen hij terugkwam uit de oorlog en haar zusjes werden geboren, nam Nell de gewoonte aan hem in het weekeinde overal te volgen. Ze werd zijn helper, leerde zwaluwstaartverbindingen van T-verbindingen onderscheiden, schellak van vernis en leerde de vreugde kennen van kapotte dingen repareren. Maar het was lang geleden dat ze het had gedaan, en tot ze die tafel zag, was ze niet alleen vergeten dat ze zulke ingrepen kon verrichten, maar ook hoe leuk ze dat vond. Ze kon wel huilen toen ze de schellak in de gedraaide poten wreef en de bekende geuren opsnoof, alleen was ze geen type voor tranen.

Nells aandacht viel op een verlepte gardenia bij haar koffer, en opeens herinnerde ze zich dat ze niemand had gevraagd de tuin water te geven. Het meisje dat achter hen woonde, wilde de poezen wel te eten geven en ze had een buurvrouw gevraagd de post in de winkel op te halen, maar de planten was ze vergeten. Zo zag je maar weer waar ze met haar hoofd was geweest, om haar trots en vreugde zo te vergeten. Ze moest het aan een van haar zussen vragen, ze moest maar even bellen van het vliegveld, of zelfs van de andere kant van de wereld. Dat zou pas een schok voor ze zijn, het soort schok dat ze inmiddels van hun grote zus Nell gewend waren. Iets om over te roddelen.

Het was moeilijk te geloven dat ze ooit zo dik met elkaar waren geweest. Van de talrijke dingen die haar vaders biecht haar had ontstolen, had het verlies van haar zusjes de diepste wond nagelaten. Zij was al elf toen de eerste werd geboren, maar de onmiddellijke band had haar bijna gevloerd. Al voordat mama het vroeg, wist ze dat zij de verantwoordelijkheid had om voor die kleine zusjes te zorgen en hen te beschermen. Haar beloning was hun toewijding en het feit dat ze met alle geweld wilden dat Nell hen wiegde wanneer ze zich pijn hadden gedaan, dat ze hun kleine, stevige lichaampje tegen haar aan drukten als ze een nachtmerrie hadden gehad en naast haar in bed waren gekropen om de lange nacht door te komen.

Maar papa's geheim had alles veranderd. Met één gefluisterde bekentenis had hij haar van haar identiteit beroofd. Ze merkte dat ze niet meer naar haar zusjes kon kijken zonder te zien hoe anders ze waren, en toch kon ze hun de waarheid niet vertellen. Had ze dat wel gedaan, dan zou er iets kapot zijn gemaakt waarin ze onvoorwaardelijk geloofden. Nell was van mening dat ze haar maar beter vreemd konden vinden dan weten dat ze een vreemde was.

Er kwam een zwart-witte taxi de straat in rijden en Nell stak haar arm omhoog om de chauffeur te wenken. De chauffeur laadde de koffer in terwijl Nell op de achterbank schoof.

'Waar gaan we naartoe, mevrouwtje?' vroeg hij toen hij zijn portier had dichtgeslagen.

'Het vliegveld.'

Hij knikte en ze reden weg via een wirwar van weggetjes in Paddington.

Haar vader had het haar op haar eenentwintigste verteld, de gefluisterde bekentenis die haar van haarzelf beroofde.

'Maar wie ben ik dan?' had ze gevraagd.

'Jij bent jij. Dezelfde als altijd. Jij bent Nell, mijn Nellie.'

Ze hoorde wel hoe graag hij wilde dat het zo was, maar zij wist wel beter. De werkelijkheid was een paar graden verschoven en nu liep ze uit de maat met iedereen. De persoon die ze was, of die ze dacht dat ze was, bestond niet echt. Er was geen Nell Andrews. Ze was als meel door een zeef door de mand van haar eigen verleden gevallen, en hoewel ze er nog steeds hetzelfde uitzag, waren haar kleinste deeltjes radicaal opnieuw gerangschikt.

'Wie ben ik echt?' vroeg ze een paar dagen later weer. 'Zeg het me alsjeblieft, papa.'

Hoofdschuddend had hij weggekeken. Hij was moe en zag er ouder uit dan ooit. 'Dat weet ik niet, Nellie. Je moeder en ik hebben het nooit geweten. En voor ons is het ook nooit belangrijk geweest.'

Ze probeerde het zich ook niet aan te trekken, maar de realiteit was dat het niet lukte. Er waren dingen veranderd en ze kon haar vader niet meer recht in de ogen kijken. Niet dat ze minder van hem hield, alleen het gemakkelijke van hun relatie was weg. De onzichtbare genegenheid die ze voor hem koesterde en waar vroeger nooit een vraagteken bij werd gezet, had een zeker gewicht en een stem gekregen. Als ze naar hem keek, fluisterde die stem: 'Je bent niet echt zijn dochter.' Hoe hij het ook volhield, ze geloofde niet dat hij zo veel van haar hield als hij zei, namelijk net zo veel als hij van haar zussen hield.

'Natuurlijk hou ik van je,' had hij gezegd toen ze het hem vroeg. Zijn ogen verrieden zijn gekwetste verbazing. Hij haalde zijn zakdoek tevoorschijn en veegde zijn mond af. 'Ik kende jou het eerst, Nellie. Van jou heb ik het langst gehouden.'

Maar het was niet genoeg. Ze was een leugen, ze had met een leugen geleefd en dat weigerde ze nog langer te doen.

In de loop van een paar maanden werd een leven waaraan eenentwintig jaar was gewerkt systematisch afgebroken. Ze zegde haar baan in de tijdschriftenwinkel van meneer Fitzsimmons op en vond ander werk als ouvreuse in het nieuwe Plaza-theater. Ze pakte haar kleren in twee kleine koffers en besloot het appartement van een vriendin van een vriendin te delen. En ze verbrak haar verloving met Danny. Niet meteen, want daartoe ontbrak haar de moed. Ze had de relatie in de loop van een paar maanden laten verwateren. Vaak wilde ze hem niet zien en áls ze in een ontmoeting toestemde, gedroeg ze zich vaak onuitstaanbaar. Door haar lafheid had ze nog meer een hekel aan zichzelf, maar het was een geruststellende zelfhaat, want die bevestigde haar vermoeden dat ze alles verdiende wat zich afspeelde.

Het kostte een hele tijd voordat ze over de breuk met Danny heen was. Over zijn hartelijke gezicht, die eerlijke ogen en open glimlach. Natuurlijk wilde hij weten waarom, maar ze kon zichzelf er niet toe brengen om het te zeggen. Er waren geen woorden om te vertellen dat de vrouw van wie hij hield, met wie hij hoopte te trouwen, niet meer bestond. Danny, met zijn familie die haar afkomst aan zijn moeders kant kon herleiden naar John Boyle O'Reilly en naar Thomas Moore aan zijn vaders kant. Hoe kon ze van hem verwachten dat hij haar nog steeds op dezelfde waarde schatte als hij besefte dat ze een wegwerppersoon was? Dat haar echte familie haar had weggedaan? De taxi sloeg af naar Albion en reed snel in oostelijke richting naar het vliegveld. 'Waar gaat de reis heen?' vroeg de chauffeur terwijl hij haar via zijn spiegeltje aankeek.

'Londen.'

'Op familiebezoek?'

Nell keek door het groezelige autoraampje naar buiten. 'Ja,' zei ze. Hopelijk.

Ze had ook niets over haar reis tegen Lesley gezegd. Even had ze erover gedacht. Ze had zich voorgesteld hoe ze de telefoon zou pakken om haar dochters nummer te draaien – althans het meest recente nummer van de reeks in haar adresboek, die inmiddels al een hele bladzijde besloeg en zelfs de kantlijn in krulde – maar telkens had ze het idee weer van zich afgezet. Waarschijnlijk zou ze weer terug zijn voor Lesley in de gaten kreeg dat ze weg was.

Nell hoefde zich niet meer af te vragen waar ze met Lesley in de fout was gegaan, want dat wist ze maar al te goed. Ze waren verkeerd begonnen en het was nooit meer goed gekomen. De bevalling was een schok geweest, die gewelddadige komst van dat schreeuwende en jankende brokje leven, een en al ledematen en tandvlees en paniekerige vingertjes. Nachtenlang had Nell in het Amerikaanse ziekenhuis wakker gelegen, wachtend op de liefdesband waar iedereen het over had. Op het besef dat ze machtig en absoluut verbonden was met deze kleine persoon die in haar buik was gegroeid. Maar dat gevoel was nooit gekomen. Hoe hard Nell het ook probeerde, hoe graag ze het ook wilde, ze bleef geïsoleerd van die uitbundige kleine wilde kat die aan haar borsten zoog en trok en ze krabde, die altijd meer wilde dan zij te geven had.

Al was verkocht. Die was betoverd. Die leek niet eens te merken dat de baby een vreselijke tiran was. In tegenstelling tot de meeste mannen van zijn generatie vond hij het heerlijk om zijn dochter vast te houden, om haar in zijn arm te nestelen en wandelingen met haar door de brede straten van Chicago te maken. Nell keek wel eens naar hem met een nietszeggende glimlach om haar mond, als hij verblind van liefde naar zijn kleine meisje keek. Als hij opkeek, zag Nell haar eigen leegte in zijn wazige blik weerspiegeld.

Lesley was geboren met een wild trekje, maar dat kwam pas na de dood van Al in 1991 aan het licht. Nog terwijl Nell haar het nieuws vertelde, zag ze de sluier van verloedering over haar dochters ogen zakken. Gedurende de maanden daarna zag Nell haar dochter, die altijd al een mysterie voor haar was geweest, zich steeds verder terugtrekken in haar cocon van adolescente zekerheid dat ze de pest had aan haar moeder en niets meer met haar te maken wilde hebben. Voor zover Nell het kon zien, wilde ze achter de jongens aan, sigaretten roken en zo snel en losbandig mogelijk volwassen worden.

Het was weliswaar onaanvaardbaar, maar ook begrijpelijk. Ze was veertien, een leeftijd waarop je makkelijk te beïnvloeden bent, en ze was dol op haar vader geweest. Ze waren weinig opgeschoten met de terugkeer naar Australië, maar dat was pas achteraf gebleken. Nell wist wel beter dan het schuldgevoel binnenhalen met wijsheid achteraf. Destijds had ze gedaan wat ze het beste vond; ze was tenslotte geen Amerikaanse. De moeder van Al was een paar jaar daarvoor overleden, dus ze waren praktisch alleen en vreemden in een vreemd land. Toen Lesley op haar zeventiende uit huis ging en liftend de oostelijke heup van Australië afzakte en langs de dij naar

Sydney, kon Nell haar met liefde laten gaan. Als Lesley weg was, zou ze misschien eindelijk eens verlost zijn van die steen die zeventien jaar op haar maag had gelegen; een steen die fluisterde dat ze natuurlijk een slechte moeder was, dat het vanzelf sprak dat haar dochter een hekel aan haar had, dat het in het bloed zat; ze had überhaupt geen kinderen verdiend. Hoe warm Haim en Lil ook waren geweest, Nell kwam uit een familie van slechte moeders, het soort dat zijn kinderen zonder scrupules in de steek laat.

En zo erg was het niet afgelopen. Twaalf jaar later woonde Lesley dichter bij huis aan de Gold Coast met haar eigen dochter Cassandra. Nell had het meisje pas een paar keer gezien. God mocht weten wie de vader was, en Nell vroeg er ook niet naar. Hoe dan ook, hij moest iets van gezond verstand hebben gehad, want de kleindochter vertoonde weinig van haar moeders losbandigheid, integendeel. Cassandra leek een meisje met een vroegwijze ziel. Kalm, geduldig, attent, trouw aan Lesley, in wezen een prachtkind. Ze deed Nell denken aan een van de nimfen van Waterhouse. Er was een grondtoon van ernst, ze had serieuze blauwe ogen, die iets schuin omlaag stonden, en een fraaie mond, waarvan Nell vermoedde dat die wel eens subliem zou kunnen zijn als ze ooit met spontane vreugde zou glimlachen.

De zwart-witte taxi stopte voor de ingang van Qantas, en toen Nell afrekende, zette ze alle gedachten aan Lesley en Cassandra van zich af.

Ze had zich in haar leven genoeg door spijt laten hinderen, verdronken in onwaarheden en onzekerheid. Nu werd het tijd voor antwoorden en om erachter te komen wie ze was. Ze stapte uit en keek omhoog toen er een vliegtuig laag over raasde.

'Goede reis, mevrouwtje,' zei de taxichauffeur toen hij Nells koffer op een wachtend karretje zette.

'Ja, dank u.'

En die zou ze krijgen. Eindelijk waren er antwoorden binnen handbereik. Na een leven lang als schim te hebben geleefd, werd ze iemand van vlees en bloed.

Het witte koffertje, of liever gezegd de inhoud, was de sleutel geweest. Het sprookjesboek dat in 1913 in Londen was uitgegeven, de foto van de vrouw op het omslag. Nell had haar direct herkend. Een heel oud achterkamertje van haar brein had de namen geleverd voordat haar bewuste er erg in had, namen waarvan ze had aangenomen dat die slechts bij een kinderspelletje hoorden. De mevrouw. De Schrijfster. Nu wist ze niet alleen dat de mevrouw echt was, maar ook hoe ze heette: Eliza Makepeace.

Nell was voor aan de rij voor de balie gekomen, overhandigde haar ticket en paspoort en wachtte terwijl de vrouw achter de toonbank stempelde, typte en schreef.

Natuurlijk was haar eerste gedachte geweest dat Eliza Makepeace haar moeder was. Toen ze inlichtingen bij de bibliotheek inwon, had ze met gebalde vuisten gehoopt dat de bibliothecaresse zou ontdekken dat Eliza Makepeace een kind had verloren en haar hele leven naar haar vermiste dochter had gezocht. Maar die verklaring was natuurlijk te gemakkelijk. De bibliothecaresse vond maar heel weinig over Eliza, maar voldoende om te weten dat de schrijfster kinderloos was geweest.

De passagierslijsten hadden weinig meer opgeleverd. Nell had elk schip dat in 1913 naar Maryborough was vertrokken nagetrokken, maar de naam Eliza Makepeace stond op geen enkele lijst. De kans bestond natuurlijk dat Eliza onder een pseudoniem schreef, de overtocht onder haar echte naam had geboekt, of zelfs onder een verzonnen naam. Maar Haim had Nell niet verteld met welk schip ze was gekomen, en zonder die naam kon ze de lijst van mogelijkheden niet toespitsen.

Maar Nell liet zich niet van de wijs brengen. Eliza Makepeace was belangrijk; ze had een rol in haar verleden gespeeld. Ze herinnerde zich Eliza zelfs. Niet duidelijk, want het waren oude en lang verdrongen herinneringen, maar echt waren ze wel. Ze was op een boot. Ze wachtte. Ze had zich verstopt. Het was een spel. En ze herinnerde zich ook andere dingen. Het was net alsof de herinnering aan de Schrijfster een soort deksel had opgetild. Er doken grillige beelden op: een doolhof, een oude vrouw die haar angst aanjoeg en een lange reis over het water. Ze wist dat ze zichzelf via Eliza zou vinden, en om Eliza te vinden, moest ze naar Londen.

De vrouw achter de balie nam haar bagage in ontvangst en wenste haar een prettige vlucht. Nell hield haar instapkaart stevig vast en liep naar de gate.

Godzijdank kon ze zich de vlucht veroorloven. Eigenlijk dankzij haar vader, want die had er meer mee te maken dan God. In het witte koffertje, bij het sprookjesboek, de haarborstel en het jurkje, had Nell een brief van Haim gevonden, samen met een foto en een cheque. Het was geen fortuin – want hij was niet rijk geweest – maar voldoende om verschil te maken. In zijn brief schreef hij dat hij haar een extraatje wilde geven, maar niet wilde dat de andere meisjes ervan wisten. Hij had hen in hun leven al financieel bijgestaan, maar Nell had zulke hulp altijd afgeslagen.

Daarna maakte hij zijn excuses en schreef hij dat ze het hem hopelijk ooit kon vergeven, ook al had hij het zichzelf nooit vergeven. Het zou haar misschien goed doen om te weten dat hij nooit over zijn schuldgevoel heen was gekomen, en dat het hem had verlamd. Hij had de rest van zijn leven gewenst dat hij het haar nooit had verteld, en als hij moediger was geweest, had hij gewenst dat hij haar niet had gehouden. Maar zoiets verlangen zou betekenen dat hij Nell uit zijn leven wenste, en hij hield liever zijn schuldgevoel dan dat hij haar moest opgeven.

De foto had ze wel eens eerder gezien, maar dat was lang geleden. Het was een zwart-witfoto, of liever gezegd een sepiafoto, tientallen jaren geleden gemaakt, nog voor de Eerste Wereldoorlog. Hamish, Lil en Nell, voor de komst van de zussen, die het gezin zouden uitbreiden met gelach, luide stemmen en meisjesgegil. Het leek wel zo'n studiofoto waarin de ingelijste personen een beetje verschrikt kijken. Alsof ze uit het echte leven geplukt, verkleind en in een poppenhuis vol onbekende dingen gezet zijn. Toen Nell ernaar keek, had ze het stellige gevoel dat ze nog wist wanneer die was gemaakt. Ze kon zich niet veel van haar kinderjaren herinneren, maar ze herinnerde zich wel degelijk de instinctieve afkeer die ze voor die studio en de chemische lucht van ontwikkelaar en dergelijke had gevoeld. Daarna had ze de foto opzijgelegd en haar vaders brief opgepakt.

Hoe vaak ze hem ook las, ze bleef zich verbazen over zijn woordkeus: zijn schuldgevoel. Waarschijnlijk bedoelde hij dat hij zich schuldig voelde omdat hij met zijn bekentenis haar leven overhoop had gegooid, maar toch zat dat woord haar niet lekker. 'Spijt' misschien, of 'berouw', maar 'schuldig'? Dat leek zo'n rare keus. Want hoezeer Nell ook wenste dat het niet was gebeurd, hoe onmogelijk ze het ook had gevonden om een leven voort te zetten waarvan ze wist dat het nep was, ze had haar ouders nooit ergens schuldig aan gevonden. Tenslotte hadden zij alleen maar gedaan wat ze het beste vonden en wat ook het beste wás. Ze hadden haar een thuis en liefde gegeven toen ze beide moest ontberen. Het was verontrustend dat haar vader schuldgevoel had gehad, dat hij zich had verbeeld dat zíj hem misschien schuldig vond. En nu was het te laat om hem te vragen wat hij precies bedoelde.

9

Nell was vier maanden bij hen toen de brief in het havenkantoor werd bezorgd. Iemand in Londen was op zoek naar een klein meisje van vier met rood haar en blauwe ogen. Ze werd al bijna zeven maanden vermist en de man – volgens de brief Henry Mansell – had reden om aan te nemen dat ze aan boord van een schip terecht was gekomen, misschien een vrachtschip op weg naar Australië. Hij was namens een cliënt, de familie van het kind, naar haar op zoek.

Hamish stond bij zijn bureau, zijn knieën knikten en zijn spieren leken wel van was. Het moment dat hij had gevreesd – en toch ook wel verwacht? – was gekomen. Want ondanks wat Lil graag wilde geloven, raakten kinderen niet vermist zonder dat er iemand alarm zou slaan, en zeker geen kinderen zoals Nell. Hij ging zitten, concentreerde zich op zijn ademhaling en keek vlug naar buiten. Hij voelde zich opeens te kijk staan, alsof hij werd gadegeslagen door een onzichtbare vijand.

Hij ging met een hand over zijn gezicht en liet hem in zijn hals rusten. Wat moest hij in hemelsnaam doen? Het was maar een kwestie van tijd voordat zijn collega's zouden komen en de brief zouden zien. En al was hij de enige die Nell in haar eentje op de kade had zien wachten, dat zou hen niet lang buiten schot houden. Het nieuws zou zich zoals altijd als een lopend vuurtje verspreiden, iemand zou een en een bij elkaar optellen en beseffen dat het kleine meisje dat bij Hamish en Lil in Queen Street logeerde, dat kind met dat rare accent, erg veel weg had van dat vermiste Engelse meisje.

Nee, hij mocht niet riskeren dat iemand de inhoud onder ogen kreeg. Hamish bekeek zichzelf. Zijn handen beefden een beetje. Hij vouwde de brief keurig in tweeën, daarna nog een keer en hij stak hem in zijn zak. Dat was voorlopig voldoende.

Hij ging zitten. Zo, hij voelde zich al iets beter. Hij had gewoon tijd en ruimte nodig om na te denken, om te bekijken hoe hij Lil ervan moest overtuigen dat de tijd was gekomen om haar terug te geven. De verhuisplannen

71

voor Brisbane waren gevorderd. Lil had de huisbaas al gewaarschuwd dat ze weggingen, ze was begonnen met inpakken en ze hadden het verhaal rondverteld dat er in Brisbane kansen voor Haim lagen die ze niet mochten laten liggen.

Maar plannen konden afgezegd worden, moesten zelfs afgezegd worden. Want nu ze wisten dat er iemand naar Nell op zoek was, veranderde dat de zaak toch?

Hij wist wat Lil daarop te zeggen had: ze verdienden Nell niet, die mensen, deze man, die Henry Mansell die haar was kwijtgeraakt. Ze zou het Haim smeken en hemel en aarde bewegen om Nell niet uit te leveren aan iemand die zo nonchalant was. Maar Hamish zou haar laten inzien dat het geen kwestie van keuze was, dat Nell niet van hen was, dat ze nooit van hen was geweest, dat ze van iemand anders was. Ze was niet eens Nell meer, want haar echte naam was naar haar op zoek.

Toen Hamish die middag het trapje naar de voordeur beklom, bleef hij even staan om zijn gedachten te ordenen. Hij rook de scherpe rook die uit de schoorsteen kwam, aangenaam omdat die van het vuur kwam dat zijn haard verwarmde. De een of andere onzichtbare kracht hield hem op zijn plaats, zodat hij niet door kon lopen. Hij had vaag het gevoel dat hij op een drempel stond, en dat alles zou veranderen als hij die overstak.

Hij haalde heel diep adem, duwde de deur open en zijn twee meisjes draaiden zich naar hem om. Ze zaten bij het vuur, Nell op schoot bij Lil. Haar lange rode haar hing in natte slierten naar beneden en Lil was bezig de klitten eruit te kammen.

'Papa!' zei Nell, en de opwinding kleurde haar gezicht, dat al roze was van de warmte.

Lil glimlachte naar hem over het hoofd van de kleine. De glimlach die hem altijd al noodlottig was geweest, vanaf het moment dat hij haar leerde kennen toen hij touw wikkelde in de botenloods van haar vader. Wanneer had hij die glimlach voor het laatst gezien? Dat was voor de geboorte van de baby's, dat wist hij. De baby's die weigerden goed geboren te worden.

Hamish glimlachte terug en zette zijn tas neer, tastte in zijn zak waar de brief een gat in brandde, voelde het gladde papier onder zijn vingertoppen en daarna keerde hij zich naar het fornuis waarop de grootste pan stond te dampen. 'Dat ruikt goed.' Die verdomde kikker in zijn keel.

'Mijn moeders vissoep,' zei Lil, plukkend aan de klitten in Nells haar. 'Ben je ziek aan het worden?'

'Hoezo?'

'Ik maak straks wel citroengrog voor je.'

'Het is maar een kriebelhoestje,' zei Haim. 'Doe geen moeite.'

'Het is geen moeite. Ik doe het voor jou.' Ze lachte weer naar hem en gaf Nell een schouderklopje. 'Nou, lieverdje, mama moet weer overeind om even naar het eten te kijken. Blijf jij hier maar zitten tot je haar droog is. Ik wil niet dat je een koutje vat, zoals je vader.' Ze keek Haim aan met een blik vol tevredenheid, die zo in zijn hart stak dat hij zich wel moest afwenden.

Onder het eten bleef de brief de hele tijd in Haims zak zitten en weigerde vergeten te worden. Zijn hand werd ernaartoe getrokken zoals metaal naar een magneet. Hij kon zijn mes niet neerleggen zonder dat zijn vingers in de zak van zijn jasje glipten en aan het gladde papier voelden waarop het doodvonnis voor hun geluk stond. De brief van de man die Nells familie kende. Nou ja, dat stond er althans...

Hamish ging met een ruk rechtop zitten. Hij vroeg zich af waarom hij de beweringen van de man direct voor zoete koek had geslikt. Hij dacht weer aan de inhoud van de brief, diepte de zinnen uit zijn geheugen op en onderzocht ze op aanwijzingen. Hij voelde zich direct opgelucht. Er stond helemaal niets in de brief wat deed vermoeden dat hij op waarheid berustte. Er waren een heleboel vreemde mensen in de wereld die bezig waren met allerlei ingewikkelde vormen van fraude. Hij wist dat er in bepaalde landen een markt voor kleine meisjes was, handelaren in blanke slavinnen waren altijd op zoek naar kleine meisjes om te verkopen.

Maar dat was belachelijk. Ook al klampte hij zich radeloos aan zulke mogelijkheden vast, hij wist hoe onwaarschijnlijk ze waren.

'Haim?'

Hij keek vlug op. Lil keek hem bevreemd aan.

'Je was mijlenver weg met je gedachten.' Ze schudde naar hoofd en legde een warme hand op zijn voorhoofd. 'Ik hoop dat je geen koorts krijgt.'

'Er is niets aan de hand.' Het klonk bitser dan de bedoeling was. 'Ik mankeer niets, lieverd.'

Ze knikte en klemde haar lippen opeen. 'Ik zei net dat ik dat kleine dametje naar bed ga brengen. Ze heeft een lange dag gehad en is erg moe.'

Als op een teken moest Nell flink geeuwen.

'Welterusten, papa,' zei ze tevreden toen ze uitgegeeuwd was. Voor hij het wist, zat ze bij hem op schoot, opgekruld als een warm poesje, en haar armpjes gleden om zijn nek. Sterker dan ooit was hij zich bewust van zijn ruwe huid en bakkebaarden. Hij sloeg zijn armen om haar kleine vogelrugje en deed zijn ogen dicht.

'Slaap lekker, Nellie-lief,' fluisterde hij in haar haar.

Hij keek hen na toen ze in de andere kamer verdwenen. Zijn gezin.

Hij had altijd een gezin willen hebben, hij en Lil allebei trouwens. Voor hun trouwen zaten ze dikwijls bij de rivier eindeloos te praten over de kinderen die ze zouden krijgen, de namen die ze hun zouden geven en hoe ze eruit zouden zien. Getrouwd waren ze wel, maar de kinderen waren niet gekomen. In plaats daarvan hadden ze samen op de golven van de hoop gezeild om telkens weer aan te spoelen op de mistroostige kust van teleurstelling. Althans tot nu toe, tot Nellie in hun leven was gekomen, waardoor ze in kalme, gematigde wateren terecht waren gekomen. Dit kind, hun Nell met haar twee lange vlechten, had op de een of andere manier waarop hij niet precies de vinger kon leggen, zijn relatie met Lil sterker gemaakt. Ze vormden een gezin, een ondeelbare drie-eenheid, niet zomaar twee zielen die besloten hadden samen verder te gaan.

En nu zat hij hier te overwegen alles kapot te maken...

Er klonk een geluid in de gang en hij keek op. Lil stond van onder het houten sierwerk naar hem te kijken. Een speling van het licht leek wel een rode gloed over haar zwarte haar te leggen en liet haar donkere ogen glanzen, zwarte maantjes onder lange wimpers. Een spoortje gevoel trok aan haar mondhoeken en vormde een glimlach die een emotie beschreef, te sterk om onder woorden te brengen.

Haim glimlachte aarzelend terug. Zijn hand gleed weer in zijn zak en zijn vingers streken geruisloos over de oppervlakte van de brief. Zijn lippen weken met en zacht plofje van elkaar, kriebelend van de woorden die hij niet wilde spreken, maar die hij waarschijnlijk niet kon tegenhouden.

Lil kwam naast hem staan. Haar vingers op zijn pols stuurden warme scheuten naar zijn nek en ze legde een warme hand op zijn wang. 'Kom, we gaan naar bed.'

Ha, waren er ooit lievere woorden geuit? In haar stem weerklonk een belofte en in één oogwenk was zijn besluit genomen. Zijn voorzichtige argumenten losten op als rijstpapier waarop water valt.

Hij liet zijn hand in de hare glijden en hield hem stevig vast toen ze hem voorging.

Toen hij de open haard passeerde, gooide hij het gladde papier in de vlammen. Het knetterde even toen het vlam vatte en even lichtte er iets verwijtends op in zijn ooghoeken. Maar hij bleef niet staan, hij liep door en keek nooit meer om. Hij zwoer nooit tegen iemand iets over Henry Mansell en zijn brief te zeggen.

10

Lang voordat het een antiekcentrum werd, was het een theater geweest: het Plaza-theater, een groots experiment uit de jaren dertig. Aan de buitenkant zag het er lelijk uit: een kolossale witte doos die in de heuvel van Paddington verzonken lag, maar het interieur was een ander verhaal. Het gewelfde plafond was donkerblauw met uitgesneden wolken, die oorspronkelijk met indirecte verlichting werden beschenen om de illusie van maanlicht te scheppen, terwijl honderden minuscule lichtjes als sterren fonkelden. Decennialang had het theater gelopen als een trein, in de tijd dat er nog trams langs de rijtjeshuizen ratelden en er Chinese tuinen in de vallei bloeiden. Maar hoewel het tegenslagen als brand en overstroming te boven was gekomen, was het in de jaren zestig zacht en snel ten prooi gevallen aan de televisie.

De kraam van Nell en Cassandra was recht onder de prosceniumboog links van het toneel. Het was een doolhof van schappen bezaaid met talloze oude snuisterijen, antieke boeken en een eclectische verzameling aandenkens. Lang geleden waren de andere handelaren begonnen het voor de grap Alladins Speelkamer te noemen, en die naam was blijven hangen. Tegenwoordig stond hij met gouden letters op een houten bordje.

Cassandra zat op een krukje met drie poten diep in de doolhof van schappen, maar had moeite zich te concentreren. Het was voor het eerst sinds het overlijden van Nell dat ze in het centrum was, en het voelde raar om tussen de schatten te zitten die ze samen hadden verzameld. Het was vreemd dat de voorraad er nog was, maar Nell zelf niet meer. Het had iets van ontrouw. Lepels die Nell had opgewreven, prijskaartjes met Nells onontcijferbare hanenpoten, boeken en nog eens boeken. Die waren Nells zwakke plek geweest, zoals elke handelaar er een had. Niets kon haar zo opwinden als de ontdekking van een zeldzaam exemplaar dat ze nog nooit eerder had gezien. Ze hield vooral van boeken uit het fin de siècle. Laatvictoriaanse exemplaren met schitterend gedrukte pagina's en zwart-witillustraties. Als er een opdracht van de schenker aan de ontvanger in stond, des te beter. Het was een spoor van zijn verleden, een aanwijzing voor de handen waar het boek doorheen was gegaan voordat het haar kant op was gekomen.

'Morgen.'

Cassandra keek op en zag dat Ben haar een kartonnen beker koffie voorhield.

'Voorraad sorteren?' vroeg hij.

Ze veegde wat losse haren uit haar ogen en nam de beker aan. 'Ik ben gewoon dingen aan het verplaatsen. Het meeste zet ik weer terug.'

Hij knikte en nam een slok van zijn eigen koffie. 'Mooi weekeinde. Ik ben eindelijk dat mahoniehouten buffet kwijt, dat met de glazen deurtjes.'

'Dat heb je een hele tijd gehad.'

'Zes maanden.' Hij keek over zijn schouder. 'John is er niet blij mee. Die probeerde de man te interesseren voor zijn grenen kast.'

Cassandra trok een wenkbrauw op. 'Echt iets voor John.'

Ben keek haar aan over de rand van zijn beker. Er hing een kloddertje schuim in zijn snor. 'Ik heb iets voor je,' zei hij, en hij haalde een opgevouwen stuk papier uit de borstzak van zijn overhemd onder het wollen vest.

Cassandra zette haar beker neer, sloeg het papier open en streek het glad. Een uitdraai op wit A4-papier, met in het midden een vlekkerige zwart-witafdruk van een huisje. Voor zover ze het kon zien was het een huisje op het platteland, van natuursteen en metselwerk met donkere plekken – klimop? – op de buitenmuren. Er lagen dakpannen op, en achter de nok was een schoorsteen van natuursteen te zien. Daarop balanceerden twee wankele potten, waarvan de een beschadigd was.

Ze hoefde niet te vragen welk huis dit was.

'Ik heb een beetje rondgevraagd,' zei Ben. 'Ik kan het niet helpen. Mijn dochter in Londen heeft die foto opgedoken en gemaild.'

Dus zo zag Nells grote geheim eruit. Het huis dat ze zo impulsief had gekocht en al die jaren geheim had gehouden. De foto had een merkwaardig effect op haar. Cassandra had de akte het hele weekeinde op tafel laten liggen, er af en toe een blik op geworpen, aan weinig anders gedacht, maar nu ze deze foto zag, voelde het voor het eerst echt. Alles kwam scherp in beeld: Nell, die was begraven zonder te weten wie ze echt was, had een huis in Engeland gekocht dat ze aan Cassandra had nagelaten, en had gedacht dat die wel zou begrijpen waarom.

'Ruby is altijd handig geweest in het uitzoeken van dingen, dus heb ik haar gevraagd te kijken wie de vorige eigenaars zijn geweest. Ik dacht, als we weten van wie je grootmoeder het huis heeft gekocht, kan dat licht werpen op de reden.' Ben haalde een notitieboekje uit zijn borstzak en zette zijn bril schuin om de bladzijde goed te kunnen zien. 'Zeggen de namen Daniel en Julia Bennett je iets?'

Cassandra schudde haar hoofd. Ze keek nog steeds naar de foto.

'Volgens Ruby, heeft Nell het huis gekocht van een zekere meneer en mevrouw Bennett, die het zelf in 1971 hadden gekocht. Ze kochten ook het naburige landhuis, dat ze tot hotel verbouwden. Hotel Blackhurst.' Hij keek Cassandra hoopvol aan.

Die schudde weer haar hoofd.

'Zeker weten?'

'Nooit van gehoord.'

'Tja,' zei Ben, en hij liet zijn schouders iets hangen. 'Ach, nou ja.' Hij sloeg het aantekenboekje dicht en leunde met zijn arm tegen de dichtstbijzijnde boekenkast. 'Ik ben bang dat dit het hele resultaat van mijn speurwerk is; kennelijk een schot in het duister.' Hij krabde in zijn baard. 'Echt iets voor Nell om ons met zo'n mysterie op te zadelen. Het is te dol voor woorden, vind je niet, een geheim huis in Engeland?' Hij zwaaide naar een andere handelaar en liet zijn stem dalen. 'Daar gaat Clarence. Volgens Betty is hij helemaal over de rooie van een korting die ik een klant heb gegeven op een van zijn accordeons.' Hij grijnsde. 'Strategisch, hè?'

Cassandra glimlachte. 'Bedankt voor de foto, en bedank ook je dochter namens mij.'

'Je kunt haar persoonlijk bedanken als je zelf aan de andere kant van de wereld zit.' Hij schudde met zijn koffiebekertje en tuurde in het drinkgaatje om te controleren of het echt leeg was. 'Wanneer ga je, denk je?'

Cassandra zette grote ogen op. 'Naar Engeland bedoel je?'

'Een foto is allemaal goed en wel, maar er gaat toch niets boven het huis zelf bekijken?'

'Vind je dat ik naar Engeland moet?'

'Waarom niet? Het is de eenentwintigste eeuw, je kunt in een week op en neer, en daarna kun je veel beter beoordelen wat je met het huisje wilt.'

De koopakte mocht dan op tafel liggen, Cassandra was zo in beslag genomen geweest door het theoretische feit dat Nell een huisje had, dat ze de praktische kant ervan nog niet had overwogen: in Engeland wachtte een huis op wat zij ermee ging doen. Ze tuurde door haar pony naar Ben en trok haar neus op. 'Vind je dat ik het moet verkopen?'

'Dat is een grote beslissing zonder dat je er een voet in hebt gezet.' Ben gooide zijn lege beker in de bijna volle prullenbak naast het cederhouten bureau. 'Het kan toch geen kwaad er een kijkje te nemen? Het is duidelijk dat het veel voor Nell heeft betekend, gezien het feit dat ze het al die jaren heeft aangehouden.'

Daar moest Cassandra over nadenken. Zo maar in haar eentje naar Engeland vliegen. 'Maar m'n winkeltje…'

'Ach, daar zorgt het centrumpersoneel wel voor, en ik ben er ook nog.' Hij wees naar de volle schappen. 'Je hebt voldoende voorraad voor de volgende tien jaar.' Zijn stem werd wat vriendelijker. 'Waarom niet, Cass? Het kan geen kwaad er even tussenuit te zijn. Ruby woont in een pijpenla in South Kensington, en ze werkt bij het Victoria and Albert Museum. Zij kan je wel wegwijs maken en voor je zorgen.'

Voor haar zorgen: mensen boden altijd aan voor Cassandra te zorgen. Ooit – het leek wel in een vorig leven – was ze een volwassene met haar eigen verantwoordelijkheden geweest en had ze voor anderen gezorgd.

'En wat heb je te verliezen?'

Niets, ze had niets te verliezen, ze had niemand te verliezen. Cassandra was het onderwerp opeens beu. Ze toverde een flauw, toegeeflijk glimlachje tevoorschijn en voegde er voor de zekerheid 'Ik zal erover nadenken' aan toe.

'Goed zo.' Hij gaf haar een schouderklopje en maakte aanstalten om weg te gaan. 'O, dat was ik bijna vergeten. Ik heb nog een interessant brokje informatie opgediept. Het werpt geen licht op Nell en haar huis, maar het is toch een grappige toevalligheid, met jouw kunstzinnige achtergrond en al die tekeningen die je vroeger maakte.'

Het benam haar even de adem om die jaren van je leven en je liefste bezigheid zo tussen neus en lippen door beschreven te horen als definitief tot het verleden behorend. Cassandra slaagde erin haar flauwe glimlach te bewaren.

'Het landgoed waarop Nells huisje staat, was vroeger van de familie Mountrachet.'

De naam zei Cassandra niets en ze schudde haar hoofd.

'Die hoorden tot de adelstand en volgens mij waren ze heel machtig tijdens de burgeroorlogen in de middeleeuwen, al waren ze aan het eind van de negentiende eeuw tot landadel gereduceerd.' Hij trok een wenkbrauw op. 'De dochter, Rose, was getrouwd met een zekere Nathaniel Walker.'

Cassandra fronste. 'Een kunstenaar… Een Amerikaan?'

'Precies, die. Doet voornamelijk portretten, je kent ze wel. Lady zus-en-

zo met haar zes lievelingscorgi's. Volgens Ruby heeft hij er vlak voor zijn
dood in 1910 zelfs een van koning Edward gemaakt. Ik zou zeggen het toppunt van zijn carrière, al was Ruby niet zo onder de indruk. Volgens haar
waren zijn portretten niet zijn beste werk, ze vond ze een beetje levenloos.'

'Het is een poos geleden dat ik...'

'Ze vonden zijn tekeningen mooier. Maar zo is Ruby nu eenmaal, die
heeft er altijd een tegendraadse opinie op na gehouden.'

'Tekeningen?'

'Illustraties, plaatjes voor tijdschriften, in zwart-wit.'

Cassandra's adem stokte even. 'De Maze and Fox-tekeningen.'

Ben haalde hoofdschuddend zijn schouders op.

'O, Ben, die waren fantastisch, ze zíjn fantastisch, ongelooflijk gedetail-
leerd!' Het was heel lang geleden dat ze aan kunstgeschiedenis had gedacht;
het machtige gevoel van kennis die ze zich had eigen gemaakt verraste haar.
Merkwaardig hoe iets wat ooit zo'n centrale plaats had ingenomen – een jarenlange studie en een gekoesterde carrière – zo volledig van het toneel van
het dagelijks leven was verdwenen.

Dokter Harvey, die ze heel lang geleden op Wickham Terrace had bezocht, op die hete namiddagen, wanneer de ondergaande zon door zijn
raam brandde en de geur van stof en verdriet en het trauma van vreemden
haar dreigden te verstikken, zou tevreden zijn geweest.

'Nathaniel Walker is even aan de orde gekomen tijdens een college over
Aubrey Beardsley en zijn tijdgenoten,' zei ze. 'Ik weet nog dat hij controver-
sieel was, maar niet meer waarom.'

'Dat zei Ruby ook al; je zult het goed met haar kunnen vinden. Toen ik
zijn naam noemde, was ze erg opgewonden. Ze zei dat er een paar tekeningen van hem op haar nieuwe tentoonstelling in het museum hangen. Kennelijk zijn ze heel zeldzaam.'

'Hij heeft er niet veel gemaakt,' herinnerde Cassandra zich weer. 'Ik denk
dat hij het te druk had met zijn portretten. Die tekeningen waren meer een
liefhebberij. Hoe dan ook, het handjevol dat hij heeft gemaakt wordt hoog
aangeslagen.' Ze schrok op. 'Volgens mij hebben wij een tekening van hem,'
zei ze. 'In een van Nells boeken.' Ze ging op een omgekeerd melkkrat staan,
liet haar wijsvinger langs de bovenste rij boeken gaan en stopte bij een wijnrode rug met een verschoten gouden opdruk.

Staand op het krat sloeg ze het open en bladerde voorzichtig door de
kleurenillustraties voorin. 'Hier hebben we hem.' Ze stapte omlaag zonder
haar oog van de bladzijde te halen. 'The Fox's Lament.'

Ben kwam naast haar staan en draaide zijn bril van het licht weg. 'Complex, hè? Niet mijn smaak, maar dat heb je met kunst. Ik zie wel wat je erin bewondert.'

'Het is prachtig en op de een of andere manier ook treurig.'

Ben boog zich over het boek. 'Treurig?'

'Vol melancholie en verlangen. Beter kan ik het niet uitleggen, iets in het gezicht van de vos, iets wat er niet is.' Ze schudde haar hoofd. 'Ik kan het niet uitleggen.'

Ben kneep even in haar arm, mompelde dat hij haar met de lunch wel een broodje zou brengen, en weg was hij. Hij schuifelde naar zijn winkeltje, of liever gezegd naar een klant die stond te goochelen met een Waterfordkan en een schaal van Spode.

Cassandra bleef naar de tekening kijken en vroeg zich af waarom ze zo zeker was over het verdriet van de vos. Dat had natuurlijk te maken met de hand van de tekenaar, de kunst om door de juiste plaatsing van dunne zwarte streepjes zo'n duidelijk complex van emotie op te roepen...

Ze klemde haar lippen opeen. De tekening herinnerde haar aan de dag waarop ze het sprookjesboek had gevonden, toen ze de tijd moest doden onder Nells huis, toen haar moeder zich boven opmaakte haar te verlaten. Terugkijkend besefte Cassandra dat ze haar liefde voor de kunst kon herleiden tot dat boek. Ze had het opengeslagen en was in de schitterende, angstaanjagende en magische illustraties gevallen. Ze had zich afgevraagd hoe het moest voelen om de rigide grenzen van woorden te ontstijgen, en in plaats daarvan in zo'n vloeiende taal te spreken.

En toen ze ouder werd, had ze die ook een poosje gekend: de magische aantrekkingkracht van de tekenpen, de gelukzalige sensatie van tijd die zijn betekenis verloor terwijl ze tekende. Haar liefde voor de kunst had haar in Melbourne laten studeren, met Nicholas laten trouwen en geleid tot alles wat daarna volgde. Het was vreemd om te bedenken dat het leven heel anders had kunnen lopen als ze dat koffertje nooit had gezien, als ze niet die curieuze, sterke behoefte had gehad het open te maken om erin te kijken en zich over de verhalen met die prachtige plaatjes te buigen...

Cassandra schrok. Waarom had ze daar niet eerder aan gedacht? Opeens wist ze precies wat haar te doen stond, waar ze moest kijken. De enige plek waar ze misschien de nodige aanwijzingen van Nells mysterieuze afkomst kon vinden.

Zonder zich te bedenken, pakte ze haar tas en haastte ze zich het antiekcentrum uit. Ze vergat zelfs Ben te vertellen dat ze wegging.

Cassandra hield er wel rekening mee dat Nell het koffertje misschien had weggedaan, maar zette de gedachte met enige zekerheid van zich af. In de eerste plaats was haar grootmoeder antiquair geweest, een verzamelaar, een menselijke hamster. Iets ouds en zeldzaams wegdoen zou helemaal niets voor haar zijn geweest.

Belangrijker nog: als het waar was wat de tantes zeiden, was het koffertje meer dan een historisch aandenken: het was een anker, het was het enige wat Nell met haar verleden verbond. Cassandra begreep het belang van ankers; ze wist maar al te goed wat er gebeurde met een persoon wanneer de tros die hem met zijn leven verbond, werd losgegooid. Ze was haar eigen anker twee keer kwijtgeraakt. De eerste keer was op haar tiende toen Lesley haar in de steek liet. De tweede keer was ze al een jonge vrouw – was het echt alweer tien jaar geleden? – toen het leven zoals ze dat kende in een fractie van een seconde veranderde en ze weer op drift was geraakt op een zee zonder horizon.

Toen Cassandra later op de gebeurtenissen terugkeek, besefte ze dat het koffertje haar had gevonden, net als de eerste keer. Dat het op haar had liggen wachten en dat het van zijn aanwezigheid blijk had gegeven, of ze er nu naar had gezocht of niet.

Toen ze een hele avond Nells bomvolle logeerkamers ondersteboven had gehaald, en ondanks haar beste voornemens nu eens werd afgeleid door het ene, dan weer door het andere aandenken, was ze ongelooflijk moe geworden. Niet alleen lichamelijk, maar ook geestelijk. Het weekeinde had zijn tol gevergd. Die uitputting die ze uit sprookjes kende, dat magische verlangen om je over te geven aan de slaap, overspoelde haar snel en heftig.

In plaats van naar haar eigen kamer op de benedenetage te gaan, krulde ze zich aangekleed op onder Nells sprei en liet ze haar hoofd in het donzen kussen zakken. De geur was adembenemend vertrouwd – lavendeltalkpoeder, zilverpoets en Palmolive-waspoeder – en ze had het gevoel dat ze haar hoofd tegen Nells borst legde.

Ze sliep als een roos, donker en droomloos. En toen ze de volgende morgen wakker werd, had ze het gevoel dat ze veel langer dan één nacht had geslapen.

Het zonlicht stroomde als de lichtbundel van een vuurtoren door een kier in de gordijnen naar binnen en ze lag een poosje naar de dansende stofdeeltjes te kijken. Ze had haar hand kunnen uitsteken om ze op haar vingertoppen te vangen, maar dat deed ze niet. Ze liet haar blik langs de bundel gaan en draaide haar hoofd naar de plek waarop het licht viel. Het was een plek hoog op de kast, waarvan de deurtjes 's nachts opengegaan waren. En daar op de bovenste plank lag onder een stapel plastic zakken met kleren voor het Leger des Heils, een oud wit koffertje.

11

De Indische Oceaan, zeshonderdvijftig kilometer ten oosten van Kaap de Goede Hoop, 1913

Het duurde heel lang voordat ze in Amerika waren. In de verhalen van papa had hij gezegd dat het nog verder was dan Arabië, en het kleine meisje wist dat het honderd dagen en nachten duurde om daar te komen. Het meisje was de tel van de dagen kwijtgeraakt, maar er waren er heel wat verstreken sinds ze aan boord was gegaan. Zo lang zelfs, dat ze gewend was geraakt aan de sensatie dat de reis nooit ophield. Ze kreeg zeebenen, heette het. Daar leerde ze alles over door de verhalen van Moby Dick.

Als ze aan Moby Dick dacht, werd het meisje heel verdrietig. Het herinnerde haar aan papa en de verhalen die hij haar voorlas over de grote walvis, de schilderijen die hij haar in zijn studio liet zien en de tekeningen van donkere zeeën en grote schepen die hij had gemaakt. Het meisje wist dat ze illustraties heetten. Ze genoot van de lengte van het woord toen ze het in gedachten uitsprak. Ooit zouden ze misschien in een boek verschijnen, een echt boek dat andere kinderen zouden lezen. Dat was namelijk wat haar papa deed, hij maakte plaatjes voor sprookjesboeken. Althans af en toe. Hij maakte ook schilderijen van mensen, maar het meisje vond die niet mooi; vooral niet die ogen die je door de hele kamer volgden.

De onderlip van het meisje begon te trillen zoals wel vaker gebeurde wanneer ze aan papa en mama dacht, en ze beet erop. In het begin had ze vaak moeten huilen, ze kon er niets aan doen, ze miste haar ouders. Maar ze huilde niet vaak meer, en nooit waar de andere kinderen bij waren. Dan vonden ze haar misschien te klein om mee te spelen en wat moest ze dan? Bovendien zouden papa en mama gauw komen. Ze wist dat ze op haar zouden wachten wanneer de boot in Amerika aankwam. Zou de Schrijfster er ook bij zijn?

Het meisje fronste. In al die tijd dat het haar had gekost om zeebenen te krijgen, was de Schrijfster niet teruggekomen. Dat verwonderde het meisje, omdat de Schrijfster een heleboel strikte instructies had gegeven, dat ze altijd bij elkaar moesten blijven en moesten voorkomen dat ze elkaar zouden kwijtraken, wat er ook gebeurde. Had ze zich misschien verstopt? Hoorde dat allemaal bij het spel?

Het meisje wist het niet. Ze was alleen maar blij dat ze die ochtend Will en Sally op het dek was tegengekomen, anders had ze misschien niet geweten waar ze moest slapen of hoe ze aan eten moest komen. Will en Sally en al hun broertjes en zusjes – er waren er zo veel dat het meisje moeite had de tel niet kwijt te raken – wisten precies hoe je aan eten moest komen. Ze hadden haar allerlei plekjes op de boot laten zien, waar je een extra portie gezouten biefstuk kon vinden. (Ze vond de smaak niet lekker, maar het jongetje lachte alleen maar dat het misschien niet was wat ze gewend was, maar dat het goed genoeg was voor een hondenleven.) Ze waren meestal wel aardig voor haar. De enige keer dat ze boos werden, was toen ze weigerde te zeggen hoe ze heette. Maar het meisje wist hoe ze spelletjes moest spelen, dat je je aan de regels moest houden, en de Schrijfster had gezegd dat het de belangrijkste regel van allemaal was.

Wills familie had een aantal kooien op de laagste dekken, samen met een heleboel andere mannen, vrouwen en kinderen; meer mensen dan het meisje ooit op één plek verzameld had gezien. Er reisde ook een moeder met hen mee, maar die noemden ze allemaal 'ma'. Ze leek helemaal niet op de moeder van het meisje, ze had niet dat mooie gezicht en dat prachtige donkere haar dat elke ochtend door Poppy werd opgestoken. 'Ma' leek meer op de vrouwen die het meisje wel eens had gezien wanneer het rijtuig door het dorp ging, met haveloze jurken en schoenen die gemaakt moesten worden, en gelooide handen als oude leren handschoenen die Davies droeg als hij in de tuin aan het werk was.

Toen Will het meisje voor het eerst mee naar beneden had genomen, zat ma op de onderste kooi een baby te zogen terwijl een andere huilend naast haar lag.

'Wie hebben we hier?' vroeg ze.

'Ze wil niet zeggen hoe ze heet. Zegt dat ze op iemand wacht, dat ze zich moest verstoppen.'

'Verstoppen, hè?' De vrouw gebaarde het meisje dichterbij te komen. 'Voor wie verstop je je dan, kindje?'

Maar het meisje wilde dat niet zeggen; ze schudde slechts haar hoofd.

'Waar zijn haar ouders?'

'Voor zover ik weet heeft ze die niet. Ze had zich verstopt toen ik haar vond.'

'Is dat zo, meisje? Ben je alleen?'

Het meisje dacht even na en besloot dat het beter was om het te beamen dan iets over de Schrijfster te zeggen. Ze knikte.

'Kijk eens aan. Een klein ding als jij, helemaal alleen op zee.' Ma schudde haar hoofd en schudde even aan de huilende baby. 'Is dat je koffer? Geef eens hier, dan kan ma hem eens bekijken.'

Het meisje zag hoe ma de sluitingen opende en de kofferdeksel optilde. Ze schoof het sprookjesboek en de jurk opzij en zag de envelop eronder. De Schrijfster had hem die ochtend in de koffer gestopt, maar het meisje wist niet wat erin zat. Ma stak haar vinger onder de sluiting, maakte hem open en haalde een stapeltje papieren tevoorschijn.

Will zette grote ogen op. 'Bankbiljetten.' Hij wierp een blik op het meisje. 'Wat doen we met haar, ma? De purser waarschuwen?'

Ma deed de bankbiljetten weer in de envelop en stopte die onder haar jurk bij haar boezem. 'Het heeft geen zin om iets tegen wie ook aan boord te zeggen,' zei ze uiteindelijk, 'althans dat denk ik. Ze blijft bij ons tot we aan de andere kant van de wereld zijn, dan komen we er wel achter wie daar op haar wacht. Kunnen we eens zien hoe ze ons willen bedanken voor de moeite.' Ze glimlachte en er verschenen donkere spleten tussen haar tanden.

Het meisje had niet veel met ma te maken en daar was ze blij om. Die had het te druk met de baby's en een daarvan leek altijd aan haar voorkant te hangen. Ze zogen, althans dat zei Will, maar daar had het meisje nog nooit van gehoord. Tenminste niet bij mensen. Ze had het wel op de boerderijen van het landgoed gezien bij babydieren die bij hun moeder zogen. Die deden niets anders dan schreeuwen en drinken en dik worden. En zolang de baby's ma bezighielden, zorgde de rest voor zichzelf. Wil vertelde dat ze daaraan gewend waren, want thuis was het niet anders geweest. Ze kwamen uit een dorp dat Little Bolton heette, en als er geen baby's verzorgd moesten worden, werkte hun moeder de hele dag in een katoenfabriek. Daarom moest ze zo veel hoesten. Het meisje begreep dat wel: haar eigen moeder was ook niet lekker, maar ze hoestte niet zoals ma.

's Avonds zat het meisje met de anderen op een plekje te luisteren naar de muziek en het geluid van schuifelende voeten op de glanzende vloeren boven hun hoofd. Dat was wat ze nu deden, ze zaten in een donker hoekje te luisteren. In het begin wilde het meisje gaan kijken, maar de andere kinderen hadden haar uitgelachen en zeiden dat de hogere dekken verboden gebied waren voor mensen zoals zij. Dat ze niet dichter bij het dek van de rijken mochten komen dan deze plek onder de trap van de bemanning.

Het meisje had gezwegen. Ze had nog nooit van zulke regels gehoord. Thuis mocht ze overal komen waar ze wilde, op één plek na. De enige plek waar ze niet mocht komen was het huis van de Schrijfster aan de andere kant van de doolhof, bij het klif. Maar dit was niet hetzelfde en ze vond het moeilijk te begrijpen wat de jongen bedoelde. Mensen zoals zij? Kinderen? Was het hoogste dek misschien een plek die verboden was voor kinderen? Niet dat ze vanavond naar boven wilde. Ze was moe. Dat was ze al dagen. Het soort vermoeidheid waardoor haar benen zo zwaar voelden als boomstammen en de trappen twee keer zo hoog leken. Ze was ook duizelig en had het erg warm. Haar adem voelde heet langs haar lippen.

'Kom mee,' zei Will, die de muziek moe was. 'We gaan naar land uitkijken.'

Iedereen krabbelde overeind. Het meisje hees zich overeind en probeerde haar evenwicht te bewaren. Will en Sally en de anderen praatten en lachten en hun stemmen wervelden om haar heen. Ze probeerde te verstaan wat ze zeiden, voelde haar benen bibberen en haar oren suizen.

Opeens zag ze Wills gezicht vlak bij het hare en zijn stem klonk hard. 'Wat is er? Gaat het wel?'

Ze deed haar mond open om antwoord te geven, en terwijl ze dat deed werden haar knieën van rubber en viel ze. Het laatste wat ze zag voordat haar hoofd de houten traptree raakte, was de heldere volle maan die hoog aan de hemel schitterde.

Het meisje deed haar ogen open. Er torende een man boven haar uit, maar het was niet de man die al eerder voor haar had gezorgd, die allerlei vragen had gesteld, vragen waarop ze geen antwoord wist. Deze man was groter, ouder, serieuzer, met bobbelige wangen en grijze ogen die recht in haar blauwe keken. Zijn gezicht veranderde niet toen hij dichterbij kwam en een kleine platte spatel uit zijn borstzak haalde. 'Mond open.'

Voor ze wist wat er gebeurde, drukte hij de spatel op haar tong en inspecteerde hij haar mond.

'Ja,' zei hij. 'Prima.' Hij haalde de spatel weg en trok zijn vest recht. 'Inademen.'

Ze gehoorzaamde en hij knikte. 'Niets mis mee,' zei hij. Hij gaf een teken aan de jongere man met het stroblonde haar die al eerder aardig tegen het meisje was geweest. 'We hebben hier een levende. Haal haar in godsnaam uit de ziekenboeg voor dat verandert.'

'Maar, meneer,' zei de andere man puffend, 'dit is het meisje dat op haar hoofd is gevallen toen ze het bewustzijn verloor, ze moet toch wat rusten...'

'We hebben niet genoeg bedden voor mensen die moeten rusten; in haar eigen hut kan dat ook.'

'Maar meneer, ik weet niet waar ze thuishoort...'

De dokter draaide met zijn ogen. 'Vraag het haar dan, man.'

De man met het gele haar ging wat zachter praten. 'Dit is het meisje over wie ik heb verteld, meneer. Ze lijkt haar geheugen kwijt te zijn. Dat moet door die val zijn gekomen.'

De dokter tuurde naar het meisje. 'Hoe heet je?'

Het meisje dacht erover na. Ze hoorde zijn woorden, begreep wat hij vroeg, maar merkte dat ze geen antwoord kon geven.

'Nou?' vroeg de man.

Het meisje schudde haar hoofd. 'Ik weet het niet.'

De arts slaakte een zucht van ergernis. 'Ik heb hier tijd noch een bed voor. Ze heeft geen koorts meer. Zo te ruiken, komt ze van het tussendek.'

'*Aye*, meneer.'

'Nou? Er moet toch iemand voor haar komen?'

'*Aye*, meneer, er staat een jongen buiten. Hij heeft haar een paar dagen geleden ook gebracht. Hij is net komen kijken. Ik zou zeggen haar broer.'

De dokter wierp een blik op de gang en keek naar de jongen. 'Waar zijn de ouders?'

'De jongen zegt dat zijn vader in Australië is, meneer.'

'En z'n moeder?'

De andere man schraapte zijn keel en boog zich wat dichter naar de dokter toe. 'Die is waarschijnlijk in de buurt van Kaap de Goede Hoop aan de vissen gevoerd, meneer. Ze is drie dagen geleden overleden toen we net de haven uit waren.'

'Koorts?'

'*Aye.*'

De dokter fronste en slaakte een korte zucht. 'Nou, laat hem dan maar binnen.'

Een jongen met koolzwarte ogen, die zo mager was als een riet, werd voor hem gesleept. 'Hoort dat meisje bij jou?' vroeg de dokter.

'Ja meneer,' zei de jongen. 'Dat wil zeggen, ze...'

'Genoeg, ik zit niet op levensverhalen te wachten. Ze heeft geen koorts meer en die bult op haar voorhoofd is genezen. Momenteel zegt ze niet veel, maar dat zal ongetwijfeld gauw veranderen. Het is hoogstwaarschijnlijk aandachtvragerij door wat er met je moeder is gebeurd. Dat zie je wel vaker, vooral bij kinderen.'

'Maar, meneer...'

'Dat is genoeg.'

'Ja, meneer.'

'Neem haar mee.' Hij wendde zich tot de matroos. 'Geef het bed maar aan iemand anders.'

Het meisje zat bij de reling naar het water te kijken. Blauwe bergjes met witte mutsen, rimpelend onder de kracht van de wind. De zee was wat onrustiger dan anders en ze gaf haar lichaam over aan de deinende beweging. Ze voelde zich merkwaardig, niet echt ziek, alleen maar raar. Alsof haar hoofd gevuld was met een fijne witte mist die van geen wijken wist.

Zo was het al geweest sinds ze in de ziekenboeg wakker was geworden, sinds die vreemde mannen haar na het onderzoek aan de jongen hadden meegegeven. Hij had haar meegenomen naar een donkere ruimte beneden vol kooien en matrassen en meer mensen dan ze ooit bij elkaar had gezien.

'Hierzo,' klonk een stem bij haar schouder. Het was de jongen. 'Niet je koffer vergeten, hoor.'

'M'n koffer?' Het meisje wierp een blik op het witte leren geval.

'Kolére!' zei de jongen, terwijl hij haar nieuwsgierig bekeek. 'Je bent echt maf geworden. Ik dacht dat je maar deed alsof voor die dokter. Je gaat me toch niet vertellen dat je je eigen koffer bent vergeten? Je hebt die de hele reis met je leven bewaakt en je vloog ons bijna aan als iemand er maar naar keek. Je wilde je geliefde Schrijfster niet boos maken.'

Het vreemde woord bleef tussen hen in ruisen en het meisje voelde een vertrouwde tinteling onder haar huid. 'Schrijfster?' vroeg ze.

Maar de jongen gaf geen antwoord. 'Land!' riep hij en hij holde naar de reling die om het hele dek liep. 'Daar is land! Zie je het?'

Het meisje kwam bij hem staan met haar hand nog om het hengsel van het witte koffertje. Ze keek argwanend naar zijn sproetenneus en daarna in de aangewezen richting. In de verte zag ze een strook land met heel lichtgroene bomen over de hele lengte.

'Dat is Australië,' zei de jongen met zijn ogen op de verre kust. 'Mijn vader wacht daar op ons.'

Australië, dacht het meisje. Nog zo'n woord dat ze niet kende.

'Daar krijgen we een nieuw leven met ons eigen huis en zo, zelfs met een stuk land. Dat heeft mijn vader geschreven. Hij zegt dat we het land gaan bebouwen en een nieuw leven voor onszelf gaan opbouwen. En dat gaan we doen ook, zelfs nu ma niet meer bij ons is.' Dat laatste zei hij iets zachter. Hij zweeg een poosje voordat hij zich naar het kleine meisje wendde en een hoofdbeweging naar de kust maakte. 'Is jouw papa daar ook?'

Het meisje dacht na. 'Mijn papa?'

De jongen draaide met zijn ogen. 'Je papa,' zei hij. 'De man die bij je mama hoort. Je weet wel, je vader.'

'Mijn vader,' zei het meisje hem na, maar de jongen luisterde al niet meer. Hij had een van zijn zussen in het oog gekregen, rende naar haar toe en riep dat hij land had gezien.

Toen hij wegliep, knikte het meisje, al wist ze nog steeds niet wat hij precies bedoelde. 'Mijn papa,' zei ze onzeker. 'Daar is mijn papa.'

Overal aan dek werd 'Land!' geroepen en toen het druk en bedrijvig om haar heen werd, nam het meisje het koffertje mee naar een stapel vaten, een plek die haar op onverklaarbare wijze trok. Ze ging zitten en maakte het koffertje open, in de hoop er iets te eten in te vinden. Er was niets, dus nam ze maar genoegen met het sprookjesboek dat bovenop lag.

Toen het schip dichter bij de kust kwam en witte stipjes in zeemeeuwen veranderden, sloeg ze het boek op haar schoot open om naar de prachtige zwart-wittekening van een vrouw en een hert te kijken, zij aan zij op een open plek in een doornenwoud. En al kon het meisje de woorden niet lezen, ze besefte dat ze het verhaal dat bij het plaatje hoorde, kende. Het ging over een jonge prinses die een lange zeereis maakte om een kostbaar, verborgen voorwerp te vinden dat toebehoorde aan iemand van wie ze heel veel hield.

12

Aan de andere kant van de Indische Oceaan, 2005

Cassandra leunde tegen het koude, ruwe plastic van de cabine en keek door het raampje over de uitgestrekte blauwe oceaan, die de wereld voor zover het oog reikte omspande. Precies dezelfde oceaan die de kleine Nell al die jaren geleden was overgestoken.

Het was voor het eerst dat Cassandra naar het buitenland ging. Dat wil zeggen, ze was een keer naar Nieuw-Zeeland geweest en voor haar huwelijk had ze Nicks familie in Tasmanië bezocht, maar verder was ze nooit geweest. Zij en Nick hadden er wel over gepraat en zich voorgesteld dat ze misschien wel een paar jaar naar Engeland konden gaan. Nick zou werk krijgen door muziek voor de Britse tv te schrijven, en voor kunsthistorici moest in Europa werk genoeg zijn. Maar het was er niet van gekomen en die droom had ze lang geleden onder een stapel andere begraven.

En nu zat ze hier alleen aan boord van een vliegtuig op weg naar Europa. Na haar gesprek met Ben in het antiekcentrum, toen hij haar de foto van het huis had gegeven en ze het koffertje had teruggevonden, was er in haar hoofd weinig ruimte voor iets anders geweest. Het mysterie had zich aan haar gehecht en ze kon het niet meer van zich af schudden. Ze moest beken- nen dat ze dat ook niet meer wilde; ze vond die duurzame preoccupatie wel prettig. Ze vond al die vragen over Nell aangenaam, over die andere Nell, het kleine meisje dat ze nooit had gekend. Het was een concreet onderzoek dat haar het gevoel gaf nuttig bezig te zijn in plaats van in het luchtledige te hangen.

Het was wel zo dat ze zelfs na het vinden van het koffertje nog niet van plan was naar Engeland af te reizen. Het leek haar veel verstandiger om af te wachten, om te kijken hoe ze zich over een maand zou voelen, om de reis misschien tot later uit te stellen. Ze kon toch niet zomaar door een gril naar Cornwall vliegen? Maar toen had ze die droom gekregen, dezelfde droom die ze al tien jaar zo nu en dan kreeg. Ze stond in het midden van een vlak- te met niets aan de volle cirkel van de horizon. De droom voelde niet boos- aardig, hij had alleen iets oneindigs. Alledaagse vegetatie, niets dat de verbeelding prikkelde, bleek, stevig gras, lang genoeg om langs haar vingertoppen te voelen strijken, en een lichte, constante bries waardoor het bleef ritselen.

In het begin, jaren geleden, toen de droom nog nieuw was, had ze geweten dat ze iemand zocht en dat ze die zou vinden als ze maar de juiste kant op liep. Maar hoe vaak ze het tafereel ook droomde, ze leek het nooit voor elkaar te krijgen. De ene glooiing volgde op de andere; dan keek ze op het verkeerde moment weg en werd ze plotseling weer wakker.

In de loop der jaren was de droom langzaam maar zeker veranderd. Het ging zo subtiel en langzaam dat ze er geen erg in had. Niet dat het decor anders werd; uiterlijk bleef alles bij het oude. Het was het gevoel van de droom. De zekerheid dat ze zou vinden wat ze zocht ontglipte haar gewoon, tot ze op een nacht besefte dat er niets was, dat er niemand op haar wachtte. Dat ze, hoever ze ook liep, hoe goed ze ook zocht, hoe graag ze de persoon die ze zocht ook zou vinden, alleen was...

De volgende morgen was er een gevoel van troosteloosheid blijven hangen, maar Cassandra was gewend aan de doffe katterigheid die de droom naliet en ging gewoon haar dagelijkse gang. Er was geen teken dat de dag anders zou zijn dan andere dagen, tot ze naar het nabijgelegen winkelcentrum ging om brood voor de lunch te kopen, en voor de etalage van het reisbureau bleef staan. Grappig, ze had er nog nooit aandacht voor gehad. Zonder precies te weten hoe of waarom ging ze naar binnen en stond ze op een rieten mat oog in oog met een rij baliemedewerkers die wachtten tot ze iets zou zeggen.

'Kan ik u helpen?' vroeg een knappe vrouw.

Naderhand herinnerde Cassandra zich een dof gevoel van verrassing. Kennelijk was ze toch een echte persoon, een mens van vlees en bloed die af en toe contact had met anderen, hoe vaak ze zelf ook het gevoel had maar een half leven te leiden en niet meer dan een schemerlicht te zijn.

Er wachtte haar nog een verrassing, want ze deed haar mond open.

Toen ze later weer thuis was, bleef ze een ogenblik staan om de gebeurtenissen van die ochtend de revue te laten passeren, en probeerde ze de vinger te leggen op het moment waarop haar beslissing was gevallen. Hoe ze naar de winkel was gegaan om brood te halen en met een vliegticket was teruggekomen. Daarna ging ze naar de kamer van Nell, pakte ze het koffertje weer uit zijn bergplaats en haalde ze alles eruit wat erin zat. Het sprookjesboek, de tekening met achterop *Eliza Makepeace*, het gelinieerde schrift met Nells handschrift op elke bladzijde.

Ze maakte een kop koffie met melk klaar, ging op de rand van Nells bed zitten en deed haar best om het vreselijke handschrift te ontcijferen en in het net over te schrijven in een lege blocnote. Cassandra was vrij goed in het ontrafelen van met de hand geschreven aantekeningen uit voorgaande eeuwen – dat hoorde nu eenmaal bij het werk van een antiquair – maar ouderwets handschrift was toch iets anders, dat had een patroon. Dat van Nell was gewoon een bende. Opzettelijk, onbetamelijk slordig. Als klap op de vuurpijl had het schrift ooit waterschade geleden. Er zaten bladzijden aan elkaar geplakt, gerimpelde vlekken zaten onder de meeldauw en haast was er niet bij, want dan riskeerde je bladzijden te scheuren en het geschrevene voorgoed onleesbaar te maken.

Het was monnikenwerk, maar het duurde niet lang voordat Cassandra besefte dat Nell had geprobeerd het geheim van haar identiteit op te lossen.

April 1975. Vandaag hebben ze me het witte koffertje gebracht. Zodra ik het zag, wist ik wat het was. Althans dat het van mij was. Het duurde maar even voor ik weer eenentwintig was, een nacht met maanlicht in de tuin van de kunstzaal en papa die me het verhaal vertelde van een klein meisje op de kade dat op een wit koffertje zat. Ja, het was zeker van mij.

Ik hield me rustig. Doug en Phyllis kennen de waarheid niet en ik wilde niet dat ze zouden zien dat ik trilde. Ik wilde dat ze zouden denken dat het een oud koffertje van papa was, en dat hij het aan mij wilde geven. Toen ze weer weg waren, heb ik er een tijdje naar zitten kijken en probeerde ik de herinneringen naar boven te trekken: wie ik ben, waar ik vandaan kom. Het was natuurlijk vergeefse moeite en uiteindelijk maakte ik het maar open.

Er zat een briefje van papa in, een soort excuusbriefje, en daaronder lagen andere dingen. Een kinderjurkje – van mij waarschijnlijk – een zilveren borstel en een sprookjesboek. Ik herkende het direct. Ik sloeg het open en toen zag ik haar, de Schrijfster. De woorden kwamen spontaan in me op. Ik weet zeker dat zij de sleutel tot mijn verleden is. Als ik haar vind, zal ik eindelijk mezelf vinden. Want dat is wat ik van plan ben. In dit schrift zal ik mijn vooruitgang in kaart brengen en aan het slot zal ik mijn naam weten en waarom ik die ben kwijtgeraakt.

Cassandra bladerde voorzichtig en vervuld van spanning de schimmelige pagina's door. Was het Nell gelukt? Was ze erachter gekomen wie ze was? Had ze daarom dat huis gekocht? Het laatste wat Nell had geschreven was van november 1975, toen ze net naar Brisbane was teruggekeerd.

Zodra ik mijn zaakjes hier heb geregeld, ga ik weer terug. Het zal me spijten mijn huis in Brisbane en mijn winkel achter te laten, maar dat staat niet in verhouding tot het achterhalen van de waarheid. En ik ben zo dicht in de buurt, ik weet het gewoon. Nu het huisje van mij is, weet ik dat de laatste antwoorden niet lang op zich zullen laten wachten. Het is mijn verleden, het gaat om mijzelf en ik heb het bijna gevonden.

Was Nell van plan geweest Australië te verlaten? Waarom had ze het niet gedaan? Waarom was dat het laatste wat ze had geschreven? Cassandra keek nog eens naar de datum, november 1975, en huiverde. Dat was twee maanden voordat zijzelf bij Nell was ondergebracht. Lesleys beloofde veertien dagen waren eindeloos gerekt en waren voorgoed geworden.

Toen dat besef postvatte, legde Cassandra het schrift opzij. Nell had de ouderlijke teugels direct overgenomen en Cassandra een thuis en een gezin bezorgd. En een moeder. En tegen Cassandra had ze nooit met één woord gerept over de plannen die door haar komst waren doorkruist.

Cassandra wendde zich van het vliegtuigraampje af, haalde het sprookjesboek uit haar reistas en legde het op schoot. Ze wist niet waarom ze het boek met alle geweld in haar handbagage wilde meenemen. Waarschijnlijk omdat het een symbolische schakel met Nell was, want dit was het boek uit haar koffertje, de verbinding met Nells verleden, een van de weinige eigendommen die het meisje op haar zeereis naar Australië hadden vergezeld. En het boek zelf had er ook iets mee te maken. Het oefende dezelfde aantrekkingskracht op Cassandra uit als toen ze tien was en het voor het eerst beneden in Nells appartement had ontdekt. De titel, de illustraties, zelfs de naam van de schrijfster, Eliza Makepeace. Cassandra fluisterde de naam en voelde een merkwaardige huivering zachtjes langs haar ruggengraat gaan.

Terwijl de oceaan beneden zich eindeloos uitstrekte, richtte Cassandra haar aandacht op het eerste verhaal en begon ze te lezen. Het heette 'De ogen van het oude vrouwtje', en ze herkende het van die warme zomerdag lang geleden.

De ogen van het oude vrouwtje

door Eliza Makepeace

$\mathcal{E}$r was eens een ver land aan de overkant van de glanzende zee, waar een prinses leefde die niet wist dat ze een prinses was, want toen ze heel klein was, werd haar koninkrijk geplunderd en de koninklijke familie uitgemoord. Toevallig speelde de kleine prinses op de bewuste dag buiten de kasteelmuren. Ze wist niets van de aanval tot de avondschemer over de aarde begon te dalen en ze haar spel vergat, waarna ze haar huis in puin trof. Het prinsesje zwierf een tijdje in haar eentje rond, tot ze uiteindelijk bij een huisje aan de rand van een donker bos kwam. Toen ze aanklopte, barstte de hemel, kwaad geworden over de verwoesting die hij had aanschouwd, open van woede en stortte een hevige stortbui over het land uit.

In het huisje woonde een blind oud vrouwtje dat te doen kreeg met het meisje en besloot haar onderdak te verlenen en haar als haar eigen dochter groot te brengen. Er was veel te doen in het huisje van het vrouwtje, maar het prinsesje klaagde nooit, want ze was een echte prinses met een zuiver hart. De gelukkigste mensen zijn zij die veel te doen hebben, want hun hersens hebben geen tijd om aan ellende te denken. Zodoende groeide de prinses tevreden op. Ze leerde houden van de wisseling der seizoenen en kende de tevredenheid van het zaaien en verzorgen van gewassen. En hoewel ze erg mooi werd, wist de prinses dat zelf niet, want het oude vrouwtje had geen spiegel en was ook niet ijdel, en daarom leerde de prinses geen van beide kennen.

Op een avond, niet lang voor de prinses zestien werd, zaten zij en het vrouwtje in de keuken te eten. 'Wat is er met je ogen gebeurd, lief vrouwtje?' vroeg de prinses, die zich dat al een hele poos had afgevraagd.

Het vrouwtje wendde zich tot het prinsesje. Op de plaats van haar ogen zat gerimpelde huid. 'Ze hebben me mijn gezichtsvermogen afgenomen.'

'Wie?'

'Heel lang geleden, toen ik nog een meisje was, hield mijn vader zo veel van me dat hij mijn ogen verwijderde, zodat ik maar nooit dood en verwoesting in de wereld hoefde te zien.'

'Maar schoonheid kun je ook niet meer zien, lief omaatje,' zei de prinses, denkend aan het genoegen dat ze beleefde aan het kijken naar een bloeiende tuin.

'Nee,' beaamde het vrouwtje. 'En ik zou jou ook graag zien opgroeien, schoonheid van me.'

'Kunnen we je ogen niet ergens gaan zoeken?'

Het vrouwtje lachte treurig. 'Mijn ogen zouden op mijn zestigste verjaardag door een koerier worden teruggebracht, maar op de vastgestelde avond arriveerde jij, mijn schoonheid, in een enorme onweersbui, en toen kon ik hem niet treffen.'

'Kunnen we hem alsnog gaan zoeken?'

Het vrouwtje schudde haar hoofd. 'De koerier kon niet wachten en in plaats daarvan werden mijn ogen weer meegenomen naar een diepe put in het land der verloren dingen.'

'Kunnen we daar niet heen gaan?'

'Nee,' zei het vrouwtje, 'want het is helaas heel ver weg en de weg erheen is geplaveid met gevaren en ontberingen.'

Langzamerhand wisselden de seizoenen en het vrouwtje werd zwakker en bleker. Toen de prinses op een dag op weg was om appels voor de wintervoorraad te gaan plukken, trof ze het vrouwtje zittend in de vork van een appelboom. Ze huilde. De prinses bleef geschrokken staan, want ze had het vrouwtje nog nooit één traan zien plengen. Terwijl ze stond te luisteren, besefte ze dat het vrouwtje met een ernstige witte vogel zat te praten. 'Mijn ogen, mijn ogen,' zei ze. 'Ik nader het einde van mijn leven en nu zal mijn gezichtsvermogen nooit meer terugkeren. Vertel eens, wijze vogel, hoe vind ik mijn weg in het hiernamaals als ik niet eens mezelf kan zien?'

Vlug en geruisloos keerde de prinses terug naar het huisje, want nu wist ze wat haar te doen stond. Het vrouwtje had haar ogen verspeeld door onderdak aan haar te geven en nu moest die goede daad worden beloond. Hoewel de prinses nooit verder was gekomen dan de rand van het bos, aarzelde ze niet. Haar liefde voor het vrouwtje was zo onmetelijk dat ook al werden alle zandkorrels op de bodem van de oceaan op elkaar gestapeld, dan nog zou de liefde hoger reiken.

De prinses werd bij het krieken van de dag wakker, liep het bos in en rustte niet voordat ze bij de kust was. Daar ging ze aan boord van een schip om de uitgestrekte zee over te steken naar het land der verloren dingen.

Het was een lange, zware reis en de prinses was verbijsterd, want het bos in het land der verloren dingen was heel anders dan het woud waaraan ze gewend was. De bomen waren wreed en grillig, de dieren afgrijselijk en ze moest zelfs huiveren van het gezang van de vogels. Hoe banger ze werd, hoe harder ze holde, totdat ze uiteindelijk met bonkend hart bleef staan. De prinses was verdwaald en wist niet welke kant ze op moest. Ze werd bijna wanhopig, maar toen verscheen de ernstige witte vogel voor haar. 'Het vrouwtje heeft me gestuurd,' zei de witte vogel, 'om je veilig naar de bron der verloren dingen te loodsen, waar je je lot zult ontmoeten.'

De prinses was heel opgelucht en volgde de vogel. Haar maag knorde want ze had in dit vreemde land nog geen voedsel gevonden. Na verloop van tijd kwam ze een oude vrouw tegen die op een omgevallen boom zat. 'Hoe vaart gij, schoonheid?' vroeg de oude vrouw.

'Ik ben uitgehongerd,' zei de prinses, 'maar ik weet niet hoe ik aan eten moet komen.'

De oude vrouw wees naar het bos en opeens zag de prinses dat er bessen aan de struiken groeiden en trossen noten aan de takken van de bomen hingen.

'O, dank u wel, vriendelijke vrouw,' zei de prinses.

'Ik heb niets gedaan,' zei de oude vrouw, 'ik heb je alleen de ogen geopend voor iets waarvan je al wist dat het er was.'

De prinses vervolgde haar weg de vogel achterna. Ze had nu wel een volle maag, maar het weer sloeg om en er stak een koude wind op.

Na een poosje kwam de prinses weer een oude vrouw tegen die op een boomstronk zat. 'Hoe vaart gij, schoonheid?'

'Ik heb het heel koud en ik weet niet hoe ik aan warme kleren moet komen.'

De oude vrouw wees naar het bos en opeens zag de prinses wilde rozenstruiken met heel zachte, tere bloemblaadjes. Daar hulde ze zichzelf in en ze voelde zich direct al veel warmer.

'O, dank u wel, vriendelijke vrouw,' zei de prinses.

'Ik heb niets gedaan,' zei het oudje, 'ik heb je alleen de ogen geopend voor iets waarvan je al wist dat het er was.'

De prinses vervolgde haar weg achter de witte vogel aan. Ze voelde zich tevredener en warmer dan daarvoor, maar haar voeten deden zeer want ze had al een heel eind gelopen.

Na verloop van tijd trof de prinses een derde oude vrouw die op een boomstronk zat. 'Hoe vaart gij, schoonheid?'

'Ik ben heel moe, maar ik weet niet hoe ik aan een rijtuig moet komen.'

De oude vrouw wees naar het bos en opeens zag de prinses op een open plek een jong, glanzend bruin hert met een gouden ring om zijn nek. Het hert knipperde met zijn ogen naar de prinses. Het had donkere, bedachtzame ogen en de prinses, die een goed hart had, stak haar hand uit. Het jonge hert kwam naar haar toe en boog zijn kop zodat ze op zijn rug kon klimmen.

'O, dank u wel, vriendelijke vrouw,' zei de prinses.

'Ik heb niets gedaan,' zei de vrouw, 'ik heb je alleen de ogen geopend voor iets waarvan je al wist dat het er was.'

De prinses en het hert reisden steeds dieper het woud in, de witte vogel achterna, en naarmate de dagen verstreken, leerde de prinses de zachte en vriendelijke taal van het hert. Elke avond spraken ze met elkaar en zo kwam de prinses erachter dat het hert zich schuilhield voor een verraderlijke jager die door een boze heks op pad was gestuurd om het te doden. De prinses was het vriendelijke hert zo dankbaar, dat ze beloofde het uit handen van zijn kwelgeesten te houden.

Maar de weg naar de hel is geplaveid met goede voornemens en toen de prinses de volgende morgen vroeg wakker werd, zag ze het hert niet op zijn gewone plek bij het vuur liggen. Boven in de boom zat de witte vogel nerveus te kwetteren. De prinses sprong vlug overeind en holde de vogel achterna. Toen ze dieper doordrong in de nabije braamstruiken, hoorde ze het hert wenen. De prinses haastte zich naar hem toe en zag een pijl in zijn flank steken.

'De heks had me gevonden,' sprak het hert. 'Toen ik noten voor onze reis verzamelde, gaf ze haar boogschutters opdracht me neer te schieten. Ik ben zo ver en zo hard mogelijk weggehold, maar toen ik hier kwam, kon ik niet verder.'

De prinses knielde bij het hert en was zo ontzet om te zien hoeveel pijn het had, dat ze boven zijn lichaam weende. De waarheid en het licht van haar tranen maakten dat zijn wond genas.

Een paar dagen lang verzorgde de prinses het hert en toen het was genezen, zetten ze hun reis naar de rand van het enorme, groene woud voort. Toen ze uiteindelijk bij de bosrand kwamen, lag de kustlijn voor hen en daarachter de glinsterende zee. 'Een klein stukje naar het noorden is de put der verloren dingen,' zei de vogel.

De dag liep ten einde en het werd heel donker, maar de kiezels op het strand blonken als brokken zilver in het maanlicht en verlichtten hun weg.

Ze liepen in noordelijke richting tot ze eindelijk boven op een grillige rots de put der verloren dingen zagen. De witte vogel nam afscheid en vloog weg, want haar taak zat erop.

Toen het hert en de prinses bij de put aankwamen, draaide de laatste zich om en streelde de hals van haar metgezel. 'Je kunt niet met me mee naar de put, lief hert,' zei de prinses. 'Want dit moet ik alleen doen.' De prinses raapte alle moed die ze onderweg had leren kennen bijeen, sprong in de opening en viel heel diep naar beneden.

De prinses tuimelde in slaap en werd weer wakker, en ze droomde en merkte dat ze door een vlakte liep waar het gras blonk in de zon en de bomen ruisten.

Opeens verscheen als uit het niets een beeldschone fee met lang, golvend haar zo fijn als gesponnen goud en een stralende glimlach. De prinses voelde zich direct op haar gemak.

'Je komt van heel ver, vermoeide reiziger,' zei de fee.

'Ik ben gekomen om een lieve vriendin van me haar ogen terug te geven. Hebt u de bolletjes die ik bedoel gezien, stralende fee?'

Zonder een woord te zeggen opende de fee haar hand en daarin lagen twee ogen, de mooie ogen van een jong meisje dat geen lelijke dingen in de wereld had gezien.

'Je mag ze meenemen,' zei de fee, 'maar jouw oude vrouwtje zal ze niet meer kunnen gebruiken.'

En voordat de prinses kon vragen wat de fee bedoelde, ontdekte ze, toen ze haar ogen opendeed, dat ze boven op de heuvel dicht bij haar hert lag. In haar handen had ze een klein pakje met de ogen van het oude vrouwtje.

Drie maanden duurde de terugreis door het land der verloren dingen en over de diepblauwe zee voordat ze weer in haar vaderland was. Toen ze in de buurt kwamen van het huisje aan de rand van het donkere, vertrouwde bos, werden ze tegengehouden door een jager die de voorspelling van de fee bevestigde. Toen de prinses door het land der verloren dingen reisde, was het oude vrouwtje vredig naar de andere wereld overgegaan.

De prinses barstte in tranen uit bij dat nieuws, want haar lange reis was voor niets geweest, maar het hert, dat even wijs was als goed, zei tegen zijn Schoonheid dat ze niet moest huilen. 'Het is niet erg, want ze had haar ogen niet nodig om haar te zeggen wie ze was. Dat wist ze dankzij jouw liefde voor haar.'

En de prinses was het hert zo dankbaar voor zijn lieve woorden dat ze haar hand uitstak en zijn warme wang streelde. Op dat moment veranderde het hert in een knappe prins en zijn gouden halsband in een kroon, en hij vertelde de prinses dat een boze heks hem had betoverd en gevangengezet in het lichaam van een jong hert, net zo lang tot een mooi meisje voldoende van hem zou houden om tranen over zijn lot te plengen.

Hij en de prinses verloofden zich en leefden nog lang en gelukkig in het huisje van het oude besje, waar haar ogen voorgoed over hen waakten vanuit een glazen pot op de schoorsteenmantel.

13

Hij was een garnaal van een man. Breekbaar, fijngebouwd en gebogen vanuit een bult midden op zijn knokige rug. Een beige lange broek met vetvlekken spande om zijn knobbelknieën, enkels als lucifers rezen stoïcijns op uit zijn overmaatse schoenen, en op enkele nog vruchtbare plekken van zijn anderszins gladde schedeldak ontsproten plukjes wit dons. Hij zag eruit als een personage uit een kinderverhaal. Uit een sprookje. Als een illustratie in de boeken die Nell verzamelde en in haar stalletje in het antiekcentrum verkocht.

Nell verwijderde zich van de etalage en keek weer naar het adres in haar aantekenboekje. Daar stond het, in haar eigen lelijke handschrift: *De heer Snelgroves Antiquarische Boekhandel, Cecil Court, zijstraat van Shaftesbury Avenue – Londens belangrijkste deskundige op het gebied van schrijvers van sprookjesboeken en oude boeken in het algemeen. Weet hij misschien iets van Eliza?*

De vorige dag had ze zijn adres van de bibliothecaris gekregen. Ze hadden geen informatie over Eliza Makepeace kunnen opduiken die Nell nog niet kende, maar wel gezegd dat als er iemand was die haar verder kon helpen op haar zoektocht, het meneer Snelgrove was. Hij was zeker niet de hartelijkste persoon die men kende, maar hij wist meer over oude boeken dan wie ook in Londen. Hij was zo oud als Methusalem, grapte een van de jonge bibliothecarissen, en hij had het bewuste sprookjesboek waarschijnlijk gelezen toen het vers van de pers was gerold.

Een fris briesje streek langs haar blote hals en Nell trok haar vest dicht om haar schouders. Ze haalde diep en doelbewust adem en duwde de deur open.

Er rinkelde een koperen belletje aan de deurpost. Er viel licht in dikke brillenglazen als ronde spiegeltjes, en aan weerskanten van zijn hoofd zaten onmogelijk grote oren, die van binnenuit door witte haren waren gekoloniseerd.

Hij hield het hoofd schuin en Nell dacht eerst dat hij een buiging maakte, als een restje manieren uit een andere tijd. Toen er boven de rand van zijn bril twee bleke, glazige ogen verschenen, besefte ze dat hij haar alleen maar beter wilde zien.

'Meneer Snelgrove?'

'Ja,' zei hij op de toon van een prikkelbare bovenmeester. 'Ja, dat ben ik. Nou, kom binnen, het tocht hier vreselijk.'

Nell deed een stap naar voren en voelde de deur achter zich dichtgaan. Een luchtstroompje werd naar buiten gezogen, waarna de warme, bedompte lucht weer tot stilstand kwam.

'Naam,' zei de man.

'Nell. Nell Andrews.'

Hij knipperde met zijn ogen, die er achter zijn bril kolossaal uitzagen. 'De naam,' herhaalde hij, 'van het boek dat u zoekt.'

'Natuurlijk.' Nell wierp weer een blik op haar aantekeningen. 'Hoewel ik eigenlijk niet op zoek ben naar een boek.'

Snelgrove knipperde opnieuw, en nu traag, als een parodie op geduld.

Nell besefte dat hij haar al beu was. Dat overviel haar, ze was veel meer gewend om iets beu te zijn dan het slachtoffer ervan te zijn. Ze stamelde geërgerd: 'D-Dat wil zeggen...' ze wachtte even om te herstellen, 'ik heb het boek in kwestie al.'

Snelgrove snoof en zijn grote neusvleugels sloten zich even. 'Als u al in het bezit bent van het bewuste boek, mag ik dan concluderen,' zei hij bot, 'dat u geen behoefte hebt aan mijn nederige diensten, mevrouw?' Hij knikte. 'Goedendag.'

En met die woorden schuifelde hij weg en richtte hij zijn aandacht weer op de hoge boekenkast bij de trap.

Ze was weggestuurd. Nell deed haar mond open, en weer dicht. Ze maakte aanstalten om weg te gaan maar bedacht zich.

Nee. Ze had een lange reis achter de rug om een mysterie te ontrafelen, haar mysterie, en deze man was haar beste kans om licht op Eliza Makepeace te werpen, en op de reden waarom ze Nell in 1913 misschien naar Australië had begeleid.

Nell rechtte de rug en liep naar Snelgrove. Ze schraapte veelbetekenend haar keel en wachtte.

Hij keek haar niet aan en ging gewoon door met boeken op de plank zetten. 'U bent er nog.' Het was een verklaring.

'Ja,' zei Nell ferm. 'Ik heb een lange reis gemaakt om u iets te laten zien en ik ben niet van plan weg te gaan voordat ik dat heb gedaan.'

'Mevrouw,' zuchtte hij, 'ik vrees dat u uw tijd hebt verdaan, net zoals u nu mijn tijd verdoet. Ik verkoop geen boeken op commissie.'

De boosheid kriebelde in Nells keel. 'En ik wil mijn boek ook niet verkopen. Ik vraag u alleen er een blik op te werpen, zodat ik uw deskundige mening kan horen.' Haar gezicht was warm, een onbekend gevoel. Ze bloosde nooit, ze had zich altijd tegen dat soort ongewenste uitingen van emotie kunnen weren.

Snelgrove draaide zich naar haar toe en nam haar met een koele, vermoeide blik taxerend op. Er trilde een vaag spoortje emotie (welke wist ze niet) op zijn lip. Zonder een woord te zeggen maakte hij een lichte hoofdbeweging naar een kantoortje achter de toonbank.

Nell haastte zich naar binnen. Zijn ja was het soort minimale vriendelijkheid dat gaten in je vastberadenheid prikte. Er dreigde een scheur van opluchting in haar masker te komen en ze spitte in haar tas naar een oude zakdoek zodat ze de verrader in de kiem kon smoren. Wat bezielde haar in hemelsnaam? Ze was geen emotionele persoonlijkheid, ze wist zich altijd te beheersen. Althans tot voor kort, tot Doug haar het koffertje had gebracht en zij het sprookjesboek erin had aangetroffen en de foto op het omslag had gezien. Ze was begonnen zich dingen en mensen te herinneren, zoals de Schrijfster, fragmenten van haar verleden, korte glimpen door kleine gaatjes in het weefsel van haar geheugen.

Snelgrove deed de glazen deur achter zich dicht en schuifelde over een Perzisch tapijt, grijs door een laag stof van jaren. Hij laveerde tussen bonte stapels boeken door die als een doolhof op de grond lagen, en daarna nam hij plaats op een leren stoel achter het bureau. Hij frommelde een sigaret uit een gekreukt pakje en stak op. Hij bood Nell er geen aan. Die zou ze ook niet hebben geaccepteerd.

'Nou...' Het woord dreef door een wolk rook. 'Voor de dag ermee. Laat dat boek van u eens zien.'

Nell had het voor haar vertrek uit Brisbane in een theedoek verpakt. Dat was wel zo verstandig – het was een oud en kostbaar boek, het moest beschermd worden – maar hier in het halfdonker van Snelgroves schatkamer geneerde ze zich voor de huiselijkheid van die verpakking. Haar gêne stelde haar vervolgens teleur.

Ze maakte het touwtje los en verwijderde de rood-wit geblokte lap. Ze moest de neiging weerstaan om de theedoek diep in haar tas weg te stoppen. Daarna legde ze het boek in Snelgroves wachtende hand.

Er viel een stilte die alleen werd verstoord door het tikken van een verborgen klok. Gespannen wachtte Nell terwijl hij de bladzijden omsloeg.

Hij zei nog steeds niets.

Misschien had hij behoefte aan nadere uitleg. 'Ik hoopte eigenlijk...'

'Stil.' Aan de andere kant van het bureau werd een bleke hand opgetild. De sigaret tussen zijn vingers dreigde zijn askegel te verliezen.

Nells woorden bleven in haar keel steken. Hij was ongetwijfeld de meest onbeleefde man met wie ze ooit te maken had gehad, en gezien de persoonlijkheden van een aantal van de verkopers van tweedehands spullen met wie ze beroepshalve te maken had, zei dat veel. Niettemin was hij haar beste kans om de gewenste informatie te krijgen. Ze had geen andere keus dan gedwee te blijven kijken en wachten, terwijl de witte sigaret transformeerde tot een onwaarschijnlijk lange askegel.

Na wat wel een eeuwigheid leek, nam Snelgrove een laatste, hongerige trek en drukte hij de peuk uit in een overvolle asbak. Hij sprak hoestend. 'Hoe komt u hieraan?'

Verbeeldde ze zich die belangstellende vibratie in zijn stem? 'Ik heb het gekregen.'

'Van wie?'

Ja, van wie. 'Ik denk van de schrijfster zelf. Ik kan het me niet goed herinneren. Ik was nog klein toen ik het kreeg.'

Nu nam hij haar belangstellend op. Zijn lippen verstrakten en trilden een beetje. 'Ik heb er natuurlijk van gehoord, maar ik moet u bekennen dat ik van mijn leven nog nooit een exemplaar heb gezien.'

Het boek lag dichtgeslagen op zijn bureau en Snelgrove streek er licht met zijn hand over. Hij liet zijn oogleden dichtvallen en stiet een diepe zucht van welbehagen uit, als van een dolende in de woestijn die eindelijk op water is gestuit.

Verrast door de verandering in zijn gedrag schraapte Nell haar keel, zoekend naar woorden. 'Is het dan zeldzaam?'

'O, jawel,' zei hij zacht, terwijl hij zijn ogen weer opendeed. 'Ja zeker. Uitzonderlijk zeldzaam. Er was maar één druk van, ziet u. En dan de illustraties van Nathaniel Walker. Dit moet een van de weinige boeken zijn die hij ooit heeft gedaan.' Hij sloeg het open en keek naar de titelplaat. 'Een zeldzaam exemplaar, dat kunt u wel zeggen.'

'En de schrijfster? Weet u iets over Eliza Makepeace?' Toen hij zijn knokige oude neus optrok, hield Nell haar adem in. Ze koesterde een sprankje hoop. 'Die blijkt nogal ongrijpbaar. Ik heb maar heel weinig over haar boven water gekregen.'

Snelgrove hees zichzelf uit zijn stoel en wierp een verlangende blik op het boek voordat hij zich naar een houten archiefkastje op de plank achter hem wendde. Het had maar kleine laatjes, en toen hij er een opentrok, zag Nell dat het tot de rand toe vol lag met rechthoekige kaartjes. Mompelend bladerde hij die door, tot hij er uiteindelijk een uit trok. Hij tuurde over zijn bril en ging weer zitten.

'Hier hebben we hem dan.' Zijn lippen bewogen toen hij het kaartje las en even later ging het volume omhoog. 'Eliza Makepeace… Verhalen verschenen in diverse periodieken… Slechts één gepubliceerde verzameling…' Hij tikte met een vinger op Nells boek. '… dat hier voor ons ligt… Heel weinig wetenschappelijk onderzoek naar haar gedaan… Behalve… Aha, ja.'

Hij stond op en Nell veerde op. 'Wat? Wat hebt u gevonden?'

'Een artikel, een boek waarin uw Eliza ter sprake komt. Als ik me goed herinner, bevat het een korte biografie.' Hij schuifelde naar een boekenkast van de vloer tot het plafond. 'Betrekkelijk recent, pas negen jaar oud. Volgens mijn aantekeningen moet het hier ergens staan…' Hij ging met zijn vinger langs de ruggen op de vierde plank, aarzelde, ging verder en stopte. 'Hier.' Hij gromde toen hij het boek van de plank trok en het stof eraf blies. Daarna draaide hij het om en tuurde naar de rug. '*Fairytales and Fiction Weavers of the Fin de Siècle* van dr. Rodger MacWilliams.' Hij bevochtigde zijn vinger, bladerde naar de index en ging de lijst af. 'Ja, hier. Eliza Makepeace, bladzijde zevenenveertig.'

Hij ging weer zitten en schoof het opengeslagen boek over het bureau naar Nell.

Haar hart sloeg over en haar polsslag was zichtbaar onder haar huid. Ze had het warm, heel warm. Onhandig bladerde ze naar bladzijde zevenenveertig en las Eliza's naam boven de pagina.

Eindelijk, eindelijk vooruitgang. Een biografie die beloofde iemand van vlees en bloed neer te zetten met wie ze een band had. 'Dank u wel,' zei ze, en de woorden bleven bijna in haar keel steken. 'Dank u wel.'

Snelgrove knikte, gegeneerd door haar dankbaarheid. Hij neeg het hoofd naar het sprookjesboek. 'Ik neem aan dat u geen goed onderkomen voor dit boek zoekt?'

Nell glimlachte flauwtjes en schudde haar hoofd, 'Ik ben bang dat ik er geen afstand van mag doen; het is een familiestuk.'

Er rinkelde een belletje. Er stond een jongeman aan de andere kant van de glazen deur. Hij keek onzeker naar de torens van overbelaste schappen.

Snelgrove knikte kort. 'Welnu, als u van gedachten mocht veranderen, weet u mij te vinden.' Hij tuurde over zijn bril naar de nieuwe klant en verzuchtte: 'Waarom houden ze de deur toch altijd open?' Hij schuifelde terug naar de winkel. '*Fairytales and Fiction Weavers* kost drie pond,' zei hij toen hij Nells stoel passeerde. 'U kunt hier even blijven zitten om mijn kantoor te gebruiken, en leg het geld maar op de toonbank wanneer u weggaat.'

Nell knikte en toen de deur achter hem was dichtgegaan, begon ze te lezen.

Eliza Makepeace laat zich als schrijfster van het eerste decennium van de twintigste eeuw het beste herinneren door haar sprookjes die in de jaren 1907 tot 1913 regelmatig in verschillende periodieken verschenen. In het algemeen worden er vijfendertig verhalen aan haar toegeschreven, maar die opsomming is incompleet en de ware omvang van haar oeuvre zal waarschijnlijk nooit bekend worden. Omstreeks Pasen 1913 heeft de Londense drukker Hobbins en Co een compilatie van Eliza Makepeace' sprookjes gepubliceerd. Het boek werd goed verkocht en kreeg lovende recensies. The Times *beschreef de verhalen als een merkwaardige verrukking die bij de recensent licht wierp op de betoverende en soms angstaanjagende sensaties van de kinderjaren. Er was vooral ook veel lof voor de illustraties van Nathaniel Walker. Sommige mensen rekenen die tot zijn beste werk.[1] Ze waren van een heel ander kaliber dan de olieverfschilderijen die hem beroemd hebben gemaakt.*

Eliza's eigen verhaal begon op 1 september 1888, toen ze in Londen werd geboren. De eerste twaalf jaar van haar leven bracht ze door in een huurkazerne op Battersea Bridge Road 35. Uit het geboorteregister van dat jaar blijkt dat Eliza een van een tweeling was. Eliza's stamboom is ingewikkelder dan haar nederige afkomst misschien doet vermoeden. Haar moeder Georgiana was de dochter van een aristocratische familie, de bewoners van Blackhurst Manor in Cornwall. Georgiana Mountrachet zorgde voor een schandaal onder de beau monde toen ze op haar zeventiende van het familielandgoed wegliep met een jongeman van ver beneden haar maatschappelijke stand. Een brief van lady Jane Hartley aan haar dochter lady Caroline Aspley toont aan hoe schokkend het incident was en hoe het een lange tijd de gedachten van talrijke aristocratische dames beheerste:

Moet je je voorstellen! Ze is zo'n goed en blij meisje! Fanny – zoals je weet de nicht van Lily, het dienstmeisje van Blackhurst – laat weten dat de familie in alle staten is. Je kunt het je maar al te goed voorstellen. De bedienden lopen op eieren, bang om kwaad te spreken over hun meester en meesteres, en ze hebben een speurtocht ingezet. De moeilijkheid is natuurlijk dat ze geen flauw idee hebben waar ze moeten zoeken. Parijs, Berlijn, het gerucht gaat dat de bewuste jongeman zeeman is, dus in feite kan ze wel overal zijn. Die arme lieve lady Mountrachet. Ik zal in de loop van de week eens bij haar langsgaan. Het zal haar natuurlijk goed doen dat haar dikste vriendinnen aan haar denken. Wat zonde toch, en ze waren nog wel zo trots op haar. (Sterker nog, als ik zo vrij mag zijn, minder trots en meer omzichtigheid zou hun de recente ongemakken hebben kunnen besparen!)

Eliza's vader, Jonathan Makepeace, werd in 1866 in Londen geboren als zoon van een berooide vrachtkruier en zijn vrouw op de oever van de Theems. Hij was de vijfde van negen kinderen en groeide op in de sloppen bij de Londense havens. Hoewel hij in 1888 voor de geboorte van Eliza overleed, lijken Eliza's gepubliceerde verhalen een herinterpretatie van dingen die de jonge Jonathan Makepeace waarschijnlijk heeft beleefd op de rivieroever. Bijvoorbeeld in het sprookje 'The River's Curse' zijn de dode mannen die aan de galg hangen vrijwel zeker gebaseerd op taferelen die Jonathan Makepeace als jongen op Execution Docks moet hebben gadegeslagen. We moeten aannemen dat die verhalen aan Eliza zijn doorgegeven via haar moeder Georgiana, en misschien zijn verfraaid voordat ze in Eliza's geheugen werden opgeslagen tot die haar eigen sprookjes ging schrijven.

Hoe de zoon van een arme Londense kruier de hooggeboren Georgiana Mountrachet had leren kennen blijft een mysterie. In overeenstemming met de heimelijke aard van haar verdwijning had Georgiana geen aanwijzingen achtergelaten over de gebeurtenissen die ertoe hadden geleid dat ze was weggelopen. Pogingen de waarheid te achterhalen worden nog verder gedwarsboomd door de ijverige pogingen van de familie om het schandaal in de doofpot te stoppen. De kranten repten er nauwelijks over en je moet verder speuren, in brieven en dagboeken uit die tijd, om iets vermeld te zien wat destijds zonder meer als een sappige roddel beschouwd moet zijn. Het beroep dat op Jonathan Makepeace' overlijdensakte staat is 'zeeman', maar de precieze aard van zijn bezigheden blijft onduidelijk. Deze schrijver kan slechts speculeren dat Jonathans leven op zee hem maar kortstondig naar de rotsachtige kusten van Cornwall heeft gebracht. Misschien had de roodharige dochter van lord Mountrachet, in het hele graafschap geroemd om haar schoonheid, de jonge Jonathan Makepeace toevallig op een verscholen strandje op haar vaders landgoed ontmoet.

Onder wat voor omstandigheden ze elkaar ook hadden leren kennen, het lijdt geen twijfel dat ze verliefd op elkaar waren. Helaas waren het jonge paar geen gelukkige jaren beschoren. Jonathans plotselinge en enigszins onverklaarbare dood binnen tien maanden nadat ze ervandoor waren gegaan, moet een vernietigende klap zijn geweest voor Georgiana Mountrachet, die alleen, ongetrouwd, hoogzwanger en zonder familie of financiële middelen in Londen achterbleef. Maar Georgiana was er het type niet naar om te verloederen. Ze had de boeien van haar maatschappelijke klasse verbroken en na de geboorte van haar baby had ze ook de naam Mountrachet eraan gegeven. Ze werkte als copywriter voor het advocatenkantoor H.J. Blackwater and Associates in Lincoln's Inn in Holborn.

Er zijn een paar aanwijzingen dat Georgiana's schrijfkunst een talent was dat ze in haar jonge jaren de vrije teugel kon geven. De familiekronieken van Mountrachet, in 1950 aan de British Library geschonken, bevatten een aantal theaterposters die zijn vormgegeven met precieze belettering en talentvolle illustraties. In de hoek van elke poster staat de naam van de kunstenaar in kleine blokletterjes. Amateurvoorstellingen waren natuurlijk populair in hogere kringen, maar de toneelposters van de voorstellingen in Blackhurst in de jaren tachtig van de negentiende eeuw waren regelmatiger en serieuzer dan misschien gebruikelijk was.

Er is weinig bekend over Eliza's jonge jaren in Londen, behalve het huis waar ze was geboren en waar ze haar eerste jaren doorbracht. Maar men kan stellen dat haar leven werd beheerst door de armoe en de strijd om het bestaan. Naar alle waarschijnlijkheid lag de tuberculose die Georgiana uiteindelijk zou vellen al halverwege de jaren negentig van de negentiende eeuw op de loer. Als haar toestand zich op de gebruikelijke manier ontwikkelde, zouden kortademigheid en algehele malaise haar het werken tegen het eind van dat decennium onmogelijk hebben gemaakt. De administratie van H.J. Blackwater onderschrijft het verloop van de aftakeling.

Er zijn geen aanwijzingen dat Georgiana voor haar ziekte medische hulp heeft gezocht, maar angst voor medische ingrepen was in die tijd heel algemeen. In de jaren tachtig van die eeuw waren artsen verplicht gevallen van tbc aan de autoriteiten te melden. Arme stedelingen waren bang om naar een sanatorium (dat vaak meer van een gevangenis weg had) te worden gestuurd, dus die gingen niet snel naar de dokter. De ziekte van haar moeder moet een grote indruk op Eliza hebben gemaakt, zowel in praktisch als creatief opzicht. Het staat vrijwel vast dat ze financieel moet hebben bijgedragen aan het huishouden. Meisjes in het victoriaanse Londen werkten in allerlei ondergeschikte functies – als dienstmeisje, straatventer, sinaasappelverkoopster – en Eliza's beschrijving van wringers en tobben heet water in enkele van haar sprookjes doet vermoeden dat ze de taak van wasvrouw uit eigen ervaring kende. De vampierachtige wezens in 'De Elfenjacht' weerspiegelen misschien ook het bijgeloof van het begin van de negentiende eeuw dat teringlijders het slachtoffer van een vampier waren: ze waren gevoelig voor licht, de ogen waren rood en gezwollen, de huid was heel bleek en het karakteristieke bloed opgeven waren allemaal symptomen die dat bijgeloof voedsel gaven.

Of Georgiana na Jonathans dood of toen haar eigen gezondheid aftakelde een poging deed om contact met haar familie op te nemen, is niet bekend, maar naar de mening van deze schrijver is dat onwaarschijnlijk. Een brief van Linus Mountrachet aan een vennoot, gedateerd december 1900, wekt de indruk dat hij maar onlangs van het bestaan van Eliza, zijn Londense nichtje, had vernomen en dat hij geschrokken was van de gedachte dat ze tien jaar in zulke erbarmelijke omstandigheden had geleefd. Misschien was Georgiana bang dat de familie Mountrachet niet bereid was haar oorspronkelijke desertie te vergeven. Als je op haar broers brief kunt afgaan, was die vrees ongegrond. Linus Mountrachet schreef:

Om na al die lange jaren van speurtochten in het buitenland, ter zee en te land te bedenken dat mijn geliefde zuster al die tijd zo dichtbij was geweest en dat ze bereid was zulke ontberingen te ondergaan! Je zult zien dat ik de waarheid sprak toen ik je haar karakter beschreef. Hoe weinig het haar kon schelen dat we van haar hielden en alleen maar naar haar veilige thuiskomst verlangden...

Hoewel Georgiana zo'n thuiskomst nooit beleefde, was Eliza voorbestemd om terug te keren in de boezem van de familie van haar moeders kant. Georgiana Mountrachet overleed aan het eind van de negentiende eeuw op dertigjarige leeftijd, toen Eliza twaalf was. Op de overlijdensakte staat tuberculose als doodsoorzaak. Na het overlijden van haar moeder werd Eliza naar de familie van haar moeder in het kustgebied van Cornwall gestuurd. Het is niet duidelijk hoe die hereniging tot stand is gekomen, maar je kunt veilig aannemen dat de verandering van omgeving voor de jonge Eliza buitengewoon fortuinlijk was, hoe tragisch de omstandigheden ook waren. De verhuizing naar Blackhurst Manor met zijn grote landgoed en tuinen moet een welkome opluchting zijn geweest, en een veilige haven na de gevaren van het Londense straatleven dat Eliza had moeten leiden. Sterker nog, in haar sprookjes werd *de zee het thema van vernieuwing en mogelijke verlossing.*

Het is bekend dat Eliza tot haar vierentwintigste bij de familie van haar moeders broer heeft gewoond, hoewel haar verblijfplaats daarna een mysterie werd. Over haar leven na 1913 zijn diverse theorieën geopperd, hoewel die stuk voor stuk nog moeten worden onderbouwd. Sommige geschiedkundigen denken dat ze hoogstwaarschijnlijk het slachtoffer van de roodvonkepidemie is geworden die in 1913 de kuststreek van Cornwall in haar greep had; anderen, verbijsterd over de mysterieuze publicatie in 1936 van haar laatste sprookje 'De Vlucht van de Koekoek' in het tijdschrift Literary Lives, *stellen dat ze haar hele leven heeft gereisd op zoek naar het avontuurlijke bestaan dat zo'n prominente rol in haar sprookjes speelt. Die verleidelijke hypothese moet nog serieuze academische aandacht krijgen, en het leven van Eliza Makepeace, alsook de datum van haar dood, blijft een van de geheimen van de literatuur.*

Er bestaat een houtskooltekening van Eliza Makepeace, getekend door de bekende edwardiaanse portretschilder Nathaniel Walker. De tekening, getiteld De Schrijfster, *werd na zijn dood tussen zijn onvoltooide werk gevonden en hangt momenteel in de Walker-collectie in de Tate Gallery in Londen. Hoewel Eliza Makepeace slechts één complete verzameling sprookjes op haar naam heeft, is haar tekst rijk aan overdrachtelijke en sociologische structuur en rechtvaardigt wetenschappelijke belangstelling. Hoewel haar vroegere verhalen zoals 'Het Wisselkind' sterk onder invloed staan van de Europese sprookjestraditie, doet later werk zoals 'De ogen van het oude vrouwtje' een meer oorspronkelijke en men zou bijna zeggen autobiografische benadering vermoeden. Maar Eliza Makepeace is zoals zo veel schrijfsters uit het eerste decennium van de twintigste eeuw ten prooi gevallen aan de culturele verschuiving die plaatsvond na de wereldschokkende gebeurtenissen van het begin van die eeuw (de Eerste Wereldoorlog en de strijd voor het vrouwenkiesrecht, om er maar een paar te noemen) en in vergetelheid geraakt. Gedurende de Tweede Wereldoorlog zijn veel van haar verhalen verloren gegaan voor wetenschappelijk onderzoek, toen de British Library werd beroofd van hele jaargangen van zijn meer obscure periodieken. Als gevolg daarvan genieten Eliza Makepeace en haar sprookjes tegenwoordig maar weinig bekendheid. Haar werk en de vrouw zelf lijken in het zwarte gat van de tijd gevallen, verloren zoals zo veel geesten van de voorlaatste eeuw.*

14

Hoog boven het pandjeshuis van meneer en mevrouw Swindell, in hun smalle huisje aan de Theems, was een klein kamertje. Het was eigenlijk niet meer dan een kast. Het was donker en klam en het rook er bedompt (het logische gevolg van een armzalige riolering en het ontbreken van ventilatie). Het had verkleurde muren waarin 's zomers barsten verschenen en die in de winter vocht doorlieten, en een open haard waarvan de schoorsteen al zo lang verstopt zat, dat het bijna onbeleefd zou zijn om te veronderstellen dat het anders zou moeten zijn. Maar ondanks het spartaanse karakter was de kamer boven de winkel van Swindell het enige thuis dat Eliza Makepeace en haar tweelingbroertje Sammy ooit hadden gekend, een sprankje geborgenheid en veiligheid in een leven dat verder van beide verstoken was. Ze waren geboren in een angstige Londense herfst, en hoe ouder Eliza werd, hoe meer ze ervan overtuigd raakte dat die periode haar meer dan enige andere had gevormd. De Ripper was de eerste tegenstander in een leven dat van vijanden zou wemelen.

De kamer was net als zijzelf een betrekkelijk recente aanwinst in de buurt en hing onzeker aan de robuuste romp van het huis. Het metselwerk was te zwak, de hoeken waren te steil en het dak was te laag. Het was het geesteskind van een ondernemende Swindell-voorouder in het begin van de negentiende eeuw. Kort nadat er een nieuwe verffabriek in Millgate Lane was geopend en mensen van het platteland als ratten voor een vloedgolf naar de stad stroomden, had de bewuste Swindell een muur opgetrokken en aldus van één kamer twee gemaakt. Het resultaat was schamel, maar mensen op zoek naar onderdak zijn zelden in een positie om te klagen, en meneer Swindell merkte dat er altijd wel iemand was die radeloos genoeg was om wat kleingeld neer te tellen voor een plek waar ze hun spullen kwijt konden. Sinds die tijd had de ene Swindell na de andere de kamer verhuurd; als je de Swindells één familietalent kon nageven, was het wel de kunst om arme sloebers nog armer te maken. De pandjeswinkel beneden sprak daar ook van. Het was er schemerig en vol, een waarachtig museum van voorwerpen die getuigden van de erbarmelijke omstandigheden van andere buurtbewoners, zij die gedwongen waren hun spullen voor een habbekrats te verkopen, zodat de Swindells ze met winst konden doorverkopen.

Wat Eliza het leukst vond aan de bovenkamer, sterker nog, het énige wat ze afgezien van zijn kale onderdakstatus leuk vond, was de opening tussen twee bakstenen boven de hoge oude grenen plank. Ze was het haastwerk van die Swindell van lang geleden eeuwig dankbaar, en de volharding van de plaatselijke ratten, waardoor er een fraaie brede opening in het metselwerk was ontstaan. Als Eliza languit op haar buik op de plank ging liggen met haar ogen tegen de bakstenen muur en haar hoofd ietsje gedraaid, kon ze de dichtstbijzijnde bocht in de rivier zien. Vanuit die geheime uitkijkpost volgde ze onbespied de eb en vloed van de dagelijkse activiteiten. Op die manier werd Eliza's dubbele ideaal verwezenlijkt: ze kon wel kijken maar niet gezien worden. Want hoewel Eliza's eigen nieuwsgierigheid geen grenzen kende, vond ze het zelf niet leuk om bespied te worden. Ze begreep dat het riskant was als ze je in de gaten kregen. Als ze je op een bepaalde manier bekeken, had die nieuwsgierigheid veel weg van diefstal. Eliza besefte dat, want dat deed ze het liefst: beelden in haar hoofd opslaan om weer de revue te laten passeren met andere stemmen en andere kleuren, precies zoals zij het leuk vond. Ze verweefde die beelden tot boosaardige verhalen, vluchten van de verbeelding die het volk dat onbewust voor inspiratie had gezorgd met afgrijzen zouden vervullen.

En er waren heel veel mensen om uit te kiezen. Het leven in de bocht van de Theems waar Eliza's huis stond hield nooit op. De rivier was de levensader van Londen, zwellend en versmallend op de eindeloze getijden; ze bracht zowel de goede mensen als de slechtste de stad in en uit. Hoewel Eliza het leuk vond wanneer de kolenschuiten bij hoogtij binnenkwamen, kwam de rivier bij laagtij pas echt tot leven met de roeiers die mensen over en weer zetten, en met de signalen waarmee de vracht van de schepen werd uitgeladen. Dat was wanneer het waterpeil voldoende was gezakt, zodat meneer Hackman en zijn zoon konden gaan dreggen naar lijken waarvan de zakken binnenstebuiten gekeerd moesten worden; wanneer de straatjongens hun positie innamen om in het stinkende slijk naar stukken touw en botten en koperen spijkers te zoeken, alles wat ze maar konden inwisselen voor geld. Meneer Swindell had zijn eigen team slijkspeurders en zijn eigen stuk van de blubberoever, een stinkend vierkant dat hij bewaakte alsof daar het privégoud van de koningin lag. Wie de grens durfde over te steken, liep het risico dat zijn doordrenkte zakken zouden worden doorzocht door meneer Hackman wanneer het weer laagtij was.

Meneer Swindell zat Sammy altijd achter de vodden om lid van de slijk-speurders te worden. Hij vond het de plicht van de jongen om de liefdadigheid van zijn huisbaas terug te betalen wanneer dat maar kon. Want hoewel Sammy en Eliza erin slaagden om genoeg geld voor de huur bij elkaar te scharrelen, liet meneer Swindell hen nooit vergeten dat hun vrijheid afhing van zijn bereidwilligheid om hun recente verandering in omstandigheden voor de autoriteiten te verzwijgen. 'Die Goeddoeners die hier komen rondsnuffelen zouden heel nieuwsgierig zijn naar twee kleine wezen die aan hun lot zijn overgelaten in de grote boze wereld. Heel nieuwsgierig,' waarschuwde hij altijd. 'Ik had jullie eigenlijk aan moeten geven zodra je moeder de laatste adem had uitgeblazen.'

'Ja, meneer Swindell,' zei Eliza dan. 'Dank u wel, meneer Swindell. Dat is heel aardig van u.'

'Hm. En dat mag je ook niet vergeten. Jullie zijn hier nog dankzij de goedheid van mijn hart en van moeder de vrouw.' Daarna keek hij langs zijn bevende neus en maakte hij zijn pupillen kleiner, louter en alleen door de kracht van zijn gierigheid. 'Als nu dat jongetje met zijn talent om dingen te vinden mijn baggerveldje in wilde, zou ik er misschien van overtuigd zijn dat jullie de moeite van het houden waard zijn. Ik heb nog nooit een jongen met zo'n goeie neus gezien.'

Dat was zo. Sammy had de gave om schatten te vinden. Sinds hij een klein jongetje was, leek het wel alsof mooie dingen tijdens zijn dagelijkse gang door het leven er alle moeite voor deden aan zijn voeten te gaan liggen. Volgens mevrouw Swindell was het gekkengeluk, omdat de Heer voor dwazen en gekken zorgde. Maar Eliza wist dat dit niet waar was. Sammy was niet gek, hij zag alleen beter dan de meeste mensen omdat hij zijn tijd niet verdeed met praten. Hij sprak geen woord, nooit. Niet één keer in zijn hele twaalf jaar. Dat hoefde ook niet voor Eliza. Ze wist altijd wat hij dacht en voelde, en dat was nooit anders geweest. Tenslotte was hij haar tweelingbroer, ze waren twee helften van één geheel.

Daarom wist ze dat hij bang was voor het rivierslijk, en hoewel Eliza zijn angst niet deelde, begreep ze hem wel. Het zat 'm in de stank van de modder, in de duikvluchten van de vogels, in de vreemde geluiden die weergalmden tussen de wanden van de tunnel die tussen de oeroude rivieroevers was uitgesleten...

Eliza wist ook dat zij voor Sammy moest zorgen, en niet alleen omdat moeder daar altijd op had aangedrongen. (Het was haar moeders duistere theorie dat er een boze man – ze zei nooit wie – op de loer lag.) Al toen ze heel klein waren, had Eliza beseft dat Sammy haar meer nodig had dan andersom, nog voordat hij de koorts kreeg en bijna was doodgegaan. Iets in zijn manier van doen maakte hem kwetsbaar. Andere kinderen wisten het al toen ze klein waren; nu wisten de volwassenen het ook. Ze voelden op de een of andere manier dat hij niet echt één van hen was. En dat was hij ook niet. Hij was een wisselkind, iemand die verandert. Eliza wist alles van wisselkinderen. Ze had erover gelezen in een sprookjesboek dat een poosje in het pandjeshuis had gelegen. Er stonden ook plaatjes in. Elfen en geesten die sprekend op Sammy leken, met zijn dunne rode haar, lange, slungelige ledematen en ronde blauwe ogen. Mama had verteld dat er iets aan Sammy al sinds zijn geboorte anders was dan bij andere kinderen: een stille onschuld. Dat zei ze telkens wanneer Eliza's kleine rode gezichtje verwrong als ze om eten schreeuwde. Sammy had nooit gehuild. Die lag gewoon in zijn lade te luisteren alsof er prachtige muziek op de wind kwam meedrijven, muziek die alleen hij kon horen.

Eliza wist haar huisbaas ervan te overtuigen dat Sammy niet bij de slijkspeurders moest gaan, dat hij beter schoorstenen kon vegen voor meneer Suttborn. Ze herinnerde hem eraan dat er niet veel jongens van Sammy's leeftijd nog schoorstenen veegden sinds de wet tegen minderjarige schoorsteenvegers was aangenomen, en er was niemand die de smalste schoorstenen boven Kensington beter kon vegen dan een mager joch met knokige ellebogen dat in de wieg was gelegd voor afdalen in donkere stoffige tunnels. Dankzij Sammy was meneer Suttborn altijd volgeboekt en er viel toch veel te zeggen voor een regelmatig inkomen? Zelfs als je dat afwoog tegen de hoop dat Sammy ooit iets waardevols uit de modder zou opdiepen.

Tot nu toe hadden de Swindells daar wel de redelijkheid van ingezien. Ze waren gesteld op Sammy's muntjes, net zoals ze met vreugde mama's geld hadden aangenomen, dat ze verdiende als copywriter voor meneer Blackwater, maar Eliza wist niet hoe lang ze hen op afstand kon houden. Vooral mevrouw Swindell kon maar moeilijk verder kijken dan haar eigen hebzuchtige neus lang was, en ze mocht graag verkapte dreigementen uiten, mompelen over de Goeddoeners die hadden rondgesnuffeld om zwervertjes van de straat naar de werkplaats te brengen.

Mevrouw Swindell was altijd bang voor Sammy geweest. Ze was het type voor wie angst de natuurlijke reactie was op alles wat onverklaarbaar was. Eliza had haar een keer horen fluisteren tegen mevrouw Barker, de vrouw van de kolenlosser, dat ze van mevrouw Tether, de vroedvrouw die de tweeling ter wereld had geholpen, had gehoord dat Sammy met de streng om zijn hals was geboren. Hij zou de eerste nacht eigenlijk nooit gehaald mogen hebben, en hij zou zijn laatste adem hebben moeten uitblazen toen hij dankzij het werk van Satan bleef ademhalen. Het was het werk van de duivel, zei ze. De moeder van de jongen heeft een verbond met hem gesloten. Je hoefde maar één blik op hem te werpen en je wist het, zoals zijn ogen diep bij iemand naar binnen keken en dat roerloze lichaam, zo heel anders dan andere jongens van zijn leeftijd; o ja zeker, er is iets heel erg mis met Sammy Makepeace.

Dat soort sterke verhalen maakten Eliza nog moederlijker voor Sammy. Soms lag ze 's nachts te luisteren naar de ruzies tussen meneer en mevrouw Swindell terwijl hun dochtertje Hatty erbovenuit schreeuwde, dan stelde ze zich graag voor dat mevrouw Swindell iets verschrikkelijks overkwam. Dat ze per ongeluk in het vuur viel bij het doen van de was, of onder de wringer terecht zou komen om dood geknepen te worden, of zou verdrinken in een vat met kokende reuzel, met haar hoofd naar beneden en haar spillebeentjes als enige bewijs van haar gruwelijke lot...

Als je het over de duivel had... Daar kwam mevrouw Swindell de hoek van Battersea Bridge Road om met een schoudertas vol buit. Ze kwam weer thuis na een lucratieve jacht op meisjes in leuke jurkjes. Eliza maakte zich los van de opening in de muur, schoof snel over de plank en gebruikte de rand van de schoorsteen om zich naar beneden te laten zakken.

Eliza moest de jurken wassen die mevrouw Swindell mee naar huis nam. Wanneer ze de jurkjes boven het vuur kookte en voorzichtig omging met de ragfijne kant, vroeg ze zich wel eens af wat die kleine meisjes dachten wanneer ze mevrouw Swindell zagen zwaaien met die snoepzak vol stukjes gekleurd glas. Niet dat de meisjes ooit zo dicht in de buurt kwamen om de truc die er met ze werd uitgehaald door te krijgen. Nee hoor, zodra mevrouw Swindell ze alleen in het steegje had, trok ze hun fraaie jurkjes zo snel uit dat ze niet eens de tijd kregen om te gillen. Eliza dacht dat ze later waarschijnlijk nachtmerries zouden krijgen, zoals de nachtmerries die zij had over Sammy die klemzat in een schoorsteen. Ze had met ze te doen. Mevrouw Swindell op jacht was bepaald angstaanjagend, maar het was hun eigen schuld. Moesten ze maar niet zo inhalig zijn en altijd meer willen dan ze al hadden. Het bleef Eliza verbazen dat kleine meisjes uit hoge kringen met chique kinderwagens en jurkjes met veel kant voor zo'n geringe prijs als een zakje suikergoed aan mevrouw Swindell ten prooi vielen. Ze mochten van geluk spreken dat ze alleen maar van hun jurk en wat zielenrust werden beroofd. Je kon belangrijkere dingen verliezen in de donkere steegjes van Londen.

Beneden sloeg de voordeur dicht.

'Waar zit je, meisje?' De stem bulderde naar boven als een gloeiende kluit venijn. Eliza kromp ineen: de jacht was slecht gegaan, wat weinig goeds voorspelde voor de bewoners van Battersea Road 35. 'Kom naar beneden om het eten te maken of je krijgt een pak slaag.'

Eliza haastte zich naar de pandjeswinkel beneden. Haar blik gleed vlug langs de donkere silhouetten, een kast vol flessen en dozen en jurken, in het schemerdonker tot geometrische eigenaardigheden gereduceerd. Bij de toonbank bewoog zich een van die vormen. Mevrouw Swindell stond als een modderkrab voorovergebogen in haar tas te graaien en een paar met kant afgezette jurkjes te sorteren. 'Nou, sta daar niet te kijken als die idiote broer van je; steek de lantaarn aan, sufferd.'

'De stoofpot staat op, mevrouw Swindell,' zei Eliza, die zich haastte om de gaslantaarn aan te steken. 'En de jurkjes zijn bijna droog.'

'Dat is je maar geraden. Dag in dag uit ga ik de straat op om de kost te verdienen, en alles wat jij hoeft te doen is de jurkjes wassen. Soms denk ik dat ik beter af ben als ik het zelf doe. Dan kan ik jou en je broer op straat zetten.' Ze slaakte een akelige zucht en zakte in haar stoel. 'Nou, kom eens hier, dan kun je mijn schoenen uittrekken.' Toen Eliza voor haar hurkte en voorzichtig de nauwe laarzen van haar voeten schoof, ging de deur weer open. Het was Sammy, zwart en onder het stof. Zonder iets te zeggen, stak mevrouw Swindell haar knokige hand uit om hem met haar vingers te wenken.

Sammy stak zijn hand in de zak aan de voorkant van zijn overall. Hij haalde er twee goudkleurige munten uit en legde ze waar hij ze moest leggen. Mevrouw Swindell bekeek ze even argwanend voordat ze Eliza met haar zweetvoet opzij schopte en naar de geldkist hobbelde. Met een schuinse blik over haar schouder haalde ze de sleutel uit een zakje van haar blouse en draaide ze die om in het slot. Ze legde de nieuwe munten op de oude en berekende het totaal met natte, smakkende lippen.

Sammy liep naar het fornuis en Eliza haalde een stel kommen. Ze aten nooit bij de Swindells. Volgens mevrouw Swindell was dat niet goed; ze mochten het eens in hun hoofd halen dat ze een deel van de familie waren. Ze waren tenslotte ingehuurde krachten, meer bedienden dan huurders. Eliza schepte hun kommen vol door de zeef zoals mevrouw Swindell met alle geweld wilde: ze kon geen vlees verspillen aan een stel ondankbare straatkinderen.

'Je bent moe,' fluisterde Eliza. 'Je bent vanmorgen heel vroeg begonnen.'

Sammy schudde zijn hoofd, hij wilde niet dat ze zich zorgen maakte.

Eliza keek of mevrouw Swindell nog met haar rug naar haar toe stond en deed toen vlug een klein stukje varkensvlees in Sammy's kom.

Sammy glimlachte flauw en behoedzaam, zijn ronde ogen keken haar aan. Toen ze hem zo zag met zijn afhangende schouders door het zware werk van die dag, met zijn gezicht onder het roet van de schoorstenen van de rijkelui, dankbaar voor een taai stukje varkensvlees, kon ze wel haar armen om zijn smalle postuur slaan om hem nooit meer los te laten. Ze glimlachte terug.

'Wel, wel, wat een lief plaatje,' zei mevrouw Swindell, terwijl ze de geldkist dichtsloeg. 'Die arme meneer Swindell is daarbuiten in de modder om de schatten op te graven die jullie het eten in je ondankbare mond bezorgen…' Ze zwaaide met een knokige wijsvinger in Sammy's richting. '… terwijl een jonge knaap als jij hier een potje zit uit te vreten. Dat klopt niet, ik zeg het je, dat klopt van geen kant. Als die Goeddoeners weer eens terugkomen, heb ik veel zin om het hun te vertellen.'

'Heeft meneer Suttborn morgen werk voor je, Sammy?' vroeg Eliza vlug. Sammy knikte.

'En overmorgen ook?'

Hij knikte weer.

'Dat zijn nog twee munten deze week, mevrouw Swindell.'

O, wat kon ze haar stem toch bedeesd laten klinken!

En wat haalde het weinig uit.

'De brutaliteit! Hoe durf je je mond open te trekken? Zonder meneer Swindell en mij zouden jullie nu vloeren schrobben in het armenhuis, druilerige mestkevers.'

Eliza's adem stokte. Een van de laatste dingen die mama voor haar overlijden had gedaan, was mevrouw Swindell laten beloven dat Sammy en Eliza als huurders in de bovenkamer mochten blijven zolang ze de huur konden opbrengen en in het huishouden hielpen. 'Maar mevrouw Swindell,' zei Eliza behoedzaam, 'mama heeft gezegd dat u hebt beloofd…'

'Beloofd? Beloofd?' Er vormden zich nijdige spuugbelletjes in haar mondhoeken. 'Beloven? Ik zal je zeggen wat ik heb beloofd. Ik heb beloofd je zo'n pak op je broek te geven dat je niet meer kunt zitten.' Opeens stond ze op en pakte ze een leren riem die bij de deur hing.

Eliza bleef dapper staan, maar haar hart sloeg over.

Mevrouw Swindell deed een stap naar voren en bleef staan; in haar mondhoek trilde een wreed trekje. Zonder een woord te zeggen wendde ze zich tot Sammy. 'Kom hier jij,' zei ze.

'Nee,' zei Eliza vlug en haar blik schoot naar Sammy's gezicht. 'Nee, het spijt me, mevrouw Swindell. Het was brutaal van me, u hebt gelijk. Ik... Ik zal het goed maken. Morgen. Dan stof ik de winkel af. Ik zal het stoepje schrobben. Ik... Ik zal...'

'De wc schoonmaken en de ratten van de zolder verjagen.'

'Ja,' knikte Eliza. 'Dat allemaal.'

Mevrouw Swindell strekte de riem met twee handen voor zich uit als een horizon van leer. Ze keek onder haar wimpers door van de een naar de ander en weer terug. Uiteindelijk liet ze één uiteinde van de riem los en hing ze hem terug aan zijn haak bij de deur.

Eliza werd overspoeld door een duizelige opluchting. 'Dank u wel, mevrouw Swindell.'

Haar handen beefden een beetje toen ze de kom soep aan Sammy gaf en de lepel pakte om haar eigen kom vol te scheppen.

'Stop,' zei mevrouw Swindell.

Eliza keek op.

'Jij,' zei mevrouw Swindell, wijzend op Sammy, 'gaat de nieuwe flessen schoonmaken en op de plank zetten. Je krijgt geen eten voordat je dat hebt gedaan.' Ze wendde zich tot Eliza. 'En jij gaat naar boven, uit mijn ogen.' Haar dunne lippen trilden. 'Vanavond ga je maar zonder eten naar bed. Ik ben niet van plan rebelse kinderen vet te mesten.'

Toen Eliza jonger was, fantaseerde ze vaak dat haar vader op een dag zou komen om hen te redden. Na mama en de Ripper ging Eliza's beste verhaal over Papa de Dappere. Soms, wanneer haar oog pijn deed omdat het zo lang tegen de bakstenen gedrukt had gezeten, ging ze ruggelings op de hoogste plank liggen en fantaseerde ze over haar krijgshaftige vader. Dan maakte ze zichzelf wijs dat mama's verslag niet juist was, dat hij helemaal niet verdronken was, maar voor een belangrijke reis was uitgezonden en ooit zou terugkomen om hen van de Swindells te verlossen.

Ze wist wel dat het maar een sprookje was, dat waarschijnlijk evenmin werkelijkheid zou worden als er elfjes en kobolden uit het metselwerk van de haard zouden verschijnen, maar dat mocht de pret van zijn ingebeelde terugkeer niet drukken. Hij zou voor het huis van de Swindells verschijnen; ze zag hem altijd te paard. Hij zat erop, en niet in een rijtuig dat erachter werd getrokken, hij zat op een zwart paard met glanzende manen en lange, gespierde benen. En iedereen in de straat staakte zijn bezigheden om naar die man te kijken, haar knappe vader in zijn zwarte rijkleding. Mevrouw

Swindell zou met haar miezerige, chagrijnige gezicht over de waslijn gluren, over de rij mooie jurkjes die ze die ochtend had gepikt, en ze riep naar mevrouw Barker dat ze moest komen kijken wat er allemaal gebeurde. En ze zouden weten wie dat was, het was de vader van Sammy en Eliza, die was gekomen om hen te redden. En ze zouden met hem meerijden naar de rivier, waar zijn schip lag te wachten, en ze zouden de oceaan oversteken naar verre landen met namen waarvan ze nog nooit had gehoord.

Soms, bij zeldzame gelegenheden als Eliza haar moeder zover had kunnen krijgen om mee te doen, vertelde ze over de zee. Want die had ze met eigen ogen gezien en dus kon ze haar verhalen voorzien van geluiden en geuren die Eliza magisch voorkwamen, de branding en de zoute lucht en fijne zandkorrels die wit waren in plaats van het slijmerige zwarte bezinksel van de rivier. Maar het gebeurde niet vaak dat mama meedeed met verhaaltjes vertellen. Meestal had ze het niet zo op verhalen, vooral verhalen over Vader de Held. 'Je moet het verschil leren kennen tussen sprookjes en werkelijkheid, lieve Liza,' zei ze dan. 'Sprookjes hebben de neiging te snel voorbij te zijn. Die laten je nooit weten wat er later gebeurt, als de prins en de prinses van de bladzijde gereden zijn.'

'Maar wat bedoel je daarmee, mama?' vroeg Eliza.

'Wat er met ze gebeurt op hun weg door het leven? Als ze geld moeten verdienen om aan de ellende van de wereld te ontkomen?'

Dat had Eliza nooit begrepen. Het leek haar een rare vraag, hoewel ze dat voor zich hield. Het waren prinsen en prinsessen, die hoefden de kost niet te verdienen; ze hoefden alleen maar naar hun toverkasteel te gaan.

'Je moet niet op een redder wachten,' vervolgde haar moeder met de blik op oneindig. 'Een meisje dat verwacht gered te worden, zal nooit leren zichzelf te redden. Al heeft ze de middelen, dan nog zal het haar aan moed ontbreken. Zo mag je niet worden, Eliza. Je moet je moed vinden, leren jezelf te redden en nooit op iemand anders vertrouwen. En je mag ook nooit vergeten dat je, zelfs als je niet sterk bent, met wilskracht veel macht kunt uitoefenen.'

Alleen op haar kamer boven, ziedend van weerzin voor mevrouw Swindell en van woede over haar eigen onmacht, kroop Eliza in de ongebruikte open haard. Voorzichtig en langzaam reikte ze zo hoog als ze kon, tastte met open hand rond tot ze de losse baksteen had gevonden en haalde hem eruit. In de kleine holte erachter streken haar vingers langs de vertrouwde deksel van het mosterdpotje van klei, zijn koele oppervlak en afgeronde hoeken. Eliza haalde het voorzichtig tevoorschijn, want ze wilde mevrouw Swindell niet laten weten wat ze deed door geluiden te maken die via de schoorsteen naar beneden gingen.

Het potje was van haar moeder en die had het jarenlang geheimgehouden. Een paar dagen voor haar moeders dood had die in een van haar zeldzame heldere momenten Eliza over de bergplaats verteld. Ze vroeg of ze wilde pakken wat erin lag, en Eliza had met grote ogen van verbazing over het geheimzinnige, verborgen voorwerp het potje gehoorzaam naar haar moeders bed gebracht.

Eliza voelde de spanning in haar vingertoppen toen ze wachtte tot haar moeder het potje onhandig had opengemaakt. De laatste dagen bewoog ze zich slecht, en de deksel van de pot werd op zijn plaats gehouden door een laagje was. Uiteindelijk kwam hij los.

Eliza keek verbaasd toe. Ze had zo veel te vragen, maar ze kon de woorden niet vinden. In de pot zat een broche waarvan mevrouw Swindell de warme tranen over haar lelijke gezicht zouden stromen. Hij was zo groot als een penny en op de buitenste sierring zaten rode en groene en blinkend witte edelsteentjes. Bevroren belletjes waarin het licht van de kaars talloze malen werd weerkaatst.

En dan die geur: vreemd en toch vertrouwd, bedompt, roetig, maar ook iets anders. Iets wat Eliza al eens eerder had geroken... Die vreemde, specifieke reis van de herinnering naar een regenachtige dag toen ze voor mevrouw Swindell een boodschap in South Kensington moest doen en tijdens een stortbui de hal van het Victoria and Albert Museum in was gehold. Ze had ineengedoken bij de deur gezeten en was bijna omver gelopen door een groepje in bont gehulde dames. Toen had ze dezelfde tere geur geroken, de geur van geld.

Eliza dacht eerst dat de broche gestolen was, hoewel ze zich niet kon voorstellen dat haar moeder dat zou doen. Maar hoe kon ze anders aan zo'n schitterende schat zijn gekomen?

Eliza kon geen woorden vinden om iets te zeggen, en dat zou ook niets uitgemaakt hebben, want haar moeder luisterde niet, die staarde naar de broche met een uitdrukking die Eliza nog nooit had gezien.

'Deze broche is me dierbaar,' zei mama. 'Heel dierbaar.' Ze duwde de pot in Eliza's handen, bijna alsof ze het niet meer kon verdragen hem te voelen.

De geglazuurde pot voelde glad en koel onder haar vingers. Eliza wist niet hoe ze moest reageren. Die broche, moeders vreemde gezicht... Het was allemaal zo onverwacht.

'Weet je wat dit is, Eliza?'

'Een broche, mama. Die heb ik wel eens bij rijke dames gezien.'

Haar moeder glimlachte flauwtjes en Eliza dacht even dat ze het verkeerde antwoord had gegeven.

'Of misschien een hanger? Die zijn kettinkje kwijt is?'

'Je had het de eerste keer al goed geraden, Eliza. Het is een broche, een speciaal soort broche.' Ze drukte haar handen samen. 'Weet je wat er achter het glas zit?'

Eliza keek naar het patroon van roodgouden draden. 'Een wandkleedje, mama?'

Haar moeder glimlachte weer. 'In zekere zin is het dat wel, maar niet het soort dat van draden wordt geweven.'

'Maar ik zie de draden die in elkaar zijn geweven tot een touw.'

'Het zijn haren, Eliza, haren van de vrouwen in mijn familie. Die van mijn moeder en van haar moeder daarvoor.'

Eliza zette grote ogen op. 'En ook die van jou, mama?'

'Ook die van mij. Het is een traditie; het heet een rouwbroche.'

'Omdat hij alleen in de rouw wordt gedragen?'

Maar moeder stak haar hand uit en streelde het uiteinde van Eliza's vlecht. 'Omdat hij ons herinnert aan degenen die ons ontvallen zijn. De mensen die ons zijn voorgegaan en die ons hebben gemaakt tot wie we zijn.'

Eliza knikte ernstig. Ze had het gevoel dat haar iets bijzonders werd toevertrouwd, al wist ze niet precies wat.

'Deze broche is heel veel geld waard, Eliza, maar ik heb mezelf er nooit toe kunnen brengen hem te verkopen. Ik ben telkens opnieuw weerhouden door sentimentaliteit, maar die mag jou niet weerhouden.'

'Mama?'

'Ik ben ziek, lieverd. Op een dag moet jij voor Sammy en jezelf zorgen. Dan moet je de broche misschien verkopen.'

'O, nee, mama...'

'Het kan nodig zijn en de beslissing is aan jou. Laat je niet leiden door aarzeling, hoor je me?'

'Ja, mama.'

'Maar als je hem ooit moet verkopen, Eliza, dan moet je dat heel voorzichtig doen. Hij mag niet officieel worden verkocht; er mag niets op papier staan.'

'Waarom niet?'

Mama keek haar aan. Eliza kende die blik. Ze had zelf vaak zo naar Sammy gekeken als ze moest beslissen hoe eerlijk ze tegen hem moest zijn.

'Want dan zou mijn familie erachter komen.' Eliza zweeg. Over moeders familie en het verleden dat daarbij hoorde werd zelden gesproken. 'Ze zullen het sieraad als gestolen hebben aangegeven.'

Eliza trok haar wenkbrauwen op.

'Per ongeluk, lieve Eliza, want hij is van mij. Ik heb hem op mijn zestiende verjaardag van mijn moeder gekregen, en hij is heel lang daarvoor in mijn familie geweest.'

'Maar als hij van jou is, waarom mag niemand dan weten dat je hem hebt?'

'Een officiële verkoop zou verraden waar we zijn, en dat mag niet gebeuren.' Ze pakte Eliza's handen in de hare en vroeg met grote ogen en een stem die zwak was van de inspanning van het praten: 'Begrijp je dat?'

Eliza knikte, ze had het begrepen. Althans, min of meer. Mama maakte zich zorgen over de Slechte Man, degene voor wie ze al haar hele leven waarschuwde, die overal kon zijn, die achter elke hoek op de loer kon liggen wachten op zijn kans om hen te overvallen. Eliza was altijd dol op die verhalen geweest, maar haar moeder had nooit voldoende bijzonderheden verteld om haar nieuwsgierigheid helemaal te bevredigen. Het werd aan Eliza overgelaten om haar moeders waarschuwingen te verfraaien door de man een glazen oog te geven, plus een mandje met slangen en een lip die nat werd wanneer hij een hatelijk gezicht trok. Hij dook altijd op in de verhalen die ze aan buurtkinderen vertelde, een beproefde manier om hen te laten gillen.

Jarenlang had Eliza aangenomen dat hij een verzinsel was, een metafoor voor de talrijke gevaren die er om de hoeken van de Londense straten loerden. Maar moeder werd nadrukkelijker naarmate haar ziekte voortschreed. Ze begon te jammeren in haar slaap, ze smeekte de man haar met rust te laten, om de kinderen niet mee te nemen, om haar met rust te laten. Haar stem was vervuld van zo'n pure paniek, dat Eliza zich afvroeg of de verhalen misschien toch iets van waarheid herbergden. Of ze misschien toch niet had gelogen over haar ontmoetingen met de Ripper. Want wie kon die man anders zijn?

Dat had ze ook tegen de apotheker gezegd toen die mama bezocht, maar hij moest alleen maar lachen en stelde haar gerust dat alle slachtoffers van de Ripper officieel bekend waren. Haar moeder hoorde daar niet bij, en Eliza moest die onzin maar niet herhalen als ze iets om de goede naam van haar moeder gaf. Hij kon haar zo vertellen wie de boze man was, zei de apotheker. Die woonde onder in de laudanumfles. Dat zag je wel vaker bij mensen als de dood voor de deur stond.

'Zal ik wat medicijn voor je halen, mama?'

'Ja, graag, Eliza. Je bent een schat.'

Eliza zette de pot van klei naast haar moeder op het bed en ging het flesje laudanum halen. Toen ze weer terugkwam, streelde haar moeder een lok haar die uit Eliza's vlecht was ontsnapt. 'Zorg goed voor Sammy,' zei ze. 'En zorg ook goed voor jezelf. Nooit vergeten dat zogenaamd zwakke mensen ook dingen kunnen veranderen. Je moet moedig zijn als ik er… als mij iets overkomt.'

'Natuurlijk mama, maar jou overkomt niets.' Eliza geloofde het zelf niet en haar moeder evenmin. Iedereen wist wat er gebeurde met mensen die aan de tering leden.

Moeder wist een slokje medicijn binnen te krijgen en liet zich uitgeput in haar kussen zakken. Haar rode haar lag als een waaier om haar hoofd, zodat je haar bleke hals met het litteken zag, die dunne kerf die nooit verdween en die de inspiratie leverde voor Eliza's eerste verhaal over een treffen tussen haar moeder en de Ripper, nog zo'n verhaal dat ze nooit aan haar moeder vertelde.

Met haar ogen dicht sprak haar moeder zachtjes, in korte, afgemeten zinnen. 'Lieve Eliza-Lou, ik ga je dit maar één keer vertellen. Alleen als hij je vindt en je moet ontsnappen, alleen dan moet je de pot uit zijn bergplaats halen. Niet naar Christie's gaan, niet naar een van die grote veilinghuizen. Die registreren alles. Ga om de hoek maar bij Baxter informeren. Die zal je wel vertellen waar je John Picknick kunt vinden. Picknick weet wat je moet doen.' Haar oogleden trilden van de inspanning van het praten. 'Heb je dat begrepen?'

Eliza knikte.

'Echt?'

'Ja, mama, ik begrijp het.'

'Voor het zover is, moet je het bestaan van de broche maar vergeten. Niet aan zitten, niet aan Sammy laten zien en het aan niemand vertellen. En, Eliza?'

'Ja, mama?'

'Altijd uitkijken voor de man voor wie ik je heb gewaarschuwd.'

Eliza knikte en legde de palm van haar hand op haar moeders warme wang. 'Ja, moeder,' zei ze zacht.

En Eliza had woord gehouden. Grotendeels althans. Ze had de pot maar twee keer tevoorschijn gehaald en dan nog alleen om te kijken. Om even met haar vingertoppen over de broche te strijken, net zoals haar moeder had gedaan, om z'n magie te voelen, z'n onpeilbare macht, voordat ze de deksel weer snel en voorzichtig met kaarsvet verzegelde en de pot weer op zijn plek terugzette.

Vandaag had ze hem weliswaar tevoorschijn gehaald, maar niet om naar mama's rouwbroche te kijken. Eliza had namelijk haar eigen kleinood aan de pot toegevoegd. Daarin zat nu ook haar eigen schat, haar eigen appeltje voor de dorst.

Ze trok het leren buideltje tevoorschijn en hield het stevig in haar hand. Ze putte kracht uit de stevige vorm. Het was een snuisterij die Sammy op straat had gevonden en aan haar had gegeven. Het speeltje van een of ander rijk kind dat het was verloren en vergeten, en nu was het gevonden en weer tot leven gewekt. Eliza had het direct verstopt. Als de Swindells het zagen, zouden hun ogen oplichten en zouden ze erop staan dat ze het beneden in de pandjeswinkel zou leggen. En Eliza wilde het buideltje dolgraag houden; het was een cadeau en het was van haar. Er was niet veel waarvan ze dat kon zeggen.

Het duurde een paar weken voordat ze er een doel voor vond: als bergplaats voor haar geheime muntjes, het geld waarvan de Swindells niets wisten, betaald door Matthew Rodin de rattenvanger. Eliza kon goed ratten vangen, al vond ze het geen leuk werk. Tenslotte probeerden die ratten ook maar zo goed en zo kwaad als het ging te overleven in een stad die niet op de hand van zwakke en zachtaardige wezens was. Ze probeerde niet te denken aan wat mama ervan zou zeggen – die had altijd een zwak voor dieren gehad – maar Eliza hield zich voor dat ze weinig keus had. Als zij en Sammy wilden overleven, moesten ze hun eigen geld hebben, geld waarvan de Swindells niets wisten.

Eliza ging met de pot op schoot op de rand van de open haard zitten en veegde haar beroete handen af aan de binnenkant van haar jurk. Ze mocht ze niet afvegen aan een plek die mevrouw Swindell kon zien. Als haar argwanende neus eenmaal begon te trekken, had je de poppen aan het dansen.

Toen Eliza zeker wist dat haar handen schoon waren, maakte ze het buideltje open en trok ze de zachte zijden strik los om de opening voorzichtig groter te maken. Ze wierp er een blik in.

Weet jezelf te redden, had mama gezegd. En zorg goed voor Sammy. Dat was precies wat Eliza van plan was. In het buideltje zaten vier muntjes. Twaalf penny's. Nog drie penny's en ze had genoeg voor vijftig sinaasappels. Meer had ze niet nodig om sinaasappelverkoopster te worden. Van het geld dat ze verdienden konden ze nog meer sinaasappels kopen, en dan zouden ze hun eigen geld en hun eigen zaakje hebben. Dan zouden ze vrij zijn om een ander huis te zoeken, waar ze veilig zouden zijn, zonder die waakzame, wraakzuchtige Swindell-ogen die op hen gericht waren, met hun eeuwige dreigement om hen aan de Goeddoeners en het armenhuis uit te leveren.

Voetstappen op de overloop.

Eliza stopte de muntjes weer in het buideltje, bond het dicht en duwde het in de pot. Met bonkend hart schoof ze die weer in de schoorsteen; ze zou hem later wel verzegelen. Net op tijd sprong ze weg en zat ze onschuldig op het voeteneind van het gammele bed.

De deur ging open en daar was Sammy, die nog onder het roet zat. Hij bleef in de deuropening staan met een flakkerende kaars in zijn hand; hij leek zo mager dat Eliza dacht dat het schemerdonker haar parten speelde. Ze glimlachte naar hem, en hij kwam naar haar toe en haalde een kleine aardappel tevoorschijn die hij uit mevrouw Swindells voorraadkast had meegenomen.

'Sammy!' zei Eliza berispend, maar ze nam de zachte aardappel toch aan. 'Je weet toch dat ze die telt. Ze komt er zo achter dat jij het hebt gedaan.'

Sammy haalde zijn schouders op en waste zijn gezicht in de schaal naast het bed.

'Dank je wel,' zei ze. Toen Sammy even niet keek, stopte ze de aardappel snel in het verstelmandje. Morgen zou ze hem weer terugleggen.

'Het wordt koud,' zei ze. Ze trok haar overgooier uit zodat ze alleen nog haar onderjurk droeg. 'Dat is vroeg dit jaar.' Huiverend kroop ze onder de dunne grijze deken in bed.

Sammy had zich op zijn blouse en onderbroek na uitgekleed en kroop naast Eliza. Zijn voeten waren ijskoud en ze probeerde ze met die van haar te warmen.

'Het komt allemaal goed,' zei Eliza, denkend aan de leren buidel met de twaalf penny's. 'Daar zorg ik voor, dat beloof ik je.'

Stilte.

'Zal ik je een verhaaltje vertellen?'

Ze voelde zijn hoofd bewegen; zijn haar streek langs haar wang toen hij knikte. En dus vertelde ze haar lievelingsverhaal: 'Heel lang geleden, toen het 's nachts koud en donker was, hoorde een jonge prinses, die een beweeglijke tweeling in haar buik had, voetstappen achter zich, en ze wist direct wiens boosaardige tred het was…'

Ze vertelde het verhaal al jaren, maar nooit als haar moeder het kon horen. Mama zou zeggen dat ze Sammy met haar fantastische verhalen van streek bracht. Mama begreep niet dat kinderen niet bang worden van verhalen; dat hun leven werd beheerst door veel engere dingen dan griezelige sprookjes.

15

Cassandra werd op Heathrow door Bens dochter Ruby afgehaald. Ze was een mollige vrouw van tegen de zestig met een stralend gezicht en kort, zilvergrijs haar dat resoluut rechtop stond. Haar energie leek de lucht om haar heen te elektriseren; ze was een opvallend type. Voordat Cassandra blijk kon geven van haar verrassing over het feit dat die vreemde vrouw haar stond op te wachten, had Ruby haar koffer al gepakt, een vlezige arm om haar heen geslagen en haar door de glazen deuren mee naar buiten getroond, naar het parkeerterrein van de luchthaven waar het stonk van de uitlaatgassen.

Haar auto was een gedeukte vijfdeurs waarvan het interieur naar muskus rook en het chemische equivalent van een bloem die Cassandra niet kon thuisbrengen. Toen ze allebei hun gordels hadden vastgemaakt, haalde Ruby een zak Engelse drop uit haar tas en bood Cassandra er een aan, die een groen, wit en zwart gestreept kubusje nam.

'Hier ben ik aan verslaafd,' zei Ruby, die een roze in haar mond stopte en in haar wang zoog. 'Ernstig verslaafd. Soms heb ik nog een snoepje in mijn mond en ben ik al toe aan de volgende.' Ze kauwde een ogenblik furieus en slikte. 'Ach nou ja, het leven is te kort voor matigheid, vind je niet?'

Ondanks het late uur was het heel druk op de weg. Ze reden snel door de nachtelijke stad en straatlantaarns met een kromme hals wierpen een oranje schijnsel op het asfalt. Ruby reed hard, remde alleen kort en fel wanneer het echt nodig was en gebaarde hoofdschuddend naar andere weggebruikers die haar voor de wielen durfden te komen. Cassandra keek naar buiten en volgde in gedachten de concentrische ringen van het Londense stedenbouwkundige patroon. Zo keek ze graag naar steden. Een rit van de rand van de stad naar het centrum was alsof je in een tijdcapsule terug naar het verleden reisde. De moderne vliegveldhotels en brede, gladde hoofdverkeersaders maakten plaats voor twee-onder-een-kapwoningen van grindpleister uit de jaren veertig, daarna volgden er appartementencomplexen uit het fin de siècle en uiteindelijk het donkere hart van victoriaanse rijtjeshuizen. Ze scharrelde in haar tas naar de map met reisdocumenten. 'Zijn we in de buurt van Holborn, Ruby?'

'Holborn? Nee. Dat is aan de andere kant van de stad. Hoezo?'

'Daar staat mijn hotel. Ik kan natuurlijk een taxi nemen. Je hoeft me er niet helemaal heen te brengen.'

Ruby keek Cassandra zo lang aan dat die zich zorgen maakte dat niemand op de weg lette. 'Hotel? Ik dacht het niet.' Ze schakelde en remde net op tijd om een botsing met een blauw busje voor haar te voorkomen. 'Je logeert bij mij, van een hotel wil ik niets horen.'

'O, nee,' zei Cassandra, nog geschrokken van de blauwe voorligger. 'Dat kan ik niet aannemen, dat is te veel moeite.' Ze ontspande haar greep op de portierkruk een beetje. 'Bovendien is het te laat om mijn reservering te annuleren.'

'Welnee, het is nooit te laat. Ik doe het wel voor je.' Ruby draaide zich zo ver naar Cassandra toe dat haar gordel haar volumineuze borst bijna uit haar blouse deed barsten. Ze glimlachte. 'En het is geen enkele moeite, ik heb een bed opgemaakt en ik verheug me erop.' Ze schudde haar hoofd. 'Papa zou me levend villen als hij dacht dat ik je naar een hotel had laten gaan.'

In South Kensington reed Ruby de auto achteruit een kleine parkeerruimte in en Cassandra hield de adem in, stil van bewondering en angst voor het opgewekte zelfvertrouwen van de andere vrouw.

'Zo, daar zijn we dan.' Ruby trok de sleutels uit het contact en gebaarde naar een wit rijtjeshuis aan de overkant. 'Thuis.'

Het bleek een piepklein appartement achter een gele deur op twee hoog. Er was maar één slaapkamer, een kleine hoek met douche en toilet en een kitchenette in de huiskamer. Ruby had de bedbank voor Cassandra opgemaakt.

'Ik vrees dat het maar een driesterrenpension is,' zei ze. 'Maar dat maak ik weer goed met het ontbijt.'

Cassandra wierp een onzekere blik op de minikitchenette en Ruby moest zo hard lachen dat haar lichtgroene blouse ervan schudde. Ze droogde haar ogen. 'Hemeltje, nee hoor! Ik ga niet koken. Waarom zou je jezelf die ellende aandoen als anderen het veel beter kunnen? Ik ga wel met je naar Carluccio om de hoek.' Ze zette de waterkoker aan. 'Thee?'

Cassandra wist een flauwe glimlach tevoorschijn te toveren. Eigenlijk wilde ze het liefst haar gezicht laten hangen en die aangenaamkennistemakenglimlach laten varen. Het kon liggen aan het feit dat ze zo lang boven de aarde had gezweefd, of gewoon aan haar lichte contactgestoordheid, maar ze moest alle zeilen bijzetten om te doen alsof ze nog functioneerde. Een kop thee betekende minstens nog twintig minuten glimlachen en knikken en, God sta haar bij, antwoorden vinden op Ruby's eindeloze vragen. Even verlangde ze met iets van schuldgevoel naar de hotelkamer aan de andere kant van de stad. Toen zag ze dat Ruby al twee theezakjes in twee bekers heet water dompelde. 'Ja graag, thee.'

'Alsjeblieft,' zei Ruby toen ze Cassandra een dampende beker gaf. Ze zette zich stralend op het andere eind van de bank in een wolk van muskusparfum. 'Hou je niet in,' zei ze, wijzend op de suikerpot. 'En dan kun je me net zo goed alles over jezelf vertellen. Wat opwindend, dat huis in Cornwall!'

Toen Ruby eindelijk naar bed was, probeerde Cassandra de slaap te vatten. Ze was moe en alles om haar heen was een waas van kleuren, geluiden en vormen, maar de slaap wilde niet komen. Misschien was ze oververmoeid, had ze te lang gewacht en de bus gemist.

Maar ze was meer dan oververmoeid. Ze had het gevoel alsof ze op de een of andere manier buiten de gewone werkelijkheid stond, alsof ze zich nog altijd in een geïsoleerde transittunnel bevond, waarin luchthavens altijd verlicht zijn en op de gekste tijden ontbijt serveren, waar het nooit een rare tijd is om parfum of cognac of een iPod te kopen. Haar brein herkauwde in rap tempo beelden en gesprekken in een eindeloze stroom gedachten en gevoelens die door niets anders bijeen werden gehouden dan het feit dat ze van haar waren: Nell en Ben, het antiekhoekje, haar moeder, de vliegreis, de luchthaven, Ruby, Eliza Makepeace en haar sprookjes...

Uiteindelijk gaf ze haar pogingen om in te slapen op. Ze schoof de dekens van zich af en stapte van de bank. Haar ogen waren inmiddels zo aan het donker gewend dat ze naar het enige raam van het appartement kon lopen. De brede vensterbank stak uit boven de radiator, en als Cassandra de gordijnen openschoof, paste ze er net op met haar rug tegen de ene dik gepleisterde muur en haar voeten tegen de andere. Ze boog zich naar voren, leunde tegen haar knieën en keek naar buiten, over de schamele victoriaanse tuinen met hun door klimop overwoekerde natuurstenen muren naar de straat erachter. De maan wierp een zacht schijnsel op de wereld onder haar.

Hoewel het bijna middernacht was, was het niet donker in Londen. Steden als Londen waren dat waarschijnlijk nooit, althans tegenwoordig niet meer. Het moderne leven had de nacht afgeschaft. Ooit moest dat heel anders zijn geweest, toen Londen aan de natuur was overgeleverd. In die tijd was het een stad waar het 's avonds pikkedonker was en de lucht in mist veranderde: het Londen van Jack the Ripper.

Dat was het Londen van Eliza Makepeace, de stad waarover Cassandra in Nells schrift had gelezen, de stad van met mist gevulde straten en paarden die opeens opdoemden, van opgloeiende lantaarns die opeens uit de nevel verschenen en er weer in verdwenen.

Toen ze naar de smalle steegjes met kasseien aan de achterkant van de huizen keek, kon ze zich hen zo voor de geest halen: spookachtige ruiters die hun angstige rijdieren door het voetgangersdomein dreven. Hoog op de rijtuigen zaten lantaarndragers met lampen die een oranje schijnsel om zich heen wierpen. Straatventers en hoeren, politieagenten en dieven...

Cassandra wreef geeuwend in haar ogen die opeens zwaar voelden van de slaap.

Al had ze het niet koud, ze klom toch rillend van de vensterbank en kroop weer onder de dekens. Ze deed haar ogen dicht in zakte in een slaap vol dromen.

16

De mist was dik en geel, de kleur van koolraap en maïssoep. Hij was 's nachts aan komen zetten, was over de oppervlakte van de rivier stroom- afwaarts gerold en had zich dik door de straten verspreid en tot vlak onder de drempels om de huizen gewikkeld. Eliza keek ernaar door de opening in de stenen. Onder die zwijgzame mantel veranderden huizen, gaslantaarns en muren in monsterlijke schaduwen die heen en weer zwaaiden wanneer de zwavelkleurige wolken zich eromheen bewogen.

Mevrouw Swindell had een stapel wasgoed voor haar achtergelaten, maar volgens Eliza had het geen zin om iets te wassen als de mist zo dicht was; alles wat wit was, zou aan het eind van de dag weer grauw zijn. Ze kon de kleren net zo goed ongewassen buiten hangen en dat had ze dan ook ge- daan. Het zou Eliza een stuk zeep besparen, om maar niet te spreken van een heleboel tijd. Ze had namelijk iets veel beters te doen in die dikke mist. Nu kon ze zich veel beter verstoppen en rondsluipen.

De Ripper was een van haar lievelingsspelletjes. In het begin speelde ze het alleen, maar in de loop der tijd had ze Sammy de regels geleerd en nu speelden ze om beurten de rol van mama en de Ripper. Eliza wist nooit aan welke rol ze de voorkeur gaf. Soms dacht ze die van de Ripper vanwege diens ongebreidelde macht. Ze werd rood van schuldig genot wanneer ze Sammy van achteren besloop en een giecheltje moest onderdrukken wan- neer ze zich opmaakte om hem te bespringen.

Maar het was ook verleidelijk om mama te spelen, om haastig en be- hoedzaam door te lopen, niet om te kijken, het niet op een lopen te zetten, om de voetstappen achter haar voor te blijven als haar hart luid genoeg bonkte om ze te overstemmen en ze niets meer kon horen aankomen. Die angst was verrukkelijk, hij gaf haar de kriebels.

Hoewel de Swindells weg waren, op zoek naar buitenkansjes (de mist was een geschenk voor diegenen onder de bewoners van de rivieroever die de kost met dubieuze middelen bijeenscharrelden), ging Eliza toch stilletjes de trap af en meed ze de krakende vierde trede. Sarah, het meisje dat op Swindells dochter Hatty paste, was het type dat bij haar baas en bazin in het gevlij probeerde te komen door Eliza's tekortkomingen te verklikken.

Beneden aan de trap bleef Eliza staan om de donkere silhouetten in de winkel af te speuren. De vingers van de mist hadden hun weg tussen de bakstenen door gevonden, een dikke sluier over de tentoongestelde waar gelegd en hing geel om de flakkerende gaslamp. Sammy zat op een kruk in de hoek achterin flessen schoon te maken. Hij was in gedachten verzonken. Eliza herkende het masker van een dagdroom op zijn gezicht.

Ze keek om zich heen om te zien of Sarah niet ergens op de loer lag en sloop op hem af.

'Sammy!' fluisterde ze toen ze dichter bij hem kwam.

Geen reactie, hij had haar niet gehoord.

'Sammy!'

Zijn knie stopte met wippen en hij boog zich zover opzij dat zijn hoofd om de toonbank verscheen. Zijn steile haar viel recht naar beneden.

'Het mist buiten.'

Zijn blanco gezicht weerspiegelde de vanzelfsprekendheid van die mededeling.

'Zo dik als modder, het licht van de straatlantaarns kun je bijna niet meer zien. Perfect voor de Ripper.'

Sammy spitste de oren. Hij bleef even stil zitten nadenken en daarna schudde hij zijn hoofd. Hij wees naar de stoel van meneer Swindell met de afdruk van zijn rug in het gevlekte kussen, de stoel waarin hij elke avond zat.

'Hij zal niet eens weten dat we weg zijn geweest. Het duurt nog een eeuwigheid voordat ze terug zijn.'

Hij schudde weer zijn hoofd, maar nu minder heftig.

'Ze zijn de hele middag druk bezig, want ze zullen geen van beiden een kans laten glippen om wat extra geld te verdienen.' Eliza zag wel dat ze hem zover zou krijgen. Hij was tenslotte een deel van haar en ze had zijn gedachten altijd kunnen raden. 'Kom mee, we blijven niet lang weg. We gaan niet verder dan de rivier en dan komen we weer terug.' Ze was er bijna. 'Jij mag kiezen wie je wilt spelen.'

Dat gaf de doorslag, wat ze wel had verwacht. Sammy's ernstige ogen kruisten de hare. Hij hief zijn kleine bleke vuist op alsof hij er een mes mee vasthield.

'Goed,' zei Eliza. 'Jij mag de Ripper zijn.'

Sammy bleef tien seconden in de deuropening staan om degene die mama speelde de afgesproken voorsprong te geven, en Eliza glipte ervandoor. Ze dook onder de afgeladen waslijnen van mevrouw Swindell door, liep om de voddenkar heen en ging de kant van de rivier op. Haar hart bonkte van de spanning. Dit gevoel van gevaar was verrukkelijk. Ze voelde golven van opwinding en angst over haar huid spoelen terwijl ze verder sloop en om de vage silhouetten van mensen, wagens, honden en kinderwagens in de mist heen slalomde. De hele tijd had ze de oren gespitst voor voetstappen achter zich, snelle, sluipende voetstappen die haar inhaalden.

Ze was altijd beter geweest in de rol van de Ripper. Ze had de kunst ontwikkeld om geruisloos te lopen en Sammy van opzij te benaderen in plaats van recht in de rug, en dan lette ze op zijn manier van lopen om te weten wanneer zijn aandacht verslapte en ze hem bij verrassing kon bespringen. Mama spelen was meer een uitdaging. Mama kon weinig meer dan doorlopen en de adem inhouden, in de hoop dat ze haar belager te slim af zou zijn en voor kon blijven. Ze moest altijd de verleiding weerstaan zich om te draaien en een blik op haar noodlot te werpen. Eliza luisterde zo goed mogelijk: ze hoorde een huilende baby en het geluid van een straatveger, en toen ze in de buurt van de rivier kwam, hoorde ze misthoorns en geschreeuw en gefluit van mannen.

In tegenstelling tot Sammy was Eliza gek op de rivier. Die gaf haar het gevoel dicht bij haar vader te zijn. Mama had nooit veel over haar verleden losgelaten, maar ze had Eliza wel een keer verteld dat haar vader aan een andere bocht van dezelfde rivier was opgegroeid. Hij had zijn zeemansknopen op een kolenaak geleerd, voordat hij zich aansloot bij een andere bemanning en voor de grote vaart koos. Eliza fantaseerde graag over alles wat hij in zijn bocht van de rivier moest hebben gezien, daar vlak bij Execution Dock. Daar werden piraten opgehangen en hun lijken werden aan boeien achtergelaten tot er drie getijden overheen waren gespoeld. Oude mensen noemden het 'de horlepiep aan het hennep dansen'.

Eliza stelde zich huiverend die lijken voor en vroeg zich af hoe het voelde wanneer de laatste adem uit haar eigen hals werd geknepen, en daarna gaf ze zichzelf op haar kop omdat ze niet meer goed oplette. Het was het soort verslapte aandacht waaraan Sammy meestal ten prooi viel. Voor hem was dat allemaal goed en wel, maar zij moest voorzichtiger zijn.

Waar bleven Sammy's voetstappen nu? Ze spande zich tot het uiterste in om ze te horen, en concentreerde zich. Ze luisterde... Meeuwen bij de rivier, krakende stagen en kreunende spanten, een wagentje dat langsrolde, de roep van de vliegenvangersventer 'Vang ze levend', de snelle voetstappen van een vrouw die haast had, de krantenjongen die de prijs van zijn blaadje schalde.

Opeens hoorde ze een klap en een hinnikend paard achter zich. Een mannenstem die iets schreeuwde.

Eliza's hart sloeg over. Bijna had ze zich omgedraaid. Ze wilde dolgraag zien wat er was gebeurd. Maar ze bedwong zich net op tijd. Het was niet makkelijk. Ze was nieuwsgierig van aard, mama had het altijd gezegd, hoofdschuddend en klakkend met haar tong. Ze had haar voorgehouden dat ze nog eens tegen een berg van haar eigen verbeelding op zou hollen, als ze niet zou leren die in toom te houden. Maar als Sammy toevallig in de buurt was en haar zag kijken, zou het spel verkeken zijn, en ze was al bijna bij de rivier. De geur van de modder van de Theems vermengd met zwavelgeur van de mist. Ze had het bijna gewonnen; ze hoefde nog maar een klein stukje.

Nu klonk er achter haar een kakofonie van stemmen. Dat domme paard was waarschijnlijk tegen de kar van de scharensliep op gelopen, paarden kregen het in de mist altijd een beetje op hun heupen. Maar wat hinderlijk! Ze had geen schijn van kans Sammy te horen als hij verkoos nu in de aanval te gaan. Haar hart bonkte in haar keel, zoals altijd waneer de overwinning voor het grijpen lag. Misschien was het niet zo erg dat ze zijn voetstappen niet meer kon horen, ze was heel dichtbij. Als ze gewoon doorliep en zo veel mogelijk bleef zigzaggen, was haar spoor niet makkelijk te volgen.

Ja, dat zou ze doen. Doorlopen, de geluiden van de straat buitensluiten en geen acht slaan op de stemmen, het geschreeuw en het geluid van een bel dat dichterbij kwam. Ze moest zich juist op de weg voor zich concentreren, goed kijken met haar ogen op de keien en de pas versnellen. Stiekem verder sluipen...

Daar doemden in de mist de omtrekken van de stenen muur aan de oever van de rivier op.

Grijnzend ging Eliza op een drafje lopen voor de laatste meters.

Strikt genomen was hollen tegen de regels, maar ze kon het niet laten. Haar handen raakten de glibberige muur en ze slaakte een gilletje van blijdschap. Ze had het gehaald, ze had gewonnen, ze was de Ripper weer eens te slim af geweest, net als mama.

Eliza hees zich op de muur en ging met een triomfantelijk gezicht zitten kijken naar de straat waaruit ze was gekomen. Ze sloeg met haar hakken tegen de muur en speurde de mist af naar Sammy's sluipende silhouet. Arme

Sammy. Hij was nooit zo goed in spelletjes geweest als zij. Het duurde langer voordat hij de regels had geleerd en hij verplaatste zich minder snel in de rol die hij had gekregen. Doen alsof ging Sammy minder makkelijk af dan Eliza.

Terwijl ze daar zo zat, stormden de geuren en geluiden van de straat weer op haar af. Met elke ademtocht proefde ze de vettige mist en de bel die ze had gehoord klonk nu harder en kwam dichterbij. De mensen om haar heen leken opgewonden; ze haastten zich allemaal dezelfde kant op zoals ze deden wanneer de zoon van de voddenman een epileptische aanval had, of wanneer de orgeldraaier langskwam.

Natuurlijk! De orgeldraaier; dat verklaarde waar Sammy was.

Eliza sprong van de muur en schraapte met de neus van haar schoen langs een steen die aan de onderkant uitstak.

Sammy had muziek nooit kunnen weerstaan; die stond natuurlijk met open mond bij de orgeldraaier naar zijn instrument te kijken en was het hele Ripperspel vergeten.

Ze volgde de samendrommende menigte mensen die naar elkaar riepen. De bellen klonken nu heel dichtbij en opeens herkende ze die. Het waren ambulancebellen. Misschien was het toch de zoon van de voddenboer.

De ambulancewagen zelf kwam met grote snelheid de bocht langs de rivier om en snelde op de menigte af. De man bovenop trok aan de bel en riep om ruim baan te maken zodat ze door konden rijden.

Eliza ging harder lopen. Met de komst van de ambulance was er een onbestemde angst in haar geslopen. Haar hart klopte sneller toen ze zich een weg baande langs de achterwerken van andere toeschouwers, chique dames in wandeltenue en heren in pandjesjas, straatjongens, wasvrouwen en kantoorbedienden. Met haar ellebogen baande ze zich een weg door de opdringende menigte, uitkijkend naar Sammy. Er druppelden verslagen van de voorste rijen naar achteren. Onderweg ving Eliza flarden op van het gefluister boven haar: een zwart paard was opeens uit de mist komen opzetten; een jongetje had het niet zien aankomen; die vreselijke mist…

Niet Sammy, hield ze zichzelf voor. Dat kon niet. Hij had haar op de hielen gezeten, ze had hem gehoord…

Inmiddels was ze dichtbij; ze was dicht bij de open plek in het midden. Ze kon bijna door de mist heen zien. Met ingehouden adem duwde ze zich tussen de voorste toeschouwers heen en toen zag ze het gruwelijke tafereel voor haar. Ze nam alles in één keer in zich op en begreep het direct. Het zwarte paard, de ambulanceman die op de grond gehurkt zat, en het broze lichaam van het jongetje. Zijn rossige haar was dieprood gekoekt waar het op de keien lag. Zijn borstkas was opengereten door de paardenhoeven. Zijn blauwe ogen stonden op oneindig.

De ambulanceman schudde zijn hoofd. 'Dit jochie is morsdood. Hij was kansloos.'

Eliza keek weer naar het paard. Het was nerveus en angstig door de mist en het kabaal. Het blies hete adem uit die even zichtbaar was wanneer die de mist verplaatste.

'Weet iemand hoe dit jongetje heet?'

De menigte bewoog terwijl de mensen elkaar schouderophalend en hoofdschuddend aankeken.

'Ik ken hem misschien wel ergens van,' klonk een onzekere stem.

Eliza staarde in het zwarte, glanzende oog van het paard. De wereld en al zijn geluiden leken om haar heen te wervelen, maar het paard stond stil. Ze keken elkaar aan en op dat ogenblik had ze het gevoel alsof het dier bij haar naar binnen keek en de leegte zag die zich zo snel had geopend dat ze wist dat ze die de rest van haar leven zou trachten te vullen.

'Er moet toch iemand zijn die hem kent,' zei de ambulanceman.

De menigte zweeg en de sfeer werd er des te griezeliger van.

Eliza besefte dat ze het zwarte dier zou moeten haten, dat ze een hekel moest hebben aan zijn sterke benen en gladde, harde dijen, maar dat deed ze niet. Haar ogen boorden zich in de zijne en ze had bijna een gevoel van herkenning, alsof het paard als geen ander de leegte bij haar vanbinnen begreep.

'Oké,' zei de man van de ambulance. Hij floot en er kwamen een paar jongens achter uit de wagen. Een van hen tilde het zwaar gehavende lijk van de jongen op en legde het in de laadbak; de andere gooide een emmer water op de keien en schrobde het bloed van de straat.

'Volgens mij woont hij in Battersea Bridge Road,' klonk een trage, maar vaste stem. Die had iets van een van de mannen van het advocatenkantoor. Niet echt iemand uit de hoogste kringen, maar deftiger dan de andere bewoners van de rivieroever.

De ambulancebroeder keek op om te zien wie dat had gezegd.

Een lange man met een lorgnet en een nette, maar sleetse geklede jas kwam naar voren uit de mist. 'Daar heb ik hem pas nog gezien.'

Mompelend liet de menigte die informatie op zich inwerken. Men keek nog eens naar het verminkte lijk van het jongetje.

'Enig idee waar precies, m'neer?'

De lange man schudde zijn hoofd. 'Ik vrees dat ik dat niet weet.'

De ambulancebroeder knikte en gaf zijn helpers een teken. 'We brengen hem wel naar Battersea Bridge Road om wat rond te vragen. Daar moet iemand hem wel kennen.'

Het paard knikte naar Eliza. Hij bewoog zijn hoofd drie keer op en neer, zuchtte en keek weer weg.

Eliza knipperde met haar ogen. 'Wacht even,' zei ze zacht.

De man van de ambulance keek haar aan. 'Wat?'

'Ik.' Waar kwam dat woord vandaan?

'Ik wat?'

Eliza slikte haastig, wierp een blik op het lichaam en wendde haar hoofd weer af. 'Ik ken hem,' zei ze met een stem die niet van haar leek.

Aller ogen richtten zich op haar, op dat spichtige meisje met haar lange, rossige vlecht. Eliza's blik kruiste even die van de man met het lorgnet. De glazen glommen wit, zodat ze zijn ogen niet kon zien.

De man van de ambulance stak zijn hand op om de menigte het zwijgen op te leggen. 'Nou, hoe heet dit pechvogeltje dan, meisje?'

'Hij heet Sammy Makepeace,' zei Eliza. 'En hij is mijn broer.'

Mama had geld opzijgelegd voor haar eigen begrafenis, maar voor de kinderen had ze die maatregel natuurlijk niet getroffen. Welke ouder voorzag nu dat zoiets nodig zou zijn?

'Hij krijgt een armenbegrafenis op St. Bride,' zei mevrouw Swindell in de loop van diezelfde middag. Ze slurpte soep van haar lepel en wees er vervolgens mee naar Eliza, die op de grond zat. 'Woensdag maken ze de kuil weer open. Tot die tijd zullen we hem waarschijnlijk hier moeten houden.' Ze kauwde op de binnenkant van haar wang en haar onderlip stak naar voren. 'Boven natuurlijk. We kunnen niet hebben dat de stank de klanten afschrikt.'

Eliza had wel gehoord over de armenbegrafenissen van St. Bride. De grote kuil die elke week werd opengemaakt, de stapel lijken, de priester die haastig een plechtigheid leidde zodat hij zo snel mogelijk weg kon uit de verpestende stank die daar hing. 'Nee,' zei ze. 'Niet op St. Bride.'

De kleine Hatty stopte met kauwen op haar brood. Ze liet de brok achter haar rechterwang zitten en keek met grote ogen van haar moeder naar Eliza.

'O nee?' De vingers van mevrouw Swindell grepen haar lepel steviger vast.

'Geef hem alstublieft een nette begrafenis, mevrouw Swindell,' zei Eliza. 'Net als mama.' Ze beet op haar tong om niet te huilen. 'Ik wil graag dat hij naar mama gaat.'

'O ja? Een rijtuig met paarden zeker? Stelletje beroepsrouwers? En ik neem aan dat je denkt dat meneer Swindell en ik die chique begrafenis moeten betalen.' Ze haalde gretig haar neus op; ze genoot van haar tirade. 'In tegenstelling tot wat de mensen denken, zijn we geen liefdadige instelling, juffie, dus als je er zelf het geld niet voor hebt, zal St. Bride de laatste rustplaats van dat joch zijn. En die is voor zijn soort ook goed genoeg.'

'Geen lijkwagen, mevrouw Swindell, en ook geen rouwers. Gewoon een begrafenis, en een eigen graf.'

'En hoe denk je dat allemaal te regelen?'

Eliza slikte. 'De broer van mevrouw Barker is begrafenisondernemer. Kan hij het niet doen? Als ú het hem vraagt, mevrouw Swindell, dan moet hij toch...'

'Moet ik bij iemand in het krijt gaan staan voor jou en die idiote broer van je?'

'Hij is niet idioot.'

'Hij was stom genoeg om zich door een paard te laten overrijden.'

'Dat was niet zijn schuld, dat kwam door de mist.'

Mevrouw Swindell slurpte nog wat soep over haar onderlip.

'Hij wilde niet eens naar buiten,' zei Eliza.

'Tuurlijk niet,' zei mevrouw Swindell. 'Dat was niets voor hem. Dat was jouw idee.'

'Alstublieft, mevrouw Swindell, ik kan het betalen.'

Twee wenkbrauwen schoten omhoog. 'O, kun je dat? Met loze beloften zeker?'

Eliza dacht aan haar leren buideltje en de vijftien penny's die er inmiddels in zaten. 'Ik... Ik heb wat geld.'

Mevrouw Swindells mond zakte open en er droop een beetje soep uit. 'Wat geld?'

'Een beetje maar.'

'Wel heb ik ooit, stiekem loeder dat je bent.' Ze klemde haar lippen op elkaar alsof haar mond een portemonnee was. 'Hoeveel?'

'Vijftien penny's.'

Mevrouw Swindell gilde het uit van de lach. Het was een vreselijk geluid dat zo raar en rauw klonk dat de kleine Hatty in huilen uitbarstte. 'Vijftien penny's?' sneerde ze. 'Voor vijftien penny's koop je niet eens de spijkers om zijn doodskist mee dicht te timmeren.'

Mama's broche. Ze kon mama's broche verkopen. Mama had haar weliswaar laten beloven hem niet te verkopen als ze niet werden bedreigd door de boze man, maar in een situatie als deze...

Mevrouw Swindell zat te hoesten en stikte bijna in haar onverwachte vrolijkheid. Ze sloeg zich op haar knokige borst en daarna joeg ze de kleine Hatty weg. 'Hou op met je kattengejammer, ik kan mezelf niet eens horen denken.'

Ze bleef een poosje zitten en daarna keek ze met samengeknepen ogen naar Eliza. Ze knikte een paar keer, een plannetje kreeg vorm. 'Mijn besluit staat vast door al dat gebedel van je. Ik zal er persoonlijk voor zorgen dat die jongen een armenbegrafenis krijgt.'

'Alstublieft...'

'En die vijftien penny's geef je aan mij, voor al mijn moeite.'

'Maar, mevrouw Swindell...'

'Niks "mevrouw Swindell". Dat zal je leren om stiekem geld achter te houden. Wacht maar tot meneer Swindell thuiskomt en hiervan hoort. Dan zwaait er wat.' Ze gaf Eliza haar kom. 'En nu wil ik nog wat soep en daarna kun je Hatty naar bed brengen.'

De dood van haar moeder was al een verpletterende slag geweest, maar nu Sammy er niet meer was, leek het wel alsof een deel van Eliza ook onder de paardenhoeven was vertrapt en met alle andere viezigheid in de goot naar de rivier was gestroomd.

De nachten waren het ergst. De straatgeluiden kregen iets schels, schaduwen bewogen zonder aanleiding, en nu Eliza voor het eerst van haar leven alleen in het kamertje was, viel ze aan nachtmerries ten prooi, nachtmerries die veel erger waren dan alles wat ze in haar verhalen had verzonnen.

Overdag was het alsof de wereld als een kledingstuk aan de waslijn binnenstebuiten was gekeerd. Alles had nog wel dezelfde vorm, maat en kleur, maar toch was niets zoals het hoorde te zijn. En hoewel Eliza's lichaam haar taken net zoals daarvoor vervulde, zwierf haar geest door het landschap van haar ergste angsten. Telkens weer opnieuw zag ze Sammy met zijn ledematen in een akelige hoek op de bodem van de kuil van St. Bride liggen, waar ze hem tussen de naamloze lijken van andere mensen hadden geworpen. Gevangen onder de aarde gingen zijn ogen open en zijn mond probeerde te schreeuwen dat ze zich vergist hadden, dat hij helemaal niet dood was.

Mevrouw Swindell had namelijk haar zin gekregen en Sammy een armenbegrafenis gegeven. Eliza had de broche uit zijn bergplaats gehaald en was er helemaal mee naar het huis van John Picknick gelopen, maar uiteindelijk kon ze zich er niet toe brengen het sieraad te verkopen. Ze had langer dan een half uur besluiteloos voor zijn huis gestaan. Ze wist dat de broche voldoende geld zou opbrengen om Sammy een fatsoenlijke begrafenis te geven. Ze besefte ook dat meneer en mevrouw Swindell dan zouden willen weten waar ze het geld vandaan had gehaald en haar genadeloos zouden straffen omdat ze zo'n meevallertje geheim had gehouden.

Maar haar beslissing was niet ingegeven door haar angst voor de Swindells, en evenmin door de sentimentaliteit die haar moeder van verkoop had weerhouden. Het was zelfs niet door mama's stem gekomen, die luid in haar geheugen weerklonk en haar liet beloven de broche alleen te verkopen als ze door de spookachtige man werden bedreigd.

Het kwam door haar eigen angst dat de toekomst nog ergere dingen in petto had dan het verleden had laten zien. Dat er een periode in de mist van de toekomst verscholen lag waarin de verkoop van de broche haar enige redding zou zijn.

Zonder een voet in het huis van meneer Picknick te zetten, maakte ze rechtsomkeert en haastte ze zich terug naar de pandjeswinkel. Door het schuldgevoel brandde de broche bijna een gat in haar zak. Ze hield zichzelf voor dat Sammy het wel zou begrijpen, dat hij net zo goed als zij op de hoogte was van de kosten van het leven in die bocht van de rivier.

Vervolgens vouwde ze haar herinnering aan hem zo voorzichtig mogelijk op en verpakte die in lagen emotie zoals vreugde, liefde en toewijding, waaraan ze geen behoefte meer had, en stopte het hele pakket diep vanbinnen weg. Op de een of andere manier voelde het juist dat ze zulke herinneringen en emoties niet meer had. Want door de dood van Sammy was Eliza maar een half mens geworden. Haar ziel was koud, donker en eindeloos, als een kamer beroofd van kaarslicht.

Wanneer was het idee voor het eerst bij haar opgekomen? Terugblikkend kon Eliza er nooit de vinger op leggen. Het was een van die beslissingen die niet door een naspeurbaar proces van kleinere gedachten gevormd leek; ze had het gevoel alsof het idee er altijd was geweest.

Er was niets bijzonders aan de bewuste dag. Eliza werd zoals elke ochtend gewoon wakker. Ze opende haar ogen in het halfduister van het kleine vertrekje en bleef stil liggen om na een hectische nacht weer in haar lichaam terug te komen, om zich te herinneren wie ze was en waar ze zich bevond. Ze draaide haar hoofd naar links en staarde naar Sammy's lege plek. Opnieuw voelde ze dat doffe gewicht op haar maag.

Ze sloeg haar kant van de deken terug, ging rechtop zitten en zette haar voeten op de vloer. Haar lange vlecht viel over een schouder. Het was koud; de herfst had plaatsgemaakt voor de winter en de ochtend was even donker als de nacht. Eliza streek een lucifer af en hield hem bij het lontje van de kaars. Daarna keek ze omhoog naar de plek waar haar hemdjurkje aan de binnenkant van de deur hing.

Wat bezielde haar? Waarom reikte ze achter het jurkje naar de blouse en de broek die erachter hingen? Waarom had ze Sammy's kleren aangetrokken?

Ze zou het nooit weten, alleen dat het juist voelde, alsof ze niet anders kon. De blouse rook zo vertrouwd, net als haar eigen kleren, en toch anders. Ze ging op de grond zitten om de sokken en schoenen aan te trekken. Ze zaten als gegoten.

Daarna ging ze voor het spiegeltje staan om zichzelf te bekijken. Ze bestudeerde zichzelf in het flakkerende licht van de kaars naast haar. Een bleek gezicht staarde terug. Lang rood haar, blauwe ogen met lichte wenkbrauwen. Zonder haar blik af te wenden, pakte Eliza de schaar uit de wasmand en hield de vlecht zijwaarts. De kabel van haar was dik en ze moest zich er met geweld een weg doorheen knippen.

Eindelijk viel de vlecht in haar hand. Het haar op haar hoofd, bevrijd van zijn boeien, viel los en verward om haar gezicht. Ze knipte verder tot het even kort was als dat van Sammy was geweest. Daarna zette ze zijn pet op.

Ze waren een tweeling, dus hoefde het geen verbazing te wekken dat ze er zo eender uitzagen, en toch stokte Eliza de adem in de keel. Er verscheen een flauwe glimlach om haar lippen en Sammy glimlachte terug. Ze voelde aan het koude glas van de spiegel; ze was niet meer alleen.

Tok… tok.

Mevrouw Swindell stootte met de steel van de bezem tegen het plafond beneden, het dagelijkse teken dat ze met de was moest beginnen.

Eliza bleef nog even staan; ze deed haar ogen dicht en was zich bewust van het rare gevoel van blote knieën en de sensatie van de koele lucht op benen die aan kousen gewend waren. Ze was zich bewust van elk licht haartje op haar benen.

Ze raapte de lange rode vlecht van de vloer en bond er een stukje touw omheen. Later zou ze hem wel wegstoppen bij mama's broche. Nu had ze hem niet nodig, hij hoorde bij het verleden.

17

Londen, Engeland, 2005

Cassandra had natuurlijk wel rode dubbeldeksbussen verwacht, maar het was toch onthutsend om ze te zien passeren met bestemmingen als Kensington High Street en Piccadilly Circus op een bordje achter de voorruit. Alsof ze op de een of andere manier in een verhalenboek uit haar kinderjaren was gevallen, of in een van die talrijke films die ze had gezien, waarin zwarte taxi's met een grote neus door straatjes met kinderhoofdjes reden, edwardiaanse rijtjeshuizen keurig in het gelid aan brede straten stonden en de noordenwind lage, dunne wolken langs de hemel blies.

Ze bevond zich inmiddels bijna een etmaal in dit Londen van duizend filmdecors en evenveel verhalen. Toen ze eindelijk uit haar jetlagslaap was ontwaakt, merkte ze dat ze alleen was in Ruby's appartementje. De middagzon viel schuin tussen het volgende blok rijtjeshuizen door en wierp een smal lichtbundeltje op haar gezicht.

Op het krukje naast de bank had ze een briefje van Ruby gevonden:

Ik heb je gemist aan het ontbijt! Wilde je niet wakker maken. Doe alsof je thuis bent. Er ligt nog een banaan op de fruitschaal, er staat nog een kliekje in de koelkast, maar daar heb ik de laatste tijd niet naar gekeken; misschien is het wel gruwelijk bedorven! Als je wilt douchen, liggen er handdoeken in de kast in de badkamer. Ik ben tot zes uur in het V&A. Je moet langskomen om de tentoonstelling te zien die ik momenteel heb georganiseerd. Moet je iets heel opwindends laten zien. Rx.
PS Kom maar aan het begin van de middag. Ik heb de hele ochtend vreselijke vergaderingen.

Moet en *heel opwindends* waren allebei drie keer onderstreept.

Zo kwam het dat Cassandra om één uur met een knorrende maag op een vluchtheuvel op Cromwell Road stond te wachten tot de schijnbaar eeuwige verkeersstroom door de aderen van de stad even zou stoppen zodat ze kon oversteken.

Het Victoria and Albert Museum doemde machtig en imposant voor haar op terwijl de middagschaduw in rap tempo over zijn voorgevel schoof. Een reusachtig mausoleum van het verleden. Ze wist dat zich binnen verdiepingen op verdiepingen bevonden, als lagen van de geschiedenis. Er stonden duizenden uit hun tijd en verband gerukte voorwerpen, die geruisloos getuigden van de trauma's en geluksmomenten van vergeten levens.

Cassandra liep Ruby tegen het lijf toen die een groep Duitse toeristen naar de nieuwe V&A-cafetaria loodste. 'Grote goedheid,' fluisterde Ruby hoorbaar toen de groep zich verwijderde. 'Ik ben helemaal voor een eigen cafetaria, ik lust net zo graag een kop koffie als ieder ander, maar ik erger me dood aan mensen die mijn collectie negeren op zoek naar de heilige graal van suikervrije muffins en geïmporteerde frisdrank!'

Cassandra glimlachte. Ze voelde zich een tikje schuldig en hoopte maar dat Ruby haar maag niet hoorde knorren van de verrukkelijke geuren die uit de cafetaria kwamen. Ze had er in feite zelf naar gezocht.

'Ik bedoel, hoe kunnen ze de kans om een blik op het verleden te werpen laten glippen?' Ruby gebaarde naar de rijen vitrines, afgeladen met de schatten van haar collectie. 'Hoe kunnen ze?'

Cassandra schudde haar hoofd en onderdrukte het gerommel in haar maag. 'Ik weet het niet.'

'Nou ja,' zuchtte Ruby theatraal. 'Je bent er nu en de Filistijnen zijn slechts een verre herinnering. Hoe is het? Niet al te veel last van jetlag?'

'Ik voel me prima, dank je.'

'Goed geslapen?'

'Die bedbank is heel gerieflijk.'

'Je hoeft niet te liegen, hoor,' lachte Ruby. 'Al waardeer ik het wel. De hobbels en bobbels hebben in elk geval gemaakt dat je niet de hele dag hebt verslapen. Dan had ik je moet bellen om je wakker te maken. Ik zou je mijn tentoonstelling niet laten missen.' Ze straalde. 'Ik kan nog steeds niet geloven dat Nathaniel Walker op hetzelfde landgoed heeft gewoond als waarop jouw huisje staat! Hij heeft het waarschijnlijk gezien en er inspiratie van opgedaan. Misschien is hij zelfs binnen geweest.' Ruby gaf Cassandra met grote, enthousiaste ogen een arm en liep een van de gangpaden in. 'Kom mee, je zult het fantastisch vinden!'

Een tikje nerveus bereidde Cassandra zich voor op een gepast enthousiaste reactie op wat Ruby haar zo graag wilde laten zien.

'Voilà!' Ruby wees triomfantelijk op een serie tekeningen in een vitrine. 'Wat zeg je daarvan?'

Cassandra's adem stokte in haar keel en ze boog zich naar voren om beter te kunnen zien. Ze hoefde geen enthousiasme te veinzen. De tentoongestelde tekeningen waren zowel onthutsend als opwindend. 'Maar waar komen ze…? Hoe ben je hier aan…?' Cassandra keek Ruby van opzij aan. Die sloeg de handen verrukt ineen. 'Ik had er geen idee van dat ze überhaupt bestónden.'

'Dat had niemand,' zei Ruby opgewekt. 'Behalve de eigenares, en ik kan je verzekeren dat die er al heel lang niet aan had gedacht.'

'Hoe ben je er aangekomen?' Cassandra's gezicht was warm geworden.

'Puur toevallig, lieverd. Puur toevallig. Toen ik op het idee van de tentoonstelling kwam, had ik geen zin al die oude victoriaanse spullen waar het publiek al tientallen jaren langs schuifelt anders neer te zetten. Dus heb ik in alle vaktijdschriften die ik maar kon bedenken een advertentietje gezet. Er stond heel eenvoudig: TE LEEN GEVRAAGD: BELANGWEKKENDE KUNST-OBJECTEN VAN ROND HET BEGIN VAN DE TWINTIGSTE EEUW, OM MET VEEL ZORG TE WORDEN TENTOONGESTELD IN LONDENS MUSEUM.

En geloof het of niet, ik werd al gebeld vanaf de dag dat de eerste advertentie verscheen. De meeste waren natuurlijk vals alarm, zoals schilderijen die oudtante Mavis van de lucht had gemaakt, maar er lag ook goud tussen het puin. Je staat ervan te kijken hoeveel objecten van onschatbare waarde het hebben overleefd zonder dat er ook maar enige aandacht aan is besteed.'

Dat gold ook voor antiek, dacht Cassandra. De mooiste vondsten waren altijd de objecten die decennialang waren vergeten en ontkomen aan de klauwen van enthousiaste doe-het-zelvers.

Ruby bekeek de tekeningen nog een keer. 'Deze horen bij mijn meest waardevolle vondsten.' Ze glimlachte naar Cassandra. 'Onvoltooide tekeningen van Nathaniel Walker, wie had dat ooit kunnen denken? Ik bedoel, boven hebben we een kleine verzameling portretten van zijn hand, en er is een schilderij van een kamer in de Tate Britain, maar voor zover ik of wie ook wist, waren dat de enige werken die het hadden overleefd. Men nam aan dat de rest…'

'Vernietigd was. Ja, dat weet ik.' Cassandra had nog steeds warme wangen. 'Nathaniel Walker was berucht om het weggooien van eerste opzetten van werk dat hem niet zinde.'

'Dan kun je je wel voorstellen wat ik voelde toen die dame me deze overhandigde. Daags tevoren was ik helemaal naar Cornwall gereisd, en van het ene huis naar het andere gegaan om met een beleefd gezicht objecten te weigeren die totaal ongeschikt waren. Heus…' Ze sloeg de ogen ten hemel.

'… je zou staan te kijken van de dingen waarmee de mensen kwamen. Maar laat ik volstaan met te zeggen dat ik op het punt stond er een streep onder te zetten toen ik op dat adres kwam. Het was zo'n huisje aan zee met een rieten dak en ik stond op het punt om mezelf de rest van de dag vrij te geven toen Clara opendeed. Ze was een grappig mensje; ze had iets van een personage uit Beatrix Potter, zo'n oude kloek in een duster. Ze ging me voor naar het kleinste en volste huiskamertje dat ik ooit had gezien – mijn appartement is er een villa bij – en ze wilde met alle geweld theezetten. Na zo'n dag was ik inmiddels zover dat ik wel een glas whisky lustte, maar ik liet me in de kussens zakken om te zien met wat voor waardeloos voorwerp ze mijn tijd zou gaan verdoen.'

'En toen gaf ze je deze.'

'Ik wist direct wat het waren. Ze zijn ongesigneerd, maar ze hebben zijn watermerk. Kijk maar in de linkerbovenhoek. Ik zweer het je, ik begon te sidderen toen ik het zag. Ik liet bijna mijn kop thee eroverheen vallen.'

'Maar hoe was zij er aangekomen?' vroeg Cassandra. 'Waar had zij ze bemachtigd?'

'Ze zei dat ze bij de spullen van haar moeder lagen,' zei Ruby. 'Haar moeder Mary was bij Clara ingetrokken toen ze weduwe was geworden, en heeft tot haar dood halverwege de jaren zestig bij haar gewoond. Ze waren allebei weduwe en ik begreep dat ze goed gezelschap voor elkaar waren. Clara was althans verrukt om een toehoorder te hebben die ze kon overladen met verhalen over haar lieve moeder. Voor ik wegging, moest ik met alle geweld een levensgevaarlijk trapje op om Mary's kamer te bekijken.' Ruby boog zich naar Cassandra. 'Dat was een verrassing. Mary mocht dan al veertig jaar dood zijn, maar die kamer zag eruit alsof ze elk ogenblik thuis kon komen. Het was verrukkelijk griezelig: een smal eenpersoonsbed, nog altijd perfect opgemaakt, op het nachtkastje lag een krant opengevouwen op de bladzijde met een kruiswoordpuzzel die gedeeltelijk was opgelost. En bij het raam stond een kleine kist met een slot. Intrigerend.' Ze haalde een hand door haar wilde bos grijs haar. 'Ik zal je vertellen dat ik me tot het uiterste moest beheersen om die kamer niet door te hollen en dat slot met mijn blote handen open te trekken.'

'Heeft ze hem opengemaakt? Heb je gezien wat erin zat?'

'Nee, jammer hè? Ik kon me gelukkig bedwingen en even later moest ik de kamer weer uit. Ik moest me tevredenstellen met de tekeningen van Nathaniel Walker en Clara's verzekering dat er niet nog zoiets tussen haar moeders spullen lag.'

'Was Mary ook kunstenares?'

'Mary? Nee, ze was huishoudster geweest. Althans in haar jonge jaren. Tijdens de Eerste Wereldoorlog had ze in een munitiefabriek gewerkt en daarna moet ze uit de huishouding zijn gegaan. In zekere zin althans. Ze trouwde met een slager en de rest van haar leven maakte ze bloedworst en moest ze de snijplanken schoonhouden. Ik weet niet wat ik erger had gevonden!'

'Hoe dan ook,' zei Cassandra fronsend, 'hoe was ze in hemelsnaam hieraan gekomen? Nathaniel Walker was berucht geheimzinnig over zijn werk en de tekeningen zijn heel zeldzaam. Hij gaf er nooit een weg en tekende zelfs zelden een contract met uitgevers die het copyright van het origineel wilden hebben, en dat was het voltooide kunstwerk. Het is me een raadsel waarom hij afstand zou hebben gedaan van deze onvoltooide tekeningen.'

Ruby haalde haar schouders op. 'Geleend? Gekocht? Misschien had ze ze wel gepikt. Ik zou het niet weten en ik moet bekennen dat het me ook weinig kan schelen. Ik beschouw het met liefde als een van die prachtige mysteries van het leven. Ik dank God op mijn blote knieën dát ze er de hand op had gelegd en hun waarde nooit heeft beseft, dat ze ze nooit de moeite waard heeft gevonden om op te hangen, zodat ze de hele twintigste eeuw zo prachtig voor ons bewaard zijn gebleven.'

Cassandra boog zich wat dichter naar de tekeningen toe. Ze had ze weliswaar nog nooit eerder gezien, maar herkende ze toch. Ze waren onmiskenbaar een eerste opzet voor de illustraties in het sprookjesboek. Ze waren sneller getekend en de lijnen waren gretig en op verkennende wijze getrokken, vervuld van het eerste enthousiasme van de kunstenaar voor zijn onderwerp. Cassandra's ademhaling werd oppervlakkig toen ze zich haar eigen gevoelens herinnerde wanneer ze aan een tekening begon. 'Ongelooflijk om de kans te krijgen werk in uitvoering te zien. Ik denk wel eens dat het veel meer over een kunstenaar vertelt dan zijn voltooide werk ooit zou kunnen.'

'Net als de beelden van Michelangelo in Florence.'

'Precies.' Cassandra keek haar van opzij aan, gerustgesteld door Ruby's helderheid. 'Ik kreeg kippenvel toen ik voor het eerst een afbeelding zag van die knie die uit het marmer tevoorschijn komt. Alsof de figuur al die tijd in steen gevangen had gezeten, wachtend op iemand die bedreven genoeg was om hem te verlossen.'

Ruby straalde. 'Hé,' zei ze, alsof ze opeens een idee kreeg. 'Je bent maar één avond in Londen, laten we eens vorstelijk uit eten gaan. Ik had een afspraak met mijn vriend Grey, maar die begrijpt het wel. Of ik neem hem ook mee, dat is wel zo gezellig tenslotte…'

'Neem me niet kwalijk, mevrouw,' klonk een stem met een Amerikaans accent, 'werkt u hier?'

Een grote man met zwart haar was tussen hen komen staan.

'Ja zeker,' zei Ruby. 'Wat kan ik voor u doen?'

'Mijn vrouw en ik rammelen van de honger en een van de mensen boven zei dat er hier een cafetaria is?'

Ruby draaide met haar ogen naar Cassandra. 'Om zeven uur bij Carluccio. Ik trakteer.' Daarna klemde ze haar lippen op elkaar en glimlachte geforceerd. 'Deze kant op, meneer. Ik breng u er wel even heen.'

Toen Cassandra het V&A verliet, ging ze op zoek naar een eethuisje voor een verlate lunch. Ze besefte dat ze voor het laatst in het vliegtuig had gegeten en bij Ruby weinig anders naar binnen had gekregen dan een handje Engelse drop en een kop thee, dus was het geen wonder dat haar maag kermde. Nell had een plattegrond van het centrum van Londen aan de binnenkant van het omslag van haar schrift geplakt, en voor zover Cassandra kon zien, kon ze elke kant op lopen om een plek te vinden waar ze iets kon eten en drinken. Toen ze naar de kaart tuurde, zag ze een vaag kruisje dat met een balpen was aangebracht, ergens aan de overkant van de rivier, een straat in Battersea. Ze kreeg kippenvel van opwinding. Een plek was aangegeven met een X, maar wat was dat precies voor een plek?

Twintig minuten later kocht ze een broodje tonijnsalade en een fles water in een espressobar in King's Road en daarna liep ze in Nells voetsporen door Flood Street naar de rivier.

Overal op de Chelsea Embankment liepen joggers, mensen met wandelwagentjes en honden. De brug zag er lang uit, ze had honger en vlakbij was een leeg bankje. Cassandra ging zitten en pakte haar broodje uit.

De herfstzon was uit zijn schuilplaats tevoorschijn gekomen en bezaaide de oppervlakte van de Theems met zilveren vlekken. Wat had die rivier veel gezien: talloze levens hadden zich op de oevers afgespeeld en er waren ontelbare mensen gestorven. En van deze rivier was al die jaren geleden een schip met de kleine Nell aan boord vertrokken. Dat had haar van een leven dat ze had gekend naar een onzekere toekomst gebracht. Een toekomst die inmiddels verleden tijd was geworden, een leven dat voorbij was. En toch deed het er nog steeds toe; voor Nell was het belangrijk geweest en nu was het dat ook voor Cassandra. Deze puzzel was haar erfenis.

En dat niet alleen, het was haar verantwoordelijkheid.

Het was uitgaand tij en Cassandra sloeg het glinsterende water op weg naar zee gade. Aan de overkant van de rivier torenden de vier schoorstenen van de elektriciteitscentrale van Battersea trots en brutaal omhoog. Ze sloeg Nells aantekenboek open en stuitte op een dik pak paperassen van uiteenlopend formaat en uiteenlopende vorm. Goochelend met haar broodje bladerde Cassandra de papieren door: een brochure van een erfgoedvereniging over het plaatsje Tregenna; een boekje over Cornwall dat, te oordelen naar de foto's, in de jaren zestig was gedrukt; een korte tekst over de spoken en legenden van Tregenna, Bodinnick en Fowey; en een uittreksel van een boek met de titel *Fairytales and Fiction Weavers of the Fin de Siècle*. Het was merkwaardig dat die documenten – die zo ver van haar bed hadden geleken toen ze er in Australië op was gestuit – zo aan zeggingskracht wonnen nu ze ze in Londen las. Voorzichtig sloeg ze de door meeldauw aangetaste bladzijden om, op zoek naar het verslag van het uitstapje naar Battersea van dertig jaar geleden.

18

Londen, Engeland, 1975

Nell hield haar hoofd schuin om beter te kunnen zien. Ze had gehoopt dat ze het huis waarin Eliza had gewoond op de een of andere manier zou herkennen wanneer ze het zag, dat ze instinctief zou aanvoelen dat het belangrijk was geweest in haar verleden, maar dat bleef uit. Het huis op Battersea Bridge Road 35 zei haar niets. Het was een saai pand en zag er grotendeels net zo uit als de andere huizen in de straat: drie etages, schuiframen en smalle regenpijpen die langs ruwe bakstenen muren, door tijd en vuil grauw geworden, omhoogklommen. Het enige wat het van de buurhuizen onderscheidde, was een merkwaardige aanbouw bovenop. Van buiten leek het alsof een deel van het dak was ingemetseld om een extra kamer te scheppen, maar dat was moeilijk vast te stellen als je het niet vanbinnen kon zien.

De straat zelf liep in noordelijke richting naar de Theems. De smerige straat met troep in de goot en spelende kinderen met snotneuzen op de stoep leek haar bepaald niet het soort plek dat een schrijfster van sprookjes had voortgebracht. Dat waren natuurlijk malle, romantische ideeën, maar wanneer Nell zich Eliza voor de geest probeerde te halen, werd haar verbeelding beheerst door beelden van J.M. Barries Kensington Gardens en de betoverende charme van het Oxford van Lewis Carroll.

Maar dit was het adres uit het boek dat ze van Snelgrove had gekocht. Dit was het geboortehuis van Eliza Makepeace, waar ze haar eerste jaren had doorgebracht.

Nell ging iets dichterbij staan. Er leek geen activiteit in huis, dus durfde ze haar hoofd dicht bij het raam aan de voorkant te brengen. Ze zag een klein kamertje, een open haard van baksteen en een benauwd keukentje dat uitzag op een binnenplaats van flagstones achter de huizen. Een smalle trap liep langs de wand bij de deur omhoog.

Nell deed een stap naar achteren en struikelde bijna over een dode potplant.

Ze schrok van een gezicht voor het raam bij de buren, een bleek gezicht met een krans van witte krulletjes. Nell knipperde met haar ogen, keek nog eens, maar het gezicht was verdwenen. Was het een spook? Nell knipperde nog eens met haar ogen. Ze geloofde niet in spoken, althans niet het soort dat 's nachts herrie schopt.

De voordeur van Battersea Bridge Road 37 zwaaide met grote kracht open. In de deuropening stond een minuscuul vrouwtje met spillebeentjes en een wandelstok. Ze was niet groter dan een meter twintig. Uit een dikke wrat links op haar kin ontsproot een lange, zilvergrijze haar. 'Wie ben jij, meisje?' zei ze met een vaag cockneyaccent.

Het was minstens veertig jaar geleden dat iemand haar 'meisje' had genoemd. 'Nell Andrews,' zei ze, terwijl ze een stap terug deed van de verlepte plant. 'Ik ben een toerist. Ik kijk maar wat rond. Ik probeer alleen…' Ze stak haar hand uit. 'Ik kom uit Australië.'

'Australië?' zei de vrouw, en haar bleke lippen vormden een glimlach waardoor haar tandvlees zichtbaar werd. 'Had dat dan gezegd. Mijn schoonzoon is een Australiër. Ze wonen in Sydney, misschien ken je ze wel. Desmond en Nancy Parker?'

'Ik ben bang van niet,' zei Nell. Het gezicht van de oude vrouw werd chagrijnig. 'Ik woon niet in Sydney.'

'Ach nou ja,' zei het oude mensje een tikje sceptisch. 'Misschien loop je ze ooit nog eens tegen het lijf als je daar bent.'

'Desmond en Nancy. Ik zal het onthouden.'

'Meestal komt hij pas na donker thuis.'

Nel fronste. Haar schoonzoon in Sydney?

'Die man van hiernaast. Rustig type.' De vrouw liet haar stem dalen en fluisterde. 'Hij mag dan een neger zijn, maar het is een harde werker.' Ze schudde haar hoofd. 'Een neger! Een Afrikaan in Battersea Bridge Road. Wie had dat ooit kunnen denken? Mijn moeder zou zich in haar graf omdraaien als ze wist dat er Afrikanen in haar oude straat woonden, in haar vroegere huis nog wel.'

Nell spitste de oren. 'Heeft uw moeder hier ook gewoond?'

'Ja zeker,' zei de oude vrouw trots. 'Ik ben hier geboren. In het huis waarvoor u zo'n belangstelling hebt, zelfs.'

'Bent u hier geboren?' Nell trok haar wenkbrauwen op. Slechts weinig mensen konden beweren dat ze hun hele leven in dezelfde straat hadden gewoond. 'En hoe lang is dat geleden? Zestig, zeventig jaar?'

'Tachtig jaar, dat mag je best weten.' De vrouw stak haar kin naar voren zodat het licht op de grijze haar viel. 'En geen dag minder.'

'Tachtig jaar,' zei Nell langzaam. 'En u hebt al die tijd hier gewoond. Sinds…' Ze maakte snel een rekensommetje. 'Sinds 1897?'

'Jawel, sinds december 1897. Ik was een kerstkindje.'

'Kunt u zich nog veel herinneren, van vroeger bedoel ik?'

Ze lachte kakelend. 'Ik denk wel eens dat het de enige herinneringen zijn die ik nog heb.'

'In die tijd zal het hier heel anders zijn geweest.'

'O, ja zeker,' zei de oude vrouw met een wijs gezicht. 'Dat kun je wel zeggen.'

'De vrouw naar wie ik onderzoek doe, heeft ook in deze straat gewoond. Hier in dit huis, blijkbaar. Kunt u zich haar misschien herinneren?' Nell ritste haar verzameling documenten open en haalde de foto tevoorschijn die ze had gekopieerd van het omslag van het sprookjesboek. Ze merkte dat haar vingers een beetje trilden. 'Zo zag ze eruit als volwassene. Toen ze hier woonde, was ze nog maar een kind natuurlijk.'

De oude vrouw stak een knokig handje uit en nam de aangeboden foto aan. Ze tuurde er zo ingespannen naar dat zich een netwerk van rimpeltjes om haar ogen vormde. Daarna moest ze kakelend lachen.

'Kent u haar?' Nell hield haar adem in.

'En of ik haar ken. Ik zal me haar op mijn sterfbed nog herinneren. Toen ik klein was, joeg ze me de stuipen op het lijf. Ze vertelde allerlei boosaardige verhaaltjes als ze wist dat mijn moeder niet in de buurt was om haar met een pak rammel weg te jagen.' Ze keek Nell aan en moest zo fronsen dat haar voorhoofd wel een trekharmonica leek. 'Elizabeth? Ellen?'

'Eliza,' zei Nell vlug. 'Eliza Makepeace. Ze is schrijfster geworden.'

'Dat zou ik niet weten, ik ben niet zo'n lezer. Ik zie het nut van al die bladzijden niet in. Het enige wat ik weet, is dat het meisje daar op die foto verhalen vertelde waarvan je de haren te berge rezen. Ze maakte de meeste kinderen hier uit de buurt bang van het donker, hoewel we altijd terugkwamen om nog meer te horen. Ik weet niet waar ze die verhalen allemaal vandaan haalde.'

Nell keek nog eens naar het huis en probeerde een indruk van die jonge Eliza te krijgen. Ze was dus een door de wol geverfde verhalenvertelster die kleinere kinderen met haar gruwelijke sprookjes de stuipen op het lijf joeg.

'Nadat ze was opgehaald, misten we haar.' De oude vrouw schudde mistroostig haar hoofd.

'Ik zou denken dat u blij moet zijn geweest dat ze u niet meer bang kon maken.'

'Nee hoor,' zei de oude vrouw. Haar lippen bewogen alsof ze op haar eigen tandvlees kauwde. 'Er bestaat geen kind ter wereld dat zo nu en dan niet geniet van een mooi gruwelverhaal.' Ze stak haar wandelstok in een plek op het bordes waar het pleisterwerk loskwam en keek Nell met samengeknepen ogen aan. 'Hoewel dat meisje zelf de schrik van haar leven heeft gekregen, veel erger dan al die sterke verhalen van haar. Op een mistige dag heeft ze haar broertje verloren, weet je. Al die verhalen die ze ons vertelde waren niet zo gruwelijk als wat hem overkwam. Een groot, zwart paard schopte dwars door zijn hart.' Ze schudde haar hoofd. 'Daarna is dat meisje nooit meer dezelfde geweest. Als je het mij vraagt werd ze een beetje getikt. Ze knipte haar haren af en ging een broek dragen, als ik het me goed herinner.'

Nell kreeg een opgewonden gevoel. Dit was nieuws.

De oude vrouw schraapte haar keel, haalde een zakdoek tevoorschijn en spoog erin. Daarna vervolgde ze alsof er niets was gebeurd: 'Het gerucht ging dat ze naar het armenhuis is gebracht.'

'Nee hoor,' zei Nell. 'Ze is naar haar familie in Cornwall gestuurd.'

'Cornwall.' Binnen begon er een ketel te fluiten. 'Dat is dan mooi, hè?'

'Ik denk het wel.'

'Goed dan,' zei de oude vrouw met een knikje naar de keuken. 'Het wordt tijd voor een kop thee.' Ze zei het zo tussen neus en lippen door, dat Nell even hoopte dat ze mee naar binnen gevraagd zou worden om thee te drinken en talloze andere anekdotes over Eliza Makepeace te horen. Maar toen de deur dichtging, met de oude vrouw aan de ene en Nell aan de andere kant, was de aangename gedachte vervlogen.

'Wacht even,' zei ze, en ze hield de deur tegen met haar hand.

De oude vrouw hield hem op een kier terwijl de ketel doorsnerpte.

Nell haalde een stukje papier uit haar handtas en schreef er iets op. 'Als ik u het adres en nummer van het hotel waar ik logeer geef, wilt u dan contact met me opnemen als u nog iets over Eliza te binnen schiet? Maakt niet uit wat?'

De oude vrouw trok een witte wenkbrauw op. Ze dacht even na alsof ze Nell taxeerde, en toen nam ze het stukje papier aan. Haar stem klonk een tikje anders. 'Als me iets te binnen schiet, zal ik het je laten weten.'

'Dank u wel, mevrouw…'

'Swindell,' zei de oude vrouw. 'Júffrouw Harriet Swindell. Ik heb nog nooit een man ontmoet die ik mij de zijne liet maken.'

Nell hief haar hand op om afscheid te nemen, maar de deur van de oude mevrouw Swindell was al dicht. Toen de ketel binnen eindelijk ophield met fluiten, keek Nell op haar horloge. Als ze voortmaakte, kon ze nog op tijd in de Tate Gallery zijn. Daar kon ze Nathaniel Walkers portret van Eliza bekijken, de tekening die hij *De Schrijfster* had genoemd. Ze haalde het toeristenplattegrondje van Londen uit haar tas en volgde de rivier met haar vinger tot ze Millbank had gevonden. Er daverde een rode Londense bus langs de blokken victoriaanse huizen die het decor van Eliza's kinderjaren waren geweest, en met een laatste blik op Battersea Bridge Road liep Nell weg.

En daar hing ze dan, *De Schrijfster*, aan de wand van de galerie. Precies zoals Nell zich haar herinnerde. Dikke vlecht over één schouder, witte kraag met tierelantijntjes die tot de kin toe was dichtgeknoopt, zodat haar tere hals ingepakt zat, en een hoed op. Een heel ander soort hoed dan de meeste dames uit de tijd van koning Edward droegen. De vorm was mannelijker, de coupe speelser. De draagster had op de een of andere manier iets oneerbiedigs, hoewel Nell niet goed wist hoe ze daarbij kwam. Ze deed haar ogen dicht. Als ze hard genoeg haar best deed, kon ze zich bijna haar stem herinneren. Die stem stond haar af en toe nog bij; het was een hoge, zuivere stem vol magie, mysterie en geheimen. Maar de klank ontglipte haar telkens wanneer ze die in haar geheugen wilde prenten, zodat ze hem kon oproepen wanneer ze maar wilde.

Achter haar liepen mensen en Nell deed haar ogen weer open. *De Schrijfster* kwam weer in beeld en Nell ging iets dichterbij staan. Het was een ongebruikelijk portret: in de eerste plaats was het een houtskooltekening en was het meer een studie dan een portret. De compositie was ook interessant. Het onderwerp keek niet naar de kunstenaar; ze was getekend alsof ze wegliep, alsof ze op het laatste moment een blik over haar schouder wierp en precies op dat moment was gevangen. Er lag iets innemends in haar grote ogen; de lippen weken alsof ze iets wilde zeggen. Het portret had ook iets ongemakkelijks. Het was de afwezigheid van zelfs maar een zweem van een glimlach, alsof de kunstenaar haar had verrast; geobserveerd en betrapt.

Kon je maar iets zeggen, dacht Nell. Dan kon je me misschien vertellen wie ik ben en wat ik bij jou deed. Waarom we samen aan boord waren gegaan en waarom je niet bent teruggekomen om me te halen.

Nell voelde zich belaagd door een zwaar en dof gevoel van teleurstelling, al wist ze niet wat voor onthullingen ze uit Eliza's portret had verwacht te zullen afleiden. Niet verwacht, maar gehoopt, verbeterde ze zichzelf. Haar hele zoektocht was gebaseerd op hoop. De wereld was een allemachtig grote plek, en het viel niet mee om een persoon te vinden die zestig jaar geleden vermist was geraakt, al was zij die persoon zelf.

De Walkerzaal begon leeg te lopen en Nell merkte dat ze aan vier kanten werd omgeven door de zwijgzame blikken van mensen die al lang dood waren. Ze observeerden haar allemaal op die merkwaardige, zwaarwichtige manier van een portretstudie: eeuwig waakzaam volgden die ogen de toeschouwer op zijn ronde door de zaal. Huiverend trok ze haar jas aan.

Toen ze bijna bij de deur was, viel haar oog op het andere portret. Toen ze het schilderij van de donkerharige vrouw met een bleke huid en volle, rode lippen zag, wist Nell precies wie dat was. In één enkel ogenblik vloeiden ontelbare flarden van lang vervlogen herinneringen samen, en de zekerheid doorstroomde alle cellen van haar lichaam. Niet dat ze de naam onder het portret herkende. De woorden *Rose Elizabeth Mountrachet* zeiden haar heel weinig. Het was meer dan dat, en ook minder. Nells lippen trilden en iets diep in haar borstkas trok zich samen. Haar ademhaling ging moeilijk. 'Mama,' fluisterde ze, en ze voelde zich mal en uitgelaten en kwetsbaar tegelijk.

Goddank was de Westminster Reference Library tot laat open, want Nell had onmogelijk tot de volgende morgen geduld kunnen opbrengen. Eindelijk wist ze dan de naam van haar moeder, Rose Elizabeth Mountrachet. Later zou ze op dat moment in de Tate Gallery terugkijken als een soort wedergeboorte. In een oogwenk, zonder waarschuwing of fanfare, was ze iemands kind geworden, want nu wist ze hoe haar moeder heette. Terwijl ze zich door de toenemende duisternis op straat repte, bleef ze de naam maar herhalen.

Het was niet voor het eerst dat ze hem had gehoord. In het boek met het hoofdstuk over Eliza dat ze van Snelgrove had gekocht werd de familie Mountrachet genoemd. Eliza's oom van moeders kant, lid van de landadel, was de eigenaar van het indrukwekkende landgoed Blackhurst in Cornwall, waar Eliza na de dood van haar moeder naartoe was gebracht. Dat was de schakel die Nell had gezocht, de draad die de Schrijfster van Nells herinnering verbond met het gelaat dat ze nu herkende als het gezicht van haar moeder.

De baliemedewerkster van de bibliotheek herinnerde zich Nell nog van de vorige dag, toen ze naar inlichtingen over Eliza was komen zoeken.

'En, hebt u meneer Snelgrove nog gevonden?' informeerde ze met een lachje.

'Ja zeker,' zei Nell een beetje buiten adem.

'En u hebt het overleefd.'

'Hij heeft me een heel nuttig boek verkocht.'

'Zo ken ik onze meneer Snelgrove weer, het lukt hem altijd iets te verkopen.' Vertederd schudde ze haar hoofd.

'Ik vroeg me af of u me nog een keer kunt helpen,' zei Nell. 'Ik zoek informatie over een vrouw.'

De bibliothecaresse knipperde met haar ogen. 'Ik moet iets specifiekers hebben.'

'Natuurlijk. Het gaat om een vrouw die ergens aan het eind van de negentiende eeuw is geboren, omstreeks 1890.'

'Was zij ook schrijfster?'

'Nee, althans dat denk ik niet.' Nell zuchtte en ordende haar gedachten. 'Ze heette Rose Mountrachet en kwam uit een soort aristocratische familie. Ik dacht dat ik misschien iets kon vinden in een van die boeken, u kent ze wel, met bijzonderheden over de adel.'

'Zoals *Debrett's*. Of *Who's Who*.'

'Ja, precies.'

'We kunnen het proberen,' zei de medewerkster. 'Misschien heeft ze geen eigen vermelding, maar als u geluk hebt, staat haar naam bij die van een ander, van haar vader of haar man. Weet u misschien wanneer ze is overleden?'

'Nee, waarom?'

'Gezien het feit dat u niet weet of en wanneer ze een vermelding heeft gekregen, zou het u tijd besparen als u haar gewoon in de *Who's Who* opzocht. Maar daarvoor moet je weten wanneer ze is overleden.'

Nell schudde haar hoofd. 'Ik zou er niet eens naar kunnen raden. Als u mij de juiste richting wijst, controleer ik gewoon de hele *Who's Who*, te beginnen in dit jaar, en dan werk ik net zo lang terug tot ik haar naam tegenkom.'

'Dat kan een poosje duren en de bibliotheek gaat straks dicht.'

'Ik zal voortmaken.'

De dame haalde haar schouders op. Ze boog zich opzij om een kleine blocnote van de schrijfmachine naast haar te pakken. Ze schreef een nummer op en gaf het aan Nell. 'U neemt de lift naar de derde verdieping, dan ziet u de boekenkast recht voor u. De vermeldingen staan op alfabetische volgorde.'

Uiteindelijk stiet Nell in 1934 op goud. Het was niet Rose, maar toch een Mountrachet. Linus, de oom die Eliza Makepeace na Georgiana's dood had opgeëist. Ze las de tekst vlug door.

MOUNTRACHET, Lord, Linus Saintjohn Henry. Geb. 11 januari 1858, z.v. Lord Saintjohn Luke Mountrachet en Margaret Elizabeth Mountrachet, geh. 31 augustus 1888 m. Adeline Langley. Eén d. Rose Elizabeth Mountrachet, geh. m. Nathaniel Walker.

Rose was dus met Nathaniel Walker getrouwd. Betekende dat niet dat hij haar vader was? Ze las de tekst opnieuw. Wíjlen Rose en Nathaniel. Dus ze waren allebei voor 1935 overleden. Was ze daarom bij Eliza geweest? Was Eliza soms als voogdes aangewezen omdat haar ouders allebei dood waren?

Haar vader – dat wil zeggen Hamish – had haar in 1913 op de kade van Maryborough gevonden. Als Eliza na de dood van Rose en Nathaniel tot voogdes was benoemd, wilde dat toch zeggen dat ze voordien waren overleden?

Als ze Nathaniel Walker eens in *Who's Who* van dat jaar opzocht? Die zou zeker vermeld staan. Nog beter was om zich rechtstreeks tot *Who Was Who* te wenden als haar theorie klopte en hij in 1913 niet meer leefde. Ze haastte zich langs de rij met schappen en trok *Who Was Who 1897-1915* tevoorschijn. Met trillende vingers bladerde ze terug van het eind. Z,Y,X,W. Daar had je hem.

WALKER, Nathaniel James, geb. 22 juli 1883, overl. 2 september 1913, z.v. Anthony Sebastian Walker en Mary Walker, geh. m. Rose Elizabeth Mountrachet, 3 maart 1908. Eén d., Ivory Walker.

Daar keek Nell van op. Eén dochter was juist, maar wat betekende dat kruisje? Ze was niet dood, ze was springlevend.

Nell werd zich plotseling bewust van de verwarming in de bibliotheek, ze had het gevoel dat ze geen lucht kreeg. Ze waaierde zich koelte toe en duwde het haar uit haar nek. Ze keek weer naar de tekst.

Wat kon dat in hemelsnaam te betekenen hebben? Hadden ze zich misschien vergist?

'Gevonden?'

Nell keek op. Het was de vrouw van de balie. 'Staan hier ooit fouten in?' vroeg ze. 'Kunnen ze het wel eens mis hebben?'

De vrouw tuitte peinzend haar lippen. 'Het zijn misschien niet de meest betrouwbare naslagwerken. Ze worden samengesteld uit informatie die door de vermelde mensen zelf wordt aangedragen.'

'En als een vermelde dood is?'

'Pardon?'

'In *Who Was Who* zijn alle vermelde personen overleden. Wie zorgt er dan voor de informatie?'

Ze haalde haar schouders op. 'Ik neem aan de nabestaanden. Ik denk dat ze de meeste informatie gewoon overschrijven van het laatste formulier dat de vermelde heeft ingevuld. Voeg de overlijdensdatum toe en klaar is Kees.' Ze veegde wat pluis van de bovenste plank. 'We gaan over een uur dicht. Laat maar weten als er nog iets is waarmee ik u kan helpen.'

Men had zich vergist, anders niet. Dat gebeurde natuurlijk wel vaker; tenslotte kende de drukker de vermelde mensen niet persoonlijk. Het kon toch best zijn dat de zetter even met zijn gedachten ergens anders was geweest, en dat hij het kruisje per ongeluk had toegevoegd, zodat een vreemde in de ogen van het stilzwijgende nageslacht een vroegtijdige dood was toebedacht?

Het was niets anders dan een zetfout. Ze wist dat zij het vermelde kind was en ze was heel beslist niet dood. Ze hoefde alleen maar een biografie van Nathaniel Walker te zoeken, en dan kon ze aantonen dat de vermelding onjuist was. Nu had ze een naam; ooit had ze Ivory Walker geheten. En als die naam niet vertrouwd voelde, als die niet direct als gegoten zat, dan was dat maar zo. Het geheugen was een onbetrouwbare grootheid en je wist maar nooit welke dingen bleven hangen en welke niet.

Opeens moest ze denken aan het boek dat ze had gekocht toen ze de Tate betrad, dat helemaal over Nathaniels schilderijen ging. Er stond vast ook een korte biografie in. Ze haalde het uit haar tas en sloeg het open.

Nathaniel Walker (1883-1913) was geboren in New York als zoon van Poolse immigranten. Zijn vader werkte in de haven, zijn moeder had een wasserij en voedde hun zes kinderen op, van wie Nathaniel de derde was. Zijn kinderjaren waren getekend door armoede. Twee van de andere kinderen stierven aan verschillende ziekten en Nathaniel was voorbestemd om in de voetsporen van zijn vader in de haven te treden, toen een tekening die hij in New York op straat had gemaakt de aandacht van een voorbijganger trok. Dat was Walter Irving jr., erfgenaam van het oliefortuin van de Irvings, en hij gaf Nathaniel opdracht zijn portret te schilderen.

Onder de vleugels van zijn schutspatroon werd Nathaniel een bekend lid van de ontluikende beau monde van New York. In 1906 leerde hij op een van Irvings feesten Rose Mountrachet uit Cornwall kennen, die op bezoek was in New York. Het jaar daarop trouwden ze op Blackhurst, het landgoed van de Mountrachets in de buurt van Tregenna in Cornwall. Nathaniels bekendheid werd na zijn huwelijk en verhuizing naar Engeland nog groter, en het hoogtepunt van zijn loopbaan was de opdracht in de eerste maanden van 1910 om een portret van koning Edward VII te schilderen, dat het laatste schilderij van de vorst zou blijken.

Nathaniel en Rose Walker kregen één dochter, Ivory Walker, geboren in 1909. Hij schilderde zijn vrouw en dochter dikwijls en een van zijn meest geliefde portretten is het werk dat hij Moeder en Kind doopte. Het jonge paar kwam in 1913 op tragische wijze om het leven toen de trein naar Ais Gill waarin het reisde in de buurt van Schotland op een andere locomotief botste en in brand vloog. Ivory Walker overleed een paar dagen na de dood van haar ouders aan roodvonk.

Dat sloeg nergens op. Nell wíst dat zij het kind was van wie deze biografie repte. Rose en Nathaniel Walker waren haar ouders. Ze kon zich Rose nog herínneren; dat gebeurde op slag. De data klopten ook: haar geboorte en zelfs haar reis naar Australië voegden zich te netjes naar de dood van Nathaniel en Rose om toevallig te zijn. Om maar niet te spreken van die andere schakel, namelijk dat Rose en Eliza elkaars nicht moesten zijn geweest.

Nell bladerde naar de index en ging met haar vinger langs de lijst. Ze stopte bij *Moeder en Kind* en bladerde met een bonzend hart naar de bewuste pagina.

Haar onderlip trilde. Ze mocht zich dan niet herinneren dat ze Ivory heette, maar nu werd haar laatste twijfel weggenomen. Ze wist hoe ze er als klein meisje uit had gezien. Dat was zij, zittend op haar moeders schoot en geschilderd door haar vader.

Waarom had de geschiedenis haar doodverklaard? Wie had die verkeerde informatie aan *Who Was Who* gegeven? Was dat opzettelijk geweest, of had die persoon het zelf geloofd, zonder te beseffen dat ze niet dood was, maar door een mysterieuze sprookjesschrijfster aan boord van een schip naar Australië was gezet?

'Je mag je naam niet zeggen. Dat hoort bij het spelletje dat we spelen.' Dat had de Schrijfster gezegd. Nell kon het nu zelfs horen, met die zuivere stem die klonk als een bries van het water. 'Het is ons geheim. Je mag het niet verklappen.' Nell was weer vier en voelde de angst, de onzekerheid en de op-winding. Ze rook het slib van de rivier, heel anders dan de uitgestrekte, blauwe zee, ze hoorde de hongerige meeuwen van de Theems en de zeelie-den die naar elkaar riepen. Een stel vaten, een donkere schuilplaats, een bundeltje zonlicht waarin stofjes dansten...

De Schrijfster had haar meegenomen. Ze was helemaal niet in de steek gelaten. Ze was ontvoerd en haar grootouders wisten er niets van. Daarom waren ze haar niet komen zoeken. Ze hadden haar dood gewaand.

Maar waarom had de Schrijfster haar ontvoerd? En waarom was ze ver-volgens verdwenen en had ze Nell alleen op die boot en alleen op de wereld achtergelaten?

Haar verleden leek wel zo'n Russische pop: een vraag in een vraag in een vraag.

Wat ze nodig had om die nieuwe mysteries te ontrafelen was een per-soon. Een mens van vlees en bloed. Iemand met wie ze kon praten, die haar destijds had gekend, of die iemand kende die haar had gekend. Iemand die licht op de Schrijfster kon werpen, en op de familie Mountrachet, en op Nathaniel Walker.

Die persoon, besefte ze, zou ze niet vinden in de stoffige catacomben van een naslagbibliotheek. Ze moest naar het hart van het mysterie reizen, naar Cornwall, naar dat dorp Tregenna. Naar dat kolossale, donkere huis Black-hurst, waar haar familie ooit had gewoond en zij als klein meisje had rond-gezworven.

19

Ruby was laat voor haar etensafspraak, maar daar zat Cassandra niet mee. De ober had haar een tafeltje bij het grote raam gewezen en ze sloeg gekwelde forensen gade die zich naar huis haastten. Ze kwamen in golven. Vlak voor het restaurant was een halte van bus 25 en aan de overkant was het metrostation South Kensington, dat nog steeds een fraai jasje van art-nouveautegels droeg. Om de zo veel tijd kwam er een verwaaid groepje mensén binnen, die ofwel aan een tafeltje gingen zitten of bij de felverlichte toonbank wachtten op witte kartonnen dozen met delicatessen om mee naar huis te nemen voor het avondeten.

Cassandra wreef met haar duim over de zachte, afgesleten rand van het schrift en liet de zin nogmaals in haar hoofd weerklinken, om te zien of de woorden ditmaal aannemelijker klonken. Nells vader was Nathaniel Walker. Nathaniel Walker, schilder van vorsten, die een eigen zaal in de Tate had, was Nells vader geweest, Cassandra's overgrootvader.

Nee, de waarheid paste nog steeds als de handschoen van iemand anders, net zoals toen ze er die bewuste middag voor het eerst kennis van had genomen. Ze had op het bankje bij de Theems Nells verslag van haar bezoek aan het huis in Battersea waar Eliza Makepeace was geboren, en aan de galerie waar de portretten van Nathaniel Walker werden tentoongesteld, zitten ontcijferen. De wind was in kracht toegenomen, over de oppervlakte van de rivier gescheerd en de oevers op gejaagd. Cassandra had op het punt gestaan een goed heenkomen te zoeken toen iets haar aandacht trok naar een bijzonder onleesbare passage op de volgende bladzijde, een onderstreepte zin die luidde: *Rose Mountrachet was mijn moeder. Ik herken haar portret en ik kan me haar herinneren.* Daarna volgde een pijltje en Cassandra's blik schoot door naar de titel van een boek, *Who Was Who* waaronder een haastig puntenlijstje was opgesteld.

- Rose Mountrachet trouwde met schilder Nathaniel Walker, 1908
- een dochter! Ivory Walker (na 1908 geboren? 1909) (controleren: roodvonk?)

160

- Rose en Nathaniel allebei omgekomen 1913, treinongeluk, Ais Gill, Schotland (zelfde jaar als mijn verdwijning. Verband?)

Een los stuk papier zat opgevouwen in de kantlijn van het schrift, een foto-kopie van een bladzijde uit een boek dat *Great Rail Disasters of the Steam Age* heette. Cassandra haalde het opnieuw tevoorschijn. Het papier was dun en de tekst was verbleekt, maar gelukkig was het onaangetast door de meel-dauwvlekken die bezig waren de rest van het schrift te bedekken. De kop luidde 'De Spoorwegtragedie van Ais Gill'. Met het warme geroezemoes van het restaurant om zich heen las Cassandra het korte maar bevlogen verslag nog een tweede keer.

In de kleine, donkere uurtjes van 1 september 1913 verlieten twee treinen van Midland Rails Carlisle Station op weg naar St. Pancras Station, en geen van de passagiers was zich bewust van het feit dat hij op weg was naar het toneel van totale verwoesting. Het was een steile rit over de pieken en dalen van het Schot-se landschap, en de locomotieven waren hopeloos slecht opgewassen tegen die rit. Twee feiten spanden die nacht samen om de treinen naar hun ondergang te drijven: de machines waren kleiner dan aanbevolen voor de steile gedeelten van de spoorlijn, en beide locomotieven waren voorzien van inferieure kolen vol slakken, die maakten dat er onvoldoende hitte werd opgewekt.

De eerste trein vertrok om 01.38 uur, maar al zwoegend op weg naar de top van Ais Gill kelderde de stoomdruk en kwam de trein knarsend tot stilstand. Men kan zich voorstellen dat de passagiers wel verbaasd waren dat de trein zo snel na het vertrek tot stilstand kwam, maar niet echt geschrokken. Tenslotte waren ze in goede handen; de conducteur had hun verzekerd dat ze maar een paar minuten stil zouden staan en dan hun weg weer zouden vervolgen.

De stelligheid van de conducteur dat men maar even zou hoeven wachten, was een van de fatale vergissingen in de bewuste nacht. Als hij had geweten hoe lang het in werkelijkheid zou duren voordat de machinist en de stoker de vuur-roosters hadden schoongemaakt en de druk van de stoom opnieuw hadden op-gebouwd, zou het gebruikelijke spoorwegprotocol hebben aanbevolen dat hij slaghoedjes onder de spoorlijn zou leggen, of een eind terug zou lopen met een lantaarn om eventuele naderende treinen te waarschuwen. Maar dat deed hij helaas niet en aldus werd die nacht het lot van de mensen aan boord bezegeld.

Want een eind terug zwoegde ook de volgende trein. Die trok een lichtere la-ding, maar de kleine machine en inferieure kolen waren niettemin voldoende belemmering om de machinist in moeilijkheden te brengen. Een paar kilo-

meter voor de top van Ais Gill, een klein stukje voor Mallerstang, nam de machinist de fatale beslissing om zijn cabine te verlaten en een van de bewegende onderdelen van de locomotief te smeren. Hoewel zulke praktijken tegenwoordig onveilig overkomen, gebeurde dat vrij dikwijls in de edwardiaanse tijd. Helaas stuitte de stoker ook op problemen, net toen de machinist niet in de cabine was: de injector haperde en de druk in de stoomketel zakte. Toen de machinist terugkwam, nam die taak hen zo volledig in beslag dat ze allebei de rode lantaarn misten waarmee in het seinhuisje werd gezwaaid toen ze de seinpalen van Mallerstang passeerden.

Tegen de tijd dat ze klaar waren en hun aandacht weer op de spoorlijn richten, was de eerste gestopte trein nog maar meters bij hen vandaan. Er was geen sprake van dat trein nummer twee op tijd kon stoppen. Zoals men zich kan voorstellen, was de verwoesting enorm en de tragedie ging gepaard met een onverwacht hoog verlies aan levens. Nog afgezien van de klap van de botsing, schoof het dak van een van de goederenwagons over de locomotief van trein twee om zich in de slaapwagen van de eersteklas erachter te boren. Het gas van het verlichtingssysteem kwam tot ontbranding, het vuur raasde door de verwoeste wagons en dat kostte de ongelukkigen die in zijn weg stonden het leven.

Cassandra huiverde bij de beelden van die duistere nacht in 1913: de steile rit naar de top, het aardedonkere landschap buiten en de sensatie van een trein die onverwacht stopt. Ze vroeg zich af wat Rose en Nathaniel op het moment van de botsing hadden gedaan. Sliepen ze in hun wagon, of waren ze in gesprek? Misschien hadden ze het wel over hun dochter Ivory, die thuis op hen wachtte. Huiverend van mededogen vouwde Cassandra het verslag weer op en ze stopte het veilig terug in het schrift. Wat merkwaardig dat ze zich zo aangedaan voelde door het lot van voorouders van wier bestaan ze nog maar net op de hoogte was. Hoe vreselijk moest dat voor Nell zijn geweest, om eindelijk te ontdekken wie haar ouders waren, en ze opnieuw op zo'n verschrikkelijke manier te verliezen.

De deur van Carluccio ging open en bracht een golf kou en uitlaatgas met zich mee. Cassandra keek op en zag Ruby op zich afkomen, op de voet gevolgd door een magere man met een glimmend kaal hoofd.

'Wat een middag!' Ruby plofte op een stoel tegenover Cassandra. 'Op de valreep nog een busexcursie. Ik had niet gedacht dat ik me er ooit nog aan kon onttrekken!' Ze gebaarde naar de keurige magere man die koket achter haar stond. 'Dit is Grey. Hij is veel leuker dan hij eruitziet.'

'Wat een charmante introductie, mijn lieve Ruby.' Hij stak een goed verzorgde hand over het tafeltje. 'Graham Westerman. Ruby heeft me alles over je verteld.'

Cassandra glimlachte. Dat was een interessante mededeling, gezien het feit dat Ruby haar in totaal pas twee uur wakend had meegemaakt. Maar als er iemand in staat was zo'n mirakel te verrichten, was dat Ruby waarschijnlijk.

Hij nam plaats. 'Wat een bof om een huis te erven.'

'Om maar niet van zo'n verrukkelijk familiegeheim te spreken.' Ruby wenkte een ober en bestelde voor hen allemaal.

Toen het woord 'mysterie' viel, brandde de nieuwe informatie – de identiteit van Nells ouders – Cassandra op de lippen, maar het geheim bleef in haar keel steken.

'Ruby zegt dat je hebt genoten van haar expositie,' zei Grey met een twinkeling in zijn ogen.

'Natuurlijk heeft ze ervan genoten, ze is ook maar een mens,' zei Ruby. 'En trouwens, ze is zelf kunstenaar.'

'Kunsthistoricus.' Cassandra bloosde.

'Papa zegt dat je heel goed kunt tekenen. Je hebt toch een kinderboek geïllustreerd?'

Ze schudde haar hoofd. 'Nee. Vroeger heb ik wel getekend, maar dat was maar een hobby.'

'Wel iets meer dan een hobby, naar ik heb begrepen. Papa zei…'

'Toen ik klein was, speelde ik wel eens met een schetsboek. Maar dat doe ik al jaren niet meer.'

'Hobby's hebben de neiging te verwateren,' zei Grey diplomatiek. 'Ik voer Ruby's genadig korte voorliefde voor stijldansen aan als bewijs.'

'O, Grey, alleen omdat jij twee linkervoeten hebt…'

Terwijl Cassandra's tafelgenoten Ruby's toewijding aan de fijne nuances van de salsa bespraken, ging zij in haar herinnering terug naar die middag, vele jaren daarvoor, toen Nell een schetsboek en een bundel 2B-potloden op de tafel had gegooid waaraan Cassandra opging in haar algebrahuiswerk.

Ze woonde inmiddels ruim een jaar bij haar grootmoeder. Ze was begonnen met de middelbare school en vrienden maken vond ze net zo moeilijk als vergelijkingen.

'Ik kan niet tekenen,' had ze verrast en onzeker gezegd. Onverwachte geschenken maakten haar altijd op haar hoede. Zodra haar moeder en Len met cadeaus kwamen, wist ze dat haar een onaangename verrassing wachtte.

'Dat leer je wel,' zei Nell. 'Je hebt ogen en een hand. Teken maar wat je ziet.'

Cassandra zuchtte geduldig. Nell zat vol ongewone ideeën. Ze was totaal anders dan de moeders van andere kinderen en zeker anders dan Lesley, maar ze bedoelde het goed en Cassandra wilde haar niet kwetsen. 'Ik denk dat er meer voor komt kijken, Nell.'

'Onzin. Tekenen is gewoon een manier om zeker te weten wat er echt is. Niet wat je dénkt dat er is.'

Cassandra trok weifelend haar wenkbrauwen op.

'Alles bestaat uit lijnen en vorm. Het is net een code die je alleen maar hoeft te leren interpreteren.' Nell wees naar de andere kant van de kamer. 'Die lamp daar, vertel maar eens wat je ziet.'

'Eh... een lamp?'

'Nou, dat is dan jouw probleem,' zei Nell. 'Als je alleen maar een lamp ziet, zul je hem nooit kunnen tekenen. Maar als je ziet dat het in wezen een driehoek op een rechthoek is met een dunne buis als verbindingsstuk... Nou, dan ben je al halverwege, hè?'

Cassandra haalde onzeker haar schouders op.

'Doe me een plezier en probeer het eens.'

Cassandra slaakte nog een zucht, een kleine zucht alsof ze buitensporig tolerant was.

'Je weet maar nooit, misschien sta je wel van jezelf te kijken.'

En dat was zo. Niet dat ze die eerste keer blijk van veel talent had gegeven. De verrassing was dat ze het zo leuk vond. Met het schetsboek op schoot en het potlood in de hand leek de tijd wel te verdwijnen...

De ober kwakte met Europese flair twee schalen brood op tafel. Hij knikte toen Ruby champagne bestelde. Toen hij wegging, pakte Ruby een stukje toast met knoflookboter. Ze knipoogde naar Cassandra en wees naar de schaal. 'Probeer de tapenade maar eens, daar doe je een moord voor.'

Cassandra schepte wat zwarte olijvenpasta op een stukje ciabatta.

'Kom aan, Cassandra,' zei Grey, 'red een oud, ongetrouwd stel van dit gekibbel en vertel eens hoe jouw middag is verlopen.'

Ze pakte een stukje olijf dat was gevallen op het papier dat dienstdeed als tafellaken. Met de rand van haar duim probeerde ze de zwarte veeg weg te werken.

'Ja, heb je nog iets opwindends gevonden?' vroeg Ruby.

Cassandra hoorde zichzelf zeggen: 'Ik ben er zelfs achter wie Nells biologische ouders waren.'

Ruby slaakte een gilletje. 'Wat? Wie? Hoe?'

'Het stond in haar aantekeningen.'

'Wie waren het?'

Cassandra beet op haar lip om te voorkomen dat ze zelfingenomen zou glimlachen. 'Ze heetten Rose en Nathaniel Walker.'

'O, lieve hemel, dezelfde naam als mijn schilder, Grey! Hoe groot is die kans nu helemaal, en dat we het vandaag nog over hem hebben gehad, en dat hij ooit op hetzelfde landgoed heeft geleefd als…' Ruby verstijfde toen haar gezicht door het dagende besef van roze grauw werd. 'Je bedóélt mijn Nathaniel Walker ook.' Ze slikte. 'Was Nathaniel Walker jouw overgrootvader?'

Cassandra knikte en kon een glimlach niet onderdrukken. Ze voelde zich een beetje belachelijk.

Ruby's mond zakte open. 'En daar wist jij helemaal niets van? Toen ik je vandaag in de galerie sprak?'

Cassandra schudde haar hoofd. Ze zat nog steeds als een malloot te lachen. Ze zei maar wat, al was het alleen maar om die idiote grijns van haar gezicht te krijgen. 'Ik ben er vanmiddag pas achter gekomen toen ik het in Nells aantekeningen las.'

'Ongelooflijk dat je niet meteen bent losgebarsten toen we hier daarnet arriveerden!'

'Met al je geprat over salsa denk ik dat ze weinig kans kreeg,' zei Grey. 'Bovendien vinden sommige mensen het juist prettig om hun privéleven privé te houden, liefste.'

'O, Grey, niemand vindt het leuk om een geheim te bewaren. Het enige leuke aan een geheim is dat je het eigenlijk niet mag doorvertellen.' Hoofdschuddend keek ze naar Cassandra. 'Jij bent dus familie van Nathaniel Walker. Sommige mensen hebben alle geluk van de wereld, verdorie.'

'Het voelt een beetje raar. Het is heel onverwacht.'

'Dat kun je wel zeggen,' zei Ruby. 'Er zijn een heleboel mensen die de geschiedenis uitpluizen in de hoop dat ze familie van die verrekte Winston Churchill zijn en jou werpt de voorzienigheid zomaar een beroemde schilder in de schoot.'

Cassandra glimlachte weer; ze kon het niet helpen.

De ober kwam weer om voor alle drie een glas champagne in te schenken.

'Op het ontrafelen van mysteries,' proostte Ruby.

Ze klonken en namen alle drie een slok.

'Neem me niet kwalijk als dit dom klinkt,' zei Grey, 'mijn kennis van de kunstgeschiedenis laat veel te wensen over, maar als Nathaniel Walker een vermiste dochter had, moet er toch een grootscheepse zoektocht op touw zijn gezet?' Hij gebaarde naar Cassandra. 'Ik trek je grootmoeders naspeuringen niet in twijfel, maar hoe is het in hemelsnaam mogelijk dat de dochter van een beroemde kunstenaar vermist raakte zonder dat iemand ervan wist?'

Voor de verandering had Ruby geen antwoord paraat. Ze keek naar Cassandra.

'Voor zover ik het begrijp uit Nells aantekeningen, beweren alle bronnen dat Ivory Walker op haar vierde is overleden. Dat is de leeftijd waarop Nell in Australië opdook.'

Ruby wreef zich in de handen. 'Denk je dat ze is ontvoerd en dat de dader het deed voorkomen alsof ze was gestorven? Wat vreselijk opwindend! Wie was dat dan? En waarom hebben ze dat gedaan? Wat is Nell allemaal te weten gekomen?'

Cassandra lachte verontschuldigend. 'Blijkbaar is het haar niet gelukt dat stuk van het mysterie op te lossen, althans niet met zekerheid.'

'Hoezo? Hoe weet je dat?'

'Ik heb het slot van haar aantekeningen gelezen. Nell was er niet achter.'

'Maar ze moet toch íéts hebben gevonden? Een hypothese hebben gevormd?' Ruby's wanhoop was bijna tastbaar. 'Zeg me dat ze een theorie had! Dat ze ons iets van houvast heeft nagelaten!'

'We hebben een naam,' zei Cassandra. 'Eliza Makepeace. Ik had nog nooit van haar gehoord, maar ik begrijp dat ze in haar tijd vrij bekend was. Nell had een koffer met een sprookjesboek dat een aantal herinneringen opriep. Maar als Eliza Nell op die boot heeft gezet, is ze zelf niet in Australië aangekomen.'

'Wat is er dan met haar gebeurd?'

Cassandra haalde haar schouders op. 'Er staat niets over op papier. Het is net alsof ze in rook is opgegaan rond de tijd dat Nell naar Australië werd gebonjourd. Wat Eliza's plan ook geweest mag zijn, het moet op de een of andere manier zijn misgelopen.'

De ober schonk hun glazen bij en informeerde of ze zover waren om de hoofdgang te bestellen.

'Ik neem aan van wel,' zei Ruby. 'Maar kunt u ons nog vijf minuten geven?' Ze sloeg het menu doelbewust open en zuchtte. 'Dit is allemaal zo ontzettend spannend. En dan te bedenken dat je morgen naar Cornwall afreist om je geheime huisje te zien! Hoe kun je daar zo kalm onder blijven?'

'Ga je in het huis zelf logeren?' vroeg Grey.

Cassandra schudde haar hoofd. 'Volgens de notaris die de sleutel heeft, is het eigenlijk niet bewoonbaar. Ik heb een kamer in een hotel in de buurt gereserveerd, Hotel Blackhurst. Dat is het huis waar Nells familie vroeger woonde, de Mountrachets.'

'Jouw familie,' zei Ruby.

'Ja.' Daar had Cassandra nog niet bij stilgestaan. Daar gingen haar lippen weer, er verscheen ongewild een aarzelende glimlach.

Ruby rilde theatraal. 'Ik ben vreselijk afgunstig. Ik zou heel wat overhebben voor zo'n mysterie in mijn eigen familieverleden, zo'n opwindende puzzel.'

'Het is inderdaad heel opwindend. Ik denk dat het me te pakken begint te krijgen. Ik kan dat beeld van dat kleine meisje op de kade, die kleine Nell, weggeplukt uit haar familie, maar niet van me afzetten. Ik wil dolgraag weten wat er werkelijk is gebeurd, hoe ze moederziel alleen aan de andere kant van de wereld is beland.' Opeens werd ze verlegen toen ze besefte dat ze een heleboel had gezegd. 'Misschien is dat mal van me.'

'Helemaal niet. Ik vind dat volkomen begrijpelijk.'

Iets in Ruby's meedogende toon maakte dat Cassandra verstrakte. Ze wist wat er komen ging. Haar maag trok samen en ze zocht ijlings naar woorden om het gesprek een andere richting te geven.

Maar ze was niet snel genoeg.

'Ik kan me er geen voorstelling van maken hoe het is om een kind te verliezen,' zei Ruby vriendelijk. Haar woorden prikten door de beschermlaag om Cassandra's verdriet, zodat Leo's gezicht, zijn geur en zijn tweejarigenlach vrijkwamen.

Toen Ruby haar hand pakte, lukte het haar op de een of andere manier te knikken, een beetje te glimlachen en de herinneringen terug te dringen.

'Na wat er met je zoontje is gebeurd, is het geen wonder dat je zo vastbesloten bent om je grootmoeders verleden te ontrafelen.' Ruby kneep even in haar hand. 'Dat lijkt me volslagen logisch: jij hebt een kind verloren en nu hoop je er een terug te vinden.'

20

Zodra ze de hoek van Battersea Bridge Road om kwamen, wist Eliza wie het waren. Ze had hen al eens eerder op straat gezien, de oude dame en de jonge, tot in de puntjes gekleed. Ze deden hun Goede Werken met een gewelddadig soort beslistheid, alsof God in eigen persoon uit de hemel was gedaald om het hun te vragen.

Sinds Sammy's dood had meneer Swindell gedreigd de Goeddoeners te waarschuwen. Hij had geen gelegenheid voorbij laten gaan om Eliza eraan te herinneren dat hij haar naar het armenhuis zou sturen als ze geen manier vond om geld voor twee te verdienen. En al deed Eliza haar best – ze joeg in elk verloren moment op ratten voor meneer Rodin – haar talent voor die jacht leek haar in de steek te hebben gelaten, en elke week werd haar huurachterstand groter.

Beneden werd er aangeklopt. Eliza verstijfde. Ze keek om zich heen en vervloekte het scheurtje in het pleisterwerk en de verstopte schoorsteen. Een kamer zonder ramen zodat niemand je kon zien was allemaal goed en wel als je het straatleven wilde bespioneren, maar niet handig als je opeens de dringende behoefte voelde om te ontsnappen.

Er werd opnieuw geklopt. Het klonk kort en beslist, alsof de handen weigerden langer contact met zo'n onsmakelijk onderkomen te maken. Daarna klonk een hoge, schrille stem, die zich niets aantrok van de bakstenen muur: 'Joe-hoe. De parochie!'

Eliza hoorde de deur opengaan, het belletje aan de deurpost rinkelde.

'Ik ben mejuffrouw Rodha Sturgeon en dit is mijn nichtje, juffrouw Margaret Sturgeon.'

Daarna klonk de stem van mevrouw Swindell. 'Aangenaam.'

'Tjonge, wat staan hier een boel grappige oude dingen, en amper ruimte om je te keren.'

Daar klonk mevrouw Swindell weer. Nu was haar stem wat zuurder. 'Kom maar mee, het meisje is boven. En goed uitkijken, als je iets breekt, moet je dat betalen.'

Er kwamen voetstappen dichterbij. De vierde tree kraakte, daarna nog een keer en toen weer. Eliza wachtte. Haar hart klopte zo snel als dat van een van de gevangen ratten van meneer Rodin. Daarna ging de verraderlijke deur open en stonden de twee Goeddoeners in de deuropening.

De oudste van de twee glimlachte, en haar ogen trokken zich terug in de plooien van haar huid. 'Wij zijn dames van de parochie,' zei ze opgewekt. 'Ik ben juffrouw Rodha Sturgeon en dit is mijn nicht, juffrouw Margaret Sturgeon.' Ze boog zich naar voren zodat Eliza terugdeinsde. 'En jij moet de kleine Eliza Makepeace zijn.'

Eliza reageerde niet. Ze trok een beetje aan Sammy's pet die ze nog altijd droeg.

De oude dame nam het donkere, groezelige vertrekje in zich op. 'Hemeltje,' zei ze klakkend met haar tong. 'Ze hebben je hachelijke omstandigheden niet overdreven.' Ze hief haar hand en waaierde haar volle boezem koelte toe. 'Nee, die hebben ze bepaald niet overdreven.' Ze liep langs Eliza heen. 'Geen wonder dat ziekte hier alle kans krijgt. Er zijn niet eens ramen.'

Mevrouw Swindell, op haar tenen getrapt door deze schandalige belediging van haar kamer, keek Eliza fronsend aan.

De oudste juffrouw Sturgeon wendde zich tot de jongste, die nog in de deuropening stond alsof ze klem zat. 'Ik raad je aan een zakdoek voor je neus te houden, Margaret, met je broze gestel.'

De jonge vrouw knikte en trok een kanten zakdoekje uit haar mouw. Ze vouwde het tot een driehoekje, hield dat tegen haar mond en neus en deed aarzelend een stap naar binnen.

Vervuld van de zekerheid van haar eigen rechtschapenheid ging de oude juffrouw Sturgeon onverdroten verder. 'Ik kan je tot mijn genoegen meedelen dat we een plaats voor je hebben gevonden, Eliza. Zodra we van je situatie hoorden, hebben we geprobeerd een plek te vinden. Je bent nog te jong voor een positie in de huishouding – en vermoedelijk mis je er ook de juiste instelling voor – maar het is ons toch gelukt. Met Gods hulp hebben we een plek in het plaatselijke armenhuis voor je gevonden.'

Eliza's adem stokte in haar keel.

'Dus als je je spulletjes pakt…' Haar blik gleed opzij onder haar dikke wimpers. '… althans wat er is, dan moesten we maar eens gaan.'

Eliza schudde haar hoofd.

'Kom op, niet talmen. We moeten gaan.'

'Nee!' zei Eliza.

Mevrouw Swindell gaf Eliza een klap op haar achterhoofd en de oudste juffrouw Sturgeon zette grote ogen op. 'Je mag van geluk spreken dat je een plek krijgt, Eliza. Ik kan je verzekeren dat meisjes die aan hun lot zijn overgelaten ergere dingen boven het hoofd hangen dan het armenhuis.' De oude juffrouw Sturgeon haalde veelbetekenend haar neus op en ze hief haar kin op. 'Kom maar mee.'

'Nee.'

'Misschien is ze achterlijk,' zei de jonge juffrouw Sturgeon vanachter haar zakdoek.

'Ze is niet achterlijk,' zei mevrouw Swindell. 'Alleen maar boosaardig.'

'De Heer beschikt over al zijn lammeren, zelfs de boosaardige,' zei de oude juffrouw Sturgeon. 'Welnu, Margaret, zoek jij eens wat gepastere kleding voor het meisje. En voorzichtig met het inademen van deze vieze lucht.'

Eliza schudde haar hoofd. Ze ging niet naar het armenhuis en ze was ook niet van plan Sammy's kleren uit te trekken. Die hoorden nu bij háár.

Dit was zo'n moment waarop haar vader heldhaftig in de deuropening zou moeten verschijnen om haar op te tillen en mee te nemen op zijn boot over de zee, op zoek naar avontuur.

'Dit kan er wel mee door,' zei mevrouw Swindell, terwijl ze Eliza's haveloze hemdjurkje omhooghield. 'Waar zij heen gaat, heeft ze niet meer nodig.'

Eliza moest plotseling denken aan wat haar moeder had gezegd. Die had altijd volgehouden dat een mens zichzelf moest zien te redden. Dat zelfs zwakke mensen met voldoende wilskracht veel macht konden uitoefenen. Opeens wist ze wat haar te doen stond. Zonder te aarzelen sprong ze naar de deur.

De oude juffrouw Sturgeon, in het voordeel door haar massa en verrassend snelle reactie, versperde haar de weg. Mevrouw Swindell vormde de achterhoede.

Eliza boog het hoofd en ramde het hinderlijke vlees van mejuffrouw Sturgeon en zette er met al haar kracht haar tanden in. De oude juffrouw Sturgeon slaakte een gil en greep naar haar dij. 'Wel verdorie, klein loeder dat je bent!'

'Tante! Ze heeft u vast hondsdolheid bezorgd!'

'Ik zei toch dat het een kreng is,' zei mevrouw Swindell. 'Kom, laat die kleren maar zitten; we moeten haar naar beneden zien te krijgen.'

Ze pakten allebei een arm en de jongste juffrouw Sturgeon volgde op de voet om zinloos te waarschuwen voor de deuropening en de trap, terwijl Eliza wild om zich heen schopte en sloeg.

'Hou je rustig, meisje!' blafte de oude juffrouw Sturgeon.

'Help!' schreeuwde Eliza, die zich bijna had losgerukt. 'Iemand moet me helpen!'

'Ik kan je aan een pak slaag helpen,' siste mevrouw Swindell toen ze onder aan de trap stonden.

Toen was er opeens sprake van een onverwachte bondgenoot.

'Ratten! Ik heb een rat gezien!'

'Er zijn geen ratten in mijn huis!'

De jonge juffrouw Sturgeon slaakte een gil en sprong op een stoel, waardoor er een verzameling groene flessen op de grond viel.

'Kluns! Als er iets kapot is, moet je het betalen.'

'Maar dat is uw eigen schuld. Als er hier geen ratten waren…'

'Die heb ik niet! Er zijn hier absoluut geen ratten…'

'Ik heb hem zelf gezien, tante. Een afschuwelijk beest, zo groot als een hond, met zwarte kraaloogjes en lange, scherpe klauwen…' Ze zweeg en zeeg tegen de rugleuning van de stoel ineen. 'Ik krijg een appelflauwte. Voor zulke verschrikkingen ben ik niet in de wieg gelegd.'

'Kom nou, Margaret. Kop op. Denk maar aan de veertig dagen en veertig nachten van Christus.'

De oude juffrouw Sturgeon gaf blijk van haar eigen indrukwekkende conditie door Eliza's arm stevig in haar greep te houden, terwijl ze zich vooroverboog om haar ineengezakte nicht te troosten, die inmiddels zat te snotteren: 'Maar zijn kraaloogjes en die vreselijke, beweeglijke neus…' Haar adem stokte. 'Ieieieie! Daar is hij weer!'

Aller ogen draaiden zich in de aangewezen richting. Achter een vat whisky zat een trillende rat. Eliza gunde hem de vrijheid.

'Kom hier, ondier!' Mevrouw Swindell greep een dweil en joeg al meppend het knaagdier de hele winkel door.

Margaret gilde, juffrouw Sturgeon probeerde haar te sussen, mevrouw Swindell vloekte, glas kletterde aan scherven en vervolgens klonk er als uit het niets een andere stem. Een harde, diepe stem.

'Hou daar onmiddellijk mee op.'

Al het kabaal verstomde toen Eliza, mevrouw Swindell en de twee Sturgeons zich omdraaiden om te zien waar de woorden vandaan kwamen. In de deuropening stond een man die geheel in het zwart was gekleed. Achter hem stond een blinkend rijtuig. Buurtkinderen dromden eromheen, voelden aan de wielen en keken bewonderend naar de blinkende lantaarns voorop. De man liet zijn blik over het tafereel voor hem dwalen.

'Juffrouw Eliza Makepeace?'

Eliza knikte met een rukje van haar hoofd. Ze stond met een mond vol tanden. Ze was zo chagrijnig dat haar enige vluchtweg werd geblokkeerd dat ze zich niet eens afvroeg wie de vreemde was die haar naam kende.

'Ben jij de dochter van Georgiana Mountrachet?' Hij gaf Eliza een foto. Het was mama, veel jonger en gekleed in de chique kleren van een rijke dame. Eliza zette grote ogen op en knikte verward.

'Ik ben Finneus Newton. Ik kom je ophalen namens lord Linus Mount-rachet van Blackhurst, om je naar huis te brengen, naar het landgoed van de familie.'

Eliza's mond viel open, al was dat niet zo wijd als die van de dames Sturgeon. Mevrouw Swindell plofte op een stoel, ten prooi aan een plotselinge aanval van apoplexie. Haar mond ging open en dicht als van een vis op het droge en ze blaatte verward: 'Lord Mountrachet...? Blackhurst...? Familie-landgoed...?'

De oude juffrouw Sturgeon rechtte de rug. 'Meneer Newton, ik vrees dat ik u niet zomaar hier kan laten binnenlopen zonder een of ander gerechtelijk bevel te tonen. Wij van de parochie hebben onze verantwoordelijkheid...'

'Alles staat hierin.' De man liet een document zien. 'Mijn opdrachtgever heeft met succes het voogdijschap over deze minderjarige aangevraagd.' Hij wendde zich tot Eliza en vertrok amper een spier bij het zien van haar on-gebruikelijke tenue. 'Kom maar mee, juffrouw. Er dreigt onweer en we heb-ben een hele reis voor de boeg.'

Het kostte Eliza maar een fractie van een seconde om een besluit te ne-men. Het kon haar niets schelen dat ze nog nooit van lord Mountrachet noch van Blackhurst Estate had gehoord. Het kon haar niets schelen of deze meneer Newton de waarheid sprak, en evenmin dat mama altijd zo reso-luut zwijgzaam was geweest over haar familie en dat haar gezicht altijd be-trok wanneer Eliza aandrong op meer informatie. Alles was beter dan het armenhuis. En als Eliza het verhaal van deze man accepteerde, als ze aan de klauwen van de dames Sturgeon ontsnapte, en als ze afscheid nam van de Swindells en hun koude, eenzame dakkamer, had ze het gevoel dat ze zich-zelf even goed redde als wanneer het haar was gelukt om zich los te rukken en naar buiten te rennen.

Ze haastte zich naar meneer Newton, ging achter de mouw van zijn man-tel staan en wierp een steelse blik op zijn gezicht. Van dichtbij was hij minder groot dan hij had geleken toen zijn silhouet zich in de deuropening aftek en-de. Hij was tonrond en groot noch klein. Zijn huid was rossig en onder zijn zwarte hoge hoed zag Eliza haar dat in de loop der jaren van bruin naar zilvergrijs was gebleekt.

Terwijl de dames Sturgeon de voogdijpapieren bestudeerden, kwam mevrouw Swindell eindelijk weer tot zichzelf. Ze drong zich naar voren en porde met een dunne, knokige vinger in de richting van Newtons borst, om elk zoveelste woord van nadruk te voorzien. 'Dit is niets anders dan een trúc, en ú, meneer, bent een óplichter.' Ze schudde haar hoofd. 'Ik weet niet wat u met dit meisje van plan bent, hoewel ik me dat vrij goed kan voorstellen, maar u zult haar niet met uw slinkse trucjes van mij aftroggelen.'

Zo te zien moest Newton een brok weerzin inslikken. 'Ik kan u verzekeren dat er geen sprake is van trucjes, mevrouw.'

'O, nee?' Haar wenkbrauwen schoten omhoog en haar lippen vormden een vochtige grijns. 'O, nee?' Ze wendde zich triomfantelijk tot de dames Sturgeon. 'Het zijn leugens, niets dan leugens en hij is een lelijke leugenaar. Dit meisje hééft helemaal geen familie, ze is een weeskind, dat is ze. Een wees. En ze is van mij, ik mag met haar doen wat ik wil.' Haar mond kreeg een zegevierend trekje omdat ze zich in een onaanvechtbare positie waande. 'Toen haar moeder stierf, is ze aan mij toevertrouwd omdat ze nergens anders heen kon.' Ze zweeg een poosje triomfantelijk. 'Jawel, haar moeder heeft het me zelf verteld: ze had geen noemenswaardige familie. In al die dertien jaar dat ik haar heb gekend, heeft ze het nooit over familie gehad. Deze man is een zwendelaar.'

Eliza wierp een blik omhoog naar Newton, die een kleine zucht slaakte en zijn wenkbrauwen optrok. 'Al kijk ik er nauwelijks van op dat de moeder van juffrouw Eliza geen bijzonderheden over het bestaan van haar familie heeft losgelaten, dat verandert niets aan het feit dat het zo is.' Hij knikte naar de oude juffrouw Sturgeon. 'Het staat allemaal in die papieren.' Hij liep naar buiten en hield het portier van het rijtuig open. 'Juffrouw Eliza?' zei hij, gebarend dat ze in moest stappen.

'Ik haal mijn man erbij,' zei mevrouw Swindell.

'Juffrouw Eliza?'

'Mijn man zal je wel mores leren.'

Wat de waarheid over haar familie ook mocht zijn, Eliza besefte dat de keus eenvoudig was: het rijtuig of het armenhuis. Op dit punt had ze verder geen zeggenschap over haar bestemming. Haar enige keus was zich uit te leveren aan de genade van een van de mensen die zich hier hadden verzameld. Ze haalde diep adem en deed een stap in de richting van Newton. 'Ik heb niets ingepakt…'

'Iemand moet meneer Swindell gaan halen!'

Newton glimlachte grimmig. 'Ik kan me niet voorstellen dat hier iets is wat op Blackhurst Manor past.'

Inmiddels had zich een kleine menigte buurtbewoners verzameld. Iets terzijde stond mevrouw Barker met een mand met nat wasgoed tegen haar middel met open mond toe te kijken, en de kleine Hatty stond met haar snotterige wang tegen Sarahs jurk geleund.

'Als je zo vriendelijk wilt zijn, juffrouw Eliza.' Newton ging naast het geopende portier staan en maakte een uitnodigend gebaar naar binnen.

Met een laatste blik op de kortademige mevrouw Swindell en de dames Sturgeon beklom Eliza het uitgeklapte trapje en ze verdween in het donkere interieur van het rijtuig.

Pas toen het portier achter haar dichtging, besefte Eliza dat ze niet alleen was. Tegenover haar, in de donkere plooien van de bekleding aan de andere kant van het rijtuig, zat iemand die ze herkende. Een man met een lorgnet in een keurig pak. Haar maag draaide zich om. Ze wist direct dat dit de Boze Man was voor wie mama had gewaarschuwd en besefte dat ze moest ontsnappen. Maar toen ze zich radeloos omdraaide naar het dichte portier, gaf de Boze Man een klap tegen de wand achter hem en het rijtuig zette zich in beweging.

DEEL 2

21

Cornwall, Engeland, 1900

Terwijl ze voortsnelden over Battersea Bridge Road, bestudeerde Eliza het rijtuigportier. Misschien zou de deur wel openspringen als ze een van de knoppen omdraaide, of in een van die groeven kneep, en kon ze zich met een val in veiligheid brengen. De aard van die veiligheid was dubieus; als ze de val overleefde, zou ze nog een manier moeten zien te vinden om aan het armenhuis te ontkomen, maar dat leek haar toch beter dan te worden afgevoerd door de man die haar moeder de stuipen op het lijf had gejaagd.

Met een hart dat tekeerging als een mus die gevangenzat in haar ribbenkast, stak ze voorzichtig haar hand uit, pakte de hendel en...

'Dat zou ik niet doen als ik jou was.'

Ze keek vlug op.

De man zat naar haar te kijken; zijn ogen werden vergroot door de glazen van zijn lorgnet. 'Je zult onder de wielen van het rijtuig terechtkomen en doormidden worden gesneden.' Hij glimlachte vreugdeloos, waardoor er een gouden tand zichtbaar werd. 'En wat moet ik dan tegen je oom zeggen? Dat ik twaalf jaar op jacht ben geweest om je uiteindelijk in twee helften bij hem af te leveren?' Daarna maakte hij een geluid; het waren snelle, snuivende geluiden. Eliza begreep alleen dat hij lachte omdat zijn mondhoeken omhoogkrulden.

Het geluid stopte even snel als het was begonnen en zijn mond nam weer een zure uitdrukking aan. Hij streek over zijn borstelige snor die op zijn bovenlip zat als de staarten van twee eekhoorntjes. 'Mijn naam is Mansell.' Hij leunde naar achteren en deed zijn ogen dicht. Hij sloeg zijn bleke, klam ogende handen over elkaar op de glimmende knop van een donkere wandelstok. 'Ik werk voor je oom, en ik ben een heel lichte slaper.'

Terwijl Mansells ademhaling regelmatig werd, dansten de wielen van het rijtuig met een metaalachtig geluid over de kasseien van het ene steegje na het andere. Bakstenen gebouwen flitsten langs, grauw en grijs zover het oog reikte. Eliza bleef stijfjes zitten. Beelden en vragen stormden met zo'n vaart langs dat ze er vaag van werden. Ze voelde zich alsof ze eindeloos in een draaimolen had gezeten en nu wachtte tot haar gedachten zich weer zouden ordenen.

Ze probeerde haar eigen ademhaling gelijk op te laten gaan met het ritme van de galop van de paarden. Ze concentreerde zich op het koude leer van de zitting onder haar. Ze drukte eerst één dijbeen erop, daarna het andere, vervolgens allebei tegelijk zodat haar knieën op en neer dansten als twee glanzende appels in een ton met water. Het was het enige wat ze kon doen om te voorkomen dat haar benen sidderden. Ze voelde zich getransporteerd, als een personage dat uit de bladzijden was geknipt van het ene verhaal, waarin ritme en context bekend waren, om tamelijk achteloos in een ander verhaal te worden geplakt.

Ze had nog nooit in een rijtuig gezeten. In Londen, als Sammy en zij lang genoeg aan mevrouw Swindell konden ontsnappen om naar de Strand te lopen, hadden ze vaak naar de passerende rijtuigen gekeken, met hun trotse pony's die hun in bont gehulde bazinnen naar de stad brachten. Eliza had zich altijd voorgesteld dat die rijtuigen vanbinnen hemels moesten zijn, warm en zacht en glad als een kastanje in je koude hand in de winter. Totaal anders dan deze kille, spelonkachtige kooi waarin ze gevangen werd gehouden, waarin ze steeds verder van haar verleden naar een nevelige toekomst werd gevoerd.

Eliza hapte plotseling angstig naar adem en het linkerooglid van Mansell reageerde trillend. Ze beet op haar lip en drukte zich nog verder in de hoek. Ze deed haar best om niet op te vallen. Als ze toch in het gezelschap van de Boze Man moest verkeren, was het natuurlijk beter dat hij bleef slapen. Net als bij de chagrijnige reus boven aan de betoverde bonenstaak, moest ze zien te voorkomen dat hij op haar lette. Iets in de wijze waarop zijn hand op de knop van zijn wandelstok lag, zei haar dat hij niet zou aarzelen om die te gebruiken als ze ongehoorzaam was. Iets aan zijn vingers deed vermoeden dat ze geen been zagen in boosaardige handelingen.

Toen ze de schaars bebouwde buitenwijken van Londen bereikten en eindelijk het dichte woud van huizen achter zich hadden gelaten, kon Eliza de boze lucht zien. De paarden deden hun best de donkergrijze wolken voor te blijven, maar wat voor kans hadden die nu helemaal tegen de wraak van God zelf? De eerste regendruppels vielen nijdig op het dak van het rijtuig en die nijd maakte snel plaats voor razernij. De buitenwereld verdween achter een witte deken toen zware regenvlagen de ramen geselden en het water door smalle spleetjes boven aan de rijtuigportieren druppelde.

Zo reden ze uren door en Eliza zocht haar toevlucht in haar gedachten, tot ze opeens een bocht in de weg namen en er een straaltje ijskoud water op haar hoofd plensde. Het duurde even voordat Eliza besefte wat er gebeurde en dat haar gezicht kletsnat was. Ze knipperde met haar doorweekte wimpers, keek omlaag naar een doorweekte plek in haar blouse en voelde een sterke aandrang om te huilen. Merkwaardig dat een onschuldig straaltje water op zo'n tumultueuze dag iemand in tranen kon brengen. Maar ze wist zich te bedwingen, ze wilde hier niet huilen, niet bij de Boze Man die tegenover haar zat. Ze slikte de brok in haar keel weg.

Schijnbaar zonder zijn ogen open te doen, haalde Mansell een witte zakdoek uit zijn borstzak en hield die Eliza voor. Hij gebaarde dat ze hem moest aanpakken.

Ze depte haar gezicht droog.

'Zo veel toestanden,' zei hij met een stem die zo ijl klonk dat zijn lippen amper van elkaar kwamen. 'Zo ontzettend veel toestanden.'

Eliza dacht eerst dat hij haar bedoelde. Dat leek haar onrechtvaardig, omdat ze juist heel weinig toestanden maakte, maar dat durfde ze niet hardop te zeggen. 'Zo veel jaren van inspanning,' vervolgde hij, 'en zo'n geringe beloning.' Zijn ogen gingen open en namen haar koel en taxerend op; haar huid verstrakte. 'Zo ver gaat een gebroken man dus.'

Eliza vroeg zich af wie die gebroken man was en wachtte tot Mansell zijn woorden zou toelichten, maar hij zei niets meer. Hij nam alleen maar zijn zakdoek terug en hield die even tussen twee bleke vingers voordat hij hem naast zich op de bank liet vallen.

Het rijtuig maakte opeens een ruk en Eliza moest zich aan de bank vasthouden om zich in evenwicht te houden. De paarden hadden hun draf veranderd en het rijtuig ging langzamer rijden. Uiteindelijk kwam het tot stilstand.

Waren ze op de plaats van bestemming? Eliza keek naar buiten, maar ze zag geen huis. Alleen maar een uitgestrekt, kletsnat veld en daarnaast een klein gebouw van natuursteen met een verregend bord boven de deur, waarop stond *MacCleary's Inn, Salisbury*.

'Ik heb andere zaken te doen,' zei Mansell. 'Newton zal je wel afleveren.' Hij duwde het portier wijd open en de regen overstemde bijna de instructies die hij tegen Newton riep. Toen het portier dichtsloeg, ving Eliza de woorden op: 'Breng het meisje naar Blackhurst.'

Blackhurst. Bij het horen van die naam voelde Eliza een huivering langs haar ruggengraat trekken. Merkwaardig om te bedenken dat er een tijd was geweest dat ze die specifieke combinatie van klinkers en medeklinkers nog niet kende, toen die naam zijn geheimen en mysteries die als bloed door haar aderen stroomden nog niet in haar hersens fluisterde.

Toen het rijtuig weer zonder Mansell vertrok, voelde Eliza zich vederlicht van opluchting. Ze begon weer te ademen zonder de angst dat ze de slapende Boze Man elk ogenblik wakker kon maken. Haar humeur verbeterde ook zienderogen door het besef dat de ontmoeting met hem haar geen kwaad had gedaan. Zou alles misschien toch nog goed komen? Had mama zich misschien in de Boze Man vergist?

Eliza vroeg zich af wat haar boven het hoofd hing, wat ze zou aantreffen op die plek, op Blackhurst, het huis van haar moeders familie. Zou haar oom haar bij aankomst opwachten? Zou hij voor het huis staan met een glimlach op zijn gezicht? Zou hij op mama lijken? Tenslotte was hij haar broer. Was er ook een tante? En grootouders?

Misschien kwam het van de regen, of misschien van alle gebeurtenissen en verrassingen en paniek van die dag, of van de opluchting om eindelijk verlost te zijn van Mansells gezelschap, of van het ritmische hotsen van het rijtuig toen de paarden op de brede landweg weer op snelheid kwamen, maar ergens onderweg voelden Eliza's oogleden alsof ze per stuk wel dertig gram zwaarder waren geworden.

Ze knipperde ze keer op keer weer open en verzette zich zo goed en zo kwaad als het ging tegen hun pogingen om dicht te zakken. Maar naarmate de tijd verstreek, bleken haar oogleden een vijand tegen wie ze geen weerstand kon bieden; ze waren te vastbesloten en te zwaar, en terwijl de regen neer bleef storten en de paarden hun galop vervolgden, zakte ze steeds dieper weg, net zoals Alice – het meisje uit het sprookjesboek in de winkel van mevrouw Swindell – in het konijnenhol was gevallen en in die vreemde sluimerkermis belandde. Daarin bereed Sammy een zwart paard in een tuin aan zee; daarin diende meneer Mansell mama medicijnen toe en roerde Eliza's vader in de was van mevrouw Swindell…

Het rijtuig maakte een scherpe bocht en Eliza werd tegen de harde, koude wand geworpen. Omdat ze met een schok uit haar slaap was gewekt, duurde het een poosje voordat ze zich herinnerde waar ze was, waarom ze in haar eentje in een donker rijtuig naar een onbekende bestemming werd gebracht. Versnipperd en met een zwaar gevoel keerde de dag in haar herinnering terug. De opdracht van haar mysterieuze oom om haar op te halen, de ontsnapping uit de klauwen van de Goeddoeners van mevrouw Swindell, meneer Mansell… Ze wiste de condens van het raam en tuurde naar buiten.

Het was bijna donker. Kennelijk had ze een hele poos geslapen; hoe lang wist ze niet. Het regende niet meer en tussen de laaghangende bewolking was een verzameling uiteenlopende sterren aan de hemel te zien. De lantaarns op het rijtuig waren niet opgewassen tegen de ondoordringbare duisternis van het platteland en trilden omdat het rijtuig over een hobbelige landweg reed. In het vage, vochtige halfduister zag Eliza de silhouetten van woudreuzen met zwarte takken die afstaken tegen de horizon, en een hoog, dubbel, gietijzeren hek. Ze reden een tunnel van enorme braamstruiken in en het rijtuig hotste langs greppels zodat er modderwater tegen de ramen spatte.

Het was aardedonker in die tunnel, want de braamstruiken waren zo dicht dat er geen sprankje licht in doordrong. Eliza hield haar adem in, wachtend tot ze zou worden afgeleverd. Ze wachtte op een glimp van wat er vrijwel zeker voor haar lag. Blackhurst. Ze hoorde haar hart bonzen. Het was geen mus meer, maar een raaf met grote, krachtige vleugels die in haar borstkas wiekten.

Plotseling waren ze uit de tunnel.

Een gebouw van natuursteen, het grootste dat Eliza ooit had gezien. Groter zelfs dan de hotels in Londen waar de rijke mensen in en uit liepen. Het was gehuld in een donkere sluier van mist, met erachter hoge bomen en takken die met elkaar verstrengeld waren. Achter een aantal ramen op de benedenverdieping brandde geel, flakkerend licht. Dit kon het bewuste huis toch niet zijn?

Opeens zag ze in een flits iets bewegen en haar blik werd naar een van de hoogste ramen getrokken. In de verte zag ze een gezicht, bleek van het kaarslicht, naar haar kijken. Eliza schoof wat dichter naar het raam om beter te kunnen zien, maar toen ze nog eens keek, was het gezicht verdwenen.

En daarna reed het rijtuig het gebouw voorbij; de metalen wielen rammelden door over de kasseien. Ze reden onder een boog van steen door en kwamen met een ruk tot stilstand.

Eliza bleef waakzaam zitten wachten en vroeg zich af of ze misschien moest uitstappen om zelf naar binnen te gaan.

Opeens ging het portier open en Newton, ondanks zijn regenjas doorweekt, stak zijn hand uit. 'Kom maar, meisje, het is al aan de late kant. We hebben geen tijd om te dralen.'

Eliza nam de uitgestoken hand aan en klauterde van het koetstrapje. Toen ze sliep, waren ze aan de regen ontkomen, maar de lucht beloofde dat die hen weer zou inhalen. Loodgrijze wolken, zwaar van de regen, hingen laag boven de aarde en de lucht daaronder was dik van de mist, een andere mist dan in Londen. Hij was kouder en minder vet; hij rook naar zout en bladeren en water. Er klonk ook een geluid dat ze niet kon thuisbrengen. Alsof er herhaaldelijk een trein langs raasde. *Woesja... woesja... woesja...*

'Je bent te laat. Mevrouw verwachtte het meisje om half vijf.' In de deuropening stond een man; hij was een beetje als een hoge heer gekleed. Hij praatte ook zo, en toch wist Eliza dat hij het niet was. Hij werd verraden door zijn houterigheid, door zijn overdreven superieure houding. Hooggeboren personen hoefden nooit zo hard hun best te doen.

'Daar was niets aan te doen, meneer Thomas,' zei Newton. 'We hadden de hele weg noodweer. We mogen van geluk spreken dat we het überhaupt hebben gehaald, nu het water van de Tamar zo stijgt.'

Meneer Thomas bleef onbewogen. Hij klapte zijn vestzakhorloge dicht. 'Mevrouw is hoogst ontstemd. Ze zal je morgen ongetwijfeld willen spreken.'

De stem van de koetsier klonk nu zo zuur als een citroen: 'Ja, meneer Thomas. Ongetwijfeld. Meneer.'

Meneer Thomas draaide zich om voor een blik op Eliza. Het leek wel alsof hij iets vies weg moest slikken. 'Wat hebben we hier?'

'Het meisje, meneer. Dat ik moest gaan halen.'

'Dit is helemaal geen meisje.'

'Jawel, meneer. Zij is het.'

'Maar dat haar... die kleren...'

'Ik volg alleen maar instructies op, meneer Thomas. Als u vragen hebt, stel ik voor dat u die aan meneer Mansell voorlegt. Hij was erbij toen ik haar ging halen.'

Dat leek Thomas enigszins te vermurwen. Hij perste een zucht naar buiten door zijn samengeperste lippen. 'Nou, als meneer Mansell overtuigd was...'

De koetsier knikte. 'Als dat alles is, zal ik de paarden maar op stal gaan zetten.'

Eliza overwoog achter meneer Newton en zijn paarden aan te hollen en haar toevlucht in de stal te zoeken, om zich in het rijtuig te verstoppen en op de een of andere manier haar weg terug naar Londen te vinden, maar toen ze hem nakeek, was hij al door de mist opgeslokt en kon ze geen kant meer op.

'Kom mee,' zei meneer Thomas en Eliza gehoorzaamde.

Binnen was het koel en bedompt, al was het er warmer en droger dan buiten. Eliza volgde meneer Thomas door een korte gang en probeerde te voorkomen dat haar voeten op de grijze flagstones roffelden. Er hing een zware geur van gebraden vlees en Eliza voelde haar maag een salto maken. Wanneer had ze voor het laatst gegeten? Een kom soep van mevrouw Swindell de avond tevoren... Haar lippen werden droog van de plotselinge honger.

De geur werd sterker toen ze door een enorme, dampende keuken liepen. Een groepje dienstmeisjes en dikke koks staakte de gesprekken om naar haar te kijken. Zodra Eliza en meneer Thomas voorbij waren, barstten de opgewonden gesprekken los. Eliza was zo dicht bij het eten geweest dat ze wel kon huilen. Het water liep haar in de mond alsof ze een handje zout had ingeslikt.

Aan het eind van de gang verscheen een magere dame met een smal middel uit een deuropening. Haar gezicht stond strak van precisie. 'Is dit het nichtje, meneer Thomas?' Met een rechtstreekse blik nam ze Eliza langzaam van top tot teen op.

'Jawel, mevrouw Hopkins.'

'Men heeft zich niet vergist?'

'Ik ben bang van niet, mevrouw Hopkins.'

'Aha.' Ze haalde langzaam en diep adem. 'Ze heeft bepaald iets van Londen om zich heen.'

Eliza begreep dat dit niet voor haar pleitte.

'Dat kunt u wel zeggen, mevrouw Hopkins,' zei meneer Thomas. 'Ik was eigenlijk van plan haar in bad te doen alvorens haar aan te dienen.'

Mevrouw Hopkins trok een zuinig mondje en slaakte een scherpe, vastbesloten zucht. 'Al deel ik uw gevoelens, ik ben bang dat daar geen tijd voor is, meneer Thomas. Zíj heeft al laten weten dat ze misnoegd is omdat we haar hebben laten wachten.'

Zij. Eliza vroeg zich af wie zíj was.

Mevrouw Hopkins kreeg iets gespannens wanneer dat woord viel. Ze streek haar reeds keurige rokken glad. 'U moet het meisje naar de salon brengen. Zíj zal daar spoedig komen. Ondertussen laat ik het bad vollopen om te zien of we voor het eten iets van die weerzinwekkende Londense viezigheid kunnen verwijderen.'

Dus ze zouden gaan eten. En gauw ook. Eliza was duizelig van opluchting.

Achter hen werd gegiecheld, en toen Eliza omkeek, zag ze nog net een dienstmeisje met krullen weer in de keuken verdwijnen.

'Mary!' zei mevrouw Hopkins, die achter het meisje aan stevende. 'Als je niet afleert om luistervink te spelen word je op een dag 's morgens wakker en struikel je over je eigen oren. Het wordt tijd dat je naar huis gaat. Er is onweer op komst...'

Helemaal aan het eind van de gang liep een smalle trap omhoog en hij draaide met een bocht naar een houten deur. Meneer Thomas liep kwiek voor Eliza uit, de deur door en een grote ruimte in.

De vloer was bedekt met lichte, rechthoekige flagstones en vanuit het midden van de ruimte liep een magnifieke trap omhoog. Hoog aan het plafond hing een kroonluchter met kaarsen die een zacht licht op de wereld eronder wierpen.

Meneer Thomas liep door de hal naar een glanzende deur met een dikke laag blinkend rode verf. Hij neeg het hoofd en Eliza begreep dat ze moest komen.

Zijn bleke mond verstrakte toen hij omlaag keek en zijn lippen tuitte. 'Mevrouw je tante komt zo meteen naar beneden om kennis met je te maken. Met twee woorden spreken en je noemt haar "mevrouw" tenzij ze iets anders verlangt.'

Eliza knikte. 'Zíj' was dus haar tante.

Meneer Thomas bleef haar aankijken. Zonder weg te kijken schudde hij een beetje met zijn hoofd. 'Inderdaad,' zei hij vlug en zacht. 'Ik kán je moeder in je zien. Je bent een haveloos wichtje, dat is een ding dat zeker is, maar zij zit ook nog ergens in je.' Voordat Eliza blij kon zijn dat ze iets van haar moeder had, klonk er boven aan de chique trap een geluid. Meneer Thomas hield zijn mond en rechtte zijn rug. Hij gaf Eliza een duwtje en ze struikelde in haar eentje over de drempel een grote kamer in met wijnrood behang en een laaiend vuur in de open haard.

Op de tafels flakkerden gaslampen, maar ondanks het feit dat ze hun uiterste best deden, konden ze het kolossale vertrek niet goed verlichten. In de hoeken en langs de muren gleden donkere schaduwen heen en weer, heen en weer...

Achter haar klonk een geluid en de deur ging weer open. Een vlaag koude tocht liet het vuur in de haard knetteren en de schaduwen bewogen zich grillig op de rode muren. Eliza draaide zich om.

In de deuropening stond een lange, slanke dame die iets weg had van een uitgerekte zandloper. Ze droeg een lange, nauwsluitende jurk van satijn dat zo donkerblauw was als de hemel in het holst van de nacht.

Naast haar stond een enorme jachthond. Verend op zijn lange poten maakte hij een rondje om de zoom van haar jurk. Hij hief af en toe zijn knobbelige kop om tegen haar hand te schurken.

'Juffrouw Eliza,' kondigde meneer Thomas aan, die zich na de vrouw naar binnen had gerept en nu in de houding stond.

De dame reageerde niet, maar liet haar blik langzaam over Eliza's gezicht dwalen. Ze zweeg een poosje voordat haar lippen vaneen weken en een kille stem zei: 'Morgen wil ik Newton spreken. Ze is een half uur later dan verwacht.' Ze sprak zo traag en zelfverzekerd dat Eliza de scherpe hoeken van haar woorden kon voelen.

'Jawel, mevrouw,' zei Thomas, wiens wangen vuurrood werden. 'Zal ik thee brengen, mevrouw? Mevrouw Hopkins heeft...'

'Niet nu, Thomas.' Zonder zich om te draaien, maakte ze een vaag gebaar met haar bleke, hoekige hand. 'Dat is een bespottelijke suggestie. Je zou beter moeten weten; het is veel te laat voor thee. Dat zou toch niet gepast zijn?'

'Inderdaad, mevrouw.'

'Stel dat bekend zou worden dat er op Blackhurst Manor na vijven nog thee wordt gedronken!' Er klonk een klaterend maar afgemeten lachje. 'Nee, nu wachten we op het avondeten.'

'In de eetkamer, mevrouw?'

'Waar anders, Thomas?'

'Dek ik voor twee, mevrouw?'

'Ik eet alleen.'

'En Eliza, mevrouw?'

'Op een dienblad.'

Eliza's maag rommelde. Ze bad dat er een stuk warm vlees bij haar maaltijd zou zitten.

'Heel goed, mevrouw,' zei meneer Thomas en na een buiging verliet hij de kamer. De deur sloot zich met een nors geluid achter hem.

De tante haalde langzaam heel diep adem en knipperde met haar ogen naar Eliza. 'Kom eens wat dichterbij, kindje. Ik wil je bekijken.'

Eliza liep gehoorzaam naar haar tante en bleef staan. Ze probeerde haar ademhaling, die onverklaarbaar sneller ging, te beheersen.

Van dichtbij was haar tante heel mooi. Ze had het soort schoonheid dat zich in al haar trekken manifesteerde, maar dat op de een of andere manier door het geheel werd verminderd. Haar gezicht kon zo op een schilderij. Haar huid was zo blank als sneeuw, ze had bloedrode lippen en heel lichtblauwe ogen. Als ze haar aankeek, dan leek het wel alsof ze in een spiegel keek waarin licht scheen. Haar donkere haar was glad en glanzend en zat in een dikke knoet samengebonden op haar kruin.

De tante bestudeerde Eliza's gezicht en haar oogleden leken een beetje te trillen. Koude vingers tilden Eliza's kin op om haar beter te kunnen bekijken. Eliza wist niet goed welke kant ze op moest kijken, dus beantwoordde ze die dwingende blik met knipperende ogen. De enorme hond stond naast zijn bazin en ademde warme lucht op Eliza's armen.

'Jaaa,' zei de tante en de a-klank bleef op haar lippen hangen terwijl naast haar mond een spiertje trilde. Het was alsof ze een vraag had beantwoord die niet was gesteld. 'Je bent inderdaad haar dochter. In alle opzichten verpauperd, maar niettemin haar kind.' Ze huiverde een beetje toen een regenvlaag de ramen trof. Het slechte weer had hen eindelijk gevonden. 'We kunnen slechts hopen dat je een andere inborst hebt, en dat we soortgelijke neigingen door tijdig ingrijpen de kop in kunnen drukken.'

Eliza vroeg zich af wat ze met 'soortgelijke neigingen' bedoelde. 'Mijn moeder...'

'Nee.' Haar tante hief haar hand op. 'Nee.' Ze zette haar vingers tegen elkaar voor haar mond en dwong haar lippen tot een vreugdeloos glimlachje. 'Je moeder heeft de naam van haar familie te grabbel gegooid en iedereen die in dit huis woont te schande gezet. Er wordt hier niet over haar gesproken. Nooit. Dat is de eerste en belangrijkste regel van jouw verblijf in Blackhurst Manor. Heb je dat begrepen?'

Eliza beet op haar lip.

'Is dat duidelijk?' Er was een onverwachte trilling in haar tantes stem geslopen.

Eliza knikte vaag, meer van verrassing dan instemming.

'Je oom is een heer. Hij begrijpt zijn verantwoordelijkheden.' Haar tantes blik dwaalde naar een portret van een man van middelbare leeftijd, met rossig haar en een sluw gezicht, bij de deur. Behalve zijn rode haar leek hij in niets op Eliza's moeder. 'Je mag nooit vergeten hoe fortuinlijk je bent. Je moet je uiterste best doen, zodat je de ruimhartigheid van je oom ooit waard zult blijken.'

'Ja, mevrouw,' zei Eliza, denkend aan wat meneer Thomas had gezegd.

Haar tante draaide zich om en trok aan een hendeltje aan de muur.

Eliza slikte en vatte de moed om iets te zeggen. 'Neem me niet kwalijk, mevrouw,' zei ze zacht. 'Zal ik mijn oom leren kennen?'

Haar tantes linkerwenkbrauw ging omhoog. Even verschenen er rimpeltjes op haar voorhoofd voordat het weer glad werd en op albast ging lijken. 'Mijn man is in Schotland om foto's van Brechin Cathedral te maken.' Ze kwam een stap dichterbij en Eliza voelde iets van spanning om haar heen. 'Je oom heeft je wel onderdak geboden, maar hij is een drukbezet man, een belangrijk man, een man die er niet van gediend is door kinderen te worden gestoord.' Ze perste de lippen zo dicht op elkaar dat de kleur er even uit verdween. 'Je mag hem nooit voor de voeten lopen. Het getuigt al van voldoende goedheid dat hij je hierheen heeft gehaald; meer mag je niet van hem verlangen. Heb je dat begrepen?' De lippen van haar tante trilden. 'Nou?'

Eliza knikte haastig.

Gelukkig ging de deur weer open en daar was meneer Thomas.

'Hebt u gebeld, mevrouw?'

'Ja, Thomas,' zei de tante, zonder haar ogen van Eliza af te wenden. 'Dit kind moet gereinigd worden.'

'Jawel, mevrouw. Mevrouw Hopkins laat het bad al vollopen.'

De tante rilde. 'Laat haar wat carbolzuur aan het water toevoegen. Iets wat krachtig genoeg is om die Londense viezigheid te verwijderen.' Daarna mompelde ze. 'Ik zou wensen dat het ook al dat andere verwijderde waarmee ze naar ik vrees is besmet.'

Eliza volgde het flakkerende licht van de lantaarn van mevrouw Hopkins naar boven via een trap met een loper en een gang. De blikken van mannen die al lang dood waren volgden hen vanuit vergulde lijsten, en Eliza bedacht hoe vreselijk het moest zijn om je portret te laten schilderen, om zo lang te moeten stilzitten, en dat alleen om voor altijd een laagje van jezelf achter te laten op een schildersdoek dat eenzaam in een donkere gang moest hangen.

Ze hield haar pas in. De persoon op het laatste schilderij herkende ze. Het was anders dan het werk in de kamer beneden: hierop was hij jonger. Zijn gezicht was voller, en weinig wees op de sluwe vos die zich later een weg naar de oppervlakte zou knagen. In het gezicht van de jongeman op dit portret herkende Eliza haar moeder wel.

'Dat is je oom,' zei mevrouw Hopkins. 'Je zult hem gauw genoeg in het echt ontmoeten.' De woorden 'in het echt' maakten Eliza attent op de roze en crèmekleurige vlekken verf van de laatste penseelstreken van de kunstenaar die op het doek waren achtergebleven. Huiverend moest ze denken aan de bleke, vochtige vingers van meneer Mansell.

Mevrouw Hopkins was doorgelopen en Eliza haastte zich achter haar aan. Het hoofd van de huishouding bleef eindelijk staan, duwde een deur open en neeg het hoofd ten teken dat ze op hun bestemming waren.

De kamer was groter dan het hokje dat Eliza met Sammy en haar moeder in Londen had gedeeld. Alle wanden waren tot schouderhoogte betimmerd met donkere lambrisering, en daarboven waren de muren tot het plafond bekleed met tegels waarop wijnrode bloemen stonden. Omgeven door houten schotten stond een grote, witte bak in de vorm van een reusachtige juskom.

'Nou? Waar wacht je op, meisje? Je doet alsof je nog nooit een badkuip hebt gezien.'

Een badkuip. Eliza had wel over zulke dingen horen praten, maar nooit gedacht dat ze ook echt bestonden. Niet zulke althans. Zo groot, zo diep en blinkend. Toen ze dichterbij kwam, zag Eliza dat de kuip halfvol water stond. Ze zag een washandje en vroeg zich af hoe ze zichzelf moest afsponzen.

'Ik heb niet de hele avond de tijd, meisje. Ik heb nog meer te doen. Kom hier, dan zal ik je helpen met uitkleden.'

Uitkleden?

Mevrouw Hopkins wenkte. 'Eerst die blouse maar eens uit. Die broek ook.' Ze schudde haar hoofd. 'Een meisje in een broek. Dat heb ik nog nooit gezien. En dat haar van je! Alsof er een rat aan heeft geknaagd.'

Eliza probeerde het nog steeds te begrijpen. 'Bedoelt u al mijn kleren? Direct?'

'Natuurlijk, ben je niet goed wijs? Hoe moeten we je anders in bad doen?' Mevrouw Hopkins maakte de knopen van Eliza's blouse los, trok hem uit en hield hem tussen duim en wijsvinger, net zoals meneer Mansell zijn zakdoek weer had aangepakt. Uiteindelijk liet ze het kledingstuk op de grond vallen en richtte ze haar aandacht weer op Eliza. Ze stiet een laag fluittoontje uit. 'Tjonge, je bent zo dun als een rietje.'

'Dat zei mijn moeder ook altijd.'

'O, ja?' Mevrouw Hopkins keek Eliza niet aan. In plaats daarvan concentreerde ze zich op Eliza's broek. 'Nou, dat wil ik best geloven.' Mevrouw Hopkins schudde haar hoofd en zei haastig: 'Het is een trieste zaak, deze hele toestand. Ik meende dat die achter ons lag. Ik had nooit gedacht dat we er nu nog mee te maken zouden krijgen.' Ze zuchtte. 'Ach nou ja, wat gebeurd is, is gebeurd; je bent er nu eenmaal. Ik durf te wedden dat een stevige maaltijd met een stuk vlees je goed zal doen.' Ze wees naar het bad. 'Hup, erin. Ik ben niet van plan mezelf rugpijn te bezorgen door zo'n groot meisje als jij erin te tillen.'

Eliza tilde behoedzaam een been over de rand en stak haar voet in het water. Ze keek mevrouw Hopkins aan, die bemoedigend knikte. 'Schiet nou maar op, straks vat je nog kou en ga je dood voordat je oom een blik op je heeft geworpen.'

Eliza hurkte in het lauwe water terwijl mevrouw Hopkins iets uit een bruine fles erbij goot, het washandje erin dompelde en Eliza zo hard begon af te boenen dat het meisje bang was dat ze zou gaan bloeden. Ze beet op haar lip en concentreerde zich net zo lang op het grimmige gezicht van mevrouw Hopkins tot de marteling eindelijk achter de rug was.

'Dit was in opdracht van mevrouw,' zei mevrouw Hopkins toen ze Eliza afdroogde. 'Die rode vlekken trekken wel weg. Natuurlijk moest je gedesinfecteerd worden. Mevrouw doet nooit iets wat niet hoort.' Ze trok een witte nachtjapon die naar zon en sinaasappels rook over Eliza's hoofd. Het was de schoonste stof die ze ooit had gevoeld. De jurken die ze in Londen moest wassen, werden te drogen gehangen in de smog en de mist en voelden nooit zo lekker als deze. Mevrouw Hopkins gaf haar een knikje. 'Zo kun je er wel mee door.' Ze wierp een blik op het bergje smerige kleren. 'Wat die betreft is verbranden nog te goed.'

'Nee!' Eliza sprong naar voren, griste Sammy's kleren van de grond en drukte ze stevig tegen zich aan. 'Ze zijn van mij. U mag ze niet verbranden.'

Mevrouw Hopkins knipperde verbaasd met haar ogen. 'Wat zullen we nu krijgen?'

'Ze zijn van mij.'

Mevrouw Hopkins tuitte haar lippen.

'Ik heb ze nodig.'

Het hoofd van de huishouding snoof. 'Jij je zin. Mij kan het niets schelen. Zorg er alleen voor dat mevrouw ze niet ziet. Ik zeg het je nog één keer: ze houdt niet van vieze dingen. Als zij bij me komt klagen, zeg ik gewoon dat je ze zeker stiekem uit de vuilnisberg hebt getrokken. Dan zul je leren wat straf is.'

Met Sammy's kleren tegen haar borst gedrukt, volgde Eliza mevrouw Hopkins verder door de halfdonkere gang met identieke deuren. Aan het eind was een deurtje dat veel smaller was dan de andere.

'Waag het niet die deur open te maken.' Mevrouw Hopkins was voor de een na laatste deur blijven staan. Ze keek Eliza met samengeknepen ogen aan. 'Die is alleen voor de dienstmeisjes. Ze hebben hun slaap nodig, want ze moeten bij het krieken van de dag op om het as uit de haardvuren te vegen voor lieden als jij.'

Mevrouw Hopkins haalde een grote sleutel uit een plooi van haar jurk, stak die in het slot van de deur, maakte de deur open en ging naar binnen met een lantaarn die ze omhooghield.

Het was een donkere kamer; de lantaarn wierp maar heel weinig licht. In het midden zag Eliza een bed van glanzend zwart hout met vier bedstijlen waarop figuren leken te zijn uitgesneden die naar het plafond rezen.

Op het nachtkastje stond een dienblad met een stuk brood en een kom soep waar geen damp meer van afkwam. Geen vlees te bekennen, maar een gegeven paard mocht je niet in de mond kijken, zou mama zeggen. Eliza viel op de kom aan en lepelde de soep zo snel naar binnen dat ze de hik kreeg. Ze veegde met het brood door de lege kom om geen druppeltje te verkwisten.

Mevrouw Hopkins had haar enigszins verbijsterd gageslagen, maar zei niets. Ze vervolgde houterig haar werk, zette de lantaarn op een houten kist aan het voeteneind en sloeg de zware deken terug. 'Ziezo, kruip er maar in. Ik heb niet de hele avond.'

Eliza gehoorzaamde. De lakens voelden koud en klam onder haar benen, die nog gevoelig waren van de wasbeurt.

'Zo mager als een rietje,' herhaalde mevrouw Hopkins hoofdschuddend. 'We zullen eens horen wat de kok daarvan te zeggen heeft.'

Mevrouw Hopkins nam de lantaarn mee, Eliza hoorde de deur achter haar dichtgaan en daarna was ze alleen in het aardedonker, luisterend naar het kraken van het vermoeide skelet van het oude huis onder zijn blinkende uiterlijk.

De duisternis in de kamer had een geluid, dacht Eliza. Een diep, ver gerommel. Het ging maar door, het klonk dreigend, maar het kwam nooit voldoende dichtbij om zich als iets onschuldigs te laten kennen.

En toen begon het opeens weer hevig te regenen. Eliza huiverde van de merkwaardige opwinding over het naderende onweer. Een bliksemschicht doorkliefde de hemel en wierp zijn licht op de wereld. Op zulke ogenblikken, die altijd werden gevolgd door een donderklap waarvan het reusachtige huis op zijn grondvesten trilde, bekeek Eliza de kamer, muur voor muur, in een poging vat op haar omgeving te krijgen.

Flits… Boem… Kast van donker hout naast het bed.

Flits… Boem… Open haard tegen de verste muur.

Flits… Boem… Antieke schommelstoel bij het raam.

Flits… Boem… Zitje in de vensternis.

Eliza liep over de koude vloer. De wind drong door de kieren in het hout en tochtte langs haar voeten. Ze klauterde op het vensterzitje dat in de nis van het raam was aangebracht en keek uit over de donkere tuin. Nijdige wolken hadden de maan ingepakt en het terrein lag onder de mantel van een gekwelde nacht. De doorweekte grond werd geteisterd door scherpe regenvlagen.

Een volgende bliksemschicht verlichtte haar kamer nog een keer. Voor het licht verdween, ving Eliza een glimp op van haar spiegelbeeld in de ruit. Haar gezicht, Sammy's gezicht.

Eliza stak haar hand uit, maar het beeld was alweer weg en haar vingers streken alleen maar over het ijskoude glas. Op dat ogenblik drong het pas echt tot haar door dat ze ver van huis was.

Ze ging weer terug naar het bed en kroop tussen de koude, vochtige, onbekende lakens. Ze legde haar hoofd op Sammy's blouse, deed haar ogen dicht en zakte weg in een onrustige halfslaap.

Opeens schoot ze met een ruk overeind.

Haar maag maakte een salto en haar hart sloeg over.

Mama's broche. Hoe had ze die kunnen vergeten? In alle haast en met al die toestanden had ze hem achtergelaten, hoog in de holte van de schoorsteen in het huis van meneer en mevrouw Swindell; mama's schat, in de steek gelaten.

22

Cornwall, Engeland, 2005

Cassandra hing een theezakje in een kopje en zette de waterkoker aan. Terwijl die zijn werk deed, keek ze naar buiten. Haar kamer lag aan de achterkant van Hotel Blackhurst en keek uit op zee. Hoewel het donker was, kon Cassandra nog iets van de tuinen aan de achterzijde zien. Een gemanicuurd gazon glooide weg van het terras naar een rij hoge bomen die blauw in het zilveren schijnsel van de maan stonden. Cassandra wist dat daar de rand van het klif was en dat die bomen de laatste verdedigingslinie op dit specifieke deel van het land waren.

Ergens aan de overkant van de inham was het eigenlijke dorp. Cassandra had er nog maar weinig van gezien, want de treinreis had het grootse deel van de dag in beslag genomen, en tegen de tijd dat de taxi zich slingerend een weg door het heuvelige achterland van Tregenna baande, maakte de schemering al snel plaats voor de duisternis. Toen de taxi een col over reed, had ze maar even een glimp opgevangen van een kring twinkelende lichtjes in de vallei beneden, als een sprookjesdorp dat pas in de schemering materialiseerde.

Terwijl Cassandra wachtte tot het water kookte, betastte ze de ezelsoren aan de rand van Nells schrift. Ze had het tijdens een groot deel van de treinreis op schoot gehad. Ze had zich voorgesteld dat ze de reistijd goed kon gebruiken door het ontrafelen van de volgende fase van Nells reis, maar daarin had ze zich vergist. Het was wel een goed idee, maar het was makkelijker gedacht dan gedaan. Voor het grootste deel van de reis was ze in beslag genomen door haar eigen gedachten, en dat was eigenlijk al zo sinds het etentje met Ruby en Grey. Hoewel Nick en Leo nooit ver van Cassandra's gedachten waren, had het feit dat er zo openlijk iets over hun dood was gezegd het verpletterende moment weer met een schok naar boven gehaald.

Het was ook zo plotseling geweest. Waarschijnlijk gingen zulke dingen altijd zo. Het ene moment was ze nog echtgenote en moeder, het volgende was ze alleen. En dat allemaal ter wille van een ongestoord uurtje tekenen. Ze had Nick een duimzuigende Leo in de armen geduwd en hen naar het winkelcentrum gestuurd voor boodschappen die niet echt nodig waren. Nick lachte naar haar toen hij de auto startte en van de oprijlaan reed, en Leo zwaaide met een mollig handje en omklemde nog steeds het zijden kussensloop dat hij de laatste tijd overal mee naar toe sleepte. Cassandra zwaaide afwezig terug, met haar hoofd was ze alweer in haar atelier.

De woorden, de handelingen en haar zelfzuchtige verlangen zouden haar voorgoed achtervolgen. Het ergste was hoezeer ze had genoten van die anderhalf uur voordat er werd geklopt. Ze had niet eens gemerkt hoe lang ze weg waren geweest...

Nell was voor de tweede keer Cassandra's verlosser geweest. Ze was direct gekomen en had Ben meegenomen. Hij had kunnen uitleggen wat er was gebeurd, de volgorde van de gebeurtenissen waarvan ze niets had begrepen toen de politieagent die uitlegde: een ongeluk, een slingerende vrachtwagen, een botsing. Een afgrijselijke reeks gebeurtenissen die zo alledaags en gewoon waren dat ze met geen mogelijkheid kon geloven dat die haar overkwamen.

Nell had niet tegen Cassandra gezegd dat het weer goed zou komen. Ze wist wel beter; ze wist dat het nooit en te nimmer goed zou komen. In plaats daarvan was ze gekomen, gewapend met pillen om Cassandra te helpen slapen, om haar voortijlende gedachten de genadeklap te geven en alles te laten verdwijnen, al was het maar voor een paar uur. En daarna had ze Cassandra mee naar huis genomen.

Bij Nell thuis was het beter; daar zaten de spoken minder comfortabel. Nells huis had zijn eigen spoken, dus de geesten die Cassandra had meegenomen hadden niet helemaal vrij spel.

De tijd die volgde was een mist van verdriet en afgrijzen en nachtmerries die zich niet af lieten schudden door de komst van de nieuwe dag. Ze wist niet wat ze erger vond: de nachten dat Nick haar gedachten in beslag nam en zijn geest die maar bleef vragen: waarom moesten we weg? Waarom moest ik Leo meenemen? Of de nachten waarin hij juist niet verscheen, wanneer ze alleen was en de duistere uren zich eindeloos dreigden uit te strekken, en de gedeeltelijke verlossing van de dageraad zich sneller van haar verwijderde dan ze die ooit kon najagen. En dan had je nog die droom. Dat akelige veld met zijn belofte dat ze hen kon terugvinden.

Overdag was het Leo die haar achtervolgde, het lawaai van zijn speelgoed, een huilbui, een handje dat haar rok pakte, smekend om te worden opgetild en vastgehouden. O, die sprankeling van onversneden vreugde in haar hart, heel even maar, gebarsten, maar niettemin heel werkelijk. De fractie van een seconde waarin ze het was vergeten. En daarna de doffe dreun van de werkelijkheid, als ze zich omdraaide om hem op te tillen en hij er niet was.

Ze had geprobeerd eropuit te gaan, in de waan dat ze de spoken op die manier kon ontsnappen, maar dat werkte niet. Waar ze ook kwam waren zo veel kinderen. De parken, de scholen, de winkels. Waren er altijd zo veel kinderen geweest? Dus was ze maar thuisgebleven en had ze dagen in Nells tuin doorgebracht, ruggelings onder de oude mangoboom, starend naar de wolken die overdreven, naar de volmaakt blauwe hemel door de bladeren van de Indische jasmijn, naar het wuiven van de palmbladeren, naar de kleine stervormige zaadjes die door de wind werden losgemaakt om op het tuinpad eronder te vallen.

Denkend aan niets. Pogend aan niets te denken. Denkend aan alles.

Zo had Nell haar op een middag in april aangetroffen. De seizoenen begonnen net te wisselen, de verstikkende hitte van de zomer was vertrokken en in de lucht hing een vermoeden van de naderende herfst. Cassandra's ogen waren gesloten.

De eerste hint dat Nell vlakbij stond, was dat de warmte van haar huid was geweken en de binnenkant van haar oogleden iets donkerder was geworden.

Daarna klonk Nells stem. 'Ik dacht wel dat ik je hier zou vinden.'

Cassandra zei niets.

'Vind je het niet tijd worden om iets te gaan doen, Cass?'

'Nell, alsjeblieft, laat me met rust.'

Langzamer en duidelijker gearticuleerd: 'Je moet iets gaan doen.'

'Alsjeblieft…' Een potlood oppakken maakte haar fysiek onwel. En een schetsboek openslaan… Hoe kon ze het risico verdragen een glimp van een mollig wangetje op te vangen, of het puntje van een wipneus, of het boogje van die babylippen die ze wel kon zoenen…?

'Je moet wat doen.'

Nell wilde alleen maar helpen, maar een deel van Cassandra wilde het uitschreeuwen en haar grootmoeder door elkaar schudden en straffen voor haar onbegrip. In plaats daarvan slaakte ze een zucht. Haar oogleden, nog steeds gesloten, trilden een beetje. 'Dat hoor ik al genoeg van dokter Harvey. Ik hoef het niet ook nog eens van jou te horen.'

'Ik bedoel het niet therapeutisch, Cass.' Nell aarzelde voordat ze vervolgde: 'Ik bedoel dat je moet beginnen een bijdrage te leveren.'

Cassandra deed haar ogen open en hief haar hand op tegen het felle licht.

'Wat?'

'Ik ben niet meer zo piep, lieverd. Ik heb hulp nodig. In huis, in de winkel, financieel.'

De grievende zinnen bleven in de heldere lucht hangen en de scherpe randen weigerden op te lossen. Hoe kon Nell zo kil en ongevoelig zijn? Cassandra beefde. 'Mijn gezin is weg,' bracht ze eindelijk uit, en haar keel deed zeer van de inspanning. Tranen vertroebelden haar gezichtsveld. 'Ik ben in de rouw.'

'Dat weet ik,' zei Nell. Ze liet zichzelf naast Cassandra op de grond zakken en pakte haar hand. 'Ik weet het, lieveling. Maar het is nu zes maanden. En jíj bent niet dood.'

Nu huilde Cassandra tranen met tuiten. De woorden hardop horen had de sluizen opengezet.

'Jij bent hier,' zei Nell zacht, terwijl ze in Cassandra's hand kneep, 'en ik heb hulp nodig.'

'Ik kan het niet.'

'Je kunt het wel.'

'Nee…' Haar hoofd bonkte; ze was moe, zo vreselijk moe. 'Ik bedoel ik kán het niet, ik heb niets te geven.'

'Ik wil niet dat je me iets gééft. Ik wil gewoon dat je met me meekomt en doet wat ik vraag. Je kunt toch wel een poetsdoek vasthouden?'

Daarna had Nell Cassandra's haar van haar wang geveegd, die plakkerig was van de tranen. Haar stem klonk diep en onverwacht hard. 'Je komt erdoorheen. Ik weet dat het niet zo voelt, maar het is zo. Je bent een overlever.'

'Ik wil dit niet overleven.'

'Dat weet ik ook,' zei Nell. 'En dat begrijp ik best. Maar soms krijgen we die keus niet.'

De waterkoker van het hotel schakelde zichzelf met een triomfantelijke *klik* uit en Cassandra schonk het water over haar theezakje. Haar hand beefde een beetje. Ze bleef even staan terwijl de thee trok. Nu besefte ze dat Nell het echt had begrepen, dat ze maar al te goed die plotselinge, verblindende leegte kende wanneer al je banden worden doorgesneden. Had ze het destijds maar gezegd, had ze Cassandra haar eigen verlies maar toevertrouwd. Misschien had het geholpen.

Aan de andere kant wist Cassandra wel beter. In die tijd had niets geholpen. Haar verdriet was te onbarmhartig, te rauw. Het had jaren gekost om te leren haar reacties erop af te vlakken, om glimlachend te knikken en door te gaan.

Ze roerde in haar thee en zuchtte een beetje toen Nick en Leo weer naar de achtergrond weken. Ze dwong zichzelf om zich op het heden te concentreren. Ze bevond zich in Blackhurst Hotel, Tregenna, Cornwall en luisterde naar de branding van een onbekende oceaan die zich op het strand van een onbekende kust stortte.

'Hier ben ik dan, Nell,' fluisterde ze. 'Is dit wat je van me verlangde?'

De kamer bleef obstinaat zwijgen.

Cassandra glimlachte triest, vertederd en moe toen ze Nells schrift oppakte. 'Zie je nu wat je met me doet? Ik praat al in mezelf.'

Ze pakte het schrift en haar kopje en ging op het vensterbankje zitten.

Voorbij de donkere kruinen van de hoogste bomen rimpelde het maanlicht op de oppervlakte van de zee in de verte. Een paar lichtjes tekenden zich in het donker af. Vissersboten, dacht Cassandra. Tregenna was tenslotte een vissersdorp. Het was curieus, in deze moderne wereld was het een verrassing om een plek te vinden waar de dingen nog op kleine schaal gingen zoals ze vroeger generaties lang waren gegaan.

Cassandra nam een slokje thee en blies warme lucht uit. Ze was in Cornwall, net zoals Nell voor haar. En zoals Rose en Nathaniel en Eliza Makepeace daarvoor. Toen ze die namen fluisterde, voelde ze een merkwaardige tinteling onder haar huid. Alsof er tegelijkertijd aan minuscule draadjes werd getrokken. Ze was hier met een doel, en dat doel was niet in haar eigen verleden wentelen.

Een eenzame meeuw stak zwart af tegen de donkerblauwe lucht, hardnekkige golven stortten zich in de duisternis verderop en ergens op een rotspunt wachtte het klifhuisje.

23

Blackhurst Manor, Cornwall, 1900

Het was ochtend en Eliza leek wel in een enorme houten arrenslee met een donkerblauw baldakijn erboven te liggen. Van haar nachtjapon zou mevrouw Swindell zich verheugd in de handen hebben gewreven, en Sammy's vuile kleren lagen opgepropt onder haar hoofd. Toen wist ze het weer: de Goeddoeners, meneer Newton, de rit in het rijtuig, de Boze Man. Ze was bij haar oom en tante, het had gestormd, gebliksemd, gedonderd en geregend. Ze had Sammy's gezicht in het raam gezien.

Eliza klauterde op het vensterzitje en keek naar buiten. De dageraad had het onweer van de avond tevoren verdrongen, licht en lucht waren schoongewassen. Over het hele gazon lagen takken en bladeren verspreid en een tuinstoel onder haar raam was omvergewaaid.

Haar aandacht werd getrokken naar een verre hoek van de tuin. Er liep iemand tussen de struiken, een man. Hij liep mank en leunde op een stok. Eliza besefte dat het haar oom was. Ze zag het aan zijn rode haar en aan iets in zijn houding wat haar bekend voorkwam. Hij hief zijn stok op alsof hij gebaarde, en Eliza vroeg zich af naar wie.

Vanachter een hoge struik verscheen een andere man. Die had een zwarte baard, droeg een overall, een raar groen hoedje en zwarte overschoenen. Hij raapte een tak op en legde die aan de rand van het gazon. Hij schudde zijn hoofd toen haar oom iets zei.

Achter haar klonk een geluid en Eliza draaide zich om. De deur van de kamer stond open en een dienstmeisje met een krullenbol zette een dienblad op het nachtkastje. Het was het dienstmeisje dat de avond daarvoor in de keuken was berispt.

'Goeiemorgen, juffrouw,' zei ze. 'Ik ben Mary en ik breng uw ontbijt. Mevrouw Hopkins heeft gezegd dat u vanmorgen op uw kamer kunt eten vanwege de lange reis van gisteren.'

Eliza haastte zich naar het tafeltje. Ze zette grote ogen op toen ze zag wat er allemaal op het blad lag: warme broodjes met een kwak smeltende boter, witte potjes tot de rand toe gevuld met de fruitigste jam die Eliza ooit had gezien, een paar gerookte haringen, een berg roerei en een dik, glanzend worstje. Haar maag jubelde.

'Dat was me de storm wel, die u gisteravond had meegebracht,' zei Mary, terwijl ze de gordijnen opentrok en vastmaakte. 'Ik kon bijna niet naar huis; ik dacht even dat ik vannacht hier zou moeten blijven!'

Eliza slikte een stuk brood door en herinnerde zich de smalle deur aan het eind van de gang. 'Slaap jij dan niet boven?'

Mary lachte. 'Nee hoor, dat is misschien wel geschikt voor de anderen, maar ik zou hier niet graag...' Ze wierp een blik op Eliza en werd rood. 'Ik bedoel, ik woon in het dorp bij mijn moeder en vader en broers en zus.'

'Heb jij een broer?' Toen Eliza aan Sammy dacht, voelde ze de leegte vanbinnen.

'En of, drie stuks nog wel. Twee zijn ouder en eentje is jonger, al woont de oudste, Patrick, niet meer thuis. Maar hij werkt nog wel bij mijn vader op de kotter. Hij, Will en vader gaan elke dag vissen, weer of geen weer. Roly, de jongste, is pas drie; die blijft thuis bij mijn moeder en de kleine May.' Ze schudde de kussens op het vensterzitje op. 'De Martins hebben altijd op zee gewerkt; mijn overgrootvader was een van de piraten van Tregenna.'

'De wat?'

'De piraten van Tregenna,' zei Mary. Ze kreeg grote ogen van ongeloof. 'Hebt u daar nog nooit van gehoord?'

Eliza schudde haar hoofd.

'De zeerovers van Tregenna waren de meest schrikwekkende bende die er te vinden was. In hun tijd waren ze heer en meester over de zee. Ze namen whisky en meel mee als de mensen thuis er geen geld voor hadden. Maar ze beroofden alleen maar rijke mensen, hoor. Net als hoe-heet-ie-ook-weer, maar dan op zee, niet in het bos. Er lopen onderaardse tunnels door deze heuvels en een paar gaan helemaal naar de zee.'

'Waar is de zee, Mary?' vroeg Eliza. 'Is die dichtbij?'

Mary keek haar weer bevreemd aan. 'Maar natuurlijk, lieverdje! Kunt u hem niet horen?'

Eliza stopte met eten en luisterde. Hoorde ze de zee?

'Luister,' zei Mary. '*Woesja... woesja... woesja...* Dat is de zee. Hij ademt in en uit, zoals hij altijd doet. Kon u dat echt niet horen?'

'Ik hoorde het wel,' zei Eliza. 'Ik wist alleen niet dat het de zee was.'

'Nee?' lachte Mary. 'Wat dacht u in hemelsnaam dan dat het was?'

'Ik dacht dat het een trein was.'

'Een trein!' Mary barstte in lachen uit. 'U bent me d'r eentje. Het station is heel ver weg. De zee een trein, nou ja. Dat moet ik aan mijn broers vertellen.'

Eliza moest denken aan de paar verhalen die mama had verteld over zand en zilverkleurige kiezelstenen en de wind die naar zout rook. 'Mag ik naar de zee gaan kijken, Mary?'

'Ik denk het wel. Als u maar terug bent wanneer de kok de bel voor het middageten luidt. Mevrouw is vanmorgen ergens op bezoek, dus die merkt er toch niets van.' Mary's gezicht betrok toen ze het over de vrouw des huizes had. 'Zorg er gewoon maar voor dat u terug bent voordat zij thuiskomt, begrepen? Ze is erg gesteld op regels en orde en u mag haar niet boos maken.'

'Hoe kom ik daar?'

Mary wenkte Eliza naar het raam. 'Kom maar hier, dan laat ik het u zien.'

De lucht was hier anders, en de hemel ook. Hij leek helderder en verder weg. Hij had niets van die grauwe deken die laag boven Londen hing en constant dreigde de stad te verstikken. De hemel hier leek hoog opgetild door de zeewind, als een enorm wit laken op wasdag waaronder de lucht gevangenzat en dat steeds hoger golfde.

Eliza stond op de rand van het klif en keek over de inham naar de donkerblauwe zee. Op diezelfde zee had haar vader ook gevaren, en dat strand had haar moeder als jong meisje ook gekend.

De storm van de avond tevoren had wrakstukken langs de hele kust geworpen. Fraaie witte, knoestige takken, gepolijst door de tijd, staken omhoog uit het kiezelstrand als het gewei van een reusachtig, spookachtig beest waarvan de flanken door het skelet van de aarde waren doorboord.

Eliza proefde het zout in de lucht, precies zoals mama altijd had gezegd. Bevrijd van de beperkingen van het grote huis voelde ze zich opeens licht en vrij. Ze haalde diep adem, daalde de trap af en sprong steeds sneller omlaag, want ze wilde graag beneden zijn.

Aangekomen op het kiezelstrand ging ze op een gladde steen zitten om de veters van haar schoenen los te maken, en haar vingers struikelden over elkaar om ze zo snel mogelijk uit te trekken. Ze rolde Sammy's broekspijpen tot boven haar knieën op en daarna ging ze naar de rand van het water. Zowel de gladde als de scherpe kiezels voelden warm onder haar voeten. Even bleef ze staan kijken naar die enorme blauwe massa die af en aan, af en aan rolde.

Uiteindelijk nam ze een diepe teug van de zilte lucht en huppelde naar voren tot eerst haar tenen, toen haar enkels en daarna haar knieën nat waren. Ze volgde de kustlijn, lachte om de koude luchtbelletjes tussen haar tenen, raapte schelpen op die ze mooi vond en één keer iets in de vorm van een ster dat was aangespoeld.

Het was maar een kleine inham met een scherpe bocht en het duurde niet lang voordat Eliza de hele kustlijn was afgelopen. Toen ze aan het eind was gekomen, gaf de nabijheid een derde dimensie aan wat van veraf niet meer had geleken dan een zwarte vlek. Uit de kaap stak een enorme, steile rots in zee. Hij had de vorm van een machtige, nijdige, zwarte rookpluim die door de tijd was versteend, als het ware door een vloek tot in alle eeuwigheid in een fossiel veranderd.

De zwarte rots was glad, maar Eliza vond een rand aan de zijkant die net breed genoeg was om op te staan. Ze zocht grillige uitsteeksels als houvast, beklom de wand en stopte niet voordat ze helemaal bovenop was. Nu was ze zo hoog dat ze niet omlaag kon kijken zonder dat haar hoofd zich met belletjes leek te vullen. Op handen en voeten schoof ze naar voren. De rots werd steeds smaller, totdat ze uiteindelijk op het verste puntje zat. Ze ging op de geheven vuist van de rots zitten en lachte ademloos.

Het was net alsof ze hoog op een heel groot schip zat. In de diepte het witte boegschuim van botsende golven; voor haar het ruime sop. De zon had honderden fonkelende lichtjes op de oppervlakte ontstoken die rezen en daalden op de wind, helemaal naar de heldere, ongebroken horizon. Recht voor haar was Frankrijk, wist ze. Voorbij Europa was het Oosten, India, Egypte, Perzië en al die andere exotische plaatsen waarover de havenarbeiders van de Theems het altijd hadden. En nog verder was het Verre Oosten, de andere kant van de wereld. Toen Eliza naar die uitgestrekte oceaan en het flikkerende zonlicht keek, werd ze overspoeld door een gevoel dat ze niet kende: een warm gevoel waarin geen argwaan school...

Ze boog zich naar voren en kneep haar ogen samen. De horizon was geen ononderbroken streep meer. Er was iets opgedoken: een groot zwart schip, vol onder zeil, balanceerde op de grens van water en lucht, alsof het elk moment over de rand van de wereld kon vallen. Eliza deed haar ogen even dicht en toen ze ze weer opendeed, was het schip weg, verdwenen in de verte, nam ze aan. Wat moesten schepen toch snel varen op de open zee, wat moesten die grote, witte zeilen sterk zijn. Op zo'n soort schip had haar vader waarschijnlijk ook gevaren.

Ze liet haar blik naar de lucht dwalen. Boven haar cirkelde een krijsende meeuw, gecamoufleerd door de witte lucht. Ze volgde zijn vlucht tot iets op het klif haar aandacht trok, een huisje. Het ging bijna schuil achter de bomen, maar ze zag wel het dak en een grappige dakkapel. Ze vroeg zich af hoe het zou zijn om op zo'n plek te wonen, zo precies op het randje van de wereld. Zou je dan niet altijd het gevoel hebben dat je op het punt stond om voorover te vallen en de zee in te glijden?

Eliza schrok toen er koud water op haar gezicht spatte. Ze keek omlaag naar het kolkende water. Het werd vloed en het water rees snel. De rand waarop ze eerst was gaan staan, zat nu al onder water.

Ze kroop terug langs de rand van de rots en liet zich voorzichtig zakken langs de diepste rand zodat ze haar vingers om de grillige zijkant kon klemmen.

Toen ze bijna ter hoogte van het water was, zag ze dat de rots niet helemaal massief was. Het was net alsof iemand er een groot gat in had gemaakt.

Het was een spelonk. Eliza moest denken aan de piraten van Tregenna waarover Mary had gesproken, en hun tunnels. Dat was deze spelonk natuurlijk. Had Mary niet gezegd dat de piraten hun buit wegmoffelden door een reeks spelonken onder de kliffen?

Eliza krabbelde naar de voorkant van de rots en klauterde op een min of meer vlak platform. Ze deed een paar stappen naar binnen; het was er donker en vochtig. 'Halloooo?' riep ze. Haar stem weerkaatste aangenaam tegen de wanden voordat hij wegstierf.

Ze kon niet diep naar binnen kijken, maar ze voelde een schok van opwinding. Haar eigen spelonk. Ze besloot hier een keer terug te komen met een lantaarn om te zien hoe het er vanbinnen uitzag…

Er klonk een dof geluid in de verte, maar het kwam dichterbij. *Ke-dek, ke-dek, ke-dek…*

Eerst dacht Eliza dat het geluid uit de spelonk kwam. Door de angst bleef ze stokstijf staan en ze vroeg zich af wat voor zeemonster het op haar voorzien had.

Ke-dek, ke-dek, kedek… Het werd al luider.

Langzaam liep ze achterwaarts en zocht ze zich weer een weg terug langs de flank van de rots.

Toen zag ze een tweetal glanzend zwarte paarden met een rijtuig langs de rand van het klif snellen. Dus het was geen zeemonster, maar Newton in zijn koets op de weg over het klif; het geluid werd versterkt omdat het werd weerkaatst door de rotswanden van de inham.

Ze moest aan Mary's waarschuwing denken. Haar tante was weggegaan voor de ochtend, maar werd voor het middageten terugverwacht; Eliza mocht niet te laat komen.

Ze klauterde naar beneden, sprong op de kiezels, holde door het ondiepe water en daarna het strand op. Eliza maakte haar schoenveters vast en snelde de trap op. De onderkant van haar broek was nat geworden en de zomen van de pijpen kletsten zwaar tegen haar enkels toen ze het slingerpaadje in omgekeerde richting tussen de bomen door volgde. De zon had zich verplaatst sinds ze naar de inham was afgedaald, en nu was het er schemerig en koel. Het was alsof ze zich in een hol bevond, een geheim hol van braamstruiken, het toevluchtsoord van elfjes, dwergen en trollen. Die hadden zich verstopt en keken naar haar toen ze op haar tenen door hun wereld liep. Onderweg bestudeerde ze het struikgewas en ze probeerde niet met haar ogen te knipperen zodat ze hen misschien plotseling kon betrappen, want iedereen wist dat je een wens mocht doen als je een glimp van een elfje opving.

Er klonk een geluid. Eliza bleef stokstijf staan en hield haar adem in. Op de open plek voor haar was een man van vlees en bloed. Het was de man met de zwarte baard die ze die ochtend vanuit haar slaapkamerraam had gezien. Hij zat op een omgevallen boom en maakte een geblokte doek open. Daarin zat een dikke punt van een pastei.

Eliza verborg zich naast het pad om hem gade te slaan. De eindjes van kale twijgjes bleven in haar korte haar steken toen ze omzichtig op een laaghangende tak klom om beter te kunnen zien. Naast de man stond een kruiwagen met aarde. Althans dat leek zo. Eliza wist dat dit maar een list was en dat hij zijn schatten onder de aarde had verborgen, want hij was natuurlijk de piratenkoning. Een van de zeeschuimers van Tregenna, of de géést van een zeerover. Een tot leven gewekte piraat die zijn kans afwachtte om de dood van zijn kameraden te wreken. Een geest die iets kwam afmaken, die in zijn schuilplaats op de loer lag om kleine meisjes te vangen en mee naar huis te nemen, zodat zijn vrouw ze in de pastei kon verwerken. Dat was natuurlijk dat schip dat ze op zee had gezien, dat grote zwarte schip dat in een oogwenk was verdwenen. Het was een spookschip en hij…

De tak waarop ze zat brak, Eliza tuimelde op de grond en belandde midden in een berg vochtige bladeren.

De man met de baard vertrok geen een spier. Zijn rechteroog leek een tikje te draaien en knipperde in Eliza's richting terwijl hij op zijn pastei bleef kauwen.

Eliza krabbelde overeind, wreef over haar knie, richtte zich op en trok een dood blaadje uit haar haar.

'Jij bent de nieuwe kleine dame,' zei hij langzaam, terwijl de fijngekauw-de pastei in zijn mond tot lijm transformeerde. 'Ik heb gehoord dat je zou komen. Maar als ik zo vrij mag zijn, je lijkt niet erg op een dame, met die jongenskleren en dat verknipte haar van je.'

'Ik ben gisteravond gekomen. Ik heb de storm meegebracht.'

'Dan zit er heel wat macht in dat kleine lijfje van je.'

'Zelfs zwakke mensen kunnen met voldoende wilskracht heel wat macht uitoefenen.'

Een borstelige rups van een wenkbrauw ging omhoog. 'Wie heeft je dat verteld?'

'Mijn moeder.'

Te laat herinnerde Eliza zich dat ze niet werd geacht over haar moeder te praten. Met bonkend hart wachtte ze af wat de man zou zeggen.

Hij keek haar langzaam kauwend aan. 'Dan denk ik dat ze wist waar ze het over had. Moeders hebben meestal gelijk.'

Ze voelde de warme tinteling van opluchting. 'Mijn moeder is dood.'

'De mijne ook.'

'Ik woon nu hier.'

Hij knikte. 'Dat weet ik.'

'Ik heet Eliza.'

'En ik Davies.'

'Jij bent heel oud.'

'Precies zo oud als mijn pink, maar iets ouder dan mijn tanden.'

Eliza haalde heel diep adem. 'Ben jij een zeerover?'

Hij lachte. Het was een zwaar, puffend geluid als de rook uit een vuile schoorsteen. 'Het spijt me je te moeten teleurstellen, meisje van me, ik ben hovenier, net als mijn vader voor mij. Ik ben de tuinman van de doolhof om precies te zijn.'

Eliza trok haar neus op. 'Tuinman van de doolhof?'

'Ik onderhoud de doolhof.'

Toen Eliza geen teken gaf dat ze hem begreep, wees Davies naar de hoge hagen achter hem, verbonden door een dubbel ijzeren hek. 'Dat is een puz-zel van heggen. Het doel is om je weg naar de andere kant te vinden zonder te verdwalen.'

Een puzzel waar iemand ín kon? Daar had Eliza nog nooit van gehoord. 'Waar gaat hij heen?'

'O, hij slingert alle kanten op. Als je geluk hebt en er helemaal doorheen komt, ben je aan de andere kant van het landgoed. Als je minder gelukkig bent…' hij sperde zijn ogen dreigend wijd open, 'kom je waarschijnlijk om van de honger voordat iemand beseft dat je weg bent.' Hij boog zich naar haar toe en liet zijn stem dalen. 'Ik stuit dikwijls op de botten van zulke ongelukkigen.'

De opwinding kneep Eliza's stem af, zodat ze alleen maar kon fluisteren: 'En als ik het haal? Wat vind ik dan aan het andere eind?'

'Weer een tuin, een bijzondere tuin, en een huisje. Dat staat precies op de rand van het klif.'

'Dat heb ik gezien. Vanaf het strand.'

Hij knikte. 'Dat is heel goed mogelijk.'

'Van wie is dat huis? Wie woont daar?'

'Tegenwoordig niemand meer. Lord Archibald Mountrachet – die moet jouw overgrootvader zijn geweest – heeft het laten bouwen toen hij hier de baas was. Er zijn mensen die denken dat het een uitkijkpost was, om signalen te geven.'

'Voor de smokkelaars, de piraten van Tregenna?'

Hij glimlachte. 'Ik hoor al dat je met de jonge Mary Martin hebt gepraat.'

'Mag ik daar gaan kijken?'

'Je vindt het nooit.'

'Jawel hoor.'

Hij plaagde haar met twinkelende ogen. 'Nooit, je zult nooit de weg door de doolhof vinden. En al vind je hem wel, dan nog kom je er nooit achter hoe je door de geheime poort in de tuin van het huisje moet komen.'

'Ja hoor! Laat me het alsjeblieft proberen, Davies.'

'Ik ben bang dat het niet kan, juffrouw Eliza,' zei Davies, die wat ernstiger werd. 'Al heel lang heeft niemand de hele doolhof doorkruist. Ik onderhoud hem tot een bepaald punt, maar ik ga niet verder dan mij is toegestaan. Voorbij dat punt is het een woestenij.'

'Waarom is er niemand doorheen gegaan?'

'Een poos geleden heeft je oom hem laten sluiten. Sindsdien is er niemand doorheen geweest.' Hij boog zich weer naar haar toe. 'Je moeder was een van de mensen die de doolhof op haar duimpje kende. Bijna net zo goed als ik.'

In de verte klonk een bel.

Davies deed zijn hoed af en wiste het zweet van zijn voorhoofd. 'Je moet er maar als een haas vandoor gaan, juffrouw. Dat is de bel voor de lunch.'

'Komt u ook lunchen?'

Hij moest lachen. 'Het personeel doet niet mee aan de lunch, juffrouw

Eliza. Dat is niet gepast. Dat eet nu warm.'

'Komt u dan warm eten?'

'Ik eet niet binnen. Dat heb ik al heel lang niet meer gedaan.'

'Waarom niet?'

'Het is geen plek waar ik graag kom.'

Eliza begreep het niet. 'Waarom niet?'

Davies streek over zijn baard. 'Ik heb het meer naar mijn zin als ik bij mijn planten blijf, juffrouw Eliza. Er zijn mensen die in de wieg gelegd zijn voor het gezelschap van mensen en anderen die dat niet zijn. Ik hoor bij de laatsten: ik ben tevreden op mijn eigen mestvaalt.'

'Maar waarom?'

Hij zuchtte langzaam, als een grote, vermoeide reus. 'Bepaalde plekken doen mijn haren overeind staan, die passen niet bij mijn karakter. Begrijp je wat ik bedoel?'

Eliza moest denken aan haar tante de avond tevoren in de wijnrode kamer, de grote jachthond en de schaduwen van het kaarslicht die nijdig op de muren bewogen. Ze knikte.

'De jonge Mary, dat is nog eens een goed kind. Die zal daarbinnen wel goed voor je zorgen.' Hij keek haar een beetje fronsend aan. 'Het is niet goed om de mensen al te gauw te vertrouwen, juffrouw Eliza, dat is helemaal niet goed, hoor je me?'

Eliza knikte ernstig, want dat leek haar een gepaste reactie.

'En nu wegwezen, jongedame, anders kom je te laat voor het middageten en zal mevrouw je levend villen. Ze houdt er niet van als haar regels worden overtreden, dat is een ding dat zeker is.'

Eliza glimlachte, maar Davies niet. Ze maakte aanstalten om weg te lopen, maar bleef staan toen ze iets achter het hoogste raam zag bewegen, iets wat ze de vorige dag ook had gezien. Een klein en aandachtig gezicht.

'Wie is dat?' vroeg ze.

Davies draaide zich om en tuurde omhoog. Hij knikte een beetje naar het hoogste raam. Hij klemde zijn tanden om de steel van zijn pijp, nam een paar halen en antwoordde zonder hem uit zijn mond te halen. 'Ik denk juffrouw Rose.'

'Juffrouw Rose?'

'Je nicht. De dochter van je oom en tante.'

Eliza zette grote ogen op. Haar nicht?

'Vroeger zagen we haar dikwijls op het landgoed; ze was een intelligent jong ding. Maar een paar jaar geleden is ze ziek geworden, dus daar is een

einde aan gekomen. Mevrouw besteedt al haar tijd en een flinke bom dui-
ten aan pogingen om haar te genezen van wat haar scheelt, en de jonge dokter uit het dorp is hier kind aan huis.'

Eliza moest denken aan de veelvuldige bezoeken van de apotheker toen
mama op haar sterfbed lag. 'Dan moet ze wel erg ziek zijn.'

Davies raapte zijn hark op en begon de gevallen bladeren op te ruimen.
'Nou, juffrouw Eliza, sommige mensen zeggen dat ze niet lang meer te gaan
heeft, maar ik kan niet zeggen dat ik dat zo zeker weet.'

'Waarom niet?'

Davies dacht even na. 'In de eerste plaats zei mijn vader altijd dat mensen
die ziek en ziekelijk zijn meestal lang leven in plaats van vroegtijdig sterven.'

'En in de tweede plaats?'

'Ten tweede vertonen de wangen van de jongejuffrouw een aantrekkelij-
ke blos wanneer ze niet lekker is, en ik kan me niet voorstellen dat ze daar
graag afstand van doet.'

Eliza stond nog steeds naar het raam te kijken. Langzaam hief ze haar
hand op met de vingers uit elkaar zoals de zeester op het strand. Ze zwaaide en zag dat het gezicht achter het raam zich schielijk in het donker terugtrok.

Er verscheen een flauwe glimlach om Eliza's mond. 'Rose,' zei ze, alsof ze
de zoete naam wilde proeven. Het was net de naam van een sprookjesprinses.

24

Cliff Cottage, Cornwall, 2005

De wind joeg door Cassandra's haar, waardoor haar paardenstaart binnenstebuiten sloeg en weer zijn oorspronkelijke vorm aannam als een windzak op een vliegveld. Ze trok haar vest strak om haar schouders, bleef een ogenblik staan om op adem te komen en keek langs de smalle kustweg terug naar het dorp beneden. Kleine witte huisjes zaten tegen de rotswanden van de inham gekleefd als bladluis op een tak, het lichtblauwe water van de haven was bespikkeld met rode en blauwe vissersboten die bewogen op de deining, terwijl meeuwen duikvluchten uitvoerden op de vangst, of erboven cirkelden. Zelfs op deze hoogte was de lucht verzadigd van zout dat van de oppervlakte van de zee was gelikt.

Het pad langs de kliffen was zo smal dat Cassandra zich afvroeg hoe iemand ooit zo moedig kon zijn om met de auto naar boven te rijden. Aan weerskanten groeide lang, lichtgroen helmgras dat sidderde wanneer er een windvlaag doorheen raasde. Hoe hoger ze kwam, hoe meer vocht er in de lucht leek te hangen.

Cassandra keek op haar horloge. Ze had onderschat hoe lang het zou duren om de weg langs de kliffen te beklimmen, om maar niet te spreken van de vermoeidheid die haar benen halverwege in rubber veranderden. Het was een combinatie van jetlag en ouderwets slaapgebrek.

De voorgaande nacht had ze belabberd geslapen. De kamer en het bed waren vrij comfortabel, maar ze was door vreemde dromen geplaagd, het soort dat blijft hangen na het wakker worden, maar je ontglipt als je er vat op probeert te krijgen. Alleen de tentakels van het ongemak bleven achter.

In de loop van de nacht was ze gewekt door iets concreters, door een geluid alsof er een sleutel in het slot van haar kamerdeur werd gestoken. Ze wist zeker dat het dat was: iemand aan de andere kant van de deur stak een sleutel in het slot en morrelde eraan in een poging de deur open te krijgen.

Toen Cassandra die ochtend naar buiten ging, had ze dat bij de receptie gemeld en het meisje gevraagd of ze het tegen andere gasten wilde zeggen om zich ervan te vergewissen dat niemand zijn kamernummer was vergeten. Het meisje had haar verbaasd aangekeken en Cassandra er op vrij kille toon aan herinnerd dat het hotel magneetkaarten gebruikte in plaats van metalen sleutels. Ze had waarschijnlijk de wind gehoord die met het oude koperen sluitwerk speelde.

Ze vergat het incident weer en hervatte haar wandeltocht naar boven. Veel verder kon het niet zijn; de mevrouw van de kruidenierszaak in het dorp had gezegd dat het twintig minuten lopen was en ze was inmiddels al een half uur aan het klimmen.

Cassandra ging een bocht om en zag een rode auto die op het grind was gestopt. Een man en een vrouw stonden naar haar te kijken. Hij was lang en mager, zij klein en mollig. Even dacht Cassandra dat het toeristen waren die van het uitzicht genoten, maar toen ze gelijktijdig hun hand ophieven om te zwaaien, begreep ze wie het waren.

'Hallo!' riep de man terwijl hij naderbij kwam. Hij was van middelbare leeftijd, al wekten zijn spierwitte haar en baard aanvankelijk de indruk dat hij veel ouder was. 'Jij moet Cassandra zijn. Ik ben Henry Jameson.' Hij wees op de stralende vrouw. 'En dit is mijn vrouw Robyn.'

'Heel leuk om kennis met je te maken,' zei Robyn, die haar man op de voet was gevolgd. Haar grijze haar was keurig in een boblijn geknipt en streek langs haar mollige rode appelwangen.

Cassandra glimlachte. 'Bedankt dat jullie op zaterdag wilden komen, dat waardeer ik echt.'

'Onzin.' Henry haalde een hand door zijn dunne, verwaaide haar. 'Dat is geen enkele moeite. Ik hoop alleen dat je het niet erg vindt dat Robyn is meegekomen…'

'Natuurlijk vindt ze dat niet erg, waarom zou ze?' zei Robyn. 'Je vindt het toch niet erg?'

Cassandra schudde haar hoofd.

'Wat heb ik je gezegd? Ze vindt het absoluut niet erg.' Robyn pakte Cassandra's pols. 'Niet dat hij een schijn van kans had om me tegen te houden. Als hij dat had geprobeerd, had hij een echtscheiding geriskeerd.'

'Mijn vrouw is secretaris van de plaatselijke heemkundige vereniging,' zei Henry een tikje verontschuldigend.

'Ik heb een paar boekjes over de omgeving uitgebracht. Geschiedkundige voornamelijk, over de families van de streek, bekende monumenten, beroemde huizen. Mijn meest recente gaat over de smokkelhandel; we zijn in feite bezig alle artikelen op een website te zetten…'

'Ze heeft gezworen thee te drinken in elk huis van historische betekenis in het graafschap.'

'... Maar ik woon al mijn hele leven in het dorp en ik heb nog nooit een voet in dat oude huisje gezet.' Robyn glimlachte zo stralend dat haar wangen glommen. 'Ik moet toegeven dat ik verschrikkelijk nieuwsgierig ben.'

'Dat zouden we nooit hebben geraden, schat,' zei Henry vermoeid, en hij wees naar de heuvel. 'We moeten te voet verder, de weg houdt hier op.'

Robyn ging voorop en liep met doelbewuste tred door het verwaaide gras. Toen ze hoger kwamen, begon Cassandra de vogels op te merken. Massa's kleine, bruine zwaluwen riepen naar elkaar terwijl ze van de ene sprietige tak naar de volgende vlogen. Ze kreeg het merkwaardige gevoel dat ze werd gadegeslagen, alsof de vogels elkaar verdrongen om een oogje op de menselijke indringers te houden. Ze huiverde een beetje en daarna berispte ze zichzelf omdat ze zo kinderachtig deed en een mysterie verzon op een plek waar alleen maar een bepaalde sfeer hing.

'Mijn vader heeft in 1975 de verkoop aan uw grootmoeder geregeld,' zei Henry, die zijn grote stappen wat inhield om vlak achter Cassandra te gaan lopen. 'Ik was net als assistent-notaris op zijn kantoor begonnen, maar ik kan me de verkoop nog wel herinneren.'

'Dat doet iedereen,' riep Robyn. 'Het was het laatste stukje van het oude landgoed dat werd verkocht. Er waren mensen in het dorp die zwoeren dat het huisje nooit verkocht zou worden.'

Cassandra wierp een blik naar de zee. 'Waarom? Het huis moet een schitterend uitzicht hebben...'

Henry wierp een blik op Robyn, die met de hand op haar borstkas was blijven staan om op adem te komen. 'Nou ja, dat is wel zo,' zei hij, 'maar...'

'Er deden lelijke verhalen de ronde,' zei Robyn tussen twee hijgende ademtochten door. 'Geruchten en zo... over het verleden.'

'Waarover precies?'

'Malle geruchten,' zei Henry beslist. 'Een heleboel onzin van het soort dat je in elk Engels dorp kunt horen.'

'Er werd gezegd dat het er spookte,' vervolgde Robyn terloops.

Henry moest lachen. 'Noem mij één huis in Cornwall waar het niet spookt.'

Robyn draaide met haar lichtblauwe ogen. 'Mijn man is nuchter.'

'En mijn vrouw romantisch,' zei Henry. 'Cliff Cottage bestaat uit baksteen en specie, net zoals alle andere huizen in Tregenna. Het is net zomin behekst als ik.'

'En jij noemt jezelf een *Cornishman*.' Robyn stopte een lok weerbarstig haar achter haar oor en keek Cassandra met samengeknepen ogen aan. 'Geloof jij in spoken, Cassandra?'

'Ik denk het niet.' Cassandra moest denken aan het rare gevoel dat de vogels haar hadden gegeven. 'Althans niet het soort dat 's nachts herrie maakt.'

'Dan ben je een verstandig meisje,' zei Henry. 'Het enige wat de afgelopen dertig jaar daarbinnen is geweest, is af en toe een jongen uit de buurt die zijn makkers de stuipen op het lijf wilde jagen.' Henry haalde een zakdoek met een monogram uit zijn broekzak, vouwde hem in tweeën en depte zijn voorhoofd. 'Kom op, Robyn. Als we niet doorlopen, duurt het de hele dag en die zon is niet mis. We maken deze week een staartje zomer mee.'

De steile klim en het pad dat steeds smaller werd, maakten verder praten lastig en ze legden de laatste honderd meter in stilte af. Dunne sprietjes bleek gras blonken toen de wind er zacht doorheen streek.

Nadat ze een paar struiken duindoorn waren gepasseerd, kwamen ze eindelijk bij een natuurstenen muur. Die was minstens twee meter hoog en had iets ongerijmds, omdat ze zo'n lange weg hadden afgelegd zonder één enkel door mensenhanden vervaardigd bouwwerk te zien. De poort was een ijzeren boog met een hek waarin zich tentakels van een klimplant hadden gevlochten die door de tijd waren verkalkt. Een bordje dat ooit op het hek bevestigd moest zijn geweest, hing nu aan een hoek. Het was begroeid met lichtgroen en bruin mos als een wondkorst, en die had inhalig de groeven van de sierlijke letters in beslag genomen. Cassandra hield haar hoofd schuin zodat ze de tekst kon lezen: BETREDEN OP EIGEN RISICO.

'Die muur is een betrekkelijk recente toevoeging,' zei Robyn.

'Met "recent" bedoelt mijn vrouw dat hij minstens honderd jaar oud is. Het huisje zelf moet drie keer zo oud zijn.' Henry schraapte zijn keel. 'Welnu, je beseft toch wel dat het oude huisje behoorlijk bouwvallig is?'

'Ik heb een foto,' zei Cassandra. Ze haalde hem uit haar handtas.

Hij bekeek hem en trok zijn wenkbrauwen op. 'Die is voor de verkoop genomen, zou ik zeggen. Sindsdien is het een beetje veranderd. Het is niet onderhouden, begrijpt u.' Met zijn linkerhand duwde hij het smeedijzeren hek open en hij maakte een gebaar met zijn hoofd. 'Zullen we maar?'

Een pad voerde onder een pergola met stokoude rozen met artrose door. Toen ze de tuin in liepen, daalde de temperatuur. De algemene indruk was donker en somber. En het was stil, er hing een merkwaardige, doodse stilte. Zelfs het eeuwige geluid van de zee leek hier gedempt. Het was alsof de tuin achter de stenen muur sliep, wachtend op iets of iemand om hem te wekken.

'Cliff Cottage,' zei Henry toen ze het eind van het tuinpad bereikten.

Cassandra zette grote ogen op. Voor haar stond een kolossale bosschage van dichte en verstrengelde braamstruiken. Donkergroene, grillige klimop had alle muren overwoekerd en zelfs de ramen aan het oog onttrokken. Als ze niet had geweten dat er een huis stond, zou het moeite kosten onder de slingerplanten een door mensen gemaakt bouwwerk te ontdekken.

Henry kuchte en zijn gezicht kleurde opnieuw verontschuldigend. 'Je kunt wel zien dat het lang aan zijn lot is overgelaten.'

'Dat is met een grote beurt zo verholpen,' zei Robyn met een geforceerd optimisme dat gezonken schepen kon bergen. 'Er is geen reden tot somberheid; je hebt gezien wat ze in die verbouwingsprogramma's op de tv voor elkaar krijgen. Hebben jullie die ook in Australië?'

Cassandra knikte afwezig; ze stond nog steeds naar de nok van het dak te kijken.

'Volgens mij is het huisje te ver heen voor klussers, lieverd,' zei Henry. Hij haalde een sleutel uit zijn zak en hield hem Cassandra voor. 'Aan jou de eer.'

Cassandra nam de grote, koperen sleutel van hem aan. Hij had een sierlijke kop van krullerig bewerkt koper met een prachtig patroon en was opvallend zwaar. Toen Cassandra hem vasthield, kreeg ze een flits van herkenning. Zo'n sleutel had ze al eens eerder in haar hand gehad. Ze vroeg zich af wanneer. In het antiekwinkeltje? Het gevoel was heel sterk, maar het beeld wilde niet komen.

Cassandra stapte op het bordes van de voordeur. Ze zag het slot wel, maar de voordeur was overdekt door een web van klimop.

'Hier moet het wel mee lukken,' zei Robyn, en ze haalde een snoeischaar uit haar tas.

Henry trok een wenkbrauw op.

'Kijk me niet zo aan, lieverd. Ik ben een plattelandsmeisje; die zijn altijd op alles voorbereid.'

Cassandra nam het gereedschap van haar aan en knipte de strengen een voor een door. Toen ze allemaal loshingen, bleef ze even staan en streek ze met haar hand licht over het door zout aangevreten hout van de deur. Een deel van haar had weinig zin om naar binnen te gaan en wilde best een poosje op de drempel van de kennis blijven hangen, maar toen ze een blik over haar schouder wierp, werd ze bemoedigend toegeknikt door zowel Henry als Robyn. Cassandra stak de sleutel in het slot en moest twee handen gebruiken om hem om te draaien.

Het eerste wat haar trof was de stank, klam, vruchtbaar en doortrokken van dierlijke uitwerpselen. Zoals het regenwoud in haar vaderland Australië, waar het bladerdak van de bomen een aparte wereld verborg die vochtig

211

en vruchtbaar was, een gesloten ecosysteem dat weinig van indringers moest hebben.

Ze zette een stapje in de hal. De voordeur liet voldoende licht binnen om te tonen hoe minieme mosdeeltjes lui op de bedompte lucht dreven, te licht en te moe om te vallen. Haar schoenen maakten met elke stap zachte, verontschuldigende geluiden op de houten vloer.

Ze kwam bij de eerste kamer en wierp een blik naar binnen. Het was er donker omdat de ramen waren overdekt met het vuil van tientallen jaren. Toen Cassandra's ogen aan het donker gewend waren, zag ze dat het de keuken was. In het midden stond een lichtgekleurde houten tafel met taps toelopende poten, en er stonden twee rieten stoelen gehoorzaam onder geschoven. In een nis in de muur tegenover haar stond een zwart fornuis achter een pluizig gordijn van spinrag. Een buffet stond vol antieke kookattributen en in de hoek stond een spinnewiel waarop nog steeds een streng donkere wol zat.

'Het lijkt wel een museum,' fluisterde Robyn. 'Alleen stoffiger.'

'Ik denk niet dat ik jullie een kop thee kan aanbieden,' zei Cassandra.

Henry was naar het spinnewiel gelopen en wees naar een houten nis. 'Daar is een trap.'

Een smalle trap voerde recht omhoog naar een kleine overloop en sloeg abrupt af. Cassandra zette een voet op de eerste tree om te voelen hoe stevig die was. Dat viel mee. Behoedzaam ging ze naar boven.

'Voorzichtig, hoor,' zei Henry, die vlak achter haar liep. Zijn handen zweefden achter Cassandra's rug in een vage maar vriendelijke poging haar te beschermen.

Op de overloop bleef ze staan.

'Wat is er?' vroeg Henry.

'Een boom. De weg wordt versperd door een dikke boom. Hij is dwars door het dak gevallen.'

Henry keek over haar schouder. 'Ik denk niet dat Robyns snoeischaar hier veel zal uithalen,' zei hij. 'Je moet een bijl hebben.' Hij riep over zijn schouder: 'Heb jij een idee, Robyn? Wie zou jij bellen om een boom op te ruimen?'

Cassandra kwam weer naar beneden en Robyn zei: 'De zoon van Bobby Blake lijkt me de aangewezen persoon.'

'Jongen uit het dorp,' zei Henry met een knikje naar Cassandra. 'Heeft een hoveniersbedrijf. Hij doet ook het meeste werk rond het hotel. Een betere aanbeveling kun je je niet wensen.'

'Zal ik hem even bellen?' vroeg Robyn. 'Om te horen of hij van de week tijd heeft? Dan loop ik even naar de rand van het klif om te zien of ik daar ontvangst heb. Sinds we hier naar binnen zijn gegaan, is mijn mobiel zo dood als een pier.'

Henry schudde zijn hoofd. 'Iets meer dan een eeuw geleden ontving Marconi zijn eerste signaal en moet je zien hoe ver de techniek is gevorderd. Wist je dat het eerste signaal hier een eindje verder langs de kust werd uitgezonden? Vanuit Poldhu Cove?'

'O ja?' Nu het tot Cassandra begon door te dringen hoe bouwvallig het huis was, voelde ze zich in toenemende mate overweldigd. Ze was Henry wel dankbaar voor zijn komst, maar ze wist niet of ze veel belangstelling kon veinzen voor een college over het begin van de telecommunicatie. Ze veegde een sjaal van spinrag weg, leunde tegen de muur en glimlachte hem beleefd stoïcijns toe.

Henry leek haar stemming aan te voelen. 'Het spijt me verschrikkelijk dat het huisje in deze staat is,' zei hij. 'Ik kan er niets aan doen, maar ik voel me enigszins verantwoordelijk; ik ben nu eenmaal de notaris die het beheer van de sleutel heeft.'

'Je had er niets aan kunnen doen. Vooral niet omdat Nell je vader specifiek had gevraagd het zo te laten.' Ze glimlachte. 'Bovendien zou je je op verboden terrein hebben begeven; dat bordje voor het huis is duidelijk genoeg.'

'Dat is zo, en je grootmoeder heeft erop gestaan dat we er geen vaklui bij zouden halen. Ze zei dat het huis heel belangrijk voor haar was en dat ze de restauratie persoonlijk wilde begeleiden.'

'Volgens mij was ze van plan voorgoed hierheen te verhuizen,' zei Cassandra.

'Inderdaad,' zei Henry. 'Toen ik wist dat ik je vanmorgen zou treffen, heb ik het oude dossier nog eens doorgenomen. In al haar brieven staat dat ze zelf zou komen, tot ze begin 1976 schreef dat haar omstandigheden waren veranderd en ze niet terug zou komen, althans voorlopig. Maar ze vroeg mijn vader wel de sleutel te bewaren, zodat ze wist waar ze die moest zoeken als het zover was.' Hij keek om zich heen. 'Zover is het nooit gekomen.'

'Nee,' zei Cassandra.

'Maar nu ben jij hier,' zei Henry met hernieuwd enthousiasme.

'Ja.'

Er klonk een geluid bij de deur en ze keken allebei op. 'Ik heb Michael bereikt,' zei Robyn terwijl ze haar telefoon opborg. 'Hij zei dat hij woensdagochtend langskomt om een kijkje te nemen.' Ze wendde zich tot Henry. 'We moeten gaan, lieverd. Marcia verwacht ons voor de lunch en je weet hoe ze is als we te laat zijn.'

Henry trok zijn wenkbrauwen op. 'Onze dochter heeft vele deugden, maar geduld siert haar niet.'

Cassandra glimlachte. 'Bedankt voor alles.'

'Je haalt het niet in je hoofd om te proberen die dode boom zelf weg te halen, hoor,' zei hij. 'Hoe graag je ook een kijkje op de eerste verdieping wilt nemen.'

'Dat beloof ik.'

Toen ze over het tuinpad naar het hek liepen, draaide Robyn zich om naar Cassandra. 'Wist je dat je op haar lijkt?'

Cassandra knipperde met haar ogen.

'Je grootmoeder. Je hebt haar ogen.'

'Heb je haar dan ontmoet?'

'O, maar natuurlijk. Al voor ze het huisje kocht. Op een middag kwam ze naar het museum waar ik werk om inlichtingen over de plaatselijke geschiedenis in te winnen. In het bijzonder over een paar oude families.'

Vanaf de rand van het klif klonk Henry's stem. 'Schiet op, Robyn. Marcia zal het ons nooit vergeven als haar braadstuk aanbrandt.'

'De familie Mountrachet?'

Robyn gebaarde naar Henry. 'Precies. De familie die vroeger in het landhuis woonde. Ook over de Walkers. De schilder en zijn vrouw, en de schrijfster die spookjes publiceerde.'

'Robyn!'

'Ja, ja, ik kom al.' Ze draaide met haar ogen naar Cassandra. 'Hij heeft evenveel geduld als een rotje op het vuur, die man van mij.' Daarna haastte ze zich achter hem aan. De verzekering dat Cassandra altijd mocht bellen waaide op de zeebries achter haar aan.

25

Tregenna, Cornwall, 1975

Het Tregenna Museum of Fishing and Smuggling was gevestigd in een wit-gekalkt gebouwtje aan de rand van de buitenhaven, en hoewel het met de hand geschreven bordje achter het raam aan de voorkant duidelijk was over de openingstijden, was Nell al drie dagen in het dorp voordat ze binnen licht zag branden.

Ze draaide aan de deurknop en duwde een lage deur met een gordijn van kant open.

Aan de balie zat een keurige vrouw met bruin haar tot op de schouders. Ze was jonger dan Lesley maar leek veel ouder. Toen de vrouw Nell zag, stond ze op, zodat ze met haar benen een kanten kleed met een stapel documenten naar zich toe trok. Ze leek wel een kind dat betrapt wordt op het beroven van de koektrommel. 'Ik... Ik verwachtte niemand,' zei ze, turend over een grote bril.

Ze leek ook niet zo blij om een bezoeker te zien. Nell stak haar hand uit. 'Nell Andrews.' Ze wierp een blik op het naambordje op de balie. 'En u bent Robyn Martin?'

'We krijgen maar weinig bezoek buiten het seizoen. Ik pak even de sleutel.' Ze scharrelde tussen de paperassen op haar bureau en schoof een lok achter haar oor. 'De collectie is een beetje stoffig,' zei ze een tikje beschuldigend, 'maar ze is daar.'

Nell keek in de aangewezen richting. Achter een dichte glazen deur bevond zich een aangrenzend vertrekje met diverse netten, haken en hengels. Aan de wand hingen zwart-witfoto's van boten, bemanningen en baaien uit de buurt.

'Eigenlijk ben ik op zoek naar specifieke informatie,' zei Nell. 'De man van het postkantoor dacht dat u me wel kon helpen.'

'Mijn vader.'

'Pardon?'

'Mijn vader is directeur van het postkantoor.'

'Aha,' zei Nell. 'Nou, hij dacht dat u me misschien verder kon helpen. De inlichtingen die ik zoek hebben niets te maken met vissen of smokkelen, begrijpt u. Het gaat om plaatselijke geschiedenis. Familiegeschiedenis om precies te zijn.'

Robyns gezicht veranderde op slag. 'Waarom zei u dat niet meteen? Ik werk wel in dit visserijmuseum als bijdrage aan de gemeenschap, maar de geschiedenis van Tregenna is mijn lust en mijn leven. Hier.' Ze scharrelde door de paperassen op haar bureau waaraan ze had zitten werken en duwde Nell een papier in handen. 'Dat is de tekst voor een toeristenbrochure die ik maak. En ik leg net de laatste hand aan een opzet voor een artikel over belangrijke huizen. Een uitgever in Falmouth heeft al belangstelling getoond.' Ze keek op een fraai polshorloge aan een zilveren armketting. 'Ik zou graag met u praten, maar ik moet ergens heen...'

'Alstublieft,' zei Nell. 'Ik kom van ver, het duurt maar even. Als u een paar minuten voor me hebt...'

Robyn perste haar lippen op elkaar en keek Nell slim aan. 'Ik weet nog iets beters,' zei ze met een beslist knikje. 'U gaat met me mee.'

Tegelijk met het hoogwater was er een dikke deken van mist komen opzetten en die spande samen met de schemering om het dorp van alle kleur te beroven. Toen ze door smalle straatjes naar boven klommen, was de wereld in grijstinten gehuld. Robyn had door de veranderde weersomstandigheden iets nerveus gekregen. Ze liep in zo'n stevig tempo door dat Nell, die van nature zelf altijd flink doorliep, moeite had haar bij te benen. Nell vroeg zich weliswaar af waar ze zo snel heen gingen, maar het tempo was zo'n belemmering voor conversatie dat ze het niet kon vragen.

Aan het eind van de straat kwamen ze bij een huisje met een bord waarop PILCHARD COTTAGE stond. Robyn klopte aan en wachtte. Binnen brandde geen licht en ze bracht haar pols dicht bij haar ogen om te zien hoe laat het was. 'Nog steeds niet thuis. We zeggen steeds dat hij bijtijds naar huis moet wanneer het gaat misten.'

'Wie?'

Robyn keek naar Nell alsof ze even was vergeten dat de andere vrouw bij haar was. 'Gump, mijn grootvader. Hij gaat elke dag naar de boten kijken. Hij is zelf visser geweest, ziet u. Hij is al twintig jaar met pensioen, maar hij is pas tevreden als hij weet wie er op zee zit en waar ze vissen.' Haar stem haperde. 'Wij zeggen dat hij naar binnen moet als het mist, maar hij is zo eigenwijs...'

Ze stopte en tuurde in de verte.

Nell volgde haar blik en zag een vlek in de mist steeds donkerder worden. Iemand kwam hun kant op.

'Gump!' riep Robyn.

'Maak je niet druk, meisje,' klonk een stem uit de mist. Hij verscheen in het halfduister, beklom de drie treden van het bordes en draaide de sleutel in het slot om. 'Nou, sta daar niet te bibberen als een stel juffershondjes,' zei hij over zijn schouder. 'Kom binnen, dan kunnen we iets warms drinken.'

In de smalle vestibule hielp ze de oude man uit een regenjas waarop het zout was aangekoekt en uit zijn zwarte laarzen, die ze op een laag bankje zette. 'Je bent nat, opa,' zei ze berispend, nadat ze aan zijn geruite hemd had gevoeld. 'Je moet je verkleden.'

'Het valt wel mee,' zei de oude man met een klopje op de hand van zijn kleindochter. 'Ik ga een poosje bij het vuur zitten en tegen de tijd dat jij me een kop thee hebt gebracht ben ik weer kurkdroog.'

Toen Gump de deur naar de voorkamer door ging, trok Robyn haar wenkbrauwen een beetje op naar Nell, alsof ze zeggen wilde: zie je nu wat ik met hem te stellen heb?

'Gump is bijna negentig, maar hij weigert dit huis te verlaten,' zei ze zacht. 'Onderling hebben we geregeld dat er elke avond iemand bij hem gaat eten. Ik doe het van maandag tot en met woensdag.'

'Hij ziet er goed uit voor iemand van negentig.'

'Zijn ogen worden minder en zijn oren zijn niet best, maar hij wil nog steeds controleren of "zijn jongens" wel veilig terugkomen, zonder aandacht voor zijn eigen lichamelijke gebreken. God sta me bij als hem tijdens mijn dienst iets overkomt.' Ze keek door de glazen deur en haar gezicht vertrok toen ze de oude man op weg naar zijn stoel bijna over het kleed zag struikelen. 'Zou u... Ik bedoel, ik vroeg me af of u even bij hem wilt zitten, dan steek ik het vuur aan en zet ik water op. Ik zal pas gerust zijn als hij helemaal droog is.'

Aangelokt door het opwindende vooruitzicht eindelijk iets over haar familie te weten te komen, was er weinig waartoe Nell niet bereid was. Ze knikte en Robyn ging met een opgeluchte glimlach naar binnen.

Gump was in een bruine leren leunstoel gaan zitten en had een knusse lappendeken over zijn benen gelegd. Toen Nell die deken zag, moest ze even denken aan Lil en de lappendekens die ze voor haar en haar zussen had gemaakt. Ze vroeg zich af wat haar moeder van deze zoektocht zou vinden, of ze zou begrijpen waarom het voor Nell zo belangrijk was om de eerste vier jaar van haar leven in kaart te brengen. Waarschijnlijk niet. Lil had altijd geloofd dat je het beste moest maken van de situatie die je was toebedeeld. Het had geen zin je af te vragen wat hád gekund, zei ze altijd, het enige wat ertoe doet is wat ís. Dat was allemaal goed en wel voor Lil, want die had altijd de waarheid over zichzelf geweten.

Robyn richtte zich op en achter haar in de haard sprongen de vlammen van de ene prop papier naar de andere. 'Ik ga thee zetten Gump, en iets te eten klaarmaken. Terwijl ik in de keuken ben, zal mijn vriendin hier...' Ze keek Nell onderzoekend aan. 'Sorry...'

'Nell. Nell Andrews.'

'... Nell blijft bij je zitten, Gump. Ze is op bezoek in Tregenna en heeft belangstelling voor de plaatselijke families. Kun jij haar misschien iets over vroeger vertellen zolang ik weg ben?'

De oude man spreidde zijn handen waarin zich een leven van touwen sjorren en haken aan lijnen bevestigen had afgetekend. 'Je kunt me alles vragen,' zei hij, 'dan zal ik je vertellen wat ik weet.'

Toen Robyn door een lage deuropening verdween, keek Nell om zich heen om een plek te vinden waar ze kon zitten. Ze koos een hoge, groene oorfauteuil bij de haard en genoot van de gloed van het vuur, dat haar van opzij verwarmde.

Gump keek op van de pijp die hij stopte en trok zijn wenkrauwen vragend op. Blijkbaar was het woord aan haar.

Nell schraapte haar keel, schuifelde een beetje met haar voeten op het kleed en vroeg zich af waar ze moest beginnen. Ze besloot er niet omheen te draaien. 'Ik heb belangstelling voor de familie Mountrachet.'

Gumps lucifer siste en hij trok stevig aan zijn pijp om de vlam erin te jagen.

'Ik heb wat rondgevraagd in het dorp, maar niemand schijnt iets van hen te weten.'

'O, ze weten het wel, hoor,' zei hij, terwijl hij een rookwolk uitblies. 'Ze praten er alleen niet over.'

Nell trok haar wenkbrauwen op. 'Waarom niet?'

'In Tregenna houden ze wel van een sappige roddel, maar de meeste mensen zijn een bijgelovig zootje. We praten opgewekt over van alles en nog wat, maar vraag je wat er daarboven op het klif is gebeurd, dan klappen de mensen dicht.'

'Dat heb ik gemerkt,' zei Nell. 'Is dat omdat de Mountrachets van adel waren, van de hoogste klasse?'

Gump snoof. 'Ze hadden wel geld, maar je moet het niet over klasse hebben.' Hij nam een nijdige haal van zijn pijp en boog zich naar voren. 'Die titel was betaald met het bloed van onschuldige mensen. Het was in 1724. Op een dag stak er in de namiddag een vliegende storm op, de ergste die ze in jaren hadden meegemaakt. Het dak werd van de vuurtoren geblazen en de vlam van de nieuwe olielamp werd uitgeblazen alsof het een kaarsje was. De maan liet zich niet zien en de nacht was zo zwart als mijn laarzen.' Zijn bleke lippen klemden zich om zijn pijp. Hij zoog lang en hard en kwam op dreef. 'De meeste kotters waren al bijtijds binnen, maar er was nog één brigantijn buitengaats, een tweemaster met een bemanning van kapers.

Die bemanning had geen schijn van kans. Er wordt gezegd dat er golven bij waren die tot halverwege de kliffen van Sharpstone reikten, en dat het schip als een kinderspeeltje heen en weer werd geslingerd. Het werd zo hard tegen de rotsen gekwakt dat het uit elkaar begon te vallen voordat het de inham bereikte. Er verschenen berichten in de krant en er werd een onderzoek ingesteld door de autoriteiten, maar meer dan een paar stukken *red cedar* van de romp werd er niet geborgen. Ze gaven natuurlijk de schuld aan de vrije handelaren hier.'

'Vrije handelaren?'

'Smokkelaars,' zei Robyn, die met een dienblad met thee binnenkwam.

'Maar die hebben de lading niet van dat schip gestolen,' zei Gump. 'O, nee. Dat heeft die familie gedaan, de familie Mountrachet.'

Nell nam de kop thee aan die Robyn haar voorhield. 'Waren de Mountrachets smokkelaars?'

Gump stiet een droog rokerslachje uit en nam een slokje thee. 'Zo'n keurig beroep hadden ze niet. Smokkelaars dragen hun steentje bij door schepen die in moeilijkheden verkeren te verlossen van spullen met een te hoge accijns, maar ze helpen ook met het redden van de bemanning. Wat er die avond in de inham van Blackhurst gebeurde was roverswerk, het werk van rovers en moordenaars. Ze joegen de hele bemanning over de kling, stalen de lading uit het ruim en voordat iemand de kans kreeg om te horen wat er was gebeurd, sleepten ze het schip met lijken en al de volgende ochtend bij het krieken van de dag de zee op en brachten het tot zinken. Vervolgens verdienden ze een fortuin met kisten parels en ivoor, waaiers uit China en Spaanse sieraden.'

Gezeten op het verschoten fluweel van haar grootvaders voetenbankje vatte Robyn de draad van het verhaal op. 'De volgende paar jaar onderging Blackhurst een grondige renovatie. Ik heb er net over geschreven voor mijn brochure "Beroemde huizen van Cornwall". In die tijd kwamen er een derde verdieping en een aantal folly's in de tuin bij. En de koning verleende meneer Mountrachet een adellijke titel.'

'Je staat ervan te kijken wat een paar welgekozen geschenken kunnen uithalen.'

Nell schudde haar hoofd en ging ongemakkelijk verzitten. Het was niet het geschikte ogenblik om te vertellen dat die moordzuchtige rovers haar voorouders waren. 'Te bedenken dat ze er ongestraft van afkwamen.'

Robyn wierp een blik op Gump, die zijn keel schraapte. 'Nou ja,' mompelde die. 'Dat zou ik niet zeggen.'

Nell keek verward van de een naar de ander.

'Er zijn ergere straffen dan die door de wet worden toegemeten. Neem dat maar van mij aan; er zijn ergere straffen.' Gump perste er een diepe zucht uit. 'Na wat er in de inham is voorgevallen, is de familie daarboven vervloekt, stuk voor stuk.'

Nell leunde teleurgesteld naar achteren. Een familievloek. Net nu ze op het punt stond wat feitelijke informatie te krijgen.

'Vertel eens over het schip, Gump,' zei Robyn, die Nells ontmoediging leek aan te voelen. 'Het zwarte schip.'

Gump voldeed maar al te graag aan dat verzoek. Hij verhief zijn stem een beetje voor het effect. 'De familie mocht het schip wel tot zinken hebben gebracht, maar zo makkelijk waren ze het niet kwijt, althans niet lang. Het verschijnt af en toe nog steeds aan de horizon. Meestal vlak voor of na een storm. Een grote, zwarte brigantijn, een spookschip op de rede van de inham, om de nazaten van de schuldigen te achtervolgen.'

Nell trok een wenkbrauw op. 'Hebt u het gezien, dat schip?'

De oude man schudde zijn hoofd. 'Ik dacht dat ik het een keer had gezien, maar ik had me goddank vergist.' Hij boog zich naar voren. 'Dat schip wordt door een kwaaie wind in beeld geblazen. Ze zeggen dat mensen die het spookschip zien, voor zijn ondergang moeten boeten. Als jij het ziet, ziet het jou. En ik weet alleen dat al degenen die toegeven het gezien te hebben meer tegenspoed tot zich trekken dan een mens eigenlijk hoort te dragen. De oorspronkelijke naam van de brigantijn was de Jacquard, maar hier noemen we het de Black Hearse (de Zwarte Lijkwagen, vert.)

'Blackhurst Estate,' zei Nell. 'Ik neem aan dat het geen toeval is.'

'Ze is niet van gisteren,' glimlachte Gump om zijn pijp heen naar Robyn. 'Er zijn mensen die menen dat het landgoed zo aan zijn naam is gekomen.'

'U niet dan?'

'Ik heb altijd gedacht dat die naam meer te maken had met de grote, zwarte rots, daar in Blackhurst Cove. Er loopt een tunnel dwars doorheen, weet u. Vroeger liep die van de inham helemaal omhoog naar een plek op het landgoed en vandaar weer naar het dorp beneden. Een zegen voor de smokkelaars, maar wel een humeurige. Er is iets met de hoeken en vormen van die tunnel. Als het tij hoger reikte dan verwacht, maakte iemand in de grotten weinig kans het te overleven. Die rots is in de loop der jaren de *hearse*, de lijkwagen van menige dappere ziel geweest. Als u ooit een blik op het strand van het landgoed hebt geworpen, moet u hem hebben gezien. Een monsterachtig, grillig geval.'

Nel schudde haar hoofd. 'Ik heb de inham nog niet gezien. Ik heb gisteren geprobeerd een bezoek aan het huis te brengen, maar de poort zat op slot. Ik ga morgen terug om een introductiebrief in de bus te laten vallen. Ik hoop dat ik van de eigenaars een kijkje mag nemen. Enig idee wat voor mensen het zijn?'

'Het zijn nieuwe mensen,' zei Robyn ernstig. 'Het zijn mensen van buiten, en er wordt gezegd dat er een hotel van wordt gemaakt.' Ze boog zich naar voren. 'Ze zeggen dat de jonge vrouw des huizes schrijfster is, van liefdesgeschiedenissen en zo. Zij is echt zo'n glamourtype en haar boeken zijn behoorlijk gewaagd.' Ze wierp een steelse blik op haar grootvader. 'Niet dat ik ze gelezen heb.'

'Ik zag een deel van het landgoed bij een makelaar te koop staan,' zei Nell. 'Ze hebben een huisje dat Cliff Cottage heet te koop gezet...'

Gump lachte schor. 'En dat zal altijd te koop blijven staan. Niemand is zo gek om het te kopen. Er komt meer dan een lik verf voor kijken om dat huis te verlossen van alle ellende die het heeft gezien.'

'Wat voor ellende?'

Gump, die zijn verhalen tot dan toe met veel verve had opgedist, deed er opeens het zwijgen toe en moest wat op die laatste vraag kauwen. Er ging een flikkering door zijn ogen. 'Dat huis had al jaren geleden afgebrand moeten worden. Daar zijn dingen gebeurd die het daglicht niet kunnen velen.'

'Wat voor dingen?'

'Dat hoef je niet te weten,' zei hij met trillende lippen. 'Neem dat gewoon maar van mij aan. Er zijn van die huizen die je niet opknapt met een pot verf.'

'Ik was niet van plan het te kopen,' zei Nell, verrast door zijn heftigheid. 'Ik dacht alleen, misschien is het een manier om het landgoed te zien.'

'Om de inham te zien, hoef je niet over het landgoed Blackhurst. Die kun

221

je van de top van het klif zien.' Hij wees met de steel van zijn pijp in de richting van de kust. 'Je neemt het pad vanuit het dorp om de landtong heen en je loopt door naar Sharpstone, dan zie je hem vanzelf in de diepte liggen. De mooiste baai van heel Cornwall, op die afschuwelijke rots na. Van het bloed dat daar vroeger op het strand is vergoten, is geen spoor te bekennen.'

Er hing een sterke geur van gebakken rundvlees met rozemarijn en Robyn pakte schaaltjes en lepels uit het buffet. 'Je blijft toch wel eten, Nell?'

'Natuurlijk blijft ze eten,' zei Gump, die achteroverleunde in zijn stoel. 'Ik pieker er niet over haar op een avond als deze weg te sturen. Het is daar buiten aardedonker, je ziet geen hand voor ogen.'

Het was een verrukkelijke stoofpot en Nell hoefde zich geen twee keer te bedenken om zich nog eens te laten opscheppen. Naderhand verontschuldigde Robyn zich om de afwas te gaan doen, en Nell en Gump waren weer alleen. De kamer was inmiddels behaaglijk warm geworden en de oude man had rode wangen gekregen. Hij voelde haar kijken en knikte vriendelijk.

Het gezelschap van William Martin had iets rustgevends en zijn voorkamer gaf haar een beschermd gevoel. Het was alsof het gebruikelijke ritme van de tijd door een bezwering ongedaan was gemaakt en hen alle drie even had verlost van de beslommeringen van alledag. Nell besefte dat dit de macht van de verhalenverteller was: het vermogen om zodanig kleur op te roepen dat de rest van de wereld verbleekte. En William Martin was een geboren verhalenverteller, dat leed geen twijfel. Hoeveel ze van zijn verhalen moest geloven, was een tweede. Het was duidelijk dat hij de gave had om goud uit stro te spinnen, maar toch was hij waarschijnlijk de enige persoon die ze zou vinden die de jaren had beleefd waarvoor zij belangstelling had. Het haardvuur verwarmde haar van opzij, zodat het aangenaam jeukte. 'Ik vroeg me af,' zei ze, 'of u in uw jonge jaren Eliza Makepeace hebt gekend. Ze was schrijfster en protegee van Linus en Adeline Mountrachet.'

Er viel een tastbare stilte. William zei zacht: 'Iedereen kende Eliza Makepeace.'

Nell herademde. Eindelijk. 'Weet u wat er van haar is geworden?' vroeg ze ademloos. 'Ik bedoel uiteindelijk. Hoe en waar ze is gestorven.'

Hij schudde zijn hoofd. 'Dat weet ik niet.'

Er was iets terughoudends in de houding van de oude man geslopen, iets behoedzaams dat er voorheen niet was geweest. Hoewel de implicatie Nells hart deed zwellen van hoop, besefte ze dat ze voorzichtig te werk moest gaan. Ze wilde voorkomen dat hij in zijn schulp zou kruipen. 'En van de tijd daarvoor, toen zij op Blackhurst woonde? Kunt u me daar iets over vertellen?'

'Ik bedoelde dat ik wist wie ze was, maar ik heb nooit de kans gehad om haar goed te leren kennen. Ik was niet welkom in het grote huis; zo was het beleid van de mensen die het daar voor het zeggen had.'

Nell hield vol. 'Van wat ik heb begrepen is Eliza in 1913 voor het laatst in Londen gezien. Ze had een klein meisje, Ivory Walker bij zich, die toen vier was. De dochter van Rose Mountrachet. Kunt u een reden bedenken, wat voor reden ook, dat Eliza Makepeace misschien van plan was een reis naar Australië te maken met het kind van iemand anders?'

'Nee.'

'Hebt u enig idee waarom de familie Mountrachet het verhaal de wereld in hielp dat hun kleindochter dood was, terwijl ze in feite springlevend was?'

Met gebarsten stem antwoordde hij: 'Nee.'

'Dus u wist dat Ivory in leven was, ondanks de berichten van het tegendeel?'

Het vuur knetterde. 'Dat wist ik niet, omdat het ook niet zo is. Dat kind is aan roodvonk gestorven.'

'Ja, ik weet dat ze dat destijds hebben gezegd.' Nells gezicht was warm geworden en haar hoofd bonkte. 'Ik weet ook dat het niet waar is.'

'Hoe weet je dat?'

'Omdat ik dat kind was.' Nells stem brak. 'Ik ben op mijn vierde in Australië aangekomen. Eliza Makepeace had me op de boot gezet, terwijl iedereen dacht dat ik dood was. En het schijnt dat niemand me kan vertellen waarom.'

Williams gezichtsuitdrukking was moeilijk te doorgronden. Hij leek op het punt antwoord te geven, maar bedacht zich.

In plaats daarvan stond hij op en rekte zijn armen zo uit dat zijn buik naar voren stak. 'Ik ben moe,' zei hij nors. 'Het wordt tijd dat ik onder de wol kruip.' Hij riep: 'Robyn!'

'Gump?' Robyn kwam met een theedoek in haar hand uit de keuken. 'Wat is er?'

'Ik ga naar bed.' Hij ging naar de smalle trap die vanuit de kamer met een boog naar boven liep.

'Wil je niet nog een kop thee? Het was juist zo gezellig.' Ze keek verbaasd naar Nell.

William legde in het voorbijgaan een hand op Robyns schouder. 'Als je weggaat, leg je nog maar wat hout op het vuur, lieverd. We willen niet dat de mist naar binnen trekt.'

Terwijl Robyns ogen groot van verbazing werden, pakte Nell haar eigen jas. 'Ik moest maar eens gaan.'

'Het spijt me erg,' zei Robyn. 'Ik weet niet wat hem bezielt. Hij is oud, hij is gauw vermoeid...'

'Natuurlijk.' Nell knoopte haar jas dicht. Ze wist dat ze zich moest verontschuldigen, het was tenslotte haar schuld dat de oude man van zijn stuk was geraakt, maar ze kon zich er toch niet toe brengen. De teleurstelling had zich als een schijfje citroen in haar keel gehecht. 'Bedankt voor je tijd,' bracht ze nog uit, terwijl ze de voordeur uit stapte en de dichte mist in liep.

Toen Nell onder aan de heuvel was, wierp ze een blik over haar schouder en ze zag dat Robyn nog steeds stond te kijken. Toen de andere vrouw haar hand ophief om te zwaaien, zwaaide ze terug.

William Martin mocht dan oud en moe zijn geweest, maar zijn plotselinge vertrek was aan iets anders te wijten. Nell kon het weten. Ze had haar eigen pijnlijke geheim lang genoeg voor zich gehouden om een lotgenoot te herkennen. William wist meer dan hij losliet, en Nells behoefte om de waarheid naar boven te halen was sterker dan haar respect voor zijn privacy.

Ze klemde haar lippen opeen en boog haar hoofd tegen de kou. Ze was vastbesloten om hem zover te krijgen haar alles te vertellen wat hij wist.

26

Blackhurst Manor, Cornwall, 1900

Eliza had gelijk, de naam Rose paste goed bij een sprookjesprinses. Rose Mountrachet beschikte over de ongebruikelijke privileges en schoonheid die bij die rol pasten. Maar helaas voor de kleine Rose waren de eerste twaalf jaar van haar leven allesbehalve een sprookje.

'Wijd opendoen.' Dokter Matthews haalde een dunne spatel uit zijn leren tas en drukte Rose' tong plat. Hij boog zich naar voren om in haar keel te kijken met zijn gezicht zo dicht bij het hare dat Rose de onwelkome gelegenheid had zijn neusharen te inspecteren. 'Hm,' zei hij, waardoor die haartjes gingen trillen.

Rose hoestte zwakjes toen de dokter zijn spatel terugtrok en langs haar keel schraapte.

'En, dokter?' Mama kwam uit de schaduw; haar spitse vingers staken bleek af tegen haar donkerblauwe jurk.

Dokter Matthews verhief zich in zijn volle lengte. 'U hebt er goed aan gedaan mij te laten komen, lady Mountrachet. Er is inderdaad sprake van een ontsteking.'

Mama zuchtte. 'Dat dacht ik al. Hebt u een recept voor me, dokter?'

Terwijl dokter Matthews een overzicht gaf van de aanbevolen behandeling, draaide Rose haar hoofd weg en deed haar ogen dicht. Ze geeuwde een beetje. Zo lang ze zich kon heugen had ze al geweten dat ze niet lang te leven had.

In zwakkere momenten verbeeldde Rose zich wel eens hoe het zou zijn als ze niet wist dat ze dood zou gaan, als het leven zich voor onbepaalde tijd voor haar uitstrekte als een lange weg met onvoorziene bochten en afslagen, met mijlpalen zoals haar intrede in de beau monde, een man en kinderen. Een magnifiek huis van haarzelf waarmee ze indruk op andere dames kon maken. O ja, als ze eerlijk was, verlangde ze heel sterk naar zo'n leven.

Maar zulke fantasieën liet ze niet vaak toe. Wat had zeuren nou voor zin? In plaats daarvan wachtte ze, herstelde ze en werkte ze aan haar plakboek. Wanneer ze maar kon, las ze over plaatsen die ze nooit zou bezoeken en feiten die ze nooit zou gebruiken in gesprekken die ze nooit zou voeren, wachtend op de volgende episode die haar weer een stap dichter bij Het Einde zou brengen, in de hoop dat de volgende aandoening misschien wat interessanter zou zijn dan de voorgaande. Iets met minder pijn en meer bevrediging. Zoals die keer dat ze mama's vingerhoedje had ingeslikt.

Dat had ze natuurlijk niet expres gedaan. Als het niet zo mooi en glimmend was geweest in zijn eikelvormig houdertje, zou ze er niet aan hebben gezeten. Maar het was wel mooi geweest en zij had eraan gezeten. Welke achtjarige zou dat niet hebben gedaan? Ze had geprobeerd het op het puntje van haar tong te laten balanceren, ongeveer zoals de clown in haar boek over het Meggendorfer Circus, die een rode bal op zijn malle puntneus in evenwicht hield. Het was natuurlijk niet verstandig geweest, maar ze was tenslotte nog maar een kind, en bovendien had ze het kunstje een paar maanden uitgevoerd zonder dat er iets was misgegaan.

De episode met het vingerhoedje was in alle opzichten gunstig verlopen. Ze hadden direct de dokter erbij gehaald, een nieuwe arts die pas kort daarvoor de dorpspraktijk had overgenomen. Hij had getast en gepord en gedaan wat dokters doen, voordat hij nerveus suggereerde dat hier een nieuw diagnostisch hulpmiddel van enig nut kon zijn. Door het maken van een foto had hij zonder ook maar een scalpel aan te raken recht in Rose' maag kunnen kijken. Iedereen was blij geweest met dat voorstel: vader, wiens ervaring met een camera betekende dat hij die moderne opname mocht maken; dokter Matthews omdat hij de foto kon publiceren in een speciaal tijdschrift genaamd *The Lancet*, en mama omdat de publicatie een golf van opwinding door haar kringen deed waren.

Wat Rose zelf betreft, werd het vingerhoedje ongeveer achtenveertig uur later (hoogst onwelvoeglijk) uitgescheiden en zij kon zwelgen in de zekerheid dat ze haar vader eindelijk een plezier had kunnen doen, al was het genoegen maar van korte duur. Niet dat hij dat zei, dat was zijn stijl niet, maar Rose was erg gevoelig als het aankwam op het herkennen van de stemming van haar ouders (al kon ze naar de oorzaak misschien nog niet gissen). En haar vaders genoegen maakte dat Rose net zo opkikkerde en zo licht werd als een soufflé van de kok.

'Zal ik mijn onderzoek voltooien, met uw welnemen, lady Mountrachet?'

Rose zuchtte toen dokter Matthews haar nachtjapon optilde om haar buik te onderzoeken. Ze deed haar ogen stijf dicht toen zijn koude vingers op haar huid drukten en ze dacht aan haar plakboek. Mama had een tijdschrift met de nieuwste bruidsmode uit Londen laten komen, en Rose versierde de bladzijde in haar plakboek schitterend met kant en lint uit haar handwerkdoos. Haar bruid werd heel mooi: een sluier van Belgische kant met zaadpareltjes op de zoom gelijmd en droogbloemen als bruidsboeket. De bruidegom was een andere kwestie. Rose wist niet veel van heren. (En dat was maar goed ook, want het was niet betamelijk voor een jongedame om zulke dingen wel te weten.) Maar Rose had het gevoel dat de bijzonderheden van de bruidegom van weinig belang waren, zolang de bruid maar mooi en zuiver was.

'Het ziet er allemaal bevredigend uit,' zei dokter Matthews, terwijl hij Rose' nachtjapon weer rechttrok. 'Gelukkig is de ontsteking plaatselijk. Maar mag ik u raden dat ik u nog eens uitgebreider spreek over de beste behandeling, lady Mountrachet?'

Rose deed net op tijd haar ogen open om te zien dat de dokter temerig naar mama lachte. Wat een vermoeiende man was het toch. Hij viste altijd naar een uitnodiging om op de thee te komen, op een kans om meer leden van de landadel te ontmoeten en te kunnen behandelen. De gepubliceerde foto's van Rose' vingerhoedje *in positus* had hem een zeker cachet bezorgd in de hoge kringen van het graafschap, en daar had hij snel munt uit geslagen. Toen hij zijn stethoscoop keurig in zijn grote, zwarte tas terugstopte en met zijn keurige vingertjes op zijn plaats drukte, sloeg Rose' verveling om in irritatie.

'Ga ik dus nog niet naar de hemel, dokter?' vroeg ze, overdreven met haar ogen knipperend toen ze zag dat hij rood aanliep. 'Want ik werk nog aan een bladzijde van mijn plakboek, en het zou zonde zijn als ik die niet af zou krijgen.'

Dokter Matthews lachte meisjesachtig en wierp een blik op mama. 'Welnu, meisje,' stamelde hij, 'er is geen reden tot zorgelijkheid. Mettertijd worden we allemaal aan Gods dis welkom geheten...'

Rose keek een poosje naar hem toen hij aan een ongemakkelijk betoog over leven en dood begon, voordat ze haar hoofd afwendde omdat ze een beetje moest lachen.

Het vooruitzicht van een vroegtijdige dood wordt door iedereen weer anders ervaren. Aan sommige mensen verleent het een rijpheid die de leeftijd en ervaring van de betrokkene verre overstijgt: dan bloeit de rustige acceptatie tot een fraai karakter en een zachte uitstraling. Maar bij anderen groeit er een ijspegeltje in het hart. Een ijspegel die zich soms wel verstopt, maar nooit echt smelt. Dan heb je op het eind van je leven het vermogen om koud te worden, de gave van onbarmhartigheid.

Hoewel Rose graag tot de eerste categorie had behoord, besefte ze diep in haar hart dat ze het laatste type was. Niet dat ze onuitstaanbaar was, ze had eerder een talent voor gevoelloosheid ontwikkeld, een vermogen om buiten zichzelf te treden om situaties te observeren zonder door sentiment te worden gehinderd.

'Dokter Matthews.' Mama onderbrak zijn wanhopige beschrijving van Gods kleine engeltjes. 'Waarom wacht u niet even op me in de huiskamer beneden? Ik laat Thomas thee brengen.'

'Jawel, lady Mountrachet,' zei hij, opgelucht om van het netelige onderwerp verlost te zijn. Hij meed de ogen van Rose toen hij de kamer verliet.

'Nou, Rose,' zei mama, 'dat was heel ongemanierd van je.'

De berisping werd afgezwakt door mama's recente bezorgdheid, dus wist Rose dat ze geen straf zou krijgen. Die kreeg ze nooit. Wie werd er nu boos op een jong meisje dat ten dode was opgeschreven? Rose zuchtte. 'Ik weet het, mama, en het spijt me. Ik voel me alleen zo duizelig en als ik naar dokter Matthews luister, wordt het alleen maar veel erger.'

'Een zwakke constitutie is een vreselijk kruis.' Mama pakte Rose' hand. 'Maar je bent een jongedame, je bent een Mountrachet. En een zwakke gezondheid is geen excuus voor manieren die minder dan onberispelijk zijn.'

'Ja, mama.'

'Ik moet nu met de dokter gaan praten,' zei ze, terwijl ze haar koele vingertoppen op Rose' wang legde. 'Ik kom weer even bij je kijken wanneer Mary je eten brengt.'

Ze stevende naar de deur en haar rokken ruisten toen ze van het tapijt de houten vloer betrad. 'Mama?' riep Rose.

Mama draaide zich om. 'Ja?'

'Ik wilde u iets vragen.' Rose aarzelde, niet goed wetend hoe ze het moest zeggen omdat ze zich bewust was hoe nieuwsgierig haar vraag was. 'Vanmorgen zag ik een jongen in de tuin, verborgen achter de rododendrons.'

Mama's linkerwenkbrauw schoot even uit de plooi. 'Een jongen?'

'Vanmorgen zag ik hem toen ik uit het raam keek, nadat Mary me naar mijn stoel had gebracht. Hij stond achter de camelia met Davies te praten. Het was een ondeugend jongetje met verwarde rode haren en een nogal brutale houding.'

Mama legde een hand op de bleke huid onder haar hals. Ze ademde langzaam en regelmatig uit, zodat Rose' belangstelling nog groter werd. 'Dat was geen jongen, Rose.'

'Mama?'

'Dat was je nichtje Eliza.'

Rose zette grote ogen op. Dat was onverwacht. In de eerste plaats omdat het niet kon. Mama had geen broers of zussen, en toen grootmoeder was overleden, waren mama, papa en Rose de enige Mountrachets die er nog over waren. 'Ik heb helemaal geen nicht.'

Mama rechtte de rug en sprak ongewoon haastig. 'Helaas wel. Ze heet Eliza en ze woont voortaan op Blackhurst.'

'Voor hoe lang?'

'Voor onbepaalde tijd, vrees ik.'

'Maar mama…' Rose voelde zich duizeliger dan ooit. Hoe kon zo'n haveloos straatkind haar nícht zijn? 'Dat haar… Die houding… Haar kleren waren helemaal nat en zij zag er vies en verwaaid uit…' Rose huiverde. 'Ze zat onder de bladeren…'

Mama bracht een vinger naar haar lippen. Ze keerde zich naar het raam en een donkere krul in haar nek beefde. 'Ze kon nergens anders heen. Vader en ik hebben besloten haar in huis te nemen. Het is een daad van christelijke naastenliefde die ze nooit op waarde zal schatten, laat staan dat ze die verdient, maar de mensen moeten altijd zien dat je het juiste doet.'

'Maar, mama, wat móét ze hier?'

'Ons zonder enige twijfel grote ergernis bezorgen, maar we kunnen haar moeilijk de deur wijzen. Niets doen zou er heel slecht hebben uitgezien, dus moeten we van de nood een deugd maken.' Haar woorden klonken als gevoelens die met kracht door een zeef werden geforceerd. Ze leek de holheid zelf te beseffen en zweeg verder.

'Mama?' Rose probeerde voorzichtig haar moeders stilzwijgen te doorbreken.

'Vroeg je wat ze hier komt doen?' Mama draaide zich om naar Rose en haar stem had weer iets van zekerheid terug. 'Ik geef haar aan jou.'

'Aan mij?'

'Als een soort project. Ze wordt jouw beschermeling. Als je weer sterk genoeg bent, moet jij haar leren hoe ze zich moet gedragen. Ze is amper meer dan een wilde en er zit geen sprankje gratie of charme bij. Ze is een weeskind dat weinig of geen begeleiding heeft gekregen wat betreft de omgangsregels onder fatsoenlijke mensen. Haar toekomst, sterker nog, haar geluk hangt af van jouw welslagen.' Mama zuchtte. 'Ik koester natuurlijk geen illusies, en verwacht niet dat je wonderen verricht.'

'Ja, mama.'

'Een luipaard zal nooit zijn vlekken kwijtraken en een weeskind uit de goot zal nooit een roos worden, maar we moeten doen wat in ons vermogen ligt; ze moet gelouterd worden. Je kunt je amper voorstellen aan welke invloeden dat weeskind is blootgesteld. Ze heeft in Londen gewoond, in een poel van abjecte decadentie en zonde.'

En toen wist Rose wie dat kind moest zijn. Deze Eliza was de dochter van papa's zus, de geheimzinnige Georgiana, wier portret mama naar de zolder had verbannen en over wie niemand dorst te spreken.

Dat wil zeggen, niemand behalve grootmoeder.

Toen de oude vrouw in haar laatste levensmaanden als een aangeschoten beer naar Blackhurst was teruggekeerd en zich in de torenkamer had teruggetrokken om te sterven, was ze af en toe bij kennis gekomen en praatte ze met horten en stoten over twee kinderen die Linus en Georgiana heetten. Rose wist dat Linus haar vader was, dus leidde ze daaruit af dat Georgiana zijn zus moest zijn. De zus die voor de geboorte van Rose was verdwenen.

Het noodlot wilde dat Rose in die tijd betrekkelijk gezond was, en mama moedigde haar aan om bij oma te zitten. Ze vond het van onschatbaar belang dat een fatsoenlijke jongedame zieken en stervenden leerde verzorgen. En hoewel Rose vermoedde dat mama's enthousiasme meer voortkwam uit haar tegenzin om zelf voor de oude vrouw te zorgen dan uit het gevoel van didactische plicht, protesteerde ze niet.

Rose vond het namelijk leuk om bij grootmoeder te zitten en om haar gade te slaan in haar slaap, wetend dat elke ademtocht de laatste kon zijn. Die schilferende huid en donkere holten onder haar ogen, die kleine rode haartjes die als een spinnenweb op haar verwelkte bovenlip groeiden en nerveus trilden bij elke zwoegende ademtocht, en die mond, samengetrokken door talloze verzuurde jaren.

Het was een zomerse morgen, en Rose zat in een leunstoel bij het raam. Een warme bries uit zee kriebelde haar nek toen grootmoeders ogen opengingen. Rose had afwezig zitten kijken naar de zweetdruppels die op het voorhoofd van de oude vrouw parelden, en hield haar adem in.

De oude, lichte ogen, gebleekt door een leven vol verbittering, stonden wijd open. Ze keken even naar Rose, maar gaven geen blijk van herkenning en haar blik gleed opzij. Ze leek gebiologeerd door het zachte opbollen van de zomergordijnen in de wind. Rose' eerste neiging was mama laten komen – het was namelijk uren geleden dat grootmoeder voor het laatst wakker was geworden – maar op het moment dat ze naar de bel greep, slaakte de oude vrouw een zucht. Het was een lange, vermoeide zucht waarvan ze zo leegliep, dat de huid tussen haar botten inzakte.

Daarna sloot een rimpelige hand als uit het niets zich om Rose' pols. 'Zo'n beeldschoon meisje,' zei ze zo zacht dat Rose zich naar haar toe moest buigen om het volgende wat ze zei te horen. 'Ze was te mooi, het was een vloek. Alle jongemannen keken haar na. Hij kon er niets aan doen, hij volgde haar als een lam, waar ze ook ging, al wisten wij van niets. Ze liep van huis weg en kwam niet terug, en ik heb taal noch teken meer van mijn Georgiana gekregen…'

Nu was Rose Mountrachet een braaf meisje dat de regels kende. Omdat ze zo dikwijls het bed moest houden, was ze al haar hele leven van tijd tot tijd blootgesteld aan haar moeders preken over de regels en fijne nuances van de wellevendheid. Rose wist maar al te goed dat een dame 's morgens nooit parels of diamanten hoorde te dragen, dat ze iemand maatschappelijk nooit links mocht laten liggen, en dat ze onder geen enkele omstandigheid een heer alleen mocht opzoeken. Maar Rose wist ook dat de allerbelangrijkste regel was dat schandalen koste wat kost vermeden moesten worden, dat een schandaal iets boosaardigs was, en dat zelfs het vermoeden van een schandaal een dame ter plekke de das kon omdoen, althans haar goede naam.

En toch gebeurde dat helemaal niet met Rose toen haar afgedwaalde tante ter sprake kwam en ze het verleidelijke vermoeden van een familieschandaal rook. Integendeel, het deed een huivering van boosaardig genot langs haar ruggengraat snellen. Voor het eerst in jaren voelde ze haar vingertoppen tintelen van opwinding. Ze boog zich nog dichter naar haar grootmoeder toe alsof ze de woorden uit haar kon trekken, want ze wilde maar al te graag de stroom van haar monoloog volgen op zijn kolkende weg naar duistere, niet in kaart gebrachte wateren.

Mama had namelijk gelijk. Nu begreep Rose dat een schandaal inderdaad de ernstigste bedreiging van iemands goede naam was. Maar mama had zich ook vergist met haar bewering dat de inhoud het gemeenste van een schandaal was, en degenen over wie het werd gefluisterd de grootste schade berokkende. Het was natuurlijk niet prettig als er over je werd geroddeld. Maar het wézenlijke gevaar van een schandaal was het gemak waarmee de toehoorder de oren spitste, het onwelvoeglijke genot van belofte.

'Wie, grootmoeder?' drong Rose aan. 'Wie volgde haar als een lam, met wie is ze ervandoor gegaan?'

Maar grootmoeder gaf geen antwoord. Wat voor scenario zich ook voor haar geestesoog afspeelde, het liet zich niet manipuleren. Rose hield vol maar het was vergeefse moeite, en uiteindelijk moest ze er genoegen mee nemen om met die vraag te blijven zitten.

Die vrijetijdsbesteding bleek een bron van genoegen en Rose slaagde erin een aantal hypothetische biografieën voor Georgiana te bedenken. Voor Rose was die mythische, mystieke tante een reddingsboei. Soms bleef ze de naam maar fluisteren als een bezwering. Ze genoot van de onhandige, heimelijke klank waarover haar tong struikelde. Later, tijdens perioden van ziekte, verveling of pijn, riep ze de naam weer aan. Dan lag ze met ogen dicht in bed en sloot ze de wereld buiten door 'Georgiana… Georgiana… Georgiana' te fluisteren. Het woord werd het symbool van duistere tijden van beproeving, van alles wat oneerlijk en boosaardig was in de wereld…

'Rose?' Mama fronste een beetje. Ze probeerde dat wel te verbergen, maar Rose kende die frons inmiddels goed. 'Zeg je iets, meisje? Je lag te fluisteren. Hoe voel je je?' Ze stak haar hand uit om Rose' temperatuur te voelen.

'Het gaat best, mama. Ik ben alleen een beetje in gedachten.'

'Je lijkt wel een kleur te hebben.'

Rose drukte zelf een hand tegen haar voorhoofd. Had ze een kleur? Ze had geen idee.

'Ik stuur dokter Matthews nog even naar boven voor hij vertrekt,' zei mama. 'Ik neem liever het zekere voor het onzekere.'

Rose deed haar ogen dicht. Nog een bezoek van dokter Matthews. Twee keer op één middag ging haar krachten te boven.

'Vandaag ben je nog niet sterk genoeg om kennis met ons nieuwe project te maken,' zei mama. 'Ik zal met de dokter overleggen en als hij er geen bezwaar tegen heeft, mag je Eliza morgen ontmoeten. Eliza! Het is ongehoord dat je de dochter van een zeeman een naam uit de familie Mountrachet geeft!'

Een zeeman. Dat was nieuws voor Rose. Haar ogen vlogen open. 'Mama?'

Mama had inmiddels zelf een kleur gekregen en keek Rose niet aan. Ze had meer losgelaten dan ze van plan was geweest. Haar pantser van fatsoen in aanmerking genomen, was het een ongebruikelijke faux pas. 'De vader van je nicht was zeeman. We praten niet over hem.'

'Was mijn oom een zeeman?'

Mama's adem stokte en haar magere hand vloog naar haar mond. 'Hij was je oom niet, Rose. Hij was niets van jou of mij. Hij was net zomin met je tante Georgiana getrouwd als ik.'

'Maar, mama!' Dat was schandaliger dan Rose ooit zelf had kunnen bedenken. 'Wat bedoelt u in hemelsnaam?'

Mama liet haar stem dalen. 'Eliza mag dan je nichtje zijn, Rose, en we hebben misschien geen andere keus dan haar in dit huis op te nemen, maar vergis je niet, ze is van het laagste allooi. Ze mag van geluk spreken dat ze door haar moeders dood weer op Blackhurst terecht is gekomen, na alle schande die haar moeder over de familie heeft uitgeroepen.' Ze schudde haar hoofd. 'Toen ze wegging, is dat bijna je vaders dood geworden. Ik moet er niet aan denken wat er van hem geworden zou zijn als ik er niet was geweest om hem door die periode van schande heen te loodsen.' Ze keek Rose recht aan. Het was bijna niet te merken, maar haar stem trilde. 'Een familie kan niet veel schande hebben, Rose, voordat haar goede naam voorgoed is bezoedeld. Daarom is het zo belangrijk dat jij en ik een onberispelijk leven leiden. Je nichtje Eliza zal een uitdaging zijn, dat is een ding dat zeker is. Ze zal nooit een van ons worden, maar als we ons uiterste best doen, kunnen we haar op zijn minst boven het Londense grauw verheffen.'

Rose deed alsof ze gefascineerd naar de mouw van haar nachtjapon keek. 'Kan een meisje van laag allooi dan nooit leren voor een dame door te gaan, mama?'

'Nee, meisje.'

'Zelfs niet als ze door een adellijke familie wordt opgenomen?' Rose keek haar moeder van onder haar wimpers aan. 'Als ze met een heer zou trouwen, misschien?'

Mama keek Rose scherp aan en aarzelde voordat ze langzaam en nauwgezet zei: 'Natuurlijk is het mogelijk dat een zeldzaam meisje van nederige, maar fatsoenlijke komaf, dat onafgebroken aan haar eigen verheffing werkt, haar geboorte overstijgt.' Ze haalde vlug adem om haar kalmte te bewaren. 'Maar ik vrees dat het in het geval van je niet uitgesloten is. We mogen geen hooggespannen verwachtingen koesteren, Rose.'

'Natuurlijk niet, mama.'

De ware reden van mama's ongemak hing tussen hen in, al zou haar moeder van afgrijzen vervuld zijn als ze vermoedde dat Rose die kende. Dat was ook zo'n familiegeheim dat Rose aan haar stervende grootmoeder had weten te ontfutselen. Een geheim dat veel verklaarde: de vijandigheid tussen de twee matriarchen en vooral haar moeders obsessieve hang naar goede manieren; haar toewijding aan de regels van de beau monde en haar sterke hang om zich altijd als het toonbeeld van fatsoen voor te doen.

Lady Adeline Mountrachet mocht dan lang geleden hebben geprobeerd elk woord over de waarheid uit huis te bannen – de meesten die op de hoogte waren, was zo'n angst aangejaagd dat ze het uit hun herinnering hadden gewist, en degenen die dat hadden nagelaten waren veel te bang voor hun baantje om er met één woord over te reppen – maar grootmoeder was nooit zo scrupuleus geweest. Die praatte maar al te graag over het meisje uit Yorkshire wier vrome ouders – die het financieel moeilijk hadden gekregen – de kans om haar naar Blackhurst Manor in Cornwall te sturen met beide handen hadden aangegrepen. Daar zou zij de protegee van de illustere Georgiana Mountrachet worden.

Mama bleef even bij de deur staan. 'Tot slot nog één ding, Rose. Het allerbelangrijkste.'

'Ja, mama?'

'Het meisje móét bij je vader vandaan worden gehouden.'

Die opdracht zou geen problemen opleveren. Rose kon het aantal malen dat ze haar vader het afgelopen jaar had gezien op de vingers van één hand tellen. Niettemin trof mama's heftigheid Rose als merkwaardig. 'Mama?'

Er viel een korte stilte, die Rose met groeiende belangstelling opmerkte. Daarna volgde de reactie die meer vragen opriep dan beantwoordde. 'Je vader is een drukbezet man, een belangrijk man. Hij hoeft niet constant aan de schandvlek op het blazoen van zijn familie te worden herinnerd.' Ze haalde vlug adem en liet haar stem dalen tot een kleurloos gefluister. 'Je kunt één ding van me aannemen, Rose. Niemand in dit huis schiet er iets mee op als dat meisje bij vader in de buurt wordt gelaten.'

Adeline drukte zachtjes op het topje van haar vinger en zag het rode druppeltje bloed verschijnen. Het was de derde keer dat ze in haar vingers had geprikt in evenveel minuten. Borduren was altijd een probaat middel geweest om haar zenuwen in bedwang te krijgen, maar die waren vandaag te zeer op de proef gesteld. Ze legde het petit-pointwerkje terzijde. Ze was van haar stuk gebracht door het gesprek met Rose en het afwezige onderhoud met dokter Matthews aan de thee. Maar aan de basis van alles lag natuurlijk de komst van Georgiana's dochter. Hoewel ze lichamelijk maar een garnaaltje was, had ze iets meegebracht, iets onzichtbaars als de atmosferische verschuiving die aan een zware storm voorafgaat. Dat iets dreigde een eind te maken aan alles waarvoor Adeline zo had gevochten en was al aan zijn verraderlijke werk begonnen: ze werd al de hele dag belaagd door herinneringen aan haar eigen komst op Blackhurst, herinneringen die ze al lang dacht te zijn vergeten, die ze met veel moeite had verdrongen, en ze had zich ervan verzekerd dat anderen dat ook deden...

Toen Adeline in 1886 op Blackhurst was aangekomen, was ze begroet door een verlaten huis. En wat voor een huis! Het was groter dan alle huizen die ze ooit had betreden. De koetsier had haar bagage gepakt en ze had minstens tien minuten staan wachten op instructies, op iemand die haar zou ontvangen. Uiteindelijk was er een jongeman met een arrogant gezicht in een deftig pak in de hal verschenen. Hij was verrast blijven staan en had een blik op zijn vestzakhorloge geworpen.

'Je bent vroeg,' zei hij op een toon die Adeline direct duidelijk maakte wat hij vond van mensen die voortijdig arriveerden. 'We verwachtten je pas omstreeks de thee.'

Adeline bleef zwijgend staan. Ze wist niet goed wat er van haar werd verwacht.

De man zuchtte. 'Als je hier even wacht, zoek ik iemand die je naar je kamer kan brengen.'

Adeline was zich ervan bewust dat ze voor ongerief zorgde. 'Ik kan wel even in de tuin gaan wandelen als u dat liever hebt?' zei ze bedeesd. Ze was zich meer dan ooit bewust van haar noordelijke accent, dat in die magnifieke, doorluchtige zaal van wit marmer nog eens werd benadrukt.

De man knikte bruusk. 'Dat zou niet ongelegen komen.'

Ze was blij dat ze het huis kon verlaten. Dominee Lambert had gedurende zijn middagbezoekjes aan Adeline en haar ouders talrijke malen aan de rijkdom en status van de familie Mountrachet gerefereerd. Hij had dikwijls onderstreept dat het voor het hele diocees een eer was dat iemand uit zijn kudde voor zo'n belangrijke taak was uitverkoren. Zijn ambtsbroeder in Cornwall had wijd en zijd naar de meest geschikte kandidaat gespeurd, rechtstreeks op instructies van de vrouw des huizes, en nu was het Adelines verantwoordelijkheid om ervoor te zorgen dat zij die grote eer waard was. Om maar niet te spreken van de royale beloning die haar ouders voor hun verlies zouden krijgen. En Adeline was vast van plan geweest te slagen. De hele reis uit Yorkshire had ze er bij zichzelf ernstige onderwerpen als 'De schijn van kwaliteit is verwant aan kwaliteit' en 'Een dame gedraagt zich als een dame' in gestampt, maar eenmaal in het grote huis waren die lesjes rap vergeten.

Een bediende had haar koffer meegenomen, dus had Adeline de handen vrij toen ze de majestueuze trap weer afdaalde. Aan de voet bleef ze even om zich heen kijken. Ze voelde zich zo licht en onzichtbaar als een stuifmeel-korrel. Wat maakte het uit welke kant ze op ging? Wie kon het iets schelen? Ze had zo'n lange reis gemaakt dat ze zich toch al een vreemde eend in de bijt voelde.

Adelines aandacht werd getrokken door een geluid in de lucht, waar een familie zwarte roeken een ingewikkelde choreografie danste. Wat moest het vreselijk zijn om te vliegen, om naar de lucht verbannen te zijn zonder de vaste grond onder je voeten te voelen. Plotseling maakte een van de vogels een duikvlucht voordat hij de rest achterna vloog naar een rij hoge bomen in de verte.

'Voor de avond gaat het regenen.'

Adeline schrok en keek scherp om zich heen. In een enorme bosschage rododendrons zat een beer van een man met een zwarte baard en laarzen gehurkt. Vlakbij stond een kruiwagen halfvol onkruid.

'Pardon?' zei ze aarzelend, want de man had het natuurlijk tegen iemand anders.

Hij knikte met de rand van zijn hoed naar Adeline en ging staan, zodat de aarde van de knieën van zijn broek viel. 'Ik zei alleen, als die roeken zo vlie-gen, duidt dat net zo op regen als een nat hoofd.'

'O ja?' Adelines gezicht werd warm. Dat een ordinaire tuinman een ge-sprek met haar aanknoopte! Zag hij dan niet dat zij van een hogere stand was?

'Om maar niet te spreken van de boombladeren die al de hele dag om-hoogwarrelen, en een van de jongens in het dorp heeft een kat zien niezen.'

Echt, dit was onaanvaardbaar. Ze had haar verhuizing naar Blackhurst beschouwd als een kans op een nieuw begin, een kans om hogerop te ko-men in de wereld. Maar ze was er amper een half uur, of ze was al wegge-stuurd door de butler en een landarbeider had een gesprek over koetjes en kalfjes met haar aangeknoopt. Stel dat een lid van de familie haar zou zien? 'Als u mij niet kwalijk neemt, meneer...'

'Ze noemen me Davies.'

'Als u mij niet kwalijk neemt, meneer Davies,' zei ze, en ze probeerde zo veel mogelijk het accent van Yorkshire te onderdrukken, 'moet ik nu echt gaan.'

'Ik durf te wedden dat u onze baai gaat bekijken, voordat het gaat rege-nen.'

Adeline ademde langzaam uit. De man was onverbeterlijk.

Davies knikte – al had ze hem niet aangemoedigd – en wees naar een plek tussen de bomen. 'Dan moet u dat pad daar nemen, u loopt door tot voorbij de grot, en als u door het bos loopt, vindt u de kliftop vanzelf. De trap naar het strand is vrij gemakkelijk te zien. Misschien komt u de zoon en dochter des huizes wel tegen.'

Adeline knikte kort. 'Ja. Welnu, als u mij wilt verontschuldigen…'

Ze deed net alsof ze niet zag dat Davies ten afscheid zijn hand ophief en liep weg in de richting van het bos. Onderweg prentte ze zichzelf alle regels in over haar nieuwe begin en hoe het verder moest. Adeline werd zo in beslag genomen door haar zelfkastijding dat ze weinig aandacht voor de schitterende tuinen van Blackhurst had. Nog voor Adeline was begonnen aan haar lesjes over maatschappelijke rang en aristocratie, had ze de lommerrijke koelte van het bos al achter zich gelaten en stond ze op de rand van het klif, waar het droge helmgras aan haar voeten ritselde. Voor haar lag de donkerblauwe zee, zo vlak als een enorme lap fluweel.

Adeline greep zich vast aan een nabije tak. Ze had het nooit zo op hoogten gehad en haar hart bonkte in haar keel.

Iets in het water trok haar aandacht weer naar de inham: een jongeman en een jonge vrouw in een bootje. Hij roeide, zij stond en liet de boot heen en weer schommelen. Haar jurk van witte mousseline was van haar enkels tot haar middel doorweekt en kleefde aan haar benen op een wijze die Adeline de adem benam.

Ze wilde zich afwenden, maar kon haar ogen niet van het tweetal afhouden. De jonge vrouw had rood haar, lichtrood, loshangend lang haar, waarvan de uiteinden in natte strengen waren veranderd. De man had een strohoed op en om zijn hals hing een zwart ding in de vorm van een doos. Lachend spatte hij water naar het meisje. Hij kroop naar haar toe en wilde haar benen grijpen. Het bootje schommelde nog heftiger, en net toen Adeline dacht dat hij het meisje zou vastpakken, draaide ze zich om en dook ze in één sierlijke beweging in het water.

Geschokt hapte Adeline naar adem. Niets in haar ervaring had haar op zulk gedrag voorbereid. Wat kon de jongedame hebben bezield? En waar was ze nu? Adeline probeerde het halsreikend te zien. Ze speurde het glinsterende water af, tot een in het wit geklede gestalte eindelijk bij een grote zwarte rots naar de oppervlakte gleed. Het meisje hees zichzelf op het droge; haar jurk zat aan haar lichaam geplakt en droop van het water. Zonder zich om te draaien, klauterde ze naar boven en verdween ze via een verborgen pad de steile heuvel op, in de richting van een huisje op de kliftop.

Adeline moest haar best doen om haar gejaagde ademhaling te bedwingen. Ze richtte haar aandacht op de jongeman, want die moest toch net zo geschrokken zijn? Hij keek het verdwijnende meisje ook na en intussen roeide hij het bootje terug naar het strand. Hij trok het op de kiezels, pakte zijn schoenen en klom via de trap naar boven. Ze zag dat hij mank liep en een stok moest gebruiken.

De man passeerde Adeline rakelings zonder haar te zien. Hij floot een melodietje dat ze niet kende. Een vrolijk, levendig deuntje vol zonneschijn en zilt, het tegendeel van het sombere Yorkshire, waaraan ze zo graag wilde ontsnappen. De jongeman leek wel twee keer zo groot als leeftijdgenoten thuis in Yorkshire, en ook twee keer zo vrolijk.

Alleen op de kliftop werd ze zich opeens bewust van het gewicht van haar warme reiskleding. Het water beneden zag er zo koel uit, en de gênante gedachte was al bij haar opgekomen voordat ze er iets tegen kon doen. Hoe zou het voelen om in zee te duiken en druipend van het water tevoorschijn te komen, net zoals die jonge vrouw, zoals Georgiana had gedaan?

Toen Linus' moeder, die oude heks, vele jaren later op haar sterfbed lag, biechtte die de reden op waarom ze Adeline als Georgiana's protegee had uitgekozen. 'Ik zocht het saaiste grijze muisje dat ik kon vinden, liefst zo vroom mogelijk, in de hoop dat iets daarvan op mijn dochter zou overgaan. Ik had geen flauw vermoeden dat mijn zeldzame vogeltje uit zou vliegen en het grijze muisje haar plaats zou innemen. Waarschijnlijk moet ik je feliciteren, want uiteindelijk heb je het gewonnen, nietwaar, lady Mountrachet?'

Zo was het maar net. Adeline was van nederige komaf, maar door hard en vastbesloten werken was ze hogerop gekomen in de wereld, hoger dan haar ouders het zich ooit hadden kunnen voorstellen toen ze haar naar een onbekend dorpje in Cornwall stuurden.

En ze bleef hard werken, zelfs na haar huwelijk en verheffing tot de rol van lady Mountrachet. Ze had de touwtjes stevig in handen genomen, zodat er geen smet op het blazoen van haar familie en haar magnifieke huis zou achterblijven, hoe er ook met modder werd gegooid. En daar zou geen verandering in komen. Georgiana's dochter was er nu eenmaal, daar was niets aan te doen. Het was aan Adeline om erop toe te zien dat het leven op Blackhurst Manor doorging alsof er niets was veranderd.

Ze moest zichzelf alleen verlossen van de knagende angst dat Rose door Eliza's komst naar Blackhurst op de een of andere manier aan het kortste eind zou trekken...

Adeline schudde het knagende onbehagen van zich af en concentreerde zich op het herstel van haar waardigheid. Ze was altijd gevoelig geweest als het om Rose ging; dat kreeg je nu eenmaal met een broos kind. Naast haar piepte de hond McLennan. Hij was ook al de hele dag uit zijn doen. Adeline boog zich opzij om zijn knobbelige kop te strelen. 'Stil maar,' zei ze. 'Het komt allemaal goed.' Ze krabde zijn opgetrokken wenkbrauwen. 'Daar zorg ik voor.'

Er was niets te vrezen, want hoe kon die indringer, dat magere wicht met haar kortgeknipte haar en een huid die bleek was van een leven aan de bedelstaf in Londen, Adeline en haar familie nu bedreigen? Je hoefde maar één blik op Eliza te werpen om te zien dat ze God zij geprezen geen Georgiana was. Hemeltje, misschien waren die onrustige gevoelens helemaal geen angst, maar was het opluchting! Opluchting omdat ze haar ergste angsten onder ogen had gezien en verjaagd. Want met de komst van Eliza was er, als bijkomende geruststelling, nu de zekerheid dat Georgiana echt was verdwenen en nooit meer zou terugkomen. In haar plaats was een verschoppeling gekomen, die geen spoortje had van haar moeders curieuze vermogen om mensen om haar vinger te winden zonder er ook maar iets voor te doen. Dat wil zeggen, behalve Adeline. Zij was de enige bewoner van Blackhurst aan wie Georgiana's charmes niet besteed waren. Wat een teleurstelling was dat geweest: Adeline, die zich zo graag de eigenschappen van de beau monde had eigen gemaakt, en Georgiana, die er zo graag mee pronkte.

De deur ging open en een tochtvlaag speelde met het vuur.

'De maaltijd is opgediend, mevrouw.'

Wat koesterde Adeline toch een minachting voor Thomas, voor het hele personeel trouwens. Ondanks al het ge-ja-mevrouw en ge-nee-mevrouw wist ze best wat ze werkelijk van haar dachten.

'En meneer?' vroeg ze met haar kilste en meest gezaghebbende stem.

'Lord Mountrachet is onderweg uit de donkere kamer, mevrouw.'

Die verdraaide donkere kamer; natuurlijk had hij daar gezeten. Ze had zijn rijtuig op de oprijlaan horen aankomen toen zij dokter Matthews moest verduren bij de thee. Ze had één oor naar de hal gericht, wachtend op de kenmerkende tred van haar man – zware stap, lichte stap, zwaar, licht – maar niets. Ze had wel kunnen raden dat hij rechtstreeks naar die vermaledijde doka zou gaan.

Thomas stond nog te wachten, dus Adeline herstelde zich vlug. Ze zou liever in handen van Lucifer in eigen persoon vallen dan Thomas het genoegen bezorgen dat hij iets van de huwelijksproblemen zou merken. 'Je kunt wel gaan,' zei ze met een polsgebaar. 'En zie er persoonlijk op toe dat die vreselijke Schotse modder van de laarzen van meneer wordt verwijderd.'

Linus had al plaatsgenomen toen Adeline aan tafel kwam. Hij was al aan de soep begonnen en keek niet op toen zij binnenkwam. Hij had het te druk met het bekijken van de zwart-witafdrukken die aan zijn kant van de lange tafel lagen uitgestald: mos en vlinders en bakstenen, de buit van zijn jongste reis.

Toen Adeline hem zo zag, had ze het gevoel alsof er een hete ademtocht in haar brein werd geblazen. Wat zouden andere mensen zeggen als ze wisten dat zulk gedrag aan de eettafel van Blackhurst tentoon werd gespreid? Ze wierp een blik opzij naar Thomas en de bediende, die allebei met de blik op oneindig stonden. Maar Adeline was niet gek, ze wist best dat hun brein achter die glazige gezichten druk doende was met oordelen en registreren, en dat ze al bedachten wat ze hun collega's van andere huizen zouden vertellen over de kelderende normen in Blackhurst Manor.

Adeline bleef stijfjes zitten terwijl de bediende haar soep opschepte. Ze nam een klein hapje en brandde haar tong. Ze keek naar Linus die zijn inspectie van de foto's vervolgde. Het kale plekje op zijn kruin werd steeds groter. Het keek wel alsof er een mus een poging had gedaan de eerste schamele draadjes voor een nieuw nest te leggen.

'Is het meisje gearriveerd?' vroeg hij zonder op te kijken.

Adeline voelde haar huid kriebelen. Dat verdraaide meisje weer. 'Jawel.'

'Heb je haar gezien?'

'Vanzelfsprekend. Ze heeft een kamer boven gekregen.'

Uiteindelijk keek hij op en nam een slokje wijn. En nog een. 'En is ze... Lijkt ze op...?'

'Nee,' zei Adeline kil. 'Nee, helemaal niet.' Ze balde haar vuisten in haar schoot.

Linus zuchtte, brak een stuk brood af en at het op. Hij sprak met volle mond, vast om haar te jennen. 'Zoiets zei Mansell ook al.'

Als iemand de komst van het meisje te verwijten viel, was het wel Henry Mansell. Linus had weliswaar het initiatief voor de speurtocht naar Georgiana genomen, maar Mansell had de hoop levend gehouden. De detective met zijn keurige snor en lorgnet had Linus' geld aangenomen en regelmatig rapporten gestuurd. Elke avond had Adeline gebeden dat het Mansell niet zou lukken, dat Georgiana weg zou blijven en dat Linus zou leren haar los te laten.

'Heb je een goede reis gehad?' vroeg Adeline.

Geen antwoord. Zijn ogen rustten weer op de foto's.

Adelines trots weerhield haar ervan een blik opzij naar Thomas te werpen. Ze trok een masker van tevreden rust en probeerde nog een hapje soep te nemen. Nu was die wat afgekoeld. Dat Linus Adeline afwees, was één ding – de verwijdering was algauw na het huwelijk begonnen – maar het feit dat hij volstrekt geen aandacht voor Rose had, was iets anders. Ze was zijn kind; zijn bloed stroomde door haar aderen, het blauwe bloed van zijn familie. Adeline begreep niet waarom hij zo afstandelijk kon blijven.

'Dokter Matthews is vandaag weer geweest,' zei ze. 'Een nieuwe ontsteking.'

Linus keek op, er lag een bekende sluier van ongeïnteresseerdheid over zijn blik. Hij nam nog een stukje brood.

'Het is gelukkig niets ernstigs,' zei Adeline, aangemoedigd door zijn opgeheven blik. 'Er is geen reden tot grote bezorgdheid.'

Linus slikte zijn stukje brood door. 'Morgen ga ik naar Frankrijk,' zei hij neutraal. 'Er is een poort bij de Notre Dame...' Hij maakte zijn zin niet af. Hij hoefde zijn plicht om Adeline van zijn doen en laten op de hoogte te houden niet te overdrijven.

Adelines linkerwenkbrauw ging iets omhoog voor ze het in de gaten had en haar gezicht weer in de plooi trok. 'Wat leuk,' zei ze, terwijl ze een glimlach om haar lippen toverde. 'Ik verheug me erop de foto's te zien als je terugkomt.'

De volgende morgen, toen er een bleek winterzonnetje langs de ramen van de speelkamer speelde, streek Rose de uiteinden van haar lange, donkere haar glad. Mevrouw Hopkins had het geborsteld tot het glom, precies zoals Rose het mooi vond, en het lag volmaakt op het kant van haar mooiste jurk, die mama uit Parijs had laten komen. Rose voelde zich moe en een beetje chagrijnig, maar dat was gewoon. Van kleine meisjes met een zwakke gezondheid kon je niet verwachten dat ze altijd maar blij waren, en Rose was niet van plan uit haar rol te vallen. Als ze eerlijk was, vond ze het eigenlijk wel leuk dat de mensen om haar heen op eieren liepen; het maakte dat ze zich iets minder ellendig voelde als anderen ook een beetje bedrukt waren. Bovendien had Rose alle reden om vandaag moe te zijn. Ze had de hele nacht wakker gelegen en liggen woelen als de prinses op de erwt, alleen was het geen hobbel in het matras die haar wakker had gehouden, maar mama's onthutsende nieuws.

Nadat mama haar kamer had verlaten, was Rose gaan nadenken over de precieze aard van de smet op het blazoen van haar familie. Wat voor drama had zich precies afgespeeld nadat haar tante Georgiana van huis en haard was weggelopen? De hele nacht had ze zich van alles over die boosaardige tante afgevraagd, en die gedachten waren nog niet geweken toen het weer licht werd. Aan het ontbijt, en later toen mevrouw Hopkins haar aankleedde, en zelfs nu ze in de speelkamer zat te wachten, stonden haar gedachten nog steeds niet stil. Ze staarde naar het licht van de vlammen dat flakkerde tegen de lichte baksteen van de haard en vroeg zich af of de schemerige, oranje schaduwen iets weg hadden van de poorten van de hel waardoor haar tante natuurlijk was gegaan, toen ze opeens... Voetstappen op de gang!

Rose schrok een beetje op in haar stoel, trok de lamswollen deken op haar schoot recht en liet haar gezicht vlug die uitdrukking van kalme perfectie aannemen die ze van mama had geleerd. Ze genoot van de rilling van opwinding die langs haar ruggengraat liep. O, wat was er toch een belangrijke taak voor haar weggelegd! Ze hadden haar een protegee toegewezen. Haar eigen zwerfwees om naar haar eigen beeltenis te transformeren. Rose had nog nooit een vriendinnetje gehad en ook nog nooit een huisdier mogen hebben (mama was als de dood voor hondsdolheid). En ondanks mama's waarschuwende woorden koesterde ze hoge verwachtingen van die nicht van haar. Ze zou een dame van haar maken, ze zou gezelschap voor Rose worden, iemand om haar voorhoofd te wissen wanneer ze ziek was, om haar hand te strelen wanneer ze chagrijnig was en haar haar te borstelen als iets haar dwarszat.

En ze zou heel dankbaar zijn voor Rose' lessen; ze zou zo blij zijn iets te leren over hoe het was om een dame te zijn, dat ze alles zou doen wat Rose haar opdroeg. Ze zou de volmaakte vriendin zijn, een vriendin die nooit tegensprak, die zich nooit vermoeiend gedroeg, die nooit ook maar één onaangename mening ten beste zou geven.

De deur ging open. Het haardvuur protesteerde knetterend en mama stevende met ruisende blauwe rokken de kamer in. Vandaag vertoonde mama's manier van doen iets van spanning, stelde Rose belangstellend vast. Iets in de wijze waarop ze haar kin omhooghield, verried dat haar ongenoegen over het project groter was dan ze had toegegeven. 'Goedemorgen, Rose,' zei ze kortaf.

'Goedemorgen, mama.'

'Sta me toe je voor te stellen aan je nicht.' Er viel een korte stilte. 'Eliza.'

En daarna werd, ergens vanachter mama's rokken, de magere spriet naar voren geduwd die Rose de vorige dag even vanuit haar raam had gezien.

Rose kon er niets aan doen, maar ze deinsde een stukje naar achteren in de veilige armen van haar stoel. Haar blik nam het kind van top tot teen op: haar korte, verwarde haren, die afgrijselijke kleren (een broek!), haar knobbelige knieën en afgetrapte jongensschoenen. De nicht zei niets, niet eens 'Hoe maakt u het?' Ze keek haar alleen met grote ogen aan op een manier die Rose buitengewoon onwellevend vond. Mama had gelijk. Dit meisje (want er werd toch niet van haar verwacht dat ze haar als haar nicht beschouwde!) was verstoken geweest van het meest elementaire etiquetteonderricht.

Rose herstelde zich. 'Aangenaam kennis met je te maken.' Het klonk een beetje zwakjes, maar een knikje van mama stelde haar gerust dat ze het goed deed. Ze wachtte op de beantwoording van haar begroeting, maar die bleef uit. Rose wierp een blik op mama, die gebaarde dat ze niettemin moest doorzetten. 'En vertel eens, nicht Eliza,' probeerde ze opnieuw, 'vind je het leuk om bij ons te zijn?'

Eliza knipperde met haar ogen zoals je zou doen naar een merkwaardig, exotisch dier in de diergaarde van Londen, en knikte.

Er klonken weer voetstappen op de gang en Rose kreeg een ogenblik respijt van de uitdaging om nog meer ditjes en datjes te bedenken om met die vreemde, zwijgzame nicht te converseren.

'Het spijt me dat ik u moet storen, mevrouw,' klonk de stem van mevrouw Hopkins uit de deuropening, 'maar beneden wacht dokter Matthews in de huiskamer. Hij zegt dat hij de nieuwe tinctuur heeft gebracht waarom u had gevraagd.'

'Zeg maar dat hij het daar voor me neerzet, mevrouw Hopkins. Ik heb momenteel andere dingen aan mijn hoofd.'

'Natuurlijk, mevrouw, en dat heb ik ook aan dokter Matthews voorgesteld. Maar hij wil het met alle geweld persoonlijk aan u overhandigen.'

Mama's oogleden trilden minimaal, zo subtiel dat alleen iemand die er zijn levenswerk van had gemaakt haar stemmingen te peilen het in de gaten zou hebben. 'Dank u wel, mevrouw Hopkins,' zei ze grimmig. 'Zegt u maar tegen dokter Matthews dat ik aanstonds naar beneden kom.'

Toen de voetstappen van mevrouw Hopkins in de gang wegstierven, wendde mama zich tot de nicht en zei met heldere, gezaghebbende stem: 'Je gaat stil op het kleed zitten en luistert goed naar wat Rose te vertellen heeft. Verroer je niet. Niet praten. Nergens aan zitten.'

'Maar, mama...' Rose had niet verwacht dat ze al zo gauw alleen zou worden gelaten.

'Misschien kun je je onderricht beginnen door je nicht instructies over de juiste manier van kleden te geven?'

'Ja, mama.'

En daarna trokken de ruisende blauwe rokken zich weer terug, ging de deur dicht en hield het haardvuur in de kamer op met sputteren. Rose keek haar niet aan. Ze waren alleen en het werk kon beginnen.

'Leg neer. Leg dat onmiddellijk neer.' Het ging allemaal heel anders dan Rose zich had voorgesteld. Het meisje wilde niet luisteren, gehoorzaamde niet en trok zich er zelfs niets van aan als ze met mama's toorn dreigde. Inmiddels had Eliza al vijf hele minuten door de speelkamer gelopen. Ze raapte dingen op om te bekijken en legde ze weer neer. Ongetwijfeld liet ze overal vette vingers op achter. Momenteel schudde ze met de caleidoscoop die de een of andere oudtante een keer voor Rose' verjaardag had gestuurd. 'Dat is een kostbaar ding,' zei Rose zuur. 'Ik sta erop dat je het met rust laat. Je doet het niet eens goed.'

Rose besefte te laat dat ze precies het verkeerde had gezegd. Nu kwam haar nicht naar haar toe en stak haar de caleidoscoop toe. Ze kwam zo dichtbij dat Rose het vuil onder haar nagels zag, het gevreesde vuil dat haar volgens haar moeder gegarandeerd ziek zou maken.

Rose was vervuld van afschuw. Ze kromp ineen in haar stoel en haar hoofd tolde. 'Nee,' bracht ze uit. 'Ksst. Ga weg.'

Eliza bleef bij de stoel staan en leek van plan op het fluweel te gaan zitten.

'Ga weg, zei ik!' Rose wapperde met een bleek, slap handje. Verstond dat kind geen beschaafd Engels? 'Je mag niet dicht bij me zitten.'

'Waarom niet?'

Dus het kon toch praten. 'Je bent buiten geweest. Je bent niet schoon. Ik kan iets oplopen.' Rose plofte naar achteren in de kussens. 'Nu ben ik helemaal duizelig geworden en het is allemaal jouw schuld.'

'Dat is mijn schuld niet,' zei Eliza nuchter. Er lag geen sprankje verontschuldiging in haar stem. 'Ik ben ook duizelig. Dat is omdat het hier zo warm is als in een ketelhuis.'

Zij ook duizelig? Rose was sprakeloos. Duizeligheid was háár speciale wapen. En wat deed haar nicht nu? Ze was weer opgestaan en liep naar de ramen van de kinderkamer. Rose keek haar met grote angstogen na. Ze was toch niet van plan...

'Ik zet gewoon dit raam open.' Eliza wrikte aan de eerste spanjolet. 'Dan knappen we wel weer op.'

'Nee.' Rose voelde de paniek als een vloedgolf opkomen. 'Nee!'

'Je zult je een stuk beter voelen.'

'Maar het is winter. Buiten is het helemaal donker en bewolkt. Misschien vat ik wel kou.'

Eliza haalde haar schouders op. 'Misschien ook niet.'

Rose was zo geschokt door de brutaliteit van het meisje dat haar verontwaardiging groter was dan haar angst. Ze mat zich mama's stem aan. 'Ik eis dat je nu stopt.'

Eliza trok haar neus op; ze leek het bevel tot zich te laten doordringen. Rose hield haar adem in en haar nicht liet de spanjolet weer los. Ze haalde weer haar schouders op, maar deze keer was het gebaar minder brutaal. Ze liep weer naar het midden van de kamer en Rose meende tot haar genoegen iets moedeloos in Eliza's afhangende schouders te bespeuren. Uiteindelijk bleef het meisje midden op het tapijt staan en ze wees naar de koker op Rose' schoot. 'Kun jij me laten zien hoe die werkt? Die telescoop? Ik zag er niets door.'

Rose slaakte een zucht, vermoeid, opgelucht en in toenemende mate in de war gebracht door dat vreemde schepsel. Hoe was het mogelijk om de aandacht zomaar weer op dat malle ding te vestigen! Toch was haar nicht gehoorzaam geweest en daarmee had ze wel een kleine beloning verdiend... 'In de eerste plaats,' zuchtte ze, 'is het helemaal geen telescoop, maar een caleidoscoop. Je moet er ook niet doorheen kijken. Je moet erín kijken, dan verandert het patroon.' Ze zette het stuk speelgoed tegen haar oog en draaide ermee. Daarna legde ze het op de grond en rolde het naar haar nicht.

Eliza raapte het op, bracht het naar haar oog en draaide aan het uiteinde. Terwijl de stukjes gekleurd glas alle kanten op rolden, verscheen er een glimlach om haar mond die steeds breder werd, net zo lang tot ze hardop lachte.

Rose knipperde verrast met haar ogen. Ze hoorde niet vaak lachen; alleen de bedienden soms als die meenden dat ze hen niet kon horen. Het was een heerlijk geluid. Een blij, licht, meisjesachtig geluid dat helemaal niet paste bij het rare uiterlijk van haar nicht.

'Waarom draag je die kleren?' vroeg Rose.

Eliza bleef in de caleidoscoop kijken. 'Omdat ze van mij zijn,' zei ze uiteindelijk. 'Het zijn mijn kleren.'

'Ze zien eruit alsof ze van een jongen zijn.'

'Dat waren ze ooit ook. Nu zijn ze van mij.'

Dat was een verrassing. Het werd allengs merkwaardiger. 'Welke jongen?'

Er kwam geen antwoord. Alleen het gerammel van de caleidoscoop.

'Ik zei "welke jongen"?' Nu vroeg ze het wat harder.

Eliza liet het speelgoed langzaam zakken.

Rose zei: 'Het is heel onbeleefd om mensen te negeren, weet je.'

'Ik negeer je niet,' zei Eliza.

'Waarom geef je dan geen antwoord?'

Eliza haalde weer haar schouders op.

'Het is onbeleefd om je schouders op te halen. Als iemand iets tegen je zegt, moet je antwoord geven. En zeg nu eens: waarom negeer je mijn vraag?'

Eliza keek op en bleef Rose even aankijken. Terwijl Rose naar haar keek, leek er iets in het gezicht van haar nicht te veranderen. Er blonk een licht in haar ogen dat ze nog niet eerder had gezien. 'Ik zei niets, omdat ik niet wilde dat zíj zou horen waar ik was.'

'Wie "zij"?'

Langzaam en voorzichtig kwam Eliza iets dichterbij. 'De Andere Nicht.'

'Welke andere nicht?' Voorwaar, dat meisje sloeg wartaal uit. Rose begon te denken dat ze misschien niet goed wijs was. 'Ik weet niet waar je het over hebt,' zei ze. 'Er is geen andere nicht.'

Eliza praatte nu snel. 'Ze is een geheim. Ze houden haar boven opgesloten.'

'Dat verzin je maar. Waarom zouden ze haar geheim willen houden?'

'Ze hebben mij toch ook geheimgehouden?'

'Maar ze hebben je niet boven opgesloten.'

'Dat komt doordat ik niet gevaarlijk ben.' Eliza liep op haar tenen naar de deur van de speelkamer, deed hem voorzichtig op een kier en tuurde naar buiten. De adem stokte in haar keel.

'Wat is er?' vroeg Rose.

'Sst!' Eliza legde een vinger tegen haar lippen. 'We mogen haar niet laten weten dat wij hier zijn.'

'Waarom niet?' vroeg Rose met grote ogen.

Eliza liep op haar tenen terug naar Rose' stoel. Het flakkerende haardvuur legde een griezelige gloed op haar gezicht. 'Onze Andere Nicht,' zei ze, 'is krankzinnig.'

'Gek?'

'Als een deur.' Eliza sperde haar ogen open en ging zo zacht praten dat Rose zich naar haar toe moest buigen om haar te verstaan. 'Ze heeft sinds ze klein was op zolder opgesloten gezeten, maar iemand heeft haar bevrijd.'

'Wie?'

'Een van de spoken. Het spook van een oude vrouw, een heel dikke oude vrouw.'

'Grootmoeder,' fluisterde Rose met grote ogen.

'Stil!' zei Eliza. 'Luister! Voetstappen.'

Rose voelde haar arme zwakke hart een salto in haar borstkas maken.

Eliza sprong op de armleuning van Rose' stoel. 'Ze komt eraan!'

De deur ging open en Rose gilde. Eliza grijnsde en mama keek met open mond toe.

'Wat doe je daar, akelig nest?' siste ze, terwijl haar blik van Eliza naar Rose flitste. 'Jongedames zitten niet op een armleuning. Ik had gezegd dat je je niet mocht verroeren.' Haar ademhaling was hoorbaar. 'Heeft ze je iets aangedaan, Rose?'

Rose schudde haar hoofd. 'Nee, mama.'

Heel even leek mama voor de verandering met haar figuur geen raad te weten. Rose was bijna bang dat ze in tranen zou uitbarsten. Daarna pakte ze Eliza bij haar bovenarm en trok haar mee naar de deur. 'Lelijk wicht dat je bent! Vanavond geen eten.' Haar stem had weer zijn vertrouwde hardheid aangenomen. 'En zolang je niet leert gehoorzamen, krijg je 's avonds nooit iets te eten. Ik ben hier de vrouw des huizes en je zúlt me gehoorzamen...'

De deur ging dicht en Rose was weer alleen. Ze verbaasde zich over deze curieuze wending. Eliza's opwindende verhaal, die merkwaardig verrukkelijke angst die langs haar ruggengraat omhoogkroop, dat verschrikkelijke, maar heerlijke spookverhaal over die krankzinnige, andere niet. Maar die barst in mama's doorgaans ijzeren zelfbeheersing intrigeerde Rose nog het meest, want op dat moment leken de stabiele grenzen van Rose' wereldje te verschuiven.

Niets was meer als voorheen. En dat besef deed Rose' hart overslaan van een onverwachte, onverklaarbare, maar pure vreugde.

27

De kleuren waren hier anders. Cassandra had zich nooit gerealiseerd hoe fel het Australische licht was tot ze het zachte licht van Cornwall leerde kennen. Ze vroeg zich af hoe ze dat zou weergeven met een penseel, en ze keek ervan op dát ze zich dat afvroeg. Ze nam een hapje toast met boter, kauwde nadenkend en keek naar de rij bomen op de rand van het klif. Ze deed één oog dicht, hief haar wijsvinger en volgde de boomtoppen.

Er viel een schaduw over haar tafeltje en vlak naast haar klonk een stem. 'Cassandra? Cassandra Ryan?' Bij haar tafeltje stond een vrouw van even in de zestig. Ze had zilvergrijs haar en een goed figuur. Haar oogschaduw had geen hoekje overgeslagen. 'Ik ben Julia Bennett. Ik ben de eigenaar van Hotel Blackhurst.'

Cassandra veegde een vette vinger af aan haar servetje en gaf haar een hand. 'Aangenaam.'

Julia wees naar de lege stoel. 'Mag ik?'

'Natuurlijk, ga uw gang.'

Julia ging zitten. Cassandra wachtte onzeker en vroeg zich af of dit bij de persoonlijke service hoorde waarmee in de brochure werd gedreigd.

'Ik hoop dat je geniet van je verblijf hier.'

'Het is een prachtige plek.'

Julia keek haar aan en glimlachte zo dat haar blauwe ogen straalden. 'Weet je, ik kan zo je grootmoeder in je zien, maar ik durf te wedden dat je dat heel vaak hoort.'

Achter Cassandra's beleefde glimlach liet een hele kudde vragen zich niet in het gareel brengen. Hoe wist deze vreemde wie ze was? Hoe kende ze Nell? Hoe had ze hen tweeën met elkaar in verband gebracht?

Julia lachte en boog zich samenzweerderig naar voren. 'Een klein vogeltje heeft verklapt dat het Australische meisje dat het huisje heeft geërfd was aangekomen. Tregenna is maar een klein dorp; als je op Sharpstone Cliff niest, kunnen de lui in de haven het horen.'

Cassandra besefte wie het bewuste vogeltje was. 'Robyn Jameson.'

'Die was hier gisteren om me te strikken voor het comité voor het aanstaande festival,' zei Julia. 'Ze kon de verleiding niet weerstaan om me tegelijkertijd een paar nieuwtjes te vertellen. Ik heb een en een bij elkaar opgeteld en jou in verband gebracht met de dame die dertig jaar geleden langs is gekomen, en die me heeft gered door het huisje van me over te nemen. Ik heb me altijd afgevraagd wanneer je grootmoeder terug zou komen, en heb nog een poosje naar haar uitgekeken. Ik mocht haar wel. Ze was recht op de man af, hè?'

De beschrijving was zo accuraat, dat Cassandra zich afvroeg wat Nell had gezegd of gedaan om die te verdienen.

'Wist je dat je grootmoeder aan een dikke blauweregenstam bij de poort hing toen ik haar voor het eerst ontmoette?'

'Echt waar?' vroeg Cassandra met grote ogen.

'Ze had de muur aan de voorkant beklommen en had moeite de grond aan de andere kant te bereiken. Ze bofte dat ik net voor de honderdste keer ruzie met mijn man Daniel had gemaakt en een wandeling over het terrein maakte om stoom af te blazen. Ik moet er niet aan denken hoe lang ze daar anders had moeten bungelen.'

'Probeerde ze binnen te komen?'

Julia knikte. 'Ze zei dat ze antiekhandelaar was en belangstelling had voor victoriaanse dingen. Ze vroeg zich af of ze even binnen mocht kijken.'

Cassandra voelde een scheut genegenheid voor Nell toen ze zich voorstelde hoe ze wanden beklom, halve waarheden vertelde en haar zin doordreef.

'Ik zei dat ze met alle plezier binnen mocht komen, zodra ze was uitgeschommeld aan die tak!' lachte Julia. 'Het huis was er vrij belabberd aan toe. Het was inmiddels al tientallen jaren ronduit verwaarloosd, en Dan en ik hadden al zo veel gesloopt dat het er nog veel erger uitzag dan eerst, maar dat leek ze niet erg te vinden. Ze heeft het hele huis bekeken en bleef in elke kamer staan, alsof ze alles in haar geheugen wilde prenten.'

Of juist andersom. Cassandra vroeg zich af hoeveel Nell over de eigenlijke reden van haar belangstelling had losgelaten. 'Hebt u haar het huisje ook laten zien?'

'Nee, maar ik heb het wel degelijk genoemd. Daarna heb ik geduimd.' Ze lachte. 'We wilden het dolgraag verkopen! We waren bezig failliet te gaan, alsof we een gat onder het huis hadden gegraven waar ons laatste geld in was verdwenen. We hadden het huisje al een tijdje te koop staan, begrijp je. Twee keer hadden we het bijna aan Londenaren verkocht die een vakantiehuisje zochten, maar beide keren werd de koop weer afgeblazen. Vreselijke pech. We lieten de prijs zakken, maar mensen uit de streek wilden het voor geen goud kopen. Een uitzicht van heb ik jou daar, en geen mens die belangstelling heeft vanwege het een of andere malle oude gerucht.'

'Dat heeft Robyn verteld.'

'Wat mij betreft mankeert er iets aan je huis in Cornwall als het er níét spookt,' zei Julia luchtig. 'Hier in het hotel hebben we ons eigen huisspook. Maar dat weet je al; ik hoor dat je gisteravond met haar hebt kennisgemaakt?'

Cassandra's verbazing moest van haar gezicht af te lezen zijn geweest, want Julia vervolgde: 'Samantha van de receptie heeft gemeld dat je een sleutel in het slot van je kamerdeur hebt gehoord.'

'O, ja,' zei Cassandra. 'Ik dacht dat het een andere gast was, maar het moet de wind zijn geweest. Het was niet mijn bedoeling om...'

'Ja, dat is ze, dat is ons spook.' Julia moest lachen om Cassandra's perplexe gezicht. 'O, wees maar niet bang hoor, ze doet geen kwaad. Het is niet echt een onvriendelijk spook. Die zou ik niet dulden.'

Cassandra had het gevoel dat Julia haar in de maling nam. Niettemin had ze tijdens haar korte verblijf in Cornwall meer over spoken horen praten dan sinds die keer toen ze op haar twaalfde naar haar eerste slaapfeestje ging. 'Waarschijnlijk heeft elk oud huis er een,' zei ze aarzelend.

'Precies,' zei Julia. 'Mensen verwachten niet anders. Als we hier geen spook hadden gehad, hadden we het moeten verzinnen. In zo'n historisch hotel als dit? Een inwonend spook is voor de gasten even belangrijk als schone handdoeken.' Ze boog zich naar voren. 'Dat van ons heeft zelfs een naam. Rose Mountrachet. Zij en haar familie woonden hier omstreeks het begin van de twintigste eeuw. Nou ja, eerder al, als je bedenkt dat de Mountrachets hier al eeuwen woonden. Er hangt een portret van haar bij de boekenkast in de vestibule, die bleke jonge vrouw met dat donkere haar. Heb je het gezien?'

Cassandra schudde haar hoofd.

'O, je moet het zien,' zei Julia. 'John Singer Sargent heeft het gemaakt, een paar jaar nadat hij de gezusters Wyndham had geschilderd. Onze Rose was een schoonheid, en ze had zo'n tragisch leven! Ze was een broos kind dat een kwakkelende gezondheid te boven kwam, maar al op haar vierentwintigste bij een vreselijk ongeluk om het leven kwam.' Ze slaakte een romantische zucht. 'Ben je klaar met eten? Kom mee, dan laat ik het je zien.'

Rose was op haar achttiende inderdaad een schoonheid: blanke huid, een wolk donker haar dat in een losse vlecht naar achteren zat, plus de volle boezem die destijds zo in de mode was. Sargent was bekend om zijn vermogen de persoonlijkheid van zijn modellen te onderscheiden en weer te geven, en Rose' ogen keken vol verheven gevoelens de wereld in. Haar rode lippen waren ontspannen, maar de ogen bleven oplettend naar de kunstenaar kijken. Het was de ernstige gezichtsuitdrukking die wel paste bij wat Cassandra zich voorstelde van een meisje dat haar hele jeugd in een gevangenis van ziekelijkheid had doorgebracht.

Cassandra boog zich wat dichter naar het schilderij toe. De compositie was interessant. Rose zat met een boek op schoot op een divan. De bank stond weggedraaid van de lijst, zodat Rose rechts op de voorgrond zat en de muur achter haar was. Daar zat groen behang op, maar verder waren er weinig bijzonderheden. De manier waarop de muur was geschilderd, wekte de indruk dat hij licht en wollig was, meer impressionistisch dan het realisme waarom Sargent bekendstond. Het was geen uitzondering dat hij zich van bepaalde impressionistische technieken bediende, maar dit leek op de een of andere manier lichter dan zijn andere werk. De datum op het schilderij was 1906, niet lang voordat hij stopte met portretschilderen. Misschien had hij er toen al genoeg van om de gezichten van de rijken te vereeuwigen.

'Ze was een schoonheid, vind je niet?' zei Julia toen ze heupwiegend van de receptie naar haar toe kwam.

Cassandra knikte zonder haar hoofd af te wenden.

'Ik zie dat ze jou ook heeft betoverd. Nu weet je waarom ik haar zo graag als ons huisspook inzette,' lachte ze, en toen zag ze dat Cassandra niet meelachte. 'Is het wel goed met je? Je ziet een beetje pips. Glaasje water?'

Cassandra schudde haar hoofd. 'Nee, nee, het gaat prima, dank je wel. Het is alleen dat het schilderij…' Ze perste haar lippen opeen en hoorde zichzelf zeggen: 'Rose Mountrachet was mijn overgrootmoeder.'

Julia's wenkbrauwen vlogen omhoog.

'Daar ben ik zelf pas achter gekomen.' Cassandra glimlachte gegeneerd. Of het nu de waarheid was of niet, ze voelde zich net een actrice die een melige soaptekst uitspreekt. 'Het spijt me. Dit is voor het eerst dat ik een portret van haar zie. Het overvalt me allemaal.'

'O, liefje,' zei Julia. 'Ik wil niet graag degene zijn die je het slechte nieuws vertelt, maar ik ben bang dat je je vergist. Rose kan je overgrootmoeder niet zijn. Haar enige kind is overleden toen ze praktisch nog een baby was.'

'Aan roodvonk.'

'De arme schat, pas vier jaar…' Ze keek Cassandra van opzij aan. 'Als je weet van die roodvonk, moet je ook weten dat de dochter van Rose is gestorven.'

'Ik weet dat de mensen dat denken, maar ik weet ook dat het niet echt is gebeurd. Dat kan niet.'

'Ik heb de grafsteen op de begraafplaats van het landgoed gezien,' zei Julia vriendelijk. 'Er staan lieve dichtregels op, heel triest. Ik kan het je wel laten zien als je wilt.'

Cassandra voelde haar wangen gloeien, zoals altijd als ze een meningsverschil voelde aankomen. 'Er mag dan wel een grafsteen zijn, maar daaronder ligt geen klein meisje begraven. In elk geval niet Ivory Mountrachet.'

Julia's gezichtsuitdrukking hield het midden tussen belangstelling en zorgelijkheid. 'Ga door.'

'Toen mijn grootmoeder eenentwintig werd, kwam ze erachter dat haar ouders niet echt haar ouders waren.'

'Was ze geadopteerd?'

'Min of meer. Ze was aangetroffen op de kade in Australië toen ze vier was, met niets anders bij zich dan een kinderkoffertje. Pas toen ze vijfenzestig was gaf haar vader haar dat koffertje en kon ze beginnen met de zoektocht naar informatie over haar verleden. Ze ging naar Engeland om met mensen te praten en onderzoek te doen, en al die tijd heeft ze een dagboek bijgehouden.'

Julia glimlachte begrijpend. 'Dat jij nu hebt.'

'Precies. Daarom weet ik dat ze erachter is gekomen dat de dochter van Rose niet is gestorven.'

Julia's blauwe ogen zochten Cassandra's gezicht af. Haar wangen waren opeens rood geworden. 'Maar als ze ontvoerd was, zou er dan geen speurtocht op touw zijn gezet? Net als wat er bij dat zoontje van Lindbergh is gebeurd?'

'Niet als de familie er geen ruchtbaarheid aan wilde geven.'

'Waarom zouden ze dat hebben gedaan? Dat zouden ze toch zeker van de daken hebben geroepen?'

Cassandra schudde haar hoofd. 'Niet als ze een schandaal wilden voorkomen. De vrouw die haar had meegenomen was de protegee van lord en lady Mountrachet, een nicht van Rose.'

Julia's mond viel open. 'Had Elíza Rose' dochter meegenomen?'

Nu was het Cassandra's beurt om verbaasd te zijn. 'Weet je van Eliza?'

'Natuurlijk, ze is heel bekend in deze streek.' Julia slikte. 'Even de zaak op een rij krijgen: dus volgens jou heeft Eliza Rose' dochter mee naar Australië genomen?'

'Ze heeft haar op de boot naar Australië gezet, maar is zelf niet meegegaan. Eliza raakte ergens tussen Londen en Maryborough uit beeld. Toen mijn overgrootvader Nell vond, zat ze in haar eentje op de kade. Daarom heeft hij haar mee naar huis genomen; hij kon een meisje van die leeftijd niet aan haar lot overlaten.'

Julia klakte met haar tong. 'Stel je voor, zo'n klein ding in de steek laten. Die arme grootmoeder van je. Het moet verschrikkelijk zijn om je afkomst niet te kennen. Het verklaart in elk geval haar nieuwsgierigheid naar dit landgoed.'

'Daarom heeft Nell dat huisje gekocht,' zei Cassandra. 'Toen ze eenmaal wist wie ze was, wilde ze een stukje van haar verleden bezitten.'

'Ja, natuurlijk.' Julia hief haar handen op en liet ze weer zakken. 'Dat onderdeel is volstrekt logisch, maar de rest weet ik nog zo net niet.'

'Wat bedoel je?'

'Nou, ook al is alles wat je zegt waar, als Rose' dochter het had overleefd, ontvoerd was en in Australië is beland, kan ik gewoon niet geloven dat Eliza daar iets mee te maken had. Rose en Eliza waren heel dikke vriendinnen. Ze waren meer zussen dan nichten, ze waren boezemvriendinnen.' Ze dacht even na, leek het hele verhaal nog eens de revue te laten passeren, en daarna zuchtte ze beslist: 'Nee, ik kan gewoon niet aannemen dat Eliza tot zoiets verraderlijks in staat was.'

Julia's vertrouwen in Eliza's onschuld leek meer dan dat van een neutrale toeschouwer die over een historische hypothese discussieert. 'Wat maakt je zo zeker?'

Ze wees op een stel rieten stoelen in de erker. 'Kom even zitten, dan laat ik Samantha thee brengen.'

Cassandra keek op haar horloge. Haar afspraak met de hovenier kwam dichterbij, maar ze was nieuwsgierig naar wat er achter Julia's overtuiging stak, achter de manier waarop ze over Eliza en Rose sprak alsof het dierbare vriendinnen waren. Ze ging op de aangewezen stoel zitten, en Julia vormde met haar lippen het woord 'Thee?' in de richting van Samantha die glazig stond te kijken.

Toen Samantha was vertrokken, vervolgde Julia: 'Toen we Blackhurst kochten, was de chaos hier compleet. We hadden er altijd al van gedroomd een hotel als dit te runnen, maar de werkelijkheid was een nachtmerrie. Je hebt er geen idee van wat er allemaal in een huis van dit formaat mis kan gaan. Het kostte drie jaar om iets van vooruitgang te boeken. We bleven noest doorwerken en onderwijl liep ons huwelijk bijna op de klippen. Er is geen beter middel om een stel uiteen te drijven dan optrekkend vocht en lekkende daken.'

Cassandra glimlachte. 'Dat kan ik me voorstellen.'

'Eigenlijk is het triest. Eén familie had het huis zo lang en met zo veel liefde bewoond, maar in de twintigste eeuw, vooral na de Eerste Wereldoorlog, is het vrijwel aan zijn lot overgelaten. Kamers werden dichtgetimmerd, open haarden dichtgemetseld, om maar niet te spreken van de schade die werd aangericht toen hier soldaten waren ingekwartierd.

We hebben al ons geld erin gestoken. In die tijd was ik schrijfster; in de jaren zestig heb ik een serie liefdesgeschiedenissen geschreven. Ik was niet bepaald een Jackie Collins, maar het liep goed. Mijn man zat in het bankwezen en we hadden er alle vertrouwen in dat we genoeg geld hadden om dit hotel op de rails te zetten.' Ze lachte. 'Dat was ernstig onderschat. Heel ernstig. Drie Kerstmissen verder was de bodem van de schatkist in zicht en veel meer dan een huwelijk dat nog maar aan een draadje hing, hadden we niet bereikt. We hadden de meeste kleinere stukken van het landgoed al verkocht en op kerstavond 1974 waren we bijna zover om het op te geven en met de staart tussen de benen naar Londen terug te keren.'

Samantha verscheen met een zwaarbeladen dienblad, zette het met enige moeite op tafel en aarzelde even voordat ze de theepot wilde pakken.

Julia wuifde haar lachend weg. 'Ik kan zelf wel thee inschenken, Sam. Ik ben de koningin niet. Nog niet althans.' Ze knipoogde naar Cassandra. 'Suiker?'

'Ja graag.'

Julia gaf een haastig ingeschonken kopje thee aan Cassandra, nam zelf een slok en vervolgde: 'Het was een ijskoude kerstavond. Er was een storm van zee komen opzetten en die teisterde nu het vasteland. De elektriciteit viel uit, onze kalkoen bedierf in de warme koelkast en we wisten niet meer waar we de nieuwe lading kaarsen hadden gelegd. We waren op jacht in een van de kamers boven, toen een bliksemflits de hele kamer in het licht zette en we allebei de muur zagen.' Ze kneep haar lippen op elkaar voor de klap op de vuurpijl. 'Er zat een gat in de muur.'

'Zoals een muizengat?'

'Nee, een vierkant gat.'

Cassandra fronste onzeker.

'Een kleine opening in de baksteen,' zei Julia. 'Het soort bergplaats waarvan ik als klein meisje droomde wanneer mijn broer mijn dagboeken weer eens had gevonden. Het had achter een wandkleed verborgen gezeten dat de schilder eerder die week had verwijderd.' Ze nam een grote slok thee voordat ze vervolgde: 'Ik weet dat het mal klinkt, maar de vondst van die bergplaats bracht geluk. Bijna alsof het huis zelf zei: "Goed, jullie zijn hier nu lang genoeg geweest met al dat gehamer en gezaag. Jullie hebben aangetoond goede bedoelingen te hebben, jullie mogen blijven." En ik zal je vertellen, vanaf die bewuste avond leek alles makkelijker te gaan. De dingen gingen vaker goed dan mis. Je grootmoeder kwam het huisje kopen, om maar iets te noemen. Een jongen genaamd Bobby Blake bracht de tuin weer tot leven en een paar touringcarmaatschappijen begonnen langs te komen met toeristen voor de *afternoon tea*.'

Ze glimlachte bij de herinnering en Cassandra voelde zich bijna schuldig toen ze haar onderbrak. 'Maar wat vond je daar? Wat lag er in die bergplaats?'

Julia knipperde met haar ogen.

'Was het iets van Rose?'

'Ja,' zei Julia, terwijl ze een opgewonden glimlach onderdrukte. 'Ja, inderdaad. Het was een verzameling plakboeken met een lint eromheen. Eén plakboek voor elk jaar, van 1900 tot 1913.'

'Plakboeken?'

'Een heleboel jongedames hielden in die tijd plakboeken bij. Het was een van de weinige liefhebberijen die hartgrondig werden toegejuicht door degenen die het voor het zeggen hadden. Het was een vorm van zelfexpressie waarin een jongedame zich kon laten gaan zonder haar ziel aan de duivel te verkopen.' Ze schudde haar hoofd. 'O, Rose' plakboeken verschillen niet zo veel van de exemplaren die je in musea of op zolders door het hele land kunt vinden. Ze zitten vol stukjes stof, tekeningen, plaatjes, uitnodigingen en kleine anekdotes, maar toen ik ze vond, heb ik me zo met die jonge vrouw van bijna een eeuw geleden vereenzelvigd, en met haar verlangens en dromen en teleurstellingen, dat ik altijd een zwak plekje voor haar heb gehouden. Ik beschouw haar als een engel die over ons waakt.'

'Zijn die plakboeken er nog?'

Julia knikte met een schuldig gezicht. 'Ik weet dat ik ze aan een museum moet schenken, of aan een van die heemkundige verenigingen, maar ik ben nogal bijgelovig en ik kan er geen afstand van doen. Ik heb ze een poosje in zo'n vitrine in de salon tentoongesteld, maar telkens als ik ernaar keek, voelde ik een golf van schaamte, alsof ik iets wat privé is openbaar had gemaakt. Nu liggen ze bij gebrek aan een betere plek in een doos op mijn kamer.'

'Ik zou ze dolgraag willen lezen.'

'Natuurlijk, liefje. En dat mag ook.' Julia lachte Cassandra stralend toe. 'Het komende half uur verwacht ik een groepsreservering, en Robyn heeft mijn agenda voor de rest van de week volgepropt met voorbereidingen van het festival. Zullen we zeggen dat je vrijdagavond bij mij boven komt eten? Danny zit dan in Londen, dus kunnen we er een echte meidenavond van maken. Dan kunnen we ons over de plakboeken van Rose buigen en eens een lekker potje huilen. Wat dacht je daarvan?'

'Geweldig,' glimlachte Cassandra een beetje onzeker. Het was voor het eerst van haar leven dat iemand haar uitnodigde om te komen huilen.

28

Tregenna, Cornwall, 1975

Daar was hij dan, de zwarte rots uit het verhaal van William Martin. Van boven op het klif zag Nell de zee wit schuimend om de basis kolken, voordat het water de grot in raasde om vervolgens weer door het tij mee naar zee te worden gezogen. Je hoefde maar weinig verbeelding te hebben om je voor te stellen dat de baai de locatie van geselende stormen, zinkende schepen en middernachtelijke juttersovervallen was.

Langs de kliftop stond een rij bomen als soldaten op wacht, die Nell het zicht op Blackhurst, haar moeders huis, benam.

Ze stak haar handen dieper in de zakken van haar jas. Het woei hard daarboven en het kostte al haar kracht om zichzelf overeind te houden. Haar hals was gevoelloos en haar wangen waren beurtelings schrijnend warm en koud van de wind. Ze draaide zich om en volgde het pad van platgetreden gras vanaf de rand van het klif. De weg reikte niet zo ver en het was maar een smal pad. Nell liep voorzichtig, want haar knie was geschaafd en gezwollen na haar geïmproviseerde entree in het landhuis Blackhurst van de vorige dag. Ze was erheen gegaan om een brief in de bus te doen met de mededeling dat ze een antiekhandelaar uit Australië was en het verzoek of ze het huis mocht komen bezichtigen op een tijdstip dat de eigenaar schikte. Maar toen ze voor de hoge, smeedijzeren hekken stond, werd ze overvallen door een aanvechting, een behoefte die even sterk was als ademhalen. Voor ze het wist, had ze alle waardigheid uit het oog verloren, klauterde ze onelegant naar boven en zochten haar voeten houvast op de smeedijzeren sierkrullen.

Dat was al bespottelijk gedrag voor een vrouw die half zo oud was als zij, maar zo was het nu eenmaal. Het was onverdraaglijk om zo dicht bij haar ouderlijk huis te staan zonder er ook maar een blik op te mogen werpen. Het was alleen spijtig dat Nells lenigheid niet even groot was als haar vastberadenheid. Ze was even gegeneerd als dankbaar toen Julia Bennett bij toeval getuige was van haar insluippoging. Gelukkig accepteerde de nieuwe eigenaar van Blackhurst Nells verklaring en nodigde ze haar uit om binnen een kijkje te nemen.

Het bezoek aan het huis had haar een heel merkwaardig gevoel gegeven. Merkwaardig, maar niet zoals ze had verwacht. Nell was sprakeloos van gespannen verwachting de hal door gelopen, had de trap beklommen, achter deuren gekeken en hield zichzelf steeds maar weer voor: daar heeft je moeder gezeten, hier heeft ze gelopen, daar heeft je moeder liefgehad, en ze bleef wachten tot de enormiteit haar zou treffen, tot zich van de wanden van het huis een golf van herkenning los zou maken om haar te overspoelen, tot iets heel diep vanbinnen zou beseffen dat ze thuis was. Maar dat besef was niet gekomen. Het was natuurlijk een dwaze verwachting geweest, en eigenlijk niets voor Nell, maar voilà. Zelfs de grootste pragmaticus viel wel eens ten prooi aan het verlangen naar iets anders. En nu kon ze tenminste een omgeving zien bij de herinneringen die ze weer probeerde op te graven, ingebeelde gesprekken zouden nu tenminste in echte vertrekken plaatsvinden.

In het lange, glinsterende gras zag Nell een stok liggen die net lang genoeg was. Lopen met zo'n stok had iets ongekend aangenaams, het voegde iets energieks aan de wandeltocht toe. Om maar niet te spreken van haar gezwollen knie die nu een beetje werd ontlast. Ze bukte zich om hem op te rapen en hervatte voorzichtig haar weg naar beneden, langs de hoge muur van natuursteen. Er hing een bordje aan het tuinhekje, vlak boven het bordje tegen indringers. TE KOOP stond erop, met daaronder een telefoonnummer.

Dit was dus het huisje dat bij het landgoed Blackhurst hoorde, het huisje dat William Martin graag tot de grond toe zag afbranden, dat getuige was geweest van 'tegennatuurlijke' dingen, wat dat ook mocht betekenen. Nell leunde tegen het hek. Het zag er weinig dreigend uit. De tuin was overwoekerd en de vallende schemering wierp haar schaduwen in hoeken en gaten om zich op koele plekjes op de nacht voor te bereiden. Een smal tuinpad voerde eerst naar de voordeur voordat het slingerend zijn weg door de tuin vervolgde. Bij de verste muur stond midden in een bloemperk, overdekt met mos, een eenzaam beeld van een naakt jongetje dat met grote ogen voor eeuwig naar het huisje keek.

Nee, geen bloemperk, de jongen stond in een vijver.

Die correctie kwam vlug en zeker, en Nell keek er zo van op dat ze het ijzeren hek iets beter moest vasthouden. Hoe wist ze dat?

Vervolgens veranderde de tuin voor haar ogen. Tientallen jaren oud onkruid en braamstruiken trokken zich terug. Bladeren verhieven zich van de grond en daaronder werden tuinpaden, bloemperken en een tuinzitje zichtbaar. Er viel weer licht naar binnen, en over de visvijver lag een sluier van lichtvlekken. En daarna was ze op twee plaatsen tegelijk: een 65-jarige vrouw met een zere knie die zich aan een roestig hek vastklampte, en een klein meisje met een lange vlecht op haar rug, zittend op een pol zacht, koel gras met de tenen bungelend in het water…

De dikke vis kwam weer aan de oppervlakte met een blinkende gouden buik en het meisje moest lachen toen hij zijn bek opendeed en aan haar grote teen sabbelde. Ze was dol op die vijver, ze wilde er thuis ook een, maar mama was bang geweest dat ze erin zou vallen en zou verdrinken. Mama was dikwijls angstig, vooral als het om het kleine meisje ging. Als mama wist waar ze vandaag waren, zou ze heel boos worden. Maar mama wist het niet, die had een van haar slechte dagen en lag in haar donkere boudoir met een nat lapje op haar voorhoofd.

De rode vis flitste weer onder de oppervlakte en het kleine meisje verbeeldde zich dat hij Moby Dick was en de vijver zijn zee. Ze legde een groot, opgekruld blad op het water, dat was kapitein Ahabs schip, en zag verrast dat Moby Dick aan de bodem van het schip knabbelde, zodat het in een spiraal naar de zeebodem zakte.

Er klonk een geluid en het meisje keek op. De mevrouw en papa waren weer naar buiten gekomen. Ze bleven even staan en papa zei iets tegen de mevrouw. Iets wat het kleine meisje niet kon horen. Hij raakte haar arm aan en de mevrouw liep langzaam naar het kleine meisje. Ze bekeek haar op een eigenaardige manier, een manier die het kleine meisje deed denken aan het beeldje van de jongen die de hele dag bij de vijver stond zonder ooit met zijn ogen te knipperen. De mevrouw glimlachte betoverend, en het kleine meisje haalde haar voeten uit de vijver, wachtte en vroeg zich af wat de mevrouw ging zeggen…

Vlakbij vloog een roek over en daarmee was de tegenwoordige tijd weer hersteld. De braamstruiken en slingerplanten waren terug, de bladeren waren gevallen en de tuin was weer een benauwde, vochtige plek die aan de genade van de schemering was overgeleverd. Het beeld van het jongetje stond daar groen van ouderdom, precies zoals het hoorde te zijn.

Nell werd zich bewust van de pijn in haar knokkels. Ze liet het hek los en keek naar de roek die fladderend met zijn brede vleugels naar de kruin van de bomen van Blackhurst vloog. Een wolkenformatie aan de hemel in het westen werd van achteren beschenen en lichtte in de toenemende schemering roze op.

Nell keek duizelig naar de tuin van het huisje. Het kleine meisje was weg. Of niet?

Toen Nell de stok voor zich had geplant en de terugweg naar het dorp had aanvaard, werd ze de hele weg achtervolgd door een merkwaardige sensatie van dualiteit, maar die voelde niet onaangenaam.

29

Blackhurst Manor, Cornwall, 1907

Rose hoedde zich er wel voor om zich te verroeren op de canapé, anders zou ze zich de woede van de kunstenaar op de hals halen, maar ze liet haar blik zo ver zakken dat ze de meest recente bladzijde in haar plakboek kon zien. Ze had er de hele week aan gewerkt, zodra ze maar even rust kregen van het poseren voor meneer Sargent. Er was een stukje lichtroze satijn waarvan haar verjaardagsjurk was genaaid, een haarlint, en onderaan had ze met haar mooiste handschrift dichtregels van Tennyson geschreven: *But who hath seen her wave her hand? Or in the casement seen her stand? Or is she known in all the land? The lady of Shalott.*

Wat vereenzelvigde Rose zich met de lady van Shalott, die was vervloekt om voor eeuwig op haar kamer te blijven, gedwongen om de wereld voor altijd van een afstand te ervaren. Want was zij, Rose, niet het grootste deel van haar leven op soortgelijke wijze begraven geweest?

Maar dat was verleden tijd. Rose had een beslissing genomen: ze zou zich niet langer aan banden laten leggen door de morbide prognoses van dokter Matthews en die bezorgde mama die altijd maar om haar heen hing. Hoewel Rose nog broos was, had ze geleerd dat breekbaarheid zich alleen maar voortplant, dat niets zo bevorderlijk is voor duizeligheid als dag in dag uit in een benauwde kamer opgesloten zitten. Ze ging het raam openzetten als ze het warm had, misschien dat ze een koutje zou vatten, maar misschien ook niet. Ze zou gaan leven met alle normale verwachtingen van een huwelijk, kinderen krijgen en oud worden. En eindelijk, ter gelegenheid van haar achttiende verjaardag, zou Rose op Camelot neerzien. Beter nog, ze zou erdoorheen lopen. Want na jaren smeken was mama eindelijk gezwicht, vandaag mocht Rose voor het eerst in vijf jaar Eliza naar de inham van Blackhurst vergezellen.

Al sinds haar komst op Blackhurst was Eliza met verhalen over de baai thuisgekomen. Als Rose in haar benauwde, donkere kamer lag, kwam Eliza dikwijls zo binnenstormen dat Rose bijna de zee op haar huid kon ruiken. Dan klom ze naast Rose in bed, legde een schelp, een poederig skelet van een inktvis, of een stukje kiezel in haar hand, en begon te vertellen. Dan zag Rose voor haar geestesoog de diepblauwe zee en voelde ze de warme wind in haar haar en het hete zand onder haar voeten.

Sommige verhalen van Eliza waren verzonnen, sommige had ze elders gehoord. Mary, het dienstmeisje, had broers die zeelui waren, en ze hield vermoedelijk wel van een babbeltje als ze eigenlijk moest werken. Niet met Rose natuurlijk, maar Eliza was anders. Alle bedienden behandelden Eliza anders. Heel onbetamelijk, bijna alsof ze zich met haar bevriend waanden.

Pas de laatste tijd was Rose gaan vermoeden dat Eliza op haar zwerftochten ook buiten het landgoed kwam, misschien had ze wel met een paar vissers uit het dorp gepraat, want haar verhalen hadden een nieuw kantje gekregen. Ze stonden bol van de bijzonderheden van boten en zeilen, zeemeerminnen en schatten en avonturen in vreemde landen, en allemaal verteld in een kleurrijke taal waarvan Rose heimelijk genoot, en ook lag er een weidsere blik in de ogen van de verteller, alsof ze de ondeugende dingen waarover ze vertelde kon proeven.

Eén ding was zeker, mama zou woedend worden wanneer ze wist dat Eliza naar het dorp was geweest en onder het gewone dorpsvolk had vertoefd. Het zat mama al dwars genoeg dat Eliza met de bedienden praatte; alleen al daarom kon Rose Eliza's vriendschap met Mary verdragen. Als mama Eliza zou vragen waar ze heen ging, zou die natuurlijk niet liegen, maar wat haar moeder ertegen kon doen wist Rose niet goed. In zes jaar van verwoede pogingen had mama geen bestraffing kunnen vinden die Eliza afschrikte.

Het dreigement dat men haar onfatsoenlijk zou vinden zei Eliza niets. Als ze in de trapkast werd opgesloten, gaf haar dat alleen de tijd en de rust om nog meer verhalen te verzinnen. Weigeren haar een nieuwe jurk te geven – echt een straf voor Rose – leverde amper een zucht op: Eliza was meer dan tevreden met de afleggertjes van Rose. Als het op straf aankwam, had ze iets van de heldinnen uit haar eigen verhalen en leek ze wel beschermd door de kracht van de toverfee.

Als ze mama zinloze pogingen zag doen om Eliza te straffen, lachte Rose in haar vuistje. Elke poging werd tegemoet getreden met blanco, knipperende blauwe ogen, een zorgeloos schouderophalen en een onaangedaan 'Ja, tante', alsof Eliza zich echt niet had gerealiseerd dat haar gedrag aanstoot zou geven. Vooral dat schouderophalen maakte mama razend. Ze had Rose al lang geleden ontslagen van elke verplichting om een fatsoenlijke jongedame van Eliza te maken, en was al blij dat Rose erin was geslaagd Eliza zich fatsoenlijk te laten kleden. (Rose had mama's lof over zich heen laten ko-

men, en het stemmetje dat fluisterde dat Eliza die haveloze broek pas weg-
deed toen die haar echt niet meer paste, het zwijgen opgelegd.) Eliza's gepraat over magie en elfjes was olie op het vuur van mama's woede: ze was
een goddeloos kind, vond mama, en wie keek daarvan op na zulke heiden-
se kinderjaren? Mama zei dat er iets kapot was in Eliza, als een scherf spiegelglas in een telescoop die voorkomt dat hij goed werkt. Daardoor kon ze
geen fatsoenlijke gêne voelen.

Alsof Eliza Rose' gedachten las, ging ze verzitten naast haar op de canapé.
Ze hadden bijna een uur stilgezeten en het verzet straalde van Eliza af. Talrijke malen moest meneer Sargent haar eraan herinneren niet te fronsen, en
stil te zitten terwijl hij een verandering op zijn schets aanbracht. Rose had
hem daags daarvoor tegen mama horen zeggen dat hij al klaar geweest zou
zijn als dat meisje met dat vuurrode haar niet weigerde lang genoeg voor
hem stil te zitten om haar uitdrukking te vangen.

Mama had met iets van weerzin gehuiverd toen hij dat zei. Ze had liever
gezien dat Rose zijn enige model was geweest, maar daar had Rose zelf een
stokje voor gestoken. Eliza was haar nicht en enige vriendin, natuurlijk
moest zij erbij. En daarna had Rose een beetje gehoest, had ze mama van
onder haar wimpers aangekeken, en de zaak was beklonken. Mama had
nooit weerstand kunnen bieden wanneer ze werd geconfronteerd met de
tere constitutie van haar dochter.

En hoewel er een ijzig stukje in Rose was dat wel van mama's ongenoegen genoot, was het waar dat ze Eliza er met alle geweld bij wilde hebben.
Vóór Eliza had Rose nog nooit een vriendin gehad. De gelegenheid had zich
gewoon niet voorgedaan, en bovendien, wat had een meisje dat niet lang te
leven had, aan vriendinnen? Zoals de meeste kinderen die door omstandigheden gewend zijn te lijden, had Rose het gevoel dat ze weinig gemeen had
met leeftijdgenoten. Ze had geen belangstelling voor hoepelen of het opruimen van poppenhuizen. Ze verveelde zich algauw wanneer ze zich geconfronteerd zag met uitputtende gesprekken over haar favoriete kleur, getal of
liedje.

Maar nicht Eliza was niet zoals de andere meisjes. Dat besefte ze al op de
dag dat ze elkaar leerden kennen. Eliza had een kijk op de wereld die heel
vaak verrassend was, en deed totaal onverwachte dingen. Dingen die mama
niet kon uitstaan. Ze weigerde van tafel te gaan als ze nog honger had, het
was haar niet duidelijk te maken dat het de taak van de keukenmeid was om
haar bord schoon te maken, dat ze hard praatte, hard liep en duivels lachte.
En terwijl Rose een vaag tevreden gevoel kreeg als ze mama's regels met voe-

ten getreden zag, leek Eliza niet eens te beseffen dat ze zich onbetamelijk gedroeg.

Maar het mooiste van Eliza, iets wat nog beter was dan haar vermogen om mama tegen zich in het harnas te jagen, was haar vertelkunst. Ze kende zo veel prachtige verhalen over dingen waarvan Rose nog nooit had gehoord. Angstaanjagende verhalen waarvan Rose' huid ging jeuken en haar voeten gingen zweten. Over de Andere Nicht en de rivier in Londen, en over een Slechte Boze Man met het blinkende mes. En dan natuurlijk haar verhaal over het zwarte schip dat kwam spoken in de baai van Blackhurst. Ook al wist Rose dat het een van haar verzinsels was, ze was dol op dat verhaal. Het spookschip dat aan de horizon verscheen, het schip dat Eliza gezien beweerde te hebben, en ze had talrijke zomerdagen op het strand doorgebracht in de hoop het nog een keer te zien.

Het enige waarover Rose nooit een verhaal uit Eliza had weten los te peuteren was haar broer Sammy. Ze had zijn naam een keer laten vallen, maar was meteen weer dichtgeklapt toen Rose doorvroeg. Mama vertelde dat Eliza ooit een van een tweeling was geweest, dat ze een broer had gehad die van hetzelfde laken een pak was en tragisch was verongelukt.

In de loop der jaren fantaseerde Rose als ze in bed lag vaak hoe hij aan zijn eind was gekomen, dat jongetje dat het onmogelijke had gepresteerd: de verhalenverteller Eliza beroven van woorden. 'Sammy's dood' nam de plaats in van 'Georgiana's vlucht' als favoriete dagdroom. Ze stelde zich voor dat hij was verdronken, dat hij dood was gevallen en ook had ze zich voorgesteld dat hij langzaam was weggeteerd, dat arme jongetje dat Eliza's genegenheid eerder had verdiend dan zij. Toen Eliza eindelijk die broek voor een jurk verruilde, had Rose stiekem een gevoel van triomf tegenover het dode jongetje gehad.

'Stilzitten,' zei meneer Sargent, wijzend met zijn penseel naar Eliza. 'Hou op met dat gekronkel, je bent nog erger dan de corgi van lady Asquith.'

Rose knipperde met haar ogen en zorgde ervoor dat haar gezichtsuitdrukking niet veranderde toen ze besefte dat vader de kamer was binnengekomen. Hij stond achter de ezel van meneer Sargent en keek ingespannen naar het werk van de kunstenaar. Fronsend hield hij het hoofd schuin om de penseelstreken van de schilder te kunnen volgen. Daar keek Rose van op. Ze had nooit gedacht dat haar vader belangstelling voor de schone kunsten had. Het enige waarop hij naar haar weten dol was, was fotografie, maar zelfs die maakte hij saai. Hij fotografeerde nooit mensen, alleen maar beestjes en planten en bakstenen. Maar toch was hij hier, gefascineerd door Rose' portret. Rose voelde zich een beetje groeien.

Haar hele jeugd was vader een grote, mysterieuze figuur gebleven. Hij was iemand die angst en eerbied bij de bedienden opriep, dus ook bij Rose. Vader was lange perioden afwezig, en hoewel Rose nooit hoorde wanneer hij zou terugkomen, wist ze het altijd. Ongeveer een week voor zijn komst werden de bedienden nerveus, zelfs de kokkin, wier werk haar veilig en wel in de keuken hield. Vloeren werden gewreven, er werd bloedworst gemaakt en alle vergrootglazen en telescopen in de bibliotheek werden afgestoft.

Slechts twee keer had Rose haar vader van dichtbij meegemaakt. De eerste keer was toen ze dat vingerhoedje had ingeslikt en vaders hulp was ingeroepen om de foto voor dokter Matthews te maken. De tweede keer was minder fortuinlijk geweest.

Ze had zich verstopt. Dokter Matthews zou een visite afleggen, en de negenjarige Rose had het in haar hoofd gehaald dat ze geen zin had in zijn bezoek. Ze had de enige plek gevonden waar mama haar nooit zou zoeken: vaders donkere kamer.

Er was een ruimte onder het grote bureau en Rose had een kussen meegenomen om het zich gemakkelijk te maken. En het was grotendeels comfortabel als het er niet zo vreselijk had gestonken naar de schoonmaakmiddelen die de bedienden bij de grote voorjaarsschoonmaak gebruikten.

Ze zat er ongeveer een kwartier toen de deur van de werkkamer openging. Er viel een smal streepje licht door een gaatje van een knoest in de achterzijde van het bureau. Rose hield haar adem in en drukte haar oog tegen het gaatje, bang dat dokter Matthews en mama haar kwamen halen.

Maar het was niet mama, noch de dokter die de deur openhield, het was vader in zijn lange, zwarte reismantel.

Rose kreeg het benauwd. Het was haar weliswaar nooit met zo veel woorden gezegd, maar ze wist dat ze de drempel van vaders donkere kamer niet over mocht.

Vader bleef een ogenblik staan, zwart afgetekend tegen het licht op de gang. Daarna kwam hij binnen, trok hij zijn mantel uit en legde die op de leunstoel op het moment dat Thomas bleek van schrik binnenkwam.

'Mijnheer,' zei hij terwijl hij op adem kwam. 'We hadden u pas...'

'Mijn plannen zijn gewijzigd.'

'De kok is met het middageten bezig. Ik zal dekken voor twee en lady Mountrachet zeggen dat u terug bent.'

'Nee.'

Het plotselinge van dat bevel maakte dat Rose even haar adem inhield.

Thomas draaide zich abrupt naar haar vader toe en door een plotselinge tochtvlaag ging de brandende lucifer tussen zijn gehandschoende vingers uit.

'Nee,' herhaalde vader. 'Ik heb een lange reis achter de rug, Thomas. Ik moet rusten.'

'Zal ik u een dienblad brengen, meneer?'

'Plus een karaf sherry.'

Thomas knikte en ging de kamer uit; zijn voetstappen stierven weg op de gang.

Rose hoorde iets bonzen. Ze drukte haar oor tegen het bureau en vroeg zich af of iets in de la, een of ander vreemd voorwerp van haar vader, lag te tikken. Daarna besefte ze dat het haar eigen hart was dat waarschuwend in haar borstkas bonkte voor zijn leven.

Maar ontsnappen was er niet bij zolang vader in zijn leunstoel zat en de weg naar de deur versperde.

En dus bleef Rose ook zitten, met haar knieën dicht tegen haar hart, dat haar aanwezigheid dreigde te verraden.

Het was de enige keer dat ze zich kon herinneren met haar vader alleen te zijn geweest. Ze voelde hoe zijn aanwezigheid de kamer zo vulde, dat de ruimte die daarvoor zo goedaardig was geweest, opeens bol stond van emoties en gevoelens die Rose niet begreep.

Er klonken doffe voetstappen op het tapijt en een zware, mannelijke zucht waarvan de haartjes op haar armen overeind gingen staan.

'Waar ben je?' vroeg vader zacht. En daarna nog eens, alsof hij zijn tanden opeen had geklemd. 'Waar ben je?'

Rose hield haar adem in en gevangen achter dicht opeengeperste lippen. Had hij het tegen haar? Had haar alwetende vader op de een of andere manier geraden dat ze verborgen zat op een plek waar ze niet hoorde te zijn?

Vader zuchtte. Van verdriet? Liefde? Vermoeidheid? En daarna hoorde ze 'baigneur', heel zacht, heel stil, een gebroken woord van een gebroken man. Rose leerde Frans van juffrouw Tranton, dus wist ze dat baigneur 'babypopje' betekende. 'Baigneur,' zei vader weer. 'Waar ben je, mijn Georgiana?'

Rose herademde, opgelucht dat hij haar aanwezigheid niet had opgemerkt, maar ook bedroefd dat die zachte stem niet voor haar bedoeld was.

Rose drukte haar wang tegen het bureau en beloofde zichzelf dat iemand ooit haar naam op dezelfde toon zou uitspreken…

'Hand omlaag!' Nu was meneer Sargent geïrriteerd. 'Als je die hand blijft bewegen, schilder ik drie handen en ga je op die manier de geschiedenis in.'

Eliza slaakte een zucht en vlocht haar handen in elkaar op haar rug.

Rose' blik was troebel omdat ze zo lang in één houding had gezeten, en ze knipperde een paar keer met haar ogen. Vader was inmiddels de kamer uit, maar zijn aanwezigheid was nog voelbaar, datzelfde mistroostige gevoel dat hij dikwijls in zijn kielzog naliet.

Rose keek weer naar haar plakboek. Die stof had zo'n mooie kleur roze, een tint die prachtig bij haar donkere haar paste.

Gedurende haar jaren van ziekte had Rose maar één ding gewild: volwassen worden, ontsnappen aan de kluisters van de kinderjaren, en léven, hoe kort en gebrekkig ook, zoals Milly Theale had gezegd. Ze wilde verliefd worden, trouwen en kinderen krijgen. Ze wilde Blackhurst verlaten om een eigen leven te beginnen. Weg van dit huis, weg van deze bank waar ze van mama met alle geweld op moest rusten, al voelde ze zich prima. 'Rose' canapé' noemde mama hem. 'Leg maar een nieuwe foulard op Rose' canapé. Iets wat haar bleke huid goed doet uitkomen en haar haar meer laat glanzen.'

En de dag van haar ontsnapping kwam dichterbij; Rose wist het gewoon. Eindelijk had mama ermee ingestemd dat Rose voldoende was hersteld om iemand naar haar hand te laten dingen. De afgelopen maanden had mama lunchpartijen georganiseerd met een opeenvolging van geschikte jonge (en niet meer zulke jonge!) mannen. Het waren allemaal malloten. Eliza had Rose na elk bezoek uren vermaakt met het naspelen en imiteren van de bewuste jongeman, maar het was een goede oefening. Want ergens in die buitenwereld wachtte haar prins. Hij zou niets weg hebben van vader, hij zou kunstenaar zijn, met het gevoel voor schoonheid en mogelijkheden van een kunstenaar, die niets met bakstenen of beestjes had. Die openhartig was en makkelijk te doorgronden, en die licht in zijn ogen kreeg van zijn hartstochtelijke dromen. En hij zou haar en alleen haar liefhebben.

Naast haar zat Eliza ongeduldig te puffen. 'Heus, meneer Sargent,' zei ze. 'Ik kan mezelf sneller schilderen.'

Rose besefte dat haar man op Eliza moest lijken en er dreigde een glimlach op haar kalme gezicht te verschijnen. De man die zij zocht was de mannelijke versie van haar nicht.

En eindelijk had hun cipier hen laten gaan. Tennyson had gelijk: ongepoetst roesten was onvoorstelbaar saai. Eliza trok haastig de bespottelijke jurk uit die ze met alle geweld van tante Adeline voor het portret moest dragen. Het was een jurk van Rose van het jaar daarvoor; het kant jeukte, het satijn plakte en het was een tint rood die Eliza het gevoel gaf dat ze uit aardbeienpulp bestond. Wat een zinloze tijdverspilling om een ochtend te verliezen aan een chagrijnige oude man die met alle geweld hun beeltenis wilde vangen om eenzaam aan een koude muur te hangen.

Eliza liet zich op handen en knieën zakken en tuurde onder haar bed. Ze tilde een hoekje op van een plank die ze lang geleden had losgemaakt. Ze stak haar hand eronder om het verhaal 'Het Wisselkind' tevoorschijn te halen. Ze streek met haar hand over het zwart-witte omslag en voelde de rimpeling van haar eigen schrijverschap onder haar vingertoppen.

Davies had haar aangeraden haar verhalen op te schrijven. Ze had hem geholpen met het poten van nieuwe rozen toen een grijs-met-witte vogel met een gestreepte staart naar een tak in de buurt was gevlogen.

'Dat is een koekoek,' zei Davies. 'Overwintert in Afrika, maar komt hier in de lente weer terug.'

'Ik wou dat ik een vogel was,' zei Eliza. 'Dan zou ik gewoon naar de rand van het klif rennen en over de rand zweven. Helemaal naar Afrika, of India. Of Australië.'

'Australië?'

Die bestemming had haar verbeelding momenteel in de greep. Mary's oudste broer Patrick was onlangs met zijn jonge gezin geëmigreerd naar een plaats die Maryborough heette, waar zijn tante Eleanor zich een paar jaar daarvoor had gevestigd. Ondanks de familieconnectie mocht Mary graag denken dat die naam zijn keus ook had bepaald, en ze wist dikwijls veel bijzonderheden te vertellen over dat exotische land dat in een verre oceaan helemaal aan de andere kant van de aarde dreef. Eliza had Australië op de kaart in de onderwijskamer gevonden; een vreemd, kolossaal continent in de Stille Zuidzee, een continent met twee oren waarvan er een was afgebroken.

'Ik ken een jongen die naar Australië is gegaan,' zei Davies, toen hij even uitrustte van het planten. 'Hij kocht een boerderij van vijfhonderd hectare en er wilde niets groeien.'

Eliza beet op haar lip en proefde opwinding. Dat extreme klopte wel met haar eigen indruk van het land. 'Er leeft een soort reuzenkonijn, zegt Mary. Ze noemen ze kangoeroes. Die hebben voeten zo lang als het been van een volwassen man!'

'Ik zou niet weten wat jij in zo'n land moest, juffrouw Eliza. En ook niet in Afrika of India.'

Eliza wist precies wat ze zou doen. 'Ik ga verhalen verzamelen. Verhalen van heel vroeger die geen mens hier kent. Net als de gebroeders Grimm over wie ik je heb verteld.'

Davies fronste. 'Het is me een raadsel waarom je op een stelletje chagrijnige Duitse broers wilt lijken. Je moet je eigen verhalen opschrijven, niet die van anderen.'

Zo gezegd zo gedaan. Ze was begonnen met een verhaal voor Rose, een verjaarscadeau, een sprookje over een prinses die in een vogel wordt omgetoverd. Het was voor het eerst dat ze een verhaal opschreef, en het was een merkwaardige ervaring om haar gedachten en ideeën vorm te zien krijgen. Het maakte haar huid ongewoon gevoelig en merkwaardig kwetsbaar. De wind was koeler en de zon warmer. Ze wist niet goed of ze dat nu aangenaam vond of niet.

Maar Rose was altijd dol op Eliza's verhalen geweest en Eliza had niets mooiers te geven, dus was het een volmaakte keus. Want in de jaren sinds Eliza uit haar eenzame bestaan in Londen was geplukt en naar het verheven en mysterieuze Blackhurst was overgebracht, was Rose een zielsverwant geworden. Ze had samen met Eliza gelachen en verlangens gekoesterd, en langzaam maar zeker had Rose de plaats gekregen die Sammy ooit had ingenomen, dat donkere, eenzame gat waarmee alle gehalveerde tweelingen kampen. In ruil daarvoor was er niets dat Eliza niet voor Rose wilde doen of schrijven.

Eliza kon zich de dag nog heugen waarop ze het gat voelde dichtgaan. Het was de zomer van 1901, de koningin was een half jaar daarvoor overleden en de zon scheen aan een wolkeloze hemel. Tante Adeline was bij iemand op bezoek, oom maakte foto's op de Orkney-eilanden en Rose en Eliza zaten in het leslokaal op juffrouw Tranton te wachten.

'Er is niet echt een tovergrot op het strand, hè?' vroeg Rose terwijl ze uit het raam naar de inham keek. 'Zoals in dat verhaal van jou.'

'Natuurlijk is die er wel. Ik heb je hem aangewezen op mijn kaart.'

Rose draaide zich om en sloeg haar ogen ten hemel. 'Dat je een kaart tekent, wil nog niet zeggen dat hij echt is.'

'Jawel hoor, als je wilt, kan ik je hem laten zien.'

Rose trok één wenkbrauw op, een gebaar dat altijd indruk op Eliza maakte. 'Nu?'

Eliza knikte verbaasd. Het was niets voor Rose om iets ondeugends voor te stellen.

'Beneden op het strand?'

Eliza knikte weer.

Rose wierp weer een blik naar buiten en draaide zich met een besliste zucht om. 'Goed dan. Maar als juffrouw Tranton ontdekt dat we weg zijn, zijn we in de aap gelogeerd, en deze week heb je al twee keer geen avondeten gehad.'

Eliza haalde haar schouders op. Wat kon haar dat avondeten schelen als ze de kans kreeg haar nicht de grot te laten zien?

Het zand was warm, de meeuwen waren lui en Eliza was zo blij dat Rose met haar was meegegaan, dat ze radslagen maakte op het strand. Rose' verbazing over het gevoel van de steentjes onder haar voeten en de zeewind die langs haar wangen streek, deed Eliza denken aan haar eigen eerste bezoeken aan de grot.

Toen ze bij de zwarte rots kwamen, liet Eliza Rose zien hoe ze op de uitstekende rand moest balanceren om bij de enorme ingang van de grot te komen. Ze sprong op het platform dat in zee stak en pakte Rose' hand zodat ze niet zou uitglijden. Rose bewoog zich behoedzaam voort, haar voeten waren niet gewend aan welke oppervlakte ook, behalve de stevige vloer van het huis, en samen gingen ze de grot in.

'Wat is het hier donker,' zei Rose. Haar stem weergalmde tegen de natte wanden van de spelonk.

'Dat duurt niet lang.' Eliza liet Rose' hand los en beklom de rotswand, waarbij haar voeten geoefend naar kleine openingen zochten. Gedurende de maanden nadat Eliza de grot had ontdekt, voor het eerst in zijn opening had gestaan en had gezworen dat ze later op onderzoek zou gaan, had ze de spelonk goed leren kennen.

Helemaal bovenaan, bijna bij het plafond, reikte ze uit en vond ze het canvas tasje dat ze altijd in de hoogste nis opborg, waar het hoogwater niet kwam. Ze klom weer naar beneden en haalde de lantaarn eruit die ze aanstak met een lucifer uit haar zak. In het kaarslicht wierpen de randen van de grotopening schaduwen als tanden op de vochtige wanden. Eliza wenkte Rose om mee te komen en lachte in haar vuistje toen de doorgaans bazige Rose meteen gehoorzaamde. Rose' gezicht deed vermoeden dat ze bang was elk moment een van de reuzen uit Eliza's sprookjes tegen het lijf te zullen lopen.

Achter in de grot ging de vloer steil omhoog en moesten ze hun handen gebruiken om naar de volgende vlakke plek te klauteren. Via een smalle opening bovenaan kwamen ze in de tweede grot.

Terwijl Eliza de lantaarn omhooghield, krabbelde Rose overeind en ze keek met open mond van verbazing naar de uitstekende randen langs de wand waar de natuur voor zitplaatsen had gezorgd, de vlakke, gelijkmatige wanden en de rots die in het midden een soort tafel had gevormd. 'Hé, dit is de kamer, de geheime kamer. Ik herken hem van je verhaal.'

'Dat zei ik toch.'

'Maar ik dacht dat hij onmogelijk echt kon zijn. Ik dacht dat je maar wat verzon.' Ze ging fluisteren. 'Is dit echt de plek waar de elfenkoningin haar elfjes voor straf heen stuurt?'

Eliza knikte ernstig. 'Ooit wel, maar hij is al heel lang niet meer gebruikt.'

'Waarom niet?'

'Vanwege het zwarte schip en de geesten van de piraten.'

Rose' ogen waren zo groot als schoteltjes.

'Er was een angstaanjagende strijd tussen de bemanning van het zwarte schip en het rijk van de elfenkoningin.'

'Hebben de piraten het gewonnen? Zijn de elfjes daarom niet hier?'

Eliza schudde haar hoofd. 'Niemand weet het. Voorlopig staat de grot leeg, maar een van beide partijen kan elk ogenblik terugkeren.'

'Ik vind niet dat een van beide partijen deze zaal mag hebben,' zei Rose dapper. 'De inham is van mijn familie, en ik zeg dat deze grot van jou en mij is. Een geheime plek die wij alleen kennen, waar niemand ons kan vinden.'

Eliza zette grote ogen op en knikte, verrast en opgewonden door de stelligheid van haar nicht.

'En we gaan er nooit in ons eentje heen.' Rose keek Eliza recht aan. 'Nooit.'

Eliza schudde haar hoofd.

'Beloof je dat?'

'Beloofd.'

Rose' stem had zijn gewone gezaghebbende timbre weer aangenomen. 'We smeden een overeenkomst zodat we zeker weten dat onze beloften geldig blijven. Dat doen mensen toch?'

'Ja,' zei Eliza opgetogen. 'We moeten elkaar iets vertellen wat we nog nooit eerder hebben verteld. Een geheim dat nooit verder dan deze muren komt.' Ze keek naar Rose en zei zacht: 'Ik wil weten waarom je altijd je buik verbergt.'

Rose zuchtte even en daarna richtte ze zich in haar volle lengte op. 'Omdat daar iets zit wat mijn schoonheid schendt. Iets wat niemand anders mag zien.' Ze streek langs haar rok alsof ze de vernedering dat ze iets onvolmaakts had opgebiecht weg wilde vegen, en daarna keek ze naar Eliza. 'Nu is het mijn beurt,' zei ze, en Eliza hoorde iets nieuws in haar stem, iets helders en gretigs. 'De jongen,' zei ze vlug, met een merkwaardige blik. 'De jongen wiens kleren je draagt. Ik wil weten hoe hij heet.'

Sinds die eerste ochtend in de speelkamer was Rose nieuwsgierig naar die jongen geweest, maar Eliza had zichzelf er nooit toe kunnen brengen zijn naam uit te spreken. Ze wist dat het plekje in haar hart waar ze haar herinneringen aan hem bewaarde, open zou gaan zodra ze die naam zou noemen.

Rose neeg het hoofd en pruilde: 'Ik heb je mijn geheim ook verteld.'

Eliza deed haar ogen dicht. 'Sammy,' zei ze. En hoewel ze de naam slechts fluisterde, fladderde hij langs de wanden van de grot en weigerde hij tot rust te komen. *Sammy... Sammy... Sammy...*

'Sammy,' herhaalde Rose langzaam. 'Die jongen heette dus Sammy.' Ze keek Eliza aan. 'En hij was belangrijk voor je.'

Eliza knikte.

Rose bekeek Eliza nieuwsgierig. 'Maar hij is weggegaan.'

Eliza knikte weer.

'En nu ben je hier bij mij.'

Eliza keek Rose aan en het licht van de lantaarn flakkerde tussen hen in. 'Ja.' Haar stem klonk zo zacht dat ze niet goed wist of ze überhaupt iets had uitgebracht.

'En ik zal je nóóit verlaten,' zei Rose. 'Dat beloof ik je. Niet zoals die jongen, mijn lieve nicht Eliza, met al je enge verhalen.' Daarna pakte ze Eliza's hand vast. Het was voor het eerst dat ze dat deed, en Eliza schrok ervan dat zo'n eenvoudig gebaar iets van de hardheid vanbinnen liet oplossen. Ze keek naar haar nicht Rose, die had beloofd haar nooit te zullen verlaten en vroeg zich af wat ze kon zeggen om zo'n kostbaar geschenk te evenaren, en ze stond nog steeds na te denken toen Rose haar neus optrok en zei: 'Jakkes. Het ruikt hier naar de vistaart van de kok.'

'Het tij,' zei Eliza, die plotseling besefte wat er aan de hand was. 'Het wordt hoogwater.'

En vlug ook. Bij de volgende golf likte het water al aan hun tenen. 'We moeten hier weg.' Eliza probeerde paniek uit haar stem te houden. 'Als het hoogwater eenmaal binnen is, loopt de grot snel vol.'

'Maar hoe komen we eruit?'

'Deze kant op.' Eliza trok Rose naar een opening in de wand die verstopt zat tussen twee rotsplooien. 'Opschieten, je moet erdoorheen.'

'Wat is het?'

'De ingang van de tunnel. Er loopt er een naar het dorp en een die helemaal terugvoert naar het landgoed. Die komt midden in de doolhof uit.'

Rose tuurde in de ingang en schudde haar hoofd. 'Dat gaat niet. Het is te nauw.'

Inmiddels kolkte het water al om Eliza's enkels. 'Het moet. Er is niets om bang voor te zijn. Ik ben er al eerder door geweest, ik zal je helpen.'

'Hij is zo nauw als een schoorsteen, ik blijf voorgoed klem zitten.'

'Nee hoor.'

'Ik kan het niet.' Rose klappertandde van angst en kou. Elke golf bracht meer kolkend water van de Atlantische Oceaan naar binnen.

Eliza raapte al haar moed bijeen. Als Rose niet door de tunnel wilde, moest ze haar terug door de grot in veiligheid brengen. Er was geen tijd te verliezen. 'Goed dan,' zei ze. 'Loop mij maar achterna, dan gaan we die kant op terug.'

'Maar het water...'

'Niet bang zijn. Alles komt goed. Ik zal je beschermen.'

De helling die ze op waren geklauterd om in de kamer te komen stond inmiddels onder water en Eliza had de grootste moeite de lantaarn omhoog te houden en Rose te helpen haar weg over het glibberige gesteente te vinden. De eerste grot stond tot hun middel vol ijskoud water en het geluid van het nijdige tij was oorverdovend.

'Hou je goed vast aan deze rand,' riep Eliza.

'Wat doe je?' Rose raakte in paniek en snerpte: 'Laat me niet los!'

'Ik moet de lantaarn opbergen, we zijn er bijna. Hou je gewoon maar vast.'

Eliza klauterde omhoog. Haar kleren waren nat en zwaar en ze moest zich uit alle macht vastklemmen omdat de golven haar tegen de rotswand sloegen. Eindelijk was ze boven, kon ze de vlam uitblazen en de lantaarn opbergen.

Toen de grot opeens in duisternis werd gehuld, slaakte Rose een gil. Zonder licht werden de geluiden versterkt en Eliza's hart sloeg over. 'Rose?' riep ze.

'Eliza, help!'

Een plotselinge golf naderde als een trein die door de grot raasde.

'Rose, waar zit je?'

'Help!' riep Rose snikkend; waar ze zich ook bevond, ze had water binnen gekregen. 'Ik ben gevallen en het tij sleurt me mee!'

Eliza bewoog zich zo vlug als ze kon de kant van Rose' stem op. Het water reikte inmiddels tot haar borst en ze moest beide armen gebruiken om vooruit te komen. De rots waarop ze liep was glibberig en de stroom sterk, maar ze zette door. Ze mocht Rose niet kwijtraken, ze zóú Rose ook niet kwijtraken. 'Ik kom eraan, Rose. Ik kom!'

Haar hart ging tekeer als een bezetene en eindelijk kwam het vage silhouet van Rose in beeld; ze had zich tegen de verste wand van de grot gedrukt. Eliza strekte haar arm en greep de hand van haar nicht net op het moment dat de volgende golf kwam opzetten. 'Hou me vast en niet loslaten!'

'Nee, ik laat je niet los!'

Toen de golf hen bereikte, ging Eliza kopje-onder. Ze moest al haar kracht gebruiken om te voorkomen dat Rose ook onder water zou glijden. Eliza hield haar adem in en meende iets te zien, iets voor haar, een paardenhoofd dat haar met rustige, donkere ogen aankeek. Maar ze zou het niet nog een keer laten gebeuren; ze ging Rose niet verliezen zoals ze Sammy had verloren. Ze deed haar ogen stijf dicht en wachtte tot de golf weer zou zakken.

En eindelijk stak haar hoofd weer boven het water uit. Ze zwom naar de uitgang en trok Rose zo snel mogelijk achter zich aan. Net toen haar benen begonnen te verslappen, raakte ze met haar knieën vaste grond en scheen het felle daglicht in haar ogen. Eliza trok Rose om de rand van de zwarte rots, over een richel en vervolgens de veiligheid van het strand op.

Beide meisjes waren doorweekt. Hun haar hing slap en verward op hun rug. Rose hijgde alsof ze niet helemaal kon geloven dat ze nog leefde.

'Gaat het een beetje?' vroeg Eliza toen ze zelf weer wat op adem kwam.

Rose knikte en Eliza zag dat haar ogen straalden. 'Ik leef nog,' zei Rose. Haar bleke gezicht lichtte op door een glimlach, een brede en bevrijde glimlach. 'Ik leef echt.'

Daarna werd de stilte van de middag verbroken door een hond die blafte. Boven op het klif stonden een zandloperfiguur in een zwarte jurk en een grote jachthond onder de rij bomen. Zelfs van die afstand zag Eliza de gespannen schouders en ribbenkast, en ze wist dat ze voor het avontuur van die middag zou boeten met een straf zoals ze nog niet eerder had gehad.

En dat was ook zo, maar het was de moeite waard geweest, om bij Rose de rode wangen van het avontuur te zien, om de belofte van haar nicht te horen en te voelen hoe het gat dat Sammy had achtergelaten zich weer begon te vullen: dat was alle straf waard die tante Adeline kon uitmeten…

Er werd bruusk geklopt en Eliza verstopte 'Het Wisselkind' achter haar rug. Ze voelde haar wangen warm worden van verwachting.

Mary kwam binnenhollen en haar krullen zaten meer dan ooit in de war. Haar haar gaf haar stemming altijd vrij goed weer en Eliza twijfelde er niet aan dat de keuken in rep en roer was van de verjaardagsvoorbereidingen.

'Mary! Ik dacht dat het Rose was.'

'Juffrouw Eliza.' Mary perste haar lippen op elkaar. Het was een ongewoon koket gezicht, waarvan Eliza moest lachen. 'Meneer wil je spreken, juffrouw Eliza.'

'Mijn oom wil mij spreken?' Hoewel ze het hele landgoed inmiddels op haar duimpje kende, was Eliza haar oom in zes jaar bijna nooit tegengekomen. Hij was een schaduwfiguur die meestal op het continent rondzwierf op zoek naar insecten die hij fotografeerde voor zijn donkere kamer.

'Kom, juffrouw Eliza,' zei Mary. 'Kijk goed om je heen.'

Mary was ernstiger dan Eliza haar ooit had meegemaakt. Ze volgde het dienstmeisje door een schemerige gang en een smal trapje aan de achterkant van het huis af. Onderaan sloeg Mary rechts af, in plaats van links af naar het belangrijkste deel van het huis. Daarna haastte ze zich door een stille gang, waar het vrij donker was omdat er minder flakkerende lantaarns hingen dan in de rest van het huis. Eliza zag dat er ook geen schilderijen hingen, er was zelfs helemaal geen poging gedaan om de koele, donkere wanden wat op te vrolijken.

Bij de laatste deur bleef Mary staan. Ze wilde hem net openen, toen ze een blik over haar schouder wierp en onverwacht even in Eliza's hand kneep.

Voor Eliza kon vragen wat er aan de hand was, deed Mary de deur open om haar aan te kondigen.

'Juffrouw Eliza, meneer.'

Daarna was ze verdwenen en stond Eliza alleen op de drempel van haar ooms werkkamer, waar een heel eigenaardige lucht hing.

Hij zat achter in de kamer aan een groot bureau van knoestig hout.

'U wilde me spreken, oom?' De deur achter haar ging dicht.

Oom Linus tuurde over zijn bril. Opnieuw verbaasde Eliza zich over het feit dat deze vlekkerige oude man familie van haar fraaie moeder kon zijn. Het puntje van zijn bleke tong verscheen tussen zijn lippen. 'Ik hoor dat je goede resultaten behaalt tijdens de lessen.'

'Ja, meneer,' zei Eliza. Hoewel ze zich onbescheiden voelde, verhinderde de eerlijkheid dat ze iets anders zei. Ze overwoog eraan toe te voegen dat de lessen van juffrouw Tranton amper een uitdaging waren: na drie jaar dagelijkse vragen uit *Dr. Brewer's Guide to a Child's Knowledge*, zou het opmerkelijker zijn als iemand met hersens níét de drie tarweziekten kende (roest, meeldauw en bladvlekken), het voornaamste product van de stad Redditch (naalden) enzovoort.

'Volgens mijn knecht Davies heb je belangstelling voor de tuin.'

'Ja, oom.' Vanaf de eerste dag was Eliza dol op het landgoed geweest. Afgezien van de tunnels onder de kliffen kende ze het vrijgemaakte deel van de doolhof en de tuin eromheen even goed als ze destijds de mistige straten van Londen had gekend. En hoe ver haar ontdekkingsreizen zich ook uitstrekten, de tuin groeide en veranderde elk seizoen, dus was er altijd wel iets anders te zien.

'Dat zit in de familie. Je moeder...' Zijn stem brak. 'Toen je moeder jong was, was ze heel gek op de tuin.'

Eliza probeerde die informatie in overeenstemming te brengen met haar eigen herinneringen aan haar moeder. Door de tunnel van de tijd kwamen fragmenten van beelden: mama in het vensterloze vertrekje boven de winkel van mevrouw Swindell; een potje met een geurig kruid. Dat had het niet lang gehouden; er was niet veel dat het in zulke donkere omstandigheden overleefde. Eliza zette het begeleidende beeld van een bleek jongetje met rood haar van zich af.

'Kom eens wat dichterbij, meisje,' wenkte haar oom. 'Kom eens in het licht staan, zodat ik je kan bekijken.'

Eliza liep om het bureau heen, zodat ze bij zijn knieën stond. De geur van de kamer, die iets weg had van het gif dat Davies wel eens in de tuin gebruikte, was hier sterker, alsof hij van haar oom zelf kwam.

Hij stak een beverige hand uit om de uiteinden van Eliza's lange rode haar te strelen. Licht, heel licht. Hij trok zijn hand terug alsof hij zich had gebrand.

Hij huiverde.

'Bent u niet lekker, oom? Moet ik iemand halen?'

'Nee,' antwoordde hij vlug. 'Nee.' Hij stak zijn hand weer uit om haar haar nog een keer te strelen. Hij sloot zijn ogen, zodat Eliza zijn oogballen onder de verlepte oogleden kon zien bewegen. Ze stond nu zo dicht bij hem dat ze zijn warme, vlezige adem kon ruiken en het gereutel in zijn keel hoorde dat aan zijn woorden voorafging of ze vervingen.

'We hebben zo lang en zo ver gezocht om je moeder... om Georgiana weer naar huis te halen.'

'Ja, meneer.' Dat had Mary ook verteld. Over de liefde van oom Linus voor zijn jongere zusje, over zijn gebroken hart toen ze was weggelopen, over zijn frequente reizen naar Londen. Over de zoektocht die zijn jeugd en het beetje goede humeur dat hij nog overhad, opslokte, de gretigheid waarmee hij elke keer uit Blackhurst verdween en de onvermijdelijke teleurstelling wanneer hij weer terugkwam. Over de manier waarop hij in zijn eentje in de donkere kamer sherry zat te drinken en alle goede raad in de wind sloeg, zelfs die van tante Adeline, net zo lang tot Mansell weer met een nieuwe aanwijzing op de proppen kwam.

'We waren te laat.' Zijn hand streelde nu wat harder, wikkelde Eliza's haar om zijn vingers en bewoog het als een lint alle kanten op. Hij trok en Eliza moest zich aan de rand van het bureau vasthouden om niet te wankelen. Ze was gebiologeerd door zijn gezicht, het was het gelaat van de gewonde koning uit het sprookje, in de steek gelaten door al zijn onderdanen. 'Ik was te laat. Maar jij bent er nu wel. Door Gods genade heb ik nog een kans gekregen.'

'Oom?'

Haar oom liet zijn hand op schoot vallen en deed zijn bleke, waterige ogen open. Hij wees naar een bankje met een licht katoenen kleed erover tegen de muur aan de andere kant van de kamer, met een popje erop waarvan de ogen permanent dichtgezakt zaten. 'Ga daar zitten,' zei hij.

Eliza knipperde met haar ogen.

'Ga zitten.' Hij hinkte naar een zwart statief dat tegen de muur stond. 'Ik wil een foto van je maken.'

Er was nog nooit een foto van Eliza genomen, en ze had er nu ook weinig zin in, zeker niet met zo'n vreemd gezelschap op dat bankje. Ze wilde het hem net zeggen toen de deur openging.

'Het verjaardagsdiner wordt opgedie...' Tante Adelines woorden eindigden schril van schrik. Haar magere hand vloog naar haar borst. 'Eliza!' De naam liftte mee op een radeloze zucht. 'Wat bezielt je in hemelsnaam, meisje? Naar boven jij. Rose vraagt naar je.'

Eliza knikte en haastte zich naar de deur.

'En hou op je oom lastig te vallen,' siste tante Adeline toen Eliza haar passeerde. 'Zie je niet dat hij uitgeput is van de reis?'

Het was dus zover. Adeline had niet geweten welke vorm de dreiging zou aannemen, maar die was er altijd geweest; ze had op donkere plekken op de loer gelegen zodat Adeline nooit helemaal gerust kon zijn. Ze knarsetandde van woede en die boosheid hechtte zich in haar nekwervels. Ze dwong zichzelf het beeld uit haar hoofd te bannen. Georgiana's dochter met loshangend haar, die sprekend op een geest uit het verleden leek, en dan dat gezicht van Linus, dat een malle uitdrukking had aangenomen door toedoen van een jongemannenverlangen. Te bedenken dat hij op het punt had gestaan een foto van haar te maken! Iets wat hij nog nooit voor Adeline, noch voor Rose had gedaan.

'Ogen dicht, lady Mountrachet,' zei haar dienstmeisje. Adeline gehoorzaamde. De adem van de andere vrouw voelde warm op haar gezicht toen ze Adelines wenkbrauwen kamde, en dat voelde merkwaardig rustgevend. O, kon ze hier maar eeuwig blijven zitten met de warme adem van dit saaie, maar opgewekte meisje op haar gezicht, en geen andere gedachten om haar te plagen. 'En u mag ze weer opendoen, dan haal ik uw parels, mevrouw.'

Het meisje liep bedrijvig weg en Adeline was alleen. Ze boog zich naar voren. Haar wenkbrauwen waren glad en haar kapsel zat keurig. Ze kneep in haar wangen en leunde weer naar achteren om het geheel in ogenschouw te nemen. O, wat was ouder worden wreed! Allerlei kleine veranderingen waar je eerst geen erg in had, maar die nooit meer ongedaan gemaakt konden worden. De nectar van de jeugd zakte door een blinde zeef waarvan de gaatjes steeds groter werden. 'En zo veranderde vriend in vijand,' fluisterde Adeline tegen de onbarmhartige spiegel.

'Alstublieft, mevrouw,' zei het dienstmeisje. 'Ik heb de ketting met de robijn op de sluiting meegenomen. Die is mooi en feestelijk voor zo'n blijde gebeurtenis. Wie had dat kunnen denken, de verjaardagslunch voor juffrouw Rose. Achttien jaar! Eerdaags komt er een bruiloft, dat zult u zien...'

Terwijl het meisje doorbabbelde, wendde Adeline haar hoofd af. Ze weigerde nog langer getuige van haar eigen aftakeling te zijn.

De foto hing waar hij altijd had gehangen, naast haar kaptafel. Wat zag ze er keurig en gepast uit in haar trouwjurk. Alleen uit die foto zou niemand afleiden wat een taaie zelfdiscipline ervoor was komen kijken om dat toonbeeld van kalmte te worden. Linus zag er van top tot teen uit als de aristocratische bruidegom. Een tikje somber misschien, maar dat was tenslotte de gewoonte.

Ze waren een jaar na Georgiana's verdwijning getrouwd. Vanaf de verloving had Adeline Langley haar uiterste best gedaan om zichzelf opnieuw uit te vinden. Ze besloot een vrouw te worden die de chique oude naam Mountrachet eer aan zou doen. Ze leerde haar noordelijke tongval en burgerlijke smaak af, verslond de boeken van mevrouw Beeton en schoolde zichzelf in de tweelingkunsten ijdelheid en noblesse. Als Adeline de feiten van haar afkomst uit het geheugen van de mensen wilde wissen, besefte ze dat zij twee keer zo veel dame moest zijn als ieder ander.

'Wilt u uw groene muts, lady Mountrachet?' vroeg het meisje. 'Die past altijd zo goed bij deze kleur, maar als u naar het strand gaat, wilt u misschien liever uw hoed.'

Hun huwelijksnacht was heel anders dan Adeline had verwacht. Ze kon het niet merken en het ontbrak haar zeker aan de woorden om het te vragen, maar vermoedelijk was Linus ook teleurgesteld. Daarna deelden ze nog maar zelden het echtelijke bed, en nog minder vaak toen Linus aan zijn zwerftochten begon. Hij zei dat hij foto's maakte, maar Adeline wist wel beter.

Wat had ze zich een prul gevoeld. Gefaald als echtgenote en als vrouw. Erger nog, ze had gefaald als dame van de beau monde. Ondanks al haar inspanningen werden ze zelden ergens uitgenodigd. Linus was zulk armzalig gezelschap, áls hij al op Blackhurst was. Meestal sloot hij zich op, of hij beantwoordde vragen met strijdlustige opmerkingen. Toen Adeline ziekelijk, bleek en moe werd, nam ze aan dat het van wanhoop was. Pas toen haar buik begon te zwellen, besefte ze dat ze zwanger was.

'Ziezo, lady Mountrachet. U bent klaar voor het partijtje.'

'Dank je wel, Poppy.' Adeline wist een flauwe glimlach om haar lippen te toveren. 'Je kunt gaan.'

Toen de deur dichtging, week de glimlach en keek Adeline weer in de spiegel.

Rose was de rechtmatige erfgenaam van de glorie van de Mountrachets. Dit meisje, Georgiana's dochter, was weinig meer dan een koekoeksjong, teruggehaald om Adelines eigen kind te vervangen, om haar uit het nest te duwen dat Adeline met zo veel moeite had gebouwd.

Een tijdlang was de orde gehandhaafd geweest. Adeline zorgde ervoor Rose uit te dossen met snoezige nieuwe jurken, ze gaf haar een fraaie canapé om op te zitten, terwijl Eliza werd gekleed in de mode van het jaar daarvoor. Rose' manieren en vrouwelijke aard waren perfect, maar Eliza viel niets aan te leren. Adeline was er wel gerust op.

Maar naarmate de meisjes ouder werden en onherroepelijk in vrouwen veranderden, veranderden de dingen en glipten de touwtjes Adeline uit handen. Eliza's leerprestaties waren één ding – niemand hield van intelligente vrouwen – maar nu ze veel tijd in de frisse buitenlucht doorbracht, had haar huid een gezonde glans aangenomen, haar haar – dat vervloekte rode haar – was lang geworden en haar vrouwelijke vormen werden zichtbaar.

Pas nog had Adeline een van de bedienden horen zeggen hoe mooi juffrouw Eliza wel was, nog mooier zelfs dan haar moeder. Adeline was stokstijf blijven staan toen ze de naam Georgiana hoorde vallen. Na al die jaren van stilzwijgen loerde de naam tegenwoordig om elke hoek: hij lachte haar uit, herinnerde haar aan haar lage komaf, aan haar eigen mislukte pogingen om haar gelijke te worden, ondanks het feit dat ze zo veel harder haar best deed dan Georgiana.

Om maar niet te spreken van de rampzalige overval op het lunchpartijtje dat Adeline de vorige maand voor lady Develin en haar zoon Frederick had gegeven. Alles was juist zo voorspoedig gegaan. Rose, achterovergeleund op de canapé, was een plaatje. De zijden bekleding had de perfecte kleur om haar blanke huid te accentueren. Maar opeens was de deur opengevlogen en was Eliza onaangekondigd komen binnenvallen. Thomas was nog zo fatsoenlijk geweest om schaapachtig te kijken toen hij zich na haar naar binnen repte, maar inmiddels was de schade al berokkend. Die jongen van Develin had met open mond in een hoogst onfortuinlijke houding staan kijken, niet in staat om zijn ogen van het meisje af te houden: de zoom van haar jurk was nat en plakte aan haar benen, haar haar zat ernstig in de war, en het ergste was dat haar voeten en enkels poedelnaakt waren. Wat een onbetamelijk gezond wezen! Na die afgrijselijke onderbreking was Adeline niet in staat gebleken het partijtje weer in goede banen te leiden, hoe ze ook haar best deed.

Adeline voelde een dof gebonk in haar slaap. Ze hief haar hand op en drukte er licht op. Er was iets met Rose. Dat plekje op haar slaap was Adelines zesde zintuig. Sinds Rose een baby was, had Adeline haar dochters kwalen voorvoeld. Het was een band die niet verbroken kon worden, de band tussen moeder en dochter.

En nu bonkte haar slaap opnieuw. Adeline klemde vastberaden haar lippen op elkaar. Ze bekeek haar strenge gezicht alsof het van een vreemde was, de lady van een aristocratisch huishouden, een vrouw aan wier macht niet te tornen viel. Ze ademde kracht in de longen van die vrouw. Rose moest beschermd worden, die arme Rose die zelfs in Eliza geen bedreiging kon zien. Rose had gesmeekt om haar niet dezelfde voorrechten te geven als haar, zodat ook zij voor de eminente John Singer Sargent kon poseren, om weer een kans voor Rose te bederven.

Er vormde zich een idee bij Adeline. Ze kon Eliza niet wegsturen, dat zou Linus nooit goed vinden, en het zou Rose veel te verdrietig maken. Bovendien was het beter om je vijanden binnen handbereik te houden, maar misschien kon Adeline een reden bedenken om Rose voor een tijdje mee naar het buitenland te nemen? Naar Parijs of New York? Om haar een kans te geven te stralen zonder de onverwachte glans van Eliza, die ieders aandacht opeiste en alles voor Rose bedierf...

Adeline streek haar rok glad en liep naar de deur. Eén ding was zeker, ze gingen vandaag niet naar het strand. Het was een malle belofte geweest, gedaan in een ogenblik van zwakte. De laatste keer, vijf jaar geleden, was rampzalig genoeg geweest. Rose had weken lang verkouden op bed gelegen. Goddank was er nog tijd om op haar verkeerde beslissing terug te komen. Ze liet Rose niet door Eliza's streken besmetten.

Rose zou niet blij zijn, maar haar moeders beslissing aanvaarden. Dat deed ze altijd. Die lieve Rose, ze was altijd zo meegaand en zo correct. Ze klaagde zelden en huilde nooit. Er was amper een donkere gedachte in dat onschuldige hoofdje.

Adeline deed de deur achter zich dicht en liep met ruisende rokken de gang door. Wat Linus betrof, die zou beziggehouden worden. Zij was tenslotte zijn vrouw, dus was het haar taak om erop toe te zien dat hij geen kans kreeg om de nadelen van zijn eigen impulsen te ondervinden. Die zou ze naar Londen sturen; ze zou de echtgenotes van ministers smeken zijn diensten in te huren. Ze zou exotische fotolocaties suggereren en hem ver weg sturen. Satan zou geen kans krijgen om onheil voor zijn ledige handen te vinden.

Linus leunde naar achteren in de tuinstoel en haakte zijn wandelstok onder de sierlijke armleuning. De zon ging onder en de avondschemer had zich in oranje en roze tinten over de westelijke rand van het landgoed uitgestort. Het had die maand veel geregend en de tuin glinsterde. Niet dat het Linus iets kon schelen.

Eeuwenlang waren de Mountrachets tuinliefhebbers geweest. Voorouder na voorouder had de wereld afgereisd op zoek naar exotische soorten waarmee ze hun tuin konden verrijken. Maar Linus had die groene vingers niet geërfd.

Die waren naar zijn kleine zusje gegaan...

Nu ja, dat was niet helemaal waar.

Ooit, lang geleden, was er een tijd dat hij wel iets om de tuin had gegeven. Toen was hij als jongetje Davies gevolgd op zijn rondes en had hij zich verwonderd over de doornbloemen in de antipodentuin, over de ananassen in de kas, over de wijze waarop er in één nacht nieuwe scheuten konden verschijnen uit de zaden die hij had helpen planten.

Het wonderbaarlijkste was dat Linus in de tuin zijn schaamte vergat. Planten, bomen en bloemen kon het helemaal niets schelen dat zijn linkerbeen was gestopt met groeien, zodat het een flink stuk korter was dan zijn rechter. Dat zijn linkervoet een nutteloos aanhangsel was, een rare, kromme, in de groei gestuite voet. In de tuin van Blackhurst was een plaats voor alles en iedereen.

Daarna was Linus, toen hij zeven was, in de doolhof verdwaald. Davies had hem nog zo gewaarschuwd er niet in zijn eentje in te gaan, dat het een lange, donkere weg vol obstakels was, maar Linus was duizelig van opwinding omdat hij zeven was geworden. De doolhof met zijn dikke, weelderige wanden, zijn belofte van avontuur, had hem verleid. Hij was een ridder die de strijd ging aanbinden met de meest woeste draak van het land en hij zou zegevierend uit de strijd komen. Hij zou de weg naar de andere kant vinden.

De schaduwen vielen al snel in de doolhof. Linus had niet voorzien dat het zo snel zo donker zou worden. En in het schemerdonker kwamen de beelden tot leven, ze grijnsden hem vals toe vanuit hun schuilplaatsen, hoge hagen veranderden in hongerige monsters, lage heggen haalden valse trucjes met hem uit: ze lieten hem geloven dat hij de juiste kant op ging, terwijl hij juist op zijn schreden terugkeerde. Of niet?

Hij was net in het midden van de doolhof aanbeland toen de wanhoop compleet was. Als klap op de vuurpijl werd hij pootje gehaakt door een koperen ring aan een plaat op de grond. Hij was zo lelijk gevallen dat zijn goede enkel verdraaide als een handpop. Linus had geen andere keus dan met zijn zere enkel te blijven zitten waar hij zat, terwijl de boze tranen warm over zijn wangen biggelden.

Linus had gewacht en gewacht. De schemering maakte plaats voor de duisternis, fris werd koud en zijn tranen droogden op. Later hoorde hij dat vader had geweigerd iemand achter hem aan te sturen. Hij was tenslotte een jongen, had zijn vader gezegd, en mank of niet, een jongen die een knip voor zijn neus waard was, kon op eigen kracht uit de doolhof komen. Tenslotte had hijzelf – Saintjohn Luke – de weg door de doolhof gevonden toen hij nog maar vier was. De jongen had een lesje nodig.

Linus zat de hele nacht in de doolhof te bibberen voordat zijn moeder zijn vader uiteindelijk zover kreeg dat hij Davies achter hem aan stuurde.

Het duurde een week voordat Linus' enkel was genezen, maar daarna bracht vader Linus elke dag naar de doolhof. Dan moest hij proberen de weg erdoorheen te vinden en daarna gaf hij hem op zijn kop omdat het onvermijdelijk misging. Linus ging van de doolhof dromen, en als hij wakker was, tekende hij kaarten uit zijn geheugen. Hij werkte eraan alsof het een wiskundige opgave was, want hij wist dat er een oplossing moest zijn. Als hij een knip voor zijn neus waard was, zou hij die vinden.

Na twee weken gaf vader het op. Toen Linus zich op de vijftiende ochtend aandiende voor de dagelijkse proef, keek vader niet eens op uit zijn krant. 'Je stelt me enorm teleur,' zei hij. 'Je bent een heel dom jongetje dat het nooit ver zal schoppen.' Hij gaf een tik op zijn krant, sloeg een pagina om en speurde de volgende af naar interessante koppen. 'Mijn kamer uit.'

Linus was nooit meer in de buurt van de doolhof gekomen. Omdat hij zichzelf er niet toe kon brengen zijn vader en moeder de schuld van zijn mislukking te geven – tenslotte hadden ze gelijk, welk jongetje kon er nu niet de weg door een doolhof vinden? – kreeg de tuin de schuld. Hij ging stelen knakken, trok bloemen af en trapte op jonge scheuten.

Iedereen wordt gevormd door elementen waarover hij geen zeggenschap heeft, geërfde trekjes en aangeleerde dingen. Wat Linus betrof, werd hij gedefinieerd door het stukje beenbot dat niet meer wilde groeien. Naarmate hij groter werd, maakte zijn manke been hem verlegen, zorgde die verlegenheid ervoor dat hij ging stotteren en aldus groeide Linus uit tot een onaangenaam jongetje dat ontdekte dat hij alleen aandacht kreeg als hij zich misdroeg. Hij weigerde naar buiten te gaan, dus werd zijn huid bleek en zijn goede been mager. Hij stopte insecten in zijn moeders thee, doornen in zijn vaders pantoffels en onderging met vreugde alle straf die hij daarvoor kreeg. En zo zette Linus' leven zich op voorspelbare wijze voort.

Vervolgens werd er, toen hij tien was, een zusje geboren.

Linus had op slag een hekel aan haar. Ze was zo zacht en blond en lief. Bovendien ontdekte Linus, toen hij onder haar lange kanten babyjurkje keek, dat ze perfect gevormd was. Beide beentjes waren even lang. Leuke voetjes, er zat geen nutteloos en rimpelig stuk vlees bij.

Maar nog erger dan haar lichamelijke volmaaktheid was het feit dat ze zo gelukkig was. Ze had een roze glimlach en een muzikale lach. Waarom moest zij zo opgewekt zijn als hij, Linus, zich miserabel voelde?

Linus besloot het er niet bij te laten zitten. Zodra hij aan zijn gouvernante kon ontsnappen, sloop hij naar de babykamer om naast haar wieg te hurken. Als de baby sliep, maakte hij opeens een geluid om haar te laten schrikken. Als ze een stuk speelgoed wilde pakken, legde hij het weg. Als ze haar armpjes uitstak, sloeg hij de zijne over elkaar. Als zij glimlachte, trok hij een afgrijselijk lelijk gezicht.

Maar het deerde haar niet. Niets dat Linus deed kon haar aan het huilen krijgen, niets kon haar zonnige humeur drukken. Het maakte hem perplex en hij nam zich voor sluwe en uitzonderlijke straffen voor zijn kleine zusje te bedenken.

Als puber werd Linus nog onhandiger met zijn lange, slungelige armen en rare, rode haren die op zijn puisterige kin groeiden, maar Georgiana bloeide op tot een beeldschoon kind van wie iedereen op het landgoed hield. Ze bracht een glimlach op het gezicht van zelfs de meest geharde pachters; boeren die al in geen jaren een goed woord voor de Mountrachets hadden overgehad, stuurden opeens mandjes met appels naar de keuken voor juffrouw Georgiana.

Op een dag zat Linus op de vensterbank met zijn trots, z'n nieuwe vergrootglas waarmee hij mieren tot as brandde. Hij gleed uit en viel. Hij was ongedeerd, maar zijn kostbare vergrootglas viel aan honderd stukjes. Linus' nieuwe speelgoed was hem zo veel waard, en hij was er zo aan gewend om zichzelf teleur te stellen dat hij ondanks zijn dertien jaar in tranen van woede uitbarstte en het hartverscheurend uitsnikte. Hij verweet zichzelf dat hij zo klunzig was gevallen, dat hij niet slim genoeg was, dat hij geen vrienden had, dat niemand van hem hield en dat hij gehandicapt was geboren.

Linus was zo verblind door zijn tranen dat hij niet besefte dat zijn val niet onopgemerkt was gebleven, tot hij een tikje op zijn arm voelde. Hij keek op en zag zijn kleine zusje staan die hem iets voorhield. Het was Claudine, haar lievelingspopje.

'Linus verdrietig,' zei ze. 'Arme Linus. Claudine maakt Linus weer blij.'

Linus zat met zijn mond vol tanden. Hij nam het popje aan en bleef naar zijn zusje kijken, dat naast hem kwam zitten.

Met een onzekere snier drukte hij zo hard op een van Claudines oogleden dat er een deuk in kwam. Daarna keek hij naar het effect dat zijn vandalisme op zijn zusje.

Die zoog op haar duim en zat hem met grote blauwe ogen vol mededogen aan te kijken. Even later stak ze haar hand uit om een deuk in Claudines andere ooglid te maken.

Vanaf die dag waren hij en zij een team. Zonder één klacht, zonder ook maar te fronsen, verdroeg ze de woedeaanvallen van haar broer, zijn wrede gevoel voor humor en alle andere dingen die de afwijzing in hem teweeg had gebracht. Ze liet hem ruziemaken met haar, ze liet zich door hem uitschelden, en later liet ze zich door hem knuffelen.

Als ze hen met rust hadden gelaten, zou alles nog goed gekomen zijn, maar moeder en vader konden het niet verkroppen dat er iemand van hem hield. Hij hoorde hen met elkaar smoezen – te veel tijd samen, onfatsoenlijk, niet gezond – en binnen enkele maanden stuurden ze hem naar kostschool.

Zijn cijfers waren abominabel, daar zorgde Linus wel voor, maar vader had een keer gejaagd met de master van het Balliol-college, en zo werd er een plaats in Oxford voor hem gevonden. Het enige positieve dat hij aan zijn studietijd overhield, was dat hij de fotografie ontdekte. Een gevoelige jonge mentor had hem zijn camera geleend en vervolgens van advies gediend toen hij er zelf een kocht.

En uiteindelijk keerde Linus op zijn drieëntwintigste terug naar Blackhurst. Wat was zijn *baigneur* gegroeid! Dertien jaar en al zo groot. Het langste rode haar dat hij ooit had gezien. Een tijdje was hij verlegen tegenover haar: ze was zo veranderd, dat hij haar opnieuw moest leren kennen. Maar toen hij op een dag foto's maakte op het strand, was zij opeens in zijn zoeker verschenen. Ze zat boven op de zwarte rots over zee uit te kijken. De zeewind blies door haar haren, ze had haar armen om haar knieën geslagen en haar benen... haar benen waren bloot.

Linus kreeg nauwelijks adem. Hij knipperde met zijn ogen en bleef kijken toen ze haar hoofd langzaam naar hem omdraaide. Konden andere mensen niet voorkomen dat ze iets verlegens in hun blik kregen wanneer ze op de foto gingen, Georgiana was totaal onbevangen. Ze leek wel voorbij de camera recht in zijn ogen te kijken. Ze had diezelfde meelevende ogen die hem al die jaren terug hadden zien huilen. Zonder na te denken drukte hij af. Hij had haar gezicht, haar volmaakte gezicht vereeuwigd.

Voorzichtig haalde Linus de foto uit zijn jaszak. Hij was voorzichtig omdat het een oude opname was en de kanten waren rafelig. Het laatste zonlicht was bijna weg, maar als hij hem in de juiste hoek hield...

Hoe dikwijls had hij na haar verdwijning niet zo naar die foto zitten kijken? Het was de enige afdruk die hij had, want toen Georgiana weg was, was er iemand – mama? Adeline? een van hun hulpen? – zijn donkere kamer in geslopen om de negatieven te stelen. Hij had alleen deze foto nog. Die was gespaard gebleven omdat Linus hem altijd bij zich droeg.

Maar nu kreeg hij een tweede kans en die zou Linus niet laten glippen. Hij was geen kind meer, maar de heer van Blackhurst. Moeder en vader waren allebei ten grave gedragen. Alleen die vermoeiende vrouw van hem en haar ziekelijke dochter waren nog over, dus wie zou Linus iets in de weg leggen? Hij had Adeline alleen maar het hof gemaakt om zijn ouders te straffen voor Georgiana's vlucht, en de verloving was zo'n ultieme, wrede klap voor hen geweest, dat de duurzame accommodatie van die vrouw op Blackhurst maar een geringe prijs had geleken. En dat was ook zo gebleken. Ze was makkelijk te negeren. Hij was heer en meester en wat hij wilde, gebeurde ook.

Eliza. Hij liet de klank van de naam over zijn lippen rollen en zich in de krullen van zijn baard nestelen. Zijn lippen trilden en hij klemde ze op elkaar.

Hij zou haar een geschenk geven. Een verjaarscadeau. Iets waarop ze dol zou zijn, want waarom zou ze dat niet zijn als haar moeder er vroeger ook zo gek op was geweest?

Het wisselkind

door Eliza Makepeace

Heel lang geleden, toen toverij nog springlevend was, was er eens een koningin die naar een kind verlangde. Ze was een treurige koningin, want de koning was vaak op reis, en dan liet hij haar alleen in het grote kasteel waar ze niets anders te doen had dan nadenken over haar eenzaamheid en zich afvragen waarom haar man, van wie ze zo veel hield, het kon verdragen om zo lang en zo dikwijls van haar gescheiden te zijn.

Toevallig had de koning vele jaren daarvoor de troon gestolen van zijn rechtmatige eigenaar, de Elfenkoningin, en het schitterende, vreedzame Elfenland was van de ene op de andere dag veranderd in een troosteloze plek waarin toverij niet meer bloeide en lachen verboden was. De koning was zo wraakzuchtig dat hij besloot de Elfenkoningin gevangen te nemen en terug te halen naar het koninkrijk. Speciaal daarvoor werd er een gouden kooi gemaakt en de koning was van plan de Elfenkoningin daarin gevangen te zetten zodat hij haar kon dwingen om voor zijn genoegen te toveren.

Op een winterse dag, toen de koning weg was, zat de koningin bij het open raam te naaien en af en toe keek ze uit over het besneeuwde landschap. Ze zat te wenen, want de mistroostige wintermaanden herinnerden de koningin altijd aan haar eigen eenzaamheid. Terwijl ze naar het kale winterlandschap keek, dacht ze aan haar eigen baarmoeder, die ondanks haar verlangen naar een kind nog nooit vrucht had gedragen. Want o, wat verlangde ze ernaar om een kind ter wereld te brengen. Naar een beeldschoon meisje om de koningin gezelschap te houden, zodat ze nooit meer eenzaam hoefde te zijn.

De koningin was zo in gedachten verzonken, zo in beslag genomen door haar droom over het kleine meisje dat sprekend op haar zou lijken, dat de naald uitschoot en ze zich in haar vinger prikte. Er viel een druppel vuurrood bloed op de witte sneeuw, en die druppel stak zo fel af tegen het wit dat de koningin direct uitriep: 'O, wat zou ik graag een kind hebben! Een beeldschone dochter met een huid zo blank als sneeuw, lippen zo rood als bloed en ogen die nooit wenen.'

De winter ging voorbij en de wereld om haar heen ontwaakte. Vogels keerden terug naar het koninkrijk en gingen nestelen. Herten stonden weer te grazen op de grens van akkers en bossen en knoppen op de boomtakken van het rijk barstten open. Toen de leeuweriken van het nieuwe seizoen het luchtruim kozen, ging de rok van de koningin strakker om haar middel zitten en na een poosje besefte ze dat ze zwanger was. De koning was niet terug geweest in het kasteel, en zo besefte de koningin dat een ondeugend elfje dat ver van huis was en zich in de wintertuin had verstopt, haar moest hebben horen huilen en haar wens met toverkracht had vervuld.

De koningin werd steeds dikker en het werd weer winter. Op kerstavond viel er een dikke laag sneeuw in het hele land en de koningin kreeg weeën. Die duurden de hele nacht, en op de twaalfde slag van de klok van middernacht werd haar dochter geboren, en eindelijk kon de koningin haar baby's gezicht zien. Te bedenken dat dit beeldschone kind met haar blanke, smetteloze huid, zwarte haar en rode lippen in de vorm van een rozenknop, helemaal van haar was! 'Rosalind,' zei de koningin. 'Ik noem haar Rosalind.'

Prinses Rosalind was een lieve baby, die vreugde en hilariteit bracht in het kasteel waarvan de muren zo lang hadden weergalmd van verdriet. De burgerij van Elfenland staarde haar glimlachend na waar ze ook ging, en zelfs de zee was betoverd door haar schoonheid.

De koningin zelf was onmiddellijk in trance van bekoring en verloor prinses Rosalind geen ogenblik uit het oog. De eenzaamheid had de koningin bitter gemaakt, de verbittering had haar egoïstisch gemaakt en het egoïsme had haar argwanend gemaakt. De koningin maakte zich constant zorgen dat iemand haar kind wilde stelen. Ze is van mij, dacht de koningin, ze is mijn verlossing en daarom moet ik haar voor mezelf houden.

Op de ochtend dat prinses Rosalind gedoopt zou worden, werden de meest wijze vrouwen van het land uitgenodigd om hun zegen te geven. De hele dag zag de koningin dat er wensen als gratie, wijsheid en intelligentie over het kind werden uitgestort. Toen de nacht het koninkrijk eindelijk besloop, nam de koningin afscheid van de wijze vrouwen. Ze had zich maar heel even afgewend, maar toen ze weer naar haar kind keek, zag ze dat er nog één gast was achtergebleven. Een reiziger in een lange mantel stond bij het wiegje naar de baby te kijken.

'Het is al laat, wijze vrouw,' zei de koningin. 'De prinses is gezegend en moet nu weer gaan slapen.'

De reiziger trok haar mantel terug en de adem stokte de koningin in de keel, want het gezicht was niet van een wijze jonge vrouw, maar van een rimpelig besje met een tandeloze grijns.

'Ik breng een boodschap van de Elfenkoningin,' zei het besje. 'Het meisje is er een van ons, dus moet ze met me mee.'

'Nee!' riep de koningin terwijl ze zich naar de wieg repte. 'Het is míjn dochter, míjn kostbare meisje.'

'Van jou?' zei het oude vrouwtje, en ze barstte in lachen uit. Het was een akelig, kakelend lachje waarvoor de koningin vol afgrijzen terugdeinsde. 'Dit sublieme kind?' Haar puntkin schudde van plezier. 'Ze was alleen maar van jou zolang we je haar lieten houden. Diep vanbinnen heb je altijd geweten dat ze van elfenstof is gemaakt, en nu moet je haar afstaan.'

De koningin weende hete tranen, want ze was altijd bang geweest voor een boodschap als die van het besje. 'Ik kan haar niet afstaan,' zei ze. 'Heb meelij, oud vrouwtje, en laat me haar nog wat langer houden.'

Toevallig was het zo dat het oude vrouwtje wel van ondeugende streken hield, en toen de koningin dat zei, verscheen er langzaam een glimlach op haar gezicht. 'Ik bied je de keus,' zei ze. 'Laat haar nu gaan en ze zal een lang en gelukkig leven leiden aan de voeten van de Elfenkoningin.'

'Of?' vroeg de koningin.

'Of je mag haar hier houden, maar slechts tot de ochtend van haar achttiende verjaardag, wanneer haar werkelijke bestemming haar komt halen en ze je voorgoed zal verlaten.' Het oude mensje glimlachte zodanig dat je de donkere gaten tussen haar tanden kon zien. 'Denk goed na,' zei ze, 'want hoe langer je haar houdt, hoe meer je van haar gaat houden.'

'Daar hoef ik niet over na te denken,' zei de koningin. 'Ik kies voor het tweede.'

'Dan is ze van jou, maar alleen tot de ochtend van haar achttiende.'

Op dat moment begon de baby voor het eerst te huilen. De koningin draaide zich om en nam het kind in haar armen, en toen ze over haar schouder keek, was het oude vrouwtje verdwenen.

De prinses groeide op tot een beeldschoon klein meisje vol vreugde en licht, dat iedereen in het land deed glimlachen. Althans, iedereen behalve de koningin zelf, want die werd te zeer door angst geteisterd om van haar kind te genieten. Wanneer haar dochter zong, hoorde de koningin het niet, wanneer haar dochter danste, zag de koningin het niet, wanneer haar dochter de armen uitstrekte, voelde de koningin het niet, want zij had het te druk met berekenen over hoeveel tijd haar dochter haar zou worden ontnomen.

Naarmate de jaren verstreken, werd de koningin steeds banger voor de koude, duistere gebeurtenis die haar boven het hoofd hing. Haar mond vergat hoe het was om te lachen en de rimpels op haar voorhoofd werden permanent. Op een nacht verscheen het oude vrouwtje in haar droom. 'Je dochter is nu bijna tien,' zei het besje. 'Vergeet niet dat haar bestemming haar op haar achttiende verjaardag zal vinden.'

'Ik ben van gedachten veranderd,' zei de koningin. 'Ik kan haar niet loslaten en dat zal ik ook niet doen.'

'Je hebt het beloofd,' zei het oude vrouwtje. 'En belofte maakt schuld.'

De volgende morgen zorgde de koningin ervoor dat de prinses goed werd bewaakt. Daarna trok ze haar rijkleding aan en liet ze haar paard komen. Hoewel alle toverij uit het kasteel was verbannen, was er nog één plek waar ze misschien nog toverspreuken en magie kon vinden. In een donkere grot aan de rand van de betoverde zee woonde een fee die goed noch slecht was. Ze was door de Elfenkoningin gestraft omdat ze haar toverkunsten onverstandig had gebruikt, en daarom was ze ondergedoken toen de rest van het tovervolkje het land was ontvlucht. En al wist de koningin dat het riskant was om de hulp van de fee in te roepen, ze had geen andere keus.

De koningin reed drie dagen en drie nachten door, en toen ze eindelijk bij de grot van de fee was, zat die al op haar te wachten. 'Kom binnen,' zei de fee, 'en vertel eens wat u verlangt.'

De koningin vertelde het verhaal over het oude vrouwtje en haar belofte om terug te keren op de achttiende verjaardag van de prinses. De fee luisterde en knikte bedachtzaam. Toen de koningin was uitgesproken, zei de fee: 'Ik kan de vloek van het oude vrouwtje niet opheffen, maar ik kan u toch helpen.'

'Ik gelast je dat te doen,' zei de koningin.

'Ik moet u waarschuwen, hoogheid. Als u hoort wat ik te zeggen heb, bent u mij misschien niet dankbaar voor mijn hulp.' De fee boog zich naar voren en fluisterde de koningin iets in het oor.

De koningin aarzelde niet, want alles was natuurlijk beter dan haar kind aan het oude besje verliezen. 'Dat moet gebeuren.'

De fee knikte. 'Wat mijn koningin verlangt, zal ze krijgen.' En ze overhandigde de koningin een drankje. 'Geef de prinses drie nachten achtereen drie druppels. Alles gebeurt zoals ik heb uitgelegd. Het oude vrouwtje zal u niet meer lastigvallen, want alleen de werkelijke bestemming van de prinses zal haar vinden.'

De koningin haastte zich naar huis; ze was voor het eerst sinds de doop van haar dochter gerust. Ze was het oude besje te slim af en nu mocht ze haar dochter voor altijd houden. De volgende drie nachten deed ze stiekem drie druppels in haar dochters glaasje melk. Toen de prinses de derde avond van haar glas dronk, verslikte ze zich. Ze viel van haar stoel en veranderde van een prinses in een prachtige vogel, precies zoals de fee de koningin had verteld. De vogel fladderde door de kamer en de koningin gaf haar bediende opdracht de gouden kooi uit de vertrekken van de koning te halen. De vogel werd opgesloten, het gouden deurtje ging dicht en de koningin slaakte een zucht van verlichting, want de koning was slim geweest: als zijn kooi eenmaal dichtzat, kon hij niet meer opengemaakt worden.

'Ziezo, schoonheid van me,' zei de koningin. 'Je bent in veiligheid en niemand zal je ooit van me afpakken.' Daarna hing de koningin de kooi aan een haak in de hoogste torenkamer.

Nu de prinses in een kooi gevangenzat, verdween al het licht uit het koninkrijk en de onderdanen van Elfenland zonken in een eeuwige winter waarin de oogst verloren ging en vruchtbaar land onvruchtbaar werd. Het enige wat de mensen voor wanhoop behoedde was het gekwinkeleer van de prinses – triest en prachtig – dat uit het raam van de koningin over het dode landschap dreef.

De tijd verstreek, zoals dat gaat met de tijd, en prinsen, dapper gemaakt door hebzucht, kwamen uit alle windstreken om de gevangen prinses te bevrijden. Het gerucht ging namelijk dat er in Elfenland een gouden kooi was die zo kostbaar was dat hun eigen rijkdom erbij verbleekte, met een vogel waarvan de liederen zo prachtig waren dat er wel eens gouden dukaten uit de hemel waren gevallen toen hij zong. Maar alle prinsen die probeerden de kooi open te maken vielen dood neer zodra ze het goud aanraakten. De koningin, die dag en nacht in haar schommelstoel zat om de kooi te bewaken zodat niemand haar prijs kon stelen, lachte als ze een prins het leven zag laten, want angst en argwaan hadden eindelijk de handen ineengeslagen om haar krankzinnig te maken.

Een paar jaar later kwam de jongste zoon van een houthakker uit een ver land naar het woud. Hij hoorde een lied dat zo mooi was dat hij zijn bezigheden staakte en doodstil naar elke noot bleef staan luisteren. Hij kon er niets aan doen, maar hij legde zijn bijl neer en ging op zoek naar de vogel die zo triest en toch zo schitterend kon zingen. Terwijl hij door het overwoekerde bos trok, verschenen er vogels en andere dieren om hem te helpen en de houthakkerszoon bedankte hen, want hij was een zachtaardige jongen die met alles in de natuur kon communiceren. Hij klom door braamstruiken, holde akkers over en beklom bergen. 's Nachts sliep hij in holle bomen, hij at alleen maar bessen en noten en uiteindelijk kwam hij bij de muren van het kasteel.

'Hoe ben jij in dit doodse land gekomen?' vroeg de wacht.

'Ik ben het lied van die prachtige vogel van jullie gevolgd.'

'Keer terug als je leven je lief is,' zei de wacht. 'Want alles in dit koninkrijk is vervloekt, en iedereen die de kooi van de treurige vogel aanraakt is verloren.'

'Ik heb niets te breken of te bijten, en niets te verliezen,' zei de zoon van de houthakker. 'En ik moet met eigen ogen de bron van dat prachtige gezang zien.'

Net op dat ogenblik werd de prinses achttien jaar en begon ze het treurigste en mooiste lied van alle te zingen, waarin ze het verlies van haar jeugd en vrijheid beweende.

De wacht deed een stap opzij. De jongeman betrad het kasteel en beklom de trap naar de hoogste torenkamer.

Toen de houthakkerszoon de gevangen vogel zag, liep zijn hart over van mededogen, want hij hield er niet van om een vogel of ander dier gevangen te zien. Hij had geen oog voor de gouden kooi, maar alleen voor de vogel die erin zat. Hij stak zijn hand uit naar het kooideurtje en toen hij dat aanraakte, sprong het open en was de vogel bevrijd.

Op dat ogenblik werd de vogel getransformeerd tot een beeldschone jonge vrouw met lang haar dat om haar heen wervelde, en een kroon van zilveren sterren op haar hoofd. Vogels kwamen uit verre bomen aangevlogen en lieten gouden dukaten over haar heen regenen uit hun snavel, zodat ze in goud werd gehuld. De dieren keerden terug naar het koninkrijk, en gewassen en bloemen begonnen direct aan de kale aarde te ontspruiten.

Toen de zon de volgende morgen boven zee opkwam, klonk er een donderend geluid en voor de poort van het kasteel verschenen zes witte paarden voor een gouden koets. De Elfenkoningin stapte uit en al haar onderdanen bogen diep. Achter haar stond de fee uit de grot aan zee. Ze had wel degelijk aangetoond dat ze goed was door haar echte koningin te gehoorzamen en ervoor te zorgen dat prinses Rosalind klaar was toen haar bestemming haar kwam halen.

Onder het toeziend oog van de Elfenkoningin traden prinses Rosalind en de houthakkerszoon in het huwelijk, en de vreugde van het jonge paar was zo groot, dat de magie weer terugkeerde in het land, en alle mensen van Elfenland leefden voortaan vrij en gelukkig.

Behalve natuurlijk de koningin, die nergens te vinden was. Op haar plek zat een enorme, lelijke vogel met zo'n afschuwelijk stemgeluid dat het bloed van iedereen die het hoorde stolde. Hij werd het land uit gejaagd en vloog naar een ver woud, waar hij werd gedood en opgegeten door de koning, die gek van wanhoop was geworden door zijn boosaardige en vruchteloze jacht op de Elfenkoningin.

30

Cliff Cottage, Cornwall, 2005

Cassandra liep het tuinhekje door en werd opnieuw getroffen door de merkwaardige, drukkende stilte om het huisje. Er was ook nog iets anders, iets wat ze voelde maar waarop ze niet de vinger kon leggen. Een merkwaardig gevoel, alsof er werd samengezworen. Alsof ze door de tuin te betreden instemde met een overeenkomst waarvan ze de regels niet kende.

Het was vroeger op de dag dan de vorige keer en er bewogen vlekjes zonlicht in de tuin. De hovenier zou pas over een kwartier komen, dus stak Cassandra de sleutel weer in haar zak en besloot ze op verkenning te gaan.

Een smal pad van natuursteen dat bijna schuilging onder het mos slingerde langs de voorzijde en verdween om de hoek. Het struikgewas naast het huis was dicht en ze moest het van de muur wegtrekken voordat ze kon doorlopen.

De tuin had iets wat haar aan Nells achtertuin in Brisbane deed denken. Niet zozeer de planten als wel de stemming. Zo lang als Cassandra het zich kon heugen, was Nells tuin een chaotische verzameling tuinplanten, kruiden en veelkleurige eenjarigen geweest. Betonnen paadjes slingerden zich door de struiken. Die tuin was zo anders dan die van andere huizen in de buitenwijk met hun lappen dor gras en hier en daar een dorstige rozenstruik in een witgekalkte autoband.

Cassandra was aan de achterkant van het huis en bleef staan. Het pad was overwoekerd met een dichte woekering van stekelige braamstruiken die minstens drie meter hoog was. Ze kwam wat dichterbij en probeerde halsreikend de top te zien. De vorm was gelijkmatig en lineair, bijna alsof het struikgewas zelf een muur had gevormd.

Ze liep langs de haag en ging met haar vingers licht langs de grillige klimop. Ze vorderde maar langzaam, want de begroeiing reikte tot haar knieën en dreigde haar bij elke stap te laten struikelen. Halverwege zag ze een opening in de braamstruiken. Het was maar een kleine opening, maar voldoende om te zien dat er geen licht doorheen viel, dat er iets stevigs achter stond. Voorzichtig, om zich niet aan de doornen te bezeren, stak Cassandra haar hand erin en boog ze zich naar voren tot de haag haar arm tot haar schouder verzwolg. Haar vingers voelden iets hards en kouds.

Een muur, een muur van natuursteen, overdekt met een laag mos, te oordelen naar de vochtige, groene vlekken op haar vingertoppen. Cassandra veegde haar hand af aan haar spijkerbroek, haalde de eigendomspapieren uit haar achterzak en bladerde naar de kaart van het terrein. Het huisje zelf stond duidelijk aangegeven als een vierkantje voor op het perceel. Maar volgens de plattegrond liep de achterste grens van het terrein een heel stuk voorbij de achterzijde van het huis. Cassandra vouwde de kaart weer op en stopte hem weg. Als hij klopte, maakte die muur deel uit van Nells onroerend goed en was het niet de grens. Hij hoorde bij Cliff Cottage, wat zich aan de andere kant bevond incluis.

Cassandra vervolgde haar hindernisparcours langs de muur in de hoop een poort of deur te vinden, of iets waardoor ze achter de muur kon komen. De zon klom hoger aan de hemel en het gezang van de vogels was minder uitbundig geworden. De lucht was zwanger van de zoete, bedwelmende geur van een stokroos. Hoewel het najaar was, kreeg Cassandra het warm. En dan te bedenken dat ze zich Engeland ooit had voorgesteld als een koud land waar de zon een vreemde was. Ze bleef staan om het zweet van haar voorhoofd te wissen en stootte haar hoofd tegen iets wat laag hing.

Een knoestige boomtak hing als een arm over de muur. Cassandra besefte dat het een appelboom was toen ze zag dat er vruchten aan de tak hingen, glanzende gele appels. Ze waren zo rijp en roken zo heerlijk dat ze de verleiding om er een te plukken niet kon weerstaan.

Cassandra keek op haar horloge en maakte na een verlangende blik op de braamhaag rechtsomkeert. Ze kon later wel verder zoeken naar een deur, ze wilde niet riskeren de hovenier mis te lopen. Het merkwaardige gevoel van dichtbegroeide afzondering om het huisje was zo sterk, dat ze dacht dat ze hem vanuit de achtertuin misschien niet zou horen, al zou hij haar roepen.

Ze deed de voordeur van het slot en ging naar binnen.

Het huis leek wel te luisteren en af te wachten om te zien wat ze ging doen. Ze streek licht met haar hand langs de binnenmuur. 'Mijn huis,' zei ze zacht. 'Dit is mijn huis.'

De muren deden haar woorden dof klinken. Wat merkwaardig onverwacht was dit allemaal. Ze slenterde door de keuken, langs het spinnewiel naar de huiskamer helemaal aan de voorkant. Het huis voelde anders nu ze alleen was. Het voelde op de een of andere manier vertrouwd, als een plek waar ze lang geleden al eens was geweest.

Ze liet zich in een oude schommelstoel zakken. Cassandra had voldoende ervaring met antiek meubilair om te weten dat de stoel niet op instorten stond, en toch was ze op haar hoede, alsof de rechtmatige eigenaar van de stoel ergens in de buurt was en elk ogenblik kon terugkomen om een indringer op zijn plaats aan te treffen.

Cassandra wreef de appel af aan haar blouse en keek naar het stoffige venster. Voor het raam hadden slingerplanten zich met elkaar vervlochten, maar toch kon ze de woeste tuin erachter zien. Er stond een beeldje van een kind, dat haar nog niet eerder was opgevallen, een jongetje op een steen, dat met grote ogen naar het huis staarde.

Cassandra bracht de appel naar haar mond. De zonnige geur was sterk toen ze haar tanden erin zette. Een appel van een boom in haar eigen tuin, een boom die heel lang geleden was geplant en nog altijd vrucht droeg. Jaar in, jaar uit. Het was een zoete appel. Waren ze altijd zo zoet?

Ze geeuwde. De zon had haar heel soezerig gemaakt. Ze zou nog even blijven zitten, tot de hovenier er was. Ze nam nog een hap van de appel. De kamer voelde warmer dan eerst, alsof het fornuis opeens was aangestoken, alsof er iemand anders bij was gekomen die met de lunch was begonnen. Haar oogleden werden zwaar en ze deed haar ogen dicht. Ergens zong een vogel een prachtig eenzaam deuntje; de wind deed bladeren tegen het raam tikken, en in de verte klonk de regelmatige ademhaling van de zee, in en uit, in en uit, in en uit…

… haar hoofd, de hele dag in en uit. Ze liep de keuken weer door, bleef bij het raam staan, maar weerhield zich ervan om naar buiten te kijken. In plaats daarvan keek ze op haar kleine horloge. Het was al laat. Hij had het halve uur gezegd. Ze vroeg zich af of zijn gebrek aan stiptheid iets belangrijks betekende, dat hij was opgehouden, of zich had bedacht. Of hij nog wel kwam.

Haar wangen waren warm. Het was hier snikheet. Ze liep weer naar het fornuis en draaide de grill laag. Ze vroeg zich af of ze niet iets had moeten klaarmaken.

Buiten hoorde ze geluid.

Haar zelfbeheersing gaf het op. Hij was er.

Ze deed open en zonder iets te zeggen kwam hij binnen.

Hij leek zo groot in de smalle gang en hoewel ze hem goed kende, voelde ze zich verlegen en durfde ze hem niet aan te kijken.

Hij was ook nerveus, dat zag ze wel, al deed hij zijn best het te verbergen.

Ze gingen tegenover elkaar aan de keukentafel zitten en het lamplicht trilde tussen hen in. Het was een merkwaardige plek om op zo'n avond te zitten, maar zo was het nu eenmaal. Ze keek naar haar handen en vroeg zich af wat ze moest zeggen. In haar verbeelding was het allemaal heel eenvoudig geweest, maar nu leek de weg vooruit kriskras overspannen met struikeldraden, klaar om hen pootje te haken. Misschien gingen dit soort ontmoetingen altijd zo?

Hij stak zijn hand uit.

Haar adem stokte toen hij met twee vingers een lange lok pakte en er schijnbaar een eeuwigheid naar keek. Hij keek niet zozeer naar het haar, als wel het merkwaardige feit dat een lok van háár in zíjn vingers lag.

Uiteindelijk keek hij op en kruisten hun blikken elkaar. Hij legde licht een hand op haar wang. Toen glimlachte hij en zij volgde zijn voorbeeld. Ze zuchtte van opluchting en van nog iets. Hij deed zijn mond open en zei…

'Hallo?' Er werd hard geklopt. 'Hallo? Is er iemand?'

Cassandra's ogen vlogen open. De appel in haar hand viel op de grond.

Er klonken zware voetstappen en toen stond er een man in de deuropening, een grote, stevig gebouwde man van halverwege de veertig. Zwart haar, bruine ogen, brede glimlach.

'Hallo,' zei de man. Hij hield verontschuldigend zijn handen uit elkaar. 'Je kijkt alsof je een geestverschijning ziet.'

'Je liet me schrikken,' zei Cassandra defensief, terwijl ze zich uit de stoel hees.

'Sorry.' Hij deed een stap naar voren. 'De deur stond open. Ik wist niet dat je een dutje deed.'

'Dat deed ik ook niet, ik bedoel, ik slaap wel, maar het was niet de bedoeling. Ik wilde alleen een poosje gaan zitten, maar…' Cassandra slikte de rest van haar woorden in toen ze zich eensklaps haar droom herinnerde. Het was heel lang geleden dat ze iets had gedroomd wat je in de verste verte erotisch kon noemen, lang geleden dat ze iets had gedáán wat in de verste verte erotisch kon heten. Niet sinds Nick. Nou ja, althans niets dat telde of gedenkwaardig was. Waar was dat in hemelsnaam vandaan gekomen?

De man stak lachend zijn hand uit. 'Ik ben Michael Blake, briljant tuinarchitect. Jij bent zeker Cassandra.'

'Ja.' Toen zijn grote, warme hand zich om de hare sloot, werd ze rood.

Hij schudde een beetje zijn hoofd en lachte. 'Volgens een vriend van me zijn Australische meisjes de knapste ter wereld, maar ik geloofde hem nooit. Nu weet ik dat het waar is.'

Cassandra wist niet waar ze moest kijken en koos een plek achter zijn linkerschouder. Zo'n schaamteloze flirt maakte haar onder de beste omstandigheden al verlegen, maar door haar droom was ze nog meer van haar stuk. Ze voelde hem nog; hij hing ergens in een van de hoeken van de kamer.

'Ik hoor dat je problemen hebt met een boom?'

'Ja.' Cassandra knipperde met haar ogen en knikte. De droom was weg.

'Inderdaad. Dank je wel voor je komst.'

'Ik heb nooit een dame in nood kunnen weerstaan.' Hij glimlachte weer. Het was een brede, vlotte glimlach en Cassandra trok haar vest wat dichter om haar middel. Ze probeerde terug te lachen, maar slaagde er alleen maar in een preuts gevoel te krijgen. 'Deze kant op. Hij ligt op de trap.'

Michael volgde haar door de gang en boog zich naar voren zodat hij om de hoek van het trapgat kon kijken. Hij floot. 'Een van de oude sparren. Het lijkt erop alsof hij er al een poosje ligt. Waarschijnlijk omgewaaid in de storm van '95.'

'Kun jij hem wegkrijgen?'

'Natuurlijk kunnen we dat.' Michael keek over zijn schouder langs Cassandra. 'Wil jij de kettingzaag even pakken, Chris?'

Cassandra draaide zich om; ze wist niet dat er een derde in de kamer was. Achter haar stond nog een man. Hij was magerder dan de eerste en iets jonger. Er hingen wilde, zandkleurige krullen in zijn nek. Olijfkleurige huid, bruine ogen. Hij keek haar aan en knikte. 'Christian,' zei hij. Hij stak zijn hand een eindje uit en aarzelde. Daarna veegde hij hem af aan zijn spijkerbroek en stak hem weer uit.

Cassandra gaf hem een hand.

'Kettingzaag, Chris,' zei Michael. 'En vlug een beetje.'

Michael trok zijn wenkbrauwen op naar Cassandra toen Chris vertrok. 'Ik moet over een half uur in het hotel zijn, maar wees niet bang. Ik zal het grootste deel van het werk doen, en dan laat ik mijn vertrouweling hier achter om het af te maken.' Hij glimlachte naar Cassandra met een rechtstreekse blik die ze onmogelijk kon vasthouden. 'Dus dit huis is van jou. Ik woon al mijn hele leven in het dorp en heb nooit gedacht dat dit huis van iemand was.'

'Ik moet zelf nog aan het idee wennen.'

Michael trok een wenkbrauw op en keek naar de vervallen kamer. 'Wat doet een leuk Australisch meisje in zo'n huis?'

'Ik heb het geërfd. Mijn grootmoeder heeft het me nagelaten.'

'Was je grootmoeder een Engelse?'

'Australische. Ze heeft het in de jaren zeventig gekocht toen ze hier op vakantie was.'

'Wat een souvenir. Kon ze geen leuke theedoek vinden?'

Er klonk een geluid bij de deur en Christian was terug met een grote kettingzaag in zijn hand. 'Moet je deze hebben?'

'Het is een zaag met een ketting,' zei Michael met een knipoog naar Cassandra. 'Dus ik zou zeggen dat het de juiste is.'

Het was een smalle gang en Cassandra moest zich plat tegen de muur drukken om Christian te laten passeren. Ze keek hem niet aan, maar deed alsof ze belangstelling had voor een losse plint bij haar voeten. Ze voelde gêne door iets in de manier waarop Michael tegen Christian praatte.

'Chris is net begonnen,' zei Michael, die Cassandra's ongemak niet in de gaten had. 'Hij weet het verschil nog niet tussen een kettingzaag en een verstekzaag. Hij is een groentje, maar we maken nog wel eens een houthakker van hem.' Hij grijnsde. 'Hij is een Blake, het zit hem in het bloed.' Hij gaf zijn broer een speelse stomp en de twee mannen richtten hun aandacht op hun taak.

Cassandra was opgelucht toen de kettingzaag werd aangetrokken en ze eindelijk vrij was om weer naar de tuin te vluchten. Hoewel ze besefte dat ze haar tijd beter kon gebruiken door slingerplanten uit huis te verwijderen, was haar nieuwsgierigheid geprikkeld. Ze was vastbesloten een doorgang in de muur te vinden, al kostte het haar de hele dag.

De zon stond inmiddels hoog aan de hemel en schaduw was kostbaar. Cassandra trok haar vest uit en legde het op een steen in de nabijheid. Kleine vlekjes zonlicht dansten over haar armen en haar kruin voelde weldra heet aan. Ze wou dat ze een pet had meegebracht.

Terwijl ze de braamstruiken doorzocht en haar hand voorzichtig in het ene gat na het andere stak, keerden haar gedachten weer terug naar de droom van daarnet. Het was een bijzonder levendige droom geweest en ze wist zich nog alle bijzonderheden te herinneren: wat ze zag, wat ze rook en zelfs de indringende sfeer. Die was onmiskenbaar erotisch geweest en doortrokken van verboden verlangens.

Cassandra schudde een beetje haar hoofd en joeg de tentakels van verwarrende en ongewenste emoties van zich af. In plaats daarvan richtte ze haar gedachten op Nells mysterie. De avond tevoren had ze tot laat opgezeten om haar aantekeningen te lezen, iets wat makkelijker gezegd was dan gedaan. Alsof de meeldauw het lezen niet lastig genoeg maakte, was Nells handschrift na haar aankomst in Cornwall nog belabberder geworden. Het was langer, krulleriger en chaotischer. Cassandra nam aan dat ze sneller was gaan schrijven.

Niettemin was het Cassandra gelukt. Ze was gebiologeerd door Nells terugkerende herinneringen en haar zekerheid dat ze als klein meisje in het huisje was geweest. Cassandra kon amper wachten met het lezen van de plakboeken die Julia had gevonden, de dagboeken die Nells moeder ooit had volgeschreven met haar meest intieme gedachten. Want die zouden natuurlijk meer licht op Nells kinderjaren werpen, misschien zelfs cruciale aanwijzingen opleveren over haar verdwijning met Eliza Makepeace.

Er werd hard en schril gefloten. Cassandra keek op en verwachtte de een of andere vogel te zien.

Bij de hoek van het huis stond Michael naar haar bezigheden te kijken. Hij wees naar de braamstruiken. 'Indrukwekkende gewassen heb je daar.'

'Niets wat ik niet kan oplossen met een beetje wieden,' zei ze, terwijl ze zich onhandig oprichtte. Had hij lang staan kijken?

'Een jaar lang wieden en een kettingzaag,' grijnsde hij. 'Ik ga nu naar het hotel.' Hij maakte een hoofdbeweging naar het huisje. 'We zijn een flink stuk opgeschoten. Ik laat Chris de rest opknappen. Dat lukt hem wel, je moet er alleen voor zorgen dat hij een en ander precies zo achterlaat als je het hebben wilt.' Hij zweeg even en toen glimlachte hij weer op die onbevangen manier van hem. 'Je hebt mijn nummer toch? Bel me maar op, dan laat ik je een paar bezienswaardigheden zien, zolang je er nog bent.'

Het was niet eens een vraag. Cassandra glimlachte flauwtjes en had er direct spijt van. Vermoedelijk was Michael het type dat in elke reactie instemming las. En ja hoor, hij knipoogde en liep weer naar de voorkant van het huis.

Met een zucht wendde Cassandra zich weer naar de muur. Ze zag dat Christian uit het gat in het dak dat door de boom was veroorzaakt was geklauterd en nu met een handzaag op het dak zat om de takken in stukken te zagen. Hij inspecteerde elk stuk nauwkeurig en verwijderde alle uitsteeksels voordat hij het op de stapel legde. Opeens keek hij op en kruiste zijn blik de hare.

Michael was een vlot type, maar Christian had iets intens over zich dat zich uitstrekte tot alles wat hij deed, aanraakte en bekeek. Cassandra wendde zich vlug af en deed of ze grote belangstelling had voor haar muur.

Zo werkten ze een poosje door en de stilte die er tussen hen hing, versterkte alle andere geluiden: het zagen van Christian, het kraken van de muren die zich uitrekten toen de zon de oostflank verwarmde, het trippelen van de vogels over de dakpannen, en ergens het vage geluid van stromend water. Af en toe hoestte Christian, schraapte hij zijn keel en zuchtte hij luider en met meer nadruk dan daarvoor.

Doorgaans werkte Cassandra graag zonder iets te zeggen; ze was eraan gewend om alleen te zijn en gaf er meestal ook de voorkeur aan. Maar nu was ze niet alleen en hoe langer ze deden alsof, hoe meer de elektriserende stilte groeide.

Uiteindelijk schraapte Cassandra haar keel. 'Er zit hier een muur achter,' zei ze. Haar stem klonk hard en op de een of andere manier scherper dan de bedoeling was. 'Die heb ik net ontdekt.'

Christian keek op van zijn stapel hout. Hij keek haar aan alsof ze net het periodiek systeem was gaan opdreunen.

'Maar ik weet niet wat er aan de andere kant is,' voegde ze er haastig aan toe. 'Ik kan de doorgang niet vinden, en er staat niets over op de kaart die mijn grootmoeder bij de koopakte heeft gekregen. Ik weet dat er een hele massa slingerplanten en takken in de weg zit, maar misschien kun jij iets zien van daarboven?'

Christian keek naar zijn handen en leek iets te willen zeggen.

Er kwam een gedachte bij Cassandra op: hij heeft mooie handen. Ze zette deze meteen weer van zich af. 'Zie jij wat er aan de andere kant van de muur is?'

Hij perste zijn lippen op elkaar, veegde zijn handen af aan zijn spijkerbroek en knikte een beetje.

'Ja?' Dat had ze eigenlijk niet verwacht. 'Wat dan? Kun je het me vertellen?'

'Ik kan nog iets beters,' zei hij. Hij klemde een dakspant vast zodat hij zich van het dak kon laten zakken. 'Kom mee, dan zal ik het je laten zien.'

De opening was heel klein, helemaal onder aan de muur, en hij zat zo verstopt dat Cassandra wel een jaar vergeefs had kunnen zoeken. Christian zat op handen en voeten het struikgewas opzij te trekken. Hij richtte zich op en zei: 'Dames gaan voor.'

Cassandra keek hem aan. 'Ik dacht, misschien is er wel een poort.'

'Als jij hem vindt, ga ik mee naar binnen.'

'Moet ik…' Ze keek naar het gat. 'Ik weet niet of dat wel lukt, zelfs als ik zou weten hoe…'

'Op je buik. Het is niet zo nauw als het lijkt.'

Cassandra wist het nog niet zo net. Het zag er erg smal uit. Niettemin had de vruchteloze speurtocht van die dag haar vastbeslotenheid alleen maar groter gemaakt. Nu móést ze weten wat er aan de andere kant van de muur was. Ze liet zich zo ver zakken dat ze in de opening kon kijken en keek Christian van opzij aan. 'Weet je zeker dat het veilig is? Heb je het al eens eerder gedaan?'

'Minstens honderd keer.' Hij krabde zijn nek. 'Toen was ik natuurlijk jonger en kleiner, maar…' Zijn mondhoek trok. 'Ik maak maar een grapje, sorry. Het lukt best.'

Ze voelde zich opgelucht toen haar hoofd eenmaal aan de andere kant was en ze besefte dat ze niet aan haar eind ging komen met haar nek verpletterd onder een bakstenen muur. Althans niet op de heenweg. Ze wrong de rest van haar lichaam zo snel mogelijk door de opening en krabbelde overeind. Ze sloeg de aarde van haar handen en keek met grote ogen om zich heen. Het was een tuin. Een ommuurde tuin. Hij was weliswaar overwoekerd, maar de prachtige essentie ervan was nog zichtbaar. Ooit had iemand voor deze tuin gezorgd. De restanten van twee paden slingerden af en aan en vervlochten zich met elkaar als veters op een Ierse dansschoen. Langs de kanten waren fruitbomen aan latwerk bevestigd en er liep ijzerdraad van de bovenkant van de ene muur naar die van de andere. Daarlangs hadden ranken blauweregen zich hongerig samengevlochten, waardoor zich een natuurlijke baldakijn had gevormd.

Tegen de zuidmuur stond een stokoude, knoestige boom. Cassandra liep erheen. Ze besefte dat het de appelboom was, waarvan een van de takken over de muur groeide. Ze hief haar hand op om een van de goudkleurige appels aan te raken. De boom was ongeveer vijf meter hoog en had de vorm van de Japanse bonsai die Nell haar voor haar twaalfde verjaardag had gegeven. De stam was gedrongen en was in de loop der decennia scheefgegroeid. Iemand had de moeite genomen een kruk onder een zware tak te zetten om iets van zijn gewicht te stutten. Een brandplek halverwege deed vermoeden dat heel lang geleden de bliksem was ingeslagen. Cassandra stak haar hand uit om de brandplek te voelen.

'Magische plek, vind je niet?' Christian stond midden in de tuin bij een roestig ijzeren bankje. 'Dat voelde ik als kind al.'

'Kwam je hier vaak?'

'Heel vaak. Ik had het gevoel dat het mijn geheime plekje was. Niemand wist er iets van.' Hij haalde zijn schouders op. 'Nou ja, bijna niemand.'

Cassandra zag achter Christian, aan de andere kant van de tuin, iets glinsteren op de overwoekerde muur. Ze liep erheen. Het was metaal dat blonk in de zon. Een hek. Kabeldikke slingerplanten hadden zich eroverheen gevlochten als een reusachtig spinnenweb dat de ingang van het spinnenhol beschermde. Of de uitgang.

Christian kwam naast haar staan en samen trokken ze de braamstruiken een beetje opzij. Het hek had een koperen kruk die in de loop der jaren zwart was geworden. Cassandra rammelde er even aan. Het hek zat op slot.

'Ik vraag me af wat er aan de andere kant is.'

'Daar is een doolhof die zich uitstrekt over het hele landgoed,' zei Christian. 'Hij eindigt bij het hotel. Michael is de afgelopen drie maanden bezig geweest om hem te restaureren.'

Ja natuurlijk, de doolhof. Dat wist ze. Waar had Cassandra over de doolhof gelezen? In Nells aantekeningen? Of in een van de toeristenbrochures van het hotel?

Vlakbij hing een libel een poosje trillend in de lucht voordat hij wegschoot, en ze draaiden zich weer om naar het midden van de tuin.

'Waarom had je grootmoeder het huisje gekocht?' vroeg Christian terwijl hij een afgevallen blaadje van zijn schouder veegde.

'Ze was hier in de buurt geboren.'

'In het dorp?'

Cassandra aarzelde en vroeg zich af hoeveel ze kon loslaten. 'Op het landgoed in feite. Blackhurst. Dat wist ze pas toen haar adoptiefvader overleed en zij al in de zestig was. Ze ontdekte dat Rose en Nathaniel Walker haar biologische ouders waren. Hij was...'

'Kunstschilder, ik weet het.' Christian raapte een stokje van de grond op. 'Ik heb een boek met zijn illustraties, een sprookjesboek.'

'*Magische vertellingen voor jongens en meisjes*?'

'Ja.' Hij keek haar verrast aan.

'Dat heb ik ook.'

Hij trok zijn wenkbrauwen op. 'Er zijn er maar weinig uitgebracht, weet je. Althans niet naar de huidige normen. Wist je dat Eliza Makepeace hier in dat huisje heeft gewoond?'

Cassandra schudde haar hoofd. 'Ik wist wel dat ze op het landgoed is opgegroeid...'

'De meeste verhalen zijn hier in deze tuin geschreven.'

'Je weet een heleboel van haar.'

'Ik heb die sprookjes de laatste tijd opnieuw gelezen. Toen ik klein was, vond ik ze prachtig; vanaf het moment dat ik een exemplaar van het boek in een plaatselijke tweedehands winkel vond. Ze hadden iets betoverends; er stond veel tussen de regels in.' Hij schopte met de neus van zijn schoen in de aarde. 'Misschien is het een beetje raar, een volwassen vent die kindersprookjes leest.'

'Ik vind van niet.' Cassandra merkte dat hij met zijn handen in zijn zakken stond te schokschouderen, bijna alsof hij zenuwachtig was. 'Welk verhaal vond je het mooist?'

Hij hield zijn hoofd schuin en keek even met samengeknepen ogen in de zon. 'De ogen van het oude vrouwtje.'

'Echt? Waarom?'

'Dat leek me altijd anders dan de rest. Op de een of andere manier zat er meer betekenis in. Bovendien was ik als achtjarige smoorverliefd op die prinses.' Hij glimlachte verlegen. 'Hoe kun je niet verliefd worden op een prinses wier kasteel wordt verwoest, wier onderdanen worden uitgeroeid, wier koninkrijk wordt vernietigd en die toch voldoende moed bijeenraapt om een zoektocht te ondernemen om de ontbrekende ogen van het oude besje terug te halen?'

Cassandra moest ook glimlachen. Het verhaal over het dappere prinsesje dat niet wist dat ze een prinses was, was het eerste sprookje van Eliza dat Cassandra had gelezen op die warme dag in Brisbane, toen ze tien was en haar grootmoeders verbod in de wind had geslagen, toen ze het koffertje onder het bed had ontdekt.

Christian brak zijn stokje in tweeën en gooide de helften weg. 'Ik neem aan dat je gaat proberen het huisje te verkopen?'

'Hoezo? Wil jij het?'

'Zeker met het loon dat Mike me betaalt.' Ze keken elkaar aan. 'Vergeet het maar.'

'Ik weet niet hoe ik het op moet knappen,' zei ze. 'Ik had me niet gerealiseerd hoeveel werk er moet worden verzet. De tuin, het huis zelf.' Ze gebaarde over de zuidmuur. 'Er zit verdomme een gat in het dak.'

'Hoe lang blijf je?'

'Ik heb nog voor twee weken een kamer in het hotel.'

Hij knikte. 'Dat moet voldoende zijn.'

'Denk je?'

'Ja, hoor.'

'Wat een vertrouwen. En je weer nog niet eens of ik wel met een hamer kan omgaan.'

Hij stak zijn hand op om een loshangende streng blauweregen in de andere vlechten. 'Ik kom je wel helpen.'

Cassandra liep rood aan van schaamte. Hij dacht zeker dat ze hem een hint had gegeven. 'Ik bedoelde niet... Ik heb geen...' Ze zuchtte. 'Er is geen geld voor de restauratie. Geen cent.'

Hij glimlachte. Het was de eerste echte glimlach die ze van hem zag. 'Ik verdien toch een habbekrats. Dan kan ik net zo goed niets verdienen op een plek waar ik gek op ben.'

31

Tregenna, Cornwall, 1975

Nell keek uit over de woeste zee. Het was de eerste bewolkte dag sinds ze in Cornwall was gearriveerd en het hele landschap huiverde. De witte huisjes die tegen de steile heuvel geplakt zaten, de zilverwitte meeuwen en de grauwe lucht die de ziedende zee weerspiegelde.

'Het mooiste uitzicht van heel Cornwall,' zei de makelaar.

Nell gaf geen commentaar op haar onnozele opmerking. Ze bleef door het raam van de kleine dakkapel naar de kolkende zee kijken.

'Hiernaast is nog een slaapkamer. Die is niet groot, maar toch een slaapkamer.'

'Ik hoef niet verder te kijken,' zei Nell. 'Als ik klaar ben, kom ik wel naar beneden.'

De makelaar leek maar al te blij om te worden weggestuurd en Nell zag haar even later bij het tuinhekje verschijnen, weggedoken in haar jas.

Nell zag de vrouw strijd met de wind leveren toen ze probeerde een sigaret aan te steken, en daarna zwierf haar blik naar de tuin. Veel zag ze er hiervandaan niet van, want ze moest door een rafelig wandtapijt van slingerplanten kijken, maar ze zag nog net het stenen hoofd van het beeld van het jongetje.

Nell leunde tegen het stoffige venster en voelde het door zout aangevreten hout onder haar handen. Ze was al eens eerder in dit huisje geweest, als kind, dat wist ze inmiddels zeker. Ze had op precies hetzelfde plekje naar de zee staan kijken, hier in deze kamer. Ze deed haar ogen dicht en dwong haar geheugen scherper in te zoomen.

Waar ze nu stond, had een bed gestaan, een eenvoudig eenpersoonsbed met een koperen hoofd- en voeteneind met doffe knoppen die gepoetst moesten worden. Aan het plafond hing een omgekeerde kegel van visnet, als de witte mist die aan de horizon hing als een storm de zee in de verte opzweepte. Onder haar knieën lag een lappendeken die koel aanvoelde; vissersboten dansend op het tij, bloemblaadjes die op de vijver beneden dreven.

Als ze in deze dakkapel zat, die een beetje uitstak van de rest van het huis, was het net alsof ze aan de rand van het klif hing, net als de prinses in een van haar lievelingssprookjes, die in een vogel was veranderd en in een gouden kooi moest schommelen...

Beneden klonken harde stemmen, die van papa en de Schrijfster.

Haar naam, Ivory, klonk scherp en grillig als een ster die met een puntige schaar uit karton was geknipt. Haar naam als wapen.

Er vielen nog meer boze woorden. Waarom schreeuwde papa zo tegen de Schrijfster? Papa sprak nooit met stemverheffing.

Het kleine meisje was bang, ze wilde dat niet horen.

Nell klemde haar ogen nog stijver dicht.

Het kleine meisje stopte haar vingers in haar oren, zong liedjes in haar hoofd, vertelde verhalen en dacht aan die gouden kooi, de vogelprinses die schommelde en wachtte.

Nell probeerde het kinderliedje en het beeld van de gouden kooi van zich af te zetten. In de kille diepte van haar geheugen lag de waarheid op de loer, wachtend tot Nell haar zou grijpen en naar de oppervlakte zou trekken.

Maar niet vandaag. Ze deed haar ogen weer open. Die tentakels waren nog te glibberig en het water eromheen was te troebel.

Nell daalde het smalle trapje weer af.

De makelaar deed het hekje op slot en samen liepen ze zwijgend het pad af naar de plek waar de auto stond.

'En, wat denkt u?' vroeg de makelaar op de plichtmatige toon van iemand die het antwoord al meent te weten.

'Ik wil het kopen.'

'Misschien kan ik u nog iets anders la...' De makelaar keek op van het autoportier. 'U wilt het kopen?'

Nell keek nog eens uit over de ruwe zee naar de nevelige horizon. Ze hield wel van een klimaat dat een beetje ruw was. Als de wolken laag hingen en met regen dreigden, voelde zij zich verkwikt. Ze haalde dieper adem en kon beter nadenken.

Ze had geen idee hoe ze voor het huisje zou betalen, wat ze zou moeten verkopen om het te kúnnen betalen. Maar Nell wist dat ze het wilde hebben, zo zeker als zwart en wit grijs maakten. Ze wist het al vanaf het moment dat ze zich het kleine meisje bij de vijver had herinnerd, het meisje dat Nell in een ander leven was geweest.

De hele terugweg naar de Tregenna Inn beloofde de makelaar buiten adem de contracten te brengen zodra ze waren uitgetypt. Ze kende ook een goede notaris tot wie Nell zich kon wenden. Nell deed het portier dicht en beklom het bordes naar de receptie. Ze werd zo in beslag genomen door het berekenen van het tijdsverschil – moest ze er nu drie uur bij optellen en dag in nacht veranderen? – zodat ze haar bankdirecteur kon bellen om uit te leggen dat ze opeens een cottage in Cornwall wilde kopen, dat ze de persoon die haar tegemoetkwam pas in de gaten had toen ze elkaar bijna tegen het lijf liepen.

'Neem me niet kwalijk,' zei Nell, en ze bleef met een ruk staan.

Robyn Martin knipperde met haar ogen achter haar bril.

'Moest je mij hebben?' vroeg Nell.

'Ik heb iets voor je.' Robyn gaf Nell een stapeltje papier dat door een paperclip bijeengehouden werd. 'Dat is het resultaat van het onderzoek dat ik heb gedaan voor een artikel over de familie Mountrachet.' Ze verschoof haar gewicht ongemakkelijk van het ene been op het andere. 'Ik hoorde u Gump ernaar vragen, en ik weet dat hij u geen… Dat hij u niet kon helpen.' Ze zuchtte en streek haar kapsel dat al goed zat glad. 'Het is een beetje een allegaartje, maar ik dacht dat het u wel zou interesseren.'

'Dank je wel,' zei Nell, en ze meende het. 'En het spijt me als…'

Robyn knikte.

'Is je grootvader…?'

'Het gaat een stuk beter met hem. Eigenlijk wilde ik u vragen of u nog een keer wilde komen eten, volgende week op een avond. Bij Gump.'

'Ik stel het erg op prijs dat je het vraagt,' zei Nell, 'maar ik denk niet dat je grootvader dat leuk vindt.'

Robyn schudde haar hoofd en haar kapsel zwaaide keurig mee. 'O nee, dat is een misverstand.'

Nell trok haar wenkbrauwen op.

'Het is zijn idee,' zei Robyn. 'Hij zei dat hij u iets moet vertellen. Over het huisje en Eliza Makepeace.'

32

Mejuffrouw Rose Mountrachet
Aan boord van de Lusitania, Cunard Line

Mejuffrouw Eliza Mountrachet
Blackhurst Manor
Cornwall, Engeland

9 september 1907

Mijn liefste Eliza,

O, wat is de Lusitania een wonder! Ik schrijf deze brief, lief nichtje, op
het bovendek – aan een sierlijk tafeltje van het Verandah Café – uitkijkend over de uitgestrekte, blauwe Atlantische Oceaan, terwijl ons enorme 'drijvende hotel' ons naar New York brengt.
Aan boord heerst een geweldig feestelijke stemming, en iedereen loopt
over van de hoop dat de Lusitania de Blauwe Wimpel van Duitsland zal
terugwinnen. Toen het enorme schip zich in Liverpool langzaam van de
kade losmaakte om echt aan haar eerste reis te beginnen, zong de menigte aan dek 'Britons never, never shall die' en aan land zwaaiden heel
veel mensen met vlaggen, en het ging zo snel dat de mensen die ons uit-
zwaaiden in kleine stipjes veranderden, maar de vlaggen kon ik nog
steeds zien wapperen. Toen de andere boten afscheid namen door hun
scheepshoorn te laten loeien, moet ik bekennen dat ik kippenvel op
mijn armen kreeg en mijn hart zwol van trots. Wat een vreugde om getuige te zijn van zulke belangrijke gebeurtenissen! Ik vraag me af of de
geschiedenis ons zal gedenken. Ik hoop van wel; stel je voor dat je iets
doet, dat je op de een of andere manier getuige bent van een historische
gebeurtenis en aldus de grenzen van een enkel mensenleven overstijgt!

Ik weet wat jij zult zeggen met betrekking tot de Blauwe Wimpel – dat het een malle race is, bedacht door malle mensen die weinig meer willen bewijzen dan dat hun schip harder gaat dan dat van andere, nog mallere mensen! Maar, lieve Eliza, om de geest van opwinding en triomf te ademen… Nou, ik kan alleen maar zeggen dat het verkwikkend is. Ik voel me levendiger dan ik me in eeuwen heb gevoeld, en al weet ik dat je nu met je ogen draait, je moet me toestaan dat ik mijn diepste verlangen beken, en dat is dat we deze reis in recordsnelheid maken en de wimpel terugwinnen.

Het hele schip is zo uitgerust dat het af en toe niet meevalt om je te herinneren dat we op zee zijn. Mama en ik logeren in een van de twee 'Koninklijke Suites' aan boord. Die bestaat uit twee slaapkamers, een zitkamer, een eetkamer, een eigen badkamer, toilet en provisiekast en is schitterend ingericht. Hij doet me een beetje denken aan het plaatje van Versailles in het boek van juffrouw Tranton, dat ze lang geleden in de zomer had meegenomen.

Ik hoorde een prachtig uitgedoste dame zeggen dat het meer op een hotel lijkt dan alle schepen waarop ze ooit eerder had gereisd. Ik weet niet wie die dame was, maar ik ben ervan overtuigd dat ze Heel Belangrijk is, omdat mama een van haar zeldzame aanvallen van sprakeloosheid kreeg toen we bij haar in de buurt waren. Vrees niet, die aanval duurde niet lang; mama laat zich nooit lang de mond snoeren. Ze vond haar tong snel weer terug en sindsdien praat ze alsof ze de verloren tijd moet inhalen. Onze medepassagiers zijn volgens mama de vleesgeworden Who's Who van de Londense aristocratie en dus moeten ze 'gepaaid' worden. Ze heeft me ten strengste opgedragen om altijd mijn beste beentje voor te zetten. Goddank heb ik twee kleerkasten vol bewapening om me voor de strijd te kleden! En voor de verandering zijn mama en ik het met elkaar eens, al hebben we bepaald niet dezelfde smaak! Ze wijst me voortdurend op heren die zij als een uitstekende partij beschouwt, maar ik ben dikwijls verbijsterd. Maar genoeg hierover; ik ben bang dat ik de belangstelling van mijn liefste niet kwijtraak als ik te lang over dat soort onderwerpen babbel.

Dus terug naar het schip. Ik heb een paar verkenningstochten gemaakt waarop mijn Eliza trots zou zijn. Gistermorgen slaagde ik erin even aan mama te ontsnappen en heb ik een heerlijk uurtje in de daktuin doorgebracht. Ik moest aan jou denken, lieve nicht, en hoe verbaasd je zou zijn om te zien hoe zulke vegetatie aan boord van een schip kan groeien. Er staan overal bakken met groene bomen en de mooiste bloemen. Ik voelde me heel blij om daartussen te vertoeven (niemand kent de helende eigenschappen van een tuin beter dan ik) en ik gaf mezelf over aan allerlei malle dagdromen. (Je zult je de paden waarover mijn verbeelding de vrije loop nam vrij goed kunnen voorstellen...)

O, maar wat zou ik graag willen dat je was gezwicht en mee was gekomen. Ik ruim hier wat tijd in voor een korte maar vriendelijke berisping, want ik begrijp het gewoonweg niet. Tenslotte ben jij degene die voor het eerst op het idee kwam om ooit met zijn tweeën naar Amerika te gaan, om met eigen ogen de wolkenkrabbers en het beroemde Vrijheidsbeeld van New York te zien. Ik kan niet bedenken wat je ertoe heeft gebracht die kans te laten voorbijgaan, zodat je op Blackhurst moest blijven met alleen mijn vader om je gezelschap te houden. Je bent zoals altijd een mysterie voor me, lieverd, maar ik weet wel beter dan tegenwerpingen te maken als jij eenmaal een besluit hebt genomen, mijn lieve, koppige Eliza. Ik zal alleen maar zeggen dat ik je nu al mis en dat ik me dikwijls voorstel hoeveel streken we hadden kunnen uithalen als jij erbij was geweest (en hoezeer we mama op de zenuwen hadden gewerkt!). Het is raar om te bedenken dat er ooit een tijd is geweest dat ik je nog niet kende; het lijkt wel alsof we altijd al een paar zijn geweest en de jaren op Blackhurst voor jouw komst maar een akelige wachttijd. Ach, daar roept mama. Blijkbaar worden we andermaal in de eetzaal verwacht. (Die maaltijden, Eliza! Tussen de maaltijden door moet ik wandelingen aan dek maken om enige hoop te koesteren dat ik een beleefde poging kan wagen om de volgende te verduren!) Mama is er ongetwijfeld in geslaagd graaf zo-en-zo als disgenoot te strikken, of de zoon van de een of andere rijke magnaat. Het werk van een dochter zit er nooit op en hier heeft ze gelijk in: ik zal Mijn Bestemming nooit vinden als ik mezelf opsluit.

Ik neem dus maar afscheid van je, lieve Eliza, en ik sluit af met te zeggen dat je weliswaar niet persoonlijk bij me bent, maar zeker wel in gedachten. Wanneer ik voor het eerst een blik werp op het fameuze Vrijheidsbeeld dat over haar haven waakt, weet ik zeker dat ik de stem van mijn nicht Eliza zal horen, die zegt: 'Moet je kijken, en denk je eens in wat zij allemaal heeft gezien.'

Als altijd verblijf ik je liefhebbende nicht,
Rose

Eliza klemde haar vingers om het bruine papier van het pakje. Ze stond op de drempel van de Tregenna General Store en keek naar het loodgrijze wolkendek dat laag boven de spiegelgladde zee hing. Nevel aan de horizon voorspelde stormachtig weer en er vielen druppels uit de besluiteloze lucht boven het dorp. Eliza had geen tas bij zich, omdat ze niet van plan was geweest naar het dorp te lopen toen ze van huis wegging. In de loop van de ochtend was ze beslopen door een verhaal dat direct op papier gezet wilde worden. De vijf bladzijden die nog over waren in haar huidige schrift waren totaal ontoereikend gebleken, dus de behoefte aan een nieuw was dringend, en daarom was ze onverwacht naar de winkel gegaan. Op een van de schappen van de winkel van meneer Penberth had ze een geschikt schrift gevonden, er was snel een rekening geopend en de transactie was geregeld. Nu moest ze het schrift alleen nog zonder waterschade naar huis zien te brengen. Als ze Rose niet had beloofd nooit zonder haar de grotten in te gaan, zou ze de tunnel onder het klif genomen hebben.

Eliza keek nog eens naar de sombere lucht en vertrok snel via de weg langs de haven. Toen ze op de splitsing kwam, liet ze de hoofdweg links liggen en nam ze in plaats daarvan het smalle pad over de kliffen. Davies had haar een keer verteld dat dit een kortere weg van het landgoed naar het dorp was.

Het was een steile weg en het gras was lang, maar Eliza schoot flink op. Ze bleef maar één keer staan om een blik op de vlakke, grauwe zee te werpen, waarop een hele vloot minuscule vissersboten voor de nacht op weg was naar huis. Eliza moest glimlachen toen ze die zag, als jonge musjes die haastig terugkeerden naar het nest na een hele dag de rand van de grote wereld te hebben verkend.

Ooit zou ze over die zee zwalken, helemaal naar de overkant, net als haar vader had gedaan. Voorbij de horizon wachtten zo veel landen. Afrika en India, het Midden-Oosten en Androlië. In die verre landen zou ze nieuwe verhalen ontdekken, magische vertellingen van lang geleden.

Davies had voorgesteld dat ze haar eigen verhalen zou opschrijven, en dat had Eliza gedaan. Ze had twaalf schriften gevuld en was nog steeds niet gestopt. Sterker nog, hoe meer ze schreef, hoe luider de verhalen in haar hoofd weerklonken; ze kolkten rond in haar brein, duwden tegen de binnenkant van haar schedel, smekend om verlost te worden. Ze wist niet of ze wel goed waren en eigenlijk kon het haar niets schelen ook. Ze waren van haar en ze waren op de een of andere manier werkelijkheid geworden door ze op te schrijven. Personages die in haar hoofd hadden rondgedanst, werden brutaler op papier. Ze namen nieuwe gewoonten aan die ze niet voor hen had bedacht, ze gingen zich onvoorspelbaar gedragen.

Haar verhalen hadden een klein maar ontvankelijk publiek. Elke avond kroop Eliza na het eten in bed naast Rose, net als toen ze jong waren, en dan vertelde ze haar meest recente sprookje.

Rose had Eliza overgehaald een van haar verhalen naar het Londense kantoor van het tijdschrift *Children's Storytime* te sturen.

'Wil je ze niet afgedrukt zien? Dan zijn het echte verhalen, en ben jij een echte schrijfster.'

'Het zijn al echte verhalen.'

Rose had haar sluw aangekeken. 'Maar als ze worden gepubliceerd, heb jij een inkomentje.'

Een eigen inkomen. Daarvoor had Eliza wél belangstelling en dat wist Rose best. Tot dat moment was Eliza volslagen afhankelijk geweest van de ruimhartigheid van haar tante en oom, maar de laatste tijd had ze zich wel eens afgevraagd hoe ze aan het geld moest komen voor haar reizen en avonturen die de toekomst zonder meer voor haar in petto had.

'En het zou mama allerminst behagen,' zei Rose, die haar handen onder haar kin ineensloeg en op haar lip beet om een glimlach te onderdrukken. 'Stel je voor, een Mountrachet die de kost verdient!'

De reactie van tante Adeline zei Eliza zoals gewoonlijk weinig, maar het idee dat andere mensen haar verhalen zouden lezen... Sinds Eliza het sprookjesboek in de pandjeswinkel van mevrouw Swindell had gevonden en met haar hoofd in de vergeelde bladzijden was verdwenen, had ze de macht van verhalen begrepen, de magische eigenschap om het gewonde deel van lezers te herstellen.

Motregen maakte plaats voor lichte regen en Eliza zette het op een lopen. Ze drukte het schrift tegen haar borst terwijl natte slierten gras langs haar vochtige rok streken. Wat zou Rose ervan zeggen als Eliza haar vertelde dat het kindertijdschrift 'Het Wisselkind' ging publiceren? En dat ze nog meer verhalen van haar wilden zien? Al hollend moest Eliza glimlachen.

Het zou nog twee weken duren voordat Rose eindelijk terug zou komen. Eliza kon amper wachten. Wat miste ze haar niet! De scheiding had Eliza op de een of andere manier een losgeslagen gevoel bezorgd, alsof de banden met alles zwakker waren geworden. Rose was nogal nalatig geweest met schrijven. Ze had één brief geschreven toen ze onderweg was naar Amerika, maar daarna niets meer. Eliza betrapte zichzelf erop dat ze ongeduldig wachtte op nieuws uit de beroemde stad. Ze had die dolgraag zelf willen zien, maar tante Adeline had er geen misverstand over laten bestaan.

'Van mij mag je gerust je eigen vooruitzichten ruïneren,' had die op een avond tegen haar gezegd toen Rose al naar bed was. 'Maar ik laat je niet Rose' toekomst te gronde richten met die onbeschaafde manieren van je. Zij zal Haar Bestemming nooit vinden als ze niet de kans krijgt om te stralen.' Tante Adeline had zich in haar volle lengte opgericht. 'Ik heb een overtocht voor twee naar New York geboekt. Een voor Rose, en een voor mezelf. Ik wil geen onaangename toestanden, dus is het maar beter als ze denkt dat het jouw beslissing is.'

'Alleen is dat niet zo.'

'Nee.'

'Waarom zou ik Rose iets voorliegen?'

Tante Adeline haalde diep adem en haar wangen werden hol. Een tocht-vlaag deed de kaarsen flakkeren. 'Om haar gelukkig te maken natuurlijk. Wil je haar niet gelukkig zien? Wil je niet dat ze een man leert kennen en krijgt wat ze verlangt? Verdient Rose het niet om gelukkig te zijn na alles wat ze heeft doorstaan?'

Een donderslag weergalmde tussen de rotswanden toen Eliza de top be-reikte. Het werd steeds donkerder en de regen nam in kracht toe. Op de open plek stond een huisje. Eliza besefte dat dit hetzelfde huisje was dat aan de andere kant van de ommuurde tuin stond die ze van oom Linus had ge-kregen om te beplanten. Ze holde naar het overdekte portaaltje om te schui-len en drukte zich tegen de voordeur terwijl de regen steeds harder van de dakspanten gutste.

Het was al twee maanden geleden dat Rose en tante Adeline naar New York waren afgereisd, en hoewel de tijd zich inmiddels voortsleepte, was de eerste maand voorbijgesneld in een werveling van prachtig weer en gewel-dige ideeën voor verhalen. Eliza had elke dag verdeeld tussen haar twee fa-voriete plekken op het landgoed: de zwarte rots beneden in de inham, waar-op de getijden van duizenden jaren een vlak platform ter grootte van een zetel hadden uitgesleten, en de verborgen tuin, haar tuin, aan het eind van de doolhof. Wat een verrukking was het om een eigen plek te hebben, een hele tuin zelfs waarin ze kon zíjn. Soms vond Eliza het prettig om doodstil op het smeedijzeren bankje te zitten en alleen maar te luisteren. Naar de bladeren die door de wind tegen de muren ritselden, het gedempte zuchten van de zee en de vogels die hun verhalen zongen. Als ze stil genoeg zat, ver-beeldde ze zich dat ze bijna de bloemen kon horen zuchten van dankbaar-heid jegens de zon.

Maar niet vandaag. De zon had zich teruggetrokken en voorbij de rand van het klif kolkten zee en lucht samen tot een grijze massa. Het bleef stortregenen en Eliza zuchtte. Het had geen zin om te proberen naar de tuin en door de doolhof te gaan, tenzij ze wilde dat zij en haar schrift door en door nat werden. Kon ze maar een holle boom vinden om in te schuilen! Aan de rand van Eliza's verbeelding begon zich alweer een verhaal fladderend af te tekenen. Ze greep ernaar en hield het vast, ze weigerde het los te laten terwijl het armen en benen en een duidelijke bestemming kreeg.

Ze haalde een potlood dat ze altijd onder haar lijfje bij zich droeg tevoorschijn, scheurde het schrift uit zijn papieren verpakking, legde het tegen haar gebogen knie en begon te schrijven.

Hierboven in het rijk van de vogels was de wind sterker, en inmiddels waaide de regen haar schuilplaats in om natte vlekken op haar maagdelijke bladzijden te maken. Eliza draaide zich om naar de voordeur, maar de regen wist haar nog steeds te vinden.

Dat ging zo niet langer! Waar moest ze schrijven als het natte seizoen eenmaal was begonnen? De inham en de tuin zouden dan geen beschutting bieden. Natuurlijk was er het huis van haar oom met zijn honderd kamers, maar Eliza had moeite met schrijven als er altijd iemand in de buurt was. Je kon je er wel alleen wanen, maar dan ontdekte je altijd een dienstmeisje dat voor de haard geknield zat om de as op te vegen, of haar oom die zwijgend in een donker hoekje zat.

Er viel een regenvlaag bij Eliza's voeten, die het portaal onder water zette. Ze sloeg haar schrift dicht en tikte ongeduldig met haar hak op de vloer van steen. Ze moest een betere schuilplaats zien te vinden. Eliza wierp een blik op de rode deur achter haar. Hoe kon het dat ze dat niet eerder had gezien? In het slot stak de sierlijke koperen sleutel. Zonder nog één ogenblik te aarzelen, draaide Eliza de sleutel naar links. Het mechanisme ging met een metalig geluid open. Ze legde haar hand op de deurknop, die glad en raadselachtig warm was, en draaide eraan. Met een klik ging de deur als door toverkracht open.

Eliza stapte over de drempel de donkere, droge baarmoeder in.

Linus zat onder een zwarte paraplu te wachten. De hele dag had hij nog geen glimp van Eliza opgevangen, en hij was op van de zenuwen. Hij wist dat ze terug zou komen. Volgens Davies zou ze naar de tuin gaan, en er was maar één weg terug. Linus liet zijn ogen dichtzakken en zijn gedachten terugreizen in de tijd naar een periode waarin Georgiana dagelijks naar de tuin ging. Ze had hem keer op keer gevraagd mee te gaan, om te zien wat ze allemaal had geplant, maar Linus had dat altijd geweigerd. Hij had wel op haar gewacht, hij had elke dag gewaakt tot zijn *baigneur* tussen de hagen vandaan zou komen. Soms moest hij denken aan die keer, zo veel jaar geleden, dat de doolhof hem gevangen had gehouden. Wat was dat toch een buitengewoon gevoel geweest, die merkwaardige mengeling van oude schaamte en de vreugde over het feit dat zijn zus weer tevoorschijn kwam.

Hij deed zijn ogen open en haalde heel diep adem. Eerst dacht hij dat hij ten prooi was aan een verlangend droombeeld, maar nee, het was Eliza. Ze kwam in gedachten verzonken zijn kant op en had hem nog niet gezien. Zijn droge lippen bewogen zich om de woorden die hij wilde spreken. 'Kind,' riep hij.

Ze keek verrast op. 'Oom,' zei ze met een trage glimlach. Ze hield haar armen opzij. In één hand had ze een bruin pakje. 'Wat kwam die regen plotseling!'

Haar rok was nat, de zoom plakte doorzichtig aan haar enkels. Linus kon zijn hoofd niet afwenden. 'Ik... Ik was bang dat je door het weer was overvallen.'

'Bijna wel. Maar ik heb geschuild in het huisje, dat kleine huisje aan de andere kant van de doolhof.'

Nat haar, natte zoom, natte enkels. Linus slikte, stak zijn wandelstok in de vochtige aarde en duwde zichzelf overeind.

'Wordt het huisje door iemand gebruikt, oom?' Eliza kwam dichterbij. 'Ik had de indruk van niet.'

Haar geur... regen, zilt en aarde. Hij leunde zwaar op zijn stok en viel bijna. Ze hield zijn arm vast om hem in evenwicht te houden. 'De tuin, meisje, vertel eens over de tuin.'

'O, oom, alles groeit geweldig! U moet een keer meekomen om tussen de bloemen te zitten. Dan kunt u zelf zien wat ik allemaal heb geplant.'

Haar handen op zijn arm voelden warm, ze hield hem stevig vast. Hij zou er de rest van zijn leven voor overhebben om de tijd te stoppen en eeuwig in dit moment te kunnen blijven, hij en zijn Georgiana...

'Lord Mountrachet!' Thomas kwam naar buiten en liep haastig op hem af. 'Meneer had moeten zeggen dat hij hulp behoefde.'

En vervolgens hield Eliza hem niet meer vast; Thomas had haar plaats ingenomen en Linus had het nakijken toen ze naar boven liep en de hal in ging, even bleef staan bij het tafeltje om de post van die ochtend te pakken en vervolgens door zijn huis werd opgeslokt.

Mejuffrouw Rose Mountrachet
Aan boord van de Lusitania, Cunard Line

Mejuffrouw Eliza Mountrachet
Blackhurst Manor
Cornwall, Engeland

14 november 1907

Mijn liefste Eliza,

Wat een tijd! Er is zo veel gebeurd sinds wij elkaar voor het laatst zagen. In de eerste plaats moet ik me verontschuldigen omdat ik de afgelopen week niet heb geschreven. Onze laatste maand in New York is zo'n wervelwind van gebeurtenissen geweest en toen ik na ons vertrek uit die grote Amerikaanse haven voor het eerst ging zitten om je te schrijven, werden we door zulk noodweer overvallen dat ik me bijna in Cornwall terugwaande. Die donder en o, die storm! Ik lag twee volle dagen op bed en die arme mama zag er heel groen uit. Ze moest dikwijls worden verzorgd, wat een ommekeer: mama misselijk en onze Ziekelijke Rose haar verpleegster!

Toen de storm eindelijk ging liggen, bleef het nog vele dagen misten en hing de nevel als een kolossaal zeemonster om het schip. Daardoor moest ik aan jou denken, Eliza, en aan de verhalen die je vroeger verzon toen we nog klein waren, over zeemeerminnen en schepen die op zee verdwaalden.

Nu is de lucht weer opgeklaard en komen we steeds dichter bij Engeland…

Maar wacht. Waarom schrijf ik je het weerbericht als ik zo veel andere dingen te vertellen heb? Ik weet wel waarom, ik draai eromheen, om mijn werkelijke bedoeling, ik aarzel om stem te geven aan mijn echte nieuws, want o, waar moet ik beginnen!?

Je zult je van mijn laatste brief herinneren, lieve Eliza, dat mama en ik kennis hebben gemaakt met bepaalde belangrijke mensen? Een van hen, lady Dudmore, bleek zelfs een heel belangrijk persoon; belangrijker nog is het feit dat ze mij wel aardig leek te vinden, want mama en ik kregen talrijke aanbevelingsbrieven en werden aldus geïntroduceerd in de kringen van het neusje van de zalm van de New Yorkse beau monde. Wat waren we een stel schitterende vlinders, fladderend van het ene feest naar het andere...

Maar ik draal nog steeds, want je hoeft niet alles te weten over elke soiree en al die spelletjes bridge! Eliza, liefste, zonder verder uitstel, schrijf ik je met ingehouden adem zonder opsmuk: ik ben verloofd! Ik ga trouwen! En, lieve Eliza, ik barst dermate van blijdschap en verbazing dat ik amper mijn mond durf open te doen uit angst dat ik niets te zeggen heb behalve overlopen van mijn Liefde. En dat zal ik niet doen, niet hier, nog niet althans. Ik weiger die prachtige gevoelens tekort te doen door een ontoereikende poging ze in woorden te vangen. In plaats daarvan zal ik wachten tot we elkaar weer spreken en dan zal ik je alles vertellen. Laat het voldoende zijn, nichtje van me, om te zeggen dat ik zweef in een grote, stralende wolk van geluk.

Ik heb me nog nooit zo goed gevoeld en dat heb ik aan jou te danken, lieve Eliza, want daar in Cornwall heb je met je toverstokje gezwaaid en mijn liefste wens vervuld! Mijn verloofde (wat opwindend om deze twee woorden te schrijven: mijn verloofde!) is namelijk niet wat je misschien zou verwachten. Hoewel hij in bijna alles uitblinkt – hij is knap, intelligent en goed – financieel gesproken is hij heel arm! (En nu zul je vermoeden waarom ik je van voorspellende gaven verdenk...) Hij is precies zoals de partij die je voor mij had verzonnen in 'Het Wisselkind'! Hoe kon jij weten dat zo iemand mij het hoofd op hol zou brengen, liefste nicht?

Arme mama verkeert in staat van shock (maar ze voelt zich inmiddels iets beter). Sterker nog, ze heeft amper een woord tegen me gesproken sinds ik haar van mijn verloving op de hoogte heb gebracht. Zij had natuurlijk haar zinnen op een veel belangrijkere partij gezet en wil maar niet inzien dat ik geen sikkepit om geld of titels geef. Dat is wat zij voor mij verlangt, en al moet ik toegeven dat ik die ooit heb gedeeld, dat is niet langer het geval... Hoe zou het ook kunnen nu mijn prins me is komen halen en het deurtje van mijn gouden kooi heeft opengemaakt? Ik hunker ernaar om je weer te zien, Eliza, en mijn vreugde met je te delen. Ik heb je verschrikkelijk gemist.

Ik verblijf liefhebbend de jouwe, voor nu en voor altijd,
je nicht Rose

Als ze eerlijk was, gaf Adeline zichzelf de schuld. Was zij tijdens hun bezoek aan New York niet zelf bij elk schitterend evenement van de partij geweest? Had zij zichzelf niet tot chaperonne uitgeroepen op het bal van de heer en mevrouw Irving in hun magnifieke huis op Fifth Avenue? Erger nog, had ze Rose niet bemoedigend toegeknikt toen ze werd benaderd door die oogverblindende jongeman met dat zwarte haar en die volle lippen om haar ten dans te vragen?

Adeline had op een vergulde stoel zitten toekijken (en nog wel met een zekere hoeveelheid eigendunk, o, die betreurenswaardige trots!) toen het knappe jonge stel de dansvloer betrad. Rose was mooier dan ooit in die roze jurk die ze speciaal voor deze reis had laten maken, en met het opgestoken zwarte haar en rode wangen van de warmte.

'Uw dochter is een schoonheid,' had mevrouw Frank Hastings in Adelines oor gefluisterd nadat ze zich naar toe had gebogen. 'Vanavond is zij de mooiste van allen.'

Adeline was – ja, trots – gaan verzitten. (Was dat het ogenblik van haar deconfiture? Had de Heer haar hoogmoed doorzien?) 'Haar schoonheid wordt geëvenaard door haar zuivere hart.'

'En Nathaniel Walker is voorwaar een knappe man.'

Nathaniel Walker. Ze hoorde de naam voor het eerst. 'Walker,' zei ze nadenkend. De naam klonk heel degelijk; had ze niet gehoord van een familie Walker die haar fortuin in de olie had gemaakt? Nouveau riche, maar de tijden veranderden nu eenmaal. Er school geen schande meer in een verbintenis tussen noblesse en richesse. 'Wie zijn z'n ouders?'

Verbeeldde Adeline zich de korte flikkering van nauwverholen leedvermaak waarvan het nietszeggende gezicht van mevrouw Hastings heel even oplichtte? 'O, die zijn van geen enkele importantie.' Ze trok een kale wenkbrauw op. 'Hij is kunstenaar, weet u. Het is bespottelijk, maar hij is bevriend met een van de jongens van Irving.'

Adelines glimlach begon een beetje pijn te doen, maar hij week niet. Vooralsnog was niet alles verloren, tenslotte was schilderen een uitermate edel tijdverdrijf...

'Het gerucht wil,' kwam de verpletterende klap, 'dat die jongen van Irving hem op straat heeft leren kennen! Hij is de zoon van een stel immigranten, Polen nog wel. Hij noemt zich misschien wel Walker, maar ik durf te wedden dat die naam niet op zijn immigratiepapieren staat. Ik hoor dat hij schetsen maakt voor de kost!'

'Voor olieverfportretten?'

'O, nee, het is heel wat minder chic. Het zijn lelijke houtskooldingen, voor zover ik het begrijp.' Ze zoog een wang naar binnen in een poging haar leedvermaak in te slikken. 'Zijn ster is snel gerezen, mag ik wel zeggen. Zijn ouders zijn katholiek; zijn vader is dokwerker.'

Adeline moest haar best doen om niet te gillen. Mevrouw Hastings leunde naar achteren op haar vergulde stoel. Haar gezicht was een tikje vertrokken door een van Schadenfreudes glimlachjes. 'Maar het kan toch geen kwaad dat een jong meisje met een knappe man danst?'

Adeline verborg haar paniek achter een minzaam glimlachje. 'In het geheel niet.'

Maar hoe kon ze dat geloven, als haar geheugen al de herinnering had opgediept aan een jong meisje boven op een klif in Cornwall, dat met verliefde ogen en een open hart naar een knappe man keek die zo veel beloofde? O, het kon zeker kwaad als een jong meisje zich gevleid voelde door de kortstondige attenties van een knappe man.

De week ging voorbij en meer viel er niet over te zeggen. Elke avond liet Adeline haar dochter voor een publiek van uitgelezen jonge heren paraderen. Ze wachtte hoopvol tot er een vonk van belangstelling op Rose' gezicht te zien zou zijn. Maar elke avond werd een teleurstelling. Rose had alleen maar oog voor Nathaniel en hij voor haar. Rose zat in de val en was onbereikbaar, zoals iemand die in de klauwen van een gevaarlijke hysterie verkeert. Adeline moest zich bedwingen om haar geen klap op de wangen te geven, wangen die veel te rood waren voor een jonge vrouw met een broos gestel.

Ook Adeline was bezeten van Nathaniel Walkers gezicht. Bij alle diners, bals of voordrachten speurde ze de zaal naar hem af. De angst had een sjabloon in haar brein aangebracht: alle gezichten behalve het zijne waren onscherp. Ze begon hem zelfs te zien als hij er niet was. Ze droomde van havens en schepen en arme gezinnen. Soms speelden die dromen zich af in Yorkshire en hadden haar eigen ouders de rol van die van Nathaniel. O, dat arme, verdwaasde brein van haar; om te bedenken dat het zover had kunnen komen.

Vervolgens vond op een avond het ergste plaats. Ze waren naar een bal geweest en tijdens de hele rit in het rijtuig naar huis was Rose heel zwijgzaam geweest. Het was een specifiek soort zwijgzaamheid, het soort dat voorafgaat aan een vastbesloten hart en een heldere kijk. Als iemand die een geheim koestert, ernaar luistert en het steeds maar weer de revue laat passeren. Iemand die het geheim dicht bij zich houdt alvorens het prijs te geven om zijn verwoestende werk te doen.

Dat afgrijselijk ogenblik was aangebroken toen Rose zich opmaakte om naar bed te gaan.

'Mama,' zei ze, terwijl ze haar borstelde. 'Ik moet je iets zeggen.' Daarna kwamen de woorden, de gevreesde woorden. Genegenheid... lotsbestemming... voor eeuwig...

'Je bent nog jong,' zei Adeline vlug, in een poging haar dochter de pas af te snijden. 'Het is heel begrijpelijk dat je vriendschap verwart met genegenheid van een ander soort.'

'Ik voel meer dan vriendschap, mama.'

Adeline voelde haar huid warm worden. 'Dat wordt een ramp. Hij brengt niets in...'

'Hij brengt zichzelf in en meer heb ik niet nodig.'

Die zekerheid, dat razend makende zelfvertrouwen. 'Dat is tekenend voor je naïviteit, lieve Rose, en voor je jeugdigheid.'

'Ik ben niet te jong om mijn eigen geest te kennen, mama. Heb je me niet zelf naar New York gebracht om Mijn Bestemming te vinden?'

Adelines stem klonk zuinig. 'Die man is jouw Bestemming niet.'

'Hoe weet u dat?'

'Ik ben je moeder.' Wat klonk dat zwak. 'Jij kunt iedereen krijgen. Je bent mooi, je bent van hoge komaf en toch neem je met zo weinig genoegen?'

Rose slaakte een zachte zucht, alsof ze een punt achter het gesprek wilde zetten. 'Ik hou van hem, mama.'

Adeline deed haar ogen dicht. De jeugd! Wat voor kans maakten de redelijkste argumenten van de ervaring tegenover de arrogante macht van die vier woorden? Dat háár dochter, haar kostbare juweel, die woorden zo makkelijk over haar lippen liet komen, en dat die dan nog wel betrekking hadden op iemand zoals hij!

'En hij houdt van mij, mama. Dat heeft hij zelf gezegd.'

De kille hand van de angst sloot zich om Adelines hart. Die lieve schat van haar, verblind door dwaze gedachten over liefde. Hoe moest ze haar duidelijk maken dat een mannenhart zich niet zo eenvoudig liet winnen, en áls het zich liet winnen, duurde dat zelden lang.

'Je zult het zien,' zei Rose. 'Ik leef nog lang en gelukkig, net als in het verhaal van Eliza. Zij heeft dit al geschreven, weet je. Het is bijna alsof ze wist dat het echt ging gebeuren.'

Eliza! Adeline ziedde van woedde. Zelfs hier, op zo'n grote afstand, bleef het meisje haar verderfelijke invloed uitoefenen. Die invloed strekte zich uit over de oceanen, haar verziekte influisteringen saboteerden Rose' toekomst en verleidden haar om de grootste vergissing van haar leven te begaan, een roekeloze verloving met een non-valeur.

Adeline klemde haar lippen stijf opeen. Ze had niet toegezien op Rose' herstel van talloze kwalen en aandoeningen om vervolgens werkeloos toe te zien hoe ze haar leven vergooide aan een armzalig huwelijk dat haar banden met de aristocratie zou kosten, en waardoor al Adelines hoop op afgeleide glorie zou vervliegen. 'Je moet er een eind aan maken. Hij zal het wel begrijpen. Hij moet geweten hebben dat het niet zou worden gedoogd.'

'We zijn verloofd, mama. Hij heeft mijn hand gevraagd en ik heb ja gezegd.'

'Verbreek de verloving.'

'Nee.'

Adeline voelde zich met de rug tegen de muur staan. 'Je zult gemeden worden door de hogere kringen en niet welkom meer zijn in je vaders huis.'

'Dan blijf ik hier, waar ik wél welkom ben. Bij Nathaniel.'

Het duizelde Adeline. Hoe had het zover kunnen komen? Haar Rose, die zulke dingen zei. Dingen waarvan ze moest hebben geweten dat ze haar moeders hart zouden breken.

'Het spijt me, mama,' zei ze zacht. 'Maar mijn besluit staat vast. Ik kom er niet op terug, vraag dat niet van me.'

Daarna spraken ze dagenlang niet tegen elkaar, behalve natuurlijk over de alledaagse koetjes en kalfjes die geen van beiden kon overslaan. Rose dacht dat Adeline chagrijnig was, maar dat was niet zo. Ze was diep in gedachten. Adeline was altijd in staat geweest hartstocht in logica om te zetten.

Aan de huidige situatie was niets te doen, dus moest er een element worden veranderd. Als er aan Rose' vastberadenheid niet te tornen viel – en dat werd gaandeweg waarschijnlijker – zou ze haar aandacht op de verloofde zelf moeten richten. Hij moest iemand worden die haar dochters hand waard was, het soort man over wie mensen met ontzag, ja zelfs met afgunst praatten. En Adeline had het gevoel dat ze precies wist hoe zo'n verandering tot stand gebracht moest worden.

In elk mannenhart zit een gat. Een donkere afgrond van behoefte, en het vervullen van die behoefte was belangrijker dan wat ook. Adeline vermoedde dat trots het gat bij Nathaniel Walker was, de meest gevaarlijke vorm van trots, die van een arm man. Hij was bezeten van de drang om zichzelf te bewijzen, om zijn afkomst te overstijgen en een beter mens te worden dan zijn vader. Ook zonder de biografie die zo gretig door mevrouw Hastings was geleverd, wist Adeline steeds zekerder dat het zo was naarmate ze Nathaniel Walker vaker zag. Ze zag het in de manier waarop hij liep, de zorgvuldige wijze waarop zijn schoenen waren gepoetst, de gretigheid van zijn glimlach en ze hoorde het in het volume van zijn lach. Dat waren de symptomen van een man die van niets iets was geworden en een glimp had opgevangen van een glinsterende wereld die ver boven zijn eigen wereld verheven was. Een man wiens mooie kleren de huid van een armoedzaaier bedekten.

Adeline kende die zwakheid goed, want ze was ook de hare. Ze wist ook precies wat haar te doen stond. Ze moest ervoor zorgen dat het hem voor de wind ging; ze moest zijn grootste bewonderaar worden, ze moest zijn kunst in de hoogste kringen uitdragen, ze moest ervoor zorgen dat zijn naam synoniem werd voor portretkunstenaar van de elite. Met haar klinkende steun en zijn knappe uiterlijk en charme, om maar niet te spreken van Rose als vrouw, moest hij wel indruk maken.

En Adeline zou er ook voor zorgen dat hij nooit vergat aan wie hij zijn fortuinlijke leven te danken had.

Eliza liet de brief naast zich op bed vallen. Rose was verloofd en ging trouwen. Dat nieuws zou haar amper moeten verbazen. Rose had dikwijls over haar hoop voor de toekomst gesproken, over haar verlangen naar een echtgenoot en een gezin, een mooi huis en een eigen rijtuig. En toch had Eliza een raar gevoel.

Ze sloeg haar nieuwe schrift open en streek zachtjes over de eerste bladzijde, die blaren van de regendruppels vertoonde.

Ze trok een lijn met haar potlood en zag afwezig hoe de streep van donker in licht veranderde, afhankelijk van de plek waar het papier nat was of droog.

Ze begon aan een verhaal; ze schreef een poosje, streepte alles weer door en schoof het schrift weer weg.

Ten slotte leunde Eliza naar achteren in de kussens. Het viel niet te ontkennen, ze voelde zich raar. Er zat iets diep in haar buik, iets ronds en zwaars dat scherp en bitter smaakte. Ze vroeg zich af of ze ziek was geworden. Misschien kwam het van de regen? Mary had haar dikwijls gewaarschuwd dat ze niet te lang in de regen moest blijven.

Eliza draaide haar hoofd opzij en staarde naar de muur, naar niets in het bijzonder. Haar nicht Rose, die zij zo graag mocht vermaken, haar bereidwillige medesamenzweerder, ging trouwen. Hoe was het mogelijk dat een toekomst die ze zich zo levendig voor de geest had kunnen halen – jaren die zich eindeloos uitstrekten, gevuld met reizen en avonturen en schrijven, met Rose als altijd aan haar zijde – zo plotseling en nadrukkelijk als een hersenschim werd ontmaskerd? Met wie moest Eliza nu haar verborgen tuin delen? Haar verhalen? Haar leven? Haar toekomst was in een onhoorbare zucht verdwenen, als zonlicht in de avondschemer. Haar blik gleed verder en bleef rusten op het koude glas van de statige spiegel. Eliza keek niet vaak in de spiegel, en in de tijd die er was verstreken sinds ze haar spiegelbeeld voor het laatst had gezien, was er iets verdwenen. Ze richtte zich op en ging iets dichterbij zitten om zichzelf te bekijken.

Het besef daagde in zijn volle omvang. Ze wist precies wat ze kwijt was. Dat spiegelbeeld hoorde toe aan een volwassen vrouw; nergens kon Sammy's gezicht zich nog verschuilen. Hij was weg.

En Rose ging ook weg. Wie was die man die haar boezemvriendin in een oogwenk had gestolen?

Eliza had zich niet misselijker kunnen voelen als ze een van Mary's kerstversierselen, een sinaasappel volgestoken met kruidnagels, had ingeslikt.

'Afgunst' heette zo'n steen op de maag. Ze was jaloers op de man die Rose beter had gemaakt, die zo eenvoudig voor elkaar had gekregen wat Eliza had gepoogd, die ervoor had gezorgd dat de genegenheid van haar nicht zo vlug en totaal van richting was veranderd. Afgunst. Eliza fluisterde het akelige woord en voelde hoe de giftige stekels in de binnenkant van haar mond prikten.

Ze draaide zich af van de spiegel en deed haar ogen dicht; ze dwong zichzelf de brief en het verschrikkelijke nieuws te vergeten. Ze wilde zich niet afgunstig voelen, ze wilde die stekelige klont in haar maag geen onderdak verlenen. Want Eliza kende uit haar sprookjes het lot dat boze zussen die door jaloezie waren behekst wachtte.

33

Julia's appartement was helemaal boven in het huis, en je kwam er via een ongelooflijk smalle trap aan het eind van de gang op de tweede verdieping. Toen Cassandra haar kamer had verlaten, begon de zon al met de horizon te versmelten en nu was het bijna helemaal donker op de gang. Ze klopte aan, wachtte en hield de hals van de fles wijn die ze mee had genomen wat steviger vast. Ze had de fles op de valreep gekocht toen ze met Christian via het dorp naar huis was gewandeld.

De deur ging open en daar stond Julia in een glimmende roze kimono. 'Kom binnen, kom binnen,' zei ze, gebarend naar Cassandra terwijl ze door de kamer zeilde. 'Ik leg net de laatste hand aan het eten. Ik hoop dat je van Italiaans houdt!'

'Daar ben ik dol op,' zei Cassandra, die haar vlug achternaliep.

Wat ooit een labyrint van kleine bediendenvertrekken was geweest, was nu geopend en verbouwd tot een groot zolderappartement. Langs beide kanten waren dakkapellen die overdag een fantastisch uitzicht op het landgoed moesten bieden.

Bij de ingang van de keuken bleef Cassandra staan. Alle oppervlakten waren bezaaid met mengkommen, maatbekers, geopende blikjes tomaten, blinkende plassen olijfolie en citroensap en andere mysterieuze ingrediënten. Omdat ze de fles nergens kwijt kon, stak ze hem maar naar Julia uit.

'Wat lief van je.' Julia trok de kurk eruit, haalde een eenzaam glas van een rek boven het aanrecht en schonk het vol van een dramatische hoogte. Ze likte een druppel shiraz van haar vingers. 'Persoonlijk drink ik nooit iets anders dan gin,' zei ze met een knipoog. 'Die houdt je jeugdig, want het is een zuiver drankje, weet je.' Ze gaf het glas met zondige rode vloeistof aan Cassandra en verliet de keuken. 'Kom mee naar binnen en maak het je gemakkelijk.'

Ze wees op een leunstoel in het midden van het zolderappartement en Cassandra ging zitten. Voor haar stond een houten hutkoffer die als salontafel dienstdeed, en in het midden lag een stapel oude plakboeken met een verschoten bruinleren omslag.

Cassandra kreeg een schok van opwinding en haar vingers jeukten. Ze stond op het punt de plakboeken van haar overgrootmoeder aan te raken, de dagboeken van Nells moeder, waarin ze haar jeugdige hart had uitgestort.

'Ga jij maar wat zitten bladeren, dan maak ik het eten af.'

Dat liet Cassandra zich geen twee keer zeggen. Ze pakte het plakboek dat bovenop lag en streek licht met haar hand over de oppervlakte. Het leer, donker geworden omdat het talloze malen ter hand was genomen, was zijn structuur verloren en zo zacht en glad geworden als fluweel.

Vol verwachting sloeg Cassandra het open en las, in een mooi en nauwgezet handschrift *Rose Elizabeth Mountrachet Walker, 1909*. Ze liet een vingertop licht over de woorden dwalen en voelde de vage afdrukken ervan in het papier. Ze stelde zich de pen voor waarmee ze waren geschreven. Voorzichtig bladerde ze door tot ze de eerste beschreven bladzijde voor zich had.

Een nieuw jaar. En een jaar dat zulke grootse evenementen belooft. Sinds de komst van dokter Matthews en zijn vonnis kan ik me amper concentreren. Ik moet bekennen dat de appelflauwten van de laatste tijd me grote zorgen baarden en ik was niet de enige. Ik hoefde maar naar mama's gezicht te kijken om er de zorgelijkheid met grote letters op afgetekend te zien. Terwijl dokter Matthews me onderzocht, bleef ik stil liggen met mijn blik naar het plafond en stuurde ik mijn gedachten weg van de angst door me de gelukkigste ogenblikken van mijn leven tot nu toe te herinneren. Mijn trouwdag, natuurlijk, de reis naar New York; de zomer toen Eliza op Blackhurst kwam wonen… Wat tekenen zulke herinneringen zich scherp af als het leven dat erdoor wordt bepaald wordt bedreigd!

Toen mama en ik naderhand naast elkaar op de canapé zaten in afwachting van de diagnose van dokter Matthews, pakte ze mijn hand. De hare was koud. Ik keek naar haar, maar ze wilde me niet aankijken. Op dat moment begon ik me pas echt zorgen te maken. Gedurende alle aandoeningen van mijn kinderjaren was mama degene geweest die altijd optimistisch bleef. Ik vroeg me af waarom haar vertrouwen haar nu had verlaten, wat het was dat haar zo'n reden tot zorg gaf. Toen dokter Matthews zijn keel schraapte, kneep ik in mama's hand en wachtte af. Maar wat hij zei was schokkender dan alles wat ik had kunnen dromen.

'Je bent in verwachting. Ik zou zeggen dat je twee maanden heen bent. Deo volente zul je de baby in augustus ter wereld brengen.'

O, maar bestaan er wel woorden om de vreugde die zijn woorden opriepen te beschrijven? Na zo veel tijd van hoop, na al die maanden van vreselijke te-leurstellingen, een baby om van te houden. Een erfgenaam voor Nathaniel, een kleinkind voor mama, een peetkind voor Eliza.

Cassandra voelde zich overweldigd. Te bedenken dat Nell dit kind was van wie Rose de conceptie vierde, dat dit zo vurig verlangde kind-in-wording Cassandra's lieve, ontheemde grootmoeder was. Rose' hoopvolle gevoelens waren vooral ontroerend omdat ze waren geschreven zonder kennis van alles wat er later zou gebeuren.

Vlug bladerde Cassandra door, voorbij stukjes kant en lint, korte aantekeningen over doktersvisites, uitnodigingen voor diverse diners en bals in het graafschap, tot ze eindelijk in november 1909 vond wat ze zocht.

Ze is er. Ik schrijf dit een beetje later dan ik had verwacht. De afgelopen maanden zijn moeilijker geweest dan ik had verwacht, maar het is allemaal de moeite waard geweest. Na zo veel jaren van hoop, lange maanden van ziekte en zorgen en het bed houden, houd ik dan eindelijk mijn kleine schattebout in mijn armen. Al het andere verbleekt daarbij. Ze is volmaakt. Haar huid is zo blank en romig, haar lippen zijn zo roze en vol. Haar ogen zijn schitterend blauw, maar volgens de dokter is dat altijd zo en kunnen ze mettertijd nog donker worden. Heimelijk hoop ik dat hij het mis heeft. Ik zou willen dat ze de echte Mountrachet-kleur behouden, net als die van vader en Eliza: blauwe ogen en rood haar. We hebben besloten haar Ivory te noemen. Dat is de kleur van haar huid en, de tijd zal het ongetwijfeld bevestigen, ook van haar ziel.

'Ziezo.' Julia goochelde met twee dampende diepe borden pasta en een enorme pepermolen onder haar arm. 'Ravioli met pijnappelpitten en gorgonzola.' Ze gaf er een aan Cassandra. 'Voorzichtig, het bord is een beetje heet.'

Cassandra nam het aangeboden bord aan en legde het plakboek weg. 'Dat ruikt heerlijk.'

'Als ik niet was gaan schrijven, vervolgens verbouwen en daarna een hotel was gaan runnen, was ik kok geworden. Proost.' Julia hief haar glas gin, nam een slok en zuchtte. 'Soms heb ik het gevoel dat mijn hele leven een reeks toevalligheden is. Je hoort me niet klagen, want je kunt heel gelukkig zijn als je alle verwachting dat je er iets over te zeggen hebt loslaat. Maar genoeg over mij.' Ze haalde adem en reeg een vierkantje ravioli aan haar vork. 'Hoe gaat het in het huisje?'

'Echt heel goed,' zei Cassandra. 'Maar hoe meer ik doe, hoe meer ik besef wat er moet worden gedaan. De tuin is erg verwilderd en het huis zelf is een bende. Ik weet niet eens zeker of het bouwkundig wel deugt. Misschien moet ik een aannemer laten komen om er een blik op te werpen, maar daar heb ik nog geen tijd voor gehad. Er zijn zo veel andere dingen te doen. Het is allemaal heel...'

'Overweldigend?'

'Ja, maar ook opwindend.' Cassandra zweeg even, nam een hap en proefde knoflookolie. 'Ik heb iets ontdekt bij het huisje, Julia.'

'Iets ontdekt?' Haar stem schoot omhoog. 'Zoals een verborgen schat?'

'Als je van een groene en vruchtbare schat houdt,' glimlachte Cassandra. 'Het is een verborgen tuin. Een ommuurde tuin achter het huisje. Volgens mij is er al tientallen jaren niemand in geweest en dat is ook geen wonder. De muren zijn heel hoog en overwoekerd met braamstruiken. Je zou nooit raden dat die tuin daar was.'

'Hoe heb jij hem dan gevonden?'

'Eigenlijk bij toeval.'

Julia schudde haar hoofd. 'Toeval bestaat niet.'

'Ik had echt geen idee dat die tuin daar was.'

'Ik zeg ook niet dat je dat wist. Ik zeg alleen dat die tuin zich misschien schuil heeft gehouden voor diegenen die hij niet wilde zien.'

'Nou, dan ben ik erg blij dat hij zich aan mij heeft geopenbaard. Die tuin is ongelooflijk. Hij is helemaal overwoekerd, maar onder de braamstruiken groeien nog allerlei planten. Er lopen paden, er staan tuinzitjes en vogelhuisjes.'

'Net als Doornroosje, diep in slaap tot de betovering wordt verbroken.'

'Maar dat is het 'm nou juist; die tuin heeft niet geslapen. De bomen zijn blijven groeien en dragen vrucht, al is er niemand geweest om het te waarderen. Je zou de appelboom eens moeten zien, die lijkt wel honderd.'

'Dat is hij ook,' zei Julia. Ze ging rechtop zitten en schoof haar bord opzij. 'Althans bijna.' Ze bladerde een paar plakboeken door en ging met haar vinger langs de ene bladzijde na de andere, sloeg door en weer terug. 'Voilà,' zei ze, en ze tikte op de bladzijde. 'Hier hebben we het. Vlak na Rose' achttiende verjaardag, voor ze naar New York ging waar ze Nathaniel ontmoette.' Julia zette een leesbril met een turquoise en parelmoer montuur op het puntje van haar neus en las voor.

'21 april 1906. Wat een dag! En dan te bedenken dat ik aan het begin dacht weer een eindeloze dag binnen te moeten doorbrengen. (Toen dokter Matthews

een paar gevallen van verkoudheid in het dorp had gemeld, was mama als de dood dat ik ziek zou worden en het weekeinduitstapje van volgende maand gevaar zou lopen.) Eliza had als altijd andere plannen. Zodra mama met het rijtuig was vertrokken naar de lunch bij lady Phillimore, verscheen ze in mijn kamer. Ze had rode wangen (wat benijd ik haar alle tijd die ze in de buitenlucht doorbrengt!) en ze wilde met alle geweld dat ik mijn plakboek (want ik zat net aan jou te werken, lief dagboek!) weglegde en met haar meeging door de doolhof. Er was daar iets wat ik moest zien

Mijn eerste neiging was tegenstribbelen. Ik was bang dat een van de bedienden me zou verklikken bij mama en ik heb geen zin in ruzie, zeker niet met de reis naar New York in het verschiet, maar toen zag ik dat Eliza 'die blik' in haar ogen had, de blik die ze krijgt als ze een plannetje heeft bekokstoofd en geen tegenspraak duldt, de 'blik' die me de afgelopen zes jaar in meer hachelijke situaties heeft gebracht dan ik me wil herinneren.

Mijn lieve nicht was zo opgewonden dat het onmogelijk was om me niet door haar enthousiasme te laten meeslepen. Soms denk ik dat ze voldoende levenslust heeft voor twee, wat maar goed is ook, omdat ik dikwijls zo lusteloos ben. Voordat ik het wist, holden we samen gearmd en giechelend door de tuin. Davies wachtte ons bij de ingang van de doolhof op; hij ging gebukt onder het gewicht van een enorme potplant, en de hele weg door de doolhof bleef Eliza teruglopen met het aanbod om te helpen (wat hij steeds afsloeg) en dan sprong ze weer naast me, greep ze mijn hand en trok ze me verder. Zo liepen we de doolhof door (die Eliza op haar duimpje kende), in het midden staken we de open plek met het zitje over, we liepen langs de koperen ring waaronder zich volgens Eliza die vreselijke nauwe tunnel bevindt, tot we eindelijk bij een metalen deur met een groot koperen hangslot kwamen. Met veel zwier haalde Eliza een sleutel uit de zak van haar rok, en voordat ik kon vragen hoe ze in hemelsnaam aan dat ding was gekomen, had ze hem al in het slot gestoken. Ze draaide het slot open en duwde zo hard tegen de koperen ring dat de deur langzaam openzwaaide.

Daarachter was een tuin. Hij leek op de andere tuinen van het landgoed en toch was hij anders. Om te beginnen was hij helemaal ommuurd. Aan alle vier de kanten stonden hoge muren van natuursteen, slechts onderbroken door twee deuren recht tegenover elkaar, een in de noord- en een in de zuidmuur...'

'Dus er is nog een poort,' zei Cassandra. 'Die heb ik niet gezien.'

Julia keek over haar bril. 'Omstreeks 1912... 1913... zijn er dingen veranderd. De bakstenen muur aan de voorkant bijvoorbeeld. Misschien hebben ze de deur toen verwijderd?'

Cassandra knikte en Julia ging door met voorlezen.

'*De tuin zelf was keurig, maar er stonden nog te weinig planten. Hij zag eruit als een braakliggende akker, wachtend om te worden ingezaaid na de wintermaanden. In het midden stond een sierlijke smeedijzeren bank bij een vogelbadje van steen, en op de grond stonden een paar houten kisten met potplantjes.*

Eliza holde naar binnen met de gratie van een schooljongen.

"Wat is dit?" vroeg ik verbaasd.

"Een tuin. Die verzorg ik. Je had het onkruid moeten zien toen ik net begon. We hebben het best druk gehad, hè, Davies?"

"Dat hebben we zeker, juffrouw Eliza," zei hij, terwijl hij de potplant bij de zuidmuur zette.

"Het wordt onze tuin, Rose, van jou en mij. Een geheime plek waar we samen kunnen zijn, alleen wij tweeën, precies zoals we het ons hebben voorgesteld toen we klein waren. Vier muren, poorten die op slot kunnen, ons eigen paradijsje. Zelfs als je niet zo lekker bent, kunnen we hier komen, Rose. De muren beschermen de tuin tegen de ruwe zeewind, dus kun je nog steeds de vogels horen zingen, de bloemen ruiken en de zon op je gezicht voelen."

Haar enthousiasme en de intensiteit van haar gevoelens waren zodanig dat ik niet anders kon dan naar zo'n tuin verlangen. Ik staarde naar de lege perken, de potplanten die net uit begonnen te lopen en kon me het paradijs dat ze net had beschreven goed voorstellen. "Toen ik klein was, heb ik wel eens horen praten over een ommuurde tuin op het landgoed, maar ik dacht dat het maar een verzinsel was."

"Nee, hoor," zei Eliza met stralende ogen. "Het was allemaal waar en nu brengen we hem weer tot leven."

Er was inderdaad hard gewerkt. Als de tuin al die tijd verwaarloosd was geweest, sinds... Ik fronste. Wat ik als kind had gehoord, kwam weer boven. Toen wist ik het weer: ik wist precies van wie deze tuin was geweest...

"O, Liza," zei ik vlug. "Je moet voorzichtig zijn; wij moeten voorzichtig zijn. We moeten hier weg en niet meer terugkomen. Als vader hierachter komt..."

"Die weet het al."

Ik keek haar scherp aan, scherper dan de bedoeling was. "Hoe bedoel je?"

"Oom Linus heeft tegen Davies gezegd dat ik de tuin mocht hebben. Hij heeft Davies het tweede stuk van de doolhof laten vrijmaken en gezegd dat we de tuin nieuw leven in moesten blazen."

"Maar vader heeft iedereen verboden naar de ommuurde tuin te gaan."

Eliza haalde haar schouders op. Dat gebaar dat ze zo vlot maakt en dat mama woest maakt. "Dan heeft hij zeker de hand over zijn hart gehaald."

De hand over zijn hart gehaald. Dat kon ik me amper van mijn vader voorstellen. Het zat hem in het woord "hart". Behalve die keer in zijn werkkamer, toen ik me onder zijn bureau had verstopt en hem om zijn zus, zijn baigneur, *hoorde treuren, kan ik me niet herinneren dat mijn vader zich ooit op een manier heeft gedragen die deed vermoeden dat hij een hart hád. Opeens wist ik het, en ik voelde een vreemd gewicht in mijn maag.* "Het komt doordat je haar dochter bent."

Maar Eliza hoorde me niet. Ze was weggelopen en sleepte de kweekpot naar een groot gat bij de muur.

"Dit is onze eerste nieuwe boom," *riep ze.* "We houden een plechtigheid. Daarom was het zo belangrijk dat je er vandaag bij zou zijn. Deze boom zal blijven groeien, waar ons leven ons ook heen voert, en hij zal zich ons altijd herinneren: Rose en Eliza."

Daarna stond Davies naast me en hield me een kleine schep voor. "Het is de wens van juffrouw Eliza dat u als eerste aarde op de wortels van de boom gooit, juffrouw Rose."

De wens van juffrouw Eliza. Wie was ik om iets tegen zo'n geweldige kracht in te brengen?

"Wat voor boom is het?" *vroeg ik.*

"Een appelboom."

Ik had het kunnen weten. Eliza heeft altijd oog voor symboliek gehad, en appels zijn tenslotte de eerste vruchten.'

Julia keek op van het plakboek en er rolde een traan uit haar ogen, die vol stonden. Ze haalde haar neus op en glimlachte. 'Ik hou gewoon zo van die Rose. Kun je haar niet om ons heen voelen?'

Cassandra glimlachte terug. Zij had een appel gegeten van de boom die haar overgrootmoeder bijna honderd jaar daarvoor had helpen planten. Ze bloosde een beetje, alsof de appel echo's van die rare droom terugbracht. De hele week had ze zij aan zij met Christian gewerkt en was het haar gelukt er niet meer aan te denken. Ze dacht dat ze die droom was vergeten.

'En nu ben jij die tuin weer helemaal opnieuw aan het schoonmaken. Wat een verrukkelijke symmetrie. Wat zou Rose daarvan vinden?' Julia haalde een papieren zakdoekje uit een doos die vlak bij haar stond en snoot haar neus. 'Sorry,' zei ze terwijl ze onder haar ogen depte. 'Het is ook zo romantisch.' Ze lachte. 'Jammer dat je geen Davies hebt om je te helpen.'

'Hij is geen Davies, maar ik heb wel iemand die me helpt,' zei Cassandra. 'Hij is deze week elke middag gekomen. Ik heb hem en zijn broer Michael leren kennen toen ze de omgevallen boom uit het huisje kwamen opruimen. Je kent ze volgens mij wel. Volgens Robyn Jameson doen ze de tuin hier ook.'

'De jongens van Blake. Dat doen ze zeker en ik moet zeggen dat ik het leuk vind om naar ze te kijken. Die Michael is wel de moeite waard, hè? Een hele charmeur, dat ook. Als ik nog schreef, zou ik aan Michael Blake denken wanneer ik een rokkenjager moest beschrijven.

Wat niet wil zeggen dat die Christian van jou geen lekker ding is. Hij is niet zo ruig als zijn broer, maar dat zou je ook niet verwachten, hè? Hij is geen hovenier van beroep; hij werkt in het ziekenhuis in Oxford. Althans, tot voor kort. Hij is een soort dokter, ik ben de juiste naam vergeten. Die namen zijn ook zo lang en verwarrend, vind je niet?'

Cassandra ging wat rechter zitten. 'Waarom moet een dokter bomen in stukken zagen?'

'Waarom moet een dokter bomen in stukken zagen?' herhaalde Julia veelzeggend. 'Dat bedoel ik nou. Toen Michael vertelde dat zijn broer bij hem kwam werken, stelde ik geen vragen, maar sindsdien ben ik zo nieuwsgierig als wat. Waarom verandert een jongeman zomaar van roeping?'

Cassandra dacht aan Christian. Iets in zijn manier van doen begon haar duidelijk te worden. Dat resolute dat af en toe niet rijmde met zijn gebruikelijke reserve. Ze had ze goedmoedig horen kibbelen over de beste manier om de houten tafel te restaureren, en horen babbelen over wie er de beste toekomst had als loodgieter. 'Van gedachten veranderd?'

Julia hield haar hoofd schuin. 'Het is me de verandering wel, hè?'

'Misschien besefte hij dat hij het geen leuk werk vond.'

'Dat kan, maar je zou toch denken dat hij die vingerwijzing dan al veel eerder tijdens die eindeloze medicijnenstudie had gekregen.' Julia glimlachte raadselachtig. 'Ik acht het waarschijnlijk dat het veel boeiender is, maar aan de andere kant ben ik schrijfster geweest en oude gewoonten leer je niet snel af. Ik kan niet voorkomen dat mijn verbeelding met me op de loop gaat.' Ze wees met het glas gin en al naar Cassandra. 'Dat is wat een persoonlijkheid interessant maakt, lieverd. Zijn geheimen. Het mooie is dat we die allemaal hebben!'

Cassandra moest denken aan Nell en de geheimen die zij had bewaard. Hoe had ze het over haar hart kunnen verkrijgen om eindelijk te weten wie ze was en het vervolgens aan niemand te vertellen? 'Ik wou dat mijn grootmoeder die plakboeken had gezien voordat ze stierf. Ze zouden zo veel voor haar hebben betekend; dan had ze bijna haar moeders stem kunnen horen.'

'Je grootmoeder houdt mij al de hele week bezig,' zei Julia. 'Sinds jij me hebt verteld wat er is gebeurd, heb ik me afgevraagd waarom Eliza haar heeft ontvoerd.'

'En? Wat denk je?'

'Afgunst,' zei Julia. 'Daar kom ik keer op keer bij uit. Afgunst is een ver-rekt sterke drijfveer en God weet dat Rose voldoende had om afgunstig op te zijn: haar schoonheid, haar talentvolle man, haar geboorterecht. Eliza moet Rose haar hele jeugd hebben gezien als het meisje dat alles had, voor-al de dingen die zij niet had. Rijke ouders, prachtig huis en een lief karakter dat door iedereen werd bewonderd. Vervolgens ziet ze Rose al zo vlug trou-wen, en nog wel met zo'n prachtvent, daarna wordt ze zwanger en krijgt ze een beeldschoon dochtertje... Hemeltje, ík word al jaloers op Rose! Moet je je voorstellen hoe dat voor Eliza was, die toch in alle opzichten een beetje een vreemde vogel was.' Ze dronk haar glas leeg en zette het nadrukkelijk neer. 'Ik vergoelijk niet wat ze heeft gedaan, helemaal niet. Ik zeg alleen dat ik er niet van opkijk.'

'Het is het meest voor de hand liggende antwoord, hè?'

'En het meest voor de hand liggende antwoord is doorgaans het juiste. Het staat allemaal daar in die plakboeken. Althans, het staat er als je weet waar je naar moet zoeken. Vanaf het moment dat Rose wist dat ze zwanger was, werd Eliza afstandelijker. Na de geboorte van Ivory schrijft ze nog maar heel weinig over Eliza. Het moet Rose hebben dwarsgezeten. Eliza was als een zus en opeens trekt ze zich terug, en nog wel in zo'n bijzondere tijd. Ze pakte haar koffers en verdween van Blackhurst.'

'Waar is ze heen gegaan?'

'Naar het buitenland, denk ik.' Julia fronste. 'Maar nu je het zegt, weet ik niet meer of Rose dat met zo veel woorden schrijft...' Ze wuifde met haar hand. 'En het doet niet echt ter zake. Feit is dat ze is vertrokken toen Rose zwanger was en pas na de geboorte van Ivory terugkwam. De vriendschap is nooit meer hetzelfde geworden.'

Cassandra geeuwde en verlegde haar kussen. Haar ogen waren moe, maar ze was bijna aan het eind van 1907 en het leek zonde om het plakboek weg te leggen terwijl ze nog maar een paar bladzijden te gaan had. Het was aar-dig van Julia dat ze die mocht lenen. Gelukkig was het handschrift van Rose regelmatig en bedachtzaam, in tegenstelling tot Nells hanenpoten. Cas-sandra nam een slok thee, die inmiddels lauw was geworden en sloeg blad-zijden over gevuld met stofjes, lint, tule van een trouwjurk en zwierige handtekeningen van *Mrs Rose Mountrachet Walker, Mrs Walker* en *Mrs Rose Walker.* Ze glimlachte – sommige dingen veranderden nooit – en bladerde verder naar de laatste bladzijde.

Ik heb net Tess of the D'Urbervilles *uit. Het is een verbijsterend boek en ik kan niet zeggen dat ik er echt van heb genoten. Er is zo veel wreedheid in Hardy's romans. Ze zijn te wild naar mijn smaak, denk ik. Ik ben tenslotte mijn moeders dochter, hoe ik ook mijn best doe. Angels bekering tot het christendom, zijn huwelijk met Liza-lu, de dood van die arme baby Sorrow, dat zijn allemaal dingen waar ik moeite mee heb. Waarom moest Sorrow het zonder een christelijke begrafenis doen; baby's hebben toch geen schuld aan de zonden van hun ouders? Is Hardy het eens met Angels bekering of is hij een scepticus? En hoe is het mogelijk dat Angel zijn genegenheid zomaar laat overgaan van Tess op haar zus?*

Ach nou ja, zulke thema's hebben grotere geesten dan ik voor raadsels gesteld en ik noem het trieste verhaal van die arme, tragische Tess niet vanuit een behoefte aan literaire kritiek. Ik moet bekennen dat ik meneer Thomas Hardy heb geraadpleegd in de hoop dat hij misschien wat licht kan werpen op wat ik van mijn huwelijk met Nathaniel kan verwachten. Meer in het bijzonder wat er misschien van mij wordt verwacht. O, wat worden mijn wangen warm als ik me zulke dingen alleen al afvraag! In elk geval zou ik nooit de woorden kunnen vinden om dit hardop te zeggen. (Stel je mama's gezicht eens voor!)

Helaas heeft meneer Hardy niet de antwoorden geleverd waarnaar ik zo hoopvol op zoek was. Ik had het me niet goed herinnerd; de bezoedeling van Tess staat niet tot in de bijzonderheden beschreven. Dus nou ja. Als ik geen andere bron kan vinden waartoe ik me kan wenden (niet meneer James, denk ik, en evenmin meneer Dickens), zal ik weinig andere keus hebben dan blind in dat donkere ravijn vallen. Mijn grootste angst is dat Nathaniel reden ziet om naar mijn buik te kijken. Dat zal toch niet? IJdelheid is voorwaar een hoofdzonde, maar helaas kan ik daar niets aan doen. Want die plekken zijn heel lelijk, en hij is zo dol op mijn blanke huid.

Cassandra las die laatste regels nog eens over. Wat waren dat voor plekken waarover Rose sprak? Moedervlekken? Littekens? Had ze nog iets anders in de plakboeken gelezen dat daar licht op kon werpen? Hoe Cassandra haar hersens ook afpijnigde, ze kon het zich niet herinneren. Het was te laat en ze was te moe; haar brein was even wazig als haar gezichtsvermogen.

Ze geeuwde weer, wreef in haar ogen en sloeg het plakboek dicht. Waar-

schijnlijk zou ze het nooit weten, en waarschijnlijk was het ook niet belangrijk. Cassandra streek weer met haar vingers over het versleten kaft, net zoals Rose vele malen moest hebben gedaan voor haar. Ze legde het boek op
haar nachtkastje en deed het licht uit. Ze sloot haar ogen en gleed een bekende droom in over lang gras, een uitgestrekt veld en toen opeens, heel onverwacht, een huisje aan zee op de rand van een klif.

34

Pilchard Cottage, Tregenna, 1975

Nell wachtte voor de deur en vroeg zich af of ze nog een keer moest aan-kloppen. Ze stond al vijf minuten op het stoepje en begon te vermoeden dat William Martin niets wist van haar uitnodiging aan zijn eettafel, dat die uit-nodiging misschien een trucje van Robyn was om de kreukels van het vori-ge bezoek glad te strijken. Robyn leek haar het type voor wie onaangename maatschappelijke situaties ondraaglijk waren, wat de oorzaken en gevolgen ook mochten zijn.

Ze klopte nog een keer. Ze trok een opgewekt maar waardig gezicht voor eventuele buren die zich konden afvragen wie de vreemde dame op Wil-liams stoepje was, die het niet erg vond om de hele avond te kloppen.

Hijzelf kwam uiteindelijk opendoen. Hij had een theedoek over zijn knokige schouder, een pollepel in zijn hand en zei: 'Ik hoor dat je dat huis-je hebt gekocht.'

'Goed nieuws doet snel de ronde.'

Hij perste zijn lippen op elkaar en keek haar aan. 'Je bent een koppig wijfie, dat zag ik al van een kilometer.'

'Zo heeft God me gemaakt, vrees ik.'

Hij knikte en snoof. 'Kom binnen dan, straks bevries je daar nog.'

Nell trok haar regenjack uit en vond een haak waar ze het aan kon hangen. Ze volgde William de zitkamer in.

De lucht was zwaar van de etensdamp, en de geur was zowel misselijk-makend als verrukkelijk. Vis en zout en nog iets.

'Ik heb een visstoofpot opgestaan,' zei William, terwijl hij naar de keuken schuifelde. 'Ik hoorde je niet kloppen vanwege al het gespetter en geborrel.' Er werd met potten en pannen gerammeld en er klonk een ruwe verwen-sing. 'Robyn komt zo meteen.' Nog meer kabaal. 'Die jongen van haar heeft haar opgehouden.'

In die laatste woorden klonk iets van misprijzen door. Nell liep ook de keuken in en keek toe hoe hij in zijn klonterige soep roerde. 'Heb je het niet zo op... wat is het, Robyns verloofde?'

Hij legde de pollepel op het werkblad, deed de deksel weer op de pan, pakte zijn pijp en verwijderde een eenzame tabaksdraad van de rand. 'Er is niets mis met die jongen, behalve het feit dat hij niet volmaakt is.' Met zijn hand onder op zijn gebogen rug liep hij terug naar de huiskamer 'Heb jij kinderen? Kleinkinderen?' vroeg hij in het voorbijgaan.

'Eén van elk.'

'Dan weet je waar ik het over heb.'

Nell glimlachte vreugdeloos. Het was twaalf dagen geleden dat ze uit Australië was vertrokken. Ze vroeg zich af of Lesley haar afwezigheid had opgemerkt. Het was niet waarschijnlijk. Toch bedacht Nell zich dat ze misschien wel een ansicht kon sturen. Dat meisje zou het wel leuk vinden, Cassandra. Kinderen hielden toch van dat soort dingen?

'Kom op, meisje,' klonk Williams stem uit de huiskamer. 'Kom een oude man eens gezelschap houden.'

Nell, die een gewoontedier was, koos dezelfde fluwelen stoel waarop ze de vorige keer ook had gezeten. Ze knikte William toe.

Hij knikte terug.

Zo zaten ze een poosje ontspannen te zwijgen. Buiten was de wind opgestoken en af en toe rammelden de ruiten om te benadrukken hoe weinig er binnen werd gezegd.

Nell wees naar het schilderij boven de open haard, een vissersboot met een rood-wit gestreepte romp en zijn naam in zwarte letters op de zijkant. 'Is die van jou? The Piskie Queen?'

'Jawel,' zei William. 'De liefde van mijn leven, denk ik wel eens. Zij en ik hebben meer dan één machtige storm overleefd.'

'Heb je haar nog?'

'Al een paar jaar niet meer.'

Er viel weer een stilte. William klopte op zijn overhemd, haalde een buideltje tabak tevoorschijn en stopte zijn pijp.

'Mijn vader was havenmeester,' zei Nell. 'Ik ben met boten groot geworden.' Ze kreeg opeens een beeld van Haim op de kade van Brisbane kort na de oorlog, met de zon achter hem en hij in silhouet met zijn lange Ierse benen en grote, sterke handen. 'Het gaat je in het bloed zitten, nietwaar?'

'Dat is zeker.'

De ramen rammelden en Nell zuchtte. Genoeg was genoeg; het was nu of nooit, en talrijke andere handige clichés: de lucht moest geklaard en dat was aan Nell, want ze kon slecht tegen gekeuvel over niets. Ze boog zich naar voren en zette haar ellebogen op haar knieën. 'William,' zei ze, 'nog even over de vorige keer, over wat ik zei. Het was niet mijn bedoeling om…'

Hij hief een eeltige werkhand die een beetje trilde. 'Geeft niet.'

'Maar ik had wel…'

'Het was niks.' Hij klemde zijn pijp tussen zijn kiezen en daarmee was de kous af. Hij streek een lucifer af.

Nell leunde naar achteren. Als hij het zo wilde, dan was het maar zo. Maar ze was vastbesloten deze keer niet weg te gaan zonder een nieuw stukje van de puzzel. 'Robyn zei dat je me iets wilde vertellen.'

William zoog een paar keer aan zijn pijp om hem aan de gang te krijgen en ze rook de zoete geur van verse tabak. Hij knikte een beetje. 'Ik had het meteen moeten zeggen, maar…' Zijn blik rustte ergens op iets achter haar en Nell moest zich bedwingen niet over haar schouder te kijken. '… je overviel me nogal. Het was lang geleden dat ik haar naam had horen vallen.'

Eliza Makepeace. De onuitgesproken sisklank fladderde op zilveren vleugels tussen hen in.

'Het is ruim zestig jaar geleden dat ik haar voor het laatst heb gezien, maar ik kan me haar nog zo voor de geest halen, zoals ze langs de kliffen naar beneden kwam van dat huisje daarboven, en het dorp in liep met dat lange haar los achter haar aan.' Tijdens het spreken had hij zijn ogen dichtgedaan, maar nu deed hij ze weer open en keek Nell aan. 'Ik neem aan dat zoiets je niet veel zegt, maar in die tijd… Nou ja, het gebeurde niet vaak dat een van de mensen uit dat chique huis zichzelf verlaagde om met de dorpelingen om te gaan. Maar Eliza…' hij schraapte zijn keel een beetje en herhaalde haar voornaam, 'Eliza gedroeg zich alsof het de gewoonste zaak van de wereld was. Zij was heel anders.'

'Kende je haar persoonlijk?'

'Zo goed als je zo iemand kunt kennen. Ik leerde haar kennen toen ze amper zeventien was. Mijn kleine zus Mary werkte boven in dat huis en bracht Eliza een keer mee op een van haar vrije middagen.'

Nell moest haar best doen om niet te laten blijken hoe opgewonden ze was. Om eindelijk iemand te spreken die Eliza had gekend. Het was zelfs nog beter, want zijn beschrijving klopte met de clandestiene sfeer die ergens aan de rand van haar eigen versnipperde herinneringen loerde. 'Wat was ze voor iemand, William?'

Hij drukte zijn lippen op elkaar en krabde aan zijn kin; het schurende geluid verraste Nell. Even was ze weer vijf en zat ze bij Haim op schoot met haar hoofd tegen zijn stoppelwang. William glimlachte breed, zijn grote tanden vertoonden bruine randen van het roken. 'Ze was uniek, zoals ik nooit iemand had ontmoet. De mensen hier houden allemaal van verhalen vertellen, maar die van haar waren fantastisch. Ze was geestig, moedig en verrassend.'

'Mooi?'

'Ja, ook mooi.' Eén ogenblik kruisten zijn ogen de hare. 'Ze had van dat rode haar. Lang rood haar, helemaal tot haar middel.' Hij wees met zijn pijp. 'Ze zat graag op die zwarte rots in de inham over zee uit te kijken. Op heldere dagen konden we haar zien zitten wanneer we weer op huis aan voeren. Dan zwaaide ze en leek ze wel de koningin van de elfjes, de *piskies*.'

Nell glimlachte. The Piskie Queen. 'Net als je boot.'

William deed alsof hij gefascineerd was door de corduroy groeven van zijn broek en gromde een beetje.

Opeens daagde het dat dit geen toeval was.

'Robyn zal zo wel komen.' Hij keek niet naar de deur. 'We nemen alvast een hapje.'

'Hebt u die boot naar haar genoemd?'

Williams lippen weken van elkaar en gingen weer dicht. Hij slaakte de zucht van een jongeman.

'Je was verliefd op haar.'

Hij liet zijn schouders hangen. 'Tuurlijk,' zei hij eenvoudig. 'Net als alle andere jongens die haar ooit hebben gezien. Ik zei toch, ze was uniek. De regels waaraan andere mensen gehoorzamen konden haar niks schelen. Zij volgde haar gevoel, en ze voelde een hoop.'

'En heeft ze... Zijn jullie ooit...'

'Ik was met iemand anders verloofd.' Zijn blik gleed naar een foto aan de muur van een jong paar in trouwkleding. Zij zat en hij stond achter haar. 'Cecily en ik, wij hadden toen al een paar jaar vaste verkering. Dat gaat nu eenmaal zo in een dorp als dit. Je groeit op met een buurmeisje; zo ben je nog klein en laat je stenen van het klif rollen, maar als je even niet kijkt, ben je drie jaar getrouwd en zelf bezig vader te worden.' Hij zuchtte zo dat zijn schouders slap gingen hangen en zijn geruite trui te groot leek. 'Toen ik Eliza leerde kennen, leek dat wel een aardverschuiving. Beter kan ik het niet beschrijven. Het was alsof ik werd betoverd. Ik kon alleen nog maar aan haar denken.' Hij schudde zijn hoofd. 'Ik was dol op Cecily, ik hield echt van haar, maar ik zou zo bij haar zijn weggegaan.' Hij keek Nell heel even aan. 'Daar ben ik niet trots op, het klinkt akelig ontrouw. Dat was het ook, dat was het ook.' Hij keek Nell weer aan. 'Maar je kunt een jongen niet zijn eerlijke gevoelens kwalijk nemen, hè?'

Hij speurde haar gezicht af en Nell voelde hoe iets in haar het begaf. Ze begreep het direct: ze had zelf lang naar vergeving gezocht. 'Nee,' zei ze. 'Nee, dat kun je niet.'

Hij slaakte een zucht en sprak zo zacht dat Nell hem haar oor moest toedraaien om hem te verstaan. 'Soms wil je lichaam iets wat je gedachten niet kunnen verklaren, wat je niet eens met je geweten overeen kunt komen. Al mijn dwaze gedachten gingen over Eliza, ik kon er niets aan doen. Het was net een... net een...'

'Verslaving?'

'Precies. Ik dacht dat ik alleen maar met haar gelukkig kon worden.'

'Voelde zij dat ook?'

Hij trok zijn wenkbrauwen op en glimlachte melancholiek. 'Weet je, een poosje dacht ik van wel. Ze had iets over zich, iets intens. Ze had de gewoonte jou het gevoel te geven dat ze nergens liever wilde zijn dan bij jou.' Hij lachte een beetje onvriendelijk. 'Maar daar was ik gauw genoeg achter.'

'Wat is er dan gebeurd?'

Hij klemde zijn lippen opeen en heel even kreeg Nell het beklemde gevoel dat het verhaaltje uit was. Ze slaakte een zucht van verlichting toen hij vervolgde: 'Het was op een winteravond. Dat moet ergens in 1908 of 1909 zijn geweest. Ik had een geweldige dag achter de rug, een enorme vangst binnengebracht en die was ik met een paar andere jongens gaan vieren. Door de drank was ik een beetje overmoedig en onderweg naar huis sloeg ik zomaar het pad omhoog langs het klif in. Dat was mallotig van me; in die tijd was het maar een smal pad, er was nog geen weg van gemaakt en het was nauwelijks geschikt voor een klipgeit, maar dat kon me niets schelen. Ik had me in het hoofd gehaald dat ik haar een aanzoek ging doen.' Zijn stem trilde. 'Maar toen ik bij het huisje kwam, wierp ik een blik door het raam...'

Nell boog zich naar voren.

Hij leunde naar achteren. 'Nou, je kent dat wel.'

'Had ze een andere man op bezoek?'

'Niet zomaar een andere man.' Zijn lippen trilden een beetje. 'Iemand die familie van haar was.' William krabde langs de rand van zijn oog en keek op zijn vinger naar een ingebeelde boosdoener. 'Ze waren aan het...' Hij wierp een blik op Nell. 'Nou ja, de rest kun je zelf wel bedenken.'

Nell zette grote ogen op. Ze speurde haar geheugen af naar geschikte kandidaten. Je had oom Linus, maar dat sloeg toch nergens op? Niets van wat ze tot nu toe had gehoord gaf Nell het gevoel dat die iets anders was dan een weldoener die zijn nicht had behoed voor een leven als wees en als straatkind in Londen. En er waren geen neven…

Buiten klonk geluid en er kwam een koude vlaag tocht naar binnen. Vanuit de vestibule klonk Robyns stem. 'Het is koud geworden, buiten.' Ze kwam de huiskamer in. 'Sorry dat ik zo laat ben.' Ze keek hoopvol van de een naar de ander en streek met een hand over haar kapsel, dat vochtig was geworden van de mist. 'Alles goed, hier?'

'Het kon niet beter, meisje,' zei William met een snelle blik op Nell.

Die knikte een beetje. Ze was niet van plan het geheim van een oude man te verklappen.

'Ik sta op het punt om mijn soep op te scheppen,' zei William. 'Kom hier en laat deze ouwe ogen je eens bekijken.'

'Gump! Ik had toch gezegd dat ik het eten zou klaarmaken? Ik heb alles bij me.'

'Pff,' gromde hij, terwijl hij zich overeind hees en zijn evenwicht moest bewaren. 'Als jij en die knaap bij elkaar zijn, weet je maar nooit of je nog aan je ouwe Gump denkt. Ik dacht: als ik niet voor mezelf zorg, loop ik de kans honger te lijden.'

'O, Gump,' zei ze berispend, terwijl ze haar boodschappen naar de keuken bracht. 'Je bent me d'r eentje. Wanneer heb ik je ooit vergeten?'

'Het gaat niet om jou, schat.' Hij schuifelde achter haar aan. 'Het gaat om die vriend van je. Dat is een windbuil, net als alle andere advocaten.'

Terwijl het tweetal goedmoedig kibbelde over Henry's geschiktheid als Robyns verloofde, en of het al dan niet te veel was voor Williams lichamelijke gesteldheid om zijn eigen avondeten te koken, liet Nell alles wat de oude man haar had verteld de revue passeren. Nu begreep ze wel waarom hij zo zeker wist dat het huisje op de een of andere manier bezoedeld en treurig was, en voor hem was het ongetwijfeld ook zo. Maar William was door zijn eigen biecht op een zijspoor gekomen en Nell moest hem op de een of andere manier weer de kant op duwen die ze wilde inslaan. En hoe graag ze ook wilde weten wie er de bewuste avond bij Eliza was geweest, het was irrelevant, en als ze ging vissen, zou William zich alleen maar terugtrekken. Dat mocht ze niet riskeren, niet voordat ze te weten was gekomen waarom Eliza haar van Rose en Nathaniel Walker had afgepakt en op de boot naar een totaal ander leven in Australië had gezet.

'Zo.' Robyn verscheen met een dienblad met drie dampende kommen in de deuropening.

William volgde een beetje schaapachtig en liet zich weer in zijn stoel zakken. 'Ik maak nog altijd de beste vissoep aan deze kant van Polperro.'

Robyn trok haar wenkbrauwen op naar Nell. 'Niemand zal dat betwisten, Gump,' zei ze, terwijl ze een kom over de salontafel aanreikte.

'Alleen mijn vermogen om het eten van de keuken naar de kamer te brengen.'

Nell knarsetandde; ze moest voorkomen dat dit twistgesprek escaleerde, ze mocht niet riskeren dat William opnieuw gepikeerd naar boven zou verdwijnen. 'Verrukkelijk,' zei ze met stemverheffing toen ze de soep had geproefd. 'Precies de juiste hoeveelheid worcestersaus.'

William en Robyn keken haar allebei met knipperende ogen aan.

'Wat is er?' Nell keek van de een naar de ander.

Robyn deed haar mond open en dicht als een vis. 'De worcestersaus.'

'Dat is ons geheime ingrediënt,' zei William. 'Dat is al generaties zo in deze familie.'

Nell haalde verontschuldigend haar schouders op. 'Mijn moeder maakte ook altijd vissoep, en haar moeder ook. Het zal ook ons geheime ingrediënt zijn geweest.'

William haalde langzaam diep adem door twee wijde neusgaten. Robyn beet op haar lip.

'Maar het ís heerlijk,' zei Nell terwijl ze nog een hap nam. 'De moeilijkheid is de juiste hoeveelheid.'

'Vertel eens,' zei Robyn nadat ze haar keel had geschraapt en ijverig Williams blik vermeed. 'Had je nog iets aan die paperassen die ik je gegeven heb?'

Nell glimlachte dankbaar. Robyn de verlosser. 'Ik vond ze heel boeiend. Ik heb genoten van dat krantenartikel over de tewaterlating van de Lusitania.'

Robyn straalde. 'Wat moet dat opwindend zijn geweest, zo'n belangrijke tewaterlating. Het is vreselijk om te bedenken wat er met dat prachtige schip is gebeurd.'

'Duitsers,' zei Gump met een mondvol soep. 'Heiligschennis was het, een barbaarse wandaad.'

Nell bedacht dat de Duitsers dat ook wel zouden vinden van het bombardement van Dresden, maar daarvoor was het nu de juiste tijd noch de juiste plaats, en William was niet de juiste persoon om die discussie mee te voeren. Dus slikte ze haar woorden in en voerde ze maar een aangenaam maar nutteloos gesprek met Robyn over de geschiedenis van het dorp en het huis op Blackhurst tot Robyn zich uiteindelijk verontschuldigde om af te ruimen en het toetje te halen.

Nell keek haar na toen ze bedrijvig de kamer verliet. Daarna greep ze haar kans, want het zou misschien de laatste keer zijn dat ze met William onder vier ogen kon praten. 'William,' zei ze, 'ik moet je iets vragen.'

'Vraag maar op.'

'Je hebt Eliza gekend...'

Hij zoog aan zijn pijp en knikte.

'... dus waarom zou zij mij hebben ontvoerd, denk je? Geloof je dat ze een kind wilde?'

William blies een rookpluim uit. Hij klemde zijn pijp tussen zijn kiezen en sprak zonder hem uit zijn mond te halen. 'Dat klinkt me onlogisch in de oren. Ze was een vrije geest. Niet het type om huiselijke verantwoordelijkheid te nemen, laat staan stelen.'

'Werd erover gepraat in het dorp? Had iemand een theorie?'

Hij haalde zijn schouders op. 'Wij dachten allemaal dat het kind... dat jij aan roodvonk ten prooi was gevallen. Daar had niemand vraagtekens bij.' Hij zoog aan zijn pijp en blies de rook weer uit. 'Wat Eliza's verdwijning betreft, daarover had ook niemand veel te zeggen. Het was niet voor het eerst dat ze weg was geweest.'

'O, nee?'

'Twee jaar daarvoor had ze het ook al gedaan.' Hij schudde zijn hoofd, keek Nell niet aan, wierp vlug een blik naar de keuken en zei zacht: 'Daar heb ik mezelf altijd een beetje de schuld van gegeven. Het was niet lang na... Niet lang na dat andere wat ik je heb verteld. Ik heb haar ermee geconfronteerd, ik zei wat ik had gezien; ik heb haar voor alles en nog wat uitgescholden. Ze liet me beloven het tegen niemand te zeggen. Ze zei dat ik het niet begreep, dat het anders was dan het had geleken.' Hij lachte bitter. 'Alle dingen die een vrouw altijd zegt als ze in zo'n situatie wordt betrapt.'

Nell knikte.

'Maar ik heb gedaan wat ze vroeg en heb het geheimgehouden. Kort daarna hoorde ik in het dorp dat ze was verdwenen.'

'Waar ging ze heen?'

Hij haalde zijn schouders op. 'Toen ze eindelijk terugkwam – na een jaar ongeveer – heb ik het dikwijls aan haar gevraagd, maar ze wilde het nooit zeggen.'

'Toetje is klaar,' riep Robyn uit de keuken.

William boog zich naar voren, haalde zijn pijp uit zijn mond en wees ermee naar Nell. 'Daarom heb ik aan Robyn gevraagd je hier uit te nodigen vanavond. Dit wilde ik tegen je zeggen: kom erachter waar Eliza naartoe is gegaan, dan denk ik dat je een stap verder bent met de oplossing van je raadsel. Want één ding kan ik je wel vertellen, waar ze ook heen is gegaan, toen ze terugkwam was ze niet meer dezelfde.'

'In welk opzicht?'

Hij schudde zijn hoofd bij de herinnering. 'Veranderd. Op de een of andere manier minder zichzelf.' Hij blies rook uit en beet op zijn pijp. 'Er ontbrak iets en dat is nooit meer teruggekomen.'

DEEL 3

35

Blackhurst Manor, Cornwall, 1907

De ochtend waarop Rose uit New York zou terugkeren, ging Eliza al vroeg naar de verborgen tuin. Het novemberzonnetje was nog bezig de slaap van zich af te schudden en het was schemerig, net licht genoeg om het gras te zien, dat nat was van de dauw. Eliza liep vlug door met de armen om zich heen geslagen tegen de kou. Het had geregend en overal lagen plassen, die ze zo goed en zo kwaad als het ging omzeilde. Daarna duwde ze tegen de poort van de doolhof en die ging piepend open. Binnen de dikke hoge hagen was het nog donkerder, maar Eliza zou de weg nog slaapwandelend weten.

Meestal was Eliza dol op het moment waarop de nacht plaatsmaakte voor de dageraad, maar vandaag was ze te zeer in beslag genomen door haar gedachten om er aandacht aan te besteden. Sinds ze Rose' brief had gekregen waarin die haar verloving bekendmaakte, had Eliza met haar emoties overhoopgelegen. De scherpe steen van de jaloezie had zich in haar maag gezeteld en gunde haar geen rust. Elke dag, zodra haar gedachten naar Rose uitgingen, als ze de brief herlas en ze haar fantasie losliet op de toekomst, knaagde de angst en werd ze vervuld van het gif van de afgunst.

Want door Rose' brief was de kleur van Eliza's wereld veranderd. Zoals de caleidoscoop in de kinderkamer haar zo had verrukt toen ze pas op Blackhurst was komen wonen, hoefde je er maar een draai aan te geven en de gekleurde stukjes hadden zich herschikt om een totaal ander beeld te vormen. Nog maar een week geleden had ze zich veilig gewaand in de zekerheid dat zij en Rose een onverbrekelijke band hadden, maar nu was ze bang aan haar lot te worden overgelaten.

Toen ze de verborgen tuin betrad, viel het eerste licht door het dunne bladerdak van de herfst. Eliza haalde heel diep adem. Ze was naar de tuin gegaan omdat ze zich daar altijd tot rust voelde komen, en vandaag had ze die magie meer dan ooit nodig. Die moest haar ziel tot kalmte brengen.

Ze ging met haar hand over het smeedijzeren zitje, waarop nog druppels regen lagen, en zette zich op de vochtige rand. De appelboom droeg vrucht, het waren glanzende, gouden kanjers. Ze zou er een paar voor de kok kunnen plukken, of misschien moest ze wat onkruid wieden, of de lathyrus op-binden. Misschien moest ze iets gaan doen om haar gedachten van Rose en haar komst af te leiden en haar hardnekkige angst dat haar nicht op de een of andere manier veranderd zou zijn wanneer ze terug was.

Gedurende de dagen na de brief van Rose, toen Eliza met haar afgunst worstelde, had ze zich namelijk gerealiseerd dat het niet die man, Nathaniel Walker, was die ze vreesde, maar Rose' liefde voor hem. Het huwelijk kon ze nog wel verdragen, maar geen verschuiving in Rose' genegenheid. Eliza's grootste angst was dat Rose, die altijd het meest van haar had gehouden, een vervanger had gevonden en haar nicht niet langer het meest nodig had.

Ze dwong zichzelf nonchalant te lopen en haar planten te controleren. De blauweregen liet zijn bladeren vallen, de jasmijn had zijn bloemen ver-loren, maar de herfst was zacht geweest en de roze rozen stonden nog in bloei. Eliza kwam dichterbij, pakte een halfopen knop tussen haar vingers en glimlachte naar de volmaakte regendruppel die tussen de binnenste blaadjes gevangenzat.

Het idee kwam opeens en kant-en-klaar bij haar op. Ze moest een boeket maken, een welkom-thuisgeschenk voor Rose. Haar nicht was gek op bloe-men, maar belangrijker nog was dat Eliza bloemen zou uitkiezen die hun band symboliseerden. Er moest geranium bij zitten voor vriendschap, roze rozen voor geluk, vergeet-me-nietjes voor de herinneringen…

Eliza koos elke bloem met zorg uit, alleen de exemplaren met de mooiste steel, de meest volmaakte bloem, en vervolgens bond ze het boeketje samen met een lint van roze zijde die ze van de zoom van haar rok had gescheurd. Ze trok net de strik aan toen ze het bekende geratel van metalen wielen op de stenen van de oprijlaan in de verte hoorde.

Ze waren terug. Rose was thuis.

Met het hart in de keel hees Eliza haar rokken op, die van onderen nat ge-worden waren, en zette het op een lopen. Zigzaggend holde ze door de doolhof. Ze rende in haar haast dwars door de plassen en haar polsslag ging gelijk op met het hoefgetrappel van de paarden.

Ze kwam net op tijd door het hek om het rijtuig in de draaicirkel te zien stoppen. Even bleef ze staan om op adem te komen. Oom Linus zat als altijd op een tuinstoel bij de poort van de doolhof met zijn kleine bruine camera naast zich. Maar toen hij haar riep, deed Eliza net alsof ze hem niet hoorde.

Ze was bij de draaicirkel op het moment dat Newton het portier van het rijtuig opendeed. Hij knipoogde en Eliza zwaaide terug. Met opeengeklem-de lippen wachtte ze af.

Nadat ze Rose' brief had gekregen, hadden lange dagen plaatsgemaakt voor nog langere nachten en nu was het eindelijk zover. De tijd leek wel te vertragen: ze was zich bewust van haar gehijg en haar hart bonkte nog steeds in haar oren.

Verbeeldde ze zich de verandering in Rose' gezicht en die gewijzigde houding?

Het boeket gleed uit Eliza's hand en ze raapte het weer op van het natte gras.

De beweging moest vanuit hun ooghoeken zijn waargenomen, want zowel Rose als tante Adeline draaide zich om. De een glimlachte, de ander niet.

Eliza hief haar hand langzaam op en zwaaide. Ze liet hem weer zakken.

Rose' wenkbrauwen gingen geamuseerd omhoog. 'Nou, ga je me niet welkom heten, nicht?'

De opluchting verspreidde zich op slag onder Eliza's huid. Haar Rose was weer thuis en alles zou natuurlijk goed komen. Ze deed een paar stappen en begon met uitgestrekte armen te hollen. Ze drukte Rose dicht tegen zich aan.

'Achteruit, meisje,' zei tante Adeline. 'Je zit onder de modder. Je maakt Rose' jurk nog smerig.'

Rose glimlachte en Eliza voelde de scherpe kantjes van haar bezorgdheid verdwijnen. Natuurlijk was Rose niet veranderd. Ze was maar tweeënhalve maand weggeweest. Eliza had haar angst laten samenspannen met Rose' afwezigheid om de schijn van verandering te wekken, waarvan helemaal geen sprake was.

'Nicht Eliza, wat heerlijk om je weer te zien!'

'Jou ook, Rose.' Eliza gaf haar het boeket. 'Dit heb ik voor je gemaakt.'

'Wat prachtig!' Rose bracht het boeket naar haar neus. 'Uit je tuin?'

'Het zijn vergeet-mij-nietjes voor de herinnering, geranium voor vriendschap...'

'Ja, ja, en rozen, ik zie het. Wat lief van je, Eliza.' Rose gaf het boeket aan Newton. 'Wil jij mevrouw Hopkins vragen om ze in een vaas te zetten, Newton?'

'Ik heb je zo veel te vertellen, Rose,' zei Eliza. 'Je raadt nooit wat er is gebeurd. Ze hebben een van mijn verhalen...'

'Lieve hemel!' lachte Rose. 'Ik ben nog niet eens bij de voordeur, of mijn Eliza vertelt me alweer sprookjes.'

'Hou op, je vermoeit je nicht,' zei tante Adeline bits. 'Rose moet rusten.'

Ze wierp een blik op haar dochter en er klonk een lichte aarzeling in haar stem. 'Misschien moet je overwegen even te gaan liggen.'

'Vanzelfsprekend, mama. Ik ben van plan me aanstonds terug te trekken.'

De verandering was subtiel, maar was Eliza toch niet ontgaan. Er klonk iets ongewoon weifelends in tante Adelines suggestie, en iets minder volgzaams in Rose' reactie.

Eliza dacht nog na over die lichte verschuiving toen tante Adeline naar binnen liep en Rose zich naar Eliza boog en in haar oor fluisterde: 'Je komt meteen naar boven, lieverd. Er is heel veel wat ík jóú te vertellen heb.'

En Rose hield bijna niet op. Ze deed verslag van elke seconde die ze in het gezelschap van Nathaniel Walker had doorgebracht en, wat nog saaier was, de smart van elke seconde die ze hem had moeten missen. Het epos begon die middag en zette zich de hele avond en de volgende dag voort. In het begin was Eliza nog in staat belangstelling te veinzen. Sterker nog, ze hád belangstelling gehad, want de gevoelens die Rose beschreef leken op niets dat ze zelf ooit had meegemaakt, maar naarmate de dagen zich voortsleepten en tot weken klonterden, verflauwde Eliza's interesse. Ze probeerde Rose' belangstelling voor andere dingen te wekken – een bezoek aan de tuin, het laatste verhaal dat ze had geschreven en zelfs een uitstapje naar het strand – maar Rose had alleen oor voor verhalen over liefde en verdraagzaamheid, vooral die van haar.

Daarom nam Eliza in de winter steeds meer haar toevlucht tot het strand, de verborgen tuin en het huisje; plekken waar ze kon verdwijnen, waar bedienden zich wel twee keer zouden bedenken om haar lastig te vallen met hun gevreesde boodschappen, die altijd eender waren: juffrouw Rose verlangt terstond juffrouw Eliza's aanwezigheid voor een heel belangrijke kwestie. Want klaarblijkelijk werd Rose het nooit moe om haar te kwellen, ongeacht hoe opzienbarend Eliza alle inzicht miste in de voordelen van de ene trouwjurk boven de andere. Telkens weer werd Eliza gelokt met de belofte van een zusterlijk samenzijn, om slechts te worden geconfronteerd met tante Adeline, een legertje naaisters en meer rollen kant dan er in heel Engeland konden bestaan.

Eliza hield zichzelf voor dat dit allemaal wel weer tot rust zou komen en dat Rose gewoon opgewonden was. Ze was altijd dol op mode en versierselen geweest, dus hier lag haar kans om de sprookjesprinses uit te hangen. Eliza moest gewoon geduld oefenen en alles tussen hen zou weer worden als voorheen.

Daarna werd het weer lente, een nieuw jaar. De vogels keerden terug van de lichte einder, Nathaniel arriveerde uit New York, de bruiloft werd gevierd en voordat Eliza het wist, zwaaide ze naar de achterkant van Newtons rijtuig toen dat het gelukkige stel meevoerde naar Londen en het schip dat hen naar het continent zou brengen.

Toen Eliza later op de avond in haar eigen bed in het sombere huis lag, voelde ze Rose' afwezigheid heel pijnlijk. Het was haar heel eenvoudig duidelijk geworden: Rose zou 's avonds nooit meer naar haar kamer komen en andersom evenmin. Ze zouden nooit meer naast elkaar liggen te giechelen en verhalen vertellen terwijl de rest van de bewoners sliep. In een verre vleugel van het huis werd een nieuwe kamer voor het pasgetrouwde paar in gereedheid gebracht. Een grotere kamer met uitzicht op de inham, die veel beter bij een getrouwd stel paste. Eliza wentelde zich op haar zij. Gehuld in duisternis begreep ze uiteindelijk hoe ondraaglijk ze het zou vinden om met Rose onder één dak te wonen en niet in staat te zijn om haar niet op te zoeken.

De volgende dag ging Eliza op zoek naar haar tante. Ze trof haar in de huiskamer, bezig met haar correspondentie aan een smal bureau. Tante Adeline gaf geen blijk dat ze zich bewust was van Eliza's aanwezigheid, maar die nam toch het woord. 'Ik vroeg me af of we bepaalde stukken meubilair van zolder kunnen missen, tante.'

Zonder haar blik af te wenden van de brief die ze schreef, vroeg haar tante: 'Met welk doel?'

'Ik wilde het kleine huisje meubileren, eenvoudig natuurlijk. Ik zoek eigenlijk alleen een bed en misschien een tafel en een stoel.'

'Een bed?' Ze kneep haar donkere ogen samen toen ze Eliza van opzij aankeek.

In de heldere ogenblikken van de nacht had Eliza zich gerealiseerd dat het beter was om veranderingen in haar eigen leven aan te brengen, dan te trachten de gaten te repareren die waren getrokken door de besluiten van anderen. 'Nu Rose is getrouwd, komt het me voor dat mijn aanwezigheid in huis misschien minder vaak gewenst zal zijn en dat ik beter in het huisje kan gaan wonen.'

Eliza verwachtte er niet veel van. Ze verdacht tante Adeline er al heel lang van dat ze ervan genoot haar dingen te ontzeggen. Ze zag haar tante een zwierige handtekening onder haar brief zetten en met haar scherpe nagels de kop van haar hond krabben. Haar lippen vertrokken tot iets wat Eliza voor een glimlach hield, zij het een flauwe. Daarna kwam ze overeind om aan de bel te trekken.

'Geef juffrouw Eliza alles wat ze van zolder nodig heeft,' zei ze toen Thomas was verschenen. 'En laat die spullen dan direct naar het huisje brengen.'

De eerste avond in haar nieuwe onderkomen zat Eliza bij het raam boven te kijken naar het rijzen en dalen van de oceaan onder het zachte schijnsel van de maan. Ergens aan de overkant van die zee was Rose. Eliza's nicht had zich voor de tweede keer ingescheept en haar achtergelaten. Maar ooit zou Eliza aan haar eigen reis beginnen. Ze dacht aan de advertentie die ze de week daarvoor in de krant had gelezen. *Mensen gezocht om naar Queensland te reizen*, stond erin. *Kom mee en begin een nieuw leven.* Mary vertelde Eliza altijd over de avonturen van haar broers in het plaatsje Maryborough. Als je haar zo hoorde praten, was Australië een land van open ruimte en verblindend zonlicht, waar men de regels van de samenleving aan zijn laars lapte en de mogelijkheden om een heel nieuw leven te beginnen onbegrensd waren. Eliza had zich altijd voorgesteld dat zij en Rose samen zouden reizen, want daar hadden ze het dikwijls over gehad. Of niet? Terugkijkend besefte Eliza dat Rose altijd stil was gebleven wanneer het gesprek over zulke ingebeelde avonturen ging.

Kon Eliza zo'n lange reis in haar eentje ondernemen? Om verhalen te verzamelen, zoals ze ooit had gedroomd? Het tijdschrift betaalde niet veel voor haar sprookjes, maar als ze bleef schrijven en een jaar zou sparen, misschien zou ze die reis dan kunnen betalen. En dan had je de broche natuurlijk ook nog. Eliza was mama's broche nooit vergeten, verstopt in de schoorsteen bij mevrouw Swindell. Ze wist dat ze die ooit zou gaan ophalen…

Eliza bleef elke nacht in het huisje slapen. Ze kocht haar eigen eten op de markt in het dorp, haar jonge vriend William, de visser, zorgde ervoor dat ze werd voorzien van voldoende verse wijting en Mary kwam 's middags op weg van haar werk op Blackhurst naar huis meestal even langs, altijd met een pot soep van de kok, een koud schouderstuk van het vlees van de lunch en nieuws van het huis.

Afgezien van zulke bezoeken was Eliza voor het eerst van haar leven waarachtig alleen. In het begin werd ze uit haar slaap gehouden door onbekende nachtelijke geluiden, maar naarmate de tijd verstreek, leerde ze ze kennen: dieren met zachte pootjes op het dak, het tikken van het fornuis wanneer het op temperatuur kwam, vloerdelen die krakend huiverden wanneer het 's nachts kouder werd. Ook kleefden er onverwachte voordelen aan haar solitaire bestaan: als ze alleen was in haar huisje, werden de personages van haar sprookjes stoutmoediger. Ze vond elfjes die in spinrag speelden, insecten op de vensterbank die bezweringen naar elkaar fluisterden en vuurduiveltjes die sisten en spogen in het fornuis. Soms zat Eliza 's middags in haar schommelstoel naar ze te luisteren. En wanneer iedereen 's avonds laat was gaan slapen, spon ze van hun wederwaardigheden haar eigen verhalen.

Op een ochtend in de vierde week ging Eliza met haar schrift naar haar favoriete plekje in de tuin, een plek zacht gras onder de appelboom. Ze was in de greep van een idee voor een sprookje en begon het op te schrijven: een dappere prinses die haar geboorterecht loslaat en met haar kamermeisje een lange reis onderneemt, een riskante reis naar een woest en boosaardig land waar overal gevaar loert. Eliza wilde net haar heldin een spelonk vol spinnenwebben van een wel heel boosaardige trol in sturen, toen er een vogel op een tak boven Eliza kwam zitten en begon te fluiten.

'Is dat zo?' vroeg Eliza, die haar pen neerlegde.

De vogel zette het weer op een zingen.

'Ik ben het met je eens, ik heb ook wel trek.' Ze stak haar hand omhoog om een appel van een laaghangende tak te plukken en nam een hap. 'Hij is echt heerlijk,' zei ze toen de vogel wegvloog. 'Je mag er best zelf een proberen.'

'Daar hou ik je misschien wel aan.'

Eliza hield halverwege een hap op met kauwen en bleef doodstil zitten kijken naar de plek waar de vogel had gezeten.

'Ik had er zelf een moeten meenemen, alleen had ik niet gedacht dat ik hier zo lang zou zitten.'

Ze speurde de tuin af en knipperde met haar ogen toen ze een man op het smeedijzeren tuinbankje zag zitten. Het was zo ongerijmd dat het even duurde voordat ze hem herkende, al had ze hem al eerder ontmoet. Dat zwarte haar, die bruine ogen en vlotte glimlach... Eliza's adem stokte. Het was Nathaniel Walker, die met Rose was getrouwd. Hij zat in háár tuin.

'Ik kan wel zien dat je van je appel geniet,' zei hij. 'Als ik zo naar jou kijk, is dat bijna net zo bevredigend als zelf een appel eten.'

'Ik hou er niet van om bekeken te worden.'

Hij glimlachte. 'Dan zal ik mijn ogen afwenden.'

'Wat doe je hier?'

Nathaniel hield een nieuw ogend boek omhoog. '*De kleine Lord Fauntleroy*. Ken je het?'

Ze schudde haar hoofd.

'Ik ook niet, ondanks het feit dat ik het al uren probeer. En ik geef jou daarvan gedeeltelijk de schuld, nicht Eliza. Je tuin leidt me te veel af. Ik zit hier al de hele ochtend en ik ben nog niet verder dan het eerste hoofdstuk.'

'Ik dacht dat jullie in Italië waren.'

'Dat klopt. We zijn een week eerder teruggekomen.'

Er viel direct een kille schaduw over Eliza's huid. 'Is Rose thuis?'

'Natuurlijk.' Hij glimlachte openhartig. 'Ik hoop dat je niet denkt dat ik mijn vrouw aan de Italianen kwijt ben geraakt!'

'Maar wanneer is ze dan...' Eliza veegde een paar losse lokken van haar voorhoofd en probeerde het tot zich te laten doordringen. 'Wanneer zijn jullie teruggekomen?'

'Maandagmiddag. Na een flink ruwe zeereis.'

Drie dagen, ze waren al drie dagen thuis en Rose had nog niets van zich laten horen. Eliza voelde een hand om haar maag. 'Rose. Gaat het goed met Rose?'

'Het kon niet beter. Het Middellandse Zeeklimaat doet haar goed. We zouden nog een volle week zijn gebleven, maar ze wilde bij het tuinfeest be-trokken worden.' Hij trok zijn wenkbrauwen dramatisch op. 'Als je Rose en haar moeder erover hoort, vrees ik dat het heel spectaculair gaat worden.'

Eliza verborg haar verwarring door nog een hap van haar appel te nemen en gooide het klokhuis weg. Ze had wel iets over het tuinfeest gehoord, maar nam aan dat het een van Adelines chique partijtjes was, iets wat niets met Rose te maken had.

Nathaniel hief het boek weer op. 'Vandaar mijn lectuurkeuze. Mevrouw Hodgson Burnett zal zelf van de partij zijn.' Zijn ogen werden groter. 'Nou, je verheugt je er zeker wel op haar te ontmoeten? Ik stel me zo voor dat het heel aangenaam moet zijn om met een andere schrijfster te praten.'

Eliza wreef een hoekje van haar schrijfpapier tussen duim en wijsvinger en keek hem niet aan. 'Ja, ik neem aan van wel.'

Zijn stem kreeg iets verontschuldigends. 'Je komt toch zeker wel? Ik weet zeker dat ik Rose heb horen zeggen dat jij ook komt. Het feest wordt op het ovale gazon gehouden; het begint zaterdagmorgen om tien uur.'

Eliza tekende een wingerd in de kantlijn van haar schrift. Rose wist dat feesten haar niets konden schelen, dat was het natuurlijk. Die attente Rose wilde Eliza de verschrikking van tante Adelines gezelschap besparen.

Nathaniel zei vriendelijk: 'Rose heeft het dikwijls over je, nicht Eliza. Ik heb het gevoel dat ik je al een beetje ken.' Hij gebaarde om zich heen. 'Ze had me over je tuin verteld, daarom ben ik vandaag gekomen. Ik wilde met eigen ogen zien of hij werkelijk zo mooi was als zij hem met woorden had geschilderd.'

Eliza keek hem even aan. 'En?'

'Hij is precies zoals ze heeft gezegd en nog meer dan dat. Zoals ik al zei, geef ik de tuin de schuld dat hij me afleidt van het lezen. Er is iets aan de manier waarop het licht valt dat maakt dat ik het op papier wil zetten. Ik heb het hele schutblad van mijn boek volgekrabbeld.' Hij glimlachte. 'Niet tegen mevrouw Hodgson Burnett zeggen, hoor.'

'Ik heb de tuin voor Rose en mij aangelegd.' Eliza's stem klonk haarzelf eigenaardig in de oren, zozeer was ze eraan gewend geraakt alleen te zijn. Ze geneerde zich ook voor de doorzichtige gevoelens die ze tot uitdrukking bracht en toch kon ze zichzelf er niet van weerhouden die woorden uit te spreken. 'Om een geheime plek te hebben waar niemand ons kon vinden. Waar Rose een plekje in de buitenlucht kon hebben als ze niet lekker was.'

'Rose boft geweldig met een nicht die zo veel om haar geeft als jij. Ik ben je eeuwig dankbaar dat je haar zo gezond hebt gehouden voor me. We vormen wel een goed team hè, jij en ik?'

Nee, dacht Eliza. Dat zijn we niet. Rose en ik zijn een paar, een team. Jij bent maar een tijdelijke toevoeging.

Hij stond op, sloeg zijn broek af en hield het boek tegen zijn hart. 'En nu moet ik afscheid van je nemen. Rose' moeder is erg op regels gesteld en ik vermoed dat ze niet blij zal zijn als ik te laat aan tafel kom.'

Eliza was hem naar de poort gevolgd en keek hem na. Ze deed de deur achter hem dicht en ging op de rand van het bankje zitten. Ze schoof een beetje opzij, want ze wilde niet op de plek zitten waar het metaal nog warm was van hem. Nathaniel had niets onaardigs en daarom mocht ze hem niet. De ontmoeting had een koud en zwaar gevoel op haar borst gelegd. Het kwam doordat hij het tuinfeest had genoemd en het over Rose had gehad, en door zijn vertrouwen in haar genegenheid voor Eliza. Door de dankbaarheid die hij naar Eliza had uitgesproken, al was die uitermate vriendelijk verwoord, wist ze zeker dat hij haar als ondergeschikte beschouwde. En dat hij tot de tuin was doorgedrongen en zo makkelijk zijn weg door haar doolhof had gevonden...

Eliza zette die gedachten van zich af. Ze moest weer verder met haar sprookje. De prinses stond op het punt om haar trouwe dienstmeisje te volgen in de grot van de trol. Zo kon ze dit onthutsende gesprek vergeten.

Maar hoe Eliza ook haar best deed, haar enthousiasme was vervlogen en had de inspiratie meegenomen. Een verhaallijn die haar met vreugde had vervuld toen ze eraan begon, leek haar nu slap en doorzichtig. Eliza streepte door wat ze had opgeschreven. Dat leek nergens op. En toch kreeg ze de verhaallijn niet meer op gang, wat ze ook deed: want welke sprookjesprinses verkoos er nu haar kamermeisje boven haar prins?

De zon scheen zo stralend dat het leek alsof Adeline een bestelling bij Onze-Lieve-Heer had gedaan. De extra lelies werden tijdig bezorgd en Davies plunderde de tuin om de boeketten met exotische soorten te verfraaien. De nachtelijke bui die Adeline van haar slaap had beroofd, had alleen maar een extra sprankeling over de tuin gelegd, zodat elk blaadje speciaal voor de gelegenheid gepoetst leek, en over de hele breedte van het pasgemaaide gazon waren stoeltjes met kussens op kunstige wijze gearrangeerd. Bij de trap stond een rij ingehuurde obers als toonbeelden van rust en zelfbeheersing, terwijl de kok en haar team in de keuken, ver uit het oog en het hart, op volle toeren werkten.

Het afgelopen kwartier waren de gasten komen binnendruppelen via de draaicirkel, en Adeline was steeds bij de hand om hen te verwelkomen en de kant van het grasveld op te loodsen. Wat zagen ze er magnifiek uit met hun prachtige hoeden, zij het niet zo prachtig als die van Rose, die ze speciaal voor die gelegenheid mee had genomen uit Milaan.

Vanwaar ze nu stond, verborgen door de kolossale rododendrons, overzag Adeline haar gasten. Lord en lady Ashfield zaten bij lord Irving Brown; sir Mornington dronk thee bij het croquetspel, terwijl de jonge Churchills lachten en speelden; lady Susan Heuser had een tête-à-tête met lady Caroline Aspley.

Adeline glimlachte verholen. Dat had ze goed gedaan. Het tuinfeest was niet alleen een gepaste gelegenheid om het jonggetrouwde stel weer thuis te verwelkomen, maar Adelines bonte gezelschap kunstkenners, roddelkousen en parvenu's stond ervoor garant dat Nathaniels portretkunst in brede kring bekend zou worden. Aan de wanden van de ontvangsthal had ze Thomas werken laten hangen die zij het mooist vond, en na de thee wilde ze die aan een select gezelschap gasten vertonen. Op die manier zou haar nieuwe schoonzoon worden geïntroduceerd als het onderwerp van de gretige pen van de kunstkritiek en de rappe tong van de trendbepalers van de beau monde.

Het enige wat Nathaniel hoefde te doen was de gasten net zo vlug charmeren als hij Rose had betoverd. Adeline speurde de groep af en ontdekte dat haar dochter en Nathaniel bij de Amerikaanse mevrouw Hodgson Burnett zaten. Adeline had getwijfeld of zij mevrouw Hodgson Burnett wel zou uitnodigen, want kon je één echtscheiding nog onfortuinlijk noemen, twee stuks kwam erg dicht in de buurt van goddeloosheid. Maar het leed geen twijfel dat de schrijfster over uitstekende connecties op het continent beschikte, en daarom had Adeline besloten dat haar potentiële steun zwaarder woog dan haar infame reputatie.

Rose moest lachen om iets wat de vrouw had gezegd en er welden warme golven van tevredenheid op in Adeline. Vandaag was Rose spectaculair mooi, zo stralend als de wand met rozen die haar decor vormde. Ze droeg een lichtroze japon en die nieuwe hoed paste er schitterend bij; haar dochter zag er vreugdevol uit, dacht Adeline, zoals een pasgetrouwde jonge vrouw betaamt die nog maar kort daarvoor haar eeuwige trouw had beloofd.

Rose lachte weer en Nathaniel wees in de richting van de doolhof. Adeline hoopte maar dat ze geen kostbare kansen vergooiden met een gesprek over de ommuurde tuin of een andere rare gril van Eliza, terwijl ze het eigenlijk over Nathaniels portretkunst moesten hebben. Want o, wat was Eliza's verhuizing een onverwacht geschenk van de voorzienigheid! Gedurende de weken van voorbereiding had ze elke nacht wakker gelegen met de vraag hoe ze het best kon voorkomen dat het meisje deze dag roet in het eten kon gooien.

Wat een gezegende verrassing was het dus toen Eliza de bewuste ochtend aan Adelines schrijfbureau was verschenen om toestemming te vragen om dat verre huisje te mogen bewonen. Het sierde Adeline dat ze de vreugde die ze voelde wist te verbergen. Eliza veilig en wel opgeborgen in het huisje was een veel aantrekkelijker regeling dan wat Adeline ook zelf had kunnen bekokstoven, en de evacuatie was compleet geweest: sinds Eliza's vertrek had Adeline geen teken van het meisje meer gezien; het hele huis voelde lichter en ruimer. Na acht lange jaren was ze eindelijk verlost van de verstikkende zwaartekracht in de buurt van dat meisje.

Het heikelste punt was Rose ervan zien te overtuigen dat Eliza niet uitnodigen maar het beste was. Die arme Rose was altijd zo verblind geweest als het om Eliza ging; die had nooit de dreiging willen zien die Adeline had bespeurd. Sterker nog, een van de eerste dingen die het lieve meisje deed toen ze van haar huwelijksreis terugkwam, was vragen waarom haar niet er niet was. Toen Adeline tactvol uitlegde dat Eliza haar intrek in het huisje had genomen, had Rose moeten fronsen – het leek zo plotseling, vond ze – en besloot ze Eliza de volgende ochtend vroeg een bezoek te brengen.

Zo'n bezoek was natuurlijk ondenkbaar als Adelines kleine trucje zijn uitwerking niet wilde missen. Om die reden zocht Adeline Rose de volgende dag meteen na het ontbijt op in haar nieuwe vertrekken, waar ze bezig was een subtiel boeket bloemen te schikken. Toen Rose een crèmekleurige clematis tussen de andere vandaan plukte, vroeg Adeline kalmpjes tussen neus en lippen door: 'Vind je dat we Eliza op het tuinfeest moeten uitnodigen?'

Rose draaide zich om en de clematisstengel liet water op de grond druppelen. 'Maar natuurlijk moet ze komen, mama. Eliza is mijn beste vriendin.'

Adeline perste haar lippen op elkaar; die reactie had ze verwacht, dus was ze voorbereid. De schijn van capitulatie is altijd een berekend risico, en Adeline paste de list bewust toe: een paar zinnetjes die ze al eerder in stilte had geoefend zodat ze haar natuurlijk over de lippen zouden rollen. 'Vanzelfsprekend, lieverd. Als je haar aanwezigheid verlangt, dan zij het maar zo. We zullen het er verder niet meer over hebben.' Pas na die ruimhartige en weidse concessie veroorloofde ze zich een weemoedig zuchtje.

Rose stond met haar rug naar haar toe met een takje sterk geurende jasmijn in haar hand. 'Wat is er, mama?'

'Niets, lieverd.'

'Mama?'

Voorzichtig, voorzichtig. 'Ik dacht alleen aan Nathaniel.'

Dat maakte dat Rose haar aankeek terwijl ze kleurde. 'Nathaniel, mama?'

Adeline ging staan en streek de voorkant van haar rok glad. Ze glimlachte Rose breed toe. 'Ach laat ook maar. De dingen zullen net zo goed gaan voor hem als Eliza ook van de partij is.'

'Natuurlijk.' Rose aarzelde voordat ze de jasmijn weer in het boeket schikte. Ze keek Adeline niet meer aan, maar dat hoefde ook niet. Adeline kon zich de onzekerheid die rimpels op dat mooie gezichtje tekende wel voorstellen. En ja hoor, daar kwam al de behoedzame vraag: 'Waarom zou Nathaniel er iets aan hebben als ze niet van de partij was?'

'Ach, ik had alleen gehoopt dat er een bepaalde hoeveelheid aandacht zou uitgaan naar Nathaniel en zijn kunst. Eliza, de lieverd, heeft een manier om de aandacht te stelen. Ik had gehoopt dat dit Nathaniels dag zou worden en die van jou, lieveling. Maar natuurlijk zul je Eliza erbij hebben als jij denkt dat het beter is.' Daarna had ze gegrinnikt, een lichte, vrolijke lach waarop ze tot in de perfectie had geoefend. 'Bovendien durf ik te wedden dat als Eliza eenmaal weet dat je eerder bent thuisgekomen, ze zo vaak hierheen zal komen, dat een van de bedienden wel iets over het tuinfeest zal laten vallen. En ondanks haar aversie tegen gezelschappen is haar toewijding aan jou zo groot dat ze met alle geweld van de partij zal willen zijn.'

Met die woorden had Adeline Rose weer verlaten, en ze lachte in haar vuistje toen ze de rigide houding van haar dochters schouders zag. Dat was een duidelijk teken dat haar schot doel had getroffen.

En ja hoor, Rose was in de loop van dezelfde dag in Adelines boudoir verschenen en had voorgesteld dat Eliza misschien het feest voor deze keer bespaard kon blijven omdat ze toch niet zo van partijen hield. Met een zachtere stem vervolgde ze dat ze zich had bedacht, in plaats van vandaag zou ze haar nicht pas na het tuinfeest opzoeken, wanneer het allemaal wat rustiger was en de twee elkaar langer konden spreken.

'Natuurlijk, lieveling,' had Adeline gezegd. 'Heel attent van je. Dat is het besluit van een goede, toegewijde echtgenote. Zo is het veel beter voor alle partijen.'

Toen Adeline het bankje naderde, kwam mevrouw Hodgson Burnett overeind en stak een witte parasol op. Ze knikte Rose en Nathaniel gedag en het leek wel alsof ze de kant van de doolhof op liep. Adeline hoopte dat ze geen poging zou doen om erin te gaan; de poort van de doolhof was van tevoren gesloten om mensen te ontmoedigen, maar het was net iets voor een Amerikaanse om er eigen ideeën op na te houden. Adeline versnelde haar tred enigszins, een speurtocht naar een verdwaalde gast stond niet op de agenda voor vandaag, en onderschepte mevrouw Hodgson Burnett voordat ze ver was gekomen. Ze lachte haar gast elegant toe. 'Goedendag, mevrouw Hodgson Burnett.'

'Wel, goedendag, lady Mountrachet. En wat ís het een prachtige dag.'

Dat accent! Adeline glimlachte toegeeflijk. 'We hadden geen mooiere dag kunnen wensen. En ik zag dat u het gelukkige stel hebt gesproken?'

'Ik heb ze meer gemonopoliseerd. Uw dochter is een schitterend schepsel.'

'Dank u wel. Ik ben zeer op haar gesteld.'

Beleefd gelach aan beide kanten.

'En haar man draagt haar duidelijk op handen,' zei mevrouw Hodgson Burnett. 'Is jonge liefde niet geweldig?'

Adeline glimlachte. 'Ik was verrukt van de verloving. Zo'n talentvol heerschap. Nathaniel heeft het toch wel over zijn portretten gehad?'

'Nee. Ik moet bekennen dat ik hem de kans ook niet heb gegeven. Ik had het te druk met hem uit te horen over de verborgen tuin waarvan ze zeggen dat die op dit geweldige landgoed van u is.'

'Een niemendalletje.' Adeline glimlachte vreugdeloos. 'Een lapje grond met bloemen met een muur eromheen. Dat vind je op elk Brits landgoed.'

'Vast niet met zulke romantische verhalen als deze. Een tuin die men uit de dood heeft laten herrijzen om een broze jongedame weer gezond te krijgen!'

Adeline lachte als een boer met kiespijn. 'Hemeltje! Ik heb de indruk dat mijn dochter en haar man u een waar sprookje op de mouw hebben gespeld. Rose dankt haar gezondheid aan de bemoeienissen van een eminente arts, en ik kan u verzekeren dat die tuin echt heel gewoon is. Nathaniels portretten daarentegen...'

'Niettemin zou ik er dolgraag een blik op werpen. Ik bedoel de tuin. Mijn belangstelling is gewekt.'

'Ik ben bang dat dat niet mogelijk is.' Bijna alle hartelijkheid was uit Adelines stem verdwenen. 'Het enige pad loopt door de doolhof en mijn man heeft erop gestaan om hem af te sluiten voor de gasten, op grond van onderhoudswerkzaamheden.'

'Wat jammer,' zei mevrouw Hodgson Burnett. 'Misschien werp ik gewoon even een blik door het hek.'

Daar kon Adeline weinig tegen inbrengen. Ze neeg haar hoofd zo gracieus mogelijk, maar vloekte binnensmonds.

Adeline stond op het punt een hartig woordje met Nathaniel en Rose te wisselen, toen ze vanuit haar ooghoeken een glimp opving van wapperende witte stof die uit de poort van de doolhof kwam hollen. Ze draaide zich om en zag Eliza net het hek voor de neus van mevrouw Hodgson Burnett opendoen.

Adelines hart bonkte in haar keel en ze wist nog net een kreet te bedwingen. Van alle dagen nu juist deze, en dan nog wel op dit moment. Dat meisje, altijd maar hollen, betreurenswaardig uitgedost en bepaald niet welkom. Met haar grove, blakende gezondheid, rode wangen, verwarde haardos, smakeloze hoed en, constateerde Adeline vol afgrijzen, blote handen. Een gelukje bij een ongeluk was dat ze tenminste schoenen aan haar voeten had.

Adelines mond verstrakte als die van een marionet; ze keek om zich heen om de schade op te nemen. Op mevrouw Hodgson Burnett was al een bediende toegeschoten die haar naar een nabije stoel hielp. Verder leek het allemaal rustig, de dag was nog niet verloren. Sterker nog, alleen Linus, die onder de esdoorn zat en geen acht sloeg op het gepraat van lord Appleby, had de nieuwe gast opgemerkt en hief zijn vierkante fotografische geval naar Eliza toe. Die keek in Rose' richting en haar gezicht was een studie in consternatie. Ze keek er ongetwijfeld van op dat ze haar nicht al zo gauw terugzag van het continent.

Adeline draaide zich vlug om, vastbesloten om haar dochter ongemak te besparen. Maar Rose en Nathaniel hadden de indringer niet gezien; die hadden het te druk met elkaar. Nathaniel zat op het puntje van zijn stoel zodat zijn knieën bijna die van Rose raakten (of was er toch iets van licht contact? Adeline kon het niet zien). Hij had een twijgje met een aardbei tussen duim en wijsvinger en draaide ermee rond, bracht het dicht bij Rose' lippen en trok het weer weg. Telkens moest Rose lachen; ze had haar kin zo geheven dat vlekjes zonlicht over haar hals dansten.

Adeline liep rood aan en bracht haar waaier naar haar gezicht om dat niet te hoeven zien. Wat een ongepaste vertoning! Wat moesten de mensen er wel van denken? Adeline kon zich de roddels al voorstellen, en Caroline Aspley, die direct de pen ter hand zou nemen als ze weer thuis was.

Adeline wist dat het haar taak was om zulk lichtzinnig gedrag bij te sturen, en toch… Ze liet haar waaier weer zakken en keek met knipperende ogen over de rand. Hoe ze haar best ook deed, wegkijken kon ze niet. Wat een rijpheid! Het frisse beeld was magnetisch. Al wist ze dat Eliza achter haar voor ophef zorgde, ook al gedroeg haar man zich zonder veel oog voor fatsoen, het was net alsof de wereld was vertraagd en Adeline in haar eentje in het middelpunt stond en zich alleen van haar eigen hartenklop bewust was. Haar huid tintelde, haar benen werden onverwacht van rubber en haar ademhaling werd oppervlakkig. De gedachte had zich opgedrongen voordat ze de kans kreeg haar terug te dringen: hoe zou het zijn om zo te worden bemind?

De geur van kwikdamp vulde zijn neusvleugels en Linus snoof hem diep op. Hij hield hem binnen, voelde zijn geest verruimen, zijn trommelvliezen branden en ademde uiteindelijk weer uit. Alleen in zijn donkere kamer was Linus een meter tachtig groot en waren beide benen even recht en sterk. Met zijn zilveren tang bewoog hij het gevoelige papier heen en weer en hij keek ingespannen toe hoe het beeld begon te materialiseren.

Ze zou nooit voor hem poseren. In het begin had hij gesmeekt, daarna bevolen en vervolgens had hij in de loop der tijd haar spelletje doorgekregen. Ze genoot van de jacht en Linus had een andere tactiek moeten bedenken.

En dat had hij gedaan. Hij had Mansell naar Londen gestuurd om een Kodak Eastman Brownie aan te schaffen, een lelijk amateurgeval dat kwalitatief in de schaduw stond van zijn camera obscura, maar hij was wel licht en draagbaar, en daar ging het om. Zolang Eliza hem bleef plagen, besefte Linus dat dit de enige manier was om haar te betrappen.

Haar verhuizing was een sterke zet die Linus bewonderde. Hij had haar de tuin geschonken opdat ze er net zo van zou gaan houden als haar moeder – niets had de ogen van zijn *baigneur* zo doen stralen als die ommuurde tuin – maar deze recente migratie had Linus niet voorzien. Dag in dag uit had Linus bij de poort van de doolhof gewacht, maar ze bleef hem kwellen met haar afwezigheid.

En om het nog ingewikkelder te maken, merkte Linus nu dat hij een tegenstander had. Drie ochtenden geleden was hij tijdens zijn wake geconfronteerd met een hoogst onaangename aanblik. Wie had hij uit de doolhof zien komen terwijl hij op zijn geliefde nichtje wachtte? De schilder, zijn nieuwe schoonzoon. Linus was geschokt, want wat bezielde de man om zomaar dat hek door te gaan en brutaalweg het pad te bewandelen waar Linus zelf nooit dorst te komen? De vragen tuimelden over elkaar heen. Had hij haar gezien? Had hij haar gesproken? Had hij haar in de ogen gekeken? Het was ondenkbaar dat de schilder zijn lieve nichtje besnuffelde.

Maar uiteindelijk had Linus het gewonnen. Vandaag werd zijn geduld eindelijk beloond.

Hij haalde diep adem. Daar verscheen het beeld. Er brandde slechts een kleine rode lamp, dus boog hij zich voorover om te kijken. De omtrek was donker – de hagen van de doolhof – maar lichter in het midden waar ze in beeld was gestruikeld. Ze had hem meteen gezien en Linus had zijn hals warm van genoegen voelen worden. Haar grote ogen, geweken lippen, als een dier dat is verrast.

Linus tuurde in de bak met ontwikkelaar. Daar was ze dan. Haar witte jurk, haar slanke taille; o, wat zou hij daar graag zijn vingers omheen leggen om haar lichte ademhaling onder haar ribbenkast te voelen. En dan die hals, die o zo blanke hals, waarop hij de hartslag zag bewegen, net als vroeger bij haar moeder. Linus deed heel even zijn ogen dicht en stelde zich de hals van zijn *baigneur* voor met die rode streep erover. Zij had ook geprobeerd hem in de steek te laten.

Hij was in de donkere kamer toen ze die laatste keer was gekomen. Hij had karton geknipt om zijn laatste selectie afdrukken in te lijsten: sprinkhanen in het westen van het land. Hij was erg blij met de foto's geweest en overwoog zelfs zijn vader te vragen of hij geen kleine tentoonstelling mocht houden. Hij wilde nooit gestoord worden, maar Georgiana was een uitzondering op de meeste regels.

Wat had ze er hemels en volmaakt uitgezien toen ze daar in de deuropening stond en het kaarslicht haar gezicht bescheen. Ze bracht een vinger naar haar lippen om te voorkomen dat hij iets zou zeggen en deed de deur zacht achter zich dicht. Hij zag haar langzaam op hem af komen met een flauwe glimlach om haar lippen. Haar heimelijkheid was een van de dingen die Linus het meest opwond. Alleen-zijn met zijn *baigneur* maakte een prikkelend gevoel van samenzwering in hem los, wat zeldzaam was, want hij had weinig geduld met andere mensen.

'Jij gaat me wel helpen, hè, Linus?' had ze met grote, heldere ogen gevraagd. Ze had geen begrip voor zijn smart. En daarna begon ze te praten over een man die ze had leren kennen, een zeeman, dat ze verliefd op elkaar waren, dat ze bij elkaar wilden zijn en dat vader en moeder het niet mochten weten. Hij zou haar toch wel helpen? De tijd rekte zich tussen hen uit, haar woorden tuimelden over elkaar heen in zijn hoofd, groeiden en krompen, harder en zachter; in één enkel ogenblik had zich een leven van eenzaamheid gevormd.

Zonder zich te bedenken had hij zijn hand geheven dat het zakmes nog vasthield en snel over haar melkwitte huid gejaapt om haar zijn pijn te laten voelen...

Linus hield de foto met een pincet in het licht en keek. Hij knipperde met zijn ogen. Verdraaid! Op de plek waar Eliza's gezicht hadden moeten zijn, was alleen maar een lichte vlek. Ze had zich bewogen, precies op het moment dat hij de sluiter had ingedrukt. Hij was niet snel genoeg geweest en ze was hem ontglipt. Linus balde een vuist. Zoals bij elke tegenslag moest hij denken aan het kleine meisje dat naast hem op de vloer van de bibliotheek zat en hem haar popje aanbood, en daarmee de belofte van zichzelf, voordat ze hem zou teleurstellen.

Niet getreurd. Een kleine tegenslag, meer was het niet, een tijdelijke kink in de kabel van het spel dat ze speelden, het spel dat hij ook met haar moeder had gespeeld. Die keer had hij het spel verloren; na het incident met het zakmes was ze verdwenen om nooit meer terug te komen. Maar deze keer zou hij voorzichtiger zijn. Linus zou koste wat kost als winnaar uit de strijd komen, hoe lang het ook zou duren.

Voor Nathaniel was tekenen altijd de vader van zijn gedachten geweest. Zelfs toen hij als jongetje de kost verdiende in de gure straten van New York, had hij getekend om te kunnen begrijpen. Lang voordat hij droomde van een eigen schetsboek en houtskool, gebruikte hij al oude kooltjes uit de haard om op de bestrating van het steegje waaraan hij woonde te tekenen. Hoewel Nathaniel ook voor zijn plezier tekende – voor hem net zo'n behoefte als ademhalen – en later voor geld, kende hij mensen, plaatsen en gevoelens pas als hij ze op papier had gezet.

Sinds hij en Rose van hun huwelijksreis waren teruggekeerd en het voorouderlijk huis, het donkere en machtige Blackhurst, hadden betrokken, had zijn tekenpen geen rust gekend. Hij had van zijn leven nog niet zo'n plek gezien. Generaties had het landhuis zich al op de top van het klif bevonden, hoog boven zijn eigen inham met het uitzicht op zee. Op het eerste gezicht had Nathaniel het een mooi gebouw gevonden; toen zag hij alleen maar chique torenkamers en fraaie keramische details. Pas toen hij het huis ging tekenen, ontdekte hij de frons onder het fraaie omhulsel. De steile dakspanten, de meeldauwvlekken die tussen de stenen vandaan lekten, de deuren die te klein waren en de te smalle schoorstenen.

Dan had je de bewoners nog. In de eerste plaats Rose' moeder. Hadden sommige gezichten talrijke lijntjes nodig om op papier herkenbaar te worden, andere konden tot een paar strepen worden teruggebracht. Nathaniel was erin geslaagd met vier lijnen een opmerkelijke gelijkenis te bereiken: een zorgelijk voorhoofd, een angstige neus, de teleurgestelde mond en de vastberaden kin. Het was een masker dat door jaren van continu gebruik op haar gezicht gehecht zat. Van alle gezinsleden van Rose was zij het makkelijkst. Haar zorgelijkheid behelsde slechts haar status en de kringen waarin ze verkeerde, en die begreep Nathaniel vrij goed.

Vader Linus was een intrigerender type. Nathaniel had hem dikwijls geobserveerd op zijn tuinstoel met het gezicht naar het hek van de doolhof. Had hij zijn ogen open, dan was zijn gezicht alert, bitter en gekwetst, maar wanneer hij ze dicht liet zakken, was de verandering opvallend. Het was alsof een onzichtbare vreemde een vel licht gekleurd overtrekpapier over zijn gezicht had gelegd zodat zijn wenkbrauwen werden veranderd door schaduwen van verdriet en er rimpels van rouw om zijn kaaklijn verschenen. De mond was het lastigst. Het kostte Nathaniel een aantal tekeningen voor hij besefte wat er aan die lippen trok. Uiteindelijk begreep hij het: het was verlangen, maar niet het verlangen van een man naar een vrouw, maar van een vos naar zijn prooi. Dat had Nathaniel het idee gegeven voor een schilderij op hout, iets in de geest van William Morris.

Dan had je nog nicht Eliza, in zekere zin de meest complexe van iedereen. Rose adoreerde haar en toch vond Nathaniel haar koud. Ze gedroeg zich tegenover hem als een man vele jaren geleden in New York, toen diens knappe vrouw te dikwijls naar zijn zin voor hem wilde poseren. Eliza's gezicht was even verwarrend als haar manier van doen. Het was anders dan alle andere gezichten die hij ooit had gedaan. Hoe hij ook zijn best deed, dat gezicht liet zich niet vangen. Die ochtend dat Nathaniel haar in de ommuurde tuin had ontmoet, was haar concentratie op het schrift zo totaal geweest dat hij was overvallen door de neiging om die intensiteit op papier te zetten. Hij begon te tekenen in het enige boek dat voorhanden was en dacht dat hij haar trekken goed had neergezet. Maar toen hij de tekeningen later nog eens bekeek, besefte hij dat het niet was gelukt. Elke latere poging draaide uit op dezelfde frustratie. Er was iets snels in haar motoriek, iets veranderlijks in haar gezicht, iets wezenlijks dat zich niet op papier liet zetten. Waar hij zijn lijntjes ook zette, zijn afbeelding kreeg maar niet de juiste gelijkenis met Eliza's gezicht, het bleef een benadering. Was hij bijgeloviger en minder modern geweest, dan zou hij misschien hebben gedacht dat de een of andere bezwering haar van een getrouw beeld had beroofd.

En tot slot had je Rose, zijn mooie Rose. Hij zou nooit de eerste keer vergeten dat hij haar gezicht had gezien. Aan de andere kant van de dansvloer van het luxe appartement in Manhattan, tussen dat van haar moeder en een even naamloos als vormloos ander gelaat. Zo veel blanker dan de gezichten waaraan hij gewend was, met een huid als gemorste room, haar dat zo donkerbruin was als stroop, lippen – zulke volmaakte lippen – zo rood als aardbeien. Maar door haar gelaatsuitdrukking was hij nog meer gebiologeerd dan door haar schoonheid. Hoewel Nathaniel er de laatste tijd aan gewend was geraakt om met de rijke klasse te verkeren, verried Rose Mountrachets schoonheid meer dan geld alleen. Ze had ongetwijfeld de jukbeenderen van de bevoorrechte, rijke klasse, maar ze waren aangescherpt door het mes van een zwakke gezondheid. Voor Nathaniel was die combinatie benevelend. Door haar rijkdom kon hij de armoe van zijn jeugd vergeten, maar haar ogen weerspiegelden slechts deugdzaamheid en licht. En zij op haar beurt kon uit zijn solide karakter de kracht putten die ze nodig had. Wanneer ze fluisterde dat ze dankzij hem weer gezond was geworden, voelde hij zich drie meter groot. Nathaniel had zijn hele leven zijn best gedaan boven zichzelf uit te stijgen en nu was hij dan eindelijk een verlosser in de ogen van deze mooie jonge vrouw. Ze hadden elkaar nodig; samen waren ze compleet.

Rose plukte blaadjes van de witte margriet tot er geen meer over was: jongen, meisje, jongen, meisje, jongen, meisje, jongen, meisje. Met een glimlach sloot ze haar vingers om het gouden hart van de margriet. Een dochtertje voor Nathaniel en haar en daarna misschien een zoon, en daarna nog een van beide.

Zo lang ze zich kon heugen, had Rose al naar een eigen gezin verlangd. Een heel ander gezin dan het koude en eenzame thuis dat ze zelf als kind had gekend voordat Eliza op Blackhurst kwam wonen. Tussen de ouders zou er intimiteit en... ja, liefde heersen en al die kinderen, die broers en zussen, zouden altijd voor elkaar zorgen.

Hoewel ze zo naar al die dingen verlangde, had Rose voldoende gesprekken tussen volwassen dames gevolgd om te weten dat kinderen weliswaar een zegen waren, maar dat het een beproeving was om hen tot stand te brengen. Vandaar dat ze in haar huwelijksnacht op het ergste was voorbereid. Toen Nathaniel haar jurk uittrok en het kant verwijderde dat mama speciaal had besteld, hield Rose haar adem in en lette ze nauwlettend op zijn gezicht. Ze was heel nerveus. De angst voor het onbekende spande samen met de schaamte voor haar vlekken en ze bleef met ingehouden adem zitten, wachtend tot hij iets zou zeggen, maar ook bang voor wat hij zou zeggen. Hij wierp haar jurk en hemd opzij en zweeg nog steeds. Hij keek haar niet aan. Zijn blik gleed langzaam en geconcentreerd over haar lichaam, misschien zoals je naar een kunstwerk kijkt dat je altijd al hebt willen zien. Zijn donkere ogen stonden geconcentreerd, zijn lippen waren iets geweken. Hij hief zijn hand op en Rose huiverde afwachtend; een vingertop streek langzaam over de grootste plek. De rillingen trokken door Rose' buik en de binnenkant van haar dijen.

Later bedreven ze de liefde en ontdekte Rose dat de dames gelijk hadden gehad. Het was pijnlijk, maar Rose was vertrouwd met pijn en kon heel goed buiten zichzelf treden zodat de ervaring meer iets werd wat ze observeerde dan voelde. In plaats daarvan richtte ze zich op zijn curieuze gezicht, dat zo dicht bij het hare was: zijn gesloten ogen, zijn gladde donkere oogleden en zijn volle lippen die zo anders stonden dan ze ooit had gezien; zijn jachtige ademhaling. Rose besefte dat ze macht had. In alle jaren van kwakkelende gezondheid had Rose zichzelf nooit sterk gewaand. Ze was arme Rose, breekbare Rose, zwakke Rose. Maar op Nathaniels gezicht las Rose verlangen en dat maakte haar sterk.

In Italië had het wel geleken alsof de tijd niet meer bestond. Waar ooit sprake was geweest van uren en minuten, bestonden nu slechts dagen en nachten, zon en maan. Het was een schok om in Engeland terug te komen waar hun weer de extra last van de tijd wachtte. Het was ook een schok geweest om het leven op Blackhurst te hervatten. In Italië was Rose aan privacy gewend geraakt en nu merkte ze dat ze de aanwezigheid van andere mensen niet prettig meer vond. De bedienden, mama, zelfs Eliza… Altijd loerde er wel iemand om de hoek om haar aandacht van Nathaniel af te leiden. Rose zou graag een eigen huis hebben gehad, waar niemand hen ooit zou storen, maar ze wist dat daar nog tijd genoeg voor was. En ze begreep ook dat mama gelijk had: in Blackhurst kon Nathaniel beter de juiste mensen leren kennen en het huis zelf was groot genoeg om wel twintig mensen comfortabel te huisvesten.

Dat was maar goed ook. Rose legde haar hand zacht op haar buik. Vermoedelijk zouden ze voor het nieuwe jaar een kinderkamer nodig hebben. De hele ochtend had Rose zich al merkwaardig gevoeld, alsof ze een bijzonder geheim herbergde. Ze wist zeker dat zo'n monumentale gebeurtenis zo hoorde te voelen, dat een vrouw zich direct bewust was van het mirakel van nieuw leven in haar lichaam. Rose omklemde het gouden hart van de margriet en liep terug naar het huis terwijl de zon heerlijk op haar rug scheen. Ze vroeg zich af wanneer ze haar geheim met Nathaniel zou delen. Ze moest ervan glimlachen. Wat zou hij opgewonden zijn! Want ze zouden pas compleet zijn als ze een kind hadden.

36

En eindelijk leek de herfst te beseffen dat het september was. De zomerse nadagen waren van het toneel verjaagd en in de verborgen tuin reikten lange schaduwen al naar de winter. De grond lag bezaaid met dode bladeren, oranje en lichtgroene, en kastanjes hingen trots in hun stekelige jasje aan de vingers van koude takken.

Cassandra en Christian hadden de hele week in het huisje gewerkt. Ze hadden klimplanten ontward en verwijderd, beschimmelde wanden geboend en vergane vloerdelen gerepareerd. Maar omdat het vrijdag was en ze er allebei even happig op waren, hadden ze besloten de verborgen tuin ook wat aandacht te geven.

Christian groef een gat op de plek waar de zuidelijke poort was dichtgemetseld, want hij probeerde de onderkant van de uitzonderlijk grote steunpilaren van zandsteen te bereiken die verticaal waren geplaatst. En Cassandra had twee uur bij de noordmuur gehurkt gezeten om varens te verwijderen uit wat ooit een bloemperk moest zijn geweest. De klus deed haar denken aan weekeinden in haar kinderjaren, wanneer ze Nell hielp met wieden in haar tuin in Paddington, en dat gaf Cassandra een geruststellend vertrouwd gevoel. Achter haar had ze een flinke berg dode bladeren en wortels verzameld, maar het tempo liep terug. Het was moeilijk om je niet te laten afleiden in de verborgen tuin. Als je onder de muur door was gekropen, was het net alsof je op een plek kwam waar de tijd had stilgestaan. Het kwam door de muren waarschijnlijk, hoewel het gevoel van isolement verderging dan het puur fysieke. De geluiden waren hier anders, de vogels zongen luider en de bladeren fluisterden in de wind. Geuren waren ook sterker – vochtige vruchtbaarheid, zoete appels – en de lucht was schoner. Hoe langer Cassandra in de tuin was, hoe meer ze ervan overtuigd raakte dat ze gelijk had. Deze tuin sliep niet, hij was springlevend.

De zon was een eindje verschoven en wierp lichtbundels door de slingerplanten van het baldakijn, en van een boom vlakbij regende het opeens kleine gele blaadjes. Toen Cassandra die als vlokken goud in linten van licht

zag fladderen, voelde ze opeens de overweldigende aandrang om te tekenen, om dit magische contrast tussen licht en donker op papier te vangen.
Haar vingers jeukten en stelden zich de potloodstrepen voor die nodig waren om de bundels recht te krijgen, en de schaduw die nodig was om transparantie te bereiken. Het verlangen om te tekenen verraste haar.

'Theepauze?' Aan de andere kant van de tuin gooide Christian zijn schep
tegen de muur. Hij tilde zijn verschoten T-shirt op om het zweet van zijn
voorhoofd te wissen.

'Klinkt goed.' Ze klopte de aarde en stukjes varen van haar handschoenen
af aan haar spijkerbroek en probeerde niet naar zijn blote buik te kijken.
'Kook jij het water of ik?'

'Ik.' Hij hurkte op een plek die ze in het midden van de tuin hadden vrijgemaakt en vulde een pannetje met het resterende water uit zijn fles.

Cassandra richtte zich behoedzaam op. Een weekje schoonmaken had
haar stijve kuiten en vermoeide dijen bezorgd. Niet dat ze dat erg vond. Ze
putte een pervers soort genoegen uit een lichaam dat pijn deed. Het was het
onweerlegbare bewijs van haar eigen lichamelijkheid. Ze had tenslotte benen en in die benen zaten spieren die pijn deden omdat ze werden gebruikt.
Ze voelde zich niet langer onzichtbaar en broos; ze was zwaarder geworden
en niet meer zo'n veertje dat kon worden weggeblazen op de wind. En
's avonds zakte ze snel weg in de dikke dekens van de slaap tot ze wakker
werd in het besef dat de nacht in een droomloze zucht was verstreken.

'Hoe gaat het met de doolhof?' vroeg ze toen Christian de pan op het
meegebrachte campingstelletje zette. 'Bij het hotel?'

'Niet slecht. Mike denkt dat we hem voor de winter wel vrij hebben.'

'Ook nu jij zo veel tijd hier doorbrengt?'

Christian glimlachte. 'Ik had wel kunnen voorzien dat Mike daar een heleboel commentaar op heeft.' Hij gooide het restje van de thee van die ochtend weg en hing verse theezakjes over de rand van de bekers.

'Ik hoop dat je geen last krijgt omdat je mij helpt?'

'Niets dat ik niet aankan.'

'Ik stel het echt op prijs dat je zo veel voor me doet, Christian.'

'Niets te danken. Ik had beloofd je te helpen en ik meende het.'

'Ik weet het, en daar ben ik echt blij mee.' Ze trok haar handschoenen een
voor een uit. 'Hoe dan ook, ik begrijp het best als je het te druk hebt met andere dingen.'

'Met mijn echte werk bedoel je?' lachte hij. 'Maak je geen zorgen. Mike
krijgt nog altijd zijn deel.'

Zijn echte werk. En daar had je het onderwerp dat Cassandra had beziggehouden, maar dat ze tot nu toe niet had durven aansnijden. Door haar
verblijf in de tuin had ze vandaag evenwel iets zorgeloos, in de geest van
Nell. Met haar hiel tekende ze een boog in de aarde. 'Christian?'

'Cassandra?'

'Ik vroeg me net af…' Zij wiste de halve maan uit en tekende een nieuwe
eronder. 'Ik wilde je iets vragen, over iets wat Julia Bennett me heeft verteld.'
Haar ogen kruisten de zijne, maar ze keek snel weg. 'Waarom werk je hier in
Tregenna voor Michael in plaats van als arts in Oxford?'

Toen Christian geen antwoord gaf, durfde ze hem weer aan te kijken.
Zijn gezicht was moeilijk te peilen. Hij haalde zijn schouders iets op en
glimlachte flauw. 'Waarom ben jij hier zonder je man in Tregenna bezig een
huis op te knappen?'

Cassandra schrok; het was vooral de verrassing. Zonder nadenken begonnen haar vingers uit gewoonte met haar trouwring te spelen. 'Ik… Ik
ben…' Er borrelden allerlei ontwijkende antwoorden naar het puntje van
haar tong; daarna hoorde ze zichzelf met een stem die niet helemaal de hare
was zeggen: 'Ik heb geen man. Ik ben wel getrouwd geweest, maar ik… Er is
een ongeluk gebeurd, daarbij is Nick…'

'Het spijt me. Luister, dat hoeft niet. Het was niet de bedoeling om…'

'Het is al goed, ik…'

'Nee het is niet goed.' Christian woelde door zijn eigen haar en maakte
een hulpeloos gebaar. 'Ik had het niet moeten vragen.'

'Jawel hoor, ik was de eerste die iets vroeg.' En op een merkwaardige manier waarop Cassandra niet de vinger kon leggen, zelfs niet voor zichzelf,
was een klein stukje van haar blij dat ze die woorden had uitgesproken. Het
was een opluchting om Nicks naam te laten vallen, het maakte dat ze zich
minder schuldig voelde dat zij er nog was en hij niet. En dat zij hier nu met
Christian was.

Het pannetje water stond nu op het brandertje te borrelen en het water
spatte. Christian hield het schuin om de mokken te vullen, deed er een thee-
lepel suiker bij en roerde vlug. Hij gaf er een aan Cassandra.

'Dank je.' Ze sloeg haar vingers om het warme metaal en blies op haar thee.

Christian nam een slok en vertrok zijn gezicht omdat hij zijn tong
brandde.

Er strekte zich een daverende stilte tussen hen uit en Cassandra zocht uit
alle macht naar onderwerpen om de conversatie weer op de rails te krijgen.
Maar ze vond niets.

Uiteindelijk zei Christian iets. 'Volgens mij heeft je grootmoeder geboft met het feit dat ze haar verleden niet kende.'

Cassandra verdreef met haar vingertop een stukje blad dat in haar thee was gedwarreld.

'Is het niet geweldig als je alleen maar vooruit kunt kijken in plaats van terug?'

Ze deed alsof ze belangstelling had voor het geredde blaadje. 'In zeker opzicht.'

'In de meeste opzichten.'

'Maar het is vreselijk om het verleden helemaal te vergeten.'

'Waarom?'

Ze wierp een blik opzij om vast te stellen of hij serieus was of niet. Er school niets ironisch in zijn gezicht. 'Omdat het dan zou lijken alsof het verleden nooit is gebeurd.'

'Maar dat is het wel, daar doe je niets aan.'

'Ja, maar je zou het je niet herinneren.'

'Nou en?'

'Dus...' Ze schoot het blaadje weg en haalde licht haar schouders op. 'Je hebt herinneringen nodig om dingen uit je verleden in leven te houden.'

'Dat bedoel ik nou juist. Zonder herinneringen zou iedereen onbelemmerd zijn leven kunnen vervolgen. Doorgaan.'

Cassandra's wangen kleurden rood en ze verstopte het achter een grote slok thee. En nog een. Probeerde Christian te vertellen dat het belangrijk was om het verleden los te laten? Dat verwachtte ze wel van Nell en Ben; ze had geleerd ernstig te knikken wanneer een van haar tantes soortgelijke dingen zei, maar dit was anders. Ze had zich zo positief gevoeld en zo veel lichter dan gewoonlijk; ze stond weer zo veel duidelijker in het leven. Ze had genoten. Ze vroeg zich af wanneer hij haar precies als een verloren geval was gaan zien dat hulp behoefde. Ze geneerde zich; en nog meer dan dat, ze was op de een of andere manier teleurgesteld.

Ze nam nog een slok thee en wierp een steelse blik op Christian. Hij had het niet gemerkt. Zijn aandacht werd in beslag genomen door een twijg waaraan hij droge bladeren reeg. Cassandra keek naar hem. Zijn gezicht was moeilijk te peilen; hij keek in elk geval afwezig, maar er was nog iets: hij was gereserveerd en eenzaam...

'Christian...'

'Ik heb Nell een keer ontmoet, weet je.'

Daar keek ze van op. 'Mijn grootmoeder Nell?'

'Ik neem aan dat zij het was. Ik kan niet bedenken wie het anders had kunnen zijn, en de data kloppen wel zo'n beetje. Ik was elf, dus moet het in 1975 zijn geweest. Ik was hier naar boven gekomen om er even tussenuit te zijn, en ik kroop net onder de muur door toen iemand mijn voet pakte. Eerst besefte ik niet dat er iemand was; ik dacht even dat mijn broers de waarheid hadden gesproken toen ze vertelden dat het hier spookte, dat de een of andere geest of heks me in een paddenstoel ging veranderen.' Hij moest een beetje glimlachen, kneep een droog blad in zijn vuist fijn en liet de stukjes op de grond vallen. 'Maar het was geen geest, het was een oude vrouw met een vreemd accent en een treurig gezicht.'

Cassandra riep zich Nell voor de geest. Had die een treurig gezicht ge-had? Indrukwekkend, dat wel, en niet overlopend van overbodige warmte, maar bedroefd? Ze kon het niet zeggen; ze was zo vertrouwd met haar ge-zicht dat zulke kritiek niet aan de orde was.

'Ze had zilvergrijs haar,' zei hij. 'Opgebonden.'

'In een knotje.'

Hij knikte, glimlachte een beetje en keerde zijn mok ondersteboven om de droesem weg te gooien. Hij wierp de spies met bladeren weg. 'Ben je al wat opgeschoten met de oplossing van haar raadsel?'

Cassandra zuchtte. Christian had vanmiddag beslist iets onrustigs. Zijn stemming deed haar denken aan de lichtbundels die door de slingerplanten vielen. Je kon er de vinger niet op leggen; het was op de een of andere ma-nier een veranderlijk schijnsel. 'Niet echt. Rose' plakboeken bevatten niet de onthulling waarop ik had gehoopt.'

'Er stond zeker geen hoofdstuk in, getiteld "Waarom Eliza misschien op een dag mijn kind zal ontvoeren"?' glimlachte hij.

'Helaas niet.'

'Je hebt op zijn minst wat interessante bedlectuur.'

'Als ik niet in slaap zou vallen zodra mijn hoofd het kussen raakte.'

'Dat is de zeelucht,' zei Christian. Hij stond op en nam zijn schep weer ter hand. 'Die is goed voor de ziel.'

Dat voelde inderdaad zo. Cassandra kwam ook overeind. 'Christian,' zei ze, terwijl ze haar handschoenen uitschudde, 'nog even over die plakboe-ken.'

'Ja?'

'Er is iets waarvan ik hoopte dat jij me ermee kon helpen. Iets geheimzin-nigs.'

'O, ja?'

Ze keek hem even aan, een tikje argwanend omdat hij het onderwerp daarnet had omzeild. 'Het is iets medisch.'

'Oké.'

Cassandra herademde. 'Rose noemt een paar plekken op haar buik. Van wat ik eruit begrijp, waren ze vrij groot, en zo goed te zien dat ze zich ervoor geneerde, en toen ze klein was, had ze Ebenezer Matthews, haar huisarts, er een paar keer over geraadpleegd.'

Hij haalde verontschuldigend zijn schouders op. 'Huid was eigenlijk niet mijn specialisme.'

'Wat dan wel?'

'Oncologie. Geeft Rose nog meer bijzonderheden? Kleur, afmeting, soort, hoeveelheid?'

Cassandra schudde haar hoofd. 'Ze schreef er grotendeel in eufemismen over.'

'Typisch victoriaanse preutsheid.' Hij sleepte nadenkend heen en weer met de schep. 'Het zou van alles kunnen zijn. Littekens, pigmentatievlekken. Schrijft ze iets over een operatie?'

'Niet dat ik het me kan herinneren. Wat voor operatie?'

Christian tilde een hand op. 'Nou, zo uit mijn hoofd, kan het appendicitis zijn geweest, of misschien was ze wel aan haar nieren of longen geopereerd.' Hij trok zijn wenkbrauwen op. 'Misschien blaasworm. Kan ze in de buurt van een boerderij zijn geweest?'

'Er waren pachters op het landgoed.'

'Het is zonder meer de meest voorkomende reden dat een kind in de victoriaanse tijd onder het mes ging.'

'Wat is het precies?'

'Een parasiet, een lintworm. Hij leeft in honden, maar maakt een deel van zijn cyclus door in mensen of schapen. Meestal nestelt hij zich in nieren of lever, maar soms ook in de longen.' Hij keek haar aan. 'Het klopt wel, maar ik ben bang dat we het nooit met zekerheid zullen weten als je het haar niet kunt vragen, of nog meer informatie in de plakboeken vindt.'

'Vanmiddag kijk ik het nog eens na; misschien heb ik iets gemist.'

'En ik zal er nog eens over nadenken.'

'Dank je wel, maar je hoeft er geen moeite voor te doen; ik ben alleen nieuwsgierig.' Ze trok haar handschoenen aan en sloot haar vingers om ze goed strak te krijgen.

Christian stak de spade een paar keer in de aarde. 'Er was te veel dood.'

Cassandra keek hem aan.

'Mijn werk, oncologie; het was te onbarmhartig. De patiënten, hun familie, de rouw. Ik dacht dat ik daar wel tegen kon, maar het stapelt zich op, begrijp je wel? In de loop der tijd.'

Cassandra moest denken aan Nells laatste dagen, die afgrijselijk steriele lucht van het ziekenhuis, die kille aanblik van blanco muren.

'Ik was er nooit echt voor in de wieg gelegd. Ik wist het eigenlijk al tijdens mijn studie.'

'Wilde je niet van hoofdvak veranderen?'

'Ik wilde mama niet teleurstellen.'

'Wilde zij dat je dokter zou worden?'

'Ik weet het niet.' Hij keek haar even aan. 'Ze is gestorven toen ik klein was.'

En toen begreep Cassandra het. 'Aan kanker.' Nu begreep ze ook waarom hij het verleden zo graag wilde vergeten. 'Dat spijt me heel erg, Christian,' zei ze.

Hij knikte en keek op toen er een zwarte vogel laag overvloog. 'Dat lijkt op regen. Als de roeken zo duiken, gaat het regenen.' Hij glimlachte verlegen, alsof hij zich wilde verontschuldigen omdat hij op iets anders was overgegaan. 'Meteorologie kan niet tippen aan de folklore van Cornwall.'

Cassandra raapte haar tuinvork op. 'Ik stel voor dat we nog een half uur werken en dan zetten we er een streep onder.'

Christian keek opeens naar de grond en schuifelde met de neus van zijn schoen in de aarde. 'Weet je, ik wilde onderweg naar huis iets gaan drinken in het café.' Hij keek Cassandra aan. 'Ik neem aan… Ik bedoel, ik vroeg me af of je zin hebt om mee te gaan.'

'Ja hoor,' hoorde ze zichzelf zeggen. 'Waarom niet?'

Christian glimlachte en zijn gezicht leek te ontspannen. 'Geweldig. Heel leuk.'

Door een koude, vochtige en zilte windvlaag dwarrelde er een groot esdoornblad op Cassandra's hoofd. Ze veegde het eraf en richtte haar aandacht weer op de plek met varens. Ze stak het tuinvorkje onder een lange, dunne wortel en probeerde die uit de grond te trekken. En ze glimlachte onwillekeurig, al wist ze niet goed waarom.

In het café speelde een band, dus waren ze gebleven en hadden ze vleespastei met friet besteld. Het was al donker toen Christian Cassandra eindelijk bij het hotel afzette, en er hing een dichte mist, zodat de koplampen van zijn auto geel werden weerkaatst.

'Dank je wel,' zei Cassandra toen ze het portier opendeed. 'Ik heb een leuke avond gehad.' En dat was ook zo. Een gemakkelijke, comfortabele, gezellige avond.

'Ik ben blij dat je bent meegegaan.'

'Ja, ik ook,' glimlachte Cassandra met haar gezicht omlaag. Ze wachtte even en deed het portier dicht. Ze wuifde hem na toen zijn auto door de mist werd opgeslokt.

'Telefonische boodschap,' zei Samantha, zwaaiend met een papiertje toen Cassandra de receptie betrad. 'Ben je uit geweest?'

'Naar de kroeg, ja.' Cassandra nam het papiertje aan zonder acht op Samantha's opgetrokken wenkbrauwen te slaan.

Telefoontje van Ruby Davies stond erop. *Kom maandag naar Cornwall. Heb een kamer in Hotel Blackhurst geboekt. Verwacht een tussentijds rapport!*

Cassandra werd door oprechte blijdschap bevangen. Ze zou Ruby het huisje, de plakboeken en de verborgen tuin laten zien. Ze wist dat Ruby iemand was die echt zou begrijpen hoe bijzonder dat allemaal was. Ze zou Christian ook wel leuk vinden.

'Iemand heeft je thuisgebracht, hè? Dat leek Christian Blakes auto wel.'

'Bedankt voor de boodschap,' glimlachte Cassandra.

'Niet dat ik veel heb gezien,' riep Samantha toen Cassandra naar boven liep. 'Ik spioneerde niet, hoor, of zoiets.'

Terug op haar kamer liet Cassandra het bad vol heet water lopen en gooide er wat lavendelbadzout in dat ze voor haar zere rug van Julia had gekregen. Ze pakte de plakboeken en legde ze op een droge handdoek die ze op de vloertegels had uitgespreid. Ze zorgde ervoor dat ze haar linkerhand droog hield om de bladzijden om te slaan en liet zich met een zucht van verrukking in het zachte warme water zakken. Daarna boog ze zich over de rand om het eerste plakboek open te slaan in de hoop dat haar oog op een gemist fragment zou vallen.

Tegen de tijd dat het water lauw was geworden en Cassandra's voeten er rimpelig uitzagen, had ze nog niets van enig nut gevonden. Niettemin zag ze wel versluierde opmerkingen van Rose over 'plekken' waarvoor ze zich geneerde.

Maar ze vond wel iets anders dat de moeite waard was. Het had niets met de 'plekken' te maken, maar het was toch opmerkelijk. Het waren niet alleen de woorden die Cassandra troffen, maar vooral ook de toon van het fragment.

Maart 1909. Men is begonnen met de bouw van de muur bij het huisje. Mama had het gevoel dat ze het maar het beste tijdens Eliza's afwezigheid konden laten doen. Het huisje is te kwetsbaar. Het was allemaal goed en wel om zo aan de elementen blootgesteld te zijn in tijden dat er op infamere wijze gebruik van werd gemaakt, maar er hoeven geen tekens meer naar schepen op zee te worden gegeven. Integendeel zelfs: geen van ons zou zo blootgesteld willen zijn. En je kunt niet voorzichtig genoeg zijn, want waar er veel te winnen valt, is ook altijd veel te verliezen.

37

Blackhurst Manor, Cornwall, 1909

Rose weende hete tranen. Haar wang was warm en haar kussen nat, maar ze bleef huilen. Ze klemde haar ogen dicht tegen het opdringende winterlicht en huilde zoals ze niet meer had gedaan sinds ze een klein meisje was. Wat een verschrikkelijke ochtend! Hoe durfde de zon zomaar op te komen om te genieten van haar misère? Hoe durfden andere mensen gewoon door te gaan alsof God in Zijn hemel was, als Rose voor de zoveelste keer was wakker geworden om vast te stellen dat haar hoop bloedig was vervlogen?

Op de een of andere afgrijselijke manier was het eigenlijk beter om het maar te weten, want de ergste dagen waren natuurlijk die traag voortslepende tussentijdse. Die lange dagen waarin Rose zich veroorloofde te fantaseren, te dromen en te hopen. Hoop. Wat was ze dat woord gaan haten. Het was een geniepig zaadje dat in iemands ziel werd geplant, en het overleefde in het geheim zonder veel zorg, maar dan bloeide het zo spectaculair op dat je niet kon voorkomen dat je het koesterde als het zo fraai had gebloeid. Ook voorkwam hoop dat iemand van zijn ervaring leerde. Want elke maand voelde Rose na een week lang bloeden dat valse monstertje opnieuw de kop opsteken en haar lei van ervaring was weer gewist. Hoe ze zich ook voorhield dat ze het spel deze keer niet meer zou meespelen, dat ze niet meer zou luisteren naar de wrede fluisteringen van de hoop, het gebeurde altijd toch. Want wanhopige mensen klampten zich vast aan de hoop als drenkelingen aan een wrak.

In de loop van het jaar was er één kleine uitzondering geweest op die cyclus van verschrikking. Een maand waarin het bloeden niet was voorgekomen. Dokter Matthews was direct ontboden, die had haar onderzocht en de gezegende woorden gesproken; ze was zwanger. Wat een gelukzaligheid om je liefste wens met zulke rustige woorden in vervulling te zien gaan. Wat telden nog al die teleurstellende voorgaande maanden, en ze voelde het duurzame zelfvertrouwen dat alles zich ongestoord zou voortzetten. Haar buik zou zwellen en er zou een baby worden geboren. Acht dagen had ze het fantastische nieuws gekoesterd en lieve woordjes tegen haar platte buik gefluisterd; ze had anders gewandeld en gepraat en andere dromen gehad. En toen, op dag negen...

Er werd geklopt maar Rose bewoog zich nog steeds niet. Ga weg, dacht ze, en laat me met rust.

De deur kraakte en er kwam iemand binnen die irritant z'n best deed om stil te zijn. Er klonk een geluid, er werd iets op haar nachtkastje gezet en toen hoorde ze een zachte stem bij haar oor zeggen: 'Ik heb uw ontbijt gebracht, mevrouw Walker.'

Het was Mary weer. Alsof het niet genoeg was dat die de lakens met hun donkere, verwijtende vlekken had gezien.

'U moet goede moed houden, mevrouw Walker.'

Mevrouw Walker. De woorden maakten dat zich een hand om haar maag sloot. Wat had ze ernaar verlangd mevrouw Walker te heten. Nadat ze Nathaniel in New York had leren kennen, was ze met een bonkend hart op het ene bal na het andere verschenen en had ze net zo lang met ingehouden adem rondgekeken tot ze hem zag, hun blikken elkaar kruisten en hij glimlachte, alleen voor haar.

En nu was die naam van haar, maar ze had zich onwaardig betoond. Een echtgenote die nog niet eens de meest fundamentele functie van een getrouwde vrouw kon vervullen. Ze kon haar man niet geven wat een goede vrouw hem hoorde te geven. Kinderen. Gezonde, blije kinderen die over het landgoed konden ravotten, die radslagen konden maken op het zand en zich verstopten voor hun gouvernante.

'U moet niet huilen, mevrouw Walker. Het zal spoedig gebeuren voor u.'

Elk goedbedoeld woord van de bediende deed zeer. 'Ja, echt, Mary?'

'Natuurlijk, mevrouw.'

'Hoe weet je dat zo zeker?'

'Het kan toch niet anders? Een vrouw kan het niet ontlopen, al doet ze nog zo haar best. Ik ken er een heleboel die blij zouden zijn eraan te ontkomen als dat mogelijk zou zijn.'

'Ondankbare wezens,' zei Rose met een warm en natgehuild gezicht. 'Zulke vrouwen verdienen het niet met een kind te worden gezegend.'

Mary's ogen bewolkten met iets wat Rose voor mededogen versleet. In plaats van haar bediende een klap op haar ronde appelwangen te geven, wendde Rose zich af en krulde ze zich op onder haar dekens. Ze koesterde haar verdriet diep in haar buik en omringde zichzelf met de donkere en holle wolk van verlies.

'Misschien hebt u wel gelijk, mevrouw Walker,' zei Mary aarzelend. 'Nu moet u wel iets van uw ontbijt eten, belooft u dat? U kunt maar beter op krachten blijven.'

Nathaniel had het in zijn slaap kunnen tekenen. Het gezicht van zijn vrouw was hem zo vertrouwd dat hij wel eens dacht dat hij het beter kende dan zijn eigen hand. Hij maakte de streep af die hij zette en liet hem een beetje doorlopen met zijn duim. Hij kneep zijn ogen samen en hield het hoofd schuin. Ze was beeldschoon, daar had hij gelijk in gehad. Dat donkere haar, die blanke huid en die fraaie mond. En toch putte hij er geen vreugde uit.

Hij stopte de portretschets in zijn map. Ze zou er zoals gewoonlijk dankbaar voor zijn. Haar verzoeken om nieuwe portretten waren zo wanhopig dat hij nooit kon weigeren. Als hij niet om de paar dagen een nieuw portret maakte, barstte ze in tranen uit en smeekte ze hem dat hij haar moest zweren dat hij van haar hield. Nu tekende hij haar uit zijn hoofd in plaats van in het echt. Anders zou het te pijnlijk worden. Was er ooit een dichter geweest die toereikend de verschrikking had beschreven van een geliefde die binnenstebuiten wordt gekeerd van verdriet?

Zijn Rose was in haar eigen verdriet opgegaan. De jonge vrouw die hij in New York had leren kennen, was weggekwijnd en had deze schaduw-Rose achtergelaten met die donkere kringen om haar ogen van het slaapgebrek, met een huid die dof was geworden van de zorgen en geagiteerde ledematen. Elke avond diende ze zich bij hem aan en ging hij door de knieën. Maar Nathaniels begeerte was vervluchtigd. Wat hem ooit had opgewonden, vervulde hem nu met angst en erger nog, met schuldgevoel. Schuldgevoel dat hij niet meer naar haar kon kijken wanneer ze de liefde bedreven. Schuldgevoel dat hij haar niet kon geven wat ze wilde. Schuldgevoel dat hij niet net zo naar een baby verlangde als zij.

Niet dat Rose dat zou geloven. Hoe vaak Nathaniel haar ook verzekerde dat hij niet naar een kind hunkerde, dat hij genoeg had aan haar, Rose wilde het niet horen. Of hij nu haar wangen tussen beide handen pakte en haar dwong hem aan te kijken terwijl hij dat nogmaals nadrukkelijk zei, of ze nu ja knikte of niet, hij las de twijfel in haar ogen, twijfel die het product was van haar eigen arglistige angst. Hij was machteloos om erdoorheen te breken en haar ervan te overtuigen dat hij de waarheid sprak.

En nu – kon het nog erger? – kwam haar moeder hem in zijn atelier opzoeken. Ze had zijn portretten een beetje houterig staan doornemen voordat ze op de stoel bij zijn ezel ging zitten en met haar toespraak was begonnen. Rose had een teer gestel, begon ze. Dat was altijd zo geweest. De dierlijke lusten van een man berokkenden haar waarschijnlijk grote schade en het zou voor iedereen het beste zijn als hij er een poosje van afzag. Het bracht Nathaniel zo van zijn stuk om een dergelijk gesprek met zijn schoonmoeder te voeren, dat hij geen woorden kon vinden om zijn eigen standpunt toe te lichten, en ook miste hij er de neiging toe.

In plaats daarvan had hij instemmend geknikt en zocht hij voortaan de vertroosting van de eenzaamheid in de tuinen van het landgoed, in plaats van zijn atelier. Het tuinhuisje was zijn werkplek geworden. Het was nog koud in maart, maar Nathaniel deed het maar al te graag zonder comfort. Het klimaat maakte het minder waarschijnlijk dat iemand hem zou lastigvallen. Eindelijk kreeg hij weer lucht. Het was benauwd geweest om de wintermaanden in huis door te brengen met de ouders van Rose en haar verstikkende behoeftigheid. Haar verdriet en teleurstelling hadden zich in de muren, de gordijnen en tapijten genesteld. Het leek wel een mortuarium. Linus zat altijd in zijn donkere kamer opgesloten, Rose in haar slaapkamer en Adeline maakte de gangen onveilig.

Nathaniel boog zich naar voren. Zijn aandacht was gevangen door een vlekje zwak zonlicht dat door de takken van de rododendrons viel. Zijn vingers jeukten, ze verlangden ernaar het spel van licht en schaduw op papier te vangen, maar er was geen tijd voor. Voor hem op de ezel stond het portret van lord Mackelby; de baard was al af, de rood geaderde wangen en het gerimpelde voorhoofd ook. Alleen de ogen moesten nog. Het waren altijd de ogen in olieverf die Nathaniel nooit helemaal goed kreeg.

Hij koos een penseel en verwijderde een losse haar. Hij wilde net een streek aanbrengen op het canvas toen hij zijn armen voelde prikkelen, het merkwaardige zesde zintuig van het alleen-zijn dat voorbij dreigt te zijn. Hij keek over zijn schouder en ja hoor, daar stond een bediende. Hij reageerde geïrriteerd.

'Grote goedheid, man,' zei Nathaniel. 'Besluip me toch niet zo. Als je iets te zeggen hebt, kom dan voor me staan en voor de draad ermee. Dat heimelijke gedoe is toch nergens voor nodig?'

Nathaniel schudde zijn hoofd. De mate van slaafsheid in Engeland was iets waarop hij niet was voorbereid. In Amerika waren natuurlijk ook bedienden, maar die waren anders. Voor de Amerikaan was dienstbaarheid een pak dat hij aantrok, een masker dat hij opzette. Die had een vak waarmee hij zijn brood verdiende. Daaronder klopte een heel gewoon menselijk hart. Maar in Engeland was dat anders. De man wás het masker, een bediende tot in het diepst van zijn vezels. Dat zat Nathaniel dwars. Het geneerde hem in zekere zin, het gaf hem een kinderlijk gevoel. Op de een of andere manier was het kleinerend voor beide partijen. De zekerheid waarmee een bediende hier zijn plaats wist, maakte Nathaniel gek genoeg minder zeker van die van hemzelf. Alsof hij degene met een masker was. 'Nou, man, spreek op. Wat is er?'

'Lady Mountrachet laat weten dat het rijtuig naar Tremayne Hall vanmiddag om twee uur zal vertrekken, meneer.'

Nathaniel vloekte in stilte. Hij was Tremayne Hall vergeten. Weer zo iemand van Adelines rijke vriendinnen die hun wanden met zichzelf wilden bekleden. Misschien – maar dan moest hij wel heel veel geluk hebben – zou zijn model erop staan dat haar drie keffertjes er ook op kwamen!

En dan te bedenken dat er een tijd was geweest dat hij in de wolken was geweest met zo'n introductie, en zijn status had voelen rijzen als een zeil dat op een fonkelnieuw schip wordt gehesen. Hij was een blinde idioot geweest omdat hij zich geen rekenschap had gegeven van de tol van dat succes. Zijn opdrachtenportefeuille was gegroeid, maar zijn creativiteit was omgekeerd evenredig gedaald. Hij produceerde portretten aan de lopende band, net als een van die moderne fabrieken van massaproductie waarover zakenlui het altijd hadden, en zich vervolgens in de gemanicuurde handen wreven van opwinding. Er was zelfs geen tijd om even afstand te nemen en zijn stijl te verbeteren of af te wisselen. Zijn werk was niet dat van een ambachtsman, er zat waardigheid noch menselijkheid meer in zijn penseelstreken.

Het ergste was dat tijd voor tekenen, zijn ware liefde, hem door de vingers glipte, omdat hij het zo druk had met de productie van portretten. Zijn handen, zijn talent, zijn geestkracht, alles leek wel in de groei gestuit.

Hij had de verkeerde keuze gemaakt, dat zag hij nu wel in. Had hij na de bruiloft maar naar Rose' verzoek geluisterd en een nieuw huis voor hen gezocht; misschien zou het dan anders zijn gelopen. Misschien zouden zij en hij dan gelukzalig en tevreden zijn geweest, met kinderen aan hun voeten en artistieke bevrediging binnen handbereik.

Aan de andere kant zou alles misschien toch hetzelfde zijn geweest. Dan zouden zij en hij worden gedwongen dezelfde kwelling te ondergaan, maar dan onder beduidend minder riante omstandigheden. En dat was precies waar de schoen knelde. Hoe kon je van een jongen die armoede had doorstaan ooit verwachten dat hij van twee wegen de armste zou kiezen?

En nu was Adeline, als Eva in eigen persoon, gaan fluisteren over de mogelijkheid dat de koning voor hem zou poseren. En hoewel hij de portretkunst beu was en een hekel aan zichzelf had omdat hij zijn grote liefde had verloochend, was Nathaniels huid al gaan tintelen bij de gedachte alleen.

De bediende bleef bij de haag van het tuinhuisje hangen en Nathaniel zuchtte. 'Je bent er nog.'

'De lunch wordt opgediend in de eetkamer, meneer.'

'Ja, ja.' Hij haalde een hand door zijn haar. 'Ik kom zo.'

De bediende knikte en liep als een houten klaas over het gazon terug naar de zij-ingang.

Nathaniel schoof het doek opzij en haalde de geheime tekeningen uit zijn portfolio. Hij had er met tussenpozen al veertien dagen aan gewerkt, sinds hij tussen Rose' spullen op Eliza's sprookjes was gestuit. Hoewel het eenvoudige kinderverhalen over dapperheid en moraal waren, hadden ze hem toch geraakt. De personages waren in zijn hoofd gekropen en tot leven gekomen, en hun eenvoudige wijsheid had gewerkt als balsem voor zijn verwarde geest en zijn nare volwassen beslommeringen. In afwezige ogenblikken betrapte hij zichzelf erop lijntjes te tekenen die langzaam maar zeker de vorm aannamen van een oud besje aan een spinnewiel; de elfenkoningin met haar lange dikke vlecht en de prinsesvogel die gevangenzat in haar gouden kooi.

En wat als probeersels begonnen was, nam nu de vorm van echte tekeningen aan. Hij accentueerde schaduwen en lijnen en zette de gelaatstrekken wat aan. Nathaniel bevestigde de stukken perkamentpapier boven aan zijn ezel zodat de wind er niet mee vandoor kon gaan. Hij inspecteerde ze nog eens en probeerde geen acht te slaan op het watermerkpapier dat Rose voor hem had gekocht toen ze waren getrouwd; hij probeerde niet aan gelukkiger tijden te denken.

Ze waren nog niet af, maar hij was er wel tevreden over. Het was het enige project dat hem iets van genoegen had gebracht en een vlucht bood uit de beproeving die zijn leven was geworden. Na de lunch zou Nathaniel zichzelf de luxe gunnen om zonder doel te schetsen en tekenen, zoals hij als kind gewend was geweest. De sombere ogen van lord Mackelby konden wel even wachten.

Uiteindelijk kleedde Rose zich met behulp van Mary aan. Ze had de hele morgen al in haar makkelijke stoel gezeten, maar eindelijk besloten haar kamer maar eens te verlaten. Wanneer was ze voor het laatst aan die vier muren ontsnapt? Twee dagen geleden? Drie? Toen ze rechtop stond, viel ze bijna om. Ze was duizelig en voelde zich misselijk; het waren bekende verschijnselen uit haar kinderjaren. In die tijd kon Eliza haar altijd weer opbeuren met sprookjes en verhalen die ze mee terug nam van de inham. Was de genezing van volwassen kwalen maar net zo eenvoudig.

Het was een tijd geleden dat Rose Eliza had gezien. Wanneer ze naar buiten keek, zag ze haar wel eens door de tuin lopen of op de kliftop staan; een ver stipje met lang rood haar dat achter haar aan golfde. Een paar keer was Mary aan de deur gekomen met de boodschap dat juffrouw Eliza beneden stond en een onderhoud verlangde, maar Rose had steeds nee gezegd. Ze hield van Eliza, maar de strijd die ze leverde tegen verdriet en hoop kostte alle energie die ze bij elkaar kon rapen. En Eliza was altijd zo vol levenslust, zo vol plannen, zo gezond. Het was meer dan Rose kon verdragen.

Zo licht als een geestverschijning zwierf Rose door de gestoffeerde gang, met haar hand op de lage handsteun langs de wand om haar evenwicht te bewaren. Vanmiddag, als Nathaniel terug was van zijn bijeenkomst in Tremayne Hall, zou ze naar hem toe gaan in het tuinhuisje. Het zou wel koud zijn natuurlijk, maar ze zou zich door Mary warm laten inpakken. Thomas zou de slaapbank en de deken voor haar comfort kunnen brengen. Nathaniel was daar vast eenzaam; hij zou blij zijn als ze weer aan zijn zijde was. Dan kon hij haar achterovergeleund tekenen. Nathaniel vond het zo heerlijk om haar te tekenen en het was haar plicht als vrouw om haar man tot troost te zijn.

Rose was bijna bij de trap toen ze stemmen in de tochtige gang hoorde.

'Ze zegt dat ze niets gaat zeggen, dat het niemand wat aangaat.' De woorden werden onderstreept door het slaan van een bezem tegen de plint.

'Mevrouw zal niet blij zijn als ze erachter komt.'

'Mevrouw komt er niet achter.'

'Als ze ogen in haar hoofd heeft wel. Er zijn niet veel mensen die niet kunnen zien wanneer een meisje dik wordt van een kind.'

Rose drukte een koude hand tegen haar mond en sloop geruisloos en met gespitste oren verder.

'Ze zegt dat alle vrouwen in haar familie klein dragen. Ze kan het wel onder haar uniform wegmoffelen.'

'Laten we voor haar bestwil hopen dat ze gelijk heeft. Anders vliegt ze er zo uit.'

Rose kwam net op tijd bij de bovenkant van de trap om Daisy de bediendeningang in te zien verdwijnen. Sally was minder fortuinlijk.

De bediende schrok en haar wangen vertoonden opeens onbetamelijke rode vlekken. 'Sorry, mevrouw.' Ze maakte een onhandige reverence waarbij haar bezem in haar rokken verstrikt raakte. 'Ik zag u niet.'

'Over wie ging het, Sally?'

De rode vlekken verspreidden zich naar de oren van het meisje.

'Sally,' zei Rose. 'Ik eis een antwoord. Wie is er zwanger?'

'Mary, mevrouw.' Het was amper meer dan gefluister.

'Mary?'

'Ja, mevrouw.'

'Is Mary zwanger?'

Het meisje knikte vlug en haar gelaatstrekken vertoonden de dringende behoefte ervandoor te gaan.

'Aha.' In Rose' maag opende zich een diep zwart gat dat dreigde haar binnenstebuiten te keren. Dat domme meisje met haar afzichtelijke, goedkope vruchtbaarheid. Ze liep er voor iedereen die het maar wilde zien mee te koop, koerde tegen Rose dat alles goed zou komen, en achter haar rug om zeker in haar vuistje lachen! En ze was nog wel ongehuwd! Nou niet in dit huis. Blackhurst Manor was van oudsher bekend om zijn normen en waarden. Het was de plicht van Rose om die hoog te houden. Ze ademde voorzichtig uit. 'Dank je wel, Sally. Je kunt wel gaan.'

Adeline haalde de borstel door haar haar, haal na haal na haal. Mary was weg, en ze moesten rekening houden met haar afwezigheid, al zouden ze voor het komende weekeindpartijtje ernstig onderbezet zijn. Hoewel Adeline er geen voorstander van was dat Rose zich zonder overleg vooraf met personeelszaken bemoeide, waren dit uitzonderlijke omstandigheden en Mary was een heel achterbaks meisje. Een ongetrouwd achterbaks meisje nog wel, wat de zaak nog schandelijker maakte. Nee, Rose had instinctief gelijk gehad, al was ze drastisch te werk gegaan.

Die arme lieve Rose. Dokter Matthews had Adeline eerder in de week een bezoek gebracht. Hij was tegenover haar in de huiskamer gaan zitten en had de zachte stem opgezet die hij in zorgelijke tijden altijd aanwendde. Rose was er niet best aan toe, had hij gezegd – alsof Adeline dat niet wist – en hij maakte zich ernstig zorgen.

'Helaas betreffen mijn zorgen niet alleen haar klaarblijkelijke achteruitgang. Er zijn…' Hij kuchte licht in zijn keurige vuist. '… ook andere elementen.'

'Andere elementen, dokter Matthews?' Adeline reikte hem een kop thee aan.

'Emotionele kwesties, lady Mountrachet.' Dokter Matthews glimlachte bedeesd en nam een slokje thee. 'Gevraagd naar de fysieke aspecten van haar huwelijksleven, bracht mevrouw Walker tot uitdrukking wat naar mijn professionele mening een ongezonde neiging tot lichamelijkheid is.'

Adeline voelde haar longen zwellen, maar ze hield de adem in en dwong zichzelf kalm uit te ademen. Omdat ze even om woorden verlegen zat, roerde ze nog een klontje suiker door haar thee. Zonder dokter Matthews aan te kijken, verzocht ze hem zijn beschouwing te vervolgen.

'Wees gerust, lady Mountrachet. Het is weliswaar een ernstige aandoening, maar uw dochter is niet de enige. Ik kan u een vrije hoge incidentie van verhoogde lichamelijkheid onder jonge dames van tegenwoordig rapporteren, en ik weet zeker dat ze eroverheen zal groeien. Waar ik me meer zorgen over maak, is mijn vermoeden dat haar lichamelijke neigingen aan het herhaalde mislukken bijdragen.'

Adeline schraapte haar keel. 'Gaat u door, dokter Matthews.'

'Het is mijn oprechte medische opvatting dat uw dochter fysieke omgang moet mijden tot haar arme lichaam voldoende tijd heeft gekregen om te herstellen. Het hangt namelijk allemaal samen, lady Mountrachet. Het hangt allemaal met elkaar samen.'

Adeline bracht haar kopje naar haar mond en proefde de bittere smaak van kostbaar porselein. Ze knikte bijna onmerkbaar.

'Des Heren wegen zijn ondoorgrondelijk. En door Zijn toedoen is ook het menselijk lichaam een mysterie. Het is redelijk om te veronderstellen dat een jonge dame met verhoogde... lusten...' Hij glimlachte verontschuldigend met samengeknepen ogen, 'een minder dan ideaal moedermodel presenteert. Het lichaam weet zulke dingen, lady Mountrachet.'

'Suggereert u soms dat mijn dochter meer succes kan boeken als ze minder pogingen onderneemt?'

'Het is de moeite van overweging waard, lady Mountrachet. Om maar niet te spreken van de voordelen van zo'n matiging voor haar gezondheid en welbevinden in het algemeen. Stelt u zich maar eens een windzak voor, met uw welnemen, lady Mountrachet.'

Adeline trok haar wenkbrauwen op en vroeg zich niet voor het eerst af waarom ze dokter Matthews al die jaren trouw was gebleven.

'Als een windzak jaar in jaar uit aan zijn mast hangt zonder tijd voor rust of reparaties, zal de ruwe wind er uiteindelijk gaten in trekken. Zo moet uw dochter ook de gelegenheid krijgen om te recupereren, lady Mountrachet. Ze moet beschut worden tegen de ruwe winden die dreigen haar omver te blazen.'

Windzakken daargelaten, zat er wel iets in dokter Matthews' redenering.

Rose was zwak en ziekelijk en je kon niet verwachten dat ze volledig zou herstellen zonder zichzelf de tijd te gunnen om te helen. Maar haar verlangen naar een kind was zo groot dat Adeline vreesde dat een poging haar over te halen haar eigen gezondheid op de eerste plaats te stellen onmogelijk zou zijn. Na ampele overwegingen had Adeline besloten Nathaniel zelf in te schakelen. Dat gesprek beloofde wel ongemakkelijk te worden, maar ze wist zich altijd verzekerd van zijn gehoorzaamheid. De afgelopen twaalf maanden had Nathaniel goed geleerd naar Adelines pijpen te dansen. En nu er een vorstelijk portret wachtte, zou hij het ongetwijfeld met Adeline eens zijn.

Adeline slaagde er weliswaar in een schijn van kalmte te bewaren, maar wat was ze kwaad. Hoeveel meer moest Rose' verzwakte lichaam nog verduren? Waarom moest zij zo gestraft worden terwijl anderen zo sterk geboren werden? Waar Adeline ook kwam – op bridgedrives, gezelligheidsbijeenkomsten, doopplechtigheden of weekendpartijen – overal zag ze jonge vrouwen met rode wangen lachen en flirten, en de gedachte drong zich bij haar op voor ze er erg in had: waarom zouden jullie gelukkig en sterk mogen zijn en een gezonde baby in je armen mogen hebben terwijl mijn Rose het zonder moet stellen? In haar donkerste momenten vroeg Adeline zich af of zij iets verkeerd had gedaan. Of God haar misschien strafte. Ze was te hovaardig geweest, ze was te vaak trots op Rose' schoonheid geweest, op haar uitstekende manieren, haar lieve karakter, en de Heer had haar gestraft. Want zo veel ongeluk kon toch geen willekeur zijn? En wat was er nu een ergere straf dan je beminde kind voor je ogen te zien wegkwijnen?

Rose maand in maand uit aan de wanhoop ten prooi zien, wachtend en hopend en meer behept met kwaaltjes naarmate de tijd verstreek – buitensporige vermoeidheid of appelflauwten, gebrek aan eetlust, dingen waarover ze andere vrouwen hoorde praten – was zo hartverscheurend, dat Adeline 's avonds op haar kamer bijna wenend instortte vanwege het lijden van haar dochter. Dat ze toch zo veel samen hadden doorgemaakt, dat Rose nog een huwelijk had mogen meemaken, dat zelfs haar armzalige partnerkeuze nog zo magnifiek ten goede gekeerd kon worden... alleen om zo door de natuur vervloekt te worden.

En tot overmaat van ramp moest Mary, dat afgrijselijk gezonde meisje met haar brede, stralende gezicht en die bos onverzorgd haar, ook nog zwanger worden van een ongewenst kind, terwijl anderen die er zo naar verlangden constant nul op het rekest kregen. Er was geen recht. Geen wonder dat Rose woedend was geworden: het was háár beurt. Het blijde nieuws, het kind, zou van Rose geweest moeten zijn. Niet van Mary.

Was er maar een manier om Rose zonder fysieke tol een kind te geven. Natuurlijk was dat uitgesloten. Als je zo'n oplossing zou vinden, zouden de vrouwen in de rij staan.

Adeline hield haar borstel halverwege een beweging stil. Ze keek naar haar spiegelbeeld, maar zag niets. Haar aandacht was elders, bij het wanordelijke beeld van een gezond meisje zonder moederinstinct naast een broze vrouw wier lichaam weigerde aan haar hunkerende moederhart te gehoorzamen...

Ze legde de borstel neer en drukte haar koude handen op haar schoot ineen.

Was het mogelijk zulke tegenstellingen te verzoenen?

Het zou niet eenvoudig zijn. In de eerste plaats moest Rose ervan overtuigd worden dat het de beste oplossing was. Dan had je dat meisje nog. Die moest te verstaan worden gegeven dat het haar plicht was, dat ze het de familie Mountrachet na zo veel jaren van welwillendheid verplicht was.

Niet eenvoudig, dat kon je wel zeggen. Maar ook niet onmogelijk.

Adeline kwam langzaam overeind en legde de borstel zacht op de kaptafel. In gedachten speelde ze nog met het idee toen ze de gang in liep op weg naar Rose' vertrekken.

De sleutel tot het enten van rozen was het mes. Het moest vlijmscherp zijn, volgens Davies. Scherp genoeg om de haartjes zo van je arm te scheren. Eliza had hem in de plantenkas aangetroffen en hij wilde haar maar al te graag helpen met het maken van een hybride voor haar tuin. Hij had haar laten zien waar je de inkeping moest maken, hoe je ervoor kon zorgen dat er geen splinters, hobbels of onvolkomenheden waren die konden voorkomen dat de stek aan zijn nieuwe stam zou hechten. Uiteindelijk was ze de hele morgen in de kas gebleven om te helpen met het verpotten voor de lente. Het was heel fijn om je handen in de warme aarde te steken en aan je vingertoppen de belofte van de nieuwe lente te voelen.

Toen Eliza vertrok, liep ze weer helemaal terug. Het was een koude dag; heel hoog in de atmosfeer was wat sluierbewolking, en Eliza vond de frisse wind in haar gezicht na die bedompte plantenkas heerlijk. Zo dicht bij het grote huis moest ze altijd aan haar nicht denken. Mary had gemeld dat Rose de laatste tijd neerslachtig was, en hoewel Eliza verwachtte dat ze niet zou worden toegelaten, kon ze het niet verdragen zo vlakbij te zijn zonder het te proberen. Ze klopte op de zij-ingang en wachtte tot er werd opengedaan.

'Dag, Sally, ik kom voor Rose.'

'Dat gaat niet, juffrouw Eliza,' zei Sally met een chagrijnig gezicht. 'Mevrouw Walker heeft andere dingen die haar aandacht vragen en is niet beschikbaar voor gasten.' De zinnen klonken alsof ze uit het hoofd waren geleerd.

'Kom nou, Sally,' zei Eliza, en haar glimlach begon al zeer te doen. 'Ik ben iets anders dan een gast. Als je juffrouw Rose laat weten dat ik er ben, weet ik zeker dat ze...'

Vanuit de schaduwen klonk de stem van tante Adeline. 'Sally heeft helemaal gelijk. Mevrouw Walker heeft het druk.' De donkere zandloper zweefde in beeld. 'We staan op het punt aan tafel te gaan. Als je een visitekaartje achterlaat, zorgt Sally ervoor dat mevrouw Walker weet dat je audiëntie hebt aangevraagd.'

Sally stond met gebogen hoofd en rode wangen. Er was ongetwijfeld heibel onder het personeel, en ze zou het later allemaal wel van Mary horen. Zonder Mary's regelmatige rapportage zou Eliza geen idee hebben van wat er in het huis gebeurde.

'Ik heb geen kaartje,' zei Eliza. 'Zeg maar tegen Rose dat ik langs ben geweest, Sally. Ze weet me wel te vinden.'

Met een knikje naar haar tante stak Eliza het gras weer over, en ze wierp alleen een blik over haar schouder om Rose' nieuwe slaapkamer te zien, waar de muren al wit in het vroege lentelicht lagen. Huiverend moest ze aan Davies entmes denken: aan het gemak waarmee een mes dat scherp genoeg is een plant zo kan doorklieven dat er geen aanwijzingen meer van de voormalige band overblijven.

In de buurt van de fontein verder op het gazon kwam Eliza bij het tuinhuisje. Daarbinnen stond Nathaniels schildergereedschap, zoals tegenwoordig zo dikwijls. Hijzelf was nergens te bekennen, waarschijnlijk was hij naar binnen voor de lunch, maar zijn werk stond nog op de ezel...

Eliza's gedachten stonden stil.

De tekeningen bovenaan waren onmiskenbaar.

Ze kreeg een merkwaardig vervreemd gevoel want ze zag spinsels van haar eigen verbeelding die tot leven gebracht waren. Personages die tot nu toe alleen haar eigen verbeelding hadden bevolkt waren als bij toverslag in beelden veranderd. Er trok een onverwachte huivering onder haar huid door, warm en koud tegelijk.

Eliza kwam wat dichterbij en beklom het trapje naar het tuinhuisje. Ze liet haar blik over de tekeningen dwalen. Ze glimlachte onwillekeurig. Het was net alsof je ontdekte dat een ingebeeld vriendje opeens een lichaam had gekregen. Ze kwamen voldoende overeen met haar eigen beelden om ze direct te herkennen, maar op de een of andere manier waren ze ook anders. Ze besefte dat zijn hand donkerder was dan haar hoofd en dat vond ze leuk. Zonder nadenken maakte ze de tekeningen los.

Eliza haastte zich terug, de doolhof en haar tuin door en via de zuidpoort naar huis. Onderweg moest ze steeds maar aan de tekeningen denken. Ze vroeg zich af wanneer hij ze had gemaakt en waarom, en wat hij ermee van plan was. Pas toen ze haar jas en hoed in de gang van het huisje ophing, herinnerde ze zich de brief die ze pas van de uitgever in Londen had gekregen. Meneer Hobbins was begonnen Eliza te complimenteren met haar verhalen. Hij zei dat hij een dochtertje had dat met ingehouden adem elk nieuw sprookje van Eliza Makepeace afwachtte. Daarna had hij voorgesteld dat Eliza eens over een geïllustreerde bloemlezing zou nadenken, en aan hem zou denken als het zover was.

Eliza had zich gevleid maar niet overtuigd gevoeld. Om de een of andere reden was het idee nog niet uit het abstracte van haar verbeelding losgeweekt. Maar nu ze Nathaniels tekeningen had gezien, merkte ze dat ze zich zo'n boek wel kon voorstellen; ze kon het gewicht bijna in haar handen voelen. Een ingebonden uitgave met al haar lievelingsverhalen, een boek waarover kinderen zich konden buigen, net als het boek dat ze al die jaren geleden in de pandjeswinkel van mevrouw Swindell had gevonden.

En hoewel meneer Hobbins in zijn brief niets concreets over de vergoeding had gezegd, ging Eliza ervan uit dat zoiets toch guller beloond zou worden dan wat ze tot nu toe had ontvangen. Een heel boek moest veel meer waard zijn dan één sprookje. Misschien zou Eliza dan eindelijk genoeg geld voor een zeereis hebben…

Er werd hard geklopt.

Eliza schoof het irrationele gevoel opzij dat ze Nathaniel aan de voordeur zou treffen die zijn tekeningen kwam terughalen. Natuurlijk was dat niet zo. Hij kwam nooit naar het huisje, en bovendien zou het uren duren voordat hij ze zou missen.

Toch rolde Eliza ze op en stak ze in de zak van haar jas.

Ze deed de deur open. Aan de andere kant stond Mary met rood behuilde wangen.

'Help me alstublieft, juffrouw Eliza.'

'Wat is er, Mary?' Eliza trok het meisje naar binnen en wierp een blik over haar schouder voordat ze de deur weer sloot. 'Ben je gewond?'

'Nee, juffrouw Eliza.' Ze snikte sidderend. 'Het is iets heel anders.'

'Vertel het dan maar, wat is er gebeurd?'

'Het is mevrouw Walker.'

'Rose?' Eliza's hart bonkte in haar keel.

'Ze heeft me weggestuurd,' snotterde Mary. 'Ze zei dat ik onmiddellijk kon vertrekken.'

Opluchting dat Rose ongedeerd was, leverde strijd met verbazing. 'Maar waarom in hemelsnaam, Mary?'

Mary liet zich op een stoel vallen, wreef met haar pols in haar ogen en smeerde haar tranen uit over haar gezicht. 'Ik weet niet hoe ik het moet zeggen, juffrouw Eliza.'

'Zeg het dan maar zonder omwegen, Mary, ik smeek het je, wat is er in godesnaam gebeurd?'

Nieuwe tranen biggelden over Mary's wangen. 'Ik krijg een kindje, juffrouw Eliza, ik ga een kindje krijgen en ik dacht dat ik het wel verborgen kon houden, maar mevrouw Walker heeft het ontdekt en nu zegt ze dat ik niet meer welkom ben.'

'O, Mary,' zei Eliza, die op de andere stoel zakte en Mary's handen in de hare pakte. 'Weet je het zeker van die baby?'

'Er is geen twijfel mogelijk, juffrouw Eliza. Het was niet de bedoeling dat het zou gebeuren, maar het is toch gebeurd.'

'En wie is de vader?'

'Een jongen van een straat verderop. Alstublieft, juffrouw Eliza, hij is geen slechte jongen en hij zegt dat hij met me wil trouwen, maar eerst moet ik geld verdienen, anders is er niets voor een huis en geen geld om de baby te eten te geven. Ik mag mijn baan niet verliezen, nu nog niet, juffrouw Eliza, en ik weet dat ik mijn werk nog steeds goed doe.'

Mary keek zo radeloos dat Eliza alleen maar kon zeggen: 'Ik zal zien wat ik kan doen.'

'Wil je met mevrouw Walker praten?'

Eliza schonk een glas water uit de kan in en gaf het aan Mary. 'Ik zal een poging wagen. Maar jij weet net zo goed als ik dat een gesprek met Rose niet makkelijk te regelen is.'

'Alsjeblieft, juffrouw Eliza, jij bent mijn enige hoop.'

Eliza knikte en glimlachte met een zelfvertrouwen dat ze niet voelde. 'Ik wacht er een paar dagen mee, zodat Rose de kans krijgt tot bedaren te komen, en dan zal ik een goed woordje voor je doen. Ik weet zeker dat ik haar kan overtuigen.'

'O, dank je wel, juffrouw Eliza. Je weet dat ik niet wilde dat dit zou gebeuren, ik heb het vreselijk verprutst. Ik zou willen dat ik de tijd kon terugdraaien om het ongedaan te maken.'

'Dat soort macht willen we allemaal wel eens,' zei Eliza. 'Ga maar naar huis, lieve Mary, en probeer je geen zorgen te maken. Het komt wel goed, dat weet ik zeker. Ik zal je bericht sturen wanneer ik met Rose heb gesproken.'

Adeline klopte licht op de slaapkamerdeur en duwde hem open. Rose zat op het bankje in de vensternis met haar blik op de tuin beneden. Haar armen waren heel broos, haar profiel was ingevallen. De sfeer in het vertrek was even lusteloos als zijn eigenares, met zijn platte kussens en gordijnen die mistroostig doorgezakt hingen. Zelfs de lucht tussen de lichtbundels die naar binnen vielen leek verschraald.

Rose gaf geen teken dat ze de bezoekster had gehoord, of het erg vond om gestoord te worden, dus ging Adeline achter haar staan. Ze keek naar buiten om te zien wat haar dochters aandacht had getrokken.

Nathaniel zat aan zijn ezel in het tuinhuisje en nam papieren in zijn leren portfolio door. Hij had iets geagiteerds, alsof hij een belangrijk stuk gereedschap kwijt was.

'Hij gaat bij me weg, mama.' Rose' stem was even flets als het zonlicht. 'Wat houdt hem nog hier?'

Rose draaide zich om en Adeline moest haar best doen om haar gezicht niet haar dochters grauwe, ontredderde staat te laten weerspiegelen. Ze legde een hand op Rose' knokige schouder. 'Alles komt goed, lieve Rose van me.'

'O ja?'

Ze klonk zo bitter dat Adelines gezicht vertrok. 'Natuurlijk.'

'Ik zie niet in hoe dat mogelijk is, want blijkbaar ben ik niet in staat een man van hem te maken. Telkens weer lukt het me niet hem een erfgenaam te geven, een eigen kind.' Rose wendde zich weer naar het raam. 'Natuurlijk gaat hij bij me weg. En zonder hem zal ik helemaal tot niets wegkwijnen.'

'Ik heb met Nathaniel gesproken, Rose.'

'O, mama...'

Adeline bracht een vinger naar Rose' lippen. 'Ik heb met Nathaniel gesproken en ik heb er alle vertrouwen in dat hij, evenals ik, niets liever wil dan de terugkeer van je gezondheid. Kinderen zullen komen wanneer jij gezond bent, en daarvoor moet je geduld oefenen. Gun jezelf de tijd om te herstellen.'

Rose schudde haar hoofd; haar nek was zo dun dat Adeline dat hoofd stil wilde houden zodat ze zich niet zou bezeren. 'Ik kan niet wachten, mama. Zonder kind wil ik niet verder leven. Ik zou alles willen doen om een baby te krijgen, zelfs ten koste van mezelf. Ik wil liever doodgaan dan het uitstellen.'

Adeline ging voorzichtig op het bankje naast haar zitten en pakte de witte, koude handen van haar dochter in de hare. 'Zo ver hoeft het niet te komen.'

Rose keek Adeline met grote, knipperende ogen aan; diep vanbinnen flakkerde een bleek sprankje hoop; de hoop die een kind nooit helemaal kwijtraakt; het vertrouwen dat moeder een oplossing heeft.

'Ik ben je moeder en ik moet ervoor zorgen dat je gezond wordt, zelfs als jij dat niet doet, vandaar dat ik lang en diep over jouw precaire situatie heb nagedacht. Ik geloof dat er een mogelijkheid bestaat om een kind te krijgen zonder jezelf lichamelijk in gevaar te brengen.'

'Mama?'

'Misschien zul je eerst wat tegenstribbelen, maar ik smeek je, zet je twijfels opzij.' Adeline liet haar stem dalen. 'Luister alsjeblieft goed naar alles wat ik je te vertellen heb, Rose.'

Uiteindelijk was het Rose die contact zocht met Eliza. Vijf dagen na Mary's bezoekje kreeg Eliza bericht dat Rose haar graag wilde spreken. Verrassender nog was dat Rose in haar briefje schreef dat ze haar graag in Eliza's verborgen tuin wilde spreken.

Toen Eliza haar niet zag, was ze blij dat ze eraan had gedacht kussens op het ijzeren bankje te leggen, want die arme Rose was nog maar een schaduw van zichzelf. Mary had wel iets losgelaten over achteruitgang, maar Eliza had zich deze extreme vorm nooit kunnen voorstellen. Eliza deed wel haar best de schrik van haar gezicht te houden, maar besefte dat het haar niet was gelukt.

'Je bent verrast door mijn uiterlijk, nicht,' glimlachte Rose zodat haar jukbeenderen zich scherp aftekenden.

'Helemaal niet,' gooide Eliza eruit. 'Natuurlijk niet, alleen, mijn gezicht...'

'Ik ken je langer dan vandaag, Eliza van me. Het is niet erg. Ik ben niet lekker geweest en ben verzwakt, maar ik kom er wel weer bovenop, zoals altijd.'

Eliza knikte en voelde het warm achter haar ogen prikken.

Rose glimlachte, een glimlach die des te treuriger was omdat er een poging tot zekerheid in school. 'Kom hier,' gebaarde ze, 'kom naast me zitten, Eliza. Ik wil mijn lieve nichtje naast me hebben. Weet je nog, toen je me voor het eerst naar de verborgen tuin bracht en we samen die appelboom hebben geplant?'

Eliza pakte Rose' magere, koude hand. 'Natuurlijk. En moet je die boom van ons nu toch eens zien, Rose.' De jonge scheut had het zo naar zijn zin gehad dat de boomtakken inmiddels de bovenkant van de muur hadden bereikt. Dikke naakte takken hingen gracieus opzij en nieuwe, wilgendunne sprieten wezen naar de hemel.

'Hij is prachtig,' zei Rose melancholiek. 'Te bedenken dat we hem alleen maar in de aarde hoefden te zetten en hijzelf precies wist hoe het verder moest.'

Eliza glimlachte vriendelijk. 'Hij heeft alleen gedaan wat de natuur voor hem in petto had.'

Rose beet op haar lip, haar tanden lieten een rode plek achter. 'Als ik hier zo zit, geloof ik bijna dat ik weer zeventien ben, vlak voor mijn reis naar New York. Vervuld van opwinding en blijde verwachting.' Ze glimlachte naar Eliza. 'Het lijkt wel een eeuwigheid geleden dat we hier zo samen hebben gezeten, alleen jij en ik, zoals we altijd deden toen we klein waren.'

Een golf nostalgie spoelde een jaar van afgunst en teleurstelling weg. Eliza pakte Rose' hand stevig in de hare. 'Dat is helemaal waar, nicht.'

'Weet je nog die dag dat we naar de spelonk gingen?'

'Een van de mooiste dagen.'

'Je hebt nog wekenlang straf gekregen.'

'Dat was het waard.'

'We zijn er nooit meer terug geweest.'

'Nee.'

Rose keek haar even van opzij aan. 'Ben je ooit wel eens in je eentje gegaan, nicht?'

Eliza klemde Rose' hand nog steviger vast. 'Natuurlijk niet, Rose.'

'Ik zou het je anders wel vergeven, hoor. Het is vast niet makkelijk voor je geweest, om al die jaren met een speelkameraadje als ik opgezadeld te zijn geweest.'

'Ik heb je toen een belofte gedaan, Rose. Zo'n verbond zou ik niet verbreken.'

Rose knikte, maar keek Eliza niet aan. 'Ik weet het, nicht,' zei ze met haar ogen nog steeds op de verste muur van de tuin gericht. 'Jij hebt altijd woord gehouden.' Ze hoestte een beetje en haar frêle postuur schudde van de inspanning. Eliza wilde haar net een omslagdoek aanbieden, toen Rose weer sprak: 'Ik vraag me af, heb je de laatste tijd nog nieuws van het huis gehoord?'

Eliza antwoordde behoedzaam, verbaasd over deze plotselinge wending in het gesprek. 'Ik heb Mary gesproken.'

'Dan weet je het dus.' Rose keek Eliza aan en bleef haar aankijken voordat ze treurig haar hoofd schudde. 'Ze liet me geen keus, nicht. Ik begrijp dat jullie elkaar graag mochten, maar het was ondenkbaar dat ze in haar omstandigheden op Blackhurst kon blijven. Dat begrijp je toch wel?'

'Ze is een goed en trouw persoon, Rose,' zei Eliza vriendelijk. 'Ze heeft onvoorzichtig gehandeld, dat zal ik niet ontkennen. Maar je kunt toch wel de hand over je hart halen? Ze heeft geen inkomen en de baby in haar buik zal behoeften hebben die zij moet vervullen. Denk alsjeblieft aan Mary, Rose. Stel je haar moeilijke situatie eens voor.'

'Ik kan je verzekeren dat ik aan niets anders kan denken.'

'Dan zul je misschien begrijpen…'

'Eliza, heb jij ooit naar iets verlangd, iets wat je zo heel graag wilde, dat je niet zonder zou kunnen leven?'

Eliza dacht aan haar ingebeelde oceaanreis. Haar liefde voor Sammy. Haar behoefte aan Rose.

'Ik wil meer dan wat ook een kind. Mijn hart hunkert ernaar en mijn armen ook. Soms voel ik het gewicht van het kind dat ik in mijn armen wil wiegen en dat warme hoofdje in mijn elleboog.'

'En dat zal op een dag wel…'

'Ja, ja. Op een dag.' Rose' flauwe glimlach rijmde niet met haar optimistische woorden. 'Maar ik heb al zo lang geworsteld. Dertien maanden, Eliza. Dertien maanden en die hele weg lag bezaaid met teleurstelling en afwijzing. Nu zegt dokter Matthews dat mijn gezondheid het misschien laat afweten. Denk je eens in wat voor gevoel Mary's geheimpje mij bezorgde. Dat zij per ongeluk precies datgene krijgt waar ik naar hunker. Dat zij, die helemaal niets te bieden heeft, datgene zal hebben wat mij, die alles heeft, wordt ontzegd. Nou, je begrijpt toch wel dat zoiets niet juist kan zijn? Zulke tegenstellingen kunnen toch niet Gods bedoeling zijn?'

Rose was zo verpletterd en haar broze verschijning was zo'n schril contrast met haar vurige verlangen, dat Mary's welzijn Eliza opeens het minst belangrijk leek. 'Hoe kan ik je helpen, Rose? Zeg maar wat ik voor je kan doen.'

'Er is één ding, nicht Eliza. Ik heb je nodig om mij bij iets te helpen, iets waar Mary op haar beurt ook baat bij zal hebben.'

Eindelijk. Eliza had altijd geweten dat Rose zich zou realiseren dat ze haar nodig had. Dat alleen Eliza haar kon helpen. 'Natuurlijk, Rose,' zei ze. 'Ik doe alles voor je. Zeg maar wat ik voor je moet doen en het komt voor elkaar.'

38

Vrijdagavond laat ging het regenen en het hele weekeinde lag het dorp gehuld in een mistroostige deken van grijze mist. Gezien het plotselinge slechte weer besloot Cassandra dat haar vermoeide ledematen wel wat rust konden gebruiken en nam ze een welverdiende pauze van het werk aan het huisje. Ze bracht de zaterdag opgekruld door op haar kamer met kopjes warme thee en Nells schrift, geïntrigeerd door haar grootmoeders verslag van de privédetective in Bodmin die ze had geraadpleegd. De man heette Ned Morrish en ze had zijn naam uit de plaatselijke telefoongids geplukt nadat William Martin had voorspeld dat ze haar raadsel zou oplossen als ze erachter kon komen waarheen Eliza in 1909 was verdwenen.

Op zondag trof Cassandra Julia voor de middagthee. Het had de hele ochtend onafgebroken geregend, maar in de loop van de middag was de regenbui al teruggebracht tot motregen en vulden de dalen zich met mist. Door de met stijlen verdeelde ruiten zag Cassandra alleen het sombere groen van een doorweekt gazon; de rest was allemaal mist, al was er hier en daar een kale tak te zien als haarscheurtjes in een witte muur. Het was het soort grijs waarop Nell dol was geweest. Cassandra glimlachte; ze herinnerde zich hoe haar grootmoeder van enthousiasme vervuld kon zijn wanneer ze haar regenjas en laarzen had aangetrokken. Misschien had Nells erfgoed haar geroepen van ergens diep vanbinnen.

Cassandra leunde naar achteren in de kussens van haar leunstoel en keek naar de vlammen die in de open haard flakkerden. In alle hoeken van de hotellounge hadden zich mensen verzameld – sommigen met bordspelletjes, anderen met een boek of om een hapje te eten – de zaal was vol van het geruststellende geroezemoes van mensen die het warm en droog hadden.

Julia deed een lepel room op haar met jam gevulde scone. 'Dus vanwaar die plotselinge belangstelling voor de muur van het huisje?'

Cassandra's vingers sloten zich om de warme beker. 'Nell geloofde dat ze het antwoord op haar eigen mysterie zou vinden als ze ontdekte waar Eliza in 1909 heen was gegaan.'

'Maar wat heeft dat met die muur te maken?'

'Ik weet het niet, misschien niets. Maar iets in Rose' plakboek heeft me aan het denken gezet.'

'Wat voor iets?'

'In 1909 schrijft ze iets over de muur wat Eliza's afwezigheid met de bouw ervan in verband brengt.'

Julia likte de room van haar vinger. 'Ik weet het weer,' zei ze. 'Daar schrijft ze een stukje over voorzichtigheid, want waar een heleboel te winnen valt, is ook veel te verliezen.'

'Precies. Ik wilde alleen dat ik wist wat ze bedoelde.'

Julia beet op haar lip. 'Wat onbeleefd van haar dat ze niet wat heeft uitgeweid ten behoeve van degenen die een jaar of negentig later over haar schouder mee zouden lezen!'

Cassandra glimlachte afwezig en friemelde aan een draadje dat uit de armleuning van haar stoel was losgekomen. 'Maar waarom zou ze dat hebben gezegd? Wat viel er te winnen, wat was ze zo bang te verliezen? En wat heeft de beveiliging van het huisje met al die dingen te maken?'

Julia nam een hap van haar scone en kauwde er langzaam en nadenkend op. Ze depte haar lippen met een servetje van het hotel. 'Rose was toch zwanger in die periode?'

'Wel volgens de tekst in het plakboek.'

'Dan waren het misschien de hormonen. Dat kan toch? Dat vrouwen helemaal emotioneel worden en zo? Misschien miste ze Eliza en maakte ze zich zorgen dat het huisje beroofd of geplunderd zou worden. Misschien voelde ze zich verantwoordelijk. De twee meisjes waren toen nog dik met elkaar.'

Cassandra dacht een poosje na. Zwangerschap kon vrij radicale stemmingswisselingen tot gevolg hebben, maar was dat antwoord voldoende? Zelfs een hormonale invloed in aanmerking genomen, was de tekst toch merkwaardig. Wat gebeurde er in het huisje dat Rose zo kwetsbaar maakte?

'Ze zeggen dat het morgen mooi weer wordt,' zei Julia. Ze legde haar mes op het bekruimelde bordje. Ze leunde naar achteren in haar makkelijke stoel, trok de rand van het gordijn opzij en staarde in het mistige schijnsel. 'Jij gaat waarschijnlijk weer aan het werk in je huisje?'

'Eigenlijk niet, nee. Er komt een vriendin logeren.'

'Hier, in dit hotel?'

Cassandra knikte.

'Prachtig! Laat maar weten als er iets is wat ik kan doen.'

Julia had gelijk, maandagmiddag was de mist eindelijk opgetrokken en beloofde een waterig zonnetje door de wolken te breken. Cassandra zat in de lounge te wachten toen Ruby's auto buiten op het parkeerterrein stopte. Ze moest glimlachen toen ze de kleine witte vijfdeursauto zag, pakte de plakboeken en haastte zich naar de receptie.

'Pfff!' Ruby zette een stap naar binnen en liet haar bagage vallen. Ze haalde een plastic regenkapje van haar hoofd en schudde haar woeste haardos uit. 'Over een traditioneel welkom in Cornwall gesproken! Geen druppel regen en toch doornat.'

'Dat komt door de mist.'

Ruby bleef met een ruk staan en keek Cassandra aan. 'Wel, wel, moet je jou eens zien.'

'Wat is er?' Cassandra streek haar haar glad. 'Is er iets met me?'

Ruby moest zo grijnzen dat er rimpeltjes om haar ogen verschenen. 'Helemaal niets, dat bedoel ik nou juist. Je ziet er geweldig uit.'

'O. Nou, dank je.'

'Het zal de lucht in Cornwall wel zijn; je bent een totaal ander meisje dan de Cassandra die ik van Heathrow heb gehaald.'

Cassandra moest lachen, wat Samantha verraste, die met gespitste oren aan de balie stond. 'Heerlijk om je weer eens te zien, Ruby,' zei ze, terwijl ze een van de koffers pakte. 'Eerst deze uit de weg en dan gaan we een wandeling maken om de baai na al die regen te inspecteren.'

Cassandra deed haar ogen dicht, hief haar gezicht naar de lucht en liet de zeewind haar oogleden kietelen. Een eindje verderop aan het strand zat een stel meeuwen naar elkaar te schreeuwen, een insect vloog rakelings langs haar oor, kleine golfjes likten ritmisch aan de kust. Ze voelde een weldadige rust over zich dalen toen ze haar ademhaling synchroon met de branding liet gaan, in en uit, in en uit, in en uit. De regen van de laatste tijd had het schuim van de zee opgeklopt en de sterke geur daarvan kwam mee op de wind. Ze deed haar ogen open en keek langzaam om zich heen. De rij oude bomen boven op de kliftop, de zwarte rots aan het eind van het strand, de hoge duinen met helmgras waarachter haar huisje schuilging. Ze zuchtte, wat een genot.

'Ik heb het gevoel alsof ik zo *De Vijf op Smokkelaarsrots* ben binnengelopen!' riep Ruby een eindje verder op het strand. 'Ik blijf maar verwachten dat Timmy de Hond zo meteen aan komt hollen met een fles vol boodschappen in zijn bek...' Ze sperde haar ogen wijd open. '... of een

398

menselijk bot; iets vreselijks wat hij heeft opgegraven!'

Cassandra glimlachte. 'Vroeger was ik ook dol op dat boek.' Ze liep langs het klif naar Ruby en de zwarte rots. 'Toen ik het als kind op bloedhete dagen in Brisbane las, had ik er alles voor overgehad om aan zo'n mistige kust met smokkelaarsgrotten te zijn opgegroeid.'

Aangekomen aan het eind van het strand waar de keistenen in gras overgingen, lag voor hen de steile kustheuvel die de grens van de inham vormde. Tijd en menselijk verkeer hadden kleine vlakke stukjes in de heuvel uitgesleten die amper te zien waren tussen het lange zilveren gras en de kleine, gele zevenster.

'Lieve hemel,' zei Ruby, die halsreikend omhoogkeek. 'Je wilt toch niet zeggen dat we naar boven moeten klimmen, hè?'

'Ik beloof je dat het minder steil is dan het eruitziet.'

'Dit is het onderdeel waarop ik tegen jou moet zeggen dat ik geen atleet ben.' Ruby diepte een paar Engelse dropjes uit haar jaszak en bood Cassandra er een. 'Beetje extra energie?'

Cassandra deed het snoepje in haar mond en wenkte Ruby met een glimlach. 'Kom op, het huisje staat boven.'

Ze klommen langzaam en zwijgend en stopten om de zo veel tijd om Ruby op adem te laten komen. Cassandra zuchtte heel diep en genoot van de schoongeregende lucht. Hoe hoger ze kwamen, hoe koeler het werd. Elk zuchtje van de wind was verzadigd van vocht, opgelicht van de zee om hun gezicht te prikkelen. Toen ze dichter in de buurt van de top kwamen, greep Cassandra de uiteinden van het bleke lange helmgras en liet ze door haar dichte handen glijden. 'We zijn er bijna!' riep ze over haar schouder naar Ruby. 'Het staat hier vlak over de rand.'

'Ik voel me net een Von Trapp,' pufte Ruby. 'Maar dan dikker, ouder en absoluut gespeend van de fut om te zingen.'

Cassandra was al boven. Hoog in de lucht dreven dunne wolken, opgejaagd door de sterke herfstwind. Ze liep naar de rand van het klif en keek uit over de weidse, humeurige zee.

'Achter haar klonk Ruby. 'O, goddank. Ik leef nog.' Ze stond met haar handen op haar knieën te hijgen. 'Ik zal je een geheim verklappen. Ik had er geen vertrouwen in dat dit moment ooit zou komen.'

Ze rechtte haar rug, plaatste haar handen op haar onderrug en kwam naast Cassandra staan. Haar gezicht klaarde op toen haar ogen de horizon afspeurden.

'Mooi, hè?' zei Cassandra.

Ruby schudde haar hoofd. 'Het is verbazingwekkend. Dit moeten vogels voelen wanneer ze op hun nest zitten.' Ze deed een stap naar achteren. 'Behalve misschien een beetje veiliger, gezien het feit dat zij vleugels hebben als ze vallen.'

'Vroeger werd het huisje als uitkijkpost gebruikt. In de tijd van de smokkelaars.'

Ruby knikte. 'Dat wil ik best geloven. Er zou je hierboven weinig ontgaan.' Ze draaide zich om in de verwachting dat ze het huisje zou zien. Ze fronste. 'Jammer van die enorme muur. Die moet een flink stuk van het uitzicht belemmeren.'

'Ja, wel van beneden. Maar hij is er niet altijd geweest; hij is pas in 1909 gebouwd.'

Ruby liep naar het hek. 'Waarom zou iemand het in hemelsnaam zo in willen bouwen?'

'Beveiliging.'

'Tegen wat?'

Cassandra volgde Ruby. 'Geloof me, dat zou ik ook graag willen weten.' Ze duwde het ijzeren hek open.

'Gastvrij.' Ruby wees naar het bordje tegen indringers. BETREDEN OP EIGEN RISICO. Ze was het de afgelopen weken al zo vaak voorbijgelopen dat ze het niet meer zag. Nu kreeg het bordje, tezamen met de opmerking in Rose' plakboek, een nieuwe betekenis.

'Kom op, Cass.' Ruby stond aan het eind van het tuinpad bij de deur van het huisje met haar voeten te stampen. 'Ik ben meegelopen zonder een klacht te uiten, maar je verwacht toch niet dat ik de muren beklim om een raam te vinden om door naar binnen te klimmen?'

Cassandra stak glimlachend de koperen sleutel omhoog. 'Vrees niet. Geen ontberingen meer. Althans vandaag niet meer. We bewaren de verborgen tuin voor morgen.' Ze stak de sleutel in het slot, draaide hem met een metalige klik naar links en duwde de deur open.

Ruby stapte over de drempel en liep door de gang naar de keuken. Binnen was het inmiddels veel lichter sinds Cassandra en Christian de vensters hadden verlost van klimplanten en het vuil van eeuwen van de ruiten hadden gewassen.

'Lieve hemel,' fluisterde Ruby terwijl ze de keuken in zich opnam. 'Nog helemaal in z'n oorspronkelijke staat.'

'Zo kun je het ook zien.'

'Geen mens heeft het nog verpest onder het mom van modernisering.

Wat een zeldzame vondst.' Ze wendde zich met glanzende ogen tot Cassandra. 'Er hangt toch een heerlijke sfeer? Hij wikkelt zich om je heen, warm zou je zeggen. Ik kan bijna de geesten van het verleden om ons heen voelen.'

Cassandra glimlachte. Ze wist wel dat Ruby het ook zou voelen. 'Ik ben zo blij dat je kon komen, Ruby.'

'Ik had het voor geen goud willen missen,' zei ze, terwijl ze de kamer doorliep. 'Grey heeft al bijna oordopjes gekocht voor als we elkaar spreken. Zo beu is hij mijn gekakel over jouw huisje in Cornwall. Bovendien moest ik voor mijn werk in Polperro zijn, dus alles had niet beter kunnen uitpakken.' Ruby leunde tegen de schommelstoel om door het raam aan de voorkant naar buiten te kijken. 'Is dat een vijver daarbuiten?'

'Ja, een kleintje maar.'

'Lief beeldje. Ben benieuwd of hij het koud heeft.' Ze liet de schommelstoel los zodat hij zacht ging wiebelen. De steunen rolden zacht op de planken vloer. Ruby vervolgde haar inspectie van de kamer en streek licht met haar vingers over de plank boven het fornuis.

'Wat moest je in Polperro?' Cassandra ging met gekruiste benen op de keukentafel zitten.

'Mijn tentoonstelling is vorige week afgelopen en ik moest de tekeningen van Nathaniel Walker naar hun eigenaar terugbrengen. Het ging me erg aan het hart om er afscheid van te moeten nemen, dat kan ik je wel vertellen.'

'Is er geen kans dat ze ze permanent aan het museum in bruikleen geeft?'

'Als dat zou kunnen.' Ruby's hoofd was in de bakstenen alkoof van het fornuis verdwenen en haar stem klonk gedempt. 'Misschien kun jij haar wel voor me ompraten.'

'Ik? Ik ken haar helemaal niet.'

'Nee, natuurlijk ken je haar nog niet, maar dat komt wel. Ik heb jouw naam laten vallen toen ik er was en alles verteld over je grootmoeder die familie was van de Mountrachets en dat ze hier op Blackhurst was geboren, dat ze is teruggekomen en het huisje heeft gekocht. Clara was een en al oor.'

'Echt? Wat kan haar dat schelen?'

Ruby richtte zich op en stootte haar hoofd tegen de plank. 'Au!' Ze wreef furieus over de zere plek. 'Altijd dat verrekte hoofd van me.'

'Gaat het een beetje?'

'Ja, ja, prima. Hoge pijndrempel.' Ze stopte met wrijven en knipperde met haar ogen. 'Clara's moeder werkte vroeger als dienstmeisje in Blackhurst, weet je nog? Mary, degene die uiteindelijk bloedworst maakte voor haar man, de slager?'

'Ja, nu weet ik het weer. Zo is zij aan de tekeningen gekomen. Dus hoe wist je dat Clara belangstelling voor Nell had? Wat zei ze?'

Ruby hervatte haar inspectie van het fornuis en maakte het vuurpoortje open. 'Ze zei dat er iets was waarover ze het met je wilde hebben. Iets wat haar moeder had verteld voordat ze stierf.'

Cassandra's nekhaartjes gingen overeind staan. 'Waar ging het over? Zei ze nog meer?'

'Niet tegen mij, en maak je maar niet blij met een dooie mus. Gezien de eerbied die ze voor haar oude moeder had, kan het best zijn dat ze denkt dat je het wel leuk zult vinden om te horen dat de tijd die Mary op Blackhurst had gewerkt de mooiste tijd van haar leven was. Of dat Rose haar eens een compliment over het zilverpoetsen had gemaakt.' Ruby deed het fornuisdeurtje dicht en keek Cassandra aan. 'Dat fornuis werkt zeker niet meer?'

'Jawel hoor. We konden onze ogen niet geloven.'

'We?'

'Christian en ik.'

'Wie is Christian?'

Cassandra ging met haar vinger over de tafel en meed Ruby's blik. 'O, een vriend. Iemand die me helpt met de schoonmaak.'

Ruby's wenkbrauwen gingen omhoog. 'Een vriend, hè?'

'Ja.' Cassandra haalde haar schouders op en probeerde nonchalant te doen.

Ruby glimlachte veelbetekenend. 'Prettig om vrienden te hebben.' Ze liep naar het eind van de keuken, langs het raam met het kapotte ruitje naar het antieke spinnewiel. 'Ik krijg hem zeker niet te zien?' Ze draaide aan het wiel.

'Pas op dat je niet in je vinger prikt,' zei Cassandra.

'Nee, stel je voor.' Ruby gleed met haar vingers over het draaiwiel. 'Ik wil niet de verantwoording dragen dat ik ons allebei voor honderd jaar in slaap laat brengen.' Ze beet met twinkelende ogen op haar onderlip. 'Hoewel het je vriend wel de kans zou geven ons te komen redden.'

Cassandra voelde haar wangen kleuren. Ze bleef nonchalant doen terwijl Ruby de balken van het plafond bekeek, de blauw-witte tegels om de haard en de brede vloerdelen. 'En?' vroeg Cassandra uiteindelijk. 'Wat vind je ervan?'

Ruby draaide met haar ogen. 'Zal ik je eens zeggen wat ik denk, Cass? Ik ben zo jaloers als een aap! Het is geweldig!' Ze leunde tegen de tafel. 'Ben je nog steeds van plan het te verkopen?'

'Ja, ik denk het wel.'

'Dan ben je sterker dan ik.' Ruby schudde haar hoofd. 'Ik zou er geen afstand van kunnen doen.'

Ergens uit het niets kwam opeens iets van bezitterstrots. Cassandra onderdrukte het. 'Het zal wel moeten. Ik kan het niet zomaar aan zijn lot overlaten. Het onderhoud zou te veel worden, vooral als ik aan de andere kant van de wereld zit.'

'Je zou het als vakantiehuisje kunnen aanhouden en het verhuren wanneer jij het niet gebruikt. Dan hebben we altijd onderdak als we behoefte hebben aan een plek aan zee.' Ze lachte. 'Dat wil zeggen, jíj hebt onderdak.' Ze stootte Cassandra aan met haar schouder. 'Kom op, laat eens zien wat er boven is. Ik wil wedden dat je helemaal tot de horizon kunt kijken.'

Cassandra ging voor het smalle trapje op. In de slaapkamer leunde Ruby tegen de vensterbank om over zee uit te kijken. 'O, Cass,' zei ze toen ze de schuimkoppen op de oppervlakte van de zee zag. 'De mensen zouden in de rij staan om hier op vakantie te kunnen gaan. Het is onbedorven, dicht genoeg bij het dorp voor de boodschappen en ver genoeg voor je privacy. Het moet fantastisch zijn bij zonsondergang, en dan 's nachts, wanneer de lichtjes van de vissersboten in de verte op zee als sterretjes fonkelen.'

Ruby's opmerkingen wonden Cassandra op, maar joegen haar ook angst aan, want ze had woorden gegeven aan een heimelijk verlangen, een gevoel waarvan ze zich niet eens bewust was geweest tot het door iemand anders uitgesproken werd. Ze wilde het huisje inderdaad houden. In de tijd dat ze hier had gewerkt, had de sfeer van de plek zich van haar meester gemaakt. Dat was deels door de connectie met Nell, maar er was ook nog meer. Het gevoel dat alles in orde was, wanneer ze in het huisje en de tuin was. Alles was in orde, zowel met de buitenwereld als de binnenwereld. Voor het eerst in tien jaar voelde ze zich heel en sterk. Alsof de cirkel rond was, een gedachte zonder donkere randjes.

Ja, natuurlijk moest ze het verkopen. Iets anders zou roekeloos en dwaas zijn, nietwaar? En het was al zo lang geleden dat Cassandra iets dappers of onverwachts of vreemds had gedaan...

'O, mijn god!' Ruby draaide zich om en greep Cassandra bij haar pols.

'Wat?' Cassandra's maag maakte een salto. 'Wat is er?'

'Ik kom net op een briljant idee.' Ze slikte en maakte een handbeweging terwijl ze op adem kwam. 'We gaan hier slapen,' piepte ze uiteindelijk. 'Jij en ik, vannacht, hier in het huisje!'

Cassandra was al naar de markt geweest en liep net de ijzerhandel uit met een kartonnen doos met kaarsen en lucifers toen ze Christian tegen het lijf liep. Het was drie dagen nadat ze met elkaar hadden gegeten in het café; het had te veel geregend om ook maar te overwegen in het weekeinde naar de verborgen tuin te gaan, en sindsdien had ze hem gezien noch gesproken. Ze voelde zich merkwaardig zenuwachtig en voelde haar wangen warm worden.

'Ga je kamperen?'

'Min of meer. Ik heb een vriendin te logeren en die wil een nacht in het huisje doorbrengen.'

Hij trok zijn wenkbrauwen op. 'Laat de spoken maar niet bijten.'

'Ik zal mijn best doen.'

'Of de ratten.' Hij glimlachte scheef.

Zij lachte ook en daarna klemde ze haar lippen op elkaar. De stilte rekte zich uit als een elastiekje dat dreigde te knappen. Verlegen zei ze: 'Hé, weet je wat? Heb je geen zin om een hapje mee te eten? Niets exotisch, maar het wordt vast leuk; als je niets anders te doen hebt, bedoel ik? Ik weet dat Ruby graag kennis met je wil maken.' Cassandra werd weer rood en vervloekte het vragende haaltje omhoog aan het eind van elke zin. 'Het wordt vast leuk,' herhaalde ze.

Hij knikte en leek even na te denken. 'Ja,' zei hij. 'Graag. Dat zou ik ook leuk vinden.'

'Geweldig.' Cassandra voelde een onderhuidse rilling. 'Zeven uur? En je hoeft niets mee te nemen, zoals je ziet is er genoeg.'

'O, hé, geef dat maar aan mij.' Christian nam Cassandra's kartonnen doos van haar over. Ze verschoof de plastic hengsels van haar boodschappentas en krabde de striemen die ze hadden achtergelaten. 'Ik breng je wel even naar boven,' zei hij.

'Ik wil je niet tot last zijn.'

'Dat ben je niet. Ik wilde toch bij je langsgaan; ik weet nog iets over Rose en haar plekken.'

'O, ik heb er niets meer over gevonden in de plakb...'

'Dat geeft niet, ik weet wat het waren en ik weet hoe ze er aan is gekomen.' Hij gebaarde naar zijn auto. 'Kom op, we kunnen onderweg wel verder praten.'

Christian manoeuvreerde zijn auto uit de krappe parkeerplek aan de rand van het water en reed de hoofdstraat door.

'En, wat is het?' vroeg Cassandra. Ze klemde de tas met boodschappen tussen haar enkels om te voorkomen dat de blikjes soep zouden omvallen en het brood pletten. 'Wat heb je gevonden?'

De raampjes waren beslagen en Christian veegde met zijn hand de voorruit schoon. 'Toen je het een paar dagen geleden over Rose had, was er iets wat me bekend voorkwam. Dat was de naam van de dokter, Ebenezer Matthews. Ik kon me van m'n leven niet meer herinneren waar ik die naam eerder had gehoord, maar toen schoot het me zaterdagochtend weer te binnen. Tijdens mijn studie heb ik colleges medische ethiek gevolgd en als onderdeel van het tentamen moesten we een historische scriptie maken over de toepassing van nieuwe technologie.'

Hij nam gas terug toen de auto een T-kruising naderde en friemelde aan de verwarming. 'Het spijt me, hij geeft er af en toe de brui aan. Het zal zo wel warm worden.' Hij draaide de knop van blauw naar rood, gaf links aan en reed de steile klifweg op. 'Een van de voordelen van weer thuis wonen is dat ik makkelijk toegang heb tot de dozen waarin mijn leven werd verpakt toen mijn stiefmoeder een fitnessruimte van mijn kamer maakte.'

Cassandra glimlachte en moest denken aan al die dozen van gênante middelbareschoolsouvenirs die ze ontdekte toen ze na het ongeluk weer bij Nell introk.

'Het heeft een poosje geduurd, maar uiteindelijk heb ik dat werkstuk teruggevonden, en ja hoor, het was dezelfde naam, Ebenezer Matthews. Ik had hem erbij gehaald omdat hij uit hetzelfde dorp kwam als waar ik was opgegroeid.'

'En? Stond er in dat werkstuk iets over Rose?'

'Nee, niet direct, maar toen ik besefte wie die dokter Matthews van Rose was, heb ik een e-mail gestuurd naar een vriendin in Oxford die in de medische bibliotheek werkt. Ze was me nog een wederdienst schuldig en beloofde me alles te sturen wat ze kon vinden over de patiënten van de dokter tussen 1888 en 1913. Het leven van Rose.'

Een vriendin. Cassandra zette de onverwachte steek jaloezie van zich af. 'En?'

'Dokter Matthews was een bedrijvig baasje. Aanvankelijk niet, voor iemand die zo hoog is gestegen, was hij maar van nederige komaf. Huisarts in een dorp in Cornwall, die alle dingen deed die een huisarts in een kleine plaats doet. Van wat ik heb begrepen, is zijn grote doorbraak de kennismaking met lady Adeline Mountrachet van Blackhurst Manor geweest. Ik weet niet waarom ze zo'n jeugdige dokter uitkoos toen haar dochtertje ziek was; aristocraten namen in het algemeen veel liever het spook in de arm dat oudoom Finnigan ook nog had behandeld toen hij klein was, maar hoe dan ook, de hulp van Ebenezer Matthews werd ingeroepen. Het moet wel geklikt hebben tussen hem en Adeline, want na dat eerste consult werd hij Rose' vaste arts. Dat is hij haar hele leven gebleven, ook na haar huwelijk.'

'Maar hoe weet je dat? Hoe is je vriendin aan dat soort informatie gekomen?'

'Een heleboel artsen in die tijd hielden een spreekkamerlogboek bij. Patiëntendossiers, wie hun geld schuldig was, voorgeschreven behandelingen, artikelen die ze publiceerden, dat soort dingen. Veel van die logboeken zijn in bibliotheken beland. Ze worden meestal door de familie van de arts gedoneerd of verkocht.'

Ze hadden het punt bereikt waar het grind ophield en overging in gras. Christian parkeerde op de smalle strook bij het uitkijkpunt. Buiten werd de rotswand door de wind geteisterd en de kleine vogeltjes die de wand bewoonden zaten in groepjes nors bijeen. Christian zette de motor af en draaide zich naar Cassandra toe. 'In het laatste decennium van de negentiende eeuw begon Matthews naam te maken. Blijkbaar was hij niet tevreden met zijn lot als plattelandsdokter, al begon zijn patiëntenlijst het aanzien te krijgen van de *Who's Who* van de plaatselijke aristocratie. Hij begon te publiceren over diverse medische kwesties. Het was niet zo moeilijk om zijn publicaties naast zijn log te leggen en erachter te komen dat Rose daarin verschijnt als Mejuffrouw RM. Na 1896 wordt zij regelmatig vermeld.'

'Waarom? Wat was er met haar gebeurd?' Cassandra besefte dat ze de adem inhield en haar keel dichtgeknepen zat.

'Op haar achtste slikte Rose een vingerhoedje in.'

'Waarom?'

'Nou, ik weet het niet, per ongeluk denk ik. En het doet er ook niet toe. Het was geen ramp. De helft van het Britse geld heeft vroeg of laat in een kindermaag gezeten. Ze scheiden het met weinig moeite weer uit als het met rust wordt gelaten.'

Cassandra's adem stokte in haar keel. 'Maar dat was niet het geval zeker. Dokter Matthews heeft haar geopereerd.'

Christian schudde zijn hoofd. 'Het was nog erger.'

Haar maag trok samen. 'Wat heeft hij gedaan?'

'Hij liet röntgenfoto's maken en die publiceerde hij in *The Lancet*.' Christian pakte een fotokopie van de achterbank en gaf die aan haar.

Ze wierp een blik op het artikel en haalde de schouders op. 'Ik begrijp het niet, wat is hier zo bijzonder aan?'

'Het is niet zozeer de foto zelf, maar de sluitertijd.' Hij wees op een streep boven aan de bladzijde. 'Dokter Matthews had de fotograaf opdracht gegeven om zestig minuten te belichten. Waarschijnlijk wilde hij zeker van zijn zaak zijn.'

Cassandra kon de kou buiten de auto voelen beven op haar wang. 'Maar wat wil dat zeggen? Een sluitertijd van zestig minuten?'

'Röntgenstralen zijn gevaarlijk. Is het je nooit opgevallen hoe de tandarts de kamer uit sprint voordat hij op de knop van het röntgenapparaat drukt? Een blootstelling van zestig minuten betekent dat dokter Matthews en de fotograaf samen haar eileiders hebben gefrituurd met alles wat erin zat.'

'Haar eileiders?' Cassandra staarde hem aan. 'Hoe kon ze dan zwanger worden?'

'Dat bedoel ik nou juist. Ze is niet zwanger geworden, dat kon ze niet. Dat wil zeggen, ze zou zeker geen gezond kind hebben kunnen voldragen. Vanaf 1896 was Rose Mountrachet zonder meer onvruchtbaar.'

39

Cliff Cottage, Cornwall, 1975

Ondanks de officiële periode van dertig dagen voor de afhandeling van het contract, was de jonge Julia Bennett buitengewoon voorkomend geweest. Toen Nell vroeg of ze al eerder in het huisje mocht, had ze haar de sleutel met een zwierig gebaar van haar met sieraden behangen pols overhandigd. 'Maakt mij helemaal niets uit,' zei ze met rammelende armbanden. 'Doe maar alsof je al thuis bent. God mag weten dat die sleutel zo zwaar is dat ik blij ben dat ik hem kwijt ben!'

De sleutel was inderdaad zwaar. Hij was groot en van koper, met sierlijke krullen aan het ene uiteinde en stompe tanden aan het andere. Nell keek ernaar, hij was bijna net zo groot als haar hand. Ze legde hem op de houten tafel in de keuken. De keuken van haar huisje. Nou ja, bijna. Nog tien dagen.

Nell zou voor de overdracht niet in Tregenna zijn. Haar vlucht uit Londen was vier dagen eerder en toen ze trachtte haar boeking te veranderen, kreeg ze te horen dat dit alleen mogelijk was voor een exorbitante meerprijs. Dus besloot ze volgens plan naar Australië terug te keren. De plaatselijke notaris die de koop van Cliff Cottage behandelde, wilde best de sleutel tot haar terugkeer in bewaring houden. Dat zou niet lang duren, had ze hem verzekerd. Ze moest alleen nog een paar zaken regelen en dan zou ze voorgoed terugkeren.

Nell had namelijk besloten dat ze voor het laatst naar Brisbane zou terugkeren. Wat hield haar daar? Weinig vrienden, een dochter die haar niet nodig had, zussen die geen zier van haar begrepen. Ze zou haar antiekwinkeltje wel missen, maar misschien kon ze hier in Cornwall opnieuw beginnen? En wanneer Nell daar woonde en meer tijd had, zou ze de onderste steen van het mysterie boven krijgen. Dan zou ze te weten komen waarom Eliza haar had gestolen en op de boot naar Australië had gezet. Ieders leven had een doel, en dit werd dat van Nell. Want hoe zou ze zichzelf anders ooit leren kennen?

Langzaam liep Nell door de keuken om uit haar hoofd de inventaris op te maken. Het eerste wat ze wilde doen wanneer ze weer terug was, was een grote beurt. Vuil en stof hadden lang vrij spel gehad en alle oppervlakten waren ermee bedekt. Er moesten ook dingen worden gerepareerd: delen van de plinten moesten worden vervangen, er was natuurlijk sprake van houtrot, de keuken moest werkbaar worden...

Natuurlijk bood het dorp Tregenna allerlei vaklieden, maar Nell had geen zin om vreemden in haar huisje aan het werk te zetten. Hoewel het was gebouwd van natuursteen en hout, was het voor Nell meer dan een huis. En net zoals zij Lil op haar sterfbed had verzorgd en had geweigerd de zorg over te dragen aan de handen van een welwillende vreemde, besefte Nell dat ze dit huis zelf wilde aanpakken. Ze zou de vaardigheden gebruiken die ze van Haim al die jaren daarvoor had geleerd toen ze nog een klein meisje was met ogen vol liefde voor haar papa, dat zo veel mogelijk tijd doorbracht in zijn schuurtje onder de mangoboom.

Nell bleef bij de schommelstoel staan. Haar aandacht werd getrokken naar een bankje in de hoek. Ze liep er wat dichter naar toe. Een halfvolle fles water, een pakje mariakaakjes, een stripboek genaamd *Whizzer and Chips*. Dat was er zeker niet geweest toen Nell haar inspectie voor de aankoop deed, en dat kon alleen maar betekenen dat iemand sindsdien binnen was geweest. Nell bladerde het stripboek door: een jong iemand zo te zien.

Een vochtig briesje streek over Nells gezicht en ze keek naar de achterzijde van de keuken. In een van de vier raampjes van het venster ontbrak het glas. Nell nam zich voor met plastic en plakband terug te komen voordat ze uit Tregenna zou vertrekken en tuurde naar buiten. Evenwijdig aan het huis liep een enorme haag, afgerond en gelijkmatig, bijna alsof er een muur stond. Nell zag uit haar ooghoeken iets kleurigs flitsen, maar toen ze nog eens keek, zag ze niets. Een vogel waarschijnlijk, of een opossum. Hadden ze die in Cornwall?

Op de kaart die de notaris haar had gestuurd, had Nell gezien dat het terrein een flink stuk voorbij het huis reikte. Dat wilde waarschijnlijk zeggen dat wat er achter die dikke hoge haag lag ook van haar was. Nell besloot een kijkje te nemen.

Het slingerpad naar de zijkant van het huis was smal en donker door het gebrek aan zonlicht. Nell liep voorzichtig en moest onderweg hoog onkruid opzij duwen. Achter groeiden braamstruiken tussen het huis en de haag en Nell moest zich er met zorg een weg doorheen banen.

Halverwege had ze weer het gevoel dat zich iets bewoog, aan haar rechterhand. Nell keek omlaag. Ze zag een paar geschoeide voeten en magere benen uit een gat onder aan de muur steken. Of de muur was zoals in de

Wizard of Oz uit de lucht komen vallen en had de een of andere onfortuin-lijke Cornwalltrol vermorzeld, of ze had de kleine persoon gevonden die zich op verboden terrein had begeven.

Nell greep zijn magere enkel. De benen verstijfden. 'Kom maar tevoor-schijn,' zei ze. 'Eruit.'

Even bleef het stil, maar toen krabbelden de benen weer terug. De jongen die eraan vastzat, was een jaar of tien, hoewel Nell nooit erg goed was ge-weest in het raden van de leeftijd van kinderen. Hij was een garnaal van een jongen met zandkleurig haar en knokige knieën.

'Mag ik aannemen dat jij het jonge aapje bent dat zomaar in mijn huisje inbreekt?'

De jongen keek Nell even aan met grote, knipperende bruine ogen en keek vervolgens naar de grond.

'Hoe heet je? Voor de draad ermee.'

'Christian.'

Zo zacht dat ze het bijna niet verstond.

'Christian wie?'

'Christian Blake. Maar ik deed niets slechts. Mijn papa werkt op het landgoed en soms vind ik het gewoon leuk om naar de ommuurde tuin, úw ommuurde tuin te gaan.'

Nell wierp een blik op de met braamstruiken overwoekerde muur. 'Dus daar ligt een tuin achter? Ik vroeg het me al af.'

'Ja, mevrouw.'

'En vertel eens, Christian, weet je moeder waar je bent?'

De jongen liet zijn schouders hangen. 'Ik heb geen moeder.'

Nell trok haar wenkbrauwen op.

'Ze ging van de zomer naar het ziekenhuis en toen...'

Nells driftbui zakte met een zucht. 'Aha. Wel, en hoe oud ben jij? Negen? Tien?'

'Bijna elf.' Hij stak zijn handen in zijn zak met een gebaar van gezonde verontwaardiging, met zijn ellebogen naar opzij.

'Natuurlijk, nu zie ik het. Ik heb een kleindochter van jouw leeftijd.'

'Houdt zij ook van tuinen?'

Nell keek hem met knipperende ogen aan. 'Dat weet ik niet.'

Christian hield zijn hoofd schuin en fronste bij haar antwoord.

'Dat wil zeggen, ik denk het wel, eigenlijk.' Nell betrapte zich op iets ver-ontschuldigends. Ze gaf zichzelf op haar kop. Ze hoefde geen berouw te voelen omdat ze Lesleys dochter niet kende. 'Ik zie haar niet zo vaak.'

'Woont ze ver bij u vandaan?'

'Niet echt, nee.'

'Waarom ziet u haar dan zo weinig?'

Nell bekeek de jongen eens goed en probeerde vast te stellen of zijn brutaliteit nu innemend was of niet. 'Soms is dat gewoon zoals de dingen gaan.'

Aan zijn gezicht te zien, klonk die verklaring hem even slap in de oren als haarzelf. Maar er waren dingen die zich niet lieten verklaren, vooral niet tegenover jongetjes die zich op verboden terrein bevonden.

Nell herinnerde zichzelf eraan dat het kleine boefje net zijn moeder kwijt was. Niemand was immuun voor onverstandige dingen als hun zekerheid onder hun voeten vandaan werd getrokken, dat besefte Nell maar al te goed. Ze zuchtte. Het leven kon zo verrekte wreed zijn. Waarom moest die jongen moederloos opgroeien? Waarom moest de een of andere arme vrouw vroegtijdig naar haar graf worden gedragen met achterlating van haar zoon die zichzelf maar moest zien te redden? Toen Nell naar die spillebeentjes keek, voelde ze iets vanbinnen samentrekken. Haar stem klonk ruw maar vriendelijk: 'Wat deed je trouwens in mijn tuin?'

'Ik doe echt geen kwaad, eerlijk waar. Ik vind het gewoon prettig om daar te zitten.'

'En je gaat zo naar binnen? Onder de bakstenen door?'

Hij knikte.

Nell bekeek de opening. 'Ik denk niet dat ik daarin pas. Waar is het hek?'

'Dat is er niet. Tenminste niet in deze muur.'

Nell fronste. 'Ik heb een tuin zonder ingang?'

Hij knikte weer. 'Er is er vroeger wel een geweest, vanbinnen kun je zien waar die is dichtgemetseld.'

'Waarom zou iemand een hek dichtmetselen?'

De jongen haalde zijn schouders op en Nell voegde iets toe aan haar mentale lijstje noodzakelijke verbeteringen. 'Misschien kun jij me dan vertellen wat ik mis?' vroeg ze. 'Ik kan tenslotte niet zelf een kijkje nemen. Wat brengt jou helemaal hier naar boven?'

'Het is mijn lievelingsplekje.' Christian knipperde met zijn ernstige bruine ogen. 'Ik vind het prettig om daarbinnen te zitten en met mijn mama te praten. Ze was gek op tuinen en ze was vooral dol op uw ommuurde tuin. Ze hield altijd het meest van wilde tuinen. Zij is degene die me heeft laten zien hoe je erin kunt komen. We zijn hier een keer samen geweest om te proberen de tuin op te knappen. Toen werd ze ziek.'

Nell perste haar lippen op elkaar. 'Over een paar dagen ga ik terug naar

Australië, maar over een maand of twee kom ik weer terug. Ik vroeg me af of jij een oogje in het zeil wilt houden voor me, Christian?'

Hij knikte ernstig. 'O, ja graag, mevrouw.'

'Ik zal blij zijn met de wetenschap dat ik hem in ervaren handen achterlaat.'

Christian rechtte zijn rug en zette zijn borst op. 'En wanneer u terugkomt, zal ik u helpen om het allemaal op te knappen. Net als mijn vader bij het hotel.'

Nell glimlachte. 'Misschien hou ik je daar wel aan ook. Ik neem geen hulp aan van de eerste de beste, maar ik heb het gevoel dat jij in dit geval de juiste man voor dat werk bent.'

40

Blackhurst Manor, Cornwall, 1913

Een dun laagje bewolking was voor de zomerzon gedreven, maar Rose zou toch wel hebben gehuiverd. De vloek was dat Ivory ervan getuige was geweest hoe de gebeurtenissen zich ontvouwden. Nu was ze weer in haar spel verdiept en holde ze touwtjespringend over het gazon, geen zorg in de wereld, maar wie kon gissen hoe de gebeurtenissen haar misschien van streek hadden gemaakt, wat ze had gezien en gehoord, wat ze misschien begrepen had? Rose liet de ontmoeting nog eens de revue passeren, op zoek naar elementen van het gesprek die haar dochter niet had mogen horen. Maar haar zorgen en angst hadden de handen ineengeslagen om haar geheugen te ondermijnen en ze kon zich niet meer de precieze bewoordingen herinneren.

Rose trok de sjaal om haar schouders dichter om zich heen en sloeg haar armen over elkaar tegen een kilte die zich niet liet verdrijven. Toen ze had besloten de zon in de tuin op te zoeken, was Eliza de laatste persoon die ze had verwacht. Rose zat aantekeningen in haar plakboek te maken en keek af en toe op om te zien hoe Ivory door de bloemperken ravotte en er was geen enkele aanwijzing dat de vrede van die dag zo wreed zou worden verstoord. Haar zesde zintuig liet haar een blik in de richting van de doolhof werpen, en toen zag Rose iets waarvan haar bloed stolde. Hoe had Eliza geweten dat ze Rose en Ivory alleen in de tuin zou treffen? Had ze het huis in de gaten gehouden en haar kans afgewacht, tot precies zo'n moment waarop ze Rose kon verrassen? En waarom nu? Waarom was ze na drie jaar juist vandaag gematerialiseerd? Als een spook uit een nachtmerrie stak ze het gras over, met nog een pakje in haar hand ook, verdorie.

Rose wierp een blik opzij. Daar lag het, zogenaamd als iets onschuldigs. Maar dat was het niet. Rose wist wel beter. Ze hoefde niet onder de verpakking van bruin papier te kijken om te weten wat erin zat, een object dat een plaats, een tijd en een band vertegenwoordigde die Rose liever wilde vergeten. Ze pakte haar rokken bijeen en streek ze glad tegen haar dij. Ze probeerde iets van afstand tussen haar en het pakje te scheppen.

Een zwerm mussen vloog op en Rose' aandacht werd getrokken naar het niervormige grasveld. Mama kwam op haar af en de jachthond McLennan danste om haar donkere rokken. Een golf van opluchting maakte Rose duizelig. Mama was tegenwoordig haar anker, in een veilige wereld waar alles was zoals het hoorde te zijn. Toen Adeline dichterbij kwam, kon Rose haar zorgelijkheid niet langer bedwingen. 'O, mama,' zei ze vlug. 'Ze is hier geweest, Eliza is hier geweest.'

'Ik heb het uit het raam gezien.' Mama wierp een blik op het pakje en tilde het voorzichtig van de bank alsof ze bang was zich eraan te branden.

'Alsjeblieft niet openmaken, mama. Ik kan niet verdragen om te zien wat erin zit.' Rose sprak bijna op fluistertoon.

'Is het...?'

'Dat weet ik vrij zeker.' Rose drukte koude vingers tegen haar wang. 'Ze zei dat het voor Ivory was.' Rose keek haar moeder aan en werd overvallen door een verse golf verhitte paniek. 'Waarom zou ze het voor Ivory hebben gebracht, mama? Waarom?'

Haar moeders mond verstrakte.

'Wat bedoelt ze ermee?'

'Ik geloof dat de tijd is gekomen dat je wat afstand tussen jou en je nicht moet scheppen.' Adeline ging naast Rose zitten en legde het pakje op haar schoot.

'Afstand, mama?' Rose' wangen werden kouder en haar stem daalde tot een paniekerig gefluister. 'Denkt u niet dat ze... dat ze misschien weer zal komen?'

'Vandaag heeft ze bewezen dat ze geen respect voor de gestelde regels toont.'

'Maar, mama. U denkt toch zeker niet...'

'Ik denk alleen dat ik je welzijn wil bewaken.' Terwijl Rose' dochter door de vlekken van het zonlicht danste, boog Adeline zich zo dicht naar haar dochter over dat Rose haar zachte bovenlip langs haar oor voelde strijken. Adeline fluisterde: 'Bedenk wel, lieveling, dat een geheim nooit veilig is als anderen het kennen.'

Rose knikte een beetje. Mama had natuurlijk gelijk. Het was dwaasheid om te denken dat het allemaal eeuwig zo kon doorgaan.

Adeline stond op en maakte een polsbeweging om haar hond haar te laten volgen. 'Thomas dekt nu voor de lunch. Wacht niet te lang, je moet alle ellende van vandaag niet nog erger maken door kou te vatten.' Ze legde het pakje weer op de stoel en liet haar stem dalen. 'En laat Nathaniel dat maar weggooien.'

Hollende voetstappen boven haar hoofd, en Adeline dwong zichzelf rustig uit te ademen. Het maakte niet uit hoe dikwijls ze de aloude preek herhaalde over hoe jongedames zich dienden te gedragen, het kind was niet voor rede vatbaar. Dat was natuurlijk wel te verwachten geweest; hoe leuk Rose het kind ook verpakte, het meisje was van lage komaf, daar viel niet aan te ontkomen. Haar wangen waren te rood, haar gelach weerkaatste door de gangen, krullen ontsnapten aan haar strikken, ze had niet meer van Rose kunnen verschillen.

En toch adoreerde Rose het meisje. Zodoende had Adeline haar maar geaccepteerd, had ze zichzelf aangeleerd naar het meisje te glimlachen, om haar impertinente blik te beantwoorden en haar lawaai te tolereren. Wat zou Adeline eigenlijk niet doen voor Rose? Wat hád ze al niet gedaan? Maar Adeline begreep ook dat het haar taak was om streng een vinger in de pap te houden, want het meisje moest krachtdadig worden begeleid als het ooit de valkuilen van haar geboorte wilde overstijgen.

Het kringetje dat de waarheid kende was maar klein en zo moest het blijven ook: iets anders zou een uitnodiging aan het afgrijselijke spook van het schandaal zijn. Daarom was het van het grootste belang dat Mary en Eliza op de juiste wijze werden benaderd.

In het begin was Adeline bang geweest dat Rose het misschien niet zou begrijpen, dat het onschuldige meisje zich misschien zou verbeelden dat het allemaal zomaar kon doorgaan. Maar op dat onderdeel was ze aangenaam verrast. Zodra Ivory in Rose' armen was gelegd, was er een verandering over haar gekomen: ze werd overvallen door een fel en moederlijk verlangen het kindje te beschermen. Rose was het met Adeline eens geweest dat Mary en Eliza in elk geval moesten wegblijven, dat er in elk geval voldoende afstand moest zijn om te voorkomen dat ze elke dag van de partij zouden zijn, maar toch weer niet zo ver dat ze buiten Adelines invloedssfeer zouden komen. Alleen op die manier konden ze voorkomen dat een van beiden zou verklappen wat ze over het kind op Blackhurst wisten. Adeline had Mary geholpen met de koop van een huis in Polperro en Eliza mocht het huisje pachten. Hoewel een deel van Adeline de permanente nabijheid van Eliza betreurde, was het van twee kwaden het minst erge en Rose' geluk ging boven alles.

Die lieve Rose. Ze zag er heel bleek uit, zo alleen op haar tuinstoel. Ze had haar lunch daarna amper aangeroerd; ze had het eten alleen maar een beetje heen en weer geschoven op haar bord. Nu lag ze te rusten en probeerde ze de migraine te voorkomen die haar al de hele week had belaagd.

Adeline ontspande de vuist die ze op schoot had gemaakt en speelde nadenkend met haar vingers. Ze had geen misverstand over de voorwaarden laten bestaan: geen van beide meisjes mocht meer een voet op Blackhurst Estate zetten. Het was een eenvoudige regel en tot op de dag van vandaag hadden ze die allebei opgevolgd. De vleugels van de veiligheid hadden zich over het geheim gevlijd en het leven op Blackhurst had een vreedzaam ritme aangenomen.

Wat bezielde Eliza dan om haar belofte te verbreken?

Uiteindelijk wachtte Nathaniel net zo lang tot Rose met migraine naar bed was gegaan en Adeline bij iemand op bezoek was. Op die manier, was zijn redenering, zou geen van beiden ooit achter de methode hoeven te komen waarmee hij garandeerde dat Eliza weg zou blijven. Sinds Nathaniel erachter was gekomen wat er was gebeurd, had hij gepiekerd hoe hij het probleem het best kon oplossen. Om zijn vrouw in die toestand te zien, was een huiveringwekkende herinnering aan het feit dat die andere Rose, dat gespannen en grillige zenuwenwrak nooit ver onder de oppervlakte school, hoe ver ze ook waren gekomen en ondanks de gezegende ommekeer na de komst van Ivory. Hij had direct geweten dat hij met Eliza moest spreken. Hij moest een manier zien te vinden om haar te laten inzien dat ze nooit meer mocht komen.

Er was enige tijd verstreken sinds hij voor het laatst door de doolhof was gelopen en hij was vergeten hoe donker het was tussen de muren van braamstruiken, en hoe kort de zon daar maar mocht komen. Hij liep voorzichtig en probeerde zich te herinneren welke afslagen hij moest nemen. Dat ging heel anders dan die keer, vier jaar geleden, dat hij erdoorheen was geijld op jacht naar zijn tekeningen. Hij was kokend van woede en zwoegende schouders van het hijgen van de ongewone inspanning bij het huisje aangekomen om ze terug te eisen. Hij had gezegd dat ze van hem waren, dat ze belangrijk voor hem waren, dat hij ze nodig had. En toen hij was uitgesproken had hij staan wachten om op adem te komen en te horen hoe Eliza zou reageren. Hij wist niet goed wat hij had verwacht – een bekentenis, excuses, de teruggaaf van de tekeningen, misschien al die dingen – maar ze had geen krimp gegeven. Dat had hem nogal verbaasd. Nadat ze een poosje naar hem had gekeken alsof hij iets curieus was, knipperde ze met die bleke, veranderlijke ogen die hij zo dolgraag wilde tekenen en vroeg ze hem of hij illustraties wilde maken voor een sprookjesboek.

Er klonk een geluid en de herinnering was vervlogen. Nathaniels hart sloeg over. Hij draaide zich om en keek naar de halfduistere ruimte achter hem. Een eenzame oeverzwaluw keek hem even met knipperende ogen aan en vloog weg met een braamtakje in zijn snavel.

Waarom was hij zo nerveus? Hij had de aangevreten zenuwen van iemand die zich schuldig voelt, wat bespottelijk was, want er school niets ongepasts in wat hij van plan was. Hij was van plan met Eliza te praten en te vragen of ze de poort van de doolhof niet meer door wilde komen. En zijn missie was tenslotte in het belang van Rose; de gezondheid en het welzijn van zijn vrouw gingen hem boven al.

Hij liep wat harder en stelde zichzelf gerust dat hij gevaren zag waar ze niet bestonden. Zijn taak mocht dan wel geheim zijn, maar niet illegaal. Dat was iets anders.

Hij had ermee ingestemd het boek te illustreren. Hoe kon hij de verleiding weerstaan en waarom zou hij ook? Tekenen was wat hij het liefste deed en haar sprookjes illustreren liet hem een wereld betreden die geen oog had voor de specifieke beslommeringen van zijn eigen leven. Het was zijn redding geweest, een geheime bezigheid die zijn lange dagen van portretkunst draaglijk maakte. Wanneer Adeline hem op bijeenkomsten met gefortuneerde en adellijke zeurpieten voor de zoveelste keer naar voren schoof, en van hem werd verlangd dat hij vriendelijk glimlachte en zich gedroeg als een gedresseerde hond, troostte hij zich met de heimelijke gedachte dat hij de magische wereld van Eliza's sprookjes tot leven bracht.

Zelf had hij nooit een voltooid exemplaar gekregen. Tegen de tijd dat het boek was uitgegeven, was het hem duidelijk hoe onwelkom het op Blackhurst zou zijn. Eén keer, in het begin van het project, had hij de ernstige vergissing begaan om iets over het boek tegen Rose te zeggen. Hij had gedacht dat ze misschien wel blij zou zijn, dat ze waardering zou hebben voor de samenwerking tussen haar man en haar beste vriendin, maar dat bleek een vergissing. Hij zou nooit haar gezicht vergeten, waarop zich een mengeling van schrik en boosheid en rouw aftekende. Ze zei dat hij haar had verraden, dat hij niet van haar hield, dat hij haar wilde verlaten. Nathaniel begreep er niets van. Hij had gedaan wat hij bij zo'n gelegenheid altijd deed. Hij had Rose gerustgesteld en gevraagd of hij haar portret mocht tekenen voor zijn verzameling. En vanaf die dag hield hij het project voor zich. Maar opgeven deed hij niet. Dat kon hij niet.

Nadat Ivory was geboren en Rose was hersteld, begonnen de losse draden van zijn leven zich langzaam maar zeker met elkaar te vervlechten. Hoe merkwaardig was de macht van een kleine baby om een dode plek weer tot leven te brengen, om die zwarte lijkwade die over alles heen was gezakt – over Rose, over hun huwelijk, over Nathaniels eigen ziel – weg te trekken. Het was natuurlijk niet van de ene dag op de andere gegaan. Wat het kind betrof, was Nathaniel aanvankelijk heel voorzichtig geweest en had hij de aanwijzingen van Rose opgevolgd, en zich er altijd op voorbereid dat de afkomst van de baby wel eens onoverkomelijk kon blijken. Pas toen hij merkte dat ze de baby liefhad als haar eigen dochter en nooit als een koekoeksjong, liet hij de muren om zijn eigen hart verdwijnen. Hij liet de goddelijke onschuld van de baby zijn afgematte en gewonde geest doordesemen, en hij omhelsde de voltooiing van zijn gezinnetje en de toegenomen energie door de uitbreiding van zijn leden van twee tot drie.

En langzaam maar zeker vergat hij het boek en de vreugde die de illustraties hem hadden bezorgd. Hij wijdde zijn bestaan aan het volgen van de regels van de Mountrachets. Vergat Eliza's aanwezigheid, en toen Adeline hem verzocht het portret van John Singer Sargent dienovereenkomstig aan te passen, droeg hij bereidwillig, zij het zonder vreugde, de schande om te knoeien met het werk van de meester. Het kwam Nathaniel voor dat hij inmiddels zo veel principiële grenzen aan zijn laars had gelapt, dat eentje meer geen kwaad kon.

Nathaniel bereikte de open plek in het midden van de doolhof en een stel pauwen nam hem even op alvorens hun weg te vervolgen. Hij liep voorzichtig om de metalen ring heen, die dreigde je te laten struikelen, en betrad vervolgens de lange, smalle, rechte gang die het begin was van de weg naar de verborgen tuin.

Nathaniel verstijfde. Hij hoorde takjes breken en lichte voetstappen. Zwaarder dan die van pauwen.

Hij bleef staan en draaide zich vlug om. Daar flitste iets wits. Hij wérd gevolgd.

'Wie is daar?' Zijn stem klonk heser dan je zou verwachten. Hij dwong er wat kracht in. 'Ik sta erop dat je uit je schuilplaats komt.'

Er viel een korte stilte en daarna kwam zijn achtervolger tevoorschijn.

'Ivory.' Nathaniel slaakte een zucht van verlichting. Zijn opluchting maakte snel plaats voor consternatie. 'Wat doe je hier? Je weet toch dat je niet door het hek van de doolhof mag?'

'Alsjeblieft, papa,' zei het kleine meisje. 'Mag ik mee? Davies zegt dat er aan de andere kant van de doolhof een tuin is waar alle regenbogen van de wereld beginnen.'

Nathaniel voelde zich onwillekeurig gegrepen door het beeld. 'O ja?'

Ivory knikte met het soort kinderlijke ernst waarvan Nathaniel in de ban was. Hij keek op zijn vestzakhorloge. Adeline zou over een uur terug zijn omdat ze graag zijn vooruitgang met het portret van lord Haymarket wilde zien. Er was geen tijd om Ivory naar huis te brengen en dan weer terug te keren. En je wist maar nooit wanneer zich een volgende gelegenheid zou voordoen. Hij krabde zuchtend aan zijn oor. 'Kom dan maar mee, kleintje.'

Ze volgde hem op de voet en neuriede een liedje waarin Nathaniel 'Oranges and Lemons' herkende. God mocht weten van wie ze dat nu weer had geleerd. Niet van Rose, die zich nooit een tekst of een melodie kon herinneren. Ook niet van Adeline, voor wie muziek weinig betekende. Van een van de bedienden natuurlijk. Bij gebrek aan een gouvernante bracht zijn dochter veel tijd door bij het personeel van Blackhurst. Het was maar de vraag wat voor dubieuze vaardigheden ze inmiddels nog meer onder de knie had.

'Papa?'

'Ja?'

'Ik heb weer een plaatje in mijn hoofd gemaakt, precies zoals u het me hebt geleerd.'

'O ja?' Nathaniel duwde een zwervende braamtak opzij zodat Ivory kon passeren.

'Het was van het schip waarop kapitein Ahab zat. En de walvis zwom net voorbij.'

'Wat voor kleur hadden de zeilen?'

'Wit natuurlijk.'

'En de walvis?'

'Loodgrijs.'

'En waar rook het schip naar?'

'Naar zout en zweet en stinkschoenen.'

Nathaniel trok geamuseerd zijn wenkbrauwen op. 'Dat kan ik me voorstellen.' Het was een van hun lievelingsspelletjes, dat ze vaak speelden op middagen die Ivory in zijn atelier doorbracht. Het was een verrassing voor Nathaniel geweest om te merken dat hij zo van het kindergezelschap genoot. Ze maakte dat hij anders naar de dingen keek, eenvoudiger, op een manier die nieuw leven in zijn portretten bracht. Ze vroeg dikwijls wat hij deed en waarom hij het deed, en daarom was hij gedwongen dingen uit te leggen waarover hij al heel lang niet had nagedacht: dat je moet tekenen wat je ziet, niet wat je je verbeeldt; dat elk beeld louter en alleen bestaat uit lijntjes en vorm; dat kleur zowel onthult als verbergt.

'Waarom lopen we door de doolhof, papa?'

419

'Er woont iemand aan de andere kant die ik moet spreken.'

Ivory moest dat even verwerken. 'Is het een persoon, papa?'

'Natuurlijk is het een persoon. Dacht je soms dat papa een afspraak met een beest had?'

Ze sloegen een hoek om, daarna direct weer een, en Nathaniel moest denken de knikker die door de bochten en afslagen van de baan rolde die Ivory in de kinderkamer had gemaakt, zonder veel invloed op zijn eigen bestemming. Dat was natuurlijk een malle gedachte, want wat deed hij vandaag anders dan zijn lot in eigen handen nemen?

Ze sloegen voor het laatst af en kwamen bij het hek van de verborgen tuin. Nathaniel bleef staan, zakte op zijn hurken en pakte de knokige schoudertjes van zijn dochter in zijn handen. 'Goed, Ivory,' zei hij voorzichtig, 'vandaag heb ik je meegenomen door de doolhof.'

'Ja, papa.'

'Maar je mag hier niet weer komen en zeker niet in je eentje.' Nathaniel perste zijn lippen op elkaar. 'En ik denk dat het maar beter is als we dit… uitstapje…'

'Wees maar niet bang, papa, ik zeg het niet tegen mama.'

Onder in Nathaniels maag voelde hij een mengeling van opluchting en het ongemakkelijke gevoel dat hij met een kind tegen zijn vrouw samenzwoer.

'Ook niet tegen grootmoeder, papa.'

Nathaniel knikte en glimlachte flauw. 'Dat is maar het beste.'

'Een geheim.'

'Ja, het is ons geheim.'

Nathaniel duwde de deur van de verborgen tuin open en nam Ivory mee naar binnen. Hij had half en half verwacht Eliza als de Elfenkoningin op het gras onder de appelboom te zien zitten, maar de tuin lag er stil en verlaten bij. De enige beweging was van een hagedis die zijn rug kromde op het verharde vierkantje in het midden en toekeek alsof hij de eigenaar was toen Nathaniel over het pad zigzagde.

'O, papa,' zei Ivory, die verwonderd naar de tuin keek. Ze keek omhoog naar de takken van de blauweregen die kriskras heen en weer liepen, van de bovenkant van de ene muur naar de bovenkant van de andere. 'Het is écht een tovertuin.'

Wat merkwaardig dat een kind zoiets opviel. Nathaniel vroeg zich af wat het precies aan Eliza's tuin was dat je het gevoel gaf dat die pracht niet zomaar vanzelf had kunnen komen. Dat er een of ander pact was gesloten met de geesten aan de andere kant van de sluier om die wilde overdaad mogelijk te maken.

'Kom mee, meisje,' wenkte hij, 'anders ontglipt de tijd ons nog.'

Hij loodste Ivory door het hek in de zuidmuur en over het pad langs de zijkant van het huis. Ondanks het tijdstip was het koel en donker in de voortuin dankzij de muur die Adeline had laten metselen. Nathaniel legde zijn hand tussen Ivory's schouderbladen, haar elfenvleugels. 'Nu moet je goed luisteren,' zei hij. 'Papa gaat even naar binnen, maar jij moet hier in de tuin blijven.'

Ze knikte. 'Ja, papa.'

Hij aarzelde. 'Dus niet gaan rondzwerven.'

'O, nee, papa.' Ze zei het zo onschuldig, alsof ze er niet over piekerde om ergens heen te gaan waar ze niet mocht komen.

Met een knikje liep Nathaniel naar de deur. Hij klopte aan, trok zijn manchet recht en wachtte tot er werd opengedaan.

De deur ging open en daar stond Eliza. Alsof hij haar gisteren voor het laatst had gezien. Alsof er geen vier jaar waren verstreken.

Nathaniel nam plaats op een stoel aan de tafel en Eliza ging aan de andere kant staan met haar vingers licht op de rand. Ze keek naar hem met die bijzondere blik van haar. Ontdaan van de omgangsvormen die voorschreven dat ze moest doen alsof ze het leuk vond om hem te zien. Was het ijdelheid om te denken dat ze het misschien wel leuk zou vinden om hem te zien? Iets in het licht in huis maakte haar haar nog roder dan anders. Kleine vlekjes zonlicht speelden met de klitten, waardoor het leek alsof het haar echt van elfengoud was gesponnen. Nathaniel gaf zichzelf op zijn kop; hij liet zijn kennis van haar verhalen zijn blik op de vrouw zelf vertroebelen. Hij wist wel beter.

Er hing een merkwaardige sfeer tussen hen. Het was voor het eerst dat ze met elkaar alleen waren sinds het hele spel was gespeeld. Er was een heleboel te zeggen, maar toch zat hij met een mond vol tanden.

Hij schraapte zijn keel en stak zijn hand uit alsof hij de hare wilde pakken. Hij kon er niets aan doen. Opeens tilde ze haar hand op en richtte ze haar aandacht op het fornuis.

Ontnuchterd leunde Nathaniel naar achteren. Hij vroeg zich af hoe hij moest beginnen, hoe hij zijn boodschap moest verpakken. 'Weet je waar ik voor kom?' vroeg hij uiteindelijk.

Ze draaide zich niet om. 'Natuurlijk.'

Hij keek naar haar vingers, die tengere vingers, die de ketel op het fornuis zetten. 'Dus je weet al wat ik ga zeggen?'

'Ja.'

Van buiten klonk opeens een stemmetje, dat op de tocht naar binnen kwam door het raam, een allerliefst stemmetje: *'Oranges and lemons, say the bells of St. Clements…'*

Eliza's rug verstrakte zodat Nathaniel de knobbels van haar ruggenwervels kon zien. Het leek wel de ruggengraat van een kind. Ze draaide zich met een ruk om. 'Is het kind ook hier?'

Nathaniel was merkwaardig genoeg verheugd over de uitdrukking op Eliza's gezicht, als van een dier dat onverwacht op het punt staat gevangen te worden genomen. Die uitdrukking wilde hij graag op papier zetten, die grote ogen, bleke wangen en strakke mond. Hij wist dat hij het zou doen zodra hij terug was in zijn atelier.

'Heb je haar hier mee naartoe genomen?'

'Ze was me achternagekomen. Ik besefte het pas toen het al te laat was.'

De geschrokken uitdrukking op Eliza's gezicht maakte plaats voor een zwakke glimlach. 'Ze kan goed sluipen.'

'Anderen zouden zeggen dat ze ondeugend is.'

Eliza ging licht op de stoel zitten en drukte haar handen tegen elkaar. Met een zucht drukte ze ze in haar schoot alsof ze plotseling koud waren geworden. 'Ik vind het leuk om te merken dat ze van spelletjes houdt.'

'Ik weet niet of Ivory's moeder wel zo gelukkig is met haar avontuurlijke aanleg.'

Eliza's glimlach was moeilijk te duiden.

'En zeker haar grootmoeder niet.'

De glimlach werd breder. Nathaniel lachte ook even en keek vervolgens weg. Hij zei zuchtend 'Eliza', en schudde zijn hoofd. Hij begon waar hij voor gekomen was. 'Gisteren…'

'Gisteren was ik blij om te zien dat het kind het goed maakte.' Ze sprak vlug, het leek wel alsof ze zijn bedoeling voor wilde zijn.

'Natuurlijk maakte ze het goed. Het ontbreekt haar aan niets.'

'De schijn van overdaad kan bedrieglijk zijn; het wil niet altijd zeggen dat het iemand goed gaat. Vraag maar aan je vrouw.'

'Dat is onnodig wreed.'

Ze knikte vlug. Ze was het ermee eens, maar voelde geen sprankje berouw. Nathaniel vroeg zich af of ze misschien geen geweten had, maar hij wist dat dat niet zo was. Ze staarde hem aan zonder met de ogen te knipperen. 'Je bent gekomen in verband met mijn geschenk.'

Nathaniel liet zijn stem dalen. 'Het was onverstandig om het te brengen. Je weet hoe Rose erover denkt.'

'Ja. Ik dacht alleen: wat kan het voor kwaad om het te brengen?'

'Je weet best wat voor kwaad dat kan en als vriendin van Rose weet ik dat je haar geen pijn wilt doen. Als mijn vriendin...' Opeens voelde hij zich dwaas, en hij keek naar de houten vloer alsof hij steun zocht. 'Ik smeek je om niet meer te komen, Eliza. Rose heeft het heel moeilijk gehad na je bezoek. Ze wil niet graag herinnerd worden.'

'Het geheugen is een wrede meesteres met wie we allemaal moeten leren dansen.

Voordat Nathaniel een antwoord kon bedenken, richtte Eliza haar aandacht weer op het fornuis. 'Wil je een kop thee?'

'Nee,' zei hij. Op de een of andere manier had hij het gevoel dat ze hem de loef had afgestoken, maar hij wist niet precies hoe. 'Ik moet weer terug.'

'Rose weet niet dat je hier bent.'

'Ik moet weer terug.' Hij zette zijn hoed weer op en liep naar de keukendeur.

'Heb je het geschenk gezien? Ik vond het wel geslaagd.'

Nathaniel bleef even staan maar draaide zich niet om. 'Vaarwel, Eliza. Ik zal je niet meer zien.' Hij stak zijn armen in de mouwen van zijn jas en schoof zijn knagende, naamloze twijfels opzij.

'Laat me het meisje, Rose' dochter, eens wat beter bekijken.'

Nathaniel hield zijn vingers op de koele deurknop. Hij klemde zijn tanden op elkaar en overwoog haar verzoek.

'Het zal de laatste keer zijn.'

Hoe kon hij zo'n eenvoudig verzoek weigeren? 'Even kijken. Daarna moet ik weer terug en haar naar huis brengen.'

Samen liepen ze de voordeur uit en de tuin in. Ivory zat op de rand van het vijvertje en haar blote tenen hingen over de rand zodat ze het water net raakten. Ze zong zacht en duwde een blaadje over het water.

Toen het kind opkeek, legde Nathaniel vriendelijk een hand op Eliza's arm en duwde haar naar voren.

Het was harder gaan waaien en Linus moest op zijn wandelstok leunen om zijn evenwicht te bewaren. Beneden in de inham was de meestal zo kalme zee zo onrustig dat golfjes met schuimkoppen zich naar het strand haastten. De zon hield zich schuil achter een wolkendek; heel ander weer dan hij zich herinnerde van de dag die hij ooit met zijn *baigneur* aan het strand had doorgebracht.

Het houten bootje was een cadeau van vader voor Georgiana geweest, maar zij wilde het graag met hem delen. Ze had er geen ogenblik bij stilgestaan dat zijn gehandicapte been hem minder man zou maken, wat vader ook zei. Op warme middagen wanneer de lucht zoet geurde, roeiden ze samen naar het midden van de inham en daar bleven ze liggen, terwijl de golfjes tegen de onderkant van de boot klotsten, en ze hadden voldoende aan elkaars gezelschap. Althans dat dacht Linus.

Toen ze vertrokken was, had ze het breekbare gevoel van solidariteit dat hij had gekoesterd meegenomen. Het gevoel dat Linus iets te bieden had, al vonden zowel vader als moeder hem maar een rare non-valeur. Zonder Georgiana was hij weer nutteloos en doelloos. Zodoende had hij besloten dat ze teruggehaald moest worden.

Linus had een man in de arm genomen. Henry Mansell was een duistere en ongrijpbare figuur wiens naam in de cafés van Cornwall werd gefluisterd en aan Linus was doorgegeven door de voetknecht van een plaatselijke graaf. Er werd gefluisterd dat hij wist hoe hij bepaalde dingen moest regelen.

Linus vertelde Mansell over Georgiana en over het leed dat hem was aangedaan door de man die haar van hem had gestolen, en voegde eraan toe dat de man op schepen werkte die in Londen aankwamen of vertrokken.

Het volgende dat Linus hoorde, was dat de zeeman dood was. Een ongeluk, zei Mansell. Op zijn gezicht tekende zich geen enkele emotie af. Een hoogst onfortuinlijk ongeluk.

Die middag was Linus ten prooi geweest aan een merkwaardig gevoel. Iemands leven was beëindigd omdat hij dat wilde. Hij voelde zich machtig; hij was in staat om zijn wil aan anderen op te leggen. Hij kon wel zingen.

Hij had Mansell een ruime vergoeding gegeven, waarna de man afscheid had genomen en op zoek ging naar Georgiana. Linus was vervuld van hoop, want blijkbaar waren er geen grenzen aan wat Mansell voor elkaar kon krijgen. Zijn *baigneur* zou binnen de kortste keren weer thuis zijn, dankbaar om door haar broer te zijn gered. Dan zou alles weer zijn als vroeger...

De zwarte rots zag er nijdig uit vandaag. Linus voelde zijn hart een sprongetje maken bij de herinnering hoe zijn *baigneur* daarbovenop had gezeten. Hij haalde de foto uit zijn zak en streek er zachtjes over met zijn duim.

'*Baigneur*.' Half gedacht, half gefluisterd. Hoe Mansell ook had gezocht, hij had haar niet gevonden. Hij had het vasteland van Europa afgezocht, had aanwijzingen dwars door Londen gevolgd, maar alles was vergeefs. Linus had tot eind 1900 niets gehoord, toen hij bericht kreeg dat er in Londen een kind was gevonden. Een meisje met rood haar en de ogen van haar moeder.

Linus wendde zijn blik af van de zee en keek omhoog naar de top van het klif dat de linkerkant van de inham afsloot. Vanwaar hij stond, kon hij nog net het hoekje van de nieuwe stenen muur zien.

Wat was hij blij geweest met het nieuws over het kind. Hij was te laat om zijn *baigneur* terug te halen, maar dit meisje maakte dat weer goed.

Maar de dingen waren niet gegaan zoals hij had verwacht. Eliza had zich tegen hem verzet; ze had nooit begrepen dat hij haar had laten halen en hierheen had laten brengen om hem te leren kennen. Dat ze van hem was.

En nu werd hij gekweld door haar afwezigheid, door het feit dat ze in dat verrekte huisje was buitengesloten. Ze was zo dichtbij en toch... Vier jaar was het al. Vier jaar sinds ze één voet aan deze kant van de doolhof had gezet. Vanwaar die wreedheid? Waarom wees ze hem keer op keer af?

Door een plotseling windvlaag voelde Linus hoe zijn hoed van zijn hoofd dreigde te vliegen. Instinctief greep hij ernaar en terwijl hij dat deed, liet hij per ongeluk de foto los.

Linus moest hulpeloos toezien hoe zijn *baigneur* werd weggeblazen op de wind die over de heuvel aan kwam zetten. Hij vloog op en neer, fladderend op de wind, wit blinkend in het licht van de wolken, kwam tergend dicht in de buurt voordat hij weer verder werd geblazen. Uiteindelijk daalde hij op het water en werd meegenomen naar open zee.

Linus was hem kwijt. Ze was hem opnieuw door de vingers geglipt.

Sinds het bezoek van Eliza had Rose zich zorgen gemaakt. Haar hersens maakten overuren toen ze zich een uitweg uit het dilemma zocht. Toen Eliza opeens uit het hek van de doolhof was gekomen, had Rose de merkwaardige schok gekregen van iemand die opeens beseft dat hij gevaar loopt. Erger nog, van iemand die zonder het te beseffen al een hele poos gevaar loopt. Ze had zich opeens duizelig voelen worden van paniek. Er was opluchting omdat er tot nu toe niets was gebeurd, en de angstige zekerheid dat dit geluk geen stand kon houden. Toen Rose alle mogelijkheden overwoog, had ze één ding zeker geweten: mama had gelijk, er moest afstand worden geschapen tussen hen en Eliza.

Rose trok de draad voorzichtig door het oog van haar naald en sprak op een volstrekt nonchalante, maar ingestudeerde toon: 'Ik heb nog eens nagedacht over het bezoek van de Schrijfster.'

Nathaniel keek op van de brief die hij schreef. Vlug joeg hij de bezorgdheid uit zijn blik. 'Zoals ik al eerder heb gezegd: denk er niet meer aan, lieverd. Het zal niet weer gebeuren.'

'Dat kun je niet zeker weten, want wie kon ons het meest recente bezoek voorspellen?'

Nu klonk hij wat ernstiger. 'Ze komt niet meer.'

'Hoe weet je dat?'

Nathaniels liep rood aan. De verandering was maar gering, maar Rose was het niet ontgaan. 'Wat is er, Nate?'

'Ik heb met haar gesproken.'

Rose' hart sloeg over. 'Heb je haar ontmoet?'

'Ik moest wel. Voor jou, liefste. Je was zo van streek door haar bezoek, dat ik heb gedaan wat ik kon om te voorkomen dat het nog een keer zou gebeuren.'

'Maar het was niet mijn bedoeling dat je haar zou opzoeken.' Dit was erger dan Rose zich had kunnen voorstellen. Ze voelde een golf onderhuidse hitte toeslaan en ze werd vervuld van de zekerheid dat ze weg moesten. Allemaal. Dat Eliza voorgoed uit hun leven moest verdwijnen. Rose vertraagde haar ademhaling en dwong haar gezicht zich te ontspannen. Nathaniel mocht niet denken dat ze ziek was, dat ze beslissingen nam zonder reden. Ze moest zo rustig mogelijk overkomen. 'Met haar praten is niet voldoende, Nate. Nu niet meer.'

'Wat kunnen we anders doen? Je denkt toch niet dat we haar in dat huisje kunnen opsluiten?' Het was als grapje bedoeld, maar ze lachte niet.

'Ik dacht aan New York.'

Nathaniel trok zijn wenkbrauwen op.

'We hebben het al eerder over een vakantie aan de andere kant van de Atlantische Oceaan gehad. Ik vind dat we daar eens werk van moeten maken.'

'Weggaan uit Engeland?'

Rose knikte licht, maar beslist.

'Maar ik heb verplichtingen. We hebben het ook over een gouvernante voor Ivory gehad.'

'Ja, ja,' zei Rose ongeduldig. 'Maar het is hier niet veilig meer.' Ze benadrukte de laatste twee woorden.

Nathaniel gaf geen antwoord, maar dat hoefde ook niet. Zijn gezicht sprak boekdelen. De kleine ijspegel in Rose' hart werd harder. Hij zou het wel van haar kant leren zien, dat deed hij altijd. Vooral als hij bang was dat ze op de rand van een zenuwinzinking balanceerde. Het was betreurenswaardig om Nathaniels toewijding tegen hem te gebruiken, maar Rose had geen andere keus. Moederschap en gezinsleven waren de enige dingen die Rose' dromen beheersten; die wilde ze nu niet in de waagschaal stellen. Toen Ivory was geboren en in Rose' armen werd gelegd, was het net alsof hun een nieuw begin werd gegund. Zij en Nathaniel waren weer gelukkig met elkaar en spraken nooit meer over de tijd daarvoor. Die bestond niet meer. Niet zolang Eliza uit de buurt bleef.

'Ik heb die opdracht in Schotland,' zei Nathaniel. 'Ik ben er al aan begonnen.' Rose bespeurde barsten in zijn stem die ze groter zou maken tot zijn weerstand het begaf.

'En natuurlijk moet je de kans krijgen om die af te maken,' zei ze. 'We halen gewoon de Schotse afspraak naar voren en direct na terugkeer vertrekken we. Ik heb al drie plaatsen geboekt op de Carmania.'

'Je hebt al geboekt.' Het was meer een constatering dan een vraag.

Rose' toon werd wat vriendelijker. 'Het is het beste, Nate. Dat moet je begrijpen. Het is de enige manier waarop we ooit veilig kunnen zijn. En denk je eens in wat zo'n reis voor je loopbaan kan betekenen. Misschien komt *The New York Times* wel met een verhaal. De zegerijke terugkeer van een van de talentvolle zonen van de stad.'

Verstopt onder grootmoeders favoriete rotanstoel fluisterde Ivory de woorden tegen zichzelf. 'New York.' Ivory wist wel waar York was. Toen ze een keer naar het noorden, naar Schotland reisden, waren zij en mama en papa een poosje gestopt in York, bij een van grootmoeders vriendinnen. Een stokoud dametje met een ijzeren bril en ogen die altijd maar leken te huilen. Maar mama had het niet over York, dat had Ivory duidelijk gehoord. Néw York, had ze gezegd, ze moesten gauw naar New York gaan. En Ivory wist waar die stad lag. Die lag helemaal aan de andere kant van de zee, de stad waar papa was geboren en waarover hij verhalen vol wolkenkrabbers en muziek en auto's had verteld. Een stad waar alles blonk van nieuwigheid.

Een vlok hondenharen kriebelde Ivory's neus en ze moest haar best doen niet te niezen. Het was een van haar meest indrukwekkende trucjes, het vermogen om niezen tegen te houden, en mede daardoor was ze iemand die zich uitstekend kon verstoppen. Ivory vond het zo leuk om zich te verstoppen dat ze het soms alleen maar deed om zichzelf een plezier te doen. Alleen in een kamer verstopte ze zich wel eens puur voor het genoegen om te weten dat zelfs de kamer was vergeten waar ze zat. Dat de kamer gewoon zijn lege luchtstroom om haar heen had hervat alsof ze deel uitmaakte van het meubilair.

Maar vandaag had Ivory zich verstopt met een bedoeling. Grootvader gedroeg zich merkwaardig. Meestal kon je er wel op rekenen dat hij zich afgezonderd hield, maar de laatste tijd verscheen hij steeds waar Ivory ook was. Altijd met die kleine bruine camera van hem. Dan wilde hij foto's van haar maken met dat kapotte popje van hem. Ivory hield niet van dat popje met zijn afschuwelijke knipperogen. Dus hoewel mama zei dat ze opa moest gehoorzamen, dat het een grote eer was als je foto werd gemaakt, verstopte Ivory zich liever.

Als ze aan dat popje dacht, kreeg ze de kriebels, dus probeerde ze maar aan iets anders te denken. Iets wat haar blij maakte, zoals het avontuur dat ze had gehad toen ze met papa door de doolhof liep. Hij had vlug gelopen en eerst dacht ze dat hij misschien een rijtuig zou nemen om van iemand een portret te gaan schilderen. Alleen had hij helemaal geen schilderspullen bij zich en ook droeg hij niet helemaal dezelfde kleren als wanneer hij een belangrijke afspraak had. Ivory had gezien hoe hij het gras over stevende, de kant op van het hek van de doolhof. En daarna wist ze precies wat hij ging doen; hij kon namelijk niet goed doen alsof.

Ivory had zich geen twee keer bedacht en was snel achter papa aan gegaan en hem door het hek van de doolhof gevolgd, de donkere, smalle tunnels in. Ivory wist namelijk dat de mevrouw met het rode haar, die haar het geschenk had gebracht, aan de andere kant woonde.

En nu, na het bezoek met papa, wist ze wie die dame was. Haar naam was de Schrijfster en zij had de sprookjes geschreven, de sprookjes die mama zo van haar stuk hadden gebracht en die papa had meegenomen naar zijn atelier.

En hoewel papa had gezegd dat zij een persoon was, wist Ivory wel beter. Ze had al zoiets vermoed toen de Schrijfster die keer door de doolhof was gekomen, maar toen ze haar in de tuin van het huisje in de ogen had gekeken, wist ze het zeker.

De Schrijfster was magisch. Heks of fee, ze wist het niet zeker, maar Ivory wist wel dat de Schrijfster anders was dan alle mensen die ze ooit had ontmoet.

41

Cliff Cottage, Cornwall, 2005

Buiten was het harder gaan waaien en de zee kwam zwaar hijgend de inham in. Het maanlicht stroomde door het venster en tekende vier zilveren vierkantjes op de houten vloer, en de warme geur van tomatensoep en geroosterd brood drong in de wanden, de vloer en de lucht. Cassandra, Christian en Ruby zaten aan de keukentafel; aan de ene kant gloeide het fornuis, aan de andere kant een petroleumkachel. Op tafel en op verschillende andere plekken stonden kaarsen, maar er waren nog donkere plekken, eenzame hoekjes waar het flakkerende kaarslicht niet kwam.

'Ik begrijp het nog steeds niet,' zei Ruby. 'Hoe weet je door dat krantenartikel dat Rose onvruchtbaar was?'

Christian nam een lepel soep. 'Door die belichtingstijd van de röntgenfoto. Er is geen sprake van dat haar eitjes het hebben overleefd.'

'Maar zou ze dat niet hebben geweten? Ik bedoel, er moet toch een teken zijn geweest dat er iets mis was?'

'Zoals?'

'Nou ja, had ze nog wel haar... je weet wel... haar menstruatie?'

Christian haalde zijn schouders op. 'Ik denk het wel. De functie van haar voortplantingsorganisme zal wel onaangetast zijn gebleven, ze zal nog steeds een eitje per maand hebben afgescheiden, alleen de eitjes zelf zullen beschadigd zijn geweest.'

'Zo beschadigd dat ze niet zwanger kon worden?'

'Of, als ze zwanger is geworden, zou er zo veel met de baby mis zijn dat ze hoogstwaarschijnlijk een miskraam zou hebben gehad, of een ernstig misvormd kind ter wereld hebben gebracht.'

Cassandra schoof haar laatste restje soep opzij. 'Dat is vreselijk. Waarom heeft hij dat gedaan?'

'Hij wilde waarschijnlijk bij de eerste artsen horen die van die glanzende nieuwe techniek gebruikmaakten en genieten van de glorie van publicatie. Er was bepaald geen medische indicatie om een röntgenfoto te maken; dat kind had alleen maar een vingerhoedje ingeslikt.'

'Wie niet?' zei Ruby, terwijl ze een korst brood door haar reeds schone soepkom haalde.

'Maar waarom een belichting van een uur? Dat was toch niet noodzakelijk?'

'Natuurlijk niet,' zei Christian. 'Maar de mensen wisten dat toen niet; dat soort belichtingstijden was heel gewoon.'

'Ze dachten waarschijnlijk dat als je in een kwartier een mooi plaatje krijgt, het nog beter wordt na een uur,' zei Ruby.

'En dat was voordat ze de gevaren leerden kennen. De röntgenstralen zijn pas in 1895 ontdekt, dus was dokter Matthews er snel bij. De mensen dachten in het begin zelfs dat ze goed voor je waren, dat ze kanker en huidaandoeningen en andere ziekten konden genezen. Ze gebruikten ze zelfs in schoonheidssalons. Dat was jaren voordat de negatieve gevolgen begonnen door te dringen, de brandwonden en ontstekingen, de gezwellen en de kanker.'

'Dat waren Rose' plekken dus,' zei Cassandra. 'Brandwonden.'

Christian knikte. 'Behalve haar eileiders frituren, zou die röntgenopname zeker haar huid verbrand hebben.'

Een windvlaag liet een bos twijgjes een luidruchtig patroon op het raam krassen, en het kaarslicht flakkerde toen er een koele tochtvlaag onder de plint door woei. Ruby zette haar bord op dat van Cassandra en veegde haar mond af met een servetje. 'Dus als Rose onvruchtbaar was, wie was Nells moeder dan?'

'Dat weet ik,' zei Cassandra.

'O ja?'

Ze knikte. 'Het staat allemaal in de plakboeken. Ik denk zelfs dat Clara me dat wil vertellen.'

'Wie is Clara?' vroeg Christian.

Ruby haalde diep adem. 'Denk je dat Nell Mary's baby was?'

'Ja.'

'Wie is Mary?' Christian keek van de een naar de ander.

'Een vriendin van Eliza,' zei Cassandra. 'Clara's moeder. Ze was dienstmeisje op Blackhurst in het begin van 1909 toen Rose ontdekte dat ze zwanger was.'

'Heeft Rose haar ontslagen?'

Cassandra knikte. 'In het plakboek schrijft ze dat ze het niet kon verdragen dat zo'n onwaardig iemand een kind kreeg terwijl haar dat constant werd ontzegd.'

Ruby nam een slok wijn. 'Maar waarom zou Mary haar kind aan Rose hebben afgestaan?'

'Ik betwijfel of ze het zómaar heeft afgestaan.'

'Denk je dat Rose de baby heeft gekocht?'

'Dat kan toch? Mensen hebben wel ergere dingen gedaan om aan een kind te komen.'

'Denk je dat Eliza het heeft geweten?' vroeg Ruby.

'Erger nog,' zei Cassandra. 'Ik denk dat ze heeft geholpen. Volgens mij is ze daarom weggegaan.'

'Uit schuldgevoel?'

'Precies. Ze heeft Rose geholpen haar machtspositie te misbruiken om het kind af te troggelen van iemand die geld nodig had. Eliza kan dat niet lekker hebben gezeten. Zij en Mary waren volgens Rose dikke vriendinnen.'

'Je gaat ervan uit dat Mary het kind wilde,' zei Ruby. 'Dat ze haar niet wilde afstaan.'

'Ik neem aan dat de beslissing om een baby op te geven nooit zuiver is. Mary had misschien geld nodig, een baby kan slecht uitgekomen zijn, ze kan zelfs hebben gedacht dat het kind een beter thuis zou krijgen, maar ik denk nog steeds dat het verpletterend moet zijn geweest.'

Ruby trok haar wenkbrauwen op. 'En Eliza heeft haar geholpen.'

'Daarna is ze weggegaan. Dat wekt de indruk dat de baby niet voetstoots is afgestaan. Volgens mij is Eliza weggegaan omdat ze het niet kon verdragen om te blijven en Rose met Mary's baby te zien. Toen puntje bij paaltje kwam en moeder en kind van elkaar werden gescheiden, is dat traumatisch geweest en dat heeft op Eliza's geweten gewerkt.'

Ruby knikte langzaam. 'Dat zou verklaren waarom Rose weigerde Eliza nog dikwijls te zien na de geboorte van Ivory, waarom ze uit elkaar zijn gedreven. Rose moest geweten hebben hoe Eliza zich voelde en bang zijn geweest dat ze iets zou doen om haar pas gevonden geluk te ondermijnen.'

'Zoals Ivory terughalen,' zei Christian.

'Wat ze uiteindelijk ook heeft gedaan.'

'Ja,' zei Ruby, 'wat ze uiteindelijk ook heeft gedaan.' Ze trok haar wenkbrauwen op naar Cassandra. 'En, wanneer ga je naar Clara?'

'Ze heeft me voor morgen om elf uur uitgenodigd.'

'Hè bah. Ik vertrek om een uur of negen. Verdomde werk. Ik zou dolgraag meegaan. Ik had je zelfs een lift kunnen geven.'

'Ik breng je wel,' zei Christian. Hij had met de kachel zitten spelen, de vlam omhooggedraaid en nu hing er een sterke geur van petroleum.

Cassandra meed Ruby's grijns. 'Echt waar? Zeker weten?'

Hij glimlachte toen hij haar aankeek en haar blik even vasthield voordat hij zijn hoofd weer afwendde. 'Je kent me toch. Moeders grote hulp.'

Cassandra glimlachte ook en keek naar het tafelblad omdat ze rood werd. Iets aan Christian maakte dat ze zich weer dertien voelde. En dat was zo'n jong, nostalgisch gevoel; ze voelde zich zo getransporteerd naar een tijd en een plaats toen het leven allemaal nog moest gebeuren, dat ze het wilde vasthouden. Ze wilde het schuldgevoel opzij schuiven dat genieten van Christians gezelschap op de een of andere manier betekende dat ze de nagedachtenis aan Nick en Leo ontrouw was.

'Waarom denk je dan dat Eliza tot 1913 heeft gewacht?' Christian keek van Ruby naar Cassandra. 'Om Nell terug te halen, bedoel ik. Waarom heeft ze dat niet eerder gedaan?'

Cassandra streek licht met haar hand langs de tafelrand. Ze keek naar de vlekken kaarslicht op haar hand. 'Ik denk dat ze dat heeft gedaan omdat Rose en Nathaniel bij een treinongeluk omkwamen. Ik denk dat ze ondanks haar gemengde gevoelens bereid was een stap terug te doen zolang Rose er gelukkig mee was.'

'Maar toen Rose eenmaal dood was...'

'Precies.' Ze keek hem aan. Iets in zijn ernstige gezicht deed een rilling langs haar ruggengraat lopen. 'Toen Rose eenmaal dood was, kon ze het niet langer met haar geweten overeenkomen om Ivory op Blackhurst te laten. Volgens mij heeft ze het meisje ontvoerd met de bedoeling het aan Mary terug te geven.'

'Maar waarom heeft ze dat dan niet gedaan? Waarom heeft ze haar op de boot naar Australië gezet?'

Cassandra zuchtte diep en de kaars vlak bij haar flakkerde. 'Daar ben ik nog niet achter.'

Ook was ze er nog niet achter hoeveel William Martin had geweten toen hij in 1975 met Nell praatte, áls hij al iets wist. Mary was zijn zus; zou hij het niet hebben geweten als ze zwanger was? Als ze het leven schonk aan een baby die ze vervolgens niet grootbracht? En hij zou het toch wel tegen Nell hebben gezegd als hij van die zwangerschap had geweten en op de hoogte was van de rol die Eliza bij de officieuze adoptie had gespeeld? Per slot van rekening was William haar oom, als Mary haar moeder was. Cassandra kon zich niet voorstellen dat hij er het zwijgen toe had gedaan als er plotseling een verloren gewaande niet voor de deur had gestaan.

Maar in Nells aantekeningen stond niets over een dergelijke erkenning door William. Cassandra had de aantekeningen uitgevlooid op zoek naar opmerkingen die ze misschien over het hoofd had gezien. William had niets gezegd of gedaan dat deed vermoeden dat Nell familie van hem was.

Het was natuurlijk mogelijk dat William zich niet had gerealiseerd dat Mary zwanger was. Cassandra had wel van zulke dingen gehoord en gelezen, in tijdschriftartikelen en op Amerikaanse talkshows, meisjes die hun zwangerschap negen maanden verborgen hadden weten te houden. En het was wel logisch dat Mary dat gedaan zou hebben. Om de uitwisseling glad te laten verlopen, zou Rose op geheimhouding hebben gestaan. Het dorp mocht niet weten dat die baby niet van haar was.

Maar was het nu echt waarschijnlijk dat een meisje zwanger kon worden, zich met haar vriend verlooft, haar baan verliest, de baby weggeeft, haar leven hervat en niemand die er iets van weet? Er was iets wat Cassandra over het hoofd zag, dat kon niet anders.

'Het is net een Eliza-sprookje, vind je niet?'

Cassandra keek op naar Christian. 'Wat?'

'Deze hele toestand: Rose, Eliza, Mary, de baby. Doet het je niet denken aan "Het Gouden Ei"?'

Cassandra schudde haar hoofd. Die naam kwam haar niet bekend voor.

'Het staat in *Magische vertellingen voor jongens en meisjes*.'

'Niet in mijn exemplaar; we hebben zeker een andere uitgave.'

'Er was maar één druk. Daarom is het zo zeldzaam.'

Cassandra haalde haar schouders op. 'Nooit gezien.'

Ruby maakte een ongeduldig gebaar. 'Genoeg, wie kan het wat schelen hoeveel drukken er zijn geweest? Vertel eens over dat verhaal, Christian. Waarom denk je dat het over Mary en haar baby gaat?'

'"Het Gouden Ei" is eigenlijk een vreemd verhaal. Dat gevoel heb ik altijd gehad. Het is anders dan de andere sprookjes, treuriger en met een zwakkere morele boodschap. Het gaat over een boze koningin die een jong meisje dwingt een gouden toverei op te geven om de zieke prinses van het land te genezen. Het meisje verzet zich eerst omdat ze het ei met haar leven verdedigt. Ik geloof dat ze het als haar geboorterecht beschrijft, maar de koningin weet haar over te halen en uiteindelijk geeft ze toe, omdat ze ervan overtuigd is dat de prinses eeuwig verdriet zal lijden en het koninkrijk zal worden vervloekt zodat het voor altijd winter blijft als ze het niet doet. Er is een personage dat als tussenpersoon optreedt, het dienstmeisje. Zij werkt voor de prinses en de koningin, maar wanneer puntje bij paaltje komt, probeert ze het jonge meisje over te halen geen afstand van het ei te doen. Het is alsof ze beseft dat het ei deel uitmaakt van het meisje, dat het meisje zonder het ei geen doel meer zal hebben, geen reden meer om te leven. Dat is precies wat er gebeurt; ze staat het ei af en haar leven is verwoest.'

'Denk je dat Eliza dat dienstmeisje was?' vroeg Cassandra.

'Het zou wel kloppen, hè?'

Ruby steunde met haar kin op haar vuist. 'Heb ik het nou goed begrepen dat je bedoelt dat het ei dat kind was, Nell?'

'Ja.'

'En dat Eliza het sprookje heeft geschreven om haar schuldgevoel te verzachten?'

Christian schudde zijn hoofd. 'Geen schuldgevoel. Het verhaal voelt niet schuldig. Het heeft meer van verdriet. Voor zichzelf en voor Mary. En voor Rose in zekere zin. De personages doen allemaal wat ze menen dat goed is; het is alleen zo dat het geen gelukkig einde kan krijgen voor alle betrokkenen.'

Cassandra beet bedachtzaam op haar lip. 'Denk je echt dat een kindersprookje autobiografisch kan zijn?'

'Niet precies autobiografisch, niet letterlijk, tenzij ze een paar behoorlijk vreemde ervaringen heeft gehad.' Hij trok zijn wenkbrauwen op bij de gedachte. 'Ik denk dat Eliza gewoon stukjes van haar eigen leven heeft verwerkt door ze in fictie te veranderen. Dat doen schrijvers toch?'

'Ik weet het niet. Is dat zo?'

'Morgen zal ik "Het Gouden Ei" meenemen,' zei Christian. 'Dan kun je het zelf beoordelen.' Het warme oranje schijnsel van de kaarsvlam accentueerde zijn jukbeenderen en liet zijn huid glanzen. Hij glimlachte verlegen. 'Die sprookjes zijn de enige stem die Eliza nog heeft. Wie weet wat ze ons nog meer probeert te vertellen.'

Toen Christian weer terug was naar het dorp, legden Ruby en Cassandra hun slaapzakken op de schuimrubber matrassen die hij had meegebracht. Ze besloten beneden hun bed op te maken zodat ze nog konden profiteren van de warmte van het fornuis, en schoven de tafel opzij om ruimte te maken. De wind van zee tochtte zachtjes door de kieren onder de deuren. Het huis rook naar vochtige aarde, sterker dan Cassandra overdag had gemerkt.

'Dit is het moment om elkaar spookverhalen te vertellen,' fluisterde Ruby, terwijl ze zich moeizaam op haar zij naar Cassandra toe wentelde. Ze grijnsde en de schaduwen flakkerden over haar gezicht door het beweeglijke kaarslicht. 'Wat leuk! Heb ik je al verteld wat een bofkont je bent met een spookhuis op de rand van een klif aan zee?'

'Een paar keer pas.'

Ze glimlachte brutaal. 'En ook wat een bofkont je bent met een "vriend" als Christian, die knap, slim en lief is?'

Cassandra concentreerde zich op de rits van haar slaapzak. Ze trok hem omhoog met veel meer nauwgezette aandacht dan nodig was.

'Bovendien een "vriend" die duidelijk dol op je is.'

'O, Ruby.' Cassandra schudde haar hoofd. 'Nee, hoor. Hij vindt het gewoon leuk om in de tuin te helpen.'

Ruby keek geamuseerd. 'Natuurlijk houdt hij van de tuin. Daarom heeft hij bijna veertien dagen opgegeven om voor niets te werken.'

'Dat is echt zo!'

'Natuurlijk.'

Cassandra onderdrukte een glimlach en zei verontwaardigd: 'Of je het nu gelooft of niet, de verborgen tuin is heel belangrijk voor Christian. Als jongetje speelde hij er veel.'

'En die intense hartstocht moet zeker verklaren waarom hij je morgen naar Polperro brengt.'

'Hij is gewoon aardig; hij is een aardig iemand. Dat heeft niets met mij te maken, met wat hij voor me voelt. Hij valt echt niet op me.'

Ruby knikte wijselijk. 'Natuurlijk heb je gelijk. Ik bedoel, waarom zou er iemand op jou vallen?'

Cassandra wierp een blik opzij en moest onwillekeurig glimlachen. Ze beet op haar onderlip. 'Dus je vindt hem wel knap?'

Ruby grijnsde. 'Droom zacht, Cassandra.'

'Welterusten, Ruby.'

Cassandra blies de kaars uit, maar dankzij de volle maan was het niet aardedonker in de keuken. Er lag een zilveren glans over alle oppervlakten die zo glad en dof waren als afgekoelde was. In het halfduister liet Cassandra de puzzelstukjes nog eens de revue passeren: Eliza, Mary, Rose en om de zo veel tijd kwam Christian uit het niets opduiken om haar even aan te kijken voordat hij zijn hoofd weer afwendde.

Binnen een paar minuten lag Ruby zacht te snurken. Cassandra glimlachte. Ze had wel kunnen raden dat Ruby een makkelijk slaper was. Ze deed haar eigen ogen dicht en beide oogleden werden zwaarder.

Terwijl de zee om de basis van het klif kolkte en de bomen boven hun hoofd ruisten in de middernachtelijke bries, dommelde Cassandra ook in...

... Ze was in de tuin, de verborgen tuin, en ze zat op heel zacht gras onder de appelboom. Het was erg warm en er zoemde een bij tussen de appelbloesem; hij bleef even dicht bij haar zweven voordat hij zich liet meevoeren op de wind.

Ze had dorst, ze verlangde naar een slok water, maar er was niets voorhanden. Ze stak haar hand uit en probeerde zich overeind te duwen, maar het lukte niet. Haar buik was enorm en gezwollen, de huid onder haar jurk zat strak en jeukte.

Ze was zwanger.

Zodra ze dat besefte, werd het gevoel vertrouwd. Ze voelde haar hart zwoegen, de warmte van haar huid en toen schopte de baby...

'Cass.'

... zo hard dat haar maag verschoof; ze legde de hand op de knobbel en probeerde het voetje te pakken...

'Cass.'

Haar ogen gingen open. Maanlicht op de wanden. Het tikken van het fornuis.

Ruby had zich op één arm opgedrukt en tikte op haar schouder. 'Alles goed? Je lag te kreunen.'

'Ja, best.' Cassandra ging met een ruk rechtop zitten. Ze voelde aan haar buik. 'O, mijn god, ik heb zo vreemd gedroomd. Ik was zwanger, hoogzwanger. Mijn buik was enorm en strak en alles was zo levensecht.' Ze wreef in haar ogen. 'Ik zat in de ommuurde tuin en de baby begon te schoppen.'

'Dat komt door al ons gepraat over Mary's baby en Rose, en gouden eieren; het loopt allemaal door elkaar heen.'

'Om maar niet van de wijn te spreken,' geeuwde Cassandra. 'Maar het was zo echt; het voelde precies alsof het werkelijk was. Ik had het heel ongemakkelijk en warm, en toen de baby schopte, deed dat pijn.'

'Je schildert een heerlijk beeld van zwangerschap,' zei Ruby. 'Ik ben blij dat ik het nooit heb geprobeerd.'

Cassandra glimlachte. 'De laatste maanden is er weinig lol aan, maar uiteindelijk is het wel de moeite waard hoor. Het moment waarop je eindelijk een klein nieuw leven in je armen houdt.'

Nick had gehuild in de verloskamer, maar Cassandra niet. Ze was te zeer in het moment gebleven, ze was te veel onderdeel van dat machtige ogenblik om zo te reageren. Huilen zou een tweede niveau van gevoel gevergd hebben, het vermogen om uit de gebeurtenissen te stappen en ze in een breder verband te zien. Cassandra 's ervaring was daar te rechtstreeks voor geweest. Ze voelde zich van binnenuit branden van een duizelig soort vreug-de, alsof ze beter dan ooit kon horen en zien. Ze kon haar eigen bloedsom-loop horen pompen, ze hoorde het gonzen van de lampen aan het plafond en de ademhaling van haar nieuwe baby.

'Om je de waarheid te zeggen, bén ik een keer zwanger geweest.' Maar dat heeft maar vijf minuten geduurd.'

'O, Ruby.' Cassandra was overweldigd door medelijden. 'Ben je de baby verloren?'

'Bij wijze van spreken. Ik was nog jong, het was een vergissing. Hij en ik waren het erover eens dat het dom was om het door te zetten. Ik ging ervan uit dat er later nog genoeg tijd voor zou zijn.' Ze haalde haar schouders op en streek de slaapzak glad over haar benen. 'Het probleem was alleen dat, te-gen de tijd dat ik er klaar voor was, de noodzakelijke ingrediënten niet meer bij de hand waren.'

Cassandra keek haar vragend aan.

'Sperma, lieverd. Ik weet niet of ik tussen mijn dertigste en veertigste constant het slachtoffer van PMS was, maar om wat voor reden ook had het grootste deel van de mannen geen belangstelling voor me. Tegen de tijd dat ik een vent ontmoette met wie ik wel kon samenleven, was de babyboot al vertrokken. We hebben het nog wel een poosje geprobeerd, maar,' schok-schouderde ze, 'tegen de natuur valt niet te vechten.'

'Dat spijt me, Ruby.'

'Hoeft niet hoor. Het gaat best met me. Ik heb werk waarvan ik hou, ik heb lieve vrienden.' Ze knipoogde. 'En je hebt mijn appartement gezien. Dat is een hoofdprijs. Je kunt er je kont niet keren, maar dat hoeft ook niet.'

Cassandra glimlachte.

'Je maakt je leven uit wat je hebt, niet uit wat je mist.' Ruby ging weer lig-gen, nestelde zich in haar slaapzak en trok hem op tot haar schouders. 'Slaap lekker.'

Cassandra bleef nog even zitten kijken naar de dansende schaduwen op de muur en dacht na over wat Ruby had gezegd. Over het leven dat zij, Cas-sandra, had opgebouwd uit de dingen die ze miste. Had Nell dat ook ge-daan? Had zij het leven en de familie die haar waren gegeven veronacht-zaamd en zich gericht op het leven dat ze had gemist? Cassandra ging liggen en deed haar ogen dicht. Ze liet de nachtelijke geluiden haar verontrusten-de gedachten buitensluiten. De zee die ademde, de golven die tegen de gro-te zwarte rots stuksloegen, dieren op het dak, kruinen die ruisten in de wind...

Het huisje was een eenzame plek; overdag lag het al geïsoleerd, maar 's nachts was het nog erger. De weg ging niet helemaal naar de top van het klif, het hek naar de verborgen tuin was dichtgemetseld, en daarachter lag de doolhof waarin de juiste weg moeilijk te vinden was. Het was een soort huisje waar je kon wonen zonder ooit een levende ziel te zien.

Er schoot haar iets te binnen en Cassandra stokte de adem in de keel. Ze ging met een ruk rechtop zitten. 'Ruby,' zei ze, en toen harder: 'Ruby.'

'Ik slaap,' kwam het antwoord met dikke tong.

'Maar ik heb net de oplossing gevonden.'

'Ik slaap nog steeds.'

'Ik weet waarom ze de muur hebben gebouwd, waarom Eliza is weggegaan. Daarom heb ik die droom gehad. Mijn onbewuste was er al achter gekomen en probeerde me dat te laten weten.'

Ruby draaide zich met een zucht om en richtte zich op een elleboog op. Ze veegde een lok uit haar oog. 'Jij wint. Ik ben wakker. Maar dan ook net.'

'Mary heeft hier gewoond toen ze zwanger was van Ivory, van Nell. Hier, in dit huisje. Daarom wist William niet dat ze zwanger was.' Cassandra boog zich wat dichter naar Ruby toe. 'Daarom is Eliza weggegaan: in haar plaats woonde Mary hier. Ze hebben haar in het huisje verborgen gehouden en de muur gebouwd zodat niemand haar per ongeluk zou zien.'

Ruby wreef in haar ogen en ging rechtop zitten.

'Ze hebben het huisje in een kooi veranderd tot de baby was geboren en Rose tot moeder werd uitgeroepen.'

42

De middag voor ze uit Tregenna vertrok, bracht Nell voor het laatst een bezoek aan Cliff Cottage. Ze nam het witte koffertje mee, vol documentatie en
onderzoeksresultaten van haar bezoek. Ze wilde haar aantekeningen nakijken en het huisje leek haar een goede plek om dat te doen. Kijk, daar verontschuldigde ze zich weer. Ze wilde haar aantekeningen wel nakijken, maar
dat was niet de reden dat ze naar het huisje was gekomen. Ze was alleen gekomen omdat ze de verleiding niet kon weerstaan.

Ze deed de deur van het slot en duwde hem open. De winter kwam eraan
en het was koud in huis; het rook er bedompt en de lucht hing zwaar en stil
in de gang. Ze ging met haar koffertje naar de slaapkamer boven. Ze vond
het prettig om uit te kijken over de zilvergrijze zee, en bij haar laatste bezoek
had ze een rotanstoeltje in de hoek van de kamer gezien dat uitstekend van
pas zou komen. Het rotan van de rugleuning was gerafeld, maar dat was
geen bezwaar. Nell zette de stoel bij het raam, ging voorzichtig zitten en
deed het witte koffertje open.

Ze bladerde de paperassen door die erin zaten: Robyns aantekeningen
over de familie Mountrachet, de brochure over Tregenna uit de receptie van
de Tregenna Inn, haar naspeuringen en correspondentie van de plaatselijke
notaris over haar aankoop van Cliff Cottage. Nell vond de brief die handel-
de over de perceelgrenzen en bladerde naar de bladzijde met een landme-
terskaart. Nu zag ze duidelijk het terrein dat Christian als een tuin had beschreven en ze vroeg zich af wie er in hemelsnaam de toegangspoort had
dichtgemetseld en waarom.

Het papier gleed uit Nells hand en fladderde op de grond. Ze boog zich
opzij om het op te rapen, en terwijl ze dat deed, viel haar oog op iets. Het
vochtige weer had de plint doen opbollen en hij was losgekomen van de
muur. Er zat een stuk papier achter. Nell pakte een hoekje tussen duim en
wijsvinger en trok het los.

Een stukje karton met bruine vlekken van ouderdom, waarop een vrou-
wengezicht was getekend. Nell herkende haar van een portret dat ze in de

galerie in Londen had gezien. Het was Eliza Makepeace, maar deze tekening had iets anders. In tegenstelling tot het portret van Nathaniel Walkers hand in Londen, waarop ze iets ongenaakbaars uitstraalde, had deze tekening iets intiemers. Iets in de ogen deed vermoeden dat de maker van dit portret Eliza beter had gekend dan Nathaniel. Robuuste lijnen, bepaalde rondingen, en dan de uitdrukking: iets in de ogen vond Nell zowel fascinerend als confronterend. Nell dacht dat ze zich die ogen nog kon herinneren als ze zo naar haar keken, alsof de eigenaar dwars door je heen keek.

Nell streek de bovenkant van de kaart glad. Te bedenken dat die daar zo lang had liggen wachten. Ze haalde het sprookjesboek uit haar koffertje. Ze wist niet goed waarom ze dat naar het huisje had meegenomen, behalve dat het een aangenaam compleet gevoel gaf om de sprookjes terug naar huis te brengen, terug naar de plek waar Eliza Makepeace ze al die tientallen jaren daarvoor had geschreven. Het was natuurlijk malligheid en gênant sentimenteel, maar voilà. Nu was Nell blij dat ze het had gedaan. Ze sloeg het achteromslag open en schoof de tekening erin. Zo was hij veilig opgeborgen.

Ze leunde naar achteren en streek met haar vingers over het omslag. Ze voelde het zachte leer en de opdruk van het middenpaneel, een illustratie van een jonge maagd met een hert. Het was een prachtig boek; het deed niet onder voor welk boek ook dat ooit in haar antiekwinkeltje door haar handen was gegaan. En het was ook zo goed bewaard gebleven. Dat Haim er tientallen jaren voor had gezorgd, was het niet aan te zien. Blijkbaar was de warme voorraadkamer in Brisbane een uitstekende opslag geweest.

Hoewel Nell zich eigenlijk vroeger tijden wilde herinneren, keerden haar gedachten telkens weer terug naar Haim. Vooral de avonden toen hij haar voor het slapengaan uit het sprookjesboek voorlas. Lil had zich druk gemaakt, ze was bang dat ze te griezelig waren voor een klein meisje, maar Haim had het begrepen. 's Avonds na het eten, waneer Lil de rommel van de dag opruimde, plofte Haim in zijn rieten stoel en krulde Nell zich op zijn schoot op. Het aangename gewicht van zijn armen om haar heen om het boek vast te houden, de vage geur van tabak op zijn overhemd, de ruige stoppels op zijn warme wang waarin haar haren bleven hangen.

Nell ademde langzaam uit. Haim was een goede vader geweest, en Lil een goede moeder. Toch zette ze hen van zich af en liet ze haar gedachten verder teruggaan, want er was een tijd voor Haim, een tijd voor de bootreis naar Maryborough, de tijd van Blackhurst en het huisje en de Schrijfster.

Kijk, een witte, rieten tuinstoel, zon, vlinders. Nell deed haar ogen dicht, greep het staartje van de herinnering en liet zich meevoeren naar een warme zomerdag en een tuin waarin de koele schaduw over het uitgestrekte gras viel. De lucht was zwanger van de warme bloemengeur…

Het kleine meisje verbeeldde zich dat ze een vlinder was. Ze had een krans van bloemen op haar hoofd, hield de armen opzij en holde rondjes, zwaaiend en draaiend terwijl het zonlicht haar armen verwarmde. Het zonlicht veranderde het witte katoen van haar jurkje in zilver en ze voelde zich geweldig.

'Ivory.'

Eerst hoorde het meisje het niet, want vlinders spreken geen mensentaal. Ze zingen op de liefste toon woorden die zo mooi zijn dat grote mensen ze niet kunnen horen. Alleen kinderen horen ze.

'Ivory, kom eens vlug hier.'

Nu klonk mama een beetje streng en het meisje durfde haar niet langer te negeren. Ze fladderde zwalkend in de richting van de witte tuinstoel.

'Kom, kom,' zei mama. Ze had de armen uitgestrekt en wenkte met haar vingertoppen. Het meisje klom op schoot terwijl een warm geluksgevoel door haar lichaampje stroomde. Mama sloeg haar armen om het meisje en drukte koele lippen op de huid onder haar oor.

'Ik ben een vlinder,' zei het meisje. 'Deze stoel is mijn cocon…'

'Stil.' Mama had haar gezicht nog tegen het hare gedrukt en het meisje besefte dat ze naar iets achter haar keek. Ze draaide zich om, want ze wilde zien wat haar moeders belangstelling had.

Er kwam een mevrouw op hen af. Het meisje tuurde tegen de zon in om de luchtspiegeling beter te kunnen zien. Want deze mevrouw was anders dan de andere die bij mama en grootmoeder op bezoek kwamen, de mevrouwen die theedronken en bridge kwamen spelen. Deze mevrouw zag er op de een of andere manier uit als een meisje dat tot grotemensenlengte was uitgerekt. Ze droeg een jurk van wit katoen, maar haar haar was rood en zat losjes in een staart gebonden.

Het meisje keek om zich heen naar het rijtuig dat de dame moest hebben gebracht, maar dat stond er niet. Kennelijk was ze zomaar uit het niets verschenen, als bij toverslag.

Toen besefte het meisje het, en haar adem stokte in haar keel van verbazing. De dame was niet van de kant van de oprijlaan genaderd, ze was uit de doolhof gekomen.

Het kleine meisje mocht niet in de doolhof komen. Het was een van de eerste en strengste regels; zowel mama als grootmoeder drukte haar altijd op het hart dat het een donkere doolhof was en dat er onuitsprekelijke gevaren loerden. Het verbod was zo serieus dat zelfs papa, van wie ze meestal wel op aan kon, er niet tegen in durfde te gaan.

De mevrouw kwam nog steeds met haastige tred op hen af; het hield het midden tussen lopen en huppelen. Ze had iets bij zich; ze had een pakje onder haar arm.

Ze voelde haar moeders armen zo strak om haar middel sluiten dat het ongemakkelijk werd.

De mevrouw bleef voor hen staan.

'Hallo, Rose.'

Het meisje wist dat dit mama's naam was, maar die zei niets terug.

'Ik weet dat ik niet mag komen.' Het was een zuivere stem als de draad van een spin die het meisje wel in haar hand had willen houden.

'Waarom doe je dat dan?'

De mevrouw wilde haar het pakje geven, maar mama pakte het niet aan. De greep om haar middel werd weer steviger. 'Ik wil niets van jou.'

De mevrouw keek opzij. 'Het is ook niet voor jou.' Ze legde het pakje op de stoel naast hen. 'Het is voor je dochtertje.'

Er zat een sprookjesboek in, dat herinnerde Nell zich nu weer. Later hadden haar moeder en vader ruziegemaakt. Zij wilde met alle geweld dat het boek werd weggedaan en hij had het met een knikje meegenomen. Alleen had hij het niet weggegooid. Hij had het in zijn atelier gelegd, naast het beduimelde exemplaar van *Moby Dick*. En hij had Nell eruit voorgelezen, wanneer ze bij hem was en haar moeder ziek was en niets in de gaten had.

Opgewonden van de herinnering streek Nell weer over het omslag. Ze sloeg het boek open op de plek waar het lint al zestig jaar had gezeten. Het was donkerpaars en maar een beetje gerafeld, en het lag bij het begin van een verhaal dat 'De ogen van het oude vrouwtje' heette. Nell begon te lezen over een jonge prinses die niet wist dat ze een prinses was, die een lange zeereis maakte naar het land der verloren dingen om de ogen van het oude vrouwtje te halen. Het kwam haar vaag bekend voor, als een favoriet verhaal uit je kinderjaren. Nell legde de boekenlegger op z'n nieuwe plek, sloeg het boek dicht en legde het weer op de vensterbank.

Ze zag dat er nog een opening bleef op de plek waar ze het lint had gelegd.

Nell sloeg het boek weer open; de bladzijden vielen automatisch steeds open op de plaats waar 'De ogen van het oude vrouwtje' begon. Ze voelde met haar vinger langs de binnenkant van de rug…

Er ontbraken bladzijden. Niet veel, een stuk of zes, je zag het amper, maar ze ontbraken wel.

Ze waren keurig weggesneden. Geen ruwe randen die strak omhoogstaken. Misschien was het met een scherp mesje gedaan.

Nell controleerde de paginering. Die sprong van 54 naar 61.

Het gat viel precies tussen twee verhalen…

Het Gouden Ei

door Eliza Makepeace

Heel lang geleden, toen zoekers nog vinders waren, woonde er eens een jong meisje in een klein huisje aan de rand van een welvarend koninkrijk. Het meisje was arm en haar huisje stond zo diep verscholen in het donkere woud dat niemand het zag. Lang geleden waren er wel mensen geweest die het huisje met zijn open haard van natuursteen kenden, maar die waren al lang dood en Moeder Tijd had een sluier van vergetelheid over het huisje getrokken. Behalve de vogels die op de vensterbank kwamen zingen en de dieren van het bos die van de warmte van haar haardvuur wilden profiteren, was het meisje alleen. Maar ze voelde zich nooit eenzaam of ongelukkig, want het meisje van het huisje had het altijd veel te druk om te verlangen naar gezelschap dat ze nooit had gehad.

Diep in het hart van het huisje, achter een speciale deur met een glimmend slot, lag een heel kostbaar voorwerp. Het was een gouden ei waarvan de glans naar men beweerde zo sterk en mooi was, dat diegenen die er ooit hun oog op hadden laten vallen direct blind waren geworden. Het Gouden Ei was heel oud, zo oud dat niemand zich zijn leeftijd goed kon herinneren. Talloze generaties achtereen was de familie van het meisje al belast met de bescherming van het Gouden Ei, een hoogst belangrijke taak, want van de veiligheid van het ei hing die van het hele koninkrijk af.

Zodoende was de taak om voor het ei te zorgen na de dood van de ouders van het meisje aan haar toegevallen. Het meisje stelde zich geen vragen bij die taak, want ze wist dat die haar bestemming was. Het ei moest veilig en wel verborgen gehouden worden. Het belangrijkste was dat zelfs het bestaan van het ei geheim moest worden gehouden. Vele jaren daarvoor, toen het koninkrijk nog nieuw was, waren er bloedige oorlogen om het Gouden Ei gevoerd, want de overlevering wilde dat het grote magische kracht bezat en de bezitter zijn hartenwens kon vervullen.

En zo hield het meisje de wacht. Overdag zat ze bij haar kleine spinnenwiel aan het raam van het huisje blij mee te zingen met de vogels die waren samengedromd om haar aan het werk te zien. 's Nachts bood ze onderdak aan haar buren de dieren en sliep ze in de warmte van het huisje, dat van binnenuit werd verwarmd door de gloed van het Gouden Ei. En ze zou de woorden van haar moeder en vader nooit vergeten, namelijk dat er niets belangrijker was dan je geboorterecht beschermen.

Ondertussen leefde er aan de andere kant van het land in het machtige kasteel van de koning een jonge prinses die lief en mooi, maar heel ongelukkig was. Ze was ziekelijk en ondanks alle doktershulp die ze had ingeroepen, en ondanks het feit dat haar moeder, de koningin, stad en land had afgespeurd naar tovermiddelen of medicijnen, was er niets te vinden dat de gezondheid en het geluk van de prinses kon terugbrengen. Er waren mensen in het koninkrijk die fluisterden dat een boze chirurgijn haar kort na de geboorte tot een eeuwig kwakkelende gezondheid had vervloekt, maar dat durfde niemand hardop te zeggen. De koningin was namelijk een wrede heerseres, wier wraak door haar onderdanen terecht werd gevreesd.

Hoewel de strengheid van de koningin alom bekend was, was haar dochter haar oogappel en was er weinig dat de koningin niet voor haar welzijn overhad. Elke ochtend bezocht de koningin het ziekbed van haar dochter, maar elke dag was het eender: ze was bleek, zwak en moe. 'Dat is het enige wat ik wens, mama,' fluisterde de prinses dan, 'de kracht om door de tuinen van het kasteel te lopen, om op de bals van het kasteel te dansen en om in de vijvers van het kasteel te zwemmen. Het is mijn hartenwens om gezond te zijn.'

Toevallig beschikte de koningin over een toverspiegel waarin ze het dagelijks leven in het koninkrijk kon volgen. Elke dag vroeg de koningin aan de spiegel: 'Spiegeltje van me, beste vriend, laat me de genezer zien die een einde aan deze verschrikking kan maken.'

Maar elke dag gaf de spiegel hetzelfde antwoord: 'Er is in het hele land niemand die haar met zijn helende handen kan genezen.'

Nu wilde het toeval dat de koningin op een dag zo van streek was door de toestand van haar dochter, dat ze vergat de spiegel haar dagelijkse vraag te stellen. In plaats daarvan barstte ze tranen uit: 'Spiegel van me, die ik zo bewonder, toon me hoe ik de hartenwens van mijn dochter kan vervullen.'

De spiegel zweeg een ogenblik, maar in zijn glazige midden begon zich een beeld af te tekenen, een klein huisje midden in het diepe, donkere woud met een rookpluim die uit het schoorsteentje kwam. Achter het raam van het huisje zat een jong meisje te spinnen aan een wiel en mee te zingen met de vogels op de vensterbank.

'Wat laat je me hier zien?' riep de koningin verbaasd uit. 'Is deze jonge vrouw een genezer?'

De stem van de spiegel klonk laag en somber. 'In het donkere woud aan de rand van het koninkrijk staat een huisje. Daarin ligt een gouden ei, een toverei met de macht om de hartenwens van zijn eigenaar te vervullen. Het meisje dat u ziet is de hoedster van het Gouden Ei. Het is haar levenswerk om ervoor te zorgen dat het ei onder haar toezicht blijft.'

'Hoe krijg ik het ei van haar?' vroeg de koningin.

'Ze doet wat ze doet voor het welzijn van het koninkrijk,' zei de spiegel, 'en zal niet makkelijk zwichten.'

'Wat moet ik dan doen?'

Maar de toverspiegel had geen antwoorden meer en het beeld van het huis vervaagde zodanig dat alleen het spiegelglas overbleef, het spiegelbeeld van de koningin zelf. Die tilde haar kin op en staarde langs haar lange neus en keek zichzelf in de ogen tot er een flauwe glimlach om haar lippen verscheen.

De volgende morgen bestelde de koningin in alle vroegte een koerier, het meest vertrouwde kamermeisje van de prinses, dat al haar hele leven in het koninkrijk woonde, en van wie de koningin wist dat ze alles zou doen wat kon helpen de prinses weer gezond en gelukkig te maken.

Bevend stond het kamermeisje voor de koningin en ze vroeg zich af wat haar verheven vorstin van haar verlangde. De koningin gaf haar opdracht het Gouden Ei te bemachtigen.

Het kamermeisje deed wat er van haar werd verlangd en vertrok op een reis door het land naar het donkere woud. Drie dagen en nachten liep ze in oostelijke richting tot ze eindelijk bij het invallen van de schemering op de derde dag aan de rand van het woud kwam. Ze vervolgde haar weg het koude, doornige bos in, stapte over afgebroken boomtakken en door laaghangende lianen, tot ze uiteindelijk een houtvuurtje rook. Tot haar grote opluchting zag ze een huisje op een open plek staan. Uit een natuurstenen schoorsteen kringelde geurige rook.

Het kamermeisje klopte aan en moest even wachten voordat er werd opengedaan door een jong meisje, en hoewel dat verrast was door het bezoek, verscheen er toch een brede glimlach op haar gelaat. Ze deed een stap opzij en liet haar binnen. 'Je bent moe,' zei het meisje. 'Je hebt een lange reis achter de rug. Kom je maar warmen bij de haard.'

Het kamermeisje volgde het meisje naar binnen en ging op een kussen bij het vuur zitten. Langs de muren van de kamer lagen dieren – damherten en reekalfjes – vredig op rieten matten te slapen.

Het meisje van het huisje bracht een kom warme, dikke soep voor het kamermeisje en ging rustig zitten weven terwijl haar gast at. Het vuur knetterde en de warmte maakte het kamermeisje erg slaperig. Haar verlangen om te sluimeren was zo sterk, dat ze haar opdracht vergeten zou zijn als het meisje van het huisje niet had gevraagd: 'Je bent hier heel welkom, vreemdeling, maar mag ik vragen wat het doel van je bezoek is?'

'Ik ben gestuurd door de koningin van het land,' zei het kamermeisje. 'Ze wil je hulp bij het genezen van haar dochter, die een zwakke gezondheid heeft.'

De vogels van het woud zongen wel eens over het reilen en zeilen van het land, dus wist het meisje van de mooie, lieve prinses die binnen de kasteelmuren woonde. 'Natuurlijk,' zei het meisje, 'zal ik doen wat in mijn vermogen ligt, hoewel ik me niet kan voorstellen waarom de koningin mij moet hebben, want ik weet niet hoe ik mensen moet genezen.'

Het kamermeisje schudde haar hoofd. 'Dat wordt ook niet van je verwacht. De koningin heeft me gestuurd om iets te halen wat jij hier herbergt. Een voorwerp met de macht om zijn eigenaars hartenwens te vervullen.'

Toen begreep het meisje dat het kamermeisje het Gouden Ei bedoelde. Ze schudde verdrietig haar hoofd. 'Ik wil alles doen om de prinses te helpen, behalve datgene wat je me vraagt. De bescherming van het Gouden Ei is mijn geboorterecht en iets belangrijkers bestaat er niet. Je mag hier vannacht blijven als onderdak tegen de kou en de eenzaamheid van de bossen, maar morgen moet je terug naar de koningin om te zeggen dat ik het Gouden Ei niet mag afstaan.'

De volgende dag vertrok het kamermeisje weer naar het kasteel. Ze reisde drie dagen en nachten tot ze eindelijk weer bij het kasteel was, waar de koningin haar opwachtte.

'Waar is het Gouden Ei?' vroeg de koningin met een blik op de lege handen van het kamermeisje.

'Mijn opdracht is mislukt,' zei het kamermeisje. 'Want helaas wilde het meisje van het huisje niet van haar geboorterecht scheiden.'

De koningin richtte zich in haar volle lengte op en haar gezicht liep rood aan. Ze was er niet aan gewend haar verlangens gedwarsboomd te zien. 'Je gaat weer terug,' zei ze, wijzend met een vinger met een lange nagel, 'en je zegt tegen het meisje dat het haar plicht is het koninkrijk te dienen. Als ze weigert, laat ik haar in steen veranderen en mag ze tot in alle eeuwigheid op de binnenplaats van het kasteel staan.'

Zodoende reisde het kamermeisje nogmaals drie dagen en nachten in oostelijke richting, tot ze weer voor de deur van het verborgen huisje stond. Ze klopte aan en werd hartelijk door het meisje begroet, binnengelaten en voorzien van een kom soep. Opnieuw zat het meisje te spinnen terwijl het kamermeisje at. Uiteindelijk zei het meisje: 'Je bent hier hartelijk welkom, vreemdeling, maar mag ik het doel van je bezoek weten?'

'De koningin heeft me nog een keer gestuurd,' zei het kamermeisje. 'Ze zoekt je hulp bij het genezen van haar dochters zwakke gezondheid. Het is je plicht om het koninkrijk te dienen. Als je dat niet doet, zegt de koningin dat ze je in een steen verandert die tot in alle eeuwigheid op de binnenplaats van het kasteel zal staan.'

Het meisje glimlachte mistroostig. 'Het beschermen van het Gouden Ei is mijn geboorterecht,' zei ze. 'Ik kan het niet aan je afstaan.'

Het kamermeisje was verbijsterd. 'Wil je dan in een steen worden veranderd en in alle eeuwigheid op de binnenplaats van het kasteel staan?'

'Natuurlijk niet,' zei het meisje. 'En dat gebeurt ook niet. Ik dien het koninkrijk namelijk al wanneer ik het Gouden Ei bewaak.'

En het kamermeisje protesteerde niet, want ze zag dat het waar was wat het meisje van het huisje had gezegd. De volgende dag vertrok het kamermeisje en bij aankomst werd ze opnieuw bij poort van het kasteel door de koningin opgewacht.

'Waar is het Gouden Ei?' vroeg de koningin met een blik op de lege handen van het kamermeisje.

'Het is me andermaal niet gelukt,' zei het kamermeisje. 'Want helaas wilde het meisje van het huisje geen afstand van haar geboorterecht doen.'

'Heb je niet tegen haar gezegd dat het haar plicht was om het koninkrijk te dienen?'

'Jawel, majesteit,' zei het kamermeisje, 'maar ze zei dat ze het koninkrijk al diende door het Gouden Ei te bewaken.'

De koningin keek nijdig en haar gezicht werd grauw. Wolken pakten zich samen aan de hemel en de raven van het koninkrijk zochten dekking.

Toen moest de koningin aan de woorden van de spiegel denken – 'Ze doet wat ze doet voor het voor het welzijn van het koninkrijk' – en haar lippen krulden om tot een glimlach. 'Je moet er nog een keer heen,' zei ze tegen het kamermeisje. 'En deze keer zeg je tegen dat meisje dat, als zij weigert afstand te doen van het Gouden Ei, zij de verantwoordelijkheid draagt voor het eeuwige verdriet van de prinses, zodat het rijk in een eindeloze winter van rouw zal worden gedompeld.'

Dus maakte het kamermeisje voor de derde keer een reis van drie dagen en nachten naar het oosten, tot ze opnieuw voor de deur van het verborgen huisje stond. Ze werd hartelijk begroet door het meisje, dat haar binnenliet en een kom soep bracht. Het meisje zat te weven terwijl het kamermeisje haar soep at, tot ze uiteindelijk vroeg: 'Je bent hier hartelijk welkom, vreemdeling, maar mag ik vragen naar het doel van je bezoek?'

'De koningin van het land heeft me opnieuw gestuurd,' zei het kamermeisje. 'Ze verlangt je hulp bij het genezen van haar kwakkelende dochter. Het is je plicht om het koninkrijk te dienen; als je het ei niet afstaat, ben je volgens de koningin verantwoordelijk voor het eeuwige verdriet van de prinses en zal het koninkrijk in een eindeloze winter van rouw worden gedompeld.'

Het meisje van het huisje bleef een hele poos stilzwijgend zitten, wat het kamermeisje verraste, want zij had het gebruikelijke bezwaar verwacht.

Toen knikte het meisje langzaam. 'Om de prinses en het koninkrijk te sparen zal ik het Gouden Ei afstaan.'

En al wist het kamermeisje dat ze blij moest zijn, ze was het niet. Ze huiverde toen de donkere wouden stil werden en een nijdige wind onder de deur door glipte om te spelen met de vlammen in de haard. 'Maar er is niets belangrijker dan het beschermen van je geboorterecht,' zei het kamermeisje zacht. 'Het is je plicht jegens het koninkrijk.'

'Maar wat heeft die plicht voor nut als het koninkrijk door mijn toedoen in een eeuwige winter wordt gedompeld? In een eindeloze winter zal het land bevriezen, dan zullen er geen vogels, geen dieren en geen oogsten meer zijn. Het is juist vanwege mijn plicht dat ik het ei nu ga afstaan.'

Het kamermeisje keek het meisje bedroefd aan. 'Maar niets is belangrijker dan het beschermen van je geboorterecht. Het ei maakt deel van jou uit, het is aan jou om het te beschermen.'

Maar het besluit van het meisje stond vast. Ze haalde een gouden sleutel van een ketting om haar hals. Daarna ging ze naar de speciale deur, draaide de sleutel om in het slot en maakte hem open. Van diep onder de vloer van het huisje klonk gekreun, de stenen van de haard leken zich te zetten en de balken aan het plafond steunden. Toen een glans uit de geheime kamer kwam, leek de rest van het licht te verbleken. Het meisje ging de kamer in en verscheen even later weer met een voorwerp in haar handen dat in een geweven kleed verpakt zat en zo kostbaar was dat de lucht eromheen leek te zinderen.

Het meisje liep met het kamermeisje mee naar buiten en toen het tweetal op de rand van de open plek was, stond ze haar geboorterecht af. Ze keek het kamermeisje na toen dat in het donkere woud in de richting van het koninklijke kasteel verdween. Toen het meisje terugkeerde naar het huisje, merkte dat ze het kouder was. Het licht was uit het huisje verdwenen; het leek wel door het donkere woud eromheen opgeslokt. De kamers binnen werden koud, want ze werden niet langer verwarmd door de glans van het Gouden Ei.

Gaandeweg bleven de dieren weg, zochten de vogels een goed heenkomen en merkte het meisje dat ze geen doel meer in het leven had. Ze vergat hoe ze moest spinnen, haar stem veranderde in gefluister en uiteindelijk voelde ze haar ledematen stijf en zwaar en bewegingloos worden, tot ze op een dag besefte dat het hele huisje onder een laag stof zat, haar eigen versteende vorm incluis. Haar ogen knipperden zelfs niet meer, ze liet ze dichtzakken en voelde zichzelf door de kou de stilte in vallen.

Een paar seizoenen later reed de prinses van het koninkrijk met haar kamermeisje langs de rand van het donkere woud. Hoewel de prinses ooit erg ziek was geweest, was ze miraculeus hersteld en getrouwd met een lieve prins. Ze leidde een vol en gelukkig bestaan, ze liep en danste en zong en genoot de onmetelijke rijkdom van een goede gezondheid. Ze hadden een schattig dochtertje, dat alom geliefd was en zoete lekkernijen at en pure melk dronk en mooie vlinders als speelkameraadjes had.

Toen de prinses en haar kamermeisje die bewuste dag langs het woud reden, voelde de eerste een merkwaardige neiging om het bos zelf te betreden. Ze sloeg geen acht op de protesten van het kamermeisje en stuurde haar paard de grens over en het koude, donkere bos in. Het was doodstil in het woud, de stille, koele lucht werd door dieren noch vogels verstoord. Het enige geluid kwam van de paardenhoeven.

Uiteindelijk kwamen ze bij een open plek waarop een huisje door slingerplanten overwoekerd was. 'Wat een lief huisje,' zei de prinses. 'Ik vraag me af wie daar woont.'

Het kamermeisje wendde haar gezicht af en moest huiveren door de vreemde kilte die op de open plek hing. 'Niemand, mijn prinses. Er woont niemand meer. Het koninkrijk bloeit, maar in het donkere woud is geen leven meer.'

43

Cliff Cottage, Cornwall, 1913

Eliza wist dat ze de kust en de zee zou missen wanneer ze weg was. Hoewel ze een andere zou leren kennen, zou dat toch niet hetzelfde zou zijn. Andere vogels en andere planten, golven die hun verhalen in vreemde talen zouden fluisteren. Toch werd het tijd. Ze had er lang genoeg op gewacht en zonder veel reden. Wat gebeurd was, was gebeurd en hoe ze zich nu ook voelde – het berouw dat haar in het donker besloop en de slaap op afstand hield, terwijl zij maar in bed lag te woelen en haar rol in het bedrog vervloekte – het leven ging door.

Eliza liep het laatste stuk van het smalle stenen trapje naar de kade af. Eén visser was nog aan het inladen voor het werk van die dag; hij stapelde rieten manden en rollen vissnoer in zijn boot. Toen ze dichterbij kwam, zag Eliza de magere, gespierde en door de zon gebruinde ledematen en besefte ze dat het Mary's broer William was. Hij was de jongste van generaties van vissers in Cornwall, en had zich dermate als een van de dapperste en meest roekeloze vissers ontpopt dat legenden over zijn huzarenstukjes zich als een lopend vuurtje langs de kust verspreidden.

Hij en Eliza waren ooit vrienden geweest en hij had haar gebiologeerd met zijn wilde verhalen over het leven op zee. Maar al enkele jaren was er een koele afstandelijkheid tussen hen gegroeid sinds Will getuige was geweest van dingen die hij niet had mogen zien en Eliza had uitgedaagd om het onuitlegbare uit te leggen. Het was lang geleden dat ze elkaar hadden gesproken en Eliza had zijn gezelschap gemist. Het besef dat ze Tregenna weldra ging verlaten sterkte haar om het verleden achter zich te laten en met een rustige ademhaling ging ze naar hem toe. 'Je bent aan de late kant vanmorgen, Will.'

Hij keek op en trok zijn pet recht. Er verspreidde zich een blos over zijn verweerde trekken en hij antwoordde stijfjes: 'En jij bent er vroeg bij.'

'Ik kan de tijd goed gebruiken.' Eliza was inmiddels bij de boot aangekomen. Het water klotste vriendelijk tegen zijn flank en de lucht was zwaar van de zeedamp. 'Nog iets van Mary gehoord?'

'Al een week niet meer. Ze zit nog steeds tevreden in Polperro, en is me de slagersvrouw wel. Worsten maken en zo.'

Eliza glimlachte. Het deed haar echt plezier om te horen dat het goed met Mary ging. Na alles wat ze had doorgemaakt, verdiende ze niets minder. 'Dat is goed nieuws, Will. Ik moet haar vanmiddag schrijven.'

William fronste een beetje, zijn blik ging naar zijn laarzen en hij schopte zacht tegen de kademuur.

'Wat is er?' vroeg Eliza. 'Heb ik iets raars gezegd?'

William joeg een paar inhalige zeemeeuwen weg die op zijn aas doken. 'Will?'

Hij keek Eliza even van opzij aan. 'Niets raars, juffrouw Eliza, alleen… Ik moet zeggen dat ik wel blij ben om je te zien, maar nou ja, ik ben ook een beetje verrast.'

'Waarom?'

'Het nieuws gaat ons allemaal aan het hart.' Hij hief zijn kin op en krabde de stoppels op zijn scherpe kaak. 'Over meneer en mevrouw Walker, dat ze ons… hebben verlaten.'

'Ze gaan naar New York, ja. Volgende maand vertrekken ze.' Eliza had het van Nathaniel gehoord. Hij was haar weer in het huisje komen opzoeken met Ivory in zijn kielzog. Het was een regenachtige middag en dus was het kind mee naar binnen gekomen om te wachten. Ze was naar Eliza's kamer boven gegaan en dat was maar goed ook. Toen Nathaniel Eliza over hun plannen vertelde, die van hem en Rose, om een nieuw leven aan de andere kant van de Atlantische Oceaan te beginnen, was ze boos geworden. Ze had zich in de steek gelaten en meer dan ooit gebruikt gevoeld. Bij de gedachte aan Rose en Nathaniel in New York had het huisje haar opeens de meest mistroostige plek ter wereld geleken en Eliza's leven het meest mistroostige bestaan dat iemand kon leiden.

Kort nadat Nathaniel was vertrokken moest Eliza denken aan de raad van haar moeder, dat ze zichzelf moest zien te redden en had ze besloten dat de tijd was gekomen om haar eigen plannen op de rails te zetten. Ze had passage geboekt op een schip om haar eigen avonturen te beleven, ver van Blackhurst en het leven dat ze in het huisje had geleid. Ze had ook naar mevrouw Swindell geschreven om te zeggen dat ze de volgende maand naar Londen zou komen en zich afvroeg of ze langs mocht komen. Ze had het niet over mama's broche gehad. Hopelijk zat die nog steeds veilig en wel opgeborgen in het potje in de ongebruikte schoorsteen, maar ze was van plan hem terug te halen.

En met mama's erfenis zou ze een nieuw leven beginnen, haar hele eigen leven.

William schraapte zijn keel.

'Wat is er, Will? Je kijkt alsof je een spook hebt gezien.'

'Nee, dat is het niet, juffrouw Eliza,' zei William. 'Het is alleen...' Zijn blauwe ogen speurden de hare af. De zon lag inmiddels vol en zwaar op de horizon zodat hij haar met samengeknepen ogen moest aankijken. 'Kan het zijn dat je het niet weet?'

'Wat niet weet?' schokschouderde ze.

'Van meneer en mevrouw Walker... de trein uit Schotland.'

Eliza knikte. 'Ze zijn momenteel in Schotland. Ze komen morgen terug.'

Williams lippen vormden een somber trekje. 'Ze worden nog steeds morgen terug verwacht, juffrouw Eliza, maar niet zoals je denkt. Hij zuchtte hoofdschuddend. 'Iedereen in het dorp heeft het erover; het staat in de kranten. Dat niemand het jou heeft verteld. Ik zou zelf wel gekomen zijn, alleen...' Hij pakte haar handen vast, het was een onverwacht gebaar, en een gebaar dat haar hart harder liet kloppen dan alle vertoon van onverwachte emotie bij elkaar. 'Er is een ongeluk gebeurd, juffrouw Eliza. Er is een trein op een andere gebotst. Een deel van de passagiers, meneer en mevrouw Walker...' Hij zuchtte en keek haar aan. 'Ik ben bang dat ze allebei om het leven zijn gekomen, juffrouw Eliza. Ergens in het noorden in een plaats die Ais Gill heet.'

Hij praatte verder, maar Eliza hoorde hem al niet meer. In haar hoofd spreidde zich een schel rood licht over alles uit, zodat alle zintuiglijke indrukken, alle lawaai en alle gedachten werden buitengesloten. Ze deed haar ogen dicht en stortte blindelings in een diepe, bodemloze schacht.

Adeline kreeg nog amper adem. Rouw zo dik als zwarte, kleverige teer vulde haar longen. Het nieuws was dinsdagavond laat telefonisch gekomen. Linus had zich in de donkere kamer opgesloten, dus was Daisy gestuurd om lady Mountrachet naar de telefoon in de huiskamer te roepen. Aan de andere kant van de lijn was een politieagent en met een stem die sputterde door de vele kilometers telefoonverbinding tussen Cornwall en Schotland, deelde hij zijn verpletterende klap uit.

Adeline had een flauwte gekregen, althans ze nam aan dat dit het geval moest zijn geweest, want het volgende dat ze zich herinnerde, was dat ze in bed wakker werd met een enorm gewicht op haar borst. Er was een fractie van een seconde verwarring, toen keerde haar geheugen weer terug en kwam de nachtmerrie opnieuw tot leven.

Het was maar goed dat er een begrafenis te regelen was, dat er procedures gevolgd moesten worden, anders was Adeline die tijd misschien nooit te boven gekomen. Want ongeacht het feit dat haar hart zo was uitgehold, dat er slechts een droge en waardeloze huls over was, er werden bepaalde dingen van haar verwacht. Men mocht niet merken dat ze haar verantwoordelijkheden als rouwende moeder schuwde. Dat was ze wel aan Rose verplicht, aan haar allerliefste Rose.

Godzijdank werd dat kind uit de buurt gehouden. Ivory zou eigenlijk met Rose en Nathaniel mee zijn gegaan, maar was op de valreep thuisgelaten omdat ze net kou had gevat. Had zij ook maar in die trein gezeten en was zij ook maar aan haar eind gekomen in die duistere nacht. Voor Adeline zou dat één zorg minder zijn geweest. Want wat moest zij nu met dat kind? Het laatste waarop ze zat te wachten was een levende herinnering aan het feit dat Rose dood was.

En toch, wat de buitenwereld betrof, was het kind Rose' nageslacht en Adeline haar liefhebbende grootmoeder. Zodoende moest Adeline ervoor zorgen dat de schijn werd opgehouden. Het zou wel moeilijk worden, maar ze zou zich toeleggen op de opvoeding van het kind en haar tot het evenbeeld van Rose kneden. Er zou niet meer zo'n slappe hand aan te pas komen als bij Rose en Nathaniel. Het meisje zou worden gebroken en opnieuw gevormd.

Maar niet nu, daarvoor miste Adeline de kracht. Ze was er nog niet eens aan toegekomen het kind over de tragedie in te lichten; haar eigen verdriet was nog te hevig, men kon niet van haar verwachten dat ze anderen ging troosten. In plaats daarvan zou ze haar aandacht richten op een taak waarmee ze zich meer vertrouwd voelde.

'Daisy.' Haar stem klonk rauw. 'Haal eens wat schrijfpapier. Ik moet een lijst maken.'

Terwijl Daisy zich het schemerige vertrek uit haastte, begon Adeline alvast aan een mentaal lijstje. Natuurlijk moesten de Churchills worden gevraagd, lord en lady Huxley. De Astors, de Heusers... Nathaniels familie zou ze later wel inlichten. De Heer mocht weten dat Adeline de kracht miste om dat slag bij de begrafenis van Rose te betrekken.

Ze staarde uit het raam naar de inham. De rij bomen, de zee daarachter, die zich eindeloos eindeloos eindeloos uitstrekte.

Ze dwong haar blik niet naar links te dwalen. Het huisje was niet te zien, maar weten dat het er stond was voldoende. De afschuwelijke aantrekkingskracht liet zich gelden en bezorgde Adeline de rillingen.

Eén ding was zeker. Eliza zou niets horen voordat de begrafenis achter de rug was. Er was geen sprake van dat Adeline dat meisje levend en wel wilde zien terwijl Rose dood was.

Drie dagen later, toen Adeline en Linus en de bedienden zich verzamelden op de begraafplaats aan de uiterste rand van het landgoed, liep Eliza voor het laatst om haar huisje. Ze had al een kist vooruitgestuurd naar de haven zodat ze weinig te dragen had. Alleen maar een reisvalies met haar aantekenboek en een aantal persoonlijke dingen. De trein vertrok om twaalf uur 's middags uit Tregenna, en Davies, die een zending nieuwe planten van de trein uit Londen moest afhalen, had aangeboden haar naar het station te brengen. Davies was de enige aan wie ze had verteld dat ze wegging.

Eliza keek op haar kleine vestzakhorloge. Er was nog net tijd voor een laatste bezoekje aan de verborgen tuin. Ze had die tot het laatst bewaard en bewust de tijd die ze daar kon doorbrengen beperkt uit angst dat ze zich niet meer zou kunnen losmaken als ze er te lang zou blijven. De wortels van haar voeten reikten zo diep in de aarde van de tuin dat het bijna niet voor te stellen was dat het leven door kon gaan wanneer zij was ontworteld.

Maar zo zou het wel zijn, zo moest het zijn.

Eliza liep langs de achterzijde de kant van het hek in de zuidmuur op. Waar ooit het hek was geweest, was nu een open gat in de muur en in de grond en een stapel grote blokken zandsteen klaar voor gebruik.

Het was gedurende de week gebeurd. Eliza was aan het wieden toen ze werd verrast door een stel potige werklui die via het hekje aan de voorkant naar binnen kwamen. Eerst dacht ze dat ze verdwaald waren en daarna besefte ze hoe absurd dat idee was. Mensen kwamen niet per ongeluk bij het huisje.

'Lady Mountrachet heeft ons gestuurd,' zei de grootste van de twee.

Eliza stond op en veegde haar handen aan haar rok af. Ze zei niets en wachtte tot ze verder zouden gaan.

'Ze zegt dat dit hek nodig weg moet.'

'O ja?' zei Eliza. 'Raar, daar heeft het hek nog nooit iets over gezegd.'

De kleinste grinnikte. De grootste keek schaapachtig.

'En waarom wordt het hek weggehaald?' vroeg Eliza. 'Komt er een ander voor in de plaats?'

'We moeten het gat dichtmetselen,' zei de grootste. 'Lady Mountrachet zegt dat er geen toegang vanuit het huisje meer nodig zal zijn. We moeten een kuil graven voor een nieuwe fundering.'

Natuurlijk. Eliza had wel kunnen verwachten dat er na haar tocht door de doolhof van veertien dagen daarvoor repercussies zouden volgen. Toen alles vier jaar daarvoor was besloten en beklonken, waren de regels duidelijk gesteld. Mary had geld gekregen om een nieuw leven in Polperro te beginnen en Eliza was verboden van de verborgen tuin door de doolhof te gaan. Maar uiteindelijk had ze de verleiding niet kunnen weerstaan.

Het was maar goed dat Eliza niet lang meer in het huisje zou wonen. Zonder toegang tot haar tuin dacht ze dat ze het leven op Blackhurst niet zou kunnen verdragen. Zeker niet nu Rose dood was.

Ze stapte over het puin waar het hek ooit had gestaan en liep om de rand van de kuil de verborgen tuin in. De geur van jasmijn was sterk, die van de appelbloesem ook. De takken van de blauweregen hadden zich boven de tuin verspreid en zichzelf samengevlochten tot een groen baldakijn.

Ze wist dat Davies een oogje in het zeil zou houden, maar het zou niet meer hetzelfde zijn. Hij had zelf genoeg te doen en de tuin had zo veel tijd en liefde van haar gevergd. 'Wat zal er van je worden?' vroeg Eliza zacht.

Ze keek naar de appelboom en voelde een pijnscheut in haar borst, alsof een deel van haar hart werd verwijderd. Ze herinnerde zich de dag waarop zij en Rose de boom hadden geplant. Toen hadden ze zo veel hoop en vertrouwen gekoesterd dat alles goed zou komen. Eliza durfde er amper bij stil te staan dat Rose niet meer in deze wereld was.

Eliza's oog viel ergens op. Er stak een stukje stof onder uit het bladerdak van de appelboom. Was ze hier bij het laatste bezoek soms een zakdoek vergeten? Ze hurkte en tilde de bladeren op.

Er lag een meisje, Rose' dochtertje, diep in slaap op het gras.

Alsof ze door een zesde zintuig werd gewaarschuwd, bewoog het meisje zich. Ze knipperde tot ze Eliza met grote ogen aankeek.

Ze schrok niet en gedroeg zich evenmin zoals je zou verwachten van een kind dat door een volwassene die het niet goed kent wordt verrast. Ze glimlachte ontspannen. Daarna geeuwde ze en vervolgens kwam ze onder de tak vandaan.

'Hallo,' zei ze toen ze voor Eliza stond.

Eliza keek haar aan, aangenaam verrast omdat het meisje alle verstikkende fatsoenregels aan haar laars lapte. 'Wat doe je hier?'

'Lezen.'

Eliza trok haar wenkbrauwen op want het meisje was pas vier. 'Kun je al lezen?'

Er was een korte aarzeling en toen knikte ze.

'Laat eens zien.'

Het meisje liet zich op handen en voeten zakken, verdween onder de tak van de appelboom en kwam terug met haar eigen exemplaar van Eliza's sprookjesboek, het exemplaar dat ze zelf door de doolhof naar Rose had gebracht. Ze sloeg het boek open en begon aan een perfecte weergave van 'De ogen van het oude vrouwtje', terwijl ze ernstig met haar vinger de regels volgde.

Eliza moest een glimlach onderdrukken toen ze zag dat de vinger en haar stem niet gelijk opgingen en ze moest denken aan haar eigen vermogen om lievelingsverhalen uit haar hoofd te leren toen ze klein was. 'En waarom ben je hier?' vroeg ze.

He meisje stopte met lezen. 'Ze zijn allemaal weg. Ik zag ze uit het raam, allemaal glimmende zwarte rijtuigen die over de oprijlaan reden als een rij drukke mieren. Ik wilde niet alleen in huis zijn, dus ben ik hierheen gegaan. Ik vind het hier het allerheerlijkst, in jouw tuin.' Ze keek naar de grond. Ze wist dat ze een regel had overtreden.

'Weet je wie ik ben?' vroeg Eliza.

Het kleine meisje knikte. 'Jij bent de Schrijfster.'

Eliza glimlachte een beetje.

Het meisje hield haar hoofd schuin. Haar lange vlecht viel over haar schouder. 'Waarom ben je verdrietig?'

'Omdat ik afscheid neem.'

'Waarvan?'

'Van mijn tuin. Van mijn oude leven.' De ogen van het meisje hadden een intensiteit die Eliza betoverend vond. 'Ik ga op avontuur. Hou je van avonturen?'

Het meisje knikte. 'Ik ga gauw ook op avontuur, met papa en mama. We gaan naar New York op een heel groot schip, nog groter dan dat van kapitein Ahab.'

'New York?' Eliza's stem haperde. Kon het zijn dat het meisje nog niets van de dood van haar ouders wist?

'We varen over de zee en grootmoeder en grootvader gaan niet mee. Ook dat vreselijke kapotte popje niet.'

Was dat het moment geweest? Was dat het ogenblik vanwaar er geen terugkeer mogelijk was, toen Eliza de ernstige ogen zag van een klein meisje dat niet wist dat haar ouders dood waren en een leven voor de boeg had met tante Adeline en oom Linus als voogd?

Toen Eliza later op dat moment terugblikte, leek het alsof er geen beslissing was genomen, alsof de beslissing al voor haar was genomen. Door een of ander merkwaardig alchemistisch proces, had Eliza direct met grote zekerheid geweten dat het kind niet op Blackhurst aan haar lot overgelaten mocht worden. Ze stak haar hand uit en zag hem naar het meisje uitreiken alsof hij precies wist wat hem te doen stond. Ze klemde haar lippen op elkaar en vond haar stem terug. 'Ik heb al over je avontuur gehoord. Ze hebben me zelfs gestuurd om je te halen.' De woorden kwamen vanzelf, alsof ze deel uitmaakten van een plan dat allang bestond, alsof ze de waarheid waren. 'Ik ga je een eindje op weg brengen.'

Het meisje knipperde met de ogen.

'Het is al goed, hoor,' zei Eliza. 'Kom, geef me maar een hand. We nemen een geheim paadje dat niemand kent behalve wij.'

'Waar wij heen gaan, is mijn mama daar?'

'Ja,' zei Eliza zonder een spier te vertrekken. 'Je mama zal er zijn.'

Het meisje dacht er even over na en knikte goedkeurend. Ze had een puntig kinnetje met een kuiltje. 'Ik moet mijn boek meenemen.'

'Natuurlijk. Kom maar, we moeten opschieten. We mogen niet te laat komen.'

Ze nam het kleine meisje bij de hand en voerde haar door de doolhof naar de open plek met de koperen ring. Ze vergat een oude belofte en koos de enige route naar het dorp waarvan ze wist dat ze gespaard zouden blijven voor nieuwsgierige blikken.

Adeline had het gevoel alsof ze gek zou worden. De middag was al half verstreken voordat er alarm werd geslagen. Daisy – dat domme wicht – had geklopt op de deur van haar boudoir, was gestruikeld over haar woorden, had schaapachtig geschuifeld en gevraagd of mevrouw juffrouw Ivory misschien had gezien.

Haar kleindochter zwierf graag rond, dus Adeline was eerst geïrriteerd geweest. Het was net iets voor dat akelige meisje om zo'n tijdstip uit te kiezen: juist vandaag, nadat ze haar lieveling Rose aan de aarde had toevertrouwd, moest er een zoektocht op touw worden gezet. Adeline kon wel gillen.

De bedienden waren ingeschakeld om alle hoeken en gaten van het huis te doorzoeken, maar dat had niets opgeleverd. Toen er een uur vruchteloos was gezocht, zag Adeline zich gedwongen de mogelijkheid te overwegen dat Ivory verder van huis was gezworven. Adeline en ook Rose hadden het meisje gewaarschuwd voor het strand en andere stukken van het landgoed, maar Ivory was minder gehoorzaam dan Rose. Ivory had een eigen willetje, een betreurenswaardig trekje dat Rose had gecultiveerd door haar niet te straffen. Maar Adeline was minder zachtzinnig en wanneer ze het meisje hadden gevonden, zou ze hardvochtig op haar fouten worden gewezen. Ze zou niet meer zo schaamteloos ongehoorzaam zijn.

'Neem me niet kwalijk, mevrouw.'

Adeline draaide zich met een ruk om en haar rokken ruisten. Het was Daisy, eindelijk terug van haar tocht naar het strand.

'Nou? Waar zit ze?' vroeg Adeline.

'Ik heb haar niet gevonden, mevrouw.'

'Heb je overal gekeken? Bij de zwarte rots? In de heuvels?'

'O nee, mevrouw. Ik ben niet bij de zwarte rots geweest.'

'Waarom niet in hemelsnaam?'

'Die is zo groot en glibberig en...' Het malle gezicht van het meisje werd zo rood als een rijpe perzik. 'Ze zeggen dat die grote rots behekst is.'

Adelines handen jeukten om het gezicht van het meisje bont en blauw te slaan. Had ze nu maar gewoon de instructies gevolgd en ervoor gezorgd dat het meisje in bed was gebleven! Daisy was ongetwijfeld weggeglipt om met de nieuwe bediende in de keuken te praten... Maar het had geen zin Daisy te straffen. Nog niet althans. Dat zou de indruk wekken dat Adeline verkeerde prioriteiten had.

In plaats daarvan wendde ze zich af en liep ze met ruisende rokken naar het raam om uit te zien over het grasveld waar het al donkerder werd. Het was allemaal heel overweldigend. Doorgaans had Adeline geen gebrek aan sociale vaardigheden, maar vandaag dreigde de rol van bezorgde grootmoeder haar ondergang te worden. Werd dat meisje maar gevonden en terugbezorgd, dood of levend, gewond of gezond. Dan kon Adeline een episode afsluiten en zich ongeremd overgeven aan haar verdriet over Rose.

Maar het zag ernaar uit dat zo'n eenvoudige oplossing niet voor haar was weggelegd. Over een uur zou het donker worden, er was nog geen spoor van het kind en Adeline kon geen punt achter de zoektocht zetten voordat alle mogelijkheden waren uitgeput. De bedienden keken toe, haar reactie werd in het bediendeverblijf ongetwijfeld gemeld en besproken, dus moest de jacht voortgezet worden. Daisy was bijna nutteloos en de rest was al niet veel beter. Ze moest Davies hebben. Waar was die lomperik als je hem nodig had? Die zat ongetwijfeld weggedoken in een ver hoekje van het landgoed om klimplanten aan een rek te bevestigen terwijl zijn aanwezigheid hier gewenst was.

'Waar is Davies?' vroeg ze.

'Het is zijn vrije middag, mevrouw.'

Natuurlijk. De bedienden waren altijd op pad maar nooit te vinden.

'Ik denk dat hij thuis is, of naar het dorp, mevrouw. Ik denk dat hij zei dat hij bestellingen van de trein moest gaan halen.'

Er was maar één ander persoon die het landgoed even goed kende als Davies.

'Dan ga je juffrouw Eliza maar halen,' zei Adeline en haar mond vormde een zuinig trekje toen ze die naam noemde. 'En breng haar terstond naar mij toe.'

Eliza keek naar het slapende kind. Lange oogleden lagen op zachte wangen, ze had haar volle rode lipjes iets getuit en haar knuistjes lagen gebald op schoot. Wat hadden kinderen toch een vertrouwen om op zo'n moment te kunnen slapen. Dat kwetsbare vertrouwen maakte dat een deel van Eliza wel kon huilen.

Wat had haar bezield? Wat deed ze hier in de trein naar Londen met het kind van Rose?

Niets, ze had helemaal niets gedacht en daarom had ze het juist gedaan. Nadenken was namelijk je verfpenseel van de rede in het heldere water van de zekerheid dopen. Ze had gewoon beseft dat het kind niet bij oom Linus en tante Adeline aan haar lot kon worden overgelaten en daarom had ze gehandeld. Ze had Sammy laten zitten en dat zou haar niet nog eens gebeuren.

Wat ze nu met Ivory aan moest was een andere vraag, want Eliza kon haar natuurlijk niet houden. Het kind verdiende iets beters. Ze moest een vader en een moeder hebben, en zussen en broers en een gelukkig, liefdevol gezin dat haar leven zou vervullen met warme herinneringen.

En toch zag Eliza niet wat voor keus ze had. Het kind moest ver uit de buurt van Cornwall blijven, anders was het risico te groot dat ze zou worden ontdekt en spoorslags naar Blackhurst zou worden teruggebracht.

Nee, het meisje moest bij haar blijven tot Eliza een betere oplossing had gevonden. Althans voorlopig. Het zou nog vijf dagen duren voor het schip naar Maryborough in Australië zou vertrekken, waar Mary's broer en haar tante Eleanor woonden. Mary had haar een adres gegeven, en na aankomst zou Eliza contact met de familie Martin opnemen. Natuurlijk zou ze Mary ook bericht sturen om te laten weten wat ze had gedaan.

Eliza had haar overtocht al onder een valse naam geboekt. Het was misschien bijgelovig, maar toen het zover was om te reserveren, was ze opeens bezeten geweest door het overweldigende gevoel dat ze een nieuwe naam moest aannemen, als ze tenminste alle schepen achter zich wilde verbranden en een nieuw leven wilde beginnen. Ze wilde geen spoor van zichzelf op het boekingskantoor, geen schakel tussen deze wereld en de volgende achterlaten, dus had ze een pseudoniem genomen. Dat zou een gelukkige keuze blijken.

Want zoeken zouden ze. Eliza wist voldoende over de oorsprong van Rose' kind om te beseffen dat tante Adeline dit niet zomaar over haar kant zou laten gaan. Ze moest onderduiken. Ze zou een herberg bij de haven zoeken, een plaats waar ze een kamer wilden verhuren aan een arme weduwe met haar kind op weg naar familie in de Nieuwe Wereld. Ze vroeg zich af of het mogelijk was op zo'n korte termijn de overtocht voor een kind te boeken. Of zou ze een manier kunnen vinden om het kind onopgemerkt aan boord te smokkelen?

Eliza keek naar het nietige mensje dat in een hoekje van de coupé lag te slapen. Ze was zo kwetsbaar. Langzaam stak ze haar hand uit om haar wang te strelen. Ze trok hem terug toen het meisje bewoog, haar neusje optrok en zich nog dieper in het hoekje van de coupé nestelde.

Het was natuurlijk belachelijk, maar Eliza zag iets van Rose in het kind, in Ivory, van Rose als jong meisje toen Eliza haar pas had leren kennen.

Het kind zou natuurlijk naar haar papa en mama vragen en ooit zou Eliza het haar vertellen, hoewel ze nog niet wist hoe ze dat precies onder woorden moest brengen. Ze zag dat het sprookje dat het had kunnen vertellen niet meer in het sprookjesboek zat. Iemand had het hoofdstuk verwijderd. Waarschijnlijk Nathaniel, dacht Eliza. Rose en tante Adeline zouden het hele boek hebben vernietigd; alleen Nathaniel zou het verhaal eruit halen waarin iemand zijn eigen rol tussen de regels door kon lezen, maar de rest bewaren.

Ze zou tot het allerlaatst wachten contact met de Swindells op te nemen. Hoewel Eliza niet kon bedenken wat voor dreiging die belichaamden, wist ze wel beter dan te veel vertrouwen te hebben. Als de Swindells hun kans schoon zagen wat extra geld te verdienen, zouden ze die met beide handen aangrijpen. Op een zeker moment had Eliza overwogen het bezoekje maar over te slaan omdat het risico groter was dan de beloning, maar ze had besloten het er toch maar op te wagen. Mama's kostbaarheden wachtten op haar en Eliza had een speciale zak tussen de plooien van haar reisjurk genaaid om de schat te verbergen. Ze had de edelstenen van de broche nodig om haar leven in de Nieuwe Wereld te betalen en de gevlochten broche was kostbaar. Hij vertegenwoordigde haar familie, haar verleden en de schakel met zichzelf.

Adeline wachtte op Daisy en de tijd sleepte zich loodzwaar voort als een zeurend kind dat aan je rokken hangt. Het was Eliza's schuld dat Rose dood was. Haar illegale bezoekje via de doolhof had de plannen voor New York bespoedigd en dus ook het reisje naar Schotland. Was Eliza zoals beloofd aan de andere kant van het landgoed gebleven, dan zou Rose nooit in die bewuste trein hebben gezeten.

De deur ging open en Adeline herademde. Eindelijk, de bediende was terug. Ze had bladeren in haar haar en modder op haar rok, maar ze was toch alleen.

'Waar is ze?' vroeg Adeline. Zou ze al op zoek zijn? Had Daisy voor de verandering haar hoofd gebruikt en Eliza meteen naar het strand gestuurd?

'Ik weet het niet, mevrouw.'

'Je weet het niet?'

'Toen ik bij het huisje kwam, was alles afgesloten. Ik heb door alle ramen naar binnen gekeken, maar er was geen teken van leven.'

'Je had een poosje moeten wachten. Misschien was ze even naar het dorp en zou ze weldra zijn teruggekeerd.'

Het meisje schudde haar onbeschaamde hoofd. 'Ik denk het niet, mevrouw. De haard was schoon en de planken waren leeg.' Daisy knipperde met de ogen als de koe die ze was. 'Ik denk dat zij ook weg is, mevrouw.'

En toen ging Adeline een licht op. Het besef maakte ijlings plaats voor woede en de razernij schroeide onderhuids en vulde haar hoofd met hete rode scheuten van pijn.

'Voelt u zich wel goed, mevrouw? Wilt u niet gaan zitten?'

Nee, Adeline kon nu niet gaan zitten. Integendeel zelfs. Ze wilde zich met eigen ogen overtuigen van de ondankbaarheid van dat meisje.

'Begeleid me door de doolhof, Daisy.'

'Ik ken de weg erdoorheen niet, mevrouw. Die kent niemand behalve Davies. Ik ben over de weg gegaan.'

'Laat dan Newton voorrijden met het rijtuig.'

'Maar het wordt zo donker, mevrouw.'

Adeline kneep haar ogen samen, hief haar schouders ietsje op en zei met de nadruk op elke lettergreep: 'Ga Newton nu halen en breng mij een lantaarn.'

Het huisje was keurig maar niet leeg. In de keukenkast stonden nog verschillende kookspullen, maar de tafel was schoongeveegd. De haak voor de jas bij de deur was leeg. Adeline werd bevangen door een golf onpasselijkheid en voelde een beklemming op haar longen. Het kwam door de sfeer van dat meisje die er nog hing, die was benauwd en bedompt. Ze ging met de lantaarn het smalle trapje op. Daar waren twee slaapkamers, de grootste was spartaans maar schoon; daar stond het bed van zolder met een oude lappendeken die er strak overheen lag. In de andere stonden een bureau met een stoel en een boekenkast. Van de voorwerpen op het bureau waren stapeltjes gemaakt. Adeline zette haar vingers op het schrijfblad en boog zich iets naar voren om naar buiten te kijken.

Boven zee hingen de laatste brokken kleur van de dag en in de verte rees en daalde het water in tinten paars en goud.

Rose is dood.

De gedachte kerfde snel en pijnlijk door haar hoofd.

Toen ze daar zo alleen en onbespied stond, kon Adeline haar masker even laten zakken. Ze deed haar ogen dicht en liet haar schouders hangen.

Ze wilde zich het liefst opkrullen op de vloer, met het gevoel van echt glad en koel vloerhout tegen haar wang en dan nooit meer hoeven opstaan. Honderd jaar blijven slapen. Geen mens die haar als voorbeeld stelde. Adem kunnen halen...

'Lady Mountrachet?' Newtons stem klonk door tot boven. 'Het wordt donker, mevrouw. De paarden zullen moeilijkheden ondervinden om weer naar beneden te komen als we niet spoedig vertrekken.'

Adeline haalde diep adem. De schouders sprongen weer terug in de houding. 'Ogenblik.'

Ze deed haar ogen weer open en drukte licht met een hand op haar voorhoofd. Rose was dood en Adeline zou dat niet te boven komen, maar nu was het gevaar nog groter. Hoewel een deel van Adeline ernaar verlangde Eliza en het meisje voorgoed uit haar leven te zien verdwijnen, besefte ze dat de zaken ingewikkelder waren dan ze leken. Nu zowel Eliza als Ivory weg was, en zeker als ze samen weg waren, liep Adeline het risico dat de buitenwacht de waarheid zou horen. Dat Eliza misschien zou openbaren wat zij had gedaan. En dat mocht niet gebeuren. Omwille van Rose, omwille van haar nagedachtenis en omwille van de goede naam van de familie Mountrachet. Dat meisje moest gevonden en teruggehaald worden en haar moest het zwijgen opgelegd worden.

Adeline liet haar blik nog eens over het bureau dwalen en zag de rand van een stuk papier onder een stapel boeken vandaan steken. Ze zag een woord dat ze wel herkende maar eerst niet kon plaatsen. Ze trok het vel papier tevoorschijn. Het was een soort lijst, door Eliza opgesteld: dingen die ze voor haar vertrek moest doen. Onder op de lijst stond met blokletters de naam *Swindell*. Dat was een naam, dacht Adeline, maar ze kon niet precies zeggen hoe ze dat wist.

Adelines hart sloeg over. Ze vouwde het stuk papier op en stopte het in haar zak. Hoewel ze het niet kon plaatsen, wist ze dat ze de schakel had gevonden. Dat meisje kon niet verwachten er ongezien vandoor te gaan. Ze zou gevonden worden en het kind, Rose' meisje, zou worden teruggebracht naar waar ze hoorde.

En Adeline wist precies wiens hulp ze daarvoor moest inroepen.

44

Polperro, Cornwall, 2005

Clara had een klein wit huisje dat op de rand van een steile rots stond, een klein stukje te voet omhoog bij een café dat de Buccaneer heette.

'Wil jij aankloppen?' vroeg Christian toen ze bij de voordeur kwamen.

Cassandra knikte, maar klopte niet aan. Ze was opeens door een golf nerveuze spanning bevangen. Aan de andere kant van die deur bevond zich Nells onbekende zus. Over enkele ogenblikken zou het raadsel dat Nell het grootste deel van haar leven had geplaagd worden opgelost. Cassandra wierp een blik op Christian en besefte weer hoe blij ze was dat hij mee was gegaan.

Toen Ruby die ochtend weer naar Londen was vertrokken, had Cassandra hem opgewacht op het bordes van het hotel, met haar exemplaar van Eliza's sprookjesboek tegen zich aan geklemd.

Hij had het zijne ook meegenomen en ze hadden ontdekt dat er inderdaad een verhaal aan Cassandra's boek ontbrak. De opening in de band was zo smal en het gedeelte was zo keurig weggesneden dat het Cassandra niet eerder was opgevallen. Zelfs de overslaande paginering was haar ontgaan. De getallen waren zo sierlijk en krullerig gedrukt dat er een scherp oog voor nodig was om het verschil tussen 57 en 61 te zien.

Cassandra had 'Het Gouden Ei' onderweg naar Polperro gelezen. Onder het lezen raakte ze er gaandeweg meer van overtuigd dat Christian gelijk had, dat het verhaal een allegorie was voor de manier waarop Rose aan een dochter was gekomen. Dat maakte dat ze bijna zeker wist wat Clara haar wilde vertellen.

Die arme Mary, eerst gedwongen haar kind af te staan en daarna om haar verlies geheim te houden. Geen wonder dat ze op haar sterfbed haar hart voor haar dochter had uitgestort. Wat moest die wetenschap een verschrikkelijk verdriet zijn geweest. Er bestond namelijk niet zoiets als het pijnloze verlies van een kind. Een verloren kind achtervolgde zijn moeder een leven lang. Elke stille verjaardag die zonder feestelijkheid voorbijging, elk schooljaar zonder lunchtrommeltje dat moest worden klaarge-

465

maakt, elk speelterrein, elke speelgoedwinkel, elk liedje.

Leo zou nu bijna twaalf zijn.

'Alles goed?' Christian bekeek haar met een bezorgde frons.

'Ja,' zei Cassandra terwijl ze haar herinneringen opvouwde en in de kast legde. 'Het gaat wel.' En toen ze naar hem glimlachte, voelde dat minder als een leugen dan anders.

Ze hief haar hand op en wilde net de klopper optillen, toen de deur openvloog. In de lage, smalle deuropening stond een mollige oude dame met een schort om haar middel dat de indruk wekte dat haar lichaam uit twee grote ballen deeg bestond. 'Ik zag jullie al staan,' grinnikte ze, wijzend met een kromme vinger, 'en ik zei tegen mezelf: dat moeten mijn jonge gasten zijn. Kom binnen, dan zal ik eens een lekkere pot thee zetten.'

Christian ging naast Cassandra op de gebloemde bank zitten en ze moesten een beetje met de lappenkussens goochelen om voldoende ruimte te maken. De bank zag er zo hopeloos lomp uit tussen al die breekbare ornamenten dat Cassandra moeite had haar lachen in te houden.

Op de hutkoffer in de salon prijkte een gele theepot, gehuld in een gebreide theemuts in de vorm van een kip. Hij had opmerkelijk veel van Clara weg, vond Cassandra: oplettende oogjes, mollig lijf en een spits mondje.

Clara haalde nog een derde kopje en schonk alle drie de kopjes vol door een zeefje. 'Mijn eigen speciale melange,' zei ze. 'Drie delen ontbijtthee en één deel Earl Grey.' Ze keek over haar halvemaanvormige brillenglazen. 'Dat wil zeggen Éngelse ontbijtthee.' Toen ze er melk aan toe had gevoegd, liet ze zich in een leunstoel bij de haard zakken. 'Het wordt tijd dat ik die arme oude voeten van me wat rust geef. Ik ben de hele dag op de been geweest om de kraampjes voor Harbour Day te organiseren.'

'Bedankt dat u me wilt ontvangen,' zei Cassandra. 'Dit is mijn vriend Christian.'

Christian gaf Clara een hand over de hutkoffer en ze bloosde. 'Aangenaam,' zei ze. Ze nam een slok thee en knikte Cassandra toe. 'De dame van het museum, Ruby, heeft me over je grootmoeder verteld,' zei ze. 'Die mevrouw die niet wist wie haar ouders waren.'

'Nell,' zei Cassandra. 'Zo heette ze. Mijn overgrootvader Hamish had haar gevonden toen ze een klein meisje was. Ze zat op een wit koffertje op de kade van Maryborough. Hij was havenmeester en een schip...'

'Zei je daar "Maryborough"?'

Cassandra knikte.

'Is me dat even toevallig. Ik heb familie in Maryborough. In de Queen's land.'

'Queensland.' Cassandra boog zich naar voren. 'Welke familie?'

'De broer van mijn moeder is daar als jongen naartoe gegaan. Hij heeft er zijn kinderen, mijn neven en nichten, grootgebracht.' Ze lachte kakelend. 'Mama zei altijd dat ze zich daar hebben gevestigd vanwege haar naam.'

Cassandra wierp een blik op Christian. Had Eliza Nell daarom op dat specifieke schip gezet? Wilde ze haar naar Mary's familie sturen, naar Nells echte familie? Had ze voor Mary's verre familieleden gekozen in plaats van naar Polperro te gaan en het risico te lopen dat de plaatselijke bevolking haar als Ivory Mountrachet zou herkennen? Vermoedelijk had Clara het antwoord; ze hoefde haar alleen maar in de juiste richting te loodsen. 'Uw moeder Mary had vroeger op Blackhurst Manor gewerkt, nietwaar?'

Clara nam een grote slok thee. 'Althans tot ze eruit vloog in 1909. Ze had er al gewerkt sinds ze een jong meisje was, bijna tien jaar. Ze ontsloegen haar omdat ze zwanger was.' Clara liet haar stem dalen tot ze fluisterde. 'Ze was niet getrouwd, snap je, en in die tijd kon dat niet. Maar ze was geen slecht meisje, mijn moeder. Ze was zo eerlijk als goud. Zij en mijn vader zijn uiteindelijk keurig getrouwd. Dat zouden ze al eerder hebben gedaan, maar hij kreeg longontsteking. Hij had bijna zijn eigen bruiloft niet gehaald. Toen zijn ze hier naar Polperro verhuisd. Ze kregen wat geld en begonnen een slagerij.'

Clara pakte een rechthoekig boekje dat naast het dienblad lag. Het omslag was versierd met pakpapier, linten en knopen en toen Clara het opensloeg, besefte Cassandra dat het een fotoalbum was. Clara sloeg een bladzijde open waar een lint in lag en gaf het aan Cassandra. 'Die daar is mijn moeder.'

Cassandra bekeek de jonge vrouw met de weelderige krullen en nog weelderiger vormen en probeerde Nell in haar trekken te herkennen. Misschien was er iets van Nell in de mond, een glimlach die toch om haar lippen speelde wanneer ze helemaal niet wilde lachen. Aan de andere kant lag dat nu eenmaal in de aard van foto's: hoe langer Cassandra keek, des te meer ze ook iets van tante Phylly in de neus en de ogen zag! Ze gaf het album aan Christian en glimlachte naar Clara. 'Ze was heel knap, hè?'

'Nou en of,' zei Clara met een wellustige knipoog. 'Mijn moeder was best mooi. Te knap voor het werk van dienstmeisje. Ze mag van geluk spreken dat die jongens van het huis niet achter haar aan hebben gezeten.'

'Weet u of ze heeft genoten van haar tijd op Blackhurst? Vond ze het erg om weg te gaan?'

'Ze was blij dat ze daar weg kon, maar vond het erg om haar mevrouw te verlaten.'

Dat was nieuws. 'Waren zij en Rose dikke vriendinnen?'

Clara schudde haar hoofd. 'Ik weet niets van een Rose. Ze had het altijd over Eliza. Juffrouw Eliza voor, juffrouw Eliza na.'

'Maar Eliza was niet de mevrouw van Blackhurst Manor.'

'Niet officieel, nee, maar ze was altijd mijn moeders oogappel. Ze zei altijd dat juffrouw Eliza het enige sprankje leven op een dooie plek was.'

'Waarom vond ze het een dooie plek?'

'Diegenen die daar woonden waren net dode mensen, volgens mijn moeder. Ze waren altijd om de een of andere reden somber. Ze wilden allemaal dingen die ze niet zouden moeten of konden krijgen.'

Cassandra verbaasde zich over dat beeld van het leven op Blackhurst Manor. Het was niet de indruk die ze uit Rose' plakboeken had gekregen, hoewel Rose, zeker met haar belangstelling voor nieuwe jurken en de capriolen van Eliza, maar één stem was geweest in een huis waar vele andere weerklonken. Dat lag nu eenmaal in de aard van de geschiedenis: theoretisch, eenzijdig en dus onkenbaar, een registratie van de overwinnaars.

'Haar bazen, de lord en de lady, waren volgens mama allebei even akelig. Maar ze hebben uiteindelijk hun trekken thuis gekregen.'

Cassandra fronste. 'Wie?'

'Hij en zij, lord en lady Mountrachet. Zij stierf een maand of twee na haar dochter; aan bloedvergiftiging.' Hoofdschuddend ging ze zachter praten en vervolgde op samenzweerderige toon, bijna met leedvermaak: 'Het was heel akelig. Mijn moeder hoorde van de bedienden dat ze in haar laatste dagen een verschrikking was. Haar gezicht was zo verwrongen dat het wel leek alsof ze constant een duivelse grijns had. Ze ontvluchtte haar ziekbed door met een grote sleutelbos door de gangen te zwerven om alle deuren op slot te draaien en te raaskallen over een of ander geheim dat geen mens mocht weten. Op het eind was ze zo gek als een deur, en hij was al niet veel beter.'

'Kreeg lord Mountrachet ook bloedvergiftiging?'

'O, nee, nee, hij niet. Hij heeft zijn fortuin erdoorheen gejaagd met buitenlandse reizen.' Ze fluisterde weer. 'Naar voodooplekken. Ze zeggen dat hij souvenirs mee terugbracht waar je de haren van te berge rezen. Hij werd echt heel raar. Bijna het voltallige personeel was opgestapt, behalve een keukenmeid en een tuinier die er al zijn hele leven werkte. Mijn moeder heeft me verteld dat de oude heer dagenlang dood heeft gelegen voordat ze hem vonden.' Clara glimlachte zo dat haar ogen in haar plooien verdwenen. 'Maar Eliza is ervandoor gegaan, en dat is het belangrijkste. Volgens mijn moeder is ze naar het buitenland gegaan. Dat vond ze altijd zo geweldig.'

'Maar niet naar Australië,' zei Cassandra.

'Eerlijk gezegd weet ik niet waarheen,' zei Clara. 'Ik weet alleen wat ik van mijn moeder heb gehoord. Dat Eliza zich tijdig van dat vreselijke huis had losgemaakt. Dat ze naar het buitenland was gegaan zoals ze altijd al van plan was geweest en nooit meer was teruggekomen.' Ze stak een vinger omhoog. 'Daar komen die tekeningen vandaan, waarmee de dame van het museum zo in haar sas was. Die waren van haar, van Eliza. Ze zaten tussen haar spullen.'

Het lag Cassandra op de lippen om te vragen of Mary ze van Eliza had gestolen, maar ze slikte haar woorden net op tijd in. Ze besefte dat het misschien van slechte manieren zou getuigen als ze zou veronderstellen dat de geliefde overleden moeder van deze vrouw zulke waardevolle kunst van haar werkgever had gestolen. 'Welke dingen?'

'De dozen die mijn moeder heeft gekocht.'

Nu was Cassandra echt in de war. 'Had ze dozen van Eliza gekocht?'

'Niet van haar, ze waren ván Eliza geweest. Nadat ze was weggegaan.'

'Van wie kocht ze ze?'

'Er was een grote verkoping. Die kan ík me nog herinneren. Mijn moeder heeft me ermee naartoe genomen toen ik nog een meisje was. Het was in 1935, dus ik was vijftien. Toen de oude lord eindelijk doodging, besloot een ver familielid uit Schotland het landgoed te verkopen, natuurlijk in de hoop dat hij er wat geld mee kon beuren tijdens de crisisjaren. Hoe dan ook, mijn moeder las erover in de krant en zag dat ze ook een aantal kleine spullen wilden verkopen. Volgens mij schepte mijn moeder er behagen in om iets te bezitten van de plaats waar ze haar zo slecht hadden behandeld. Ze nam mij mee omdat ze vond dat het me goed zou doen om de plek te zien waar zij was begonnen. Zodat ik dankbaar zou zijn dat ik geen dienstmeisje was, en het me zou stimuleren om mijn best te doen op school zodat ik het beter zou krijgen dan zij. Ik kan niet zeggen dat het gelukt is, maar het heeft me zeker geschokt. Het was voor het eerst dat ik zoiets zag. Ik had geen idee dat er mensen waren die zo leefden. In deze buurt zie je niet zoveel duurs.' Ze knikte om aan te geven dat ze dat ook wel best vond. Daarna was het even stil en keek ze naar het plafond. 'Goed, waar was ik gebleven?'

'U had het over die dozen,' zei Christian. 'Die uw moeder op Blackhurst heeft gekocht.'

Ze hief een bevende vinger op. 'Precies, van het landhuis bij Tregenna. Je had haar gezicht moeten zien toen ze die dozen op tafel zag staan met allerlei andere dingen als lampen, presse-papiers, boeken enzovoort. Mij leek het niet veel, maar mama wist meteen dat het spullen van Eliza waren. Ze pakte mijn hand, ik denk dat het voor het eerst van mijn leven was, en het leek net alsof ze geen lucht kon krijgen. Ik maakte me zorgen, ik dacht dat ze even moest gaan zitten, maar daar wilde ze niets van horen. Ze besprong die dozen. Het was net alsof ze bang was om even weg te gaan en dat iemand anders ermee aan de haal zou gaan. Dat leek me niet waarschijnlijk; zoals ik al zei, mij leek het niet veel, maar over smaak valt niet te twisten, hè?'

'En zaten de tekeningen van Nathaniel Walker in die doos?' vroeg Cassandra. 'Bij Eliza's spullen?'

Clara knikte. 'Nu ik erbij stilsta, is het wel raar. Mama wilde ze dolgraag kopen, maar toen we thuiskwamen, liet ze mijn vader ze naar zolder brengen en verder heb ik ze nooit meer gezien. Niet dat ik er vaak bij stilstond. Ik was veertien. Waarschijnlijk had ik een oogje op een jongen in de buurt en konden die paar oude dozen die mijn moeder had gekocht me geen zier schelen. Dat wil zeggen, tot ze hier bij mij kwam wonen en ik merkte dat die dozen meekwamen. Dat vond ik heel raar en het toont echt aan hoeveel ze voor haar betekenden, omdat ze niet veel meenam. En pas toen we hier bij elkaar woonden, heeft ze me eindelijk verteld wat erin zat en waarom ze zo belangrijk waren.'

Cassandra herinnerde zich Ruby's verslag van de kamer boven die nog vol stond met Mary's spullen. Wat voor kostbare aanwijzingen konden daar nog meer diep verstopt in dozen zitten, die geen mens ooit zou zien? Ze slikte. 'Hebt u er ooit in gekeken?'

Clara nam een slok thee die inmiddels koud moest zijn geworden en friemelde wat aan het oortje. 'Ik moet bekennen van wel.'

Cassandra's hart bonkte in haar keel. Ze schoof iets naar voren. 'En?'

'Voornamelijk boeken, een lamp, zoals ik al zei.' Ze zweeg even en haar wangen kleurden rood.

'Was er nog meer?' vroeg Cassandra vriendelijk, heel vriendelijk.

Clara ging met de neus van haar schoen over het kleed. Ze volgde de beweging met haar ogen en keek op. 'Ik vond er ook een brief in. Hij lag bijna bovenop. Hij was geadresseerd aan mijn moeder, geschreven door een Londense uitgever. Ik kreeg de schrik van mijn leven. Ik had mama nooit als schrijfster gezien.' Clara lachte kakelend. 'En dat was ze natuurlijk ook niet.'

'Wat was het dan voor brief?' vroeg Christian. 'Waarom had de uitgever uw moeder geschreven?'

Clara knipperde met haar ogen. 'Nou, blijkbaar had mama een van Eliza's verhalen opgestuurd. Van wat ik uit de brief begreep, had ze dat in de doos bij Eliza's spullen gevonden, en misschien dacht ze dat het de moeite waard was. Eliza bleek het te hebben geschreven vlak voordat ze zelf vertrok om op avontuur te gaan. Het is een mooi verhaal vol hoop en het loopt goed af.'

Cassandra moest denken aan de fotokopie van het artikel bij Nells aantekeningen. 'De Vlucht van de Koekoek,' zei ze.

'Dat is het,' zei Clara, zo trots alsof ze het zelf had geschreven. 'Ken je het dan?'

'Ik heb erover gelezen, maar het verhaal zelf ken ik niet. Het is jaren later dan de rest verschenen.'

'Dat klopt wel zo'n beetje. Het was in 1936 volgens die brief. Mijn moeder zal heel trots op die brief zijn geweest. Ze zal het gevoel gehad hebben dat ze iets voor Eliza had gedaan. Toen ze weg was, miste ze haar en dat is een ding dat zeker is.'

Cassandra knikte. Ze kon de oplossing van Nells mysterie al bijna proeven. 'Ze waren vriendinnen, hè?'

'Zeker weten.'

'Hoe komt het volgens u dat ze zo'n sterke band hadden met elkaar?' Cassandra perste haar lippen op elkaar en nam even de tijd 'Vanwaar die sterke vriendschap?'

Clara verstrengelde haar knokige vingers op schoot en ging zachter praten. 'Zij tweeën wisten iets wat niemand anders wist.'

Iets in Cassandra ontspande zich. Haar stem klonk zwak. 'Wat was het? Wat heeft uw moeder verteld?'

'Dat was vlak voor haar dood. Ze bleef maar herhalen dat er iets verschrikkelijks was gebeurd en dat de verantwoordelijken dachten dat ze er ongestraft van af waren gekomen. Dat bleef ze maar zeggen.'

Cassandra's hart ging sneller kloppen. 'En wat bedoelde ze volgens u?'

'Eerst stond ik er helemaal niet zo bij stil. Tegen het eind zei ze wel meer vreemde dingen. Dan beledigde ze onze lieve oude vrienden. Ze was echt zichzelf niet meer. Maar ze bleef maar doorgaan. "Het staat allemaal in dat verhaal," bleef ze maar zeggen. "Ze hebben het van het jonge meisje afgepakt en zij moest het zonder stellen." Ik wist niet waar ze het over had, over welk verhaal ze het had. En uiteindelijk deed het er ook niet toe, want toen zei ze het zonder omwegen.' Clara haalde diep adem en schudde mistroostig haar hoofd naar Cassandra. 'Rose Mountrachet was niet de moeder van dat meisje, van je grootmoeder.'

Cassandra slaakte een zucht van verlichting. Eindelijk de waarheid. 'Dat weet ik,' zei ze, terwijl ze Clara's handen pakte. 'Nell was Mary's baby; de zwangerschap waardoor ze haar baan kwijtraakte.'

Clara's gezicht was moeilijk te peilen. Ze keek van Christian naar Cassandra; ze knipperde verward met haar ogen en er trilde een zenuw in haar ooghoeken. Toen begon ze te lachen.

'Wat?' zie Cassandra geschrokken. 'Wat is er zo grappig? Bent u wel in orde?'

'Mijn moeder was zwanger, dat klopt wel, maar die baby heeft ze nooit gekregen. Die is ze rond drie maanden kwijtgeraakt.'

'Wat?'

'Dat probeer ik nou juist te zeggen. Nell was mama's baby niet, maar van die Eliza.'

'Eliza was dus zwanger.' Cassandra deed haar sjaal af en legde die boven op haar tas op de vloer van de auto.

'Eliza was zwanger.' Christian tikte met zijn gehandschoende handen op het stuur.

De autoverwarming stond aan en de radiator draaide en tikte toen ze Polperro achter zich lieten. De mist was komen opzetten toen ze bij Clara op bezoek waren, en de hele weg langs de kust zagen ze gedempte lichtjes van boten op een spookachtig tij op en neer deinen.

Cassandra staarde zonder veel te zien voor zich uit, haar brein was even mistig als de buitenwereld. 'Eliza was zwanger. Zij was dus Nells moeder. Daarom heeft Eliza haar weggehaald.' Misschien zou het logischer klinken als je het maar vaak genoeg zei.

'Daar lijkt het wel op neer te komen.'

Ze boog het hoofd opzij en masseerde haar nek. 'Maar ik begrijp het niet. Eerst was het logisch, toen we dachten dat het Mary 's baby was. Nu het Eliza's kind is... begrijp ik niet hoe Rose uiteindelijk Ivory's moeder is geworden. Waarom liet Eliza haar het kind houden? En hoe komt het dat niemand er ooit achter is gekomen?'

'Behalve Mary.'

'Behalve Mary.'

'Waarschijnlijk hebben ze het stilgehouden.'

'Eliza's familie?'

Hij knikte. 'Ze was vrijgezel, jong, hun protegee, dus ook hun verantwoordelijkheid en daarna werd ze zwanger. Ze stonden er niet fraai op.'

'Wie was de vader?'

Christian haalde zijn schouders op. 'Een jongen uit de buurt? Had ze een vriendje?'

'Ik weet het niet. Ze was wel bevriend met Mary's broer William; dat staat in Nells aantekeningen. Ze waren dikke vrienden tot ze ruzie kregen om het een of ander. Misschien was hij het?'

'Wie zal het zeggen. Misschien doet het er ook niet zo toe.' Hij keek haar even aan. 'Ik bedoel, het is natuurlijk wel van belang, voor jou en Nell, maar voorlopig is het enige wat ertoe doet dat zij zwanger was en Rose niet.'

'Dus hebben ze Eliza overgehaald de baby aan Rose af te staan.'

'Dat zou voor iedereen het makkelijkste zijn geweest.'

'Dat staat nog te bezien.'

'Ik bedoel maatschappelijk. Daarna is Rose gestorven…'

'En nam Eliza haar kind weer terug. Dat lijkt me logisch.' Cassandra zag de mistflarden over het lange gras aan de kant van de weg drijven. 'Maar waarom is ze niet met Nell meegegaan op dat schip naar Australië? Waarom neemt een vrouw haar kind terug en stuurt ze dat vervolgens op een lange, gevaarlijke reis in haar eentje naar een vreemd land?' Cassandra slaakte een diepe zucht. 'Het lijkt wel alsof het steeds ingewikkelder wordt naarmate we dichter bij de waarheid komen.'

'Misschien is ze wel meegegaan. Misschien is haar onderweg iets overkomen, een ziekte of zo. Volgens Clara is ze zeker gegaan.'

'Maar Nell wist zich te herinneren dat Eliza haar op de boot had gezet met de woorden dat ze moest wachten. Ze ging weg en kwam niet terug. Het was een van de weinige dingen die ze zéker wist.' Cassandra beet op haar duimnagel. 'Wat verrekte frustrerend. Ik had gedacht dat we vandaag antwoorden zouden vinden, niet nog meer vragen.'

'Eén ding is zeker. "Het Gouden Ei" ging dus niet over Mary. Eliza had het over zichzelf geschreven. Zij was zelf het meisje in het huisje.'

'Arme Eliza,' zei Cassandra, terwijl de auto door een schemerige wereld reed. 'Het leven van het meisje nadat ze het ei heeft weggegeven is zo…'

'Mistroostig.'

'Ja.' Cassandra huiverde. Ze was vertrouwd met verlies dat iemands levensdoel onderuithaalde en een bleker, magerder en leger persoon opleverde. 'Geen wonder dat ze Nell terugnam zodra ze haar kans schoon zag.' Wat

473

zou Cassandra niet voor een tweede kans hebben gegeven?

'En zo zijn we weer terug bij af; als Eliza net haar dochter had teruggehaald, waarom ging ze dan niet met haar mee op de boot?'

Cassandra schudde haar hoofd. 'Ik weet het niet. Het slaat nergens op.'

Ze reden langs het bordje dat hen welkom heette in Tregenna en Christian sloeg van de hoofdweg af. 'Weet je wat?'

'Nou?' zei Cassandra.

'We moesten maar een verlate lunch in het café gaan gebruiken. Kunnen we nog wat praten en zien of we er een touw aan vast kunnen knopen. Ik weet zeker dat een biertje wel zal helpen.'

Cassandra glimlachte. 'Best, bier is meestal een uitgelezen middel om mijn hersens soepel te maken. Zou je even bij het hotel langs kunnen gaan zodat ik mijn jack kan halen?'

Christian nam de weg omhoog door het bos en sloeg de oprijlaan van Hotel Blackhurst in. In de geulen van de oprijlaan hing de mist stil en klam en hij moest voorzichtig rijden.

'Zo terug,' zei Cassandra voordat ze het portier dichtsloeg. Ze holde de trap op naar de receptie. 'Hallo, Sam,' riep ze zwaaiend naar de receptioniste.

'Dag, Cass. Er is iemand voor je.'

Cassandra bleef met een ruk staan.

'Robyn Jameson wacht al een halfuur in de lounge.'

Cassandra wierp een blik naar buiten. Christian zat aan zijn radio te draaien. Die vond het vast niet erg om nog even te wachten. Cassandra had geen idee wat Robyn te vertellen had, maar kon zich niet voorstellen dat het veel tijd zou vergen.

'Hé, hallo,' zei Robyn toen ze Cassandra dichterbij zag komen. 'Een klein vogeltje heeft me verteld dat je vanmorgen met mijn achternicht Clara hebt gebabbeld.'

Het netwerk van plattelandsroddels was indrukwekkend. 'Dat klopt, ja.'

'Ik neem aan dat het gezellig was?'

'Ja, dank je wel. Hopelijk heb je niet al te lang hoeven wachten.'

'Helemaal niet. Ik heb iets voor je. Ik had het misschien af kunnen geven aan de balie, maar ik vond dat het een beetje tekst en uitleg behoefde.'

Cassandra trok haar wenkbrauwen op en Robyn vervolgde: 'Ik ben het weekeinde bij mijn vader in het bejaardentehuis op bezoek geweest. Hij vindt het leuk om alle dorpsnieuwtjes te horen. Hij was vroeger namelijk directeur van het postkantoor, weet je. Ik liet vallen dat jij hier was om het huisje op het klif op te knappen dat je grootmoeder je had nagelaten. Daar keek mijn vader erg van op. Hij mag dan oud zijn, maar hij is nog zo kras als wat, net als zijn vader voor hem. Hij pakte me bij de arm en zei dat hij een brief had die aan jou moest worden teruggegeven.'

'Aan mij?'

'Eigenlijk aan je grootmoeder, maar omdat die er niet meer is aan jou.'

'Wat voor brief?'

'Toen je grootmoeder uit Tregenna vertrok, ging ze bij mijn vader langs. Ze zei dat ze zou terugkomen om in Cliff Cottage te gaan wonen en dat hij alle post voor haar zolang moest bewaren. Daar was ze heel duidelijk in, zei hij. Dus toen er een brief kwam, deed hij wat ze hem had gevraagd en hield hij die op het postkantoor. Om de paar maanden liep hij ermee de heuvel op, maar het oude huisje was altijd verlaten. De braamstruiken woekerden, het stof verzamelde zich en het zag er steeds minder bewoond uit. Uiteindelijk ging hij niet meer; hij had last van zijn knieën en ging ervan uit dat je grootmoeder wel langs zou komen wanneer ze terug was. Normaal gesproken zou hij de brief aan de afzender hebben teruggestuurd, maar je grootmoeder was heel beslist geweest, dus deed hij wat ze had gevraagd en hij heeft de brief dus al die tijd bewaard.

Hij zei dat ik naar de kelder moest gaan waar zijn spullen opgeslagen zijn en de doos met verloren brieven tevoorschijn moest halen. Daartussen zou ik een brief aan Nell Andrews, Tregenna Inn, vinden, ontvangen in november 1975. En hij had gelijk. Die brief zat ertussen.'

Ze haalde een kleine, grijze envelop uit haar tas en gaf die aan Cassandra. Het was goedkoop papier, zo dun dat het bijna doorzichtig was. Hij was nogal slordig in een ouderwets handschrift geadresseerd, eerst aan een hotel in Londen en vervolgens doorgestuurd naar de Tregenna Inn. Cassandra draaide de envelop om.

Daar stond in hetzelfde handschrift *Afzender: mej. Harriet Swindell, Battersea Bridge Road 37, Battersea, Londen.*

Cassandra moest denken aan wat Nell in haar aantekeningen had geschreven. Harriet Swindell was de vrouw bij wie ze in Londen langs was geweest, de oude dame die in hetzelfde huis als Eliza was geboren en getogen. Waarom zou ze Nell hebben geschreven?'

Met trillende vingers maakte Cassandra de envelop open. Het dunne papier scheurde zacht. Ze vouwde de brief open en begon te lezen.

3 november 1975

Beste mevrouw Andrews,

Nou, ik moet zeggen dat ik sinds u bent langs geweest om naar de sprookjesdame te vragen aan weinig anders heb gedacht. Als u zo oud bent als ik, zult u ook merken dat het verleden in een oude makker verandert. Het soort dat onuitgenodigd langskomt en weigert weer weg te gaan! Ik kan me haar namelijk nog herinneren, heel goed zelfs, maar u overviel me een beetje met uw bezoek net rond theetijd. Ik wist niet goed of ik wel zin had om met een vreemde over vroeger te praten. Maar mijn dochter Nancy vindt dat ik dat moet doen, dat het allemaal zo lang geleden is gebeurd dat het er nu allemaal niet meer toe doet, dus heb ik besloten u deze brief te schrijven zoals u hebt gevraagd. Want Eliza Makepeace ís een keer teruggekomen om mijn moeder een bezoek te brengen. Let wel, het was maar één keer, maar het staat me nog helder voor de geest. Ik was toen zestien, en daarom weet ik dat het in 1913 moet zijn geweest. Ik weet nog dat ik meteen dacht dat er iets vreemds aan haar was. Ze mocht dan de schone kleren van een dame dragen, maar ze had iets wat niet helemaal klopte. Beter gezegd, ze had iets wat wél paste bij ons op Battersea Bridge Road 35. Iets wat haar onderscheidde van andere dure dames die je in die tijd wel eens op straat zag. Ze kwam de winkel in en ze leek me een beetje gespannen, alsof ze haast had en niet wilde opvallen. Ze had iets argwanends. Ze knikte naar mijn moeder alsof ze elkaar kenden en ma glimlachte terug op een manier zoals ik nog nooit had gezien. Ik dacht, wie deze dame ook mag zijn, mijn moeder moet hebben geweten dat er iets aan te verdienen was.
Toen ze iets zei, klonk haar stem helder en muzikaal. Dat was het eerste teken dat ik haar misschien eerder had gezien. Ze klonk me bekend in de oren. Het was het soort stem waar kinderen graag naar luisteren, dat het over kabouters en elfjes kan hebben op een toon alsof het de absolute waarheid is.
Ze bedankte mijn moeder dat ze haar wilde ontvangen en vertelde dat ze Engeland ging verlaten en pas over een paar jaar terug zou komen. Ik weet nog dat ze heel graag naar boven wilde om het kamertje te zien waar ze vroeger had gewoond, een afschuwelijk hokje helemaal boven. Het was er koud, de haard deed het nooit, en het was donker omdat er geen ramen in zaten. Maar zij zei dat het vanwege de goeie ouwe tijd was.

Toevallig had mama geen huurder, omdat er een akelige ruzie was geweest over kostgeld dat hij schuldig was, dus die dame mocht haar gang gaan. Ma zei dat ze maar naar boven moest gaan en alle tijd moest nemen; ze zette zelfs water op. Dat was allemaal niets voor mijn moeder. Ze keek haar na toen ze de trap op ging en daarna gebaarde ze vlug naar mij. Ga achter haar aan, zei ma, en zorg ervoor dat ze niet meteen weer beneden komt. Ik was gewend aan mijn moeders instructies en de straf als ik ongehoorzaam was, dus gehoorzaamde ik en volgde de dame naar boven.

Toen ik op de overloop was, zag ik de deur van de kamer achter haar dichtgaan. Ik had kunnen blijven zitten waar ik zat om ervoor te zorgen dat ze niet een-twee-drie weer naar beneden ging, maar ik was nieuwsgierig. Ik had geen flauw idee waarom ze de deur had dichtgedaan. Zoals ik al zei, er zaten geen ramen in die kamer en alleen via de deur viel er licht naar binnen.

Onder aan de deur hadden de ratten een gat geknaagd, dus ging ik plat op mijn buik liggen loeren. Ik zag dat ze midden in de kamer om zich heen stond te kijken, en daarna liep ze naar de oude, kapotte haard. Ze ging op de rand zitten, stak haar arm omhoog en het leek wel alsof ze een eeuwigheid zo bleef zitten. Uiteindelijk trok ze haar arm weer terug en toen had ze een aardewerk potje in haar hand. Ik moest een geluid hebben gemaakt – zo verbaasd was ik – want ze keek met grote ogen op. Ik hield de adem in en na een poosje richtte ze haar aandacht weer op die pot; ze hield hem bij haar oor en schudde er een beetje mee. Ik zag aan haar gezicht dat ze blij was met wat ze hoorde. Daarna stopte ze hem in een speciale zak die ze op de een of andere manier in haar jurk had genaaid en liep weer naar de deur.

Ik haastte me naar beneden om mijn moeder te vertellen dat ze eraan kwam. Tot mijn verbazing zag ik mijn broertje Tom bij de deur staan hijgen alsof hij hard gelopen had, maar ik had geen tijd om te vragen waar hij was geweest. Ma hield de trap in de gaten, dus deed ik het ook. De dame kwam naar beneden en bedankte mijn moeder dat ze de kamer had mogen zien. Ze kon helaas niet blijven voor een kop thee, want ze had haast.

Toen ze beneden kwam, zag ik een man in de schaduw naast de trap staan. Een man met een raar brilletje van het type dat geen pootjes heeft, alleen een klemmetje voor op de neus. Hij had een spons in zijn hand en toen ze de onderste trede had bereikt, drukte hij die tegen haar neus en zakte ze in elkaar. Ze zeeg meteen in zijn armen ineen. Ik moest een schreeuw hebben geslaakt, want ma gaf me een klap in mijn gezicht.

De man sloeg geen acht op mij en sleepte de dame naar de deur. Met papa's hulp tilde hij haar in het rijtuig. Daarna knikte hij naar mijn moeder, haalde hij een envelop uit zijn borstzak en weg waren ze.

Later kreeg ik nog een draai om mijn oren toen ik mijn moeder alles vertelde wat ik had gezien. Waarom heb je me dat niet eerder gezegd, dom wicht, zei ze. Het kan wel kostbaar zijn geweest; dat hadden wij kunnen krijgen voor de moeite. Ik kon maar beter voor me houden dat de man van de zwarte paarden haar al dik voor de dame had betaald. Wat mijn moeder betrof, kon je nooit genoeg geld hebben.

Ik heb die dame nooit meer gezien en ik weet ook niet wat er van haar is geworden nadat ze bij ons was weggehaald. Er gebeurde altijd zo veel in onze bocht van de rivier, dingen die je maar beter kon vergeten.

Ik weet niet of u iets aan deze brief hebt voor uw onderzoek, maar mijn Nancy zei dat ik het net zo goed aan u kon vertellen, dus dat heb ik maar gedaan. Ik hoop dat u vindt wat u zoekt.

Hoogachtend,

Mej. Harriet Swindell

45

Brisbane, Australië, 1976

De Fairyland Lustre-vaas was altijd haar favoriet geweest. Nell had hem tien jaar daarvoor in een kraampje op een rommelmarkt gevonden. Elke ervaren antiekhandelaar weet dat alles zijn prijs heeft, maar de Fairyland Lustre-vaas was anders. Het zat 'm niet in de materiële waarde, al was die vrij hoog, het ging erom wat hij vertegenwoordigde: het was voor het eerst dat Nell in een onwaarschijnlijke omgeving op goud was gestuit.

En net als een gouddelver die zijn eerste goudklompje bewaart, al vindt hij andere van grotere waarde, had Nell nooit afstand van de vaas willen doen. Dus bewaarde ze hem verpakt in een handdoek en veilig weggeborgen in een donker hoekje boven in haar linnenkast. Af en toe haalde ze hem tevoorschijn om hem uit te pakken en te bekijken. De schoonheid – de donkergroene bladeren die op de zijkant waren geschilderd, de gouddraad die door het ontwerp liep, de jugenstil-elfjes die zich tussen de bladeren ophielden – konden haar rillingen bezorgen.

Toch was Nell vastbesloten; ze had het punt bereikt waarop ze wel zonder die vaas kon leven. Zonder al haar kostbaarheden trouwens. Ze had gekozen en dat was dat. Ze verpakte de vaas in nog een laag krantenpapier en legde hem voorzichtig in de kist bij de andere. Maandag naar het antiekcentrum, prijsje eraan en verkopen. En als ze af en toe een scheut van spijt voelde, hoefde ze zich maar op het eindresultaat te richten: genoeg geld hebben om in Tregenna een nieuw leven te beginnen.

Ze kon amper wachten. Haar mysterie werd steeds onthutsender. Ze had eindelijk iets van de privédetective Ned Morrish gehoord. Hij had zijn onderzoek afgerond en haar een rapport gestuurd. Nell was in de winkel toen het kwam; een nieuwe klant, Ben-nog-wat, was met de brief naar binnen gekomen. Toen Nell de buitenlandse postzegels en vooop het keurige, van onderen afgevlakte handschrift zag, alsof er op een liniaal was geschreven, voelde ze zich warm van opwinding worden. Ze had hem bijna ter plekke met haar tanden opengescheurd. Maar ze had zich beheerst, zich verontschuldigd toen dat haar beleefd leek en de brief meegenomen naar een kitchenette achterin.

Het rapport was beknopt en het kostte Nell maar een paar minuten om het te lezen, en de inhoud bracht haar meer dan ooit in verwarring. Volgens het onderzoek van meneer Morrish, was Eliza Makepeace in 1909 of 1910 nergens heen gegaan. Ze was de hele tijd in het huisje gebleven. Ter ondersteuning had hij diverse documenten bijgesloten – een gesprek met iemand die beweerde op Blackhurst te hebben gewerkt, correspondentie tussen Eliza en een uitgever in Londen, allemaal verzonden en ontvangen in Cliff Cottage – maar die had Nell later pas gelezen. Ze was te zeer verrast door het nieuws dat Eliza niet weg was geweest. Dat ze de hele tijd, van meet af aan, in het huisje was. William was zo zeker van zijn zaak geweest. Volgens hem was ze een maand of twaalf verdwenen. Toen ze terugkwam, was ze anders; er had een bepaalde vonk aan ontbroken. Nell begreep niet hoe ze Williams herinneringen moest verenigen met de ontdekking van meneer Morrish. Zodra ze weer in Cornwall terug was, zou ze weer met William moeten praten om te horen of hij nog ideeën had.

Nell wiste haar voorhoofd met haar hand. Het was een bloedhete dag, maar zo was Brisbane nu eenmaal in januari. De lucht mocht dan sprankelen als een koepel van smetteloos lichtblauw kristal, maar vanavond zou het onweer losbarsten, dat was een ding dat zeker was. Nell had lang genoeg geleefd om te weten dat donkere wolken zich in de verborgen coulissen samenpakten.

Door het raam aan de voorkant hoorde Nell een auto gas terugnemen. Ze herkende het geluid niet van de auto van een van de buren: te hard voor Howards Mini, te hoog voor de grote Ford van de Hogans. Er klonk een akelig geluid toen de auto te vlug de stoep op reed. Nell schudde haar hoofd, blij dat ze nooit had leren rijden en nooit een auto nodig had gehad. Die dingen leken het ergste in mensen naar boven te halen.

Whiskers ging rechtop zitten en kromde haar rug. De poezen zou Nell echt missen. Ze zou ze natuurlijk wel willen meenemen, maar volgens de douane zouden ze zes maanden in quarantaine moeten voor ze hen naar haar nieuwe huis mocht brengen.

'Hé, nieuwsgierig aagje,' zei Nell, terwijl ze de poes in haar hals krabde. 'Niet zenuwachtig worden van zo'n lawaaiige oude auto, hoor.'

Whiskers mauwde, sprong van de tafel en wierp een blik op Nell.

'Wat? Denk je dat er iemand voor ons is? Ik zou niet weten wie, liever. We zijn hier niet bepaald de zoete inval, voor het geval het je was ontgaan.'

De kat sloop over de vloer en de achterdeur uit. Nell liet de stapel kranten vallen. 'O, goed dan, mevrouw,' zei ze. 'Jij je zin. Ik zal eens een kijkje nemen.' Ze krabde Whiskers' rug toen ze over het smalle betonnen paadje liepen. 'Je voelt je zeker een hele piet, hè, dat je me laat doen wat je wilt...'

Nell bleef bij de hoek van het huis staan. De auto, een stationcar, was inderdaad voor haar huis gestopt. Een vrouw met een grote bruine zonnebril en een korte short kwam het trapje op. Achter haar aan kwam een mager meisje met afhangende schouders.

Ze bleven alle drie een poosje naar elkaar staan kijken.

Uiteindelijk vond Nell haar stem en wist ze wat ze wilde zeggen. 'Ik dacht dat je voortaan zou bellen voordat je kwam.'

'Ook leuk om jou weer te zien, mama,' zei Lesley. Daarna draaide ze met haar ogen zoals ze al deed toen ze vijftien was. Net als nu was het destijds een irritante gewoonte.

Nell voelde die oude irritatie weer naar boven komen. Ze wist dat ze geen goede moeder voor Lesley was geweest, maar nu was het te laat om dat te veranderen. Gedane zaken namen geen keer en Lesley was nog goed terechtgekomen. Nou ja, goed. 'Ik ben druk met het sorteren van kisten voor de veiling,' zei Nell, terwijl ze moest slikken. Dit was niet het geschikte moment om haar verhuizing naar Engeland ter sprake te brengen. 'Er staan overal spullen, we kunnen nergens zitten.'

'We redden ons wel.' Lesley knipte met haar vingers naar Cassandra. 'Je kleindochter heeft dorst, het is hier verrekte warm.'

Nell liet haar blik op het meisje rusten, haar kleindochter. Lange benen, knokige knieën, iets oplettends in haar ogen. Het was zonder meer een feit dat sommige kinderen met meer dan een eerlijk portie problemen ter wereld kwamen.

Tot haar verbazing moest ze op dat moment aan Christian denken, het jongetje dat ze in de tuin in Cornwall had betrapt. Dat moederloze joch met de ernstige bruine ogen. Of haar kleindochter van tuinen hield, had hij gevraagd en zij, Nell, moest het antwoord schuldig blijven.

'Kom dan maar mee naar binnen,' zei ze.

Ze zou een kop thee maken, Lesley laten vragen wat ze van haar wilde en daarna zou Nell ze weer vrolijk laten gaan.

46

Paardenhoeven denderden over de koude, droge aarde in westelijke richting naar Blackhurst, maar Eliza hoorde ze niet. De spons van meneer Mansell had zijn werk gedaan en Eliza was verdwaald in een mist van chloroform. Ze lag ineengezakt in een hoekje van het rijtuig...

Rose' stem, zacht en gebroken: 'Ik heb iets nodig, iets wat alleen jij kunt doen. Mijn lichaam laat me zoals altijd in de steek, maar het jouwe is sterk, nicht. Ik wil dat je een kind voor me draagt, Nathaniels kind.'

En Eliza, die zo lang had gewacht, die zich zo dolgraag nodig wilde voelen, die zichzelf altijd had beschouwd als een half mens op zoek naar zijn andere helft, hoefde er geen twee keer over na te denken. 'Natuurlijk,' had ze gezegd. 'Natuurlijk zal ik je helpen, Rose.'

Een week lang kwam hij elke avond. Tante Adeline had met behulp van dokter Matthews de data berekend en Nathaniel deed wat er van hem werd verlangd. Hij maakte zijn tocht door de doolhof, om het huisje heen en naar de voordeur.

De eerste avond had Eliza ijsberend door de keuken gewacht. Ze vroeg zich af of hij wel zou komen, of ze zich had moeten voorbereiden en hoe mensen zich op zulke momenten gedroegen. Ze had zonder aarzeling ja gezegd op Rose' verzoek, en de weken daarna had ze weinig stilgestaan bij wat die toezegging eigenlijk inhield. Ze was veel te dankbaar geweest dat Rose haar eindelijk nodig had. Pas toen de bewuste dag naderbij kwam, begon ze na te denken over hoe de theorie praktijk zou worden.

En toch was er niets wat ze niet voor Rose overhad. Ze hield zichzelf keer op keer voor dat haar belofte hun band voor eeuwig zou bezegelen, hoe afschrikwekkend de onbekende daad ook mocht zijn. Het werd een soort mantra, een bezwering. Zij en Rose zouden een band als nooit tevoren hebben. Rose zou meer dan ooit van haar houden en haar niet zo makkelijk meer links laten liggen. Het was allemaal voor Rose.

Toen er die eerste avond werd geklopt, herhaalde Eliza de mantra, deed open en liet Nathaniel binnen.

Hij bleef even in het gangetje staan, groter dan ze zich hem herinnerde, donkerder ook, tot Eliza op de haak voor de jassen wees. Hij trok zijn jas uit en glimlachte haar bijna dankbaar toe. Toen zag ze dat hij net zo nerveus was als zij.

Hij volgde haar naar de keuken, liep naar de massieve veiligheid van de tafel en leunde op de rand van een stoel.

Eliza stond aan de andere kant van de tafel, veegde haar handen droog aan haar rok en vroeg zich af wat ze moest zeggen en hoe het nu verder moest. Het was natuurlijk het beste om te doen wat nodig was, dan was het maar gebeurd. Het had geen zin het ongemak te rekken. Ze deed haar mond open om dat te zeggen, maar Nathaniel zei al iets.

'… ik dacht misschien wil je ze wel zien. Ik werk er al de hele maand aan.'

Toen zag ze dat hij een leren valies bij zich had.

Hij legde het op tafel en trok er een stapeltje papieren uit. Tekeningen, besefte Eliza.

'Ik ben met "De Elfenjacht" begonnen.' Hij hield Eliza een tekening voor en toen ze die aanpakte, zag ze zijn handen trillen.

Eliza's blik viel op de illustratie: zwart-witte lijnen, gearceerde schaduwpartijen. Een bleke, magere vrouw, leunend tegen een nis van riviersteen in een donker torentje. Het gezicht van de vrouw was gesponnen van lange, dunne lijntjes. Ze was heel mooi en op magische wijze ongrijpbaar, net zoals ze in Eliza's sprookje was beschreven. En toch was het iets anders wat Eliza in Nathaniels tekening van het gezicht van de opgejaagde fee trof. De vrouw op de tekening leek op mama. Niet sprekend, het was iets in de boog van haar lippen, de koele, amandelvormige ogen en de hoge jukbeenderen. Op de een of andere onbeschrijfelijke manier, als door een vorm van magie, had Nathaniel Georgiana gevangen in de levenloze ledematen van de fee, in haar vermoeidheid, in de onkarakteristieke berusting op haar gelaat. Het merkwaardigste was dat Eliza voor het eerst besefte dat ze in het verhaal van de opgejaagde fee haar eigen moeder had beschreven.

Ze keek onderzoekend in de donkere ogen die op de een of andere manier in haar ziel keken. Hij keek terug en het licht van de lantaarn was plotseling iets warmer tussen hen.

'En? Wat vind je ervan?' Hij hield zijn hoofd een beetje schuin en een lichte spanning rimpelde over zijn voorhoofd. 'Is het niet goed? Anders dan jij het je had voorgesteld?'

Eliza glimlachte een beetje. 'Het is meer dan ik me had voorgesteld.'

Nathaniel zuchtte een beetje. Hij glimlachte ook. 'Mooi.' Hij lachte een beetje. 'Dat lucht op.'

Ze keken elkaar aan en de lantaarn op tafel flakkerde.

Nathaniel knipperde het eerst met zijn ogen. 'Waarschijnlijk moesten we…'

'Ja.' Eliza stond op. Ze aarzelde, en daarna wenkte ze hem en liep ze naar boven.

De omstandigheden dikten alles aan. Hun stemmen klonken te hard, hun bewegingen waren te abrupt, de lucht was te koel. De daad was niet afschrikwekkend zoals ze had gevreesd en was evenmin gewoon. En er school ook iets onverwachts in waarvan ze genoot, ze kon er niets aan doen. Iets van nabijheid, van intimiteit waarvan ze heel lang verstoken was geweest. Ze voelde zich een deel van een paar.

Dat was ze natuurlijk niet en het zou verraad tegenover Rose betekenen om zo'n idee, hoe kort ook, te koesteren. En toch… Zijn vingertoppen op haar rug, haar zij, haar dij. De warmte waar hun lichamen elkaar ontmoetten. Zijn adem in haar hals…

Op een gegeven moment deed ze haar ogen open om zijn gezicht te zien en zag ze de uitdrukkingen en verhalen zich in zijn trekken aftekenen. En toen hij zijn ogen opendeed, keken ze elkaar aan en voelde ze zichzelf plotseling en onverwacht een lichamelijk wezen: geankerd, solide en echt.

En toen was het voorbij, maakten ze zich van elkaar los en vervluchtigde de band van lichamelijke eenheid. Ze kleedden zich aan zij ging hem voor naar beneden. Ze stond naast hem bij de voordeur te babbelen over de recente springvloed en de kans op slecht weer in de komende weken. Beleefd gekeuvel, alsof hij alleen maar was langsgekomen om een boek te lenen.

Uiteindelijk stak hij zijn hand uit om de grendel van de deur te halen en er viel een geladen stilte met het gewicht van wat ze hadden gedaan. Hij trok de deur open en deed hem weer dicht. Hij draaide zich naar haar om. 'Dank je wel,' zei hij.

Ze knikte.

'Rose wil… Zij heeft behoefte…'

Ze knikte weer en hij glimlachte zwakjes. Hij deed de deur open en verdween in de nacht.

Naarmate de week vorderde, werd het ongewone gewoon en ontstond er een zekere routine. Nathaniel arriveerde met zijn meest recente tekeningen en samen bespraken ze de verhalen en de illustraties. Hij bracht zijn potloden ook mee om onder het praten veranderingen aan te brengen. Als er voldoende over de tekeningen was gezegd, gingen de gesprekken vaak over andere dingen.

Ze praatten ook wanneer ze bij elkaar lagen in Eliza's smalle bed. Nathaniel vertelde verhalen over zijn familie, die Eliza dood had gewaand, de moeilijk-heden van zijn jeugd, zijn vaders werk in de haven en zijn moeders eelthanden, vol kloven van het wassen. En Eliza merkte dat ze hem dingen vertelde waar-over ze nooit sprak, geheime dingen van vroeger: over haar moeder en de vader die ze nooit had gekend, over haar droom om hem te volgen over de oceaan. De merkwaardig onverwachte intimiteit van hun contact was zelfs zo sterk dat ze hem over Sammy vertelde.

Zo ging er een week voorbij en op de laatste avond kwam Nathaniel vroeger. Het leek alsof hij niet zat te springen om te doen wat hij geacht werd te doen. Net als op de eerste avond gingen ze tegenover elkaar aan tafel zitten, maar er werd niet gesproken. Toen pakte Nathaniel opeens, zonder waarschuwing een lok van haar lange haar, rood haar dat in goud veranderde in het schijnsel van de kaars. Toen hij de haren in zijn vingers bekeek, stond zijn gezicht geconcen-treerd. Zijn donkere haar liet een schaduw op zijn wang vallen en zijn zwarte ogen werden groter van de onuitgesproken gedachten. Eliza voelde opeens een warme beklemming in haar borst.

'Ik wil niet dat er een eind aan komt,' zei hij uiteindelijk zacht. 'Ik weet dat het dwaasheid is, maar ik heb het gevoel...'

Hij zweeg toen Eliza een vinger ophief en stevig tegen zijn lippen drukte. Ze had hem het zwijgen opgelegd.

Haar eigen hart bonkte onder haar jurk en ze bad dat hij het niet hoorde. Hij mocht zijn zin niet afmaken – hoe graag een ontrouw gedeelte van haarzelf het ook zou willen – want woorden hadden macht, zoals Eliza maar al te goed wist. Ze hadden zichzelf al te veel gevoelens veroorloofd, en in hun overeen-komst was geen ruimte voor gevoelens.

Ze schudde licht met haar hoofd en uiteindelijk knikte hij. Hij keek haar een poos niet aan en deed er het zwijgen toe. En toen hij zwijgend aan een tekening begon, moest Eliza de neiging onderdrukken om hem te zeggen dat ze van ge-dachten was veranderd, dat ze voor haar beurt had gesproken.

Toen hij die avond vertrok, ging Eliza naar binnen en leken de muren van het huisje opeens ongewoon stil en levenloos. Ze vond een stuk karton op tafel waar Nathaniel had gezeten, en toen ze het omdraaide, zag ze haar eigen ge-zicht. Een tekening. Voor het eerst vond ze het niet erg op papier te zijn gevan-gen.

Nog voordat er een maand was verstreken, wist Eliza dat het was gelukt. Er was een onverklaarbaar gevoel dat ze gezelschap had, al wist ze zeker dat ze alleen was. Vervolgens bleef haar menstruatie uit en wist ze het zeker. Mary, die haar

eigen baby was verloren, was voorlopig in haar functie hersteld en had opdracht contact te onderhouden tussen het huis en Eliza. Toen die haar vertelde
dat ze dacht dat er een nieuw leven in haar lichaam groeide, slaakte Mary
hoofdschuddend een zucht en bracht de boodschap vervolgens over aan tante
Adeline.

Er werd een muur om het huisje gebouwd zodat niemand het zou merken
wanneer Eliza's buik begon te zwellen. Het gerucht werd verspreid dat ze was
vertrokken en het leven in het huisje werd besloten. De eenvoudigste leugens
werken dikwijls het best. Eliza's verlangen om te reizen was alom bekend. De
mensen hoefden zich niet in bochten te wringen om te geloven dat Eliza met de
noorderzon was vertrokken en terug zou komen wanneer het haar uitkwam.
Elke avond werd Mary gestuurd met voorraden, en dokter Matthews, de arts
van tante Adeline, kwam onder dekking van de duisternis om de twee weken
controleren of alles voorspoedig ging met de zwangerschap.

Gedurende haar negen maanden durende opsluiting zag Eliza weinig andere mensen, en toch voelde ze zich nooit alleen. Ze zong liedjes voor haar dikke
buik, fluisterde verhalen en had vreemde, verrukte dromen. Het huisje leek
zich als een warme oude jas om haar samen te trekken.

En de tuin, de plek waar haar hart altijd zong, was mooier dan ooit. De
bloemen roken zoeter, zagen er mooier uit en groeiden sneller. Toen ze op een
dag onder de appelboom zat en de warme, zonnige lucht zich zwaar om haar
heen bewoog, viel ze in een diepe slaap. Tijdens haar zachte sluimer drong zich
een verhaal aan haar op. Het was zo levensecht dat het leek alsof een passerende vreemde naast haar was geknield om een verhaal in haar oor te fluisteren.
Het was een verhaal over een jonge vrouw die haar angst overwon en een grote reis maakte om de waarheid over een oude geliefde te zoeken.

Eliza werd met een schok wakker, in de overtuiging dat de droom belangrijk
was en dat er een sprookje van gemaakt moest worden. In tegenstelling tot de
meeste droominspiratie vergde het verhaal weinig aanpassingen. Het kind, de
baby in haar buik, was ook belangrijk. Eliza kon niet verklaren hoe ze het wist,
maar ze had de curieuze overtuiging dat de baby op de een of andere manier
met het verhaal te maken had, dat die haar had geholpen om het verhaal zo levensecht en compleet te ontvangen.

Diezelfde middag schreef Eliza het op, ze noemde het 'De ogen van het oude
vrouwtje' en de weken die volgden moest ze dikwijls aan de trieste oude vrouw
denken wier waarheid haar was ontstolen. Hoewel ze Nathaniel niet meer
had gezien sinds de avond van hun laatste ontmoeting, wist Eliza dat hij nog
steeds aan de illustraties van haar boek werkte, en ze verlangde ernaar om de

tekeningen te zien waarvoor haar nieuwe verhaal de inspiratie leverde. Toen Mary haar op een donkere avond haar voorraden bracht, informeerde Eliza naar hem. Ze probeerde gewoon te klinken toen ze vroeg of Mary hem misschien wilde vragen of hij haar eerdaags kon bezoeken. Mary schudde haar hoofd.

'Mevrouw Walker wil daar niets van horen,' zei ze met gedempte stem, hoewel ze alleen waren in het huisje. 'Ik hoorde haar huilen bij mevrouw, en die zei dat het niet correct was als hij de doolhof nog eens doorging om bij jou op bezoek te gaan. Nu niet meer, na wat er is gebeurd.' Ze wierp een blik op Eliza's dikke buik. 'Dat kan alleen maar verwarring opleveren, zei ze.'

'Maar dat is belachelijk,' zei Eliza. 'Wat er is gebeurd hebben we voor Rose gedaan. Nathaniel en ik houden allebei van haar, wij hebben alleen maar gehoorzaamd om haar datgene te geven waarnaar ze het meest verlangde.'

Mary, die haar mening over wat Eliza had gedaan en wat ze van plan was als de baby was geboren, niet onder stoelen of banken had gestoken, zei niets.

Eliza zuchtte gefrustreerd. 'Ik wil hem alleen maar spreken over de illustraties van de sprookjes.'

'Dat is ook iets waarmee mevrouw Walker niet gelukkig is,' zei Mary. 'Ze vindt het niet prettig als hij tekeningen voor je verhalen maakt.'

'Waarom niet, in hemelsnaam?'

'Ze is jaloers, ze is zo groen als Davies' vingers van jaloezie. Ze kan het niet verdragen als hij zijn tijd en energie besteedt aan nadenken over jouw verhalen.'

Daarna stopte Eliza met op hem wachten en gaf ze een met de hand geschreven versie van 'De ogen van het oude vrouwtje' met Mary mee die – tegen beter weten in – beloofde het aan Nathaniel te zullen geven. Een paar dagen later arriveerde er een geschenk per koerier, een beeldje voor in de tuin, een jongetje met een engelachtig gezicht. Nog voordat Eliza de begeleidende brief had gelezen, wist ze dat Nathaniel het had gestuurd met Sammy in gedachten. In de brief maakte hij ook zijn excuses dat hij niet langskwam, informeerde hij naar haar gezondheid en vervolgens ging hij vlug over op haar verhaal, dat hij prachtig vond, dat magisch bezit had genomen van zijn gedachten, en hij schreef dat hij zo veel ideeën had voor illustraties dat hij aan niets anders meer kon denken.

Rose zelf kwam eens in de maand, maar Eliza leerde die bezoekjes omzichtig te behandelen. Het begon altijd goed, wanneer Rose Eliza met een brede glimlach begroette, naar haar gezondheid informeerde en de kans om de baby onder haar huid te voelen bewegen met beide handen aangreep. Maar in de

loop van het bezoek werd Rose onverwacht en zonder aanleiding stil. Ze vouw-
de de handen in elkaar en weigerde Eliza's buik nog aan te raken; ze wilde haar
zelfs niet meer aankijken. In plaats daarvan plukte ze aan haar eigen jurk, op-
gevuld om de indruk van zwangerschap te wekken.

Na de zesde maand bleef Rose helemaal weg. Op de afgesproken dag wacht-
te Eliza vergeefs en vroeg ze zich verward af of ze zich op de een of andere ma-
nier in de datum had vergist. Maar daar stond het, in haar dagboek. Eerst was
ze bang dat Rose ziek was geworden, want ze liet zich toch door niets anders
van haar bezoekjes afbrengen? Toen Mary vervolgens een mandje etenswaren
kwam brengen, wilde Eliza het meteen weten.

'Mary?' vroeg ze, terwijl ze haar rug boog om de baby, die in haar zij druk-
te, te verplaatsen. 'Is Rose niet lekker? Je hoeft me niet te sparen. Als Rose ziek
is...'

'Dat is ze niet, juffrouw Eliza. Het maakt mevrouw Walker alleen van streek
om op bezoek te komen.'

'Van streek?'

Mary durfde Eliza niet recht aan te kijken. 'De bezoekjes maken dat ze zich
nog meer dan vroeger een mislukkeling voelt. Zij kan niet zwanger worden en
jij ziet eruit als een rijpe perzik. Na haar bezoekje is ze dagenlang niet lekker.
Ze wil meneer Walker niet zien, snauwt tegen mevrouw en krijgt amper een
hap door haar keel.'

'Dan verheug ik me op de komst van het kind. Wanneer ik de baby ter we-
reld breng, wordt Rose moeder en dan zal ze die gevoelens wel vergeten.'

En zo waren ze weer op bekend terrein: Mary die haar hoofd schudde en Eli-
za die haar beslissing moest verdedigen. 'Het is niet juist, juffrouw Eliza, dat
een moeder zomaar haar kind afstaat.'

'Het is mijn kind niet, Mary. Het is van Rose.'

'Je denkt er misschien anders over wanneer het zover is.'

'Nee hoor.'

'Je weet niet...'

'Ik zal er niet anders over denken, want dat kan ik niet. Ik heb mijn woord
gegeven. Als ik van gedachten zou veranderen, zou Rose dat niet kunnen ver-
dragen.'

Mary trok haar wenkbrauwen op.

Eliza deed haar best om nog vastberadener te klinken. 'Ik zal het kind af-
staan en Rose zal weer gelukkig zijn. Dan zijn we samen weer gelukkig, net als
vroeger. Snap je dat niet, Mary? Het kind dat ik draag zal Rose en mij weer te-
zamen brengen.'

Mary keek Eliza aan en glimlachte treurig. 'Misschien heb je wel gelijk, juf-frouw Eliza,' zei ze, al klonk het niet alsof ze dat zelf geloofde.

Na maanden waarin de tijd een pas op de plaats leek te maken, kwam vervol-gens het eind. Eén week eerder dan was uitgerekend. Pijn, verblindende pijn, het lichaam leek wel een machine die krakend tot leven kwam om te doen waarvoor het was geschapen. Mary, die de tekenen van de naderende geboorte al had gezien, zorgde ervoor dat ze bij de bevalling was om te helpen. Haar moeder had haar hele leven kinderen ter wereld gebracht en Mary kende het klappen van de zweep.

De geboorte verliep soepel en het kind was het mooiste dat Eliza ooit had gezien, een klein meisje met heel kleine oortje die netjes tegen haar hoofdje gedrukt zaten en tere, bleke vingertjes die af en toe schrokken van de lucht die ertussendoor bewoog.

Hoewel Mary opdracht had Blackhurst direct op de hoogte te brengen van tekenen van de naderende geboorte, hield ze haar mond. Ze sprak alleen met Eliza en drong erop aan om haar rol in de verschrikkelijke overeenkomst nog eens te overwegen. Mary fluisterde keer op keer dat het niet juist was dat een vrouw werd gevraagd afstand van haar eigen kind te doen.

Drie dagen en nachten waren Eliza en de baby met elkaar alleen. Wat merk-waardig om kennis te maken met het kleine mensje dat in haar lichaam had gewoond en was gegroeid. Om de nietige handjes en voetjes te strelen waar-naar ze had gegrepen toen ze van binnenuit tegen haar buikwand drukten. Om die kleine lipjes te zien, getuit alsof ze iets wilden zeggen. En dan die on-eindige wijsheid op dat gezichtje, alsof het nieuwe mensje in de eerste dagen van haar leven de kennis van een heel leven dat net voorbij was met zich mee-droeg.

Vervolgens arriveerde Mary in de loop van de derde avond bij het huisje. Ze stond in de deuropening om de gevreesde aankondiging te doen. Toen de uit-gerekende datum naderde, was tante Adeline steeds nerveuzer geworden en wilde ze dat alles volgens plan verliep: voor de volgende avond had ze een visi-te van dokter Matthews geregeld. Mary liet haar stem dalen en pakte Eliza's handen vast: als iets in haar de baby wilde houden, dan moest ze er nu vandoor gaan, zei Mary. Dan moest ze het kind meenemen en vluchten.

Maar hoewel de suggestie van een vlucht zich aan Eliza's hart hechtte, er fel-le rukjes aan gaf en wilde dat ze in actie zou komen, zette ze al die gedachten haastig van zich af. Ze sloeg geen acht op de felle pijn in haar borst en verzeker-de Mary, zoals ze al eerder had gedaan, dat ze zichzelf kende. Ze zag voor de

laatste keer op haar kind neer en bleef maar naar dat perfecte gezichtje kijken,
probeerde te begrijpen dat zij dat had gemaakt, dat zij dit fantastische wezen-
tje had geschapen, tot de bonkende pijn in haar hoofd, in haar hart en in haar
ziel ondraaglijk geworden was. En daarna was het alsof ze zichzelf op de een of
andere manier van een afstand gadesloeg en deed ze wat ze had beloofd: ze
stond haar kleine meisje af en liet het meenemen. Mary verliet het huisje en
Eliza deed de deur achter haar dicht en keerde alleen terug in het stille, leven-
loze huisje. En toen de dageraad zich over de tuin ontfermde en de muren van
het huisje zich weer terugtrokken, besefte Eliza dat ze voor het eerst van haar
leven de zwarte pijn van de eenzaamheid voelde.

Hoewel Adeline niets dan minachting koesterde voor Linus' detective Mansell en zijn naam had vervloekt omdat hij Eliza in hun leven had gebracht,
kon ze niet ontkennen dat hij wist hoe hij mensen moest opsporen. Er waren drie dagen verstreken sinds ze hem naar Londen had gestuurd en vanmiddag, toen Adeline deed alsof ze in de huiskamer zat te borduren, was ze
aan de telefoon geroepen.

Mansell, aan de andere kant van de lijn, was genadig discreet. Je wist
maar nooit wie er op een ander toestel meeluisterde. 'Lady Mountrachet, ik
bel u om u te laten weten dat een deel van de bestelde goederen inmiddels
is opgehaald.'

Adelines adem stokte in haar keel Zo gauw al? Haar vingertoppen tintelden van verwachting, hoop en zenuwen. Ze slikte. 'En mag ik vragen of u in
het bezit bent van het grootste pakket of het kleinste?'

'Het grootste.'

Adelines ogen zakten dicht. Ze wiste de opgeluchte vreugde uit haar
stem. 'En wanneer komt u het brengen?'

'We vertrekken terstond uit Londen en ik zal vanavond op Blackhurst arriveren.'

Zodoende wachtte Adeline af. Ze ijsbeerde over het Perzische tapijt,
streek haar rokken glad, snauwde tegen de bedienden en bedacht constant
manieren om zich van Eliza te ontdoen.

Eliza had afgesproken zich nooit meer in de buurt van het huis te vertonen en
dat deed ze dan ook niet. Maar ze keek wel. En ze kwam erachter dat iets haar
ervan weerhield een lange zeereis te maken, zelfs toen ze genoeg geld voor de
overtocht had gespaard. Het was net alsof het anker dat Eliza haar hele leven
had gezocht zich met de geboorte van de baby in de aarde van Blackhurst had
geslagen.

De zuigkracht van het kind was zo sterk dat ze bleef. Maar ze hield zich aan haar belofte aan Rose en bleef uit de buurt van het huis. Ze vond andere plekken vanwaar ze het kind kon gadeslaan, net zoals ze als kind had gedaan toen ze de wereld vanaf een plank aan de muur in de bovenkamer van mevrouw Swindell gadesloeg, de wereld die om haar heen bewoog terwijl zij roerloos toezag en er geen deel van uitmaakte.

Want met het verlies van het kind merkte Eliza dat ze door het hart van haar vroegere leven, van haar oude zelf was gevallen. Ze had afstand van haar geboorterecht gedaan en daarmee had ze het doel van haar leven verspeeld. Ze schreef nog maar zelden en maar één sprookje vond ze de moeite waard om in haar bloemlezing te worden opgenomen. Een verhaal over een jonge vrouw die alleen in een donker woud woonde en om de juiste redenen de verkeerde beslissing nam en zichzelf daarmee ruïneerde.

Bleke maanden strekten zich uit tot lange jaren, tot de postbode begin 1913 het sprookjesboek van de uitgever bezorgde. Eliza nam het direct mee naar binnen, scheurde de verpakking eraf en zag de in leer gebonden schat die erin zat. Ze ging in de schommelstoel zitten, sloeg het boek open op het schutblad en bracht het naar haar gezicht. Het rook naar verse drukinkt en bandlijm, net als een echt boek. En daarbinnen waren haar verhalen, haar beminde scheppingen. Ze sloeg de dikke, verse pagina's om, verhaaltje voor verhaaltje, tot ze was aanbeland bij 'De ogen van het oude vrouwtje'. Ze las het door en onder het lezen moest ze denken aan de vreemde, levendige droom in de tuin, en aan het allesoverheersende gevoel dat het kind in haar buik belangrijk was voor het verhaal.

En opeens besefte Eliza dat het kind, haar kind, een exemplaar van het verhaal moest hebben, dat die twee op de een of andere wijze met elkaar verband hielden. Dus verpakte ze het boek in bruin papier, wachtte haar kans af en deed wat ze had beloofd niet te zullen doen: ze liep door het hek aan het eind van de doolhof en naar het huis.

Stofjes, honderden stofjes dansten in de bundel zonlicht die tussen twee vaten door viel. Het meisje glimlachte en de mevrouw, het klif, de doolhof en mama verlieten haar gedachten. Ze stak een vinger uit om te proberen een stofje op te vangen. Ze moest lachen om de manier waarop de stofjes zo dichtbij kwamen voordat ze weer op de vlucht sloegen.

De geluiden in de buurt van haar bergplaats veranderden. Het meisje hoorde het gebonk van beweging en de stemmen klonken opgewonden. Ze boog zich in de sluier van licht en legde haar wang tegen het koele hout van een van de vaten. Met één oog keek ze naar het dek.

Benen en schoenen en zomen van petticoats. De uiteinden van papieren slingers die alle kanten op woeien. Sluwe meeuwen speurden het dek af naar stukjes brood.

De enorme boot gaf een ruk en gromde lang en laag. Diep vanuit zijn binnenste waarde een trilling door het houten dek en door de vingertoppen van het meisje. Er was een ogenblik van spanning. Ze hield de adem in en hield zich in evenwicht door haar handen plat naast zich te zetten. Daarna maakte de boot zich met een ruk los van de kade. De hoorn loeide, er klonk een golf van gejuich en mensen riepen 'Bon voyage'. Ze waren onderweg.

Het was avond toen ze in Londen arriveerden. De duisternis hing dicht en zwaar in de plooien van de straten toen ze van het station naar de rivier gingen. Het kleine meisje was moe – Eliza moest haar wakker maken toen ze op hun bestemming waren – maar ze klaagde niet. Ze hield Eliza's hand vast en volgde het tikken van haar hakken op de voet.

Die avond aten ze samen soep met brood op hun kamer. Ze waren allebei moe van de reis en er werd weinig gesproken. Ze bekeken elkaar alleen maar een tikje nieuwsgierig over hun lepel. Het meisje vroeg één keer naar haar moeder en vader, maar Eliza zei alleen maar dat die aan het eind van de reis zouden wachten. Het was een leugen, maar ze vond dat het niet anders kon. Er was tijd nodig om te beslissen hoe ze haar het nieuws over de dood van Rose en Nathaniel het best kon vertellen.

Na het eten viel Ivory snel in slaap op het enige bed van de kamer en Eliza zat in een stoel bij het raam. Beurtelings hield ze een oogje op de donkere straat met al zijn bedrijvigheid en het slapende meisje, dat iets bewoog onder het laken. Naarmate de tijd verstreek, schoof Eliza dichter naar het kind toe om haar gezichtje van steeds kleinere afstand te observeren, net zo lang tot ze uiteindelijk voorzichtig op haar knieën naast het bed zakte, zo dichtbij dat ze de ademhaling van het meisje in haar haar voelde en de kleine sproetjes op het slapende gezicht kon tellen. En wat was dat een volmaakt gezichtje, wat waren die ivoorkleurige huid en lippen als een rozenknopje schitterend. Eliza besefte dat dit hetzelfde gezicht met dezelfde wijze uitdrukking was dat ze had gadegeslagen tijdens haar eerste levensdagen. Het gezicht dat ze sindsdien zo dikwijls, elke nacht, in haar dromen had gezien.

Op dat moment werd ze overvallen door een drang, een behoefte – waarschijnlijk was het liefde – die zo sterk was dat haar hele wezen met zekerheid werd doortrokken. Het was alsof haar eigen lichaam het kind waaraan ze het leven had geschonken net zo makkelijk herkende als haar eigen hand, haar eigen gezicht in de spiegel en haar eigen stem in het donker. Eliza ging zo voorzichtig als ze kon op het bed liggen en krulde haar lichaam zo dat het slapende meisje in haar holte lag. Ze was thuis.

Pas toen de kaars laag brandde en de kamer in duisternis was gehuld, deed ze eindelijk haar ogen dicht. En terwijl Eliza op de rand van de slaap balanceerde, met die zachte, ritmische ademhaling naast haar, werd ze getransporteerd naar een andere tijd en een andere kamer op maar een paar kilometer afstand, waar ze als meisje had geslapen, opgekruld tegen het warme lijf van haar broer Sammy.

Op de dag waarop het schip zou vertrekken, gingen Eliza en het meisje vroeg op pad om benodigdheden in te slaan. Eliza kocht een paar kleren, een haarborstel en een koffertje waarin ze die kon verpakken. Dat was precies groot genoeg voor een kind om te dragen en Ivory was er verguld mee. Ze hield het stevig vast toen Eliza met haar door de drukke haven liep. Alom was activiteit en lawaai: gillende locomotieven, dikke wolken stoom en hijskranen die kinderwagens, fietsen en grammofoons aan boord tilden. Ivory moest lachen toen ze een rij blatende geiten en schapen passeerden die in het ruim van het schip werden gedreven. Ze droeg het mooiste van de twee jurkjes die Eliza voor haar had gekocht en leek precies op het rijke kleine meisje dat mee is gekomen om haar tante voor de lange zeereis uit te zwaaien. Toen ze bij de loopplank kwamen, gaf Eliza haar boordpas aan de officier.

'Welkom aan boord, mevrouw,' zei hij met een knikje zodat zijn uniformpet op en neer wipte.

Eliza knikte terug. 'Het is me een waar genoegen om de overtocht op dit prachtschip van u te hebben geboekt,' zei ze. 'Mijn nicht is buiten zichzelf van opwinding voor haar tante. Ze heeft zelfs haar speelkoffertje meegenomen.'

'Hou je dan zo van grote schepen, kleine juffrouw?' De officier keek omlaag naar Ivory, die knikte en lief glimlachte, maar niets zei, zoals Eliza haar had opgedragen.

'Meneer de officier,' zei Eliza, 'mijn broer en schoonzus wachten een eindje verder op de kade,' zei ze, zwaaiend naar niemand in het bijzonder in de aanzwellende menigte. 'Zou ik mijn nichtje even mee aan boord mogen nemen om mijn hut te laten zien?'

De officier keek naar Ivory en wierp een blik op de rij passagiers die zich inmiddels over de kade slingerde.

'Even maar,' zei Eliza. 'Het zou zo veel voor haar betekenen.'

493

'Ik zou zeggen dat het wel kan,' zei hij. 'Maar u moet haar wel terugbrengen.' Hij knipoogde naar Ivory. 'Ik heb het gevoel dat haar ouders haar zouden missen als ze zonder hen zou verdwijnen.'

Eliza pakte Ivory's hand en liep de loopplank op.

Overal waren mensen, drukke stemmen, spetterend water en misthoorns. Het scheepsorkest speelde een vrolijk deuntje op het dek, terwijl dienstmeisjes alle kanten op snelden, jongens telegrammen bezorgden en hooghartige piccolo's chocola en geschenken voor de vertrekkende passagiers brachten.

Maar Eliza volgde de hoofdsteward niet het schip in. In plaats daarvan trok ze Ivory mee over het dek en ze bleef pas staan toen ze bij een stel houten vaten kwamen. Eliza duwde het meisje erachter en hurkte zo dat haar rokken zich over het houten dek plooiden. Het meisje was afgeleid, zo'n drukte had ze nog nooit meegemaakt en ze kwam ogen tekort.

'Je moet hier op me blijven wachten,' zei Eliza. 'Het is niet veilig om hiervandaan te gaan. Ik kom zo terug.' Ze aarzelde en keek naar de lucht. Boven hun hoofd scheerden meeuwen met zwarte oplettende oogjes. 'Je wacht op me, hoor je me?'

Het kleine meisje knikte.

'Weet je hoe je je moet verstoppen?'

'Natuurlijk.'

'Het is een spelletje.' Toen Eliza dat zei, verscheen Sammy voor haar geestesoog en ze huiverde.

'Ik hou van spelletjes.'

Eliza slikte en zette het beeld van zich af. Dit meisje was Sammy niet. Ze speelden niet de Ripper. Alles zou goed komen. 'Ik kom weer terug.'

'Waar ga je heen?'

'Ik moet iemand bezoeken. Ik moet iets ophalen voor het schip vertrekt.'

'Wat?'

'Mijn verleden,' zei ze. 'Mijn toekomst.' Ze glimlachte even. 'Mijn familie.'

Terwijl het rijtuig richting Blackhurst hotste, begon de mist bij Eliza op te trekken. Langzaam sijpelde het bewustzijn weer naar binnen: wiegende beweging, modderig hoefgekletter en een bedompte lucht.

Ze deed haar ogen open en knipperde. Zwarte schaduwen maakten plaats voor stoffige lichtvlekken. Ze kreeg een duizelig gevoel toen ze probeerde scherp te stellen.

Er was nog iemand. Er zat een man tegenover haar. Zijn hoofd lag schuin tegen de leren bekleding en zijn regelmatige ademhaling werd af en toe onderbroken door een licht gesnurk. Hij was dik en gedrongen en er zat een bril zonder pootjes op zijn neus.

Eliza haalde diep adem; ze was twaalf en was met onbekende bestemming uit haar vertrouwde omgeving weggehaald. Opgesloten in een rijtuig met mama's Boze Man, Mansell.

En toch... Ze had het gevoel dat er iets niet klopte. Ze was iets vergeten, een donkere, gonzende wolk aan de rand van haar bewustzijn. Iets belangrijks, iets wat ze moest doen.

Haar adem stokte. Waar was Sammy? Hij had bij haar moeten zijn, ze moest hem bescherm...

Buiten klonk hoefgekletter. Het geluid joeg haar angst aan en maakte haar misselijk, al wist ze niet waarom. De donkere wolk begon te wervelen. Hij kwam dichterbij.

Eliza's blik viel op haar rok en haar handen die op schoot gevouwen lagen. Haar handen... maar dat kon toch niet.

Fel licht brak door een opening in de wolk: ze was helemaal niet twaalf, ze was een volwassen vrouw...

Maar wat was er gebeurd? Waar was ze? Waarom was ze bij Mansell?

Een huisje op het klif, een tuin, de zee...

Haar ademhaling klonk inmiddels harder en voelde scherp in haar keel.

Een vrouw, een man, een baby...

Haar huid trok samen van een onwillekeurig paniekgevoel.

Nog meer licht... De wolk verbleekte en viel uiteen...

Woorden, flarden van betekenis: Maryborough... een schip... een kind, niet Sammy maar een klein meisje...

Eliza's keel brandde. Vanbinnen opende zich een gat dat zich pijlsnel vulde met gitzwarte angst.

Dat kleine meisje was van haar.

De helderheid was fel: haar dochter alleen op een vertrekkend schip.

De paniek doortrok haar hele wezen. Haar hart bonkte in haar slapen. Ze moest weg, ze moest terug.

Eliza wierp een blik opzij op het portier.

Het rijtuig ging hard, maar dat kon haar niets schelen. Het schip was vandaag uit de haven vertrokken en het kleine meisje zat erop. Het kind, haar kind, helemaal alleen.

Met pijn op de borst en een bonkend hoofd stak Eliza haar hand uit.

Mansell bewoog. Zijn wazige ogen gingen open, richtten zich vlug op Eliza's arm en de deurkruk in haar hand.

Er verscheen een wreed lachje om zijn mond.

Ze greep de hendel vast, hij schoot naar voren om haar tegen te houden, maar Eliza was sneller. Haar nood was tenslotte hoger. En ze viel, de deur van de kooi was geopend en ze viel, viel, viel naar de koude, donkere aarde. De tijd stond stil: alle momenten waren één, verleden en toekomst waren heden. Eliza deed haar ogen niet dicht en zag de aarde dichterbij komen, de geur van modder, gras en hoop...

... en ze vloog met uitgeslagen vleugels over de oppervlakte van de aarde, en nu weer omhoog op de stroom van de wind, haar gezicht was koel en haar gedachten waren helder. En Eliza wist waar ze heen ging. Ze vloog naar haar dochter, naar Ivory. De persoon naar wie ze haar hele leven had gezocht, haar andere helft. Eindelijk was ze weer heel en ging ze naar huis.

47

Cliff Cottage, Cornwall, 2005

Eindelijk was ze weer in de tuin. Door het slechte weer, Ruby's komst en het bezoek aan Clara was het dagen geleden dat ze voor het laatst onder de muur door was gekropen. Ze was bevangen geweest door een merkwaardige rusteloosheid die nu pas week. Het was merkwaardig, bedacht ze toen ze de handschoen aan haar rechterhand deed: ze had zichzelf nooit zo'n tuinier gevonden, maar deze plek was anders. Ze voelde de drang om ernaar terug te gaan, haar handen in de aarde te steken en de tuin weer tot leven te brengen. Cassandra wachtte even om de vingers van haar andere handschoen recht te trekken, en opnieuw viel haar de witte band huid om haar tweede vinger van links op, waar ze haar trouwring had verwijderd.

Ze wreef met haar duim over het witte stukje huid. Het was erg zacht en elastischer dan de huid aan weerskanten, alsof het in warm water was geweekt. Het witte ringetje was haar jongste lichaamsdeel, twaalf jaar jonger dan de rest. Het had verborgen gezeten vanaf het ogenblik waarop Nick de ring om haar vinger had geschoven. Het was het enige lichaamsdeel dat was veranderd noch ouder geworden.

'Koud genoeg voor jou?' Christian was net onder de muur door gekropen en stak zijn handen diep in de zakken van zijn spijkerbroek.

Cassandra trok de handschoen helemaal aan en glimlachte naar hem. 'Ik dacht niet dat het koud kon worden in Cornwall. Alle brochures die ik heb gelezen spreken van een gematigd klimaat.'

'Gematigd vergeleken met Yorkshire.' Hij glimlachte scheef terug. 'Het is een voorproefje van de winter. Die hoef je tenminste niet mee te maken.'

De stilte tussen hen rekte zich uit. Toen Christian zich omdraaide om de kuil te inspecteren die hij de week daarvoor had gegraven, deed Cassandra alsof ze in beslag werd genomen door haar tuinvork. Het onderwerp van haar terugkeer naar Australië werd gemeden. De afgelopen paar dagen, wanneer het onderwerp ter sprake dreigde te komen, was een van beiden steeds vlug op iets anders overgegaan. Maar als Cassandra alleen was, zwierven haar gedachten steeds vaker naar de toekomst. Als ze zich voorstelde dat ze terugvloog naar Brisbane om zich weer vertrouwd te maken met het huis in Paddington, het antiekwinkeltje en haar spullen, putte ze daar verrassend weinig troost uit.

'Ik heb nog eens nagedacht over die brief van Harriet Swindell,' zei Christian.

'O, ja?' Cassandra zette de verontrustende gedachten over verleden en toekomst van zich af.

'Wat er ook in dat potje zat dat Eliza uit de schoorsteen heeft gehaald, het moet wel belangrijk zijn geweest. Nell was al aan boord, dus nam Eliza een enorm risico om het te gaan halen.'

Daar hadden ze het de vorige dag ook al over gehad. Aan een tafeltje in het warme café, met een knetterend houtvuur in de hoek en een plaatselijke band die aan de andere kant van de bar speelde, hadden ze de bijzonderheden – voor zover ze die kenden – eindeloos de revue laten passeren, op zoek naar een conclusie waarvan ze beiden het gevoel hadden dat ze voor het grijpen lag.

'Volgens mij had ze niet gerekend op de man die daar was om haar te ontvoeren, wie dat ook was.' Cassandra stak haar onkruidvork in het perk. 'Ik wou dat Harriet ons zijn naam had gegeven.'

'Het moet iemand zijn geweest die door Rose' familie was gestuurd.'

'Denk je?'

'Wie anders wilde hen zo graag terughalen?'

'Eliza terughalen.'

'Hè?'

Cassandra wierp een blik over haar schouder. 'Ze hebben Nell niet teruggehaald, alleen Eliza.'

Christian hield even op met graven. 'Ja, dat is raar. Waarschijnlijk heeft ze hun niet verteld waar Nell was.'

Dat was het onderdeel waarvan Cassandra niets begreep. Ze had de halve nacht wakker gelegen, alle informatie de revue laten passeren en was telkens weer tot dezelfde slotsom gekomen. Misschien had Eliza niet gewild dat Nell op Blackhurst bleef, maar toen ze hoorde dat het schip zonder haar was vertrokken, moest ze het natuurlijk dolgraag hebben willen tegenhouden. Zij was Nells moeder, ze hield genoeg van haar om haar überhaupt te ontvoeren. Zou ze niet alles in het werk hebben gesteld om mensen te waarschuwen dat Nell alleen op dat schip zat? Ze zou niet zomaar hebben gezwegen zodat een geliefd vierjarig meisje alleen naar Australië moest reizen. Cassandra's vork stuitte op een bijzonder hardnekkige wortel. 'Ik denk niet dat ze het heeft kunnen zeggen.'

'Hoe bedoel je?'

'Ze zou het alleen hebben gedaan als ze het had gekund. Niet dan?'

Christian knikte langzaam en trok zijn wenkbrauwen op toen de consequenties van die theorie tot hem doordrongen. Hij stak zijn schep in de kuil.

Het was een dikke wortel. Cassandra trok het andere onkruid opzij en volgde de wortel iets hogerop. Ze glimlachte. Hoewel het een afgetakelde, bijna helemaal kale struik was, herkende ze hem wel. Ze had soortgelijke struiken in Nells tuin in Brisbane gezien. Het was een taaie oude rozenstruik die er waarschijnlijk al tientallen jaren stond, zo niet langer. De stam was zo dik als haar pols en de takken waren bezaaid met gemene doornen. Maar er zat nog wel leven in, en met een beetje zorg zou hij weer gaan bloeien.

'O, mijn god.'

Cassandra keek op van haar roos. Christian zat gehurkt en over de kuil gebogen. 'Wat? Wat is er?' vroeg ze.

'Ik heb iets gevonden.' Zijn stem klonk merkwaardig en was moeilijk te peilen.

Cassandra's huid voelde warm en elektrisch. 'Iets engs of iets opwindends?'

'Ik denk opwindend.'

Cassandra hurkte naast hem en tuurde in de kuil. Ze volgde de richting die hij wees.

Diep in de vochtige aarde was iets uit de modderige bodem opgedoken. Iets kleins, bruins en glads.

Christian stak zijn arm omlaag om het voorwerp los te trekken. Het bleek een potje van aardewerk van het soort waarin ze vroeger mosterd en andere ingemaakte etenswaar bewaarden. Hij veegde de aarde ervan af en gaf het aan Cassandra. Ze keken elkaar aan. 'Volgens mij heeft je tuin zojuist zijn geheim verklapt.'

Het aardewerk voelde koel aan haar vingers en de pot was verrassend zwaar. Cassandra's hart klopte in haar keel.

'Die moet ze hier hebben begraven,' zei Christian. 'Toen die man haar in Londen ontvoerde, moet hij haar naar Blackhurst hebben teruggebracht.'

Maar waarom zou Eliza de aardewerken pot hebben begraven nadat ze zo'n groot risico had genomen om hem weer terug te halen? Waarom het risico lopen hem weer kwijt te raken? En als ze de tijd had om de pot te begraven, waarom had ze dan geen contact met het schip opgenomen om de kleine Ivory terug te halen?

Opeens daagde het. Iets wat de hele tijd vlak om de hoek had gelegen werd plotseling duidelijk. Cassandra's adem stokte.

'Wat is er?'

'Ik denk niet dat ze de pot heeft begraven,' fluisterde Cassandra.

'Hoe bedoel je? Wie dan?'

'Niemand. Ik bedoel, volgens mij is de pot samen met haar begraven.' En ze had hier negentig jaar gelegen, wachtend tot iemand haar zou vinden. Tot Cassandra haar zou vinden en haar geheim zou ontrafelen.

Christian keek met grote ogen in de kuil. Hij knikte langzaam. 'Dat zou verklaren waarom ze niet is teruggegaan naar Ivory, naar Nell.'

'Dat kon ze niet, want ze lag hier.'

'Maar wie heeft haar begraven? De man die haar heeft ontvoerd? Haar oom of tante?'

Cassandra schudde haar hoofd. 'Ik weet het niet. Maar één ding is zeker, wie het ook heeft gedaan, wilde niet dat iemand het wist. Er is geen zerk, er is helemaal niets om de plek aan te duiden. Ze wilden Eliza laten verdwijnen en de waarheid over haar dood voorgoed verbergen. Vergeten, net als haar tuin.'

48

Adeline draaide de open haard de rug toe en haalde zo plotseling diep adem dat haar middel ervan zwol. 'Hoe bedoel je, de dingen gingen niet volgens plan?'

De nacht was gevallen en de randen van de bossen van het landgoed leken het huis te hebben omsingeld. Schaduwen hingen in de hoeken van de kamer en het kaarslicht liet hun koude grenzen bewegen.

Mansell zette zijn lorgnet recht. 'Ze is gevallen. Ze heeft zich uit het rijtuig geworpen. De paarden sloegen op hol.'

'Een arts,' zei Linus. 'We moeten een arts bellen.'

'Een arts zal niet helpen.' Mansell klonk rustig. 'Ze is al dood.'

Adelines adem stokte in haar keel. 'Wat?'

'Dood,' herhaalde hij. 'De vrouw, uw nicht, is dood.'

Adeline deed haar ogen dicht en haar knieën knikten. De wereld draaide om haar heen; ze was gewichtsloos, pijnloos, vrij. Hoe was het mogelijk dat zo'n enorme last, zo'n gewicht, zo snel van je af kon vallen? Dat één ongeluk haar kon verlossen van haar aloude en constante aartsvijand, de nalatenschap van Georgiana?

Het maakte Adeline niet uit. Haar gebeden waren verhoord, de wereld had zichzelf gecorrigeerd. Het meisje was dood. Verdwenen. Dat was het enige wat telde. Voor het eerst sinds de dood van Rose kreeg ze weer lucht. Warme tentakels van vreugde slingerden zich door haar aderen. 'Waar?' hoorde ze zichzelf zeggen. 'Waar is ze?'

'In het rijtuig...'

'Heb je haar hierheen gebracht?'

'Ik had weinig keus.'

'Het meisje...' Linus' stem klonk uit de leunstoel waarin hij opgevouwen zat. Zijn ademhaling was snel en oppervlakkig. 'Waar is het kleine meisje met het rode haar?'

'De vrouw stiet nog een paar woorden uit voordat ze viel. Ze was duizelig en de woorden klonken zacht, maar ik had de indruk dat het over een boot, een schip ging. Ze was in alle staten, want ze wilde terug zijn voor het vertrek.'

'Je kunt gaan,' zei Adeline bits. 'Wacht maar bij het rijtuig. Ik zal regelingen treffen en dan laat ik je wel halen.'

Mansell knikte en vertrok. Hij nam het beetje warmte in de kamer met zich mee.

'En het kind dan?' mekkerde Linus.

Adeline sloeg geen acht op hem; ze had het te druk met het zoeken naar een oplossing. Vanzelfsprekend mocht geen van de bedienden het weten. Wat hen betrof, had Eliza Blackhurst verlaten toen ze hoorde dat Nathaniel en Rose naar New York zouden verhuizen. Het was een zegen dat het meisje zo dikwijls had gesproken over haar verlangen om te reizen.

'En het kind dan?' herhaalde Linus. Zijn vingers beefden in de buurt van zijn boord. 'Mansell moet haar gaan zoeken, hij moet dat schip vinden. We moeten haar terug hebben, dat meisje moet gevonden worden.'

Adeline slikte een brok weerzin weg toen ze haar blik over zijn verkreukelde gestalte liet dwalen. 'Waarom?' vroeg ze, terwijl haar huid koud werd. 'Waarom moet ze gevonden worden? Wat is ze van jou of van mij?' Haar stem klonk zacht en ze boog zich naar hem over. 'Snap je het niet? We zijn verlost.'

'Ze is onze kleindochter.'

'Maar ze is niet van ons.'

'Ze is van mij.'

Adeline negeerde het slappe protest. Er was geen tijd voor sentimentele onzin. Niet nu ze eindelijk veilig waren. Ze draaide zich om en ijsbeerde over het kleed. 'We zeggen tegen de mensen dat we het kind met roodvonk op het landgoed hebben aangetroffen. Niemand zal dat betwijfelen, ze denken al dat ze ziek op bed ligt. We geven de bedienden te verstaan dat alleen ik voor haar zal zorgen, dat Rose niet anders gewild zou hebben. En na een poosje, wanneer het zal lijken alsof we alles hebben gedaan om de ziekte te bezweren, houden we een begrafenisplechtigheid.'

En terwijl Ivory de begrafenis zou krijgen die bij een geliefde kleindochter paste, zou Adeline ervoor zorgen dat Eliza snel en onzichtbaar werd weggewerkt. Ze zou geen plek op de familiebegraafplaats krijgen, dat was zeker. De gewijde aarde die Rose omgaf mocht niet bezoedeld worden. Zij moest begraven worden waar niemand haar ooit kon vinden. Waar niemand anders ooit zou zoeken.

De volgende morgen liet Adeline zich door Davies de weg door de doolhof wijzen. Wat een akelige, vochtige plek. De stank van bedompt struikgewas dat nooit zonlicht zag, drong zich van alle kanten aan Adeline op. Haar zwarte rouwrokken ruisten over de aangeharkte grond en gevallen bladeren bleven als klitten aan de zoom hangen. Als een grote, zwarte vogel had ze haar kleren als een verentooi dicht om zich heen getrokken tegen de koude winter van Rose' dood.

Toen ze eindelijk in de verborgen tuin aankwamen, duwde Adeline Davies opzij en stevende ze over het smalle tuinpad. Groepjes kleine vogels vlogen in het voorbijgaan op en tjilpten uitzinnig toen ze van hun verborgen takken vluchtten. Ze liep zo vlug als het fatsoen haar toeliet, want ze wilde zo snel mogelijk verlost zijn van deze behekste plek en die koppige, weeë geur waar ze duizelig van werd.

Aan het eind van de tuin bleef Adeline staan.

Er verscheen een dun glimlachje om haar mond. Het was precies wat ze had gehoopt.

Ze huiverde van de kilte en maakte resoluut rechtsomkeert. 'Ik heb genoeg gezien,' zei ze. 'Mijn kleindochter is ernstig ziek en ik moet terug.'

Davies keek haar een fractie van een seconde te lang aan en er liep een rilling van nervositeit langs haar ruggengraat. Adeline onderdrukte die. Wat kon hij in hemelsnaam weten van het bedrog dat ze zich had voorgenomen? 'Breng me maar weer terug.'

Adeline volgde zijn grote, logge gestalte terug door de doolhof, maar hield afstand. Ze had één hand in de zak van haar jurk en liet op regelmatige afstand stukjes vuursteen vallen, uit Ivory's verzameling in het potje in de kinderkamer.

De middag sleepte zich voort, de trage uren van de avond verstreken, en uiteindelijk werd het middernacht. Adeline stapte uit bed, trok haar jurk aan en reeg de veters van haar laarzen. Op haar tenen liep ze door de gang, de trap af en de nacht in.

Het was volle maan en ze stak vlug in de schaduw van bomen en struiken het gazon over. Het hek van de doolhof was dicht, maar Adeline had de grendel vlug open. Ze glipte naar binnen en glimlachte toen ze het eerste steentje als zilver zag glinsteren.

Zo liep ze van vuursteen naar vuursteen tot ze eindelijk bij het tweede hek was, de ingang van de verborgen tuin.

De tuin gonsde binnen zijn hoge stenen muren. Het maanlicht kleurde de blaadjes zilvergrijs en de fluisterende bries liet ze licht bewegen als tere stukjes metaal, als een trillende harpsnaar.

Adeline had het curieuze gevoel dat ze door een geruisloze waarnemer werd gadegeslagen. Ze keek om zich heen in de maanverlichte tuin en de adem stokte in haar keel toen ze een paar grote ogen in de vork van een nabije boom zag. Het duurde even voor ze besefte wat ze voor zich had: de veren van een uil, zijn ronde silhouet en scherpe snavel.

En toch maakte dat besef haar niet geruster. Er was iets vreemds aan de blik van die vogel. Iets werelds. Die starende en oordelende ogen.

Ze wendde haar blik af; ze weigerde een stomme vogel de macht toe te kennen om haar van haar stuk te brengen.

Toen hoorde ze een geluid uit de richting van het huisje. Adeline hurkte bij het zitje en zag twee duistere gestalten naderen. Mansell had ze verwacht, maar wie had hij bij zich?

Het tweetal bewoog zich langzaam voort, want ze droegen iets groots tussen hen in. Adeline zag hoe ze het aan de andere kant van de muur neerlegden. Daarna stapte een van de mannen over de kuil de verborgen tuin in.

Met een sissend geluid streek Mansell een lucifer af; er volgde een warme lichtflits, een oranje hart met een blauwe stralenkrans. Hij hield het bij de lont van de lantaarn en draaide aan het wieltje zodat het licht groter werd.

Adeline richtte zich op en liep op hen af.

'Goedenavond, lady Mountrachet,' zei Mansell.

Ze wees naar de tweede man en vroeg kil: 'Wie is dat?'

'Slocombe,' zei Mansell. 'Mijn koetsier.'

'Wat doet hij hier?'

'Het klif is steil, het pak zwaar.' Hij knipperde met zijn ogen en het licht van de lantaarn werd weerkaatst door zijn lorgnet. 'We kunnen ervan op aan dat hij zijn mond zal houden.' Hij zwaaide de lantaarn opzij zodat de onderste helft van Slocombes gezicht in beeld kwam. 's Mans onderkaak was afschuwelijk mismaakt. Waar zijn mond hoorde te zitten, bevonden zich dikke knobbels overdekt met pokdalige huid.

Zonder dat er een woord werd gewisseld, haalden Mansell en Slocombe ieder een schep uit de zakken aan de andere kant van de muur en begonnen ze te graven om de kuil uit te diepen waaraan de arbeiders al waren begonnen.

Adelines blik dwaalde naar de donkere lijkwade op de grond onder de appelboom. Eindelijk kon het meisje aan de aarde worden toevertrouwd. Ze zou verdwijnen en vergeten worden; het zou zijn alsof ze nooit had bestaan. En mettertijd zouden de mensen haar bestaan ook zijn vergeten.

Adeline deed haar ogen dicht, sloot het kabaal van de vogels buiten, die opgewonden waren gaan kwetteren, en het ongeruste geruis van de bladeren. In plaats daarvan klonk het geluid van losse aarde die op een harde ondergrond viel haar als muziek in de oren. Het zou weldra achter de rug zijn. Het meisje was weg en Adeline zou weer lucht krijgen…

De lucht verplaatste zich koel over haar gezicht. Adeline deed haar ogen open.

Vogel? Vleermuis?

Donkere vleugels wiekten op de nachtelijke lucht.

Adeline deinsde terug.

Opeens werd ze gestoken en haar bloed voelde koud, heet, en weer koud.

Terwijl de uil wegzeilde en over de muur verdween, begon Adelines handpalm te bonken.

Ze moest een kreet hebben geslaakt, want Mansell hield op met aarde scheppen om zijn lantaarn in haar richting te zwaaien. In het dansende gele licht zag Adeline dat een lange doorntentakel van een roos die uit het bloembed stak, haar had gestoken. Er was een dikke doorn in haar hand gedrongen.

Met haar vrije hand trok ze hem uit haar huid. Bloed parelde op het wondje, een perfecte, glinsterende druppel.

Adeline trok een zakdoek uit haar mouw. Die drukte ze op het plekje en ze zag de rode vlek door de stof trekken.

Het was maar een rozenprikje. Het maakte niet uit dat het bloed onderhuids ijskoud voelde; dat wondje zou wel genezen en alles zou goed komen.

Maar die rozenstruik zou er het eerst aan gaan wanneer Adeline opdracht zou geven de tuin te vernietigen.

49

Toen Cassandra in de diepe kuil keek, voelde ze zich omgeven door een vreemde kalmte. Het was alsof de tuin door de ontdekking een grote zucht van verlichting had geslaakt: de vogels waren stiller, het ruisen van de bladeren was gestaakt, die merkwaardige rusteloosheid was weg. Het lang vergeten geheim dat de tuin had moeten bewaren, was nu verteld.

Christians vriendelijke stem klonk als van veraf: 'Nou? Ga je hem niet openmaken?'

De aardewerken pot, die opeens zwaar in haar handen lag. Cassandra streek met haar vingers over de oude was waarmee de deksel was verzegeld. Ze keek even naar Christian, die bemoedigend knikte. Daarna drukte en draaide ze en verbrak ze het zegel zodat ze de deksel kon openpeuteren.

Er zaten drie dingen in: een leren buideltje, een lok goudrood haar in een doosje en een broche. In het buideltje zaten vijf oude munten van smerig koper met het bekende profiel met hangwangen van een gesluierde koningin Victoria. De data varieerden van 1897 tot 1900.

De lok was samengebonden met een stukje touw en als een slakkenhuis opgerold om in het doosje te passen. Dankzij de jaren in de pot was hij glad en zacht gebleven, en heel mooi. Cassandra vroeg zich af van wie hij was, en toen herinnerde ze zich een aantekening in een van de eerste plakboeken van Rose, toen Eliza net op Blackhurst was komen wonen. Een litanie van klachten over het meisje dat door Rose werd beschreven als 'niet veel beter dan een wilde'. Het meisje wier haar zo grillig was kortgeknipt als dat van een jongen.

Tot slot richtte Cassandra haar aandacht op de broche. Die was rond en paste in haar handpalm. De rand was rijk bewerkt en bezet met edelsteentjes, terwijl het hart een patroon vormde als een minuscuul wandtapijtje. Maar dat was het niet. Cassandra had lang genoeg in antiek gedaan om te weten wat voor broche dit was. Ze draaide hem om en ging met haar vinger over de gegraveerde letters achterop. *Voor Georgiana Mountrachet*, stond er.

Ter gelegenheid van haar zestiende verjaardag. Verleden. Toekomst. Familie.

Dit was het dus. De schat waarvoor Eliza was teruggekeerd naar het huis van de Swindells, en de prijs was een treffen met een vreemde man, een ontmoeting die een stokje voor haar ontsnapping naar Australië stak. De aardewerken pot was verantwoordelijk voor de scheiding van Eliza en Ivory en voor alles wat daarna was gebeurd, voor Ivory die Nell werd.

'Wat is het?'

Cassandra keek Christian aan. 'Een rouwbroche.'

Hij fronste.

'In de victoriaanse tijd lieten ze die vlechten van haren van familieleden uit het verleden en het heden. Deze was van Georgiana Mountrachet, Eliza's moeder.'

Christian knikte langzaam. 'Dat verklaart waarom hij zo belangrijk voor haar was. Waarom ze hem ging terughalen.'

'En waarom ze de boot niet meer kon halen.' Cassandra keek naar Eliza's kostbare voorwerpen in haar schoot. 'Ik wou alleen dat Nell ze had gezien. Ze heeft zich altijd in de steek gelaten gevoeld, ze heeft nooit geweten dat Eliza haar moeder was, dat die van haar hield. Het was het enige wat ze graag wilde weten: wie ze was.'

'Maar ze wíst wie ze was,' zei Christian. 'Ze was Nell, wier kleindochter Cassandra genoeg van haar hield om de oceaan over te steken en het mysterie voor haar op te lossen.'

'Ze weet niet dat ik ben gegaan.'

'Hoe weet je nu wat ze wel en niet weet? Misschien kijkt ze op dit moment wel naar je.' Hij trok zijn wenkbrauwen op. 'Hoe dan ook, natuurlijk wist ze dat je zou komen. Waarom zou ze je anders het huisje hebben nagelaten? En dat briefje bij het testament, wat stond daar ook weer op?'

Wat had ze dat een vreemd briefje gevonden, wat had ze er weinig van begrepen toen Ben het haar gaf. '*Voor Cassandra, die zal begrijpen waarom.*'

'En? Begrijp je het?'

Natuurlijk begreep ze het. Nell, die zo dolgraag haar eigen verleden had willen leren kennen om het achter zich te kunnen laten, had in Cassandra een zielsverwant herkend. Een lotgenoot. 'Ze wist dat ik zou gaan.'

Christian knikte. 'Ze wist dat je voldoende van haar hield om af te maken wat zij was begonnen. Het is net als in "De ogen van het oude vrouwtje", wanneer het hert de prinses vertelt dat het oude vrouwtje haar ogen niet meer nodig had, dat ze wist wie ze was door de liefde die de prinses voor haar koesterde.'

Cassandra's ogen prikten. 'Dat was een heel wijs hert.'

'Om maar niet te spreken van knap en dapper.'

Ze kon een glimlach niet onderdrukken. 'Dus nu weten we het. Wie Nells moeder was. Waarom ze op de boot aan haar lot was overgelaten. En wat er met Eliza is gebeurd.' Ze wist ook waarom de tuin zo belangrijk voor haar was, waarom ze haar eigen wortels contact voelde maken met de aarde, steeds dieper naarmate ze meer tijd tussen zijn muren doorbracht. Ze voelde zich thuis in de tuin, want op de een of andere manier die ze niet kon verklaren, wist ze dat Nell er ook was. Evenals Eliza. En zij, Cassandra, was de hoeder van beider geheimen.

Christian leek te kunnen gedachtelezen. 'En? Ben je nog steeds van plan het huisje te verkopen?'

Cassandra zag een regen van gele blaadjes dalen door een windvlaag. 'Eigenlijk wilde ik nog een poosje blijven.'

'In het hotel?'

'Nee, hier in het huisje.'

'Zul je niet eenzaam zijn?'

Wat volgde was niets voor Cassandra, maar op dat ogenblik deed ze haar mond open en zei ze precies wat ze voelde, zonder nadenken. 'Ik denk niet dat ik alleen zal zijn, althans niet altijd.' Ze voelde de warm-koude aanloop van een blos en vervolgde haastig: 'Ik wil graag afmaken wat ik ben begonnen.'

Hij trok zijn wenkbrauwen op.

De blos sloeg toe. 'Ik bedoel hier in de tuin.'

'Ik weet wat je bedoelt.' Hij bleef haar aankijken en daarna zakte zijn blik even naar haar lippen. Terwijl Cassandra's hart in haar keel klopte, liet hij zijn schep vallen en stak hij zijn hand uit om haar kin in zijn palm te nemen. Hij boog zich naar haar toe en ze deed haar ogen dicht. Aan haar lippen ontsnapte een zucht, zwaar van de vermoeidheid van jaren.

En toen kuste hij haar en ze werd getroffen door zijn nabijheid, zijn stevigheid en zijn geur. Hij rook naar de aarde en de tuin en de zon.

Toen Cassandra haar ogen opendeed, besefte ze dat ze huilde, maar ze was niet verdrietig. Het waren tranen van gevonden-zijn, van thuiskomen na een lange reis. Ze omklemde de broche in haar hand. *Verleden. Toekomst. Familie.* Haar eigen verleden was vervuld van herinneringen, prachtige, kostbare en verdrietige herinneringen, genoeg voor een leven. Tien jaar had ze daartussen gedwaald, met ze geslapen, met ze gewandeld. Maar er was iets veranderd; zij was veranderd. Ze was naar Cornwall gekomen om Nells verleden en haar familie te ontdekken, en op de een of andere manier had ze haar eigen toekomst gevonden. Hier, in deze prachtige tuin die Eliza had gemaakt en Nell had teruggevorderd. Cassandra had zichzelf gevonden.

Christian streek over haar haar en keek naar haar gezicht met een zekerheid waarvan ze moest huiveren 'Ik heb op jou gewacht,' zei hij uiteindelijk.

Cassandra pakte zijn hand in de hare. Zij had ook op hem gewacht.

50

Het voelde koud op haar oogleden en ze tintelden alsof er kleine pootjes, zoals die van mieren, over heen en weer liepen.

Een stem die genadig vertrouwd klonk.

'Ik zal een zuster halen.'

'Nee.' Nell stak haar hand uit en tastte nog steeds blind rond naar iets wat ze kon vastpakken. 'Niet weggaan.' Haar gezicht was nat en de hergebruikte lucht van de ventilatie voelde koud.

'Ik ben zo terug, echt waar.'

'Nee…'

'Het is al goed, oma. Ik ga hulp halen.'

Oma. Dat was ze, nu wist ze het weer. Ze had in haar leven talrijke namen gedragen, zo veel dat ze er een paar was vergeten, maar pas toen ze haar laatste kreeg, oma, had ze geweten wie ze werkelijk was.

Een tweede kans, een zegen, een verlosser, haar kleindochter.

En nu ging Cassandra hulp halen.

Nells ogen zakten dicht. Ze was weer op het schip. Ze voelde het water onder haar, het dek dat slingerde. Vaten, zonlicht, stofdeeltjes. Gelach, in de verte werd er gelachen.

Het beeld vervaagde. De lichten werden laag gedraaid. Ze dimden, zoals de lichten in het Plazatheater voor het begin van de voorstelling. Publiek dat ging verzitten, fluisterde en wachtte…

Zwart.

Stilte.

En toen was ze weer ergens anders, op een koude, donkere plek. Alleen. Scherpe dingen, takken aan weerskanten. Het gevoel dat de wanden aan weerskanten op haar af kwamen, hoog en donker. Het licht kwam weer terug, niet veel, maar genoeg om haar hoofd op te tillen en de lucht in de verte te zien.

Haar benen bewogen. Ze wandelde met de armen opzij zodat haar handen langs de bladeren en uiteinden van de takken streken.

Een hoek om. Ze sloeg af. Nog meer wanden van dicht lommer. De koppige geur van vochtige aarde.

Opeens wist ze het. Het woord, oud en bekend, kwam tot haar. Doolhof. Ze bevond zich in een doolhof.

Het bewustzijn was direct en compleet: aan het eind bevond zich een glorieuze plek. Een plek waar ze heen moest. Een veilige plek waar ze haar hoofd kon neerleggen.

Ze kwam bij een splitsing.

Sloeg af.

Ze kende de weg. Die herinnerde ze zich weer.

Sneller, ze ging steeds sneller. De behoefte en de zekerheid drukten op haar borst. Ze moest het eind zien te bereiken.

Een licht verderop. Ze was er bijna.

Nog een klein stukje.

Toen kwam er opeens uit de schaduw een gestalte het licht in. De Schrijfster, die haar hand uitstak. Ze had een muzikale stem. 'Ik heb op je gewacht.'

De Schrijfster deed een stap opzij en Nell zag dat ze het hek had bereikt. Het eind van de doolhof.

'Waar ben ik?'

'Je bent thuis.'

Met een diepe zucht volgde Nell de Schrijfster over de drempel de mooiste tuin in die ze ooit had gezien.

En eindelijk was de bezwering van de boze koningin verbroken en de jonge vrouw, die door omstandigheden en wreedheid gevangengezet was in het lichaam van een vogel, werd bevrijd uit haar kooi. De deur van de kooi ging open en de koekoek viel, viel en bleef maar vallen tot uiteindelijk haar beknotte vleugels opengingen en ze merkte dat ze kon vliegen. Gedragen door de koele bries uit zee in haar vaderland, scheerde ze over de rand van het klif en de oceaan over, naar een nieuw land van hoop, vrijheid en leven. Naar haar andere helft. Naar huis.

Uit: 'De vlucht van de koekoek', Eliza Makepeace

Dankwoord

Voor alle hulp die ik heb gekregen bij de totstandkoming van *De vergeten tuin* wil ik de volgende personen bedanken.

Mijn Nana Connelly. Haar verhaal was het uitgangspunt voor het boek. Selwa Anthony voor haar wijsheid en zorgzaamheid. Kim Wilkins, Julia Morton en Diana Morton voor het lezen van de eerste versies. Kate Eady voor het napluizen van complexe historische feiten. Danny Kretschmer voor het verzorgen van fotomateriaal binnen de gestelde tijd. Julia's collega's voor het beantwoorden van vragen over dialecten.

Voor hulp bij mijn onderzoek (archeologisch, entomologisch en medisch) dank ik doctor Walter Wood, doctor Natalie Franklin, Katharine Parkes en in het bijzonder doctor Sally Wilde. En voor alle hulp bij onderzoek naar nog specialistischer kwesties wil ik Nicole Ruckels, Elaine Wilkins en Joyce Morton danken.

Ik verkeer in de voorberechte positie dat mijn boeken wereldwijd verschijnen bij opmerkelijke uitgeverijen en ik dank alle mensen die hebben meegewerkt aan het internationale succes van mijn werk. Voor hun intelligente en onvermoeibare redactionele ondersteuning van *De vergeten tuin* dank ik Catherine Milne, Clara Finlay en de geweldige Annette Barlow van Allen & Unwin, Australië, en Maria Rejt en Liz Cowen van Pan Macmillan, Engeland. Veel dank ben ik Julia Stiles en Lesley Levene verschuldigd voor hun scherpzinnige aandacht voor het detail.

Ook wil ik mijn dankbaarheid uitspreken aan kinderboekenschrijvers, die mij hebben laten ontdekken welke werelden er schuilen achter de zwarte tekentjes op wit papier, vol ongehoorde gruwel, geluk en spanning. Ik ben deze schrijvers vreselijk dankbaar omdat ze ervoor hebben gezorgd dat mijn verbeeldingskracht is aangewakkerd – een onbetaalbaar geschenk, dat ervoor heeft gezorgd dat mij de onvoorwaardelijke liefde voor boeken heeft bijgebracht. *De vergeten tuin* is op een bepaalde manier een ode aan hen.

Ten slotte ben ik dank verschuldigd aan mijn echtgenoot Davin Patterson en aan mijn zoons Oliver en Louis, voor wie ik dit verhaal op papier heb gezet.